月夜之旅

君山 著

团结出版社
UNITY PRESS

图书在版编目（CIP）数据

月夜无声 / 君山著. -- 北京 ：团结出版社，
2017.7

ISBN 978-7-5126-5315-3

Ⅰ．①月… Ⅱ．①君… Ⅲ．①长篇小说－中国－当代
Ⅳ．①I247.5

中国版本图书馆CIP数据核字（2017）第160802号

出　　版	团结出版社	
	（北京市东城区东皇城根南街84号　邮编：100006）	
电　　话	（010）65228880　65244790	
网　　址	http://www.tjpress.com	
E-mail	65244790@163.com	
经　　销	全国新华书店	
印　　刷	三河市京兰印务有限公司	
装帧设计	成都天恒仁文化传播有限责任公司	
开　　本	170mm×240mm　　1/16	
印　　张	22	
字　　数	338千字	
版　　次	2017年7月第1版	
印　　次	2020年1月第2次印刷	
书　　号	ISBN 978-7-5126-5315-3	
定　　价	77.00元	

目录
CONTENTS

光绪五年的一个寒冷冬夜。

四更天，风峭，夜黑如墨。

远处有一村庄，蛤蟆一般卧躺着，硕大而寂静，了无声息。村子更像一个黑色的坟墓，浑圆而模糊，厚厚的土层里掩埋着僵尸、笼罩着诡秘。走近村子，可见低矮的房子里，稀疏地挤出一丝昏暗的灯光；再靠近一些，就可以听到人的咳嗽声、沉睡的鼾声，低沉而悠远，安详而静谧。庄稼人已将自家的骡马牛驴们喂饱了，牛们喘着粗气，磨着牙齿和鼻唇，偶尔打着响鼻，悠闲地反刍着；只有那些骡马们还在细心地咀嚼，用牙齿一节一节地截断秆草茎儿，再用两边的牙齿将草结儿细细研磨。没有驴叫牛吼，乡村的冬夜倒是一派安详和舒适。骡马们很知足，在享受草料的美味的同时，还时不时地用鼻孔吹气，发出一阵阵的声响。

丑时，村庄西侧的一个路沟里，忽隐忽现了几个人影，他们脱下衣服，都用黑布蒙着面，黑布上挖去两个洞，仅露出一双眼睛，发散着幽光。每个人手里握着钢刀，刀刃在星光的映照下闪烁着幽幽的寒光。为首的那个人站起身，用刀尖指了指一个瘦小的身影，压低声音说：你在这里看行李，千万不要走！

那个人个子很矮，单薄的身子在寒风中抖索着。他听后，惊恐地点点头，应了一声：叔，你们这是干啥哩？我害怕！

那人低声吼道：问恁多干啥？那孩子闷了声，停一会儿又说：叔，你不是说做生意吗？那人呵斥一声：球孩子，哪儿恁些话！那孩子嘟囔着说：

天冷，又是我自己，你们可快点回来！那人压低声音说：你个兔崽子，不就是看个行李吗？

"叔，这是哪儿呀？……"话未说完，为首的那人也不答话，打了一个手势，引领着几个人向一处大宅院窜去。

功夫不大，村子中间的一处大宅院里，突然传出狗的吠叫声，但只叫了几声，就再没有了声响，一切又归于寂静无声。工夫不大，村子里猛然间响起了急促的锣声，"咣……咣……"，声音一阵紧似一阵。村中的那个大院里顿时传出杂乱地喊声："有强盗！有强盗！"沉寂的村子霎时被惊醒了，骡马们停住咀嚼，牛们停止了反刍，只有杂沓的脚步声、喊叫声此伏彼起。夜空里的喊叫声很凄厉，听了让人心惊肉跳。村子里相继有了光亮，有了门响，有人急促地跑步，有人扯开喉咙喊叫。

小村沸腾了，人喊狗叫，孩哭娘唤，脚步杂乱，黑夜里的小村子，霎时有了生机，嘈杂的声音打破了冬夜的宁静。

守候在路沟里的那个孩子，不知道村子里发生了啥事儿，正惊恐地伸长脖子探看究竟。这时，惶惶地跑近一个人，他刚喊一句：孤堆哥！就被扇了一耳光。正惶恐之间，忽见几个熟悉的身影跑近了，就听低低地说了一声：还不快走！说话间，各自拿了自己的行装，慌不择路，炮蹶子向黑暗处窜去。那孩子见其他人都向来时的路径跑去，也就糊里糊涂地跟着跑，不小心还跌了一跤。他顾不得磕疼的膝盖，翻身爬了起来，喘着粗气，瞄着跑在前边的人影，深一脚，浅一脚没命地奔跑。

眨眼之间，几个人消失在如墨的夜色里……

一、张员外家遭遇抢劫

家丁们呼喊着要追赶贼人时，主人张肯堂一步跨出卧室门口，低声喝道：且不要追他！财去人安乐，由贼人们去吧！

邓州张家坳的老张家在当地是大户，家有几十顷上好的庄田，又在城里有铺面生意。张家的生意很红火，主要经营布匹、茶叶、粮食，生意做得很大，在邓州城内有多处门面。三年前，张肯堂在张家坳的祖宅建成一处三进宅院，院墙用青砖砌就，高约丈余，房坚墙高，好似乡间的一个小城堡。张肯堂是个经商奇才，生意做得风生水起，日进斗金，他为人很是精明，又善于结交官场之人，为了与官家攀扯关系，他不惜挥金如土，广结朋友，人脉颇为广阔。平日里，张肯堂嫌邓州城里人多太吵太乱，就喜欢在张家坳的自家老宅院里居住：宅院前有一处水塘，每到夏季，塘中荷叶盈池，鱼翔浅底，日近午时，总有光屁股孩童在水塘里洗澡、嬉戏玩耍。男孩子毫无顾忌，光着腚相互往别人身上抹泥巴，也往自己身上抹，弄得个个泥头泥脸，怪相横生。抹了满身泥巴的孩童出了水塘，顺着小鸡鸡尖头处往下淌水，见了使人顿生爱怜。张肯堂自幼生活在乡下，熟悉了乡村的幽静，讨厌城里的吵闹，宁愿在老家度夏消暑，更乐意欣赏乡间顽童的嬉耍撒泼。

手里有了富裕的银两，张肯堂就托人捐纳了一个五品同知，好歹是个有身份的官家人。他自幼读书，一向为人和善，成婚后开始跟着父亲做生意，受家风的影响，讲究一个"诚"字，全无生意场中的奸诈心性。那年，他去汉口做买卖，成交后对方一时无法兑付350两现银，放弃了生意又觉得可惜，左思右想无主意。张肯堂从未与对方在生意上有过交往，更不知此人的声誉如何，只是看他为人实诚，不像久跑江湖的那些油嘴滑舌之辈，就宽限他半月，自己就在客栈里候着他回家取银两。那人是湖南常德人，距汉口千里之遥，往返一趟，费时二十多天。那天，常德人一路风尘仆仆赶回客栈，双手将银两呈上。张肯堂验看银两准确无误后，双方相拥致谢。二人执手走进酒楼，把酒言欢，共述衷肠。从此，二人成为挚友，生意上彼此相互帮衬。

张家是大户，连亲戚也是当地名门望族。他平日里从不吝啬钱财，又多与士绅富户交结通连，人脉根基极深。地方历任州衙官厅胥吏，也对其恭敬有加，谦让三分，彼此从来不曾有所冲撞。

张家遭劫难，家中的细软被洗劫一空不说，贼人还用利刃砍伤了一位家丁。好在张肯堂不曾走出居室半步，任由贼人们将财物银两席卷而去。贼人抢的是财帛银两，一个个都是拼命三郎的角色，哪儿会顾及主家的脸面和哀求！那一刻，以他的心性，一旦与贼人相处一室，那就势必发生冲撞，玩命的贼人或许就将持利刃对他施暴。

片刻工夫，强盗们把银两收拾停当，打一声呼哨，一齐裹挟物品而去。

吵闹的村庄终于安静下来，家丁们陆续回房禀报，可家眷们一个个吓得蜷缩在屋内，一边颤抖，一边啜泣不已。张肯堂定定地站在房檐下，眼瞧着家人乱作一团。家丁有人被贼人用刀背磕伤，额头正流血不止，张肯堂急忙厉声吩咐：快去南街找丁先生，用最好的药医治刀伤！又叫过管家，吩咐道：都不要慌乱，先各自安息，明早快快将被抢财物清理一番，盘点出一个清单。

　　内眷们各自蜷缩在屋内，瞪着一双双惊恐的眼睛，无助地注视着大院，还不时传出压抑的哭声，整个大院充满着恐惧和不安的气氛。

　　哭什么哭！张肯堂皱着眉头，嘴唇紧绷，厉声喝道。

　　霎时，院子里没有了哭泣声。

　　别人可以乱，他无论如何不能乱了阵脚，家里遭了强盗，那是天大的事儿，作为一家之主，首先是要稳住情绪，万不可先自乱了方寸。张肯堂站在台阶上，摆摆手，说道：都回屋里睡觉去吧！

　　众人陆续散去时，忽听西厢房内传出哭声，那是三房小妾邵氏的居处。张肯堂心里一惊，疾步跨进房内，见三姨太邵氏正掩面哭泣，疾步走上前去，厉声喝问：还哭什么？

　　一位丫鬟低下头，说了一句：老爷，这些贼人抢东西，还祸害女人！邵氏只是一味地哭泣，并不言语。张肯堂一听，血就往头上涌。原来，方才大家慌乱之际，有位持刀的强盗从柜中搜出细软，回头见邵氏容颜姣好，就动了邪念，顺手撕扯邵氏的内衣。邵氏拼死守护，强盗便伸手摸她的奶子，把邵氏的两个乳头生生地掐出了血渍。

　　破财消灾犹可忍受，辱我女人断不可恕！张肯堂登时血往上涌，情绪就激动起来，冷着脸，咬牙切齿说道：都不要哭啦！这事儿谁也不许往外说，谁说割谁的舌头！说罢，一转身走出了西厢房。

　　邵氏是张肯堂宠爱的内眷，因他白天刚从邓州回家，身体有些不适，就随意到一个居处独自歇息。依他的起居习惯，他是喜欢与邵氏在一起歇宿的，若是强盗非礼时他在当场，势必要发生冲突，那他就性命堪忧了。张肯堂认真思忖一番，觉得家里仅仅被盗了一些钱财银两，邵氏虽蒙受欺辱，但总归守住了节操，且外人不曾知晓，论说起来，实属万幸！家中遭此劫难，也是家门不幸，如今诸事纷乱，须待明日静下心来，再思量一个万全之策。

内眷们先后敛了哭泣，孩童们也渐渐入睡，满院的一干人等才渐次散去，各自回屋歇息去了。

众人逐渐回房后，张家大院安静了下来。张肯堂闷声坐在居室内发呆：家中被抢的物品毕竟是自己的血汗钱，再说自己一生为人谨慎，何曾得罪过人。今天的盗贼究竟是路过，还是踩过点儿蓄意抢劫？又是哪路强盗刻意所为？假如系平日得罪人遭人抢劫，岂不被人耻笑，让他以后如何做人！更令人不可容忍的是，这些强盗抢劫财物也就罢了，竟然还欺辱内宅的眷属，传扬出去必被人讥笑，这是一个男人尤为不堪容忍的奇耻大辱！他无论如何也咽不下这口气，老张家不出这口恶气，不拿住这伙贼人，便被人小瞧了，那就无异于一个缩头乌龟，生意场上就会矮人三分！

张肯堂对当下的世事时局十分清楚，眼下的世道，州县官衙的老爷一个个都是官油子，无利不肯早起，见了强盗唯恐避让不及，哪儿会下大力气去缉拿盗贼？官府内的胥吏们多与盗匪勾连，沆瀣一气，即便强盗在眼前，断然不肯下力气缉盗惩凶。失主报案后白白损失财帛是小事，说不定还会为侦破案件徒然破费银两！自己虽是五品同知，可那是虚衔，捐纳的官衔往往被人小瞧几分，衙门人敬你是敬你，但终究不认你这壶酒钱。张肯堂有一个姐夫姓魏，在省城开封巡抚衙门当差，交结甚广，与巡抚大人私交甚厚，如亲赴省城开封一趟，呈上一封被盗的详单，说明案底情由，想必他会从中斡旋。认真思量一番，他觉得自己假如能够单独访查到盗贼的真名实姓，越衙上控，由臬司衙门直接缉拿强盗，州县衙门有上司公文的催逼，岂敢从中作梗！如此走一条上控的途径，倒是省去许多周折。

要走抚署衙门的路子，第一要务是要摸清强盗的行止，打听清楚是哪个强盗做下的案子，主谋又是何路神仙，越衙控告须有确切证据，方可准确无误地擒拿盗贼，追回被抢物品。当然，银子少不了要破费的，可走抚台衙门总比州县衙门更快捷，更便当，还会少耗费银两。俗话说，烧香烧到佛爷前，小鬼就会靠边站。

主意已定，张肯堂便气定神闲，回房歇息去了。

隔日晚间，管家把一份被盗物品清单呈送到张肯堂的面前。看罢清单，张肯堂的脸色渐渐阴沉起来，眉头也凝成了一个疙瘩，鼻翼一鼓一鼓的喘着粗气。这次被抢的财帛，恐怕是他一年的进项，衣物失盗甚多，银两也不是小数！家中遭到如此巨大的损失，不报官府缉拿盗贼，岂不便宜了这伙强盗！最让人可气的是，这些强盗竟然把供奉在祖宗牌位前的那个仿宣德铜香炉当作宝贝顺手牵羊拿走了，那可是祖传的物件儿，老张家已经传了好几代！如今被贼人盗走了，就少了一件敬奉祖宗的物件，那是做晚辈的大不敬！当日，张肯堂唤过家中的几位精细之人，让他们便衣外出寻访，着意打探强盗的消息，务必探寻到这伙强盗的行踪。

几天后，分头派出的几个家丁陆续传回信息，大多数人回来后没有确切的说法，几路人马众说纷纭，让张肯堂心里憋着一腔怒火。那天，他刚吃过午饭，那个被派出去名叫小根的年轻人回到家，悄悄来到张肯堂的跟前，四顾无人，压低声音说：老爷，小的打听到了确切消息。

张肯堂心中一喜：嗯！你说！小根附耳说道：那强盗是南阳府镇平县人，为首的名字叫胡体安！

张肯堂一听，吃惊不小：消息可准确？小根点点头：小的花了二两银子，是一个道上的朋友亲口告诉我的，不会有假！

张肯堂定定地看着他，心中犹存疑惑：镇平县远在百里之外，怎会到我们邓州地界来打劫？

小根趋前一步，咧咧嘴说：老爷有所不知，此人在镇平县衙是一名捕快，暗地里打家劫舍。他白日在县衙应差，晚间就外出当贼人，专找富家打劫，是个黑白通吃的主儿。

张肯堂越发惊疑，两眼盯住小根：他有这般神通！？

小根是个老实人，只好据实禀报：这个人十分了得，他网罗了一些不三不四的喽啰，昼伏夜出，四处打劫，成为一个坐地分赃的大强盗。白天他在衙门行走，夜里就穿上夜行衣打家劫舍，即便做下案子露了底儿，自有衙门的人给他暗通关节，及时通风报信，由他出银两摆平，可以大事化小，小事化了。最关紧的是，官场里还有人护着他，与官老爷勾连暗接，称兄道弟，时不时有银两供奉着，官家人自然就袒护他几分，由他去折腾。久而久之，那胡体安渐渐成了气候，长了一身的浑胆，一般人家不敢告发他，怕招惹是非；大户人家怕斗他不过，徒自惹得一身臊气，不愿招惹他。时间久了，这个胡体安就越发张狂，四处劫掠富裕人家。

张肯堂听了，气得一拍桌子，拧着脖子吼道：简直无法无天，官府岂能容忍这等恶人！小根见老爷动了气，劝说道：乡下有句土话：逮狐狸不成，不能惹一身臊气！一般人家破财消灾，伸伸脖子就咽下了这口窝囊气！官府中人受了他的孝敬，哪儿还会为难他！

张肯堂听罢，垂目静思片刻，摆摆手说：你去吧，先歇息一下，且让我好好想想。

三天后，张肯堂写清了家中被盗始末以及银两物品的清单，详文备述，吩咐备下车马，叫上二位家人，带足银两，将自己的一身官服穿戴整齐，把家中被盗物品清单一并带上，一路往省府开封而去。

二、巡抚衙门发文缉盗

巡抚衙门并非任谁都能随便出入的。以张肯堂的身份、地位而言，他可以在邓州的州府衙门径出径入，门吏还会向他颔首致意。他可以向上号房的门吏点一下头，或是送上一个微笑，门吏便会很恭敬地向他揖礼，还会笑出一脸的灿烂。可到了省城的巡抚衙门就是两重天地，抚台衙门深似海，不看你腰里有没有银两，也不看你的衣帽是否得体光鲜，要想走进巡抚衙门，就看你的头上的顶戴和官服上的补子。

张肯堂平日很少穿那身压在箱底的官服，但要行走于开封的衙门，那就必须有一个身份，否则就无法出入其内。身穿官服，站在抚台衙门前徘徊了许久，张肯堂还是真切地感到自己身份的卑贱。说穿了，自己就是一个乡下士绅，又无功名在身，若想闯进抚台衙门绝无可能。一个乡旮旯里的土财主，那是绝无晋见巡抚大人的机会。张肯堂虽然不够品级，又无科举出身，可他请托的亲戚却与巡抚大人私交甚笃。

寻下客栈休息一日，第三天一大早，张肯堂的上控呈状就放在了巡抚大人涂宗赢的案头，指名道姓，盗抢大盗即是南阳府镇平县衙的胡体安。

那日，偏巧涂大人公务有闲，刚刚坐下，他就看到了邓州上控的盗抢案卷。涂宗赢涂大人在河南任抚台日久，知道河南多盗抢之徒，这些亡命之徒昼伏夜出，戕害乡民，实属地方大患。可他虽身为巡抚，属下的衙门各司其职，缉盗审案由臬司衙门负责承办，作为一省的抚台大人，他也不便参与案件的审理。因为这个上控信件是自己信赖的属员呈送的案子，涂宗瀛就对案情着意留心，仔细过目后，静思了片刻，觉得此案非同小可，因涉及县衙胥吏，理应速速办理，略略思考了片刻，随手抽出羊毫笔，在砚台上蘸了蘸，低头在呈控文书上批转了一行文字：

此案甚恶，理法难容，着即臬司衙署缉拿镇平县衙门胡体安归案，不可延误时日！

巡抚衙门的批文很快批转至臬司衙门。臬台大人一见信札系抚台大人亲自圈阅的案件文书，岂敢怠慢，当即签押了臬司印鉴，转呈南阳府承办，并限期一个月内将案犯胡体安缉捕到案。

南阳知府任凯正在书案前临摹王铎的《临王献之省前书帖轴》书法，一见公文，知道兹事体大，立即放下手中的毫笔，连夜将公文批转至镇平县知县马翥，因事涉县衙的胥吏，极易走漏消息，便叮嘱经办的书吏，公文专呈马知县拆阅，限镇平县务必在半月之内逮捕胡体安到案。

公文转到了镇平县，由镇平县衙承办案子。

镇平县知县马翥刚刚到任半个月，对衙门里的规矩还不十分熟悉，连典史、书吏、三班六房的班头还认识不全。此人是山东人，经十数年的寒窗苦读，先是中了举人，后又连连参加会试，三次皆名落孙山，今年第四次科考中了三甲进士，榜下即用，俗称"老虎班"。他的手气还算不错，在吏部抽签铨选时，有幸抽中了河南。山东距河南不远，较之同榜的年兄们抽中云南、贵州那些穷山恶水的地方去做官，他是幸运无比的。清道光、咸丰以降，官场候缺之人蜂拥蝶聚，而那些在藩司衙门候补且手里又无银两奉呈打点之人，只好在客栈里枯坐终日，猴急猴急，熬上一年二载，费尽了银两，哪儿还会有做官的念想？俗话说得好，人生得意处，不过"洞房花烛夜，金榜题名时"。这马翥来到河南候缺，因是"老虎班"，到藩司衙门刚三天，就被委署南阳府镇平县知县，这真是婆媳妇过满月——好事连连。"老虎班"系清末官场旧例，新科进士签到藩司候缺，遇缺即补，旋即任用。马翥这是过新年又中了头彩，好事一桩又一桩，他高兴得屁颠屁颠，见人便作揖打躬，满脸都堆着笑意。镇平县在南阳府的西边，境内多山且丘陵连绵，属河南贫瘠之地，有根有底的人大多不愿到此地任职。但马崟的心意却很满足，好歹是一个县首，总比在藩司衙门前啃自家的干粮候缺强似百倍。马崟不是一个迂阔之人，他心里清楚，自己新来乍到，人地两生，又举目无亲，根基不深。地方上的人际关系盘根交错，稍有不慎，得罪人是小事，还会被人揪住把柄不放，官帽难保不说，还会被弄得灰头土脸里外不是人。知县刚刚履新，需要的是人缘帮衬，所以，马崟初到县衙时，就自掏银两在县城西街的酒楼里宴请衙门的属吏，意在希望大家今后要相互体谅，公务上相互帮衬。县衙的属下们一个个刁得很，平日里吃百姓，喝百姓，今日县台大人请吃，那可是天大的面子！属吏们乐得有酒肉吃喝，哪个还不向县太爷说些掏耳屎的话？

当天，县衙里上上下下一个个都喝得烂醉如泥，哪儿还会有人打理公务。下午申时，南阳府衙的信函送到，马崟扯开信函一看，便大吃一惊，因为公文上写得明明白白，捕快班内有人参与了盗抢大案。

马崟接篆履新，正是春风得意之时，可他不懂规矩，更不曾谙熟其中的关节。前任任满调任它职，连账房师爷也一并随任，交出来的那些收支账目一清二楚，并无丝毫的差错。其实，这是马崟的愚钝：府、州、县乃至抚台衙门里，支度账目大都有两本账，一本是正出簿、正入簿；一本是杂出簿、杂入簿。正出、正入簿记录粮款的收入及上缴国库的皇粮，法定的支出则在此支度。而衙门的官场应酬、礼尚往来、节礼奉送等不便公开的细目，就在杂出簿中支出——那是主官的小金库，除了县首和账房师爷二人外，任何人不得知晓。官场中有一套规矩，同僚、上司的转任升迁，祝寿礼金的筹码数额，都有一定的约定俗成，一旦破了规矩，就会被人耻笑，或是被上司暗记在心，那就贻害无穷了。仅此一项，马崟就是一个瞪眼瞎，说白了就是一个磨道里被蒙上碾眼转磨道的瞎眼驴！

如今，自己属下的一名捕快竟然是汪洋大盗，作为父母官就有失察的责任，纵然是新任知县，也难逃上司的追责。好在自己毕竟是初来乍到，马崟对自己的属下还不熟悉，县衙里的人每日里晃来晃去，可他就是叫不上名字。究竟那位是胡体安，马崟无法确认，想了半天，也没有想出胡体安是什么模样儿，心中不免有些发虚。静思了片刻，马崟立刻唤来刑名师爷毛一统，把臬司的密札晃了晃，颤声说道：毛刑席，本人初来乍到，就遇上这等棘手公案。你看如何处置！

毛师爷接过信札，不经意随口问道：啥事？

马羲甩甩手说：本县的捕快胡体安，吃了龙肝豹子胆，竟敢到邓州做下盗抢大案！上峰指名道姓，限十五日内缉拿到案，可见证据确凿。

毛一统没有看公文，猛然听到消息，深吸一口气，啜着嘴，眨巴着一双小眼睛：此事当真？

马羲用手掸掸公文，说道：白纸黑字，千真万确！臬司衙门批转抚台大人交办的案子！公文岂能有假！

毛一统接过信札，急速地将公文浏览了一遍，白纸黑字，又署有巡抚涂宗瀛的名字，写得明明白白，确认无误。毛师爷惊愕得张大嘴巴，半晌方才抬起头，拿眼睛死死瞅着马羲，试探着问道：县台的意思……

马羲摊开双手，咂咂嘴，说道：我还有啥意思，上峰的意思就是我的意思。抚台大人、臬司大人的意思是缉拿人犯，就是最大的意思！老夫子，劳累你连夜办公，补办有关手续，把姓胡的这厮快快逮捕归案！记住，切莫走漏了风声。

毛一统做刑名师爷已有些年头，官场的情事他远比马羲精透，因为久做刑席，故结交了许多业内同行，大家彼此相互照应，一有麻烦事体，可以相互知会回护，大家可以帮衬着把事情摆平。毛师爷在镇平县已经伺候了几任县太爷，在镇平县衙内，毛一统虽不在品级，可他人脉最广，但凡衙内的吏员录用、缉捕讼事，往往都要走他的路子。县太爷三年一述职，任满调迁，毛师爷却好似腊月二十三奉送灶王爷，送走一任又一任，而他却好似看家的老奴，忠实地守护着镇平县这个县衙；他又好像庙里的道长请神像，磕头烧香献贡品，请来又送走，送走了再请来，一茬接一茬，一任接一任。

毛一统听罢，略略顿了一下，摆摆手，摇摇头，两眼定定地看着马羲：东翁！慢来，慢来！此事须从长计议。

马羲一脸疑惑：此话怎讲？

毛一统知道自己说话有些唐突，为打消他的疑问，他顿一顿说：县台有所不知，河南为何多盗？概因地方上的痞子、讼棍无事生事，或是有些道行的人有通同官府的神通。一些有钱的士绅将自家的人放在官衙内充作眼线，或是贿通官府，明里入衙挂个名号，暗地里做一些违法乱纪的勾当，只要对官府无大碍，谁会究问根底？何况……现如今还不知胡体安现在何处。

马骉闻言，惊得张大嘴巴，半晌合不拢。他想不明白，要抓一个常在县衙里走动的捕快，难道还会费许多周折？他不免有些着急：密札期限仅有十五天，胡体安不在，如何是好！

毛一统慢慢说道：县台不急，此事有诸多玄虚。

马骉不解，只拿眼睛瞅毛师爷，眼巴巴地盯着对方，不知他还有何高论。毛一统见马知县不曾听懂，须将话说直白一些，他方才有所觉悟，便想了一想，说道：东翁啊，你往深处想一想。你初涉官场不久，刚刚有了名籍，又在考成期内，自己属下的捕快竟然是一个汪洋大盗，上司若是认真追究起来，恐怕要耽误你的前程！

一句话，惊得马骉一身冷汗，大冷天只觉得后背汗津津的，内衣紧贴在脊背上冷飕飕地发凉。他暗暗思忖，自己刚刚通籍，在官场涉世不深，假如一年考成时，仅此"属下通匪"一事，便足以断送自己的前程。虽然自己刚上任不久，追责应在前任，可属下出了这等事体，县衙内藏匿了这等人物，那还了得！一旦被人纠劾，岂不是前程尽毁。

想透彻了，马骉便有些着急，但他一时又没有主意，抬头看看毛一统，见他一脸诡谲，知他有了主见，顺便向前伸伸脖子，紧盯着毛一统：毛兄，你有何高见，只管讲来，我洗耳恭听。

毛一统见时机已到，便压低声音说道：县衙的捕快，个个都有名籍，待我查阅一下，看这个胡体安是不是在籍人。若是挂名捕快，立时即可抓捕；若是在班捕快，他极易得了消息，一拍屁股走人，你上哪儿去抓人？

马骉听他说得在理，扭头看看窗外，天色已是亥时，可眼下公务当紧，哪儿还顾得许多。马骉心急，呲着嘴催促道：麻烦毛兄一些，今晚务必细心查看胡体安的来历端底；查明了，再做定夺不迟。

毛一统心里十分清楚，依眼下的情势，还是先稳住马骉为上策，他若是到处张扬，胡体安的大名整个镇平县人人皆知，事情到了绝境，就再无转圜的机会，那就是一步死棋。主意拿定，毛一统故作轻松地说道：不妨事，待我查找一下。若是承袭还好说，若是新补，必有举荐之人，一查便可知晓。说罢，径往书办房。不大工夫，毛一统手中拿来一本毛边的册页走了进来。

毛一统摊开册页，说道：这是鄙人的秘本，从不轻易示人。

马矗嘴里说着好好，一副急不可耐的样子，慌忙将灯花拨去，又觉得光亮不够，顺手点燃了一支蜡烛。毛一统将名册摊在桌面，在胡体安的名下查找。果然，胡体安是挂名捕快，举荐人是县衙的捕班头目刘学太。

捕头的职责是缉盗缉凶，是县衙三班六房所倚重的人物。马矗一听，脸色有些阴沉：这个老刘不检点，咋会胡乱举荐不良之人进县衙呢？宵小奸徒环列大堂，岂不败坏官声官体！

毛一统笑笑：此事不当紧，我自有办法处置！待我明日找老刘问明来由，再说不迟！

马矗又有些担心，直直地看着毛一统的脸，说道：毛师爷，人是老刘举荐的，他不会给胡体安通风报信吧？

毛一统笑笑，说道：堂翁，老刘是咱衙门的捕快班头，朋友好是好，还是饭碗要紧。他咋会吃里爬外，胳膊肘往外撇呢！

马矗听了，半信半疑地点点头，咽了一口唾沫，也就不再言语。时辰已近子时，毛一统脸上已经有了倦意，哈欠打得一片声响。马矗见状，知道毛一统要休息，说道：今天到此为止吧。此事非同小可，切不可走漏半点消息！明日劳烦你尽快去找刘捕头，务必将胡体安的底细查究清楚，不可有半分偏差！

毛一统打个哈欠，点头应承，径自回房歇息去了。

三、老胡犯事儿了

第二天早班，毛一统踅到班房，见刘学太正与几位捕快闲聊，故意大声咳嗽了一声。刘学太见是毛师爷，知道有事情，起身跟在毛一统身后，悄声问道：刑席有啥事儿？

毛一统压低声音，说：你来一下！我有事问你。

刘学太是一个精壮的汉子，久在衙门行走，便有一脸的戾气。他听见了呼唤，就不再言语，紧跟在毛一统身后亦步亦趋。毛一统七拐八拐，来到书办房，推开门，又到里间探头巡视一下，确定屋内没有别人，然后反手将房门关上。

刘学太一脸狐疑，嘴里嘟囔着：啥球事儿，做贼似的！

毛一统拉过一条凳子，自己先坐下，指指另一条凳子说：球事儿大啦！咱衙门里居然有贼。

刘学太不知就里，两只眼睛眨巴着。他知道，刑名师爷、钱谷师爷的住宿处不是外人轻易涉足的。为保密起见，刑席大都独处一院，办公、食宿皆在一处，对所掌控的文书档案关防甚严，唯恐有所疏漏或丢失。他知道，毛师爷领他到此，绝非一般公务。可他也不便再问，心里七上八下犯嘀咕，猜不透到底有何事如此神秘，只拿眼睛瞅毛一统，希图从他的眼神中探究出一些端底。

待二人坐定后，彼此心绪平定下来，毛一统方才正色道：刘捕头，你说实话，这二年捕快班里你保荐过几人？

刘学太颇感意外，想不到他会问及此事，更估摸不透毛师爷问话的意思，略微思索片刻，说道：我一共保荐了五个人：有王学恩、李斯水、邱仁义、韩根阳、邢大宝。

毛一统直截了当地说：不对吧！不是还有个胡体安吗？刘学太觉得毛一统的问话很含蓄，微微点点头，观察着他的面部表情。

自古以来，河南境内的盗匪奇多，前几年衙门里缺人手，地方衙门颇感人手不济，就纷纷扩充捕快缉盗人员，壮大侦捕队伍。可上司并不拨付粮饷，增加的捕员的薪俸酬劳全靠自行解决。县衙为开源节流，规定新增的捕员先行向衙门缴纳一定的银两，便可以成为一名在籍捕快，县衙就用这笔银两收入聊补急需，实属割肉补疮之举。那些手里有闲钱、又想在衙门里混口饭吃的人，就向县衙纳上银子，成为一名在籍却不在编册的编外捕快。在籍的捕员并不天天到衙门值守，只是待衙门里有缉盗、捕凶等重大事由时，方才当差应卯。这些缴纳银两的捕员，大多是家中有闲钱的主儿，为衙门效力图的是混个头脸好办事儿，至于酬劳薪水，他们倒不在乎。嘉庆、道光以来，地方衙门积久成习，渐成惯例，新增的捕快人员中难免鱼目混珠，他们依仗着在县衙内做事，有人缘，就到社会上作福作威，戕害百姓，许多草民百姓见了这些人往往是敢怒而不敢言，暗地里称他们为"二杆子"，即二土匪之意。胡体安就是这类人。

此刻，刘学太并不领会毛一统的意思，梗着脖子争辩说：我确实保举过胡体安。不过，他这个人的路子野，人脉旺，我只是个牵线搭桥人，还有其他几个人都保荐过他，他们可都是县城四街有头有脸的人物头儿，我也就是牵个线，衙门里有了公务，知会他一声，出个案，办个差，并无银两上的牵扯！

你别急，哪个也没说你使了他的银子。毛一统接过话茬儿，说道：别人我不管，我只找你一个，因为名册上记下是你举荐的，又是在你手下当差。说着，毛一统从衣襟里掏出自己的秘本名册，晃了晃：举荐一千个人也无关碍，只是你在衙门里行走，又是捕快班头，人又在你的名下，有啥事儿，县台大人就找你一个！隔墙撂砖头——只能砸你头上！

刘学太心中发虚，睁大眼睛，急问：他到底犯了啥事儿！

毛一统扫视刘学太一眼，发狠说道：犯啥事儿？这回他可坐大萝卜啦。他参与了邓州盗抢大案，怕是要……

刘学太一时惊得两眼发直，嘴巴张大了半天合不拢。他知道，毛师爷的心机幽深玄妙，他做了先前几位知县老爷的刑名师爷，谙熟朝廷刑典，心思缜密，在县衙里是得罪不起的角色。县衙里有些人敢冲撞县老爷，却打死也不敢得罪毛师爷。毛师爷吐口唾沫，让谁舔起来谁就得舔起来，因为毛师爷说那是糖稀，是糖稀你就要舔起来，不舔起来就会遭罪。刘学太只觉得脊梁沟儿一阵阵发凉，心惊肉跳，声音发颤道：胡体安可不是一个善茬儿，他家里又有钱财，还是镇平县城一霸，手下爪牙众多，那可是惹不起的主儿。假如风声走漏，必定抓他不着，反惹一身骚气。

毛一统不听他辩解，厉声说道：你说的哪儿的话！这个案子是臬司衙门督办的，县台老爷奉命抓人，难道他是在籍捕快，就可以放他一马！

刘学太连忙分辨，说道：岂敢岂敢，既然毛师爷追查到我身上，小的拼上身家性命，也要把胡体安捉拿到案，公事上也好有所交代。不然的话，大老爷的前程就会断送在小人的手里，可是……刘学太欲言又止，只拿眼睛瞧毛一统。

毛一统在衙门混久了，自然知道衙门里的捕快班头大多黑白两道通吃，耍刁弄奸是小菜一碟。看着刘学太眼睛里闪烁着不可琢磨的绿光，猜想他必定会耍些花招，就说：还有啥事儿，你尽管一一道来，不方便处，我们慢慢商量。

这话说得很有机巧，刘学太在道上混，当班头这么多年，也是镇平县街头的头面人物，什么事儿没经见过？他知道，县太爷可以得罪，唯一不能得罪的就是这位刑名师爷。刑名师爷可以翻手为云，覆手为雨，自己的性命事小，一家老小的安危才是最为关紧之处。想了一想，刘学太屈身打恭，深施一礼，抱拳至额头，动情地说：请毛刑席高抬贵手，一则宽限些时日，容小的想一个万全之策；二则不能动俺的家小，一旦动了俺的家小，则必定惊动胡某，引起了他的警觉，反倒不利于逮他归案。你看如何？

毛一统是老江湖，衙门里的惯例他自然熟悉在胸，往日属吏们奉命办理案子，为督促其尽心尽力，心无旁骛，就将主办案子的捕头家属扣押以为人质，待案子了结后再行放还。这虽是衙门里的损招，却也实用有效，无形中增加了办理案件人员的心理压力，使其死心塌地没有退路。毛一统听了刘学太提出的请求，觉得甚是合情合理，当即允准。可是，毛一统更加心机深藏，他话锋一转说道：不动你家小可以，我也提两条，你务必记住。一是你不能鞋底抹油……溜之乎也，把我给撂进去，砸了我的饭碗；二是限期不可拖延，此案是巡抚大人、臬司大人批转的，哪个也抗不得！三日时限，日不错影你把人逮来，第四天不见人影，可别怪我翻脸无情不认人。

刘学太听罢，咬咬牙，点头说道：好，就听毛师爷的！我一家老小的性命暂押在县衙内，俺这是插翅难逃啊！

毛一统见他有了承诺，说道：人生在世，讲究忠孝两全，你一旦跑掉了，到时候就要连累你的老娘、你的老婆孩子披枷带锁吃牢饭，怕是你也没有一个安生的日子！

那是！那是！在下知道厉害！刘学太连连打恭，满口的应承。

刘学太与胡体安私交甚厚，那是胳膊窝里夹个头——身儿里人。当初刘学太举荐胡体安，就是看在二人的交情上，希望有一个贴心的帮手辅助自己。那胡体安在镇平县城是个有钱的主儿，他在县衙挂名做捕快，不过是担一个名头，在人前好说话，处处被人巴结，发不发薪俸他不在乎，就图混个脸熟！如今，胡体安犯下了滔天大罪，刘学太觉得就该先知会他，让他拿出一个主意，能躲则躲，能藏则藏。银子是龟孙，没了再去拼，一旦没了小命，那就万事皆休。以刘学太与胡体安的交情，他绝不会将胡体安绳之以法，捆绑捆绑扔进大牢里。胡体安是啥角色，那是个得罪不起的主儿，再说两人还是生死至交，早有打干亲的意愿。他刘学太不能做无情无义的事，也绝不会自己把自己逼到悬崖边无路可退。思量再三，刘学太决定立马与胡体安见面，尽快商定一个万全之策，以应对眼下这场牢狱之灾。

为避众人耳目，刘学太并不在县衙内会见胡体安。那天晚饭后，刘学太踱着方步，与同事开着玩笑，俯身拾起一根扫帚茎秆儿，剔着牙花，一副漫不经心的神态，慢慢地走出衙门。一出衙门，他就疾步来到胡体安在县城南大街的烟馆。一进门，烟馆的伙计认识他，忙上前打招呼。刘学太点点头，急急问了一声：老胡呢？

那伙计向院内指指，低声说：刚吃过饭，在后院呢！

刘学太不再问，如入无人之境，直趋胡体安的居室。傍晚时分，室内光线昏暗，只见屋内一个方额阔唇、一脸横肉的中年汉子，正坐在八仙桌子旁边啜茶。见了刘学太，忙放下手中的蓝瓷嵌花茶杯，起身说：老刘，哪股西北风咋把你刮来啦！快坐！快坐！说着，用一个竹制的小镊子夹起一个茶杯，另一只手往杯里注茶水。

刘学太并不接茶杯，一脸的凝重，扭头环视屋内：有外人吗？我有话跟你说。

胡体安啜下一口茶，大咧咧地说：有啥球事儿快说，神神道道的，好似要钻娘儿们的被窝似的！

老大！可是要塌天啦。你别整天光想当自在鬼，不知道啥时候就会被阎王爷的索命锁拿了去，钻油锅、点天灯的滋味可是不好受！刘学太话说得口气很重，一脸的冷色。

这是啥球话！敢拿俺姓胡的人，恐怕还没有生出来哩。胡体安把嘴一咧，脸上挤出了无数道油渍渍的光亮。

刘学太皱着眉头，摆着手，压低声音说：别充大蛋！我且问你，你是咋球弄哩，邓州的那个案子，大发啦！

胡体安身子像安了弹簧，立时坐起身，瞪圆了双眼，咧着一张大嘴，声音有些发颤：你……你说的是真的！？是哪个吃了豹子胆的主儿，敢告我的黑状！

刘学太知道点到了他的痛处，斜眼看着胡体安：不犯事儿我会找你？邓州那户人家通天呢，抚台衙门里有人，把你的底细拿捏得清清楚楚，将呈状直接递到巡抚大人的手里。经抚台大人批转，臬司衙门一级压一级，指名道姓要拿你是问。

胡体安愣了足足一袋烟功夫，闷闷地再无言语，脸色渐渐显现出无奈和绝望，说话的语气和声调也低落了许多，半天方才嗫嚅着说：老刘，你不是开玩笑吧？

刘学太发狠道：哪个小舅子跟你开玩笑！眼下，案子落在我手上。我先告知你，让你有个准备。

胡体安鼻子一酸，眼泪簌簌地滚落下来，眼神里流淌着绝望，说话间，从椅子上往下出溜，双膝一软跪在地上，悲声说道：老刘，你一定要救我！

平日里，胡体安是个强梁角色，眼下遇见事体，也是怂包一个。刘学太忙扶起胡体安：自己弟兄哩，咋兴来这一套！如今须想个法子，逃过这一劫。不然的话，小命可就交给阎王爷啦！

胡体安是何等精明之人，用手背蘸干眼角的眼泪，突然想起一件旧事。当初，刘学太提出要与胡体安打干亲，将胡体安的二小子认作干儿子。胡体安心里有个小九九，他知道刘学太外号"热粘皮"，即好色又爱财，做了干亲家，就少不了蹭他的银子。当时，他就一口回绝了他。如今，自己的事儿犯在他的手下，那就必是处处有求于人，不如乘此机会把认干亲的事体了结了，既然有了一层干亲的连带，他必定想尽方法给以回护。主意拿定，胡体安转转眼珠子说：自家兄弟，有啥事儿敞开说，反正我的小命就攥在老兄的手里。咋说咱还是干亲戚哩！你若是不救我，我的脑袋怕是要搬家了！

刘学太听出了他的话意，认定他是个粗人，也不与他计较，冷起脸子说道：你这人做事太不讲究，刚才你还当我给你开玩笑？坐实了给你说，俺今儿个来，就是看在咱弟兄的情分！不然的话，换了别人，我早带人把他捆绑进了大牢里！

见老刘话说的恳切，确信不会是戏言，更不是要弄他。胡体安立马站起身，抱拳一揖，动情地说道：此事还须兄台担当！小弟项上的这八斤人头，全凭弟兄们周全了。

刘学太见他一脸真诚，摆摆手让他坐下，脸上堆下一丝儿笑意：这是人命关天的大事，我岂能作弄你！你也不想想，保荐你的是我，捆你进大牢的还是我，我刘某人还会捞到什么好处不成？你我相好了一辈子，我还会从你身上榨几两银子充大蛋？

话说到这个份儿上，也就没有必要再兜圈子，事情已经很透彻，不须再费口舌。当下务必商定一个万全之策，尽快了断眼下的公案。胡体安何等精明，脑子迅速转动，站起身拉开一个抽屉，从里边拿出一包东西，说道：老刘，我才弄来一点儿上等"云土"，咱边聊边说，一起想想主意，趁功夫我也好好向你讨教讨教，寻个上好的计谋。

刘学太就好这一口，见了烟土，心里自然心动，嘴上却说：自家兄弟，还客气啥哩！

见时机成熟，胡体安一抱拳：老弟，前年你说要打干亲的事儿，我与你嫂嫂商议过了，孩子有你这个"老干大"，也是他的福分！咱哪天瞅个好日子，就把认亲的仪式办了吧！

刘学太见胡体安旧话重提，甚感意外，眨巴着一双小眼睛，疑惑地问道：嫂子愿意吗？

胡体安说：娘儿们家，咋说头发长，见识短呢！依了我的意思，孩子早拜在你的门下了！

刘学太不好回绝，点头应允说：咱择日办个仪式，以后咱就是干亲家！不过，今日的事儿最为关紧，咱还是找个僻静处，商议一个对付的法子！

胡体安自己开的有烟馆，烟灯、烟具一应俱全，两个人一前一后来到一间封闭的小房子里。这是烟馆里常见的卧榻，中间燃起一盏烟灯，两个人分别斜卧在两侧，一人一杆烟枪，吞云吐雾，有滋有味地品呷着。不大工夫，居室内顿时弥漫着鸦片的味道。

胡体安虽是刘学太的属下，但胡体安从心底里瞧不起他，论社会根基、论家产厚薄，刘学太都不远如他。刘学太祖上世居乡下，捕头的差事是三辈承袭，算是在衙门里有根基。快班捕头是一个不在品级的衙役，端的是县衙的饭碗，收入微薄，假如平时不向富户们打点儿秋风，不顺手捞取一些好处，恐怕连一家老小都养活不起，何来吃喝烟酒的消受？在衙门里当差，靠山吃山，靠水吃水，向当事人揩油，那是天经地义的事体，也成为社会风气，见怪不怪，大家早已习以为常。当初胡体安走刘学太的路子，就是看准了他在衙门里的人缘，托托他的门子，挂个捕快的名头，便于自己混江湖。再说，刘学太是捕头，投在他的门下，有啥事儿由他护住，胡体安无非是逢年过节孝敬几两银子！依凭胡体安是自己的属员，刘学太也时常叼他的便宜，好酒好肉侍候着不说，还要不断地把上等烟土送他消受。可胡体安没法子，谁让自己是刘学太的下属呢？有一次，胡体安手下的兄弟到邻县打劫了一家富户，刘学太七查八查，竟查了个水落石出，最终把胡体安的底子抖搂出来。逼得实在没法子，胡体安只好奉礼上供走刘学太的路子，大把大把花银子，总算把刘学太的嘴给堵上了。有了这档子事儿，刘学太自然知道了胡体安打家劫舍的勾当，把他的根根梢梢都摸得通体透亮。胡体安也是聪明人，索性一不做、二不休，啥事儿也不瞒刘学太，顺便把他也拉下水，有了好处就有他一份，有个啥事儿有他出面扛着，自己就可以放手做事。从此，刘学太就有了一份额外收入，这是小鸡拴在门槛儿上——里外都能叨食儿。从此以后，二人心照不宣，彼此都知道对方的小九九，啥事儿也不用遮盖，两个人说话就少了虚头巴脑的客套。

刘学太知道胡体安的路子野，门路多，吸足了一口烟，试探着说：老大，你有啥高招？

胡体安叹口气，说：我会有啥高招！还得老弟你点拨点拨，无论如何得让老兄躲过这一劫！

刘学太半晌无语。他的脑子突然灵光一闪，想出来一招数，可他不想说破，害怕案子是臬司衙门督办的案底，万一翻了盘，自己就是主谋，陷得太深于己不利，他得为自己留条后路，以免自己日后陷于绝境。刘学太为人有个底线：无论做什么事情，从来不做绝，砸锅卖铁须先保自己有饭吃，管别人的事儿不能砸自己的饭碗。他在琢磨着如何启发胡体安，让他猜到自己的意思，用他自己的嘴说出来。想了片刻，刘学太悠悠地说：老大，你手下的兄弟恁多，为何没人出首顶一下，把眼下的事儿糊弄过去。

胡体安一激灵，觉得找人顶缸是个绝妙的主意，自己就可以金蝉脱壳，可这是一个馊主意。他在江湖混日子，就讲究一个哥儿们义气，自己坐蜡的事儿，让兄弟去顶缸，为江湖人所不齿。想了片刻，胡体安磕了磕烟枪，说：这不行！兄弟的命就是我的命，我胡体安不做那不仁不义、出卖弟兄的事体！

话说到这份儿上，事情就有点儿难办，刘学太知道他是意气用事，就叹口气说：这是命的事儿，不是钱的事儿，也不是义气的事儿。有钱没命不行，没钱有命也不行！命是第一，银两第二，义气第三。天下哪儿有花别人的钱买自己命的事儿？刘学太用眼角瞟一下胡体安，他已经把话说得够透彻、够露骨了。话只能说到此处，点到要害节点，就适可而止。这就是刘学太的精明之处。

胡体安也不傻，细细品呷他的话意，觉得他的话大有深意。突然，胡体安如醍醐灌顶一般，用右拳猛击了一下自己的额头，一个鲤鱼打挺，翻身坐起：老刘，我手下有一个孩子，在俺的客栈大厨当学徒，家里不缺黄土就缺钱，让他去顶替俺，咋样？

刘学太见自己的点拨起了作用，微微点头，又皱着眉头说道：那孩子多大岁数？

胡体安说道：去年来时十四，今年十五岁，不过就是人长得单薄一点，那天他也到邓州去了！怕是……

人还在吗？刘学太仰起头问。

胡体安说：人在客栈，我让人去喊他，你瞧瞧看？

胡体安到外边喊过来一个人，低声吩咐了一声。那人应声而去，两个人继续闲聊着，说些少盐没醋的话。

四、毛师爷接活儿啦

不大功夫，门口一暗，从外边走进来一个人，胆怯地喊了一声：大叔，你喊俺有事？

小汶，这两天回家了吗？胡体安斜躺着身子，问了一句。

叫小汶的孩子很局促，回说道：大叔，俺不想家！

胡体安嘿嘿一笑，说：还没退奶黄的小子，咋会不想家哩！

俺真不想！在家里俺爹光打俺，俺怕他！

嗯！这就是好孩子。

进屋的是一个孩子，身条有了成人的样子，但体态很单薄，瘦骨嶙峋的，眉目还算清秀，有鼻子有眼的，模样儿挺周正。刘学太在暗处，细细打量这孩子，心里犯了嘀咕。他觉得让这样一个孩子顶替一个打家劫舍的汪洋大盗，恐怕难以掩遮明眼人的耳目。他耷拉下眼皮，摆了摆手，示意他可以离开。

因为刘学太有意把自己的脸隐在灯影处，始终没有说一句话，站在门口的小汶，没看清躺着的那个人的面目，更不知道他是谁。

胡体安也不便说太多，就随口说了一句：你去吧，先去前院，有事我再喊你。叫小汶的那孩子答应了一声，后退一步，踢踢踏踏走出了门。

人前脚走，刘学太就坐直了身子，瞪着眼说：咋着，老大，你这是坟地里耍把戏——糊弄鬼哩？

咋着？人小了点？胡体安明知故问。

这样的小屁孩咋会糊弄得过去？县台好歹也是读书人，那可不是好糊弄哩！这事儿可别弄巧成拙，到时候鸡飞蛋打，丢人打家伙不说，还会连累一圈儿不得安生。

老刘，这你放心，人的事儿我安排；衙门里的事儿由你去周旋，人在我家，到时候人是你抓的，坐死了他就是胡体安，哪个还会为他作死证？

刘学太还是摇头，啜着嘴说道：再没有合适的人啦？

胡体安半晌无语，摊开双手说：都是有家小的人，上有老、下有小，经见的也多，个个是老油条，哪个肯去替人坐大牢？即便有人为了银两答应了，公堂上两皮鞭子就露了馅，屙的盆里罐里都是。一旦翻了供，就会鸡飞蛋打，那可是比害红眼病、长个疔疮厉害！只有这孩子，家在邓州，上有父母，没有成家，又无牵无挂，几句话、几两银子就能把他哄得住。万一扛不过去……胡体安做了一个刀劈的手势，咧着嘴说道：他是邓州外乡人，死在咱镇平县谁会知道！事后我多给他父母几两银子，弄几亩地，盖三间房就打发妥当了。

刘学太见他说得胸有成竹，便说：这事儿，越早越好，知道的人越少越好。我不便参与这事儿，你当面给他说，外人千万不可掺和，走漏了消息，可不是闹着玩的！

胡体安额首应道：那是！那是！

刘学太起身告辞时，胡体安说了一句：老刘，等等！他走到另一个房子里，片刻工夫，进来时他的手里攥着一锭银子，足足有二十两：老刘，你为我的事儿操碎了心，给你个散碎银子，喝个小酒、打个牙祭！

刘学太也不客气，接过来银子揣进袖里，说道：这事儿最迟明晚说定，晚了我可担待不起。要紧处是毛刑席那儿，他是要害人物，是县台倚重之人，十两八两银子恐怕捂不住。

胡体安心知肚明，起身送人，嘴里不住地应承着。

刘学太回头说了一句：我走啦，你也别送，少惹人注意。你切记，此事万不可让外人知道！

胡体安一边答应着，一边送刘学太到房子门口：老弟，孩子认干大的事儿，你也要上心啊！说完，立住脚，抱拳施礼，一揖送走了刘学太。

刘学太一边答应，一边还礼，脚步匆匆地走了。临走出门时，扔下一句话：老胡，这可是大事，你弄人家邓州的东西，一根线也不能动，尽快归拢在一起，就候着衙门里的人来起赃！

说完，头也不回，径直而去。胡体安被晾在一边，两条腿不由自主地颤抖起来。

胡体安回到房里，从抽屉里拿出二两细碎银子，放在桌子上，自己坐下自顾喝茶。停了停，喊了一声就把小汶叫了进来。小汶就在一旁的屋里候着，听到呼唤进了屋，见屋里只剩下胡体安一人，就很拘谨，只拿眼看胡体安。

胡体安眯缝着眼，看着小汶：小汶，大叔记性不好，你姓啥来着？

小汶回答：俺姓王，大名王树汶。

胡体安用手拍拍自己泛着光亮的脑门子：你看看我这啥记性，连这都忘啦！你爹把你送来那天，我还给你杂烩汤喝。

王树汶咧嘴笑笑，停了停，才说了一句：大叔事儿多。

胡体安说：你这孩子怪待见人，给我当干儿子咋样？

王树汶有些受宠若惊：我……我，俺不配！

胡体安坐直了身体：咋不配！你叫声爹，就是我的干儿子！

王树汶犹犹豫豫，嘴里嘟哝了一句：爹……还是叫大叔顺嘴……

胡体安咧嘴笑笑说：以后你就是我的干儿子，叫大叔也中！

王树汶心里疑惑，嘴里说：以后大叔多关照！

胡体安转移话题，又问：来一年多啦，厨上学的咋样？

王树汶说：俺才来的时候，前仨月挑水、劈柴火，后来择菜、洗菜，再后来就学切菜，跟师傅学刀口；今年夏天开始跟面案师傅学面活儿……

胡体安并没有认真听，随意问了一句：活儿累不累？

小汶交替着换了一下站立姿势，扭动了一下身子，回道：也不算累，俺年轻，睡一夜就好了。

胡体安哦了一声，停了一下，把桌子上的银子拿起来，说：这是二两银子，你拿着，到街上置办个衣裳。

天冷了，小汶穿的单薄，见大叔给银子让买衣服，身子向后退着说：俺不要，俺有衣裳穿！

胡体安拉下脸，正色道：你这孩子，还给你大叔客气哩？叫你拿着就拿着！

小汶不敢拿，又不敢不拿，缩着脖子，脸憋得通红，扭捏着无所适从。胡体安站起身，把银子硬塞进小汶的衣兜，重新坐了下来：小汶啊，你大叔有事儿给你说。

小汶两眼忽闪着，静静地听。只见胡体安的眼里放光，紧盯着小汶，一字一句地说道：小汶啊，你大叔有了难处，你要帮帮你大叔。不然的话，咱这四街的生意，恁大的家业可咋办呀！

大叔是镇平县城的名人，他会遇见啥难事儿，会有啥事儿难得住他？一个月前的那个风高月黑夜，大叔让他去邓州，小汶不敢不去，十几个人，黑天黑地像夜老鼠一样窜了一夜，他到现在也不知道那天干了啥事儿。小汶隐隐觉得，好事儿不背人，背人没好事儿。事后没人对他说，他也不敢问，就憋在心里自己偷偷地琢磨。今天，大叔又唤他说事儿，小汶心里就忐忑不安，不知道还会有什么事。听了大叔的话，小汶不理解大叔的话意，愣愣地问了一句：大叔，有啥难事儿？我一个小孩子能帮上你的忙？

胡体安不急于回答，他要让小汶有个心理准备，停了一会儿，才幽幽地说：你能帮上！县衙里有人诬陷大叔，你去替我顶一下。

小汶不明就里，随口问：咋替你顶？

胡体安有意放慢语速，尽量不给小汶造成心理压力，缓缓地说道：那天咱去邓州的事儿，有人说是咱爷儿俩一起去的！

小汶有些讶然，问道：大叔，去邓州那天，我不知道是啥事儿啊？

胡体安继续打着哑谜：也没啥事儿，你先去衙门号房里住几天。

小汶说：号房里可不是谁都可以进出的！他们问我，我咋说哩？

咋说？那还能咋说！你就说你叫胡体安！

小汶一听慌了神，当即回绝：那可不中！县衙里的差人光给人上刑，听说打板子光打人的屁股，打得人筋断骨头折！用拶子夹人，能把人的手指头夹断！

不会！不会！大叔我在衙门里有人，我让他们照应着，又有大叔我给你打点使钱，谁也不会为难你！

小汶知道大叔在县衙里有熟人，可坐牢的事儿不是闹着玩的。王树汶带着哭腔说道：大叔，我不去！俺怕！说瞎话顶大叔的名他们就会打我！

胡体安的脸色渐渐沉了下来，板起脸说道：你看，刚才还是大叔又是爹的，咋就一转眼不认账啦？咱家的生意要是塌了台，你这学徒也当不成了。你去替了大叔，我就使钱把你保出来！

小汶的两眼蓄满泪水，带着哭腔说：大叔，不中，县衙的大牢可不是随便进出的！大堂上的板子是专门打人的！

胡体安放缓语气，哄劝道：你怕啥哩！那里的捕头、牢子个个与我称兄道弟，他们咋会打你，他们打你我也不愿意啊！

小汶眼泪簌簌地滚落下来，用衣袖擦拭着说：大叔，俺不去！打死俺俺也不去！县衙的大牢里没有囫囵身子走出来的，不死也得脱落一层皮！

胡体安忽然敛了笑容，眼中露出凶光，用阴冷的目光直勾勾地看着王树汶：咋着，就这点球事儿，你就不能为大叔扛着，那你还能干成啥事儿？去年你爹送你来，我是咋收下你的？连这样的小事儿就不能干，你还不如回邓州老家去种恁那一亩三分地去！

小汶听出了大叔的口气很硬，他知道大叔的能耐，说让他滚蛋他就得滚蛋，厨子学不成不说，还会让他滚回邓州老家去！大叔是个吐口唾沫就能淹死人的主儿。去年春天，他来客栈当学徒，是托亲戚的脸面他才勉强被收下的。老爹送他见大叔时，他拿足了架势，待理不理，一边抽大烟，一边用手指头搓自己的脚趾缝，搓下秽物后，再用拇指、食指捻成一条细棍儿形状，举到眼前端详一番后再扔掉，弄得满屋子的脚臭味儿。当时，老爹很尴尬，送他来的亲戚也尴尬，老爹带着哭腔求人，就差当面给胡体安跪下磕头了。眼下，也是大叔走了背运，不是遇到天大的难处，大叔是不会轻易求人的。

小汶心里很矛盾，就带着哭腔说道：大叔啊，听人说在大牢里打人用棍子，还披枷带铁链，把人整得人不人、鬼不鬼，抬出来的是死尸，走出来的是活鬼。

胡体安见他有松动的意思，知道小孩子家心思活泛，连哄带吓一番，就可以把他说服。他换了一种和缓的语气，语调柔和地安慰小汶说：你也知道大叔我的能耐，在镇平县城没有大叔我办不成的事儿！有我给你罩着，大牢里谁敢难为你，我整死他！你信不信？

大叔的能耐小汶相信，可他还是有顾虑，欲言又止的样子。胡体安摆摆手，说道：小汶，有啥话你尽管说，说出来大叔为你想办法，在咱镇平县城没有大叔办不到的事儿，没有大叔摆不平的事儿！

小汶也不傻，有一句话他没有说出口，但他心里清楚：既然大叔有通天的本事，啥事儿都能办到，咋就不想个办法找人替他把事儿摆平，即使摆不平那就找别人去顶替他坐大牢？再说，大叔还常在县衙门里做事，啥事儿会难住他？小汶只是这样想一想，他不敢说出口，自己家里穷，出门在外，啥事儿都要靠大叔，大叔给他说的事儿，他咋能回绝呢！可小汶还是有顾虑，平时，他只是在县衙的门口路过，有意无意探头向里瞧一眼，从来没敢进大门，他听说那里边的官老爷厉害得很，衙役们也一个个横眉立眼不好惹。有一次，几位学厨子的同伴到县衙门口瞧热闹，看县太爷断案，回来后听他们述说衙役们如何用板子打犯人的屁股，把人的两爿屁股蛋子打得又红又肿，犯人疼得趴在地上哭爹叫娘杀猪一般喊叫。在家里爹也打他，可爹用的是鞋底子，抡起来打屁股，自己的屁股整整三天还生疼生疼，蹲下拉屎时就疼。而那些衙役打人，也不管轻重，抡起棍子打屁股往死里打，一棍子打在屁股上就是一道肉棱子，那还不疼死人哪！

小汶不敢说他见到犯人挨打的事儿，沉默了半天，才嘟嘟哝哝说了一句：大叔，俺在牢里住几天呢？

听话意已经有了应允的意思，可这一句话胡体安不好回答。如果实话实说，大老爷判几年就住几年，王树汶必定害怕，他死活都会不愿意。那就说假话，先把他哄进大牢里再说。小鸟一旦装进笼里，再扑腾也飞不出去。先把鸟儿关在笼里，再调教也不迟，是杀是放，那就听天由命了。胡体安咧嘴笑笑，柔声柔语地说：不会有几天，在里边又没人打你，天天有人端吃端喝，白面蒸馍随便吃，还有猪肉炖粉条子，住个十天半月，人养的白白胖胖。等你住烦了，我再找人把你弄出来。

小汶一听半个月，就带着哭腔说：一住就是十天半月啊？

胡体安哄着小汶，说道：明天我就差人给你爹送去几两银子，天冷啦，让他也添几件棉衣过冬。等你出来后，我再给你家买几亩地，盖三间房子，再给你说个媳妇，小日子就会过得有滋有味。说完，他先自咯咯地笑了起来。

小汶现在不想娶媳妇的事儿，他只想咋应付坐大牢的事儿。想到自己要去蹲大牢，他心里就发怵，一发怵就浑身打战，嘴角抽动着，眼泪在眼眶里打转转。可他不敢哭出声，就不由自主地抬起右手臂擦拭眼角的泪水。

胡体安见此情景，知道这孩子太小，没经见过事儿，万一有了差池，就会弄巧成拙，全盘皆输。为了给小汶打气壮胆，缓和一下他的畏惧情绪，胡体安站起身说：小汶啊，你要记住一条，从此以后，你不叫王树汶，就叫胡体安！

小汶一脸哭相，看着胡体安说：大叔，我不敢！

胡体安脸一沉，瞪了小汶一眼：咋不敢？

俺怕人家打俺！小汶说。

叫胡体安没人打你，叫王树汶人家打死你！大叔在镇平县是老虎，你王树汶就是一个地上爬的小蚂蚁，掐死一只蚂蚁还能费多大力气吗？你可要记住：啥时候都要行不改名，坐不改姓；改了就要挨打，天塌地陷也不能改口。你知道吗？

小汶记下了，畏惧地点点头。胡体安还是不放心，又交代说：那天跟着大叔去邓州看摊儿的事儿，人家也知道啦，大堂上要问你，你该咋说呢？

小汶想了想，说道：我说我啥都不知道。那天我看老摊儿，他们跟人家打架，后来我们就跑！

胡体安拧着眉头，两眼闪着凶光：不对！你就说那天你是头儿，其他人都是外地人，在大街上偶然相遇，你也不认识他们，也不知道他们叫什么名姓！这一点要是说岔喽，人家可是打死你！不但抽了你的筋，还会扒了你的皮！

中！大叔，我听你的，你叫我咋说，我就咋说。

有了小汶的承诺，胡体安心里的石头终于落了地。临走时，胡体安又再三叮嘱小汶几句，生怕有什么遗漏。

第二天一大早，胡体安找到刘学太，随手掩上门，说道：老刘，小汶那孩子说妥了，下一步该咋走？

刘学太看看胡体安，叮嘱说：下一步见毛师爷，人家是老油条，没他给咱撑着，咱天大的本事也弹蹬不了几步。

胡体安一听，心里就犯嘀咕：烧香磕头不能见门就进，见神就上香，这如何受得了？

刘学太见他无语，啜着牙花子说：不能小看毛师爷，他咋着也是个刑席的名分，只有他能罩得住马大人！过不了马大知县这一关，你就是请进来一个孙猴子也不行！咱可不能走弯路，更不能走错路，烧香就烧佛前香，请神就请有用的神，请那些能呼风唤雨的神。这事儿非毛师爷不可！

刘学太把胡体安的心机看了个透亮，知道他心里有顾虑。既然如此，他觉得必须把话说到明处，省得他心里有疑惑，别让他以为是铺派他，让他多走门路费银两。刘学太放下脸子，说道：老大，毛师爷最关键，他可是个人精，在上司衙门那里人缘熟得很，离了他，咱是山墙上挂门帘——没有啥门路！你想想，新来的马夤虽是知县，可他刚刚就任不久，就是个新上套儿的牛犊子，对刑律法典一知半解。何况官场里的勾当他更是生手，初任知县，还不知道蚂虾在哪头放屁，如何应付得了臬司衙门督办的这等大案？这件事儿必须靠毛师爷从中周旋。

胡体安想想也是如此，试探着问道：毛师爷为咱费心劳神，咱咋酬谢他呢？

刘学太说：好说！但凡人活在世，都有自己的情趣爱好，只要瞅准了，那是布袋里逮猫——十拿九稳。我知道他有一嗜好……

胡体安平日里与毛师爷接触的不多，因情趣不同，故没有太多深交，至于毛师爷的嗜好，他是一概不知。胡体安就试探着问：他对娘儿们咋样？

刘学太是个色鬼，毛一统却不谙此道，就摇摇头，咧嘴笑笑：这你就不知道了，他是个读书人，爱钻古书堆，不喜欢钻女人的被窝。再说，人又上了年岁，对男女之事没兴趣，没听说过他好这一口。

胡体安挠挠头，一时没了主意：那他喜欢啥哩？

刘学太说道：读书人爱啥？爱古！俗人瞧不上眼的古董瓷器、字画古玩，毛师爷一见就像猫见鱼腥，眼珠子嗖嗖直放绿光。你在这上边多琢磨琢磨，下点儿功夫，天下没有不爱腥的猫儿，是个人就有自己的喜好。毛师爷是南方人，又爱好古董，只要是上眼的古物，没他不要的！

话说到这份儿上，胡体安心里已经透彻，对刘学太说道：小汶就在家里候着，我已安排人照应着他，看着他，他跑不到哪儿去，也没人知道这事儿。衙门里上下融通的事体，就全靠老刘您去打点，有啥事儿，咱俩及时互通讯息，切莫误了大事。

临出门时，刘学太又交代了一句：老大，邓州的那些银两、绸缎千万不要动！先拢在一起，等着衙门来起赃。胡体安想想，这事儿弄得有些窝囊，真是俗话说的，偷鸡不成，反倒蚀把米，真正是丢人打家伙，做了桩赔本买卖！

胡体安从刘学太那里出来，回到家，立马让人去筹办几件事。第一件事儿，就是托人马不停蹄到南阳古玩店，用一百五十两银子购得乾隆年间画家金农的一幅山水画轴。他知道毛师爷的眼毒，怕买了赝品，让毛师爷心里不舒服，非但办不成事儿，还会鸡飞蛋打得罪人，反而坏了大事儿。他先找业内人先掌了眼，得到首肯后，方才将画轴取回，准备与刘学太一起面呈毛师爷。胡体安对自己的上司加把兄弟刘学太十分地知根知底，他这人贪财贪鸦片不说，尤其喜欢钻女人的被窝，三天不摸女人肚皮，不找女人陪睡，就急得像缝住屁眼儿的老鼠——四处乱窜，终日不得消停。因他在县衙里当差，平日里扒了人家的墙豁、钻了人家女人的被窝儿，人家也奈何他不得。所以，在县城混得久了，练就了他一身的色胆，见了大街上走过一个漂亮娘儿们，他两眼直勾勾地盯人家的脸蛋，瞅人家的胸脯，恨不得当即把人家脱得赤条条一丝不挂。把握了这个嗜好，胡体安就可以投其所好，让他高兴了，让他舒服了，他才会死心塌地、一心一意周旋此事，把事情办得妥帖。

胡体安人在江湖上混，路子野，他打听到，城西二里有一个新近丧夫的寡妇，人长得十分周正，娘家绝了户，与本家的叔侄积怨又深，一个女人家拖儿带女过日子不容易，就时不时地与人野合，既图个一时快活，又有了养育儿女的银两。打听出这样一个缘由，胡体安就托人去说项，讲好了被人包养，每月给二两银子补贴家用，只做投缘的相好，不能拖儿带女成姻缘。开始那女人不情愿做人家的相好，怕名誉不好，怕街坊邻居戳脊梁骨。可儿女要吃饭，要穿衣，日子实在过不下去，仔细思量了一番，这个女人就点头答应了。

那刘学太是有家室的人，冷丁弄来个女人咋办？胡体安想了想，当天就在县城的一个偏僻巷子里为刘学太租了两间房，作为刘捕头金屋藏娇的地方，立马将铺盖衣物、锅灶厨具等置办的一应俱全。露水夫妻出租屋，吃住睡一条龙，一对野鸳鸯俨然是居家过日子的中年夫妻，外人断然看不出啥破绽。

晚饭时分，胡体安携了一个包裹，约刘学太到酒馆吃饭。刘学太如约而至，神情有些急迫，说：老大，事情办得咋样？毛师爷催促了两次，再拖延恐怕他就扛不住了。

胡体安从兜里掏出一把钥匙，放在桌子上，说道：老刘，我为你找了个可心的人儿，在仁义巷拐角处，独院单门，也不会有人认识你！今晚你就可以尝尝新鲜，那娘儿们水灵着哩！她人已经到了住处，就等着你大驾光临。这是钥匙，吃过饭我领你去认认门户！

刘学太这几天浑身不自在，心里正猫爪儿抓挠一般，嘿嘿笑笑，脸上霎时放出光彩。心想，这胡体安精明得很，简直是俺老刘肚里的蛔虫，我肚里的那点花花肠子，早被他看得精透！刘学太心花怒放，不觉脐下三寸骚热难耐，嘴上却说：你这个老大，难怪你敢做大事儿，你咋就是我肚里的一根蛔虫哩，啥曲曲弯弯的事儿都瞒不住你。说完，先自嘎嘎大笑起来。

胡体安也跟着笑，笑了才说：我见到了那个小娘儿们，那身条，那脸蛋，挑不出毛病，咋看也不像生过孩子的主儿。

刘学太觉得好事儿就要降临，下意识抚摸自己的两腮，觉得有了胡须要刮剃，可眼下心痒难耐，哪里还会顾忌许多！转转脸叮嘱道：这事儿天知地知，你知我知，千万不可让家里的贱内知道了，那娘儿们不是省油灯，咱可不能猫儿没偷成腥儿反倒让狗咬一口！

胡体安摆摆手，说道：这我知道，你就放心吧！只是在出入时不要撞见熟人就行！说话间，胡体安抖开了包裹，小心翼翼展开一幅画轴，说道：这破玩意儿，我也不懂，据说值俩钱，也不知毛师爷看上眼看不上眼。

刘学太也不懂，随便展开看了一眼，说道：俺也不懂，咋看咋像墨道道。你说这世上啥人都有，爱庄田爱骡马，爱银两爱女人，毛师爷一个堂堂刑名师爷，居然就爱上这破玩意！真是的……

胡体安接过话茬：小葱白菜，各有所爱。咋说人家毛师爷是个读书人呢！

刘学太左看右看看不懂，心里就没底儿。说道：老大，可别是假货啊，这东西水深着哩！人家毛师爷是行家，别仨核桃俩枣买回来糊弄人，那就丢人打家伙啦！

假不了！俺人托人，脸托脸，花了二百两银子买下的！要是假的，我砸他的门店。其实，胡体安心里也发虚，一百五十两银子不是个小数，如果再是个假货，或是毛师爷看不上眼，那就误了大事。

刘学太反复看画轴，又眯着眼瞅，说：咱是办事儿的，假的咱就砸锅啦！事儿办不成不说，还会耽误时间，那就是割驴球敬神——神也得罪啦，驴也割死啦！

胡体安觉得老刘说得实在，也不便说太多，咧咧嘴说：男人呗，无非喜欢两样东西，一是银子，一是女人，没了这两样物件，人活着还有啥意思！

刘学太用筷子点点桌子，夹起一片牛肉，用力咀嚼着，伸伸脖子咽下口腔里的食物后，说：一个人是要有这两样东西，可男人一辈子要有五种能耐哩！

胡体安不解其意，手里举着筷子，等着刘学太说下去。

刘学太轻轻地笑了一声，笑得肩膀一耸一耸地：五种能耐就是五个字：潘、驴、邓、小、闲。

胡体安如坠云雾之中，也不便插言，只有听他说下去。

刘学太一时来了兴致，怪笑一声说："男人要有潘安的相貌，女人才能看上你；最不济，你要长着叫驴一样的物件儿，女人才会喜欢你；再不然，你要像汉朝邓通一样有钱，女人才会死心塌地跟着你过日子；与女人交往，你要有点小计谋去勾引她，女人才能春心荡漾，哈巴狗一样跟在你身后；情场周旋，你要有些闲工夫陪女人玩，女人就寻个开心，图个心情愉悦，你有闲工夫陪她，她就有闲情逸致陪你玩。"老刘果然是情场老手，一席话把胡体安说得心服口服，打心眼里佩服刘学太，他不愧是捕快班的领班，见多识广，勾引女人的手段也果然高人一头。

二人边吃边聊，吃罢了饭，胡体安结过账，对刘学太说：老刘，你捎着驴物件儿，走，咱去仁义巷，你先认认门儿，回头咱就去见毛师爷。

刘学太抹抹嘴，一脸坏笑，看看时间不早了，说道：咱要赶紧去见毛师爷，免得节外生枝，时间久了，不知还会生出啥古怪事儿！

二人起身离开，绕僻巷，走小道，径往县衙而去。

两人来到毛师爷的书办房，瘦得像风摆柳似的毛师爷正在一盏油灯下翻阅卷册，见二人进来，放下手中的册页。因捕班的人员庞杂，毛一统并不认识胡体安，抬头看来人，觉得有些面善，也就知道眼前这位粗壮汉子就是胡体安。他一生阅人无数，见到胡体安目露凶光，第一眼就知道此人绝非良善之辈，这样的人可以毕生不与之交往，但决不可得罪和轻慢。于是，毛一统急忙起身让座。

只见胡体安走上前一步，屈身下蹲，猛地双膝跪地，垂首低目，泣声说道：毛师爷救我！

慌得毛一统放下手中的书本，急忙扶起胡体安，说：哎哎，都是自己人，外气了！外气了！

胡体安声泪俱下，哽咽着说：毛师爷，小人的一条小命就在您的手心里，你不答应俺，俺就跪到三伏天下黑雪！说着以额头触地，崩崩作响，眼见得额头磕出了血渍。

再磕下去，人就要可出毛病，毛一统连忙说道：都是一家人，和尚不亲帽子亲，你先站起来，咱慢慢想办法！

刘学太见毛师爷松了口，打着圆场，说：老胡，毛师爷不是外人，既然答应关照你，他自有良策在胸。这样的大恩大德，那就是再生父母！

毛一统打着哈哈，拿眼观察着眼前这位满脸凶相的大汉，弯腰上前去扶他。

胡体安连连磕头，嘴里说着：毛师爷不答应救我，我就在您老人家面前把头磕破。

毛一统连忙搀扶胡体安，嘴里却说道：救人一命，胜造七级浮屠。咱吃的都是衙门这碗饭。又有老刘的面子，毛某就应承了。

有了这句承诺，胡体安的心里便有些敞亮，站起身，一边擦拭眼角的泪水，一边瞟刘学太。刘学太知道时机已到，顺手把装有一百两银子的布袋子放在桌子上，有意磕碰出声响，任谁都能听出是何物品。刘学太说：这是老胡的一点心意，毛师爷不必见外。

毛一统心里愉悦，嘴里却说：自己人，何必破费！

刘学太知道毛一统对布袋里的银两并不上心，转身把一个布包解开了，朗声说道：老胡也没啥孝敬毛师爷的，他新进弄了一幅姓金的山水画，不知真假如何！俺俩是棒槌拉二弦——粗二糙！毛师爷，你先看看真伪，看是否喜欢！说着铺展开来，让毛师爷瞧。胡体安急忙把灯端过来，让毛师爷凑近了看。

毛一统两眼闪着光亮，目光随着画面的展开而铺展开来，直勾勾地瞅画轴。待幅面完全打开后，他先瞅墨色，再看落款，一寸一寸地扫视一番，好似用篦子梳理一个女人的满头秀发。足足有一刻工夫，毛一统方才抬起头，而后又点点头，嘴里说着：这是个真品！哪儿弄的？

刘学太故意不回答，笑笑说：别管在哪儿弄的，您相中了，就是您的！这是老胡费心巴力给你弄的！咋样？

毛一统脸上带着笑意，条条皱纹刹那间都舒展了，一望而知那是兴奋的情绪。毛一统看着胡体安，嘴里埋怨说道：老胡啊，咱俩虽然没有深交，可咱都在这镇平县衙里走动，咋着也该帮你这个忙！不是我说你，邓州这事儿你是咋弄哩！小活儿不做利亮，屁股上的屎不擦干净，弄得臭烘烘地。你知道这事儿可是筋断骨折的结局，上峰催逼得紧，不想个万全之策，你可咋过这一关？

胡体安抬手扇自己的耳光，不住地点头认错，嘴里还不忘说着奉承话：今后，俺姓胡的就听毛师爷的话，没有毛师爷您的点拨，小的纵有日天的本事，也难逃这一劫！小的身家性命就全靠师爷搭救了。毛师爷的恩德，比天高，比地大，比海深，救俺一命，就是俺的再生父母！

刘学太见胡体安一个劲儿向毛师爷求情，也在一旁帮腔：老大！毛师爷的手段在咱南阳地界的公门里，哪个不服气？这话说得很巧妙，既是奉承毛师爷，给他戴高帽子，又是将了毛师爷一军，既然接受了他人的孝敬，就该为他人赴汤蹈火，竭尽心机。

毛一统见他二人一递一句，全是奉承他的话，心里自然熨帖，抬抬下巴，问道：人犯那儿咋安排的？

刘学太先前已与毛师爷通融了此事的处置办法，他自然已经心知肚明，也就不必绕圈子，说道：人在呢，啥时候逮人，我立即差人去。事儿都安排妥当了！

记住一条，可别皮鞭子一吓唬，他就尿裤子拉稀屎、嫩软蛋！毛师爷盯着胡体安，一脸的疑问。

胡体安连忙接过话茬，说道：毛师爷请放心，这小子我已经交代过了，安排他一定要咬死，松松口就要皮肉受苦，改改口就会人头落地。

毛一统听了点点头，嘱咐说：衙门里的事由我铺摆，人犯的事你去坐实，哪个关节出了事儿，都非同小可！说实在话，对于胡体安这个人，毛一统只是有些眼熟，虽然都在衙门里当差，但说不上深交。平时，胡体安仅是一名在籍捕快，并不在县衙应卯值守；公务忙时，胡体安随刘学太出外办差，与刑名师爷接触的不多。往日里，毛一统偶尔风闻有关胡体安的各种传言，知道这个人家里有生意，比较阔绰，手里不缺钱花，在镇平县城四街是个人物。可这些这都是一些鸡毛蒜皮的零碎事儿，社会上求他的人多了去了，他从来不把那些手里有俩糟钱儿的人往心里放。毛一统是个读书人，前些年，他家道殷实，一心求取功名。可偏偏遇上家乡闹长毛，把他的家产闹没了，科考无望，他又不甘心开蒙馆当私塾先生一辈子做个孩子王。南方闹长毛闹得天翻地覆，他赌气不参加南京的科考，后来他就到了江北求清静，经人引路，就走了刑名这条道儿，也是为了谋生，找个饭碗养家糊口。谁知衙门里的水深，厮混久了，凭着读书人的精明劲儿，他很快就积下了宽广的人脉，办事儿就得心应手，顺便还得些意外的实惠。后来，毛一统就在镇平县娶妻生子，一家人的小日子调理得有滋有味。毛一统在县衙里伺候县太爷，虽然不与钱粮打交道，当个刑名师爷也是被人巴结讨好的角色。刑名师爷与钱谷师爷不同，管钱谷的那是明钱，众人瞩目，扳住手指头就能算出个子丑寅卯，进账出账固然有些猫腻儿，但终究拧不下多少油水；刑名师爷自有其妙处所在，大凡刑狱诉讼、邻里纠纷、殴伤致命、滋事寻衅的情事，无不经其受理方可结案，这期间就有许多的回旋余地。事主双方互有请托，使动银两打点衙门，或是勾连串通衙门胥吏，都必经刑席之手。但凡过手的案子，必有好处粘连，授人玫瑰，手有余香，过手的手帕还能拧不出四两油？何况，诉讼刑狱之事往往是当事双方都想方设法打通关节，请吃请喝套关系，暗地里勾连拉扯，彼此心照不宣，刑席得了好处，外人岂能知晓？

刘学太见毛一统低头只顾瞧画幅，就提醒胡体安说：那小子的家中也安排妥当啦？不会有啥变故吧？

胡体安连忙回答：都已安排妥当，已经给了他几两银子，等过了这个风头，咱再想办法把他弄出来！

毛一统垂下眼皮，想了想，说：先把眼前的差事应付过去再说吧，车到山前自有路，活人不能让尿憋死！

刘学太点头称是。停了停，胡体安又说：只是在大牢里不要为难这孩子，他年龄太小，怕他受不过煎熬，万一动了刑具，小孩子家不经吓唬，说出了实情可不是闹着玩的！一旦吐露了风声，再缝补起来就会费事费力，那就会连累许多人！

这时，毛一统把目光从画轴上移开，盯着刘学太说：老刘啊，你是捕班的头儿，一定要跟狱卒们交代一下，孩子年龄太小，万不可为难他！

刘学太点点头，回头对胡体安说：给大牢里的那几个主儿，也弄点碎银子打酒喝，花钱免灾，不能让他们出外胡咧咧，把事情搅黄了，不值！

毛师爷见啥事儿都已安排妥当，又问了几句，就摆摆手：老胡，这几天你也少露面，这事儿还是由老刘出面最好。

毛师爷非但没有回绝礼品，还出谋划策，把事情安排得严丝合缝，胡体安心中有了底儿，七上八下的心终于落了地。他忽然想起一件事，用目光探询毛师爷：马老爷那里咋安排呢？

毛师爷一听，决断地说：老爷是新任，啥事儿不懂，胆子又小，万不可让他知道其中的曲弯道道。他一旦知道了原委，那就坏了大事！等我坐实了供状供词，他不过是在向上峰具文呈状上签个字，他又不认识你胡体安，做梦也不会想到有人顶包！老刘逮住谁，谁就是胡体安！案子依例判决，公文上又没有差错，一个初到任的毛头县台，让他睡三天、做八个梦，也想不到案子的曲弯所在！

该想到的都想到了，该说的都说了，诸事已经料理齐备，胡体安与刘学太相互对视一眼，心中不免松了一口气。

毛师爷张大嘴巴，打了一个呵欠，说道：时辰不早了，明日就将人犯缉捕归案吧，以防夜长梦多。如再生变故，那就无法收拾了。

刘胡二人起身告辞。二人一起来到仁义巷口，胡体安指指一处院落，隐约可见灯光迷蒙。二人推门走进去，与那个寡妇见了面，说了几句闲话，胡体安见刘学太坐立不安的样子，挨挨挤挤地直往寡妇身边挤扛。知道他已是急不可耐，也就不便久坐，起身说道：老刘，今夜好生快活一番，明日再会吧！说罢，揖礼告别。

五、县衙里的参谋班子

胡体安给了刘学太十两银子，嘱托他在"醉月楼"置办酒席，代他宴请捕班的一班弟兄。

那天中午，刘学太招呼手下的弟兄吃酒席，笃定了一个也不能少。捕班的弟兄们见自己头儿请客，没人敢推辞不去赴宴的。几十号弟兄分坐在五个桌子，老刘见菜上齐了，斟满酒杯，举起来一饮而尽，抹抹嘴唇上的酒渍，有意提高嗓门，说道：今天这酒不是我刘某人请大家，是咱老胡，胡广德请大家……胡体安站起身，很谦恭地环视四周，拱手作揖：承蒙诸位弟兄光临，俺胡广德不胜感激！

捕快班的几十号人，听了两人的话，都犯了迷糊：这个胡体安啥时变成胡广德啦？

刘学太分明读懂了大家的疑惑，有意把酒杯重重地放在桌子上，厉声说道：今天，咱可是接了一桩大案：经内线举报，侦缉到老胡家的厨子原是一名盗抢大盗，现予以缉拿。老胡害怕受到包庇案犯的牵扯，今日宴请大家聚会，是请弟兄们手脚利索点，待搜查罪犯时一定要格外小心，切莫损坏老胡家客栈里的物件儿！

　　听到这里，大家方才明白一二，见酒肉都已摆放停当，逮犯人是酒后的行止，哪个还忍耐得住眼前的酒肉诱惑。只听有人喊了一声：酒足饭饱再说逮人的事儿！现在咱喝酒吃肉，管他娘嫁给谁，只管跟着喝喜酒！头儿叫逮谁咱就逮谁！

　　几十号人随声附和，一时间杯盏交错，盘箸横飞，吆五喝六，嘈杂声充斥屋宇。

　　未时，酒席正值酣畅，一位姓于的捕班捕役摇摇晃晃走到胡体安的面前，举起酒杯，口齿有些不清说道：老胡啊，你啥时候改名叫胡广德啦，来，老弟敬你三杯！

　　胡体安心里有事，不敢放量饮酒，见老于要与自己碰杯，也不好推辞，正要举杯饮下，刘学太走过来，说：酒不攀主，老胡不能喝，我替他！说完，连饮三杯，算是解了胡体安的围。

　　酒宴一直闹到下午申时方才散席，一干衙门捕快们才踉踉跄跄地走出酒店。

　　胡体安为防止有人走漏消息，他着意使银子将衙门里的衙皂们上下也打点一番，还安排了几位心腹知己作为眼线，时刻注意案件的动向，嘱咐不可有丝毫的怠慢。衙门里即使没有他当值，他也要委派人悄悄地蹲守在班房，打探衙门里的消息。胡体安精明过人，他知道天下人哪个也靠不住，自己要早作打算，以免走入绝境。他打定主意，任谁说得天花乱坠，一有风吹草动，他就鞋底抹油——溜之乎也。

　　那天下午，捕快班房签发了拘捕文书。刘学太没有饮酒过量，他怕误事，等酒席一散场，就点选了几个贴心的捕役，带上一应器械刑具，直奔胡家的客栈而去。刘学太就与胡体安递了眼色，让他便宜行事。当差的捕快告诉他不便随行，还低声交代了几句，胡体安就回避了。参与缉捕的快班捕役都被胡体安买通了，大家心领神会，一拥而进，没费力气就把正在厨房切菜的王树汶捆绑起来，连拉带拽，把人拥到了县衙大牢里。

年轻厨子王树汶被扔在大牢里，吓得浑身哆嗦，一脸的惊恐，仿佛一只刚刚被捕获的猎物，惊怵地打量着陌生的牢房。

人犯押到监押房后，一干皂役人等齐列两厢站立。当值的衙皂们分列两旁，刘学太坐在一个案子前，撩起眼看押来的人犯，这是他第二次见到此人，此刻拿眼一瞧，依然有几分意外：眼前的人犯，分明就是一个稚气未脱的孩子！前天虽然见了一面，那也不过是扫了一眼，如今近处看这孩子时，确实有些稚嫩。低头之间，刘学太心中暗暗埋怨胡体安做事太轻率，咋看这孩子也不像一个打家劫舍的汪洋大盗，县衙内耳目混杂，一旦被人看穿，或是走漏了消息，那可不是闹着玩的！想到此处，他就吩咐狱卒，任何人不得走近大牢探视犯人。

昨天晚上，刘学太在仁义巷与新相好尽情尽意地耍了一个通宵，今天一大早还余兴未尽。常言说，不论美丑，就怕没有。有了柔情似水的女人抱在怀里，刘学太好似小猫儿见了鱼腥，那个馋劲儿恨不得将猎物生吞活咽下去。

刘学太把脸色沉下来，刚要再问话时，只见胡体安从暗处走过来，附耳说了一句，先自走了出去。

刘学太颔首点头，知道他有事情告知，便看一眼两侧站立的衙皂，大声说道：这是重刑犯，巡抚大人指名缉拿。这里只留两人当值，其他人暂且退下吧！侍立的衙皂们把当值当作苦役，哪个乐意当班提审犯人受煎熬？听此吩咐，便一哄而散，乐得上街赌钱抽大烟去了。

监押房的人都走了，仅留两名值班的衙皂，且都与胡体安是生死挚交。既然人犯进了大牢，就该把他调教得顺风顺水，不能有一丝的纰漏。刘学太送走胡体安，见四周没有外人，突然把脸一变，怒目圆睁，吼道：先把他吊起来！

两名衙皂不论分说，上前将王树汶掀翻了，眨眼之间把人吊在了一根横梁上。王树汶看看刘学太，虽然不曾认识，却一边挣扎，一边带着哭腔说：俺大叔不是说不打人吗？

刘学太并不理会，瞪着眼喝道：不老实说，给我狠狠地打！先打五十棍！

刑杖雨点般落下，打得王树汶哭爹叫娘，眼看他忍受不住，刘学太摆摆手让止了刑，问道：你叫什么名字？

王树汶双臂被反捆着，吊起来双脚不着地，身体悬在半空里转悠。尽管大叔一再交代他不要害怕，但他心里着实有些慌乱，就带着哭腔道：俺叫王树汶。

啥望……鼠……闻！你还望狗闻哩，你闻见了狗屎吧，给我着实打！不信打不出他的名字。

二位衙皂不由分说，抢起棍子就打。噼里啪啦几棍子下去，屁股上火烧火燎地痛，疼得王树汶杀猪般嚎叫：我叫胡体安！我叫胡体安！

刘学太急忙摆手叫停，一字一句地说：我逮的就是胡体安，早点承认了你是胡体安，你也不挨打啦！既然招认了，那就放下来吧！

这是人犯必须经受的一顿杀威棍，刘学太把它变成了长记性棍！两位衙皂放下王树汶，刘学太用眼色示意为其松绑。两个衙皂立马放下王树汶，还为其松了绑。王树汶身上沾满尘土，屁股上挨棍子处依然疼痛难忍，被捆绑的双臂又酸又麻，他用手抚摸着被棍子抽打的地方，感觉皮肉已经肿了起来。想起自己平白无故在大牢里挨棍子，心里就十分委屈，眼眶里的泪水不自觉地奔涌而出。可是，王树汶越哭越伤心，越哭越觉得委屈，开始哭是抽抽搭搭，后来哭得呜呜咽咽，最后竟号啕大哭起来。

刘学太心里明白，哭就让他哭吧，人既然逮进来了，他就是扎翅也难飞出监牢。让他哭是磨磨他的性子，习惯了他就不哭了。王树汶痛痛快快哭了一阵子，渐渐平静下来。刘学太使了个眼色，二位衙皂上前为王树汶揉搓肩膀，还为他擦拭眼泪，又搬过来一个条凳让他坐下。

王树汶仍止不住泪水磅礴，浑身颤抖，鼻子抽搐着。刘学太走过来，拍拍王树汶的肩膀，用劲捏了捏，仿佛给他一种暗示，又仿佛是一种鼓励，语气很和缓地说：时辰不早了，你也该饿了吧？转身吩咐道：去！到外边弄点儿好吃的，不能委屈了肚子！

县衙门前有摆摊卖饭的，不大工夫，衙皂端进来一大碗带肉末儿的胡辣汤，上面浮着清香油，香味扑鼻，还有两个火烧夹牛肉，又黄又焦。可王树汶只是摇头，咋劝都不吃。买饭的衙皂有些不耐烦，说了一句：快吃吧！吃过饭有啥说啥，男子汉大丈夫，一人做事一人当，有啥害怕的！

话刚落音，一个巴掌就掴在了他的脸颊上，衙皂回头看时，刘学太正怒视着他，方才知道自己多嘴招打了。刘学太瞪着一双眼，逼视着，吼道：滚你妈的蛋，你他妈少胡咧咧，没人把你当哑巴卖吃喽！

这名衙皂是胡体安特意安排的人，想不到也会说漏嘴，冷不丁挨了打，就揉着脸蛋子退在一边不再言语。刘学太知道此人是个新手，外号"缺把火"，说话办事没眼色，胡体安看他傻傻的缺心眼儿，没有太多的心机，才点名让他应差。刘学太摆摆手，示意让二位衙皂回避，好让王树汶安心吃饭。二人也很知趣，转身出门而去，还随手掩上了门。

刘学太俯下身，拿眼盯住王树汶，问道：你认得我吗？

王树汶摇摇头：俺不认识你。

刘学太说：以后你就认识了。以后照你胡大叔交代话的去说，谁还会打你？打你是你不说实话，不说实话就要挨打！你可记下啦！

王树汶心里很纠结，他无论如何吃不下去，他不认识刘学太，怯怯地问了一句：俺大叔说的话假不假？会不会哄俺？

刘学太知道他的心思，这个时候，只有顺毛捋，不然的话，这第一道坎儿就过不去。见屋内没了旁人，便换了腔调，哄劝道：怎会有假呢？你大叔那是个说一不二的人物头儿哩。

王树汶加重了语气：他说的那句话假不假？

刘学太问道：哪句话？

屋里就他们两个人，王树汶问道：他对俺说，俺承揽下了，俺就没有死罪！

刘学太一屁股坐在条凳上，嘿嘿一笑，一脸的和蔼，语气和缓地说：怎么会有死罪？只要咬死了你叫胡体安，啥事儿都承认了，那就不会有人打你！承认了无非是坐几天大牢。刚才，你说错了，就要打你！你看，你大爷使了银子，这些看牢的卒子们还给你买吃买喝，这都是你大叔花钱打点的！你也不必恁害怕，其实也没啥可怕的，啥事儿有你大爷罩着哪！你就安心在这里养大膘吧！

王树汶闭上眼睛想了一想，大概觉得有道理，自己挨了打，肚里确实有些饿，便默默地点点头，拿起火烧，咬了一小口，慢慢地咀嚼着。刚吃了两口，又停下来，看看刘学太，问道：到了上头，俺大爷还能罩得住吗？

刘学太装作生气的样子，催促说：还不快吃！你这孩子，净想些啥球事儿！你也不想想，你大爷是咱镇平县响当当的人物，他不给上头安排妥当，咋敢叫你应承这事儿？凭你这副模样儿，凭你的家底，不干一两件大事儿，咋会有出息呢？

一顿乱棍子的疼痛已过，王树汶的心思有些松动，开始吃饭了。不过，他的心里还是不踏实，一边吃饭，一边又问：我年龄小，顶替俺胡大叔，假如被查出来，可不是小事儿！

刘学太看着他稚嫩的脸，便一本正经地说道：你这孩子，净胡思乱想不是！你也不想想，你大叔他是啥样的人？他可是府里州里都有人，叫你应个卯，无非是敷衍公事，装装样子！

王树汶认真思量了一会儿，心情放松了一些，安心自顾低头吃饭。刘学太放缓了口气，说道：你也不小了，公堂上再有人问案，你就说今年整整二十一岁！记住！照你大爷交代的说，啥时候都没错，说错了就要挨打。

一听说要挨打，王树汶就停止吃饭，带着哭腔说：我就怕挨打，吊起来还用大棍子打，打起人来不要命！

刘学太不想再多费口舌，安慰说：那是因为你说错了才挨打，你说对了，谁还打你！还有一句话，我要交代你，你也别怕！衙门里公事还要公办，你大爷虽然上上下下都打点过了，可在场面上你还要装装样子，不然的话，被别人看出了门道，那就是一步死棋！

王树汶停住吃饭，专注地听他说，带着哭腔问：俺还咋装？

刘学太交代说：这个案子是巡抚大人督办的，这样的案件，案犯是要钉脚镣的。

一听要钉脚镣，王树汶满脸疑惧，十分害怕：大叔，俺整天带个脚镣木枷，不死也得脱落层皮。那会定个啥罪呢？

刘学太并没有马上回答，稍停一停说：你这孩子，顶多二年的牢狱之灾。你胡大叔已经安排妥当，让你每天白面馍随便吃，三天两头肥鸡子大鱼供养着，两年下来，还不把你养成一个白白胖胖的大小伙子？两年后等你出来了，你就不用再去当学徒做厨子，你胡大叔许你二十亩上好田地，盖三间青砖到顶的瓦踩檐儿房屋，另有二十两雪花银子安家。回到家你就能婆个老婆，再顾俩伙计种庄稼，你天天背着手赚当少掌柜啦！到时候你就是要饭的蹦上金銮殿——一步登天啦!

王树汶没有陶醉,他只惦记眼下的牢狱之灾,咧咧嘴说道:这些好事儿,俺爹八辈子也给俺弄不来!俺怕到时候胡大叔说话不算数,哄俺哩!

刘学太愤然作色,装作生气的样子,梗着脖子说道:你这话咋说哩?你胡大叔几十几的大老爷儿们,说出来的话吐地下还能再舔起来?谁骗人谁不得好死,那是要遭报应的!常言说,离地三尺有神灵,恶有恶报,善有善终,骗人的事儿你胡大叔他做不出来!

王树汶想了想,嘴里嘟囔着说:俺爹妈离得远,咋会知道银子和田地的事儿呢?王树汶是个穷人家的孩子,他惦记着乡下自己的老爹老娘,儿子现在大牢里吃牢饭哩,他们还不知道呢。

刘学太觉得这孩子也不傻,他心里想的道道怪多呢。他扭扭脸就换了一副笑容,哄王树汶说:你还是个孩子,啥事儿还不懂哩!明天恁大叔就把地契写给你看。那二十两银子呢,他替你存在西街的裕鑫钱庄,等你用得着时,再取出来,咋样?

有了二十两银子,就可以置办许多家当,那是爹娘拼死拼活一辈子也挣不来的银两。王树汶心里宽慰了一些,不再说什么,一心低头吃东西。刘学太见他的情绪逐渐安定下来,又叮嘱了几句,起身出门。唤过二位衙皂,刘学太一字一句低声交代说:犯人吃过饭,先行监押起来,明日再行审问。说罢,向两位狱卒使个眼色,踱着碎步先自走了。

毛师爷已将审案的具体事宜安排妥当,由掌案书吏张绍祖草拟公文。张绍祖是皖南人,与毛一统有乡谊之情,也是科考无望,经人介绍,投在毛一统的门下当书办,历练着学一些刑幕门道。他在中原日久,又在毛一统的手下历练,毛师爷就做主为他在镇平县城安了家,女方就是镇平县人。女方家族势力大,在当地是地头蛇,那女人为人又强势,加之张绍祖是南方人,外来户又不愿多惹事。所以,张绍祖就有些惧内。但凡张绍祖手中有了一些银两,必定要倾囊交与内人,假如发现他有体己,那女人就会蹦起脚来骂娘,家中必定被闹得鸡飞狗叫,半月不得安生。张绍祖悟性极高,脑瓜特灵光,不几年工夫,他就把衙门里的刑名路子熟记在心。张绍祖阅历不深,却是心机深厚,是一个大事小事不吃亏的主儿。那天,他看过案录,就觉得此案的公文不好拟写,可他不与毛一统当面说,而是独自找到刘学太,埋怨道:老刘,逮犯人怎么弄到一个孩子充数哩?臬司衙门的公文我看过,那可是个汪洋大盗,一个黄毛未退的小孩子,如何做得出这滔天大案?

刘学太听了张书办的话,心里一惊,知道自己做事有了偏差,怪自己一时忙乱,忘记了给张绍祖这尊佛敬上一炷香。如今人家抠出了漏洞,那就该用银子缝补,以免节外生枝。

张书办掌管文案,协助毛一统拟写刑名文书,毛师爷上了年岁,许多文书就由他拟写。也是毛一统一时疏忽,这个案子的呈文文书仍交由张绍祖承写。岂知张绍祖看过案由和人犯名录,他就觉察出了异常,思量着其中必有猫腻。所以,一见刘学太的面,他就敲山震虎,兜底儿透漏出自己的疑问。刘学太毕竟是衙门里的老手,猴精猴精。此刻,他随机应变,满脸堆下笑意,反问了一句:老胡今天没见你?

张绍祖故作不懂,一脸狐疑地问道:啥事儿?

刘学太随机就坡下驴,低声说道:老胡今儿个忙,他让我捎了信儿来!张书办只拿眼看他,不知他葫芦里卖的什么药。

刘学太低声用噪音说道:老胡有一份人情,他让我转交给你!说着,递给他两锭二十五两的纹银。

张绍组开始有些扭捏,见刘学太实心实意地给,顺手就接下了。刘学太见他接了银子,说道:老胡还有笔银子孝敬你,存在裕鑫票行里,银票回头就给你!说完,伸出了一个手指头,一闪就缩了回去。

张书办会意,点头说道:客气!客气!心里却十分地受用,知道今儿个又有了进项收入,说话的口气自然和缓了许多。

张绍祖是个灵透人,马上知道其中必有玄虚,只有点头表示领会。刘学太意犹未尽,压低声音说:等事情了结后,老胡还有心情孝敬!这事儿还须张书办周全一二。事已至此,你我一起蹚蹚老胡的这坑浑水吧!

话说到这个份儿上,张绍祖啥事儿都已透彻明了,再装糊涂就有些矫情。其实,刚才的一番话是他有意试探刘学太,他怕刘学太不曾与闻此事,自己过度热情,势必给人留下口实,一旦有所变故,自己就脱身不得;如若洗不净身子反受其累,那就逮不住狐狸反倒惹得一身骚气,这是衙门里的人最忌讳、最晦气的事。吃衙门饭的人,一个比一个刁滑,一个比一个世故。

在衙门的公事上，吏皂们个个都是能躲则躲，能推则推，哪个也不乐意做露头椽子！

张绍祖还有些不放心，他试图打探出更多的案底内容，便用不经意的口吻问道：毛师爷知道吗？他那里可是关口，任谁也越不过他的幕下！

衙门里向来有规矩，既然大家都有份额，就不要打探别人的具体数目，那是当事人的心意，事情透彻了，反倒生出烦恼，惹出是非，徒然让大家心里不舒服。刘学太知道张绍祖的心思，连忙说：自然少不得毛师爷，老胡已经关照过了！没有他的默许，借老胡一百个胆子，他也不敢张狂做下这事儿！

既然是毛师爷参与的事体，就不好再设绊儿，他毕竟是老刑名，与上司的关系铁得很哩！张绍祖心里有了底儿，说话就有了底气。有毛师爷操办此事，运作起来就顺畅，酬金也断不会少！略略思考片刻，他就把眼睛抬高了，盯着屋顶的高处，轻轻拍着卷宗，幽幽地说道：有毛师爷引领，我等还会有啥说辞！不过，话要说在丑处不丑，君子一言，驷马难追，这个数是我净得的，不可连带别人！

那是！那是！老胡也是个义气人，不会忘记弟兄们的情义，从今后大家有福同享，有难同当！咋说也是在一起共事儿的弟兄啊！刘学太嘴上说着奉承话，心里却恨得打战战：姓张的这小子心狠手辣，他这是借机揩油哩！

张绍祖仍然打着哈哈，其实就是打探老胡给毛师爷的价码。知道毛师爷参与其间，心中有了底气，就顺势交代说：老刘啊，你一定要告诉老胡，咋着也不能亏待毛师爷。这可是生死攸关的人命大事儿，万万不可儿戏。庄田财帛算啥？命才是最值钱！钱是龟孙，没了再拼！没了命的话，啥球事儿也弄不成！

刘学太虚与搭话，瞅个空隙，抱拳说道：张书办稍候，俺去老胡家一趟，把那个事儿办妥当！

张绍祖笑得一脸灿烂，点点头与刘学太告别。

人入了大牢，就好似鸟儿囚在笼子里。

上上下下都打点了一遍，胡体安扳着指头算算，前前后后可没少费银子。

这几天，他觉得自己跟孙子似的，见人就赔笑脸，见人就往人家兜里塞银子，好像老胡家犯了贱，家里的银子堆成了山，要散尽家财似的。最要命的是，人分三六九等，事儿分轻重缓急，不同的人要有不同的应承，要奉送不同的份额。关紧人物的银子断不能给少了，少了人家嫌礼轻，人家不但不上心，还会使绊子找纰漏，把事儿搅黄；无关紧要之人不能多给，也就是给个封口钱，只要他不出去胡咧咧，就是烧了高香！给多了，反而引起这些边缘小人物的攀比，茶余饭后没个把门儿的胡沁一通，散布的满街满巷都是闲言碎语，那就不好收拾了。

诸事料理停当，胡体安不觉松了口气。几天来，这件事搞得他身心疲惫，终日里神不守舍，如今王树汶那小子人已圈在大牢里，他就想放松一下自己。他有两房媳妇，长房是发妻，已是人老珠黄，搂在怀里毫无情趣，两人也就很久没在一起居住，更无夫妻情事。好在妻子生有二男一女，女人家为人也敦厚，又有些治家的本领，把胡家里里外外调理得有条不紊。这女人年纪四十多岁就绝了经，夫妻房事上绝了念想。可胡体安是一个精壮汉子，生意做得风生水起，又在衙门里应差，大老爷儿们没了女人的温存，如何了得！经朋友撮合，胡体安在乡下寻到一个穷人家的闺女做了二房夫人。这葛氏小女子虽然出身贫家，与胡体安的年龄相差悬殊，可她很会体贴自己的男人，把胡体安伺候得十分熨帖周到。胡体安每次回到家，径往二房的屋里去，全然不顾发妻的感受。时间久了，发妻倒也习以为常，见怪不怪，便随他心意，从不干涉他的起居。

胡体安晚上回到家，进到屋内，二房葛氏立即迎了上来，为丈夫脱掉了外衣，娇声说道：你这几天钻哪里去了？

胡体安没了往日的激情，随口应说：碰上了倒霉事，几天下来弄得人不人，鬼不鬼的，烦死了。胡体安说着，用一只手去抚摸女人的粉颈。

女人也不回避，用手指摁了一下胡体安的脸颊：你看看，脸也瘦了，眼圈也有了影儿，恁大年岁了，咋还不会爱惜自己！

几句话，把胡体安说得心里很舒畅，几天的焦虑和忧愁顿时烟消云散，心头一热，便张开双臂一下子抱定了自己的女人，急切地解开她的衣裙。那女人很温顺，任由他折腾揉搓，极尽温柔。这一夜，胡体安尽情尽意地放松了一把。

第二天早起，胡体安正躺在被窝里安然酣睡，窗外有人唤他。胡体安揉着惺忪的睡眼走出内室，抬头见是刘学太，知道他必有急事，问道：老刘，你咋大清早的来啦？有啥事儿？

刘学太先到了胡体安发妻那里，没见到胡体安，就找到这里。见了面，语气很急切：老胡，张书办那里你没打点？

胡体安一听，顿时一愣怔：咋把这尊神给忘啦！

忘掉谁也不能忘掉他呀！你不知这个人，心思刁得很，胃口大得很。昨天毛师爷让他写案子呈文，他横挑鼻子竖挑眼，反复说小汶是个孩子，不像一个打家劫舍的主儿。

胡体安的脸色顿时阴沉下来，他怕里间床上睡觉的二房听到，拉着刘学太来到外间的一张桌子旁坐下，放低声音说：他这人就是个小心眼儿！

刘学太用中指磕磕桌面，鼻子里哼了一声：这人阴！人多时他不说，等我一个人在时，他专挑毛病。我怕他四处张扬，就当面给了他五十两银子，还应允他说，你已备下一张裕鑫票行的一百两银票。

胡体安一脸的鄙夷，说：耍笔杆子的贪财，心眼儿更阴！

刘学太叹了口气，说：没听人家说，刀笔吏杀人不见血哩！

胡体安咬着牙，长长地嘘了一口气，恶狠狠地说：这小子，背后咬人，太不地道！那就先给他裕鑫票行一百两的银票吧。

刘学太想了想，劝说道：出了这档子事，那就是填坑补窟窿的窝囊角色，谁摊上不倾家荡产，也要脱落层皮。

胡体安从屋里拿出五十两银子交给刘学太，算是补上他垫付的银两。刘学太也没客气，把银子揣进了衣兜里。胡体安还不放心，问道：马知县要是知道了这事儿，还不知道会有多大的窟窿？

刘学太说：这个你放心，毛师爷、张书办两个人都不赞成马知县知道这件事！就把他装在闷葫芦里，一闷到底。官场的事儿，马知县还是个这——！刘学太伸出一个小拇指，轻蔑地晃晃。

胡体安看天色不早了，吩咐家人将早餐端上。功夫不大，家人端上了油条、小米稀饭，还有两碟咸菜。刘学太也不客气，端起碗就吃起来。

刚放下饭碗，胡体安吩咐一声：来人！应声进来一位仆人，胡体安用下颚示意一下。那仆人就俯身收拾桌子上的餐具，刚要走出门，胡体安吩咐说：让你大奶备下几样供品，明天是老太太的祭日，我要上坟烧纸去！仆人答应一声端着餐具出门而去。

刘学太知道他家有事，就起身告辞了。

胡体安的母亲刚好去世三年，明天就是祭日。按中原的习俗，三年祭日必须为逝者添土圆坟，还要备上死者生前所喜爱的物品，在坟前焚烧掉，以偿还死者的心愿，也是做晚辈的一番心意。送走刘学太，胡体安也不言语，起身来到发妻居住的院落，见周氏刚吃过饭，正站在台阶前漱口，翻翻眼瞧见了丈夫，也不言语，仰起面，自顾噙着一口水咕咕咚咚地漱着，并不搭理自己的男人。

胡体安见她正漱口，也不理会她。他转身唤过自己的大儿子，儿子站在他面前，听候老爹的指派。大儿子二十岁出头，脸庞颇像胡体安，只见他的大脑袋顶在脖颈上，年纪不大却有了成年人的体态。如今他打理着东街粮油铺的门面生意，平日里父子俩难得见上一面，他见了老爹也无言语问候，站立着静候他发话。胡体安无心问及生意上的事情，沉下脸色吩咐着：明天是你奶的三年祭日，备下三斤肉，三斤什锦点心，三刀烧纸，一套四合院的纸扎楼房和两个童男童女。再到裁缝铺做一身湖州缎面棉衣棉裤、棉靴棉袜！

儿子知道老爹是个孝子，他要行孝，哪个也不敢违拗他，就点点头，算是记下了。胡体安想了想，又说：你奶吸旱烟袋，你再给她买一个带绣花荷包、铜烟锅儿的烟袋！

第二天一大早，胡家所有的宗亲、七舅八姨、侄男伯女都汇聚在胡体安家里。因为等候人，直到巳时，众人才浩浩荡荡来到胡家坟茔。走进祖坟茔地，胡体安看见老娘坟头上的枯草在寒风中抖擞，一股悲凉情绪涌上心头，鼻子不由自主地一酸，两行清泪顺着眼角淌下。几个年轻人手持铁叉、铁锨往坟头上覆土，这是今天的主要仪式——"圆坟"。所谓"圆坟"，即是将荒寂了三年的坟头堆成圆形，状如馒头，从此年年清明节为先辈的坟墓添加新土，以示人丁兴旺。不大工夫，原本低矮的坟包被新土堆成一个圆圆的硕大的墓冢。胡体安的大儿子大彪先在坟堆上挖一个平台，分别将猪肉、什锦点心、油炸菜角、高桩馒头四样供品依次摆上，弯腰拾起一个树枝，在坟前划了一道圈圈，在圈内焚烧了一堆草纸。众人按辈分依次跪在坟墓前磕头，而后是女眷们放开喉咙吼哭。女人哭坟是中原的习俗，一把鼻子一把泪，好似要把埋在坟堆里的老爹老娘哭活似的。女人们的哭声很委婉，也很悠长，她们大都拖长腔调，声泪俱下，给荒野孤坟增添了一份凄婉和荒寂。这时，有人燃起了鞭炮，枯寂的坟墓里骤然间响起了噼噼啪啪的声响。

站起身子，胡体安把纸扎的房子摆放停当，又把崭新的铜烟袋放在纸房子的上边，然后将两个纸扎的童男童女放置在纸房子围成的四合院子内，用一把麦秸点燃了。天气很干燥，只见火舌舔着彩色的纸张，先是纸糊的童男童女燃着了，烟袋也被火舌吞噬了。瞬时间，燃烧了高粱秆儿做成的骨架，炙热的火焰冲天而起，气浪把头顶的松树枝冲得摇摆起来。忽然，一阵旋风吹来，燃烧的纸灰盘旋着冲向天空，不大工夫，纸灰纷纷落下，胡体安的头上、脖领处积满了灰屑。胡体安将一身湖州缎面的棉衣棉裤、棉靴棉袜扔在火中，缎面迅速燃烧后，白色的棉花却在慢慢地变成黑色，直至化成灰烬。待上坟的仪式全部结束后，胡体安吩咐家人先行回家，他要自己一个人再陪老娘一会儿。家人也不敢违拗他，任他自己一人蹲在坟头，其他人拍拍膝盖上的土尘，簇拥着走出了胡家的墓地。

待家人离去后，胡体安再次跪在老娘的坟头，两行清泪扑扑簌簌地淌了下来。他四肢触地，真真切切地磕了三个头，嘴里念叨一声：娘！儿不孝啊，您活着儿让您操心！您死啦，还让您挂念！是儿的手脚不利索，做下了天大的案子，恐怕后半生是要受连累了！说到此处，胡体安的心头泛起一腔悲情，竟抽抽搭搭地哽咽不止，眼泪、鼻涕淌了一摊。

因为坟地里无有旁人，胡体安就跪伏在地，放开嗓门，号啕大哭一场，宣泄了心中的郁闷。因为哭得酣畅淋漓，痛哭一场后，胡体安便觉得一身的轻松畅快，站起身，拍打一下身上的尘土，转身离开了祖茔地。

六、毛师爷的心思

张绍祖额外得到五十两银子后，心里既满足又有些忐忑，自己毕竟在毛师爷手下做事，遇事必须仰承他的眼色行事行文，没有毛师爷的默许和遮掩，他断然不敢做出僭越的事体，他怕丢掉自己的饭碗，毁了自己的前程。有时他自己耍个小心眼，捞点儿好处，只要不伤及毛师爷的脸面，毛师爷也会照顾一二，睁一眼闭一只眼，毕竟大家都在衙门里行走，和尚不亲帽子亲，怎么说也是吃刑名这碗饭的。所以，张书办做事情拿捏一个度：月满则亏，水满则溢。啥事不可太过，过了头，就容易招惹是非，就容易犯众怒。掂量一番后，张书办觉得去找毛师爷探探虚实，从他嘴里得到一点口风后，自己再作论处。

毛师爷自幼在南方长大，来到中原依然保持着自己的生活习性，无论冬夏每天坚持洗浴。此刻，毛一统正在浴房内冲洗。张绍祖悄悄走进来，听到哗哗地流水声，就低声说了一句：毛师爷，您忙那！

毛师爷从浴室内走出来，身上围着一条大方巾，一边擦洗着自己湿淋淋的头发，一边走了出来。抬头见是张绍祖，点点头，示意他坐下，问道：那个案卷可清楚？

张绍祖在条凳上坐下来，很认真地回答：我见了口供，也见了人。只是人太瘦了一点……他是有意透出自己的一丝疑问，表明自己对案件有不同的看法，但又不点破，后边的话由毛师爷自己说出，先从他口中得到一个准信，而后再慢慢透出自己的态度。

毛师爷知道这人猴精猴精，啥事儿瞒不住他，就说：人不可貌相，小小年纪，竟敢做下这等滔天大案，真正是胆大包天，目无王法！

张绍祖听出了门道，立即换了口气，轻轻嘘了一口气，悠悠说道：呈文该如何写，我特来向您讨教。

毛师爷素知他的为人，早把他看个透亮，他名义上是讨教，其实是来摸底探口风的。既然当屠户，就得让他沾荤腥。事已至此，他也不便隐瞒，索性和盘托出，让他粘连其中，也不必防贼一般防着他，倒省去许多关碍。毛一统想了想，觉得此时还是讲出事情的原委最为恰当，便诚心诚意地说：绍祖啊，你知道，咋说那个老胡也是在咱衙门里做事哩！一个锅里捞饭吃，出了这样的事儿，弟兄们不担待，那还能靠谁？咋着也不能看着把老胡捆巴捆巴送进臬司大牢里吧！老胡的意思，先让他手下的这个孩子顶一下他的名讳，将公文呈送上去，看看上面的风声如何，过些时日，再花钱上下融通融通，事儿过后再想办法把这孩子弄出来。老胡也就能躲过这一劫。

原来如此！张绍祖早猜到了这一层，只是无人向他点破。眼下，毛师爷和盘托出了，他的心中也就释然，咋说五十两银子也让人动心啊。张绍祖就顺着毛师爷的话意，附和着说道：老胡是自己人，咋着不能看他进大牢！万一……万一有什么差池，咱就推说抓错了人，可以再想办法。

毛一统听他说话在理，就说：这个孩子也是跟随老胡到过现场的，不是主犯，至少也是从犯吧，错也错不到哪儿去！

张绍祖静静地听，从毛师爷的言语中揣度他的意图。毛一统意犹未尽，换换口气说：再说了，那天去抢劫，这孩子也是随行看管行李的人，虽没有明火执仗拿刀枪，总算是参与其中，咋说也逃脱不了干系！

话挑明了，彼此便消除了戒备，大家都在衙门里混，这样的事儿大家都心知肚明，张书办也就不好过多讲说。有了毛师爷兜底的话语，张书办会意地点点头，他随声附和着说：这是胁从和主谋的事儿，他参与了，他就是主谋，抓他一点儿也不亏！

公文上要坐实，要严丝合缝，缜密周到，不能漏出破绽，不可留下遗患，要将此事做成铁案。毛一统很恳切地交代说。

张绍祖知道毛师爷没有隐瞒他，心里十分透亮，点点头，说道：这也不算冤屈他，把风守护也总是扯上了边，他就是主谋，他不坐牢谁坐牢？此事听毛师爷的调度，学生绝无二话！

毛师爷索性交出底儿，盯死了张书办，一字一句地说：初审已过，只是此案关系重大，马知县还会亲自过堂审讯。这个关节如何应付？

张绍祖的脑子反应极快，与毛师爷对视一番后，慨然说道：马大人初来乍到，又不谙刑讯，视力又不好，不妨将过堂的时间安排在今晚。他若坐堂问案时，把灯火调暗一些，大堂上自是真伪难辨，他把眼珠子抠出来放在额头上，也看不清案犯的年齿、身段和相貌！

毛师爷击掌称妙，连声说道：好！我这就去禀报，人犯已经缉捕到案，初审已过，专候知县老爷审案后，就可以结案定谳。此案一结，人犯是就地羁押，还是押解省城，那就悉听尊便！

下午未时，毛师爷推开马知县的房门，风风火火地走进来，朗声说道：马堂翁，天大的喜事儿！

马蠡正在签押房内读《诗经》，他自履新以来，疏于读书，平日他对诗经情有独钟，闲暇时便吟读一段，读到兴致勃发时，便摇头晃脑眯起眼睛独自诵吟，陶醉其间自得其乐。正在陶醉时，见毛一统走进来，就放下书本，摘下眼镜，用眼呆呆地去瞅毛师爷，一时摸不着头脑，一脸的疑惑：啥事儿？

毛师爷嘿嘿一笑，说道：还能有啥事儿！今天是奉命缉拿胡体安的第三天，捕快班已将该犯捕获在押，初审已经招供，现在大牢里候审哩！

马蠡吃了一惊，细眯的眼睛瞬间睁得老大，嘴巴也大大地张开了：真逮住啦？这么快？他万万想不到，自己履新以来审理的第一桩案子，竟然是一个打家劫舍的汪洋大盗！并且在三天内迅速地将人犯缉拿归案！

这还能有假！已经把人押在了大牢，初审已过，如今专候堂翁您过堂审讯。

马蠡十分激动，用双手反复揉搓不止，急切地说道：那就在明天过堂吧！可话说出口，马蠡又有些不安，自己上任刚刚不到一个月，还没有亲自审讯过案件，大堂上的审案程序他还不熟悉！他知道，杀人越货的强盗大都是强梁耍横的主儿，做事不择手段，往往是不好对付的角色。初次审案，自己经验不足，万一出了什么纰漏，岂不让人贻笑大方。马蠡看一眼毛师爷，心里空落落地不着边际，他知道这是自己心虚，便十分诚恳地说：毛刑名！你看……你做刑席几十年，那是熟门熟路，驾轻就熟，啥样场面，啥样的罪犯都经见过！本县初来乍到，还没有问案的历练，明天审案时，还望毛师爷从中照应一二！

毛一统心里自然十分清楚，马蠡上任以来，还没有审理过案子，好似刚入洞房的新媳妇，啥事儿都是懵懂无知！可他在县尊面前还要尊重他几分，自己毕竟是一个刀笔属吏。再说，人家马蠡是正经的进士出身，虽未经过官场历练，但万不能损伤知县老爷的面子。毛一统是个精明人，挑拣着言词说：哪里！哪里！马堂翁科班出身，一经历练，便是行家，毛某岂敢僭越！说罢，将刑房张书办写就的案件节略呈送给马蠡阅览。

马蠡接过卷宗，细细地研读，看了一半，忽然抬起头，一脸的讶然：想不到！想不到！这个打家劫舍的强盗，竟然是一个二十一岁的娃娃！

毛师爷的心里咯噔一下，暗暗吃了一惊，脸上却没有表现出来，便很庄重地说：马大人，大堂之上，万万不可以貌取人，也不要小瞧了做强盗的手段！他们虽然年龄小，可他们自幼练就了一身的贼胆儿，明火执仗、杀人越货的勾当不在话下，取人首级如探囊取物。大人啊，审讯犯人最忌先存成见，一旦有成见在先，势必走入歧途。

马矗自知失言，连忙点头称是：毛夫子所言极是！所言极是！马某受益匪浅！人物上百，形形色色，有些人从娘肚子里爬出来就没个好教养，何况这些为非作歹的强盗？龙生龙，凤生凤，老鼠生来打地洞。杀人越货的强盗，他们啥样的狠事儿都能做得出来！

毛师爷见马矗有些激动，心里不免暗暗发笑。他接过话茬，捻着胡须说道：唐朝武则天时，酷吏来俊臣是个狠角色，罗织罪名，构陷异己，无所不用其极。但他也是一个有心之人，他编写的《罗织经》一书，还是有一些看头的。他有一段话说得好："人有所好，以好诱之无不去；人有所惧，以惧迫之无不纳。"这话说得极有道理。

到底是从事刑名幕席的，古今律典和掌故自然熟记在心，马矗点头称赞道：毛师爷不愧做了刑幕几十年，学贯古今。自古以来，刑名乃国家公器，兹事体大，本县初来乍到，不谙刑律，以后还望您尽心辅助马某，镇平县自会安宁祥和，盗贼定然不敢涉足镇平县境半步。只要县衙上下齐心，何愁民间没有夜不闭户、道不拾遗的佳境？

毛一统被县尊老爷夸奖一通，心里十分滋润，嘴上说道：属下无能，愿意为县台大人鞍前马后效力，有您的回护照应，大家有福同享，有难同当。毛某愿为大老爷奉献绵薄之力，也是职责所在。待大人三年任职期满，或升迁他调，我等属吏也可得到老爷的提携。

马矗被捧得晕晕乎乎，一腔热血霎时沸腾起来，心底里那股急切的心情被撩拨得猫抓一般难耐。他意欲在自己初任县台时就露上一手，把臬司衙门督办的案子办得又快又及时，一案成名，或可通省皆知，也不枉自己苦读诗书十几年！假如案子办得得体，就能在巡抚大人、臬司大人面前露露脸，显显手段，留下一个好印象，对自己以后的仕途前程必定大有裨益。有此念想，马矗便心痒难耐，连声说道：即刻传谕，升堂审案！

不可！不可！堂翁且听属下一言，此刻不宜提审！

马矗顿时有了疑惑：为何？事不宜迟啊！

堂翁有所不知,此案其中关节多多。此刻提审,势必弊端重重。属下以为,还是暂缓延期一些时日,择日开审为好。

马翥十分地不解,狐疑地看着毛师爷,不知案子还会有何玄妙,疑疑惑惑问道:难道还有什么说法不成?

毛师爷觉得有必要陈说其中的利害关系,想了一想,说道:大人啊,你想,那胡体安敢于远奔他乡,异地作案,骚扰民众,结伙抢劫,为害一方,必是党羽甚多,眼线驳杂。审案时节,他们的同伙若混在人群之中,哪个也无法分辨得清!您若是此刻提审,正当午后闲暇之时,自然围观者众多,难免鱼龙混杂,谁也难辨哪个是良民,哪个是强盗的同伙,尚或有胆大妄为者在公堂闹事,或是劫掠人犯而去,岂不坏了大事!即便审案时无大碍,又有捕快弹压,可一旦闹出事端来,究竟有损大人的官威官体,传扬出去也让人笑谈。

毛师爷的这一番说道,让马翥受益匪浅,他佩服得五体投地。大清乾隆朝以后,师爷成为衙署内不可或缺的人物,他们虽然不在品级,也没有皇家的俸禄,但这些人却可以呼风唤雨,左右政务。牧民的主官走马灯似的换了一茬又一茬,师爷却岿然不动,仿佛主官是小鬼,师爷反而成了坐殿的阎王。百余年来,刑幕代代因袭,渐为成例,故新任的衙门主官遇事往往要向师爷请教。俗话说,店大欺客,仆强压主,那些新科进士初任知县,不谙律法,官场的道道又不熟悉,只有屈尊请教这些师爷。有些滑吏对新到任的县太爷不敢轻易得罪,因为他不知道新任首官是否有根基,故而不敢冒犯;假如他一旦知道了新来的县太爷官场没依托,那势必就要被属吏们玩弄于股掌之中。新上任的官员侥幸遇见心底良善者犹可,假如遇上了衙门里的老油条,又是刁钻之辈,把县太爷玩得滴溜溜乱转,成也由他,败也由他,让你哭天没泪,叫爹娘没声,一个小小师爷就把你耍得晕头转向没脾气。

马翥上任不足一个月,他还没有被人玩弄的感觉。此刻,他想起一桩前朝旧事:一位知县大人出于猎奇,在驿站内偷看了刑部递解到云贵的死因判决公文,因他是近视眼,在夜间举烛浏览时,不意间损毁了公文,吓得他手足无措无所适从,无奈之下,只好慌忙向刑名师爷求教。那位刑名师爷不慌不忙,接过公函后顺手在烛台上焚烧了。知县老爷大惊失色,以为闯下了塌天大祸。只见刑名师爷把空信札原样密封，第二天交由驿卒准时递解到下一个驿站。该公文送达承理案子的云贵臬司衙门时，主官拆开了看，竟是一封空空的信函。官署只好按原样封好，依例退回刑部。此封空白公函返回刑部后，承办官吏隐忍着也不敢声张，以为是自己当初失误未曾将公函装入信札，只好重新再发一函，白白耽误了许多时日。后来，这件事传扬出去，在官场中成为笑谈，也让居官之人对师爷心存畏惧。清代道咸以后，对官场政务最为谙熟的不是衙门的主官，而是衙门里的师爷。所以，历任牧民的主官对师爷们颇为倚重。

在马矗的印象里，毛师爷是个可以信赖的属吏，自己是个生手，衙门里的规矩多，门道广，假如没有师爷的上下周旋、调度，凭自己一个人的能耐，怕是难以应付繁杂事务。

马矗听了毛师爷的话，颇为赞赏，说道：你说的在理！就依你的意思，你说何时审案，咱就何时审案！

毛师爷故意低头思索了一阵，说道：大人啊，民间纠纷、殴斗致伤案，宜于公开审理，以彰显官府的惩戒。至于盗窃抢劫刑事案、捉奸犯科的风化案，因事涉机密，或当事者胡啃乱咬，揭人隐私，致使案件反复多变；或事主双方不宜公开露面，审案程序宜于后堂审结。我的意思，盗抢案的审理时辰，宜早不宜迟！

马矗不住地点头，觉得毛师爷说得十分在理，他无论怎么想，也想不出有什么不妥之处，便颔首说道：毛师爷，你看啥时候审案最为适宜呢？

毛师爷在镇平县衙伺候了五任知县，看人十分精准。啥人他有啥应承，啥心思他有啥计策，一拿一个准。他知道马矗十年寒窗，数次科考，初为民牧，既不谙世故人情，又不懂官场玄机，更谈不上投机取巧耍弄人。以马矗的心机，以他在官场的历练，毛一统早已掂量再三，打心眼儿里把他小瞧了三分，自己说方就是方，说圆就是圆，还不把他玩的滴溜溜地转圈圈。毛一统胸有成府，脸上却是不露声色，慢慢说道：大人，以我的愚见，后日寅时开审最好！

嗯！难道还有什么讲究？马矗不解。为何一大早审案？

毛一统卖起了关子，故弄玄虚说道：早有早的好处啊！审强盗不比审民间斗殴情事，公堂上须求肃静森严。一则清净，避免人丁嘈杂，徒生是非；

二则借助天色未明，罪犯疲惫犯困，大堂上堂威一喊，阴森可怖，鬼神皆惊。任是犯人百般狡辩，断然不敢欺诳哄瞒，定然会照实供状，倒是省去许多周折，这是审案的捷径和诀窍。

马矗听罢，击掌称妙。立刻传言下去，后日寅时早堂问案，衙门一干皂役须准时值守，不得有误。

毛一统摇摇头说：县翁，我的意思，后日不要在大堂问案。

马矗一愣：为啥？

毛一统说：不为啥！审个盗贼，犯不上在大堂里。谁知道这个强盗会胡咧咧些啥哩，要审就在二堂审！

马矗还没有在大堂问案的阅历，心里有些发虚，又有些不解：那就听你的，在二堂审案！转过身，吩咐皂役们打扫二堂。

张绍祖用布兜包着银子回到家中，老婆正在厨房撅着屁股擀面条。张绍祖在她硕大的臀部上轻轻拍了一下：加把劲儿啊！

谷氏抬头见是自己的男人，翻翻白眼，没好气地说：你少放臭屁，没见老娘正忙着哩！

张绍祖抖抖手中的银子，讪笑着说：今天发了个小财，这可是我几年的薪俸！

谷氏停了下来，站直了身子，两眼盯着自己的男人，还不住用眼看他手中的物件儿。

张绍祖一半为了取悦于自己的女人，一半是卖弄，悄声说道：五十两白花花的银子啊！

那女人拍拍自己的一双面手，一把抢过布兜，顿时喜形于色，说道：你是抢劫啦，还是扒人家墙豁啦？

张绍祖面露几分得意，上前一把抱定自己的肥胖女人，嘴里嘟哝着说：这就是在衙门里当差的妙处！说着就把女人往卧室内拖。

那女人明白他的意思，知道他是猴子急上树，就甩着两只沾满面屑的双手，嘴里嚷嚷道：没见老娘正忙着哩，让俺洗洗手……

张绍祖情欲似火，哪儿还会等待片刻，他凭借着一股子蛮劲，生生把女人拖进了卧室内。

七、马知县审案

马翥做知县却没审过案子，心里自然发虚。第二天，他缠着毛一统，悉心向他请教审案细节，唯恐出现纰漏。

县衙的皂役们头天早早把二堂细细清扫了一遍，积尘的公案又用沾水的抹布抹了又抹，一应器具都认真清理摆放，还在公堂的地上撒了清水。因是冬季，夜长昼短，翌日晨起时，夜黑如墨，大街上冷冷清清，寂无人声。

初到寅时，皂役们就将公堂大门开启了，点上了灯火，公堂上映照得一派灿烂。毛师爷早早起身，见二堂内灯火闪烁，四盏油灯在堂内高悬照耀，心情既紧张又兴奋。毛师爷踱着步走近公案前，皱着眉头，吩咐说：大老爷是个支细人，审个案子点那么多灯干啥？快快灭掉，只留两盏灯！

衙役们一个个都莫名其妙，可谁也不敢探问究竟，只好遵照执行，灭掉了两盏灯，仅留了两盏油灯挂在公堂正中。毛师爷逡巡了一圈，又吩咐将油灯分别吊在了偏廊的两侧，另有两个布纱灯笼放在了公案两边，把审案正堂的门口照得通亮，可公案前的场地却是灰暗朦胧。油灯光线暗淡，二堂内就显得很空旷。毛师爷把堂内的前后左右巡视了一遍，觉得还算满意，又叮嘱值守的皂隶们说：今儿个老爷审案，不同往日，不许击鼓，更不许敲锣，只许喊堂威！有多大劲喊多大劲，把吃奶的劲儿都用上，嗓门越高越好，务必要把犯人镇住！你们听清楚了嘛？

衙皂们齐声应道：听清楚啦！

毛师爷见诸事料理停当，便到签押房的窗下，故意咳嗽一声，然后高声叫道：请大老爷升堂！

马翥早已洗漱停当，正坐在签押房内等候着呼唤升堂。这是他任职以来，也是他人生第一次作为一县主官坐堂审案，心情难免忐忑。因为心情激动，他躺在床上时不停地辗转反侧，左思右想审案的情节，心里总是七上八下唯恐出什么纰漏。挨到丑时，他实在无法入睡，就早早地穿上官服，静静地等待着。听到毛师爷的呼唤，马翥一声应答，心情突然有些紧张，心口咚咚地乱跳，迟迟疑疑站起身，定了定神，整整衣冠，方才走出门外。

毛师爷上前为马矗拉拉衣襟，又为他扶了扶顶戴，跟随在马矗的身后，走出了门外。马矗前头碎步快走，步履很急切，突然一个趔趄，步伐就有些慌乱。毛一统上前一把扶住马矗，他知道大老爷的内心一定很紧张，也就不便多言语，随他径往二堂走去。天色尚早，二人绕过二厅厢房，走在青砖铺就的甬道上。冷风嗖嗖地吹着，天空中飘着零星的细小雪粒，落在脸上，便有丝丝的凉意。

马矗走近公堂，见正堂上横着一个公案，案头放着两盏竹制圆形大红纱灯笼，灯笼里摇曳着烛光，影影绰绰。公案后立着一个巨大的匾额，两盏硕大的灯笼挂在两侧，暗红色的烛光照在上面，一眼便看得清"镇平县正堂马"字样，显得很肃穆。站列两班的皂役们很显眼，一个个威风凛凛地戳立着，面无表情，肃然无声地分列两旁，他们个个手中抱定一根水火棍，静候大老爷升堂问案。

马矗来到公案前坐下，心里既激动又心虚，两条腿不由自主地微微打战，他不住地拿眼瞧毛师爷。只见师爷毛一统气定神闲，一脸淡然。马矗也便稳了稳心绪，做了一次深呼吸，坐直了身子，然后平视公堂门口，轻轻咳嗽了一声。

毛一统、张绍祖分别站在案前伺候。张书办见时机已到，把一个红色的布包展开，露出了里边的案卷卷宗，低声向马矗说道：大老爷，一切都伺候好了！

马矗昨晚一夜不曾合眼，脑袋晕晕乎乎，神智也有些恍惚，他是近视眼，因为熬了夜，两个大眼角处隐隐约约地糊了眼屎，看人也迷迷糊糊，用手蘸了蘸眼角，再瞧人时，人人都是重影。坐到公案之上，便是一县之主，他轻轻地咳嗽一声，稳了稳神，挺直了身子，顺手接过卷宗，找到案卷首页，俯下身去，用手指在案犯的名字下点了一下，确定准确无误，厉声吼了一声：带人犯！升堂！

当值的皂役不敢怠慢，朗声应了一声，健步走出堂外，高声喊道：奉堂谕，带人犯！

刘学太早在一个角门外等候多时，听到传唤，直了直身子，转身看看身旁的王树汶。然后拍拍王树汶的肩膀，和颜悦色地说：小汶啊，稳住点！这场戏，咱得唱，你可千万不要怕，也不要慌！啥事儿有大叔我呢，你还怕啥？你不过是应个卯！再说，县太爷是个新手，心肠又软，你只要回答得利索干净，照着我交代你的那些话去说，县太爷就不会为难你，他不为难你，就不会打你！只要你顺着大叔交代的话去说，啥球事儿也没有！

昨天晚上，刘学太已与王树汶说了，今天大老爷要审案，要他早作准备。当时，一听说大老爷要审案，王树汶就有些害怕。后来，经不住刘学太连哄带吓唬，也就勉强同意了。眼下，老爷要公堂审案，王树汶还是有些害怕，嘟囔着问道：大叔，打人不打？

刘学太说：你不照我说的，老爷就打人；只要你照我交代你的话说，老爷不会打人。

王树汶还是害怕，扭捏着不动身。刘学太耐着性子说：啥事儿都已经交代过了，过堂的这一关还是要走一走过场的，县老爷不审案，这案子就没法结案！可王树汶还是抹眼泪，畏畏缩缩有些胆怯。

刘学太咽了一口唾沫，话在舌头上绕了几绕，方才说：小汶啊，我给你说，样子还是要装得像一些，装得不像就被人看穿了，看破了你就要挨打。啥事儿你胡大叔已经安排停当了，你还害怕啥？大老爷审案时，我就在公堂上站着给你壮胆哩！不过，有一点要给你说，今天老爷审案呢，你要戴上脚镣木枷……

王树汶一听要带脚镣木枷，眼泪顿时奔涌而下：大叔，不是说不带吗？咋还要带呢！

刘学太俯下身，安慰说：你看看这孩子，又哭哩不是！大老爷过罢堂，立马就去掉枷锁，不断胳膊不断腿，有啥害怕哩！

王树汶哭着说：俺怕挨打，老疼哩！

刘学太千哄万劝，又有两个皂隶过来帮忙，总算让王树汶把脚镣木枷拷上。几个人牵着披枷带锁的王树汶，窸窸窣窣来到公堂一侧的角门边。人刚刚站定不久，就听到大堂里的传唤声。刘学太不敢怠慢，在王树汶的肩膀上拍了一下，低声说：大老爷升堂哩，有叔跟着，你壮起胆子啥都不要怕！

铁索叮当作响，说话间，值守的皂役牵着王树汶走进了公堂。

案犯带到！刘学太大声喊了一声，皂役们齐声吼喊堂威，声音低沉而悠长，好似三伏天打炸雷，很有威势。王树汶听到武威的堂威声后，魂魄惊悚，双腿一软，身子就瘫软在地。

刘学太上前将王树汶的身子扶正，按着他双膝跪下，还有意扶扶木枷，提醒王树汶要打起精神。待王树汶端直了身子，刘学太才转身面向马知县，朗声说道：禀报大老爷，奉堂谕，将盗犯胡体安带到！

喊声一出，皂役们有人窃窃私语，相互用眼神交流，明显地有了不安地骚动。领班的皂役用水火棍磕碰地面以示警示，方才平息了片刻的骚动和不安。

公堂内人影幢幢，光线昏暗，马矗是近视眼，瞧看人恍惚不清，抬眼望去，见公堂暗处影影绰绰跪着一个人，他就把头探出公案，拿眼认真端详着公案前跪着的案犯。只见案犯瘦骨嶙峋的样子，一脸的稚气，全然没有强盗杀人越货的凶横，心中便滋生一股悲凉的情愫，不觉感慨世风日下、人心不古。这个念头瞬间闪过，立刻想起毛师爷叮嘱，便提醒自己：为官审案，不可先入为主！

马矗定定神，调整一下情绪，按捺住自己的心跳，深吸一口气，装出一副气定神闲的神态，用手摸到公案上的物件，猛地拍了一下惊堂木，凛然问道：案犯报上姓名！

王树汶跪在那里，只顾浑身哆嗦，心情异常紧张，说话就有些语无伦次：俺叫王……王，胡……体……安……

听到这句话，站立一旁的毛师爷、张书办、刘学太都大大地松了口气，昨日连哄带劝的没少下功夫，总是起了作用。这开场的第一句话十分关紧，把开场话应付过去，就是成功了一半。

大老爷公堂问案，属隶、皂役们绝没有插言的机会，只有靠眉目传神，无法暗示或提醒，更不许交头接耳。所以，公堂上只有听县台老爷审案的份儿，绝无皂役们插话的机会。

马矗继续问话：今年多大年纪？

小的今年二十一岁。王树汶答道。

马矗大摇其头：看不出来！倒像十五六的样子。

小的腊月生，二十一岁啦！

小小年纪，胆大妄为，你可知道入室抢劫是什么罪名？

王树汶觉得大老爷果然和善，语气也温和，远没有大牢里的狱卒们凶

058

横，心里就踏实了许多。侧目看见刘学太就在一旁侍立，两只眼闪烁着凌厉的目光，不觉想起刘大叔交代过的话，急忙磕头，说道：大老爷有所不知，小的家贫，今年又遇上大旱，地里的庄稼旱死大半，种一葫芦收一瓢，吃的还不够，哪来的课税？

你也不算年纪太小，难道不知抢劫是犯罪？

小的实在没办法，家里还有七十岁的老爹久病在床，俺要奉养送终，缺吃少穿的，家中无法度日……这番话说得滴水不漏，何况又是有板有眼，伶牙俐齿，毫无拖泥带水。

马矗是个读书人，读书人有读书人的心细之处，他从王树汶的话里听出了门道，等王树汶的话刚一落音，他马上追问道：且住！你二十一岁的年龄，老爹竟有七十岁？这话怎讲？

俺爹虚岁七十，实岁六十九。

你在弟兄中排行老几？

王树汶拿眼瞟了刘学太一眼，见他面无表情，只好自己回答：俺……弟兄一个……

你是老几？

我是老大，还有一个妹妹。

七十岁的老爹生二十岁的儿子不稀奇，七十岁的老娘却生不出二十岁的儿子。见县太爷还有疑问，王树汶补了一句：俺娘是后嫁的，俺又是爹的老生儿。

弟兄一个，哪来的老生儿一说，分明有破绽。

毛师爷在一旁干着急，低声提醒了一句：乡下人，成家晚，得子迟。

马矗哦了一声，又问：你娘多大岁数？

王树汶知道自己不能自圆其说，想了想，说道：俺娘今年五十来岁！

至于五十来岁究竟是多少岁，马矗没有深究。他是山东人，对河南的方言不甚理解。这几年河南、山东两省大旱，有些地方颗粒无收，强盗打劫的特别多。去年，他去归德府访友，在当地境内曾见到无数灾民沿街乞讨，他们一个个破衣烂衫、蓬头垢面，一脸的菜色。这情景让马矗颇感震撼，那情景深深地刻印在脑海里，久久挥之不去。马矗的心思有所触动，心头掠过一丝儿复杂的悲凉情绪，但他猛然想起自己的身份和职守，想起毛师爷那些刻骨铭心的话，想起自己十年寒窗苦读一朝做官的荣耀和职责，不由得浑身一激灵，立时恢复了常态，两眼盯着案犯，厉声说道：你小小年纪，就该做一个本分人，咋会去偷去抢？古人云，富贵不能淫，贫贱不能移，威武不能屈，此之谓大丈夫也。因饥寒而起盗抢之心，见美色而生奸淫之意，实乃不赦之罪！世间的贩夫走卒、引车卖浆者，百行百业，啥营生做不得，为何单单去打家劫舍做强盗呢？

王树汶听不懂县太爷的这篇宏论，急忙俯下身磕头，嘴里说着：小的家里实在是揭不开锅了，老爹、老娘饿得走不动路，三天水米没打牙，他们饿啊，我怕老爹老娘都饿死了，这才伙同人去打劫。

饿死事小，犯法事大。孰重孰轻你就不懂？马翥拿出读书人的口气，让王树汶听得如坠云雾。马翥显然不是在审犯人，他在给犯人阐释处世为人的大道理。毛师爷觉得十分滑稽可笑，但他又无法阻止。

王树汶咽了一口唾沫，努力使自己镇定，他猛然想起刘大叔交代的言语，就回话说：回老爷话，俺原在前任大老爷手里补了一个名字，在捕快班房应卯，也是有名无粮，是个空头的！

马翥知道，河南的一些县衙因庄稼歉收而钱粮课税无法收缴，盗抢案件反而激增，县衙就需增加人手，扩充捕快班，以解燃眉之急。有些县台老爷为了地方上的治安，往往不择手段，偷偷增加县衙内三班六房的名额，收取些许名籍银两，以应付当务之急，一则可以向老百姓收取赋税，二则县衙还可以额外增加一些收入。可这是割肉补疮的勾当，应了急却是遗患无穷：前任扑腾下的窟窿，由后任填补，一任接一任，永无终止。这是大清官场的常态，也是前任官员惯用的伎俩。一般情况下，后任者对前任做下的亏欠，往往采取不闻不问，任由其自生自灭。

马翥一听案犯系前任承纳的捕快名籍，心里就有些窝火。侧过脸问值守的皂隶：你们可认识他？

站立的皂隶有人点头：认……识……声音稀稀拉拉，也有些犹犹豫豫。

马翥不觉皱一皱眉头，喝问一声：即是在籍捕快，必知国家法典，就该遵纪守法。月黑风高去抢劫，难道是你一人所为？你的同伙共有几人，从实招来！

王树汶按照刘学太交代的话，一字不差地说：那天俺去作案，共有几十人。

马纛紧追不舍：啊！其余同案犯人的名字报来，他们现在何处？

王树汶背书一般实话实说：大老爷，小的实在不知道他们几十个人现在哪里！

马纛听了，以手击打桌子，高声说道：一派胡言，既然是同伙做案，岂有不知道他们家住在哪里的道理！

这时衙皂们齐声呼喊堂威，震得灯笼里的烛光摇曳飘忽。王树汶着实吃惊不小，偷眼瞅刘学太，只见刘大叔很淡定，正目光柔和地看着自己。王树汶心里也便有了底儿，不觉挺直了身子，伸长脖子说道：小的怎敢欺哄大老爷！大老爷有所不知，常言说，兔子不吃窝边草，小的不敢在镇平县地界作案，就在邓州街头上，结交了一些无家无业的街头混混，聚在王河大庙里，商量如何抢劫富户人家。那天作案后，大家四处逃窜，相互之间既不知姓名，彼此又不知住处。

这些时聚时散的恶徒，属临时鸠聚，根本无法追捕。马纛一听，便怒吼一声：不上刑，怕你不肯吐露实情！

王树汶一听要用刑，吓得哭出了声：大老爷，俺几十个人都是偶然相识，那些个邓州的混混，早逃得没了踪影！你上哪里抓人？

话说得滴水不漏，在情在理，细细琢磨一番，马纛又觉心有不甘，扭头叫道：张书办！

张书办趋前一步，打个扦，应了一声，挺直了身子等候问话。屋内光线很暗，马纛看不清犯人的面目，就一字一句地交代：同案犯另有几十人，须一同捉来，方可结案！张书办应了一声，退后一步应诺。张书办知道公堂上要有堂威，切忌驳辩、争执，这个当口他是不宜多嘴的，即便有什么言语，也只有留待到后庭再作论处。

毛师爷一直不言语，此刻走上前，凑近了马纛的耳朵，附耳低声说了一句：此事甚为不妥。此乃另案，与此案无关！

马纛大惑不解，冷冷地问道：同是一案，同是一伙，怎说与本案无关？

大老爷明鉴！本县承办的是臬司衙门督办的盗案，指名缉拿案犯胡体安，案犯已经捉到！邓州的案子只能报邓州受理，本县不能越衙受理这桩盗抢案，更不能越境捕人，故与本县无关！毛一统一边提醒，一边劝说。

马骉拧着脖子，说道：怎的与本县无关？

毛一统低声说道：镇平县是奉令抓人。若是发生了几十人结伙盗抢，那便是举省震惊的大案！大案必有时限，上峰催逼得紧，那就是自讨苦吃！

马骉猛然省悟，臬司公文指名缉拿胡体安，并没有责成镇平县捕捉同案犯，按属地管理的惯例，盗抢案应由邓州审结。可马骉还是心有不甘，转过脸，问道：那我们办的这个案子算什么？总要有个名堂吧！

毛一统见他一脖子犟筋，八头老牛拉不回的架势，就用极低的声音说道：老爷！本县只不过是奉上台的公事缉拿案犯而已，臬司指名缉拿胡体安一人。案犯现已到案，对案情供认不讳，公事就可以了结了。假如节外生枝，陡生变故，去捉拿同案犯，延误时日不说，反倒会招致上峰的责怪。

嗯啊！……马骉终于悟出了门道，意识到是自己节外生枝了，假如没有毛师爷的指点，此案的审结将会谬之千里，徒自招惹不必要的是非和麻烦。何况邓州境内的盗抢案，并未越界向镇平县申报捉拿案犯，认真考究起来，镇平县实在不必越俎代庖，多招惹麻烦不说，还会招致上司的责怪。镇平县境内盗案连连，匪盗频繁出没滋扰百姓，扰乱治安，毕竟有碍镇平本县形象。上峰公文督办抓捕胡体安，缉拿案犯之后，押解上去就可以了结公差，何必逮住耗子牵出猫，徒自生出枝节！

张绍祖见马骉仍在犹豫，也插了一句，低声说：大老爷，多一事儿不如省一事儿，招惹麻烦不说，还让捕快班房的弟兄们操劳费力，白白耗费咱镇平县的公帑。案子就是这么审的！不必节外生枝。

毛师爷也在一旁随声附和，点头称是。

马骉固然初为知县，终究是科班出身，虑事甚是周全。见二人同声劝阻，觉得有些道理，可他嘴上不说，仍心存疑虑。

毛师爷觉得公堂之上不宜冷场，两班站立的皂役们一个个伸长了脖子听审案，知县大老爷却与属吏交头接耳说闲言，总会惹得猜疑和非议。毛一统毕竟久经公堂历练，娴熟于刑名鞫讯，俯身凑到马骉跟前，放低声音说道：大老爷，供词好说！

马骉不解：供词如何处置？

毛一统用喉音低声说：可将胡犯供出的几十名同案犯一笔勾销，不提同伙，只提胡体安一人，案犯押解上去，何来同案一说！你若审出同案之人，

月夜
无声

那就是徒生枝节，按理就该一并缉拿！何况越境捕人有悖常理，你捕不到人，就是失职失责，岂不弄巧成拙？

马矗翻翻眼珠子，说道：那不就便宜了几十名强盗，那些个盗匪就是漏网之鱼了！

大老爷多虑了，河南的盗贼多了去了，岂能逮尽杀绝。这几年河南久旱多盗，盗匪蜂起，拉杆子吃大户的遍地皆是，盗贼临时鸠合，昼伏夜出，居无定所，哪里会抓尽天下的盗贼！毛师爷侃侃而谈，分析得条理清晰，不由得你不信服，马矗更没有理由驳回他。

马矗由衷地点点头，说：好！就依毛刑名的意思。

毛师爷又说：案子不宜再审！后堂议商后，再做议处吧。

马矗想想，再也提不出任何异议，看看天色已经大亮，衙皂们渐显疲倦之意，跪着的犯人也软塌塌地斜卧在公堂正中，场面便有些冷场。马矗便吩咐一声：今日审案到此，都退堂吧，改日再审。人犯好生看押，不得有丝毫的懈怠！

众人齐声应诺，陆续走出了公堂。

转过了后堂，大家刚刚坐下歇息，张绍祖提醒说：人犯已审，赃物并未起获，怕是证据不足吧！

马矗一愣，骇然说道：对呀！胡体安是捉到了，可没有赃物呀！

毛一统嘬着牙花子说：人犯在押，岂能没有赃物！

马矗吩咐道：张书办，你带人去胡体安家去起赃！一定要将赃物悉数归案，当场编制一个详细清单。

张绍祖转身就走，知会了刘学太，又带了四名衙皂一同前往胡体安的客栈。到了胡体安的客栈，刘学太轻车熟路，直奔王树汶的床下，顺手拉出早已准备好的赃物。刘学太意欲袒护胡体安，可几个衙役在场，他也不便多言。一间简陋的居室内，发现了一个藏在王树汶床下的包裹，里边有五十两的足额银锭十枚，另有一个宣德铜香炉、和田羊脂白玉把件两个，还有绸缎若干匹，金首饰若干件及丝绸衣物若干件。那两个和田羊脂白玉玲珑剔透，温润可人，十分可爱。张绍祖一一据实登记造册。造册时，张绍祖玩了一个心眼，他在造册上做了手脚，他有意将几件物品造入另册，以备不时之需。

起获了赃物，张绍祖与刘学太一干人等即刻回衙复命。

八、张书办是个精明人

在刑名师爷毛一统的悉心安排下，马矗体验到初次审案的紧张、惶恐和局促不安，那种感觉好似新媳妇初入洞房时一样，既羞涩又张惶，还有几分渴望。为了遮人耳目，审案时胡体安故意回避了，一是怕王树汶说漏了嘴，或是被马知县看出了破绽；二是怕胡体安在场时有所忌惮，或被其他皂役看出其中的玄机，反而坏了大事。毛一统私下忖度，既然第一次审案顺利，以后下功夫在细节上拿捏一下，就可以将事情糊弄过去，结案后将公文呈送上司，便可告一段落。

王树汶被押回牢房后，立即有几位年轻的狱卒上前悉心伺候，又是捶背，又是揉腿，奴才伺候老爷般殷勤。王树汶是重刑犯，单独一人关在一间昏暗的重刑囚犯牢房内，绝没有与其他囚犯接触的机会。按大清律典，重刑犯关押时须将脚镣木枷时刻不离身，因为刘学太的特殊关照，王树汶一回到囚室内，就将一应囚具全部卸掉了。大老爷审案没有杖责，这让王树汶的心情稍稍宽松了一些。王树汶刚刚卸下囚具，就有人端来了早饭。早饭是一个四四方方的大白馍，还有一碗猪肉炖粉条杂烩菜，端来时仍是热气腾腾。王树汶过了堂，却没有挨打，这让他心里稍稍宽慰了许多。天气冷人又饿了，王树汶也不再客气，端起碗低头便吃。

此时，刘学太走进了牢房，看着王树汶吃饭有些馋相，就笑着说：咋样孩子，比恁家的饭菜好吧？以后听大叔的话没错儿！他不会让老实人吃亏。

王树汶停住往嘴里送食物，伸伸脖子咽下了嘴里的饭菜，盯住刘学太问道：大叔，县老爷会不会还要再审呢？

话音刚落，张绍祖走进来，拍拍王树汶的肩膀，说道：今儿个大老爷一高兴，你也就好过关了！

刘学太知道张绍祖有事，低头问：老张，你有啥事儿？

张绍祖将刘学太拉到囚室外边，二人交头接耳交谈起来。张绍祖低声说：我今天就将口供改过，绝不会留下痕迹。刘学太点点头，说了句感谢的话，转身走了。张绍祖转身走进来，冷着脸对王树汶说：孩子，大老爷还要再过一堂。

王树汶面有难色，嘟囔着说：咋还要过堂呢！两边拿棍的人喊声像吆喝一样，他们一喊，我的腿就发软。

张绍祖沉下脸，说：大老爷再次审案时，就是核实一下口供，签字画押。若是大老爷再次问起那几十个人，你就一口咬定，都是路上偶然相遇，临时鸠合，飘忽不定，谁也不知道他们都是哪里人！一定要一推六二五，推得干干净净，方可减轻罪名。如若将其他人逮捕归案，你就是元凶，罪名可就大啦！知道啥是元凶吗？

王树汶茫然不知，盯住张绍祖一脸疑惑。

张绍祖一字一句地说：元凶就是头，为首的头！那是要杀头的！

王树汶似懂非懂，一边吃饭一边点头。

说起来县衙的刑名师爷是个闲职，无讼案时悠闲自在，有案待审时，便开始左右逢源。刑名之事涉及国家法典，本该公事公办，循律办案，可那些久居衙门的师爷，为着一己私利，暗地里却是另行一套，经手的案子多了，玩弄起权术自然是得心应手。天下的幕友，素以江浙绍兴人居多，"绍兴师爷"门第鼎盛，许多人从业日久，奸狡性成，熟悉衙门里的规矩，他们往往喜欢意气用事，全然不顾国家法典。衙门里的钱粮师爷又叫钱谷师爷，长于精算，田亩赋税、经济营生无所不通；而刑名师爷除精于律典之外，特别讲究门第师承，那些心机精透之人，多有师承秘传心法，不同案例、不同事主就有不同的运作之法。刑名师爷一案在手，必先行揣度事主双方的意旨、家境贫富、家族有无名望士绅可依仗等诸多缘由，然后再行断定自己的取舍。衙门里刑名师爷的身份很特殊，许多关乎刑典的谋划大多出自其手，故世人戏称其为"四救先生"。纪晓岚在《阅微草堂笔记》中记述了一个故事，述说一个衙门幕僚梦游阴曹地府，偶然见到一群衣冠楚楚之人满面愁容，神情凄惶。原来，他们在排队依次接受阎王爷的审判。这位幕友感到十分稀奇，悄悄地问一位阴曹地府的书吏，询问这些人生前都是风光无限，为何在这里却个个都是一脸苦相。这位阴司书吏说，这些衙门书吏生前是官老爷的师爷，人称"四救先生"，平日里仗权弄法，草菅人命，颠倒是非，枉法贪赃，故而死后在阴间受审。幕友一听，大吃一惊，忙问何谓"四救先生"？阴司书吏说，他们职掌刑名，固守一个法则：救生不救死，救官不救民，救大不救小，救旧不救新。这就是他们做幕友的生存之道，平时受理案件，大多遵守这样的法则。

　　大清的刑名师爷自有生财之道，其中的玄机深不可测。刑名师爷一旦命案在手，假如事主已亡故，人死则难以复生，而杀人者就要被羁押在牢，等待官府判决。杀人者偿命，历朝历代概莫能外，按刑律就要再死一人。刑幕之人若是设法为杀人者开脱罪责，拯救人犯一条性命，犯人家属必定感恩戴德，那就是死囚犯的再生父母，家属必然不惜倾家荡产从大牢里捞人，供奉银两是断然少不了的。至于死者的冤屈，则可以设法安抚，让杀人者多补偿些银两就可完事。死者不能复生，安抚死者家属补偿一些银两，案犯才得以苟全性命，这叫"救生不救死"。一个死刑案子审理完结，一方不满意案子结果就要申诉上控，一旦翻案，原审官员就要被追究责任，丢官卸职不说，参与案子审理的官员必被发配戍边也未可知，有时还会连带隶属不得安生。刑幕若是设法阻止翻案，多方加以阻挠，上控人至多落一个诬告的名分，官府可以给以补偿，而官员的官职则可以确保无虞，承办案件的属吏还可以安然无事，这就叫"救官不救民"。假如官员犯案被免了职，而官职不能空缺，任职官员必定前仆后继。因都是官场中人，新任官员处理起来就比较棘手，若是事涉上司长官，攀援连带，刨根究底，又穷追不舍，那就会凶险横生，案子绝无转圜的余地。所以，官场之中一个案子万不可牵涉上司，牵涉了上司官员也要掩盖遮拦，不予追究，因为上司官大，所受的处罚也重，小官倒则株连牵扯一小片，大官倒则势必株连一大片。若是把罪责推至小官头上，罪责也轻，处罚也小，结案也容易；或是小官把罪责承揽起来，给自己的上司顶罪，上司必定会感恩戴德，一旦时机成熟，以后小官可能在大官的庇护下有复出的机会，这就叫"救大不救小"。官员调任它职，接任者假如交接时发现仓储亏空，或赋税混乱，连带追究必然导致旧官无法离任，旧官就要羁留原地，核清账目，厘清事实，这样就必然生活苦困，备受煎熬；旧官尚在核查，新到任的官员也就无法就职，前任后任之间相处起来就有些尴尬，纷繁事物难以厘清头绪。聪明的继任者或是念及脸面，或是顾及舆情，就将仓储责任、账目亏空事项全揽在自己头上，假以时日，以后再慢慢想出法子弥补空缺；或是遵守官场惯例，学前任的法子，将旧账交予下任，由继任者去填补窟窿，新任补前任，一任补一任，这就是官场的"救旧不救新"。

晚清的官场，政以贿成，文官贪财，武官惜命，平日里酒肉交接，贿赂公行。寻常人家若与人争讼，切莫打官司，纵有万贯家财，一场官司下来，就弄你个倾家荡产，好似一个活剥了皮的死猪，任人割下肥肉烹煮，剩下的便是一副干瘦的骨架。

张绍祖年纪不大，却是聪明绝顶，他处处看毛师爷的眼色行事，绝不忤逆毛师爷的意愿。那天他觑个空闲，踅到毛师爷的住处，再次讨教案件呈文的裁剪取舍。其实，他心里再明白不过，胡体安出钱顶凶一案，并无复杂之处。胡体安有的是银子，而王树汶只是一个乡下穷小子，打锅卖铁也没多少家底，在二人之间取舍，捞取的实惠是明摆着的。在衙门厮混多年，见惯了冤屈和争讼之事。往日杀人凶案，案犯伏法，死者得以昭雪。死者昭雪后，办案者虽可扬名，但却无银两进项；如今胡体安花钱买命，自然不惜银两，参与者也会沾些好处，大家各有所得，岂不皆大欢喜！在衙门里行走当差，就图个吃穿不尽，有白花花的银两进项，至于谁死谁生，谁冤谁屈，那是阎王爷管的事儿，与己何碍？人生在世，生死轮回，死生皆由命，富贵全在天，凭的是个人的造化。

毛师爷见张书办走进来，知道他是来商议案件呈文之事，就点点头说：嗯，这小子公堂上还行！

张绍祖看着毛一统，却大摇其头：再次审案，不知道大老爷还会问些啥？万一这小子说漏了嘴，或是吓破了胆，把实话都说出来，前功尽弃不说，还会弄得锅碗瓢盆不得安生！

毛师爷点点头说道：老胡做的这事儿动静太大，他又是镇平县的露头椽子，许多人都知道他。若传扬到外边，必定祸连许多人。所以，咱要把案子办得严丝合缝，把好口风，还须上下联手，借助上司衙门里同行的提携给以照护，广通声气，方可确保万无一失。毛一统毕竟老成持重，久在刑幕，自然知道这其中的玄机。

张绍祖何尝不知道其中的奥妙，只是他觉得毛师爷是主角儿，自己无非是个配角，无关大碍，便叹了一口气，笑着说道：案卷呈上去，我等是干瞪眼瞎着急，别无良策。以后那就全看毛师爷您从中周旋了，有您的脸面，就没有过不去的坎儿。

乾隆以后，许多科考无望者转而习幕，后渐成风气。学幕贵乎师承，一般先从州县着手，逐渐谙熟刑律后开始着手办理刑案，然后再备上重礼投"宪幕"。学刑名的须结拜臬司衙门的刑名师爷为师，投身其门下，甘愿做弟子晚辈，历练出息后，由其荐入衙门，历练久了，刑名案件无所不通，案由曲折，无不一目了然。即便承办的案子有了曲折，上司师长也会回护一二。毛一统既有师承，又是浙江人，与臬司衙门的贾师爷甚是熟络，彼此打交道多年，年节时常有挚礼奉上，遇有毛一统呈送的案卷，或有瑕疵，只要无关大碍，也会稍加遮掩，蒙混过去。毛师爷是南方人，贾师爷与他又有师承渊源，平素在贾师爷的路子上走动，从来没有被驳回的先例。

毛一统知道张绍祖是聪明人，人又年轻，自然知道案件呈文该如何缮写。不过，他仍有些不放心，就当面交代说：绍祖啊，此案关系重大，一步不慎，就可能招致许多的麻烦！你务必将合伙抢劫一节隐去，呈文只写奉谕缉拿盗犯，已将案犯胡体安一人缉捕到案即可。

张绍祖知道这些环节，但他害怕在上级衙门里出现纰漏，就提醒道：省府两级衙门是否先行信函传递？

毛一统根据自己的经验和判断，只要呈文简洁明了，一般不会被驳回，可他也不能不防。他沉吟片刻，说道：臬司衙门那里不必知会了，我们是奉命行事！但须与南阳府的高师爷递个话，礼多人不怪，想必他不至于从中为难。

张绍祖想想，确实如此，点点头说道：就按您的吩咐呈写公文，待老爷过堂后，犯人画过押就可结案。

二人正说着，胡体安走了进来。张绍祖顿时来了精神，乜斜着眼说道：老胡啊，你倒躲得清闲！你这是啥事儿，你把一泡臭屎拉出来啦，弟兄们忙前忙后给你擦屁股！我们一干人等都被你绑架了，从此以后，咱就是一根绳上串起来的蚂蚱，谁也逃脱不得！

胡体安咧嘴一笑，赔着笑脸，抱拳施礼：谢谢各位为胡某两肋插刀，事关生死的大恩大德，俺此生没齿不忘！说话间，从衣兜里掏出一张银票，递给张书办说：胡某不知如何感谢张书办，还望收下俺的一点小心意，略表寸心，以后如有用得着胡某之处，俺岂敢不效犬马之劳？

有了胡体安的这番真诚态度，张绍祖也就无话可说，那张银票着实让他心花怒放，可嘴里却打着哈哈，说道：老胡啊！兄弟我就却之不恭，受之有愧了！他接过银票，在手里抖着，眼睛却看着毛师爷：老胡啊，臬司、府衙两级还要靠毛师爷去打点，你可别装糊涂呀！

胡体安知道，他是在试探是否给了毛一统银票，掂量和揣度给了毛师爷银两的份额，或是多了，或是少了。胡体安心里虽然恨得咬牙切齿，嘴上却打着哈哈：我岂敢忘掉这事儿，胡某的身家性命就拜托给诸位刑幕师长啦！

毛师爷不想听张书办无休止地盘问，打断了二人的话，问道：老刘那里咋样？让他务必看好这孩子，他人太小，心眼儿活，容易变卦，要好生款待他，万不可有半点儿闪失！

胡体安说道：毛师爷放心，一切都已经安排妥当，只要这孩子咬死了自己的名姓，不会有什么纰漏，别人断然不会看出破绽！

张绍祖笑着说：老胡啊，你这人咋是个皮笊篱！

胡体安眨巴着眼睛，不解其意：张书办，啥意思？

张绍祖说：啥意思！你去邓州打劫，咋把人家祖宗牌位前的铜香炉也顺手牵羊弄走啦？

胡体安尴尬一笑：我也不识货，见那里有一个铜香炉好看，拎起来就走。

张绍祖转身回房，捧出那个从胡体安家里搜出的铜香炉，笑着说：这东西只有毛师爷喜欢，咋说也有二斤黄铜哩！

毛一统一见铜香炉，两眼就放光，一把抢到手，反转过来看炉底，分明写着：大明宣德年制。端详了半晌，点点头说：虽说不是宣德炉，也是康熙、乾隆年间的高仿品，难得！难得！

张绍祖说：这个铜炉就归毛师爷收藏啦！

毛一统把视线从铜炉上移到张绍祖脸上：不妥吧，这可是造册的赃物啊！

张绍祖嘿嘿一笑：我就知道毛师爷您喜欢这个物件，并没有造入案册中。

毛一统嘎嘎地笑着，说：还是绍祖会办事儿，你就是我肚里的蛔虫，啥事儿也瞒不住你！你心里最透亮！既然绍祖有这番心意，那我就却之不恭了。说着，把铜香炉放置在室内一个隐蔽处。

张绍祖悠悠地说：这事儿还是老胡的眼毒，把人家祖宗牌位前的香炉拿回来孝敬了毛师爷！

几个人不由得哈哈大笑起来，毛一统笑得最开心。

张绍祖另有心事，先行告别，径直到马矗的居室，见马矗正在读书，就说道：县台正在用功哩！

马矗放下手中的书本，定定地瞅张绍祖：忙完啦？

张绍祖也不言语，从怀里掏出一件和田羊脂白玉把件，一锭五十两的南宋淳熙年铸的银锭，放缓声音说：县台啊，昨天我去查获赃物，这两件东西我可没敢造册入库，就算给您打的埋伏吧！

马矗一听是赃物，好似被蜜蜂蜇了一下，两只手不由自主地哆嗦了一下：这可不敢！这可不敢！

张绍祖说：县翁尽管放心，这些东西我没有造册，也不会有人追究此事。

马矗初入官场，对官场的一些曲折还不甚熟络，内心深处还有许多的顾忌。但他经不住张绍祖巧舌如簧的劝说，也就半推半就，将物品揽入抽屉内，嘴里却说着：下不为例！下不为例！

九、案子被驳回重审

在毛师爷的精心谋划下，二审过堂很顺利，马矗在公堂上也没有节外生枝问及其他事由。马矗有了两次审案的经历，倒觉得一县主官审案并不神秘，无非将案犯的口供审清问明即可结案。犯人若不招供，那就用板子伺候，不信他不吐实话。自己首次接手的这个盗抢大盗，案犯人虽年轻，倒也老实伏法，没动板子他就竹筒倒豆子——说了个一清二楚。哪儿还用得着动刑！

有了案犯的口供，呈文便是套路，无非说明镇平县奉上司谕令，已将盗犯缉拿归案，镇平县初拟罪犯为"斩监候"，公函用密封，遣专差呈送南阳府衙。府衙的刑幕高师爷见案件由毛一统承办，知道他是一个老刑名，且二人交往深厚，平日里多有关照，接过公函，草草过目后，知道案由并不复杂，无非是遵命办案，缉拿盗凶，就签押印鉴后，向知府任大人禀报。知府任凯大人并没有提出异议，签押了公文，很快逐级呈报至臬司衙门。

第二天，由南阳府派专差呈送公函，案子卷宗很快就送达至臬司衙门。

河南臬署的张师爷接手的案卷，粗粗将案卷过目后，心底里便油然而生一股愤恨之气。原来，臬司的首席刑幕贾师爷因为母亲病故，回浙江奔丧去了，臬司的刑幕公案就由张和哲接替。这个张和哲也是臬司的老刑幕，他刚刚接任此职不久，春风得意，正想大展身手干出一些名堂，遇见了镇平县呈送的案子，立刻发现了其中的端倪，他岂肯轻易放过！张和哲久居刑幕，刑名之事自然十分通晓，此前他已在黔地做了几年幕友，前年转来河南做过臬司的刑名师爷，还不曾结下广泛的人缘。所以，他对府、县两级呈送的公函，便格外上心，意图结交下级署衙的刑名，编织一张自己的人缘网络，对今后的刑幕生涯必会大有裨益。于是，他就打定主意，要广结河南幕友，营造上下关系，方可游刃有余。做刑名师爷讲究师承，有了师承，上司就有人回护照应，学生年节向老师孝敬束脩便是成例。在臬司做刑幕，假如学生羽翼遍布，网络密织，便可有大把的银两进项；若在臬司衙门做上三五年师爷，那就日进斗金，财源滚滚，转眼可致巨富。

将镇平县胡体安盗抢案的卷宗阅过后，臬司的刑名师爷张和哲便大为光火，心中甚是恼恨镇平县的刑名师爷毛一统。这样一件漏洞百出的盗抢重案，经过府、县两级衙门的呈转，居然送到臬司衙门定谳，全然系镇平县刑名毛一统自恃与南阳府幕、前任宪幕是把兄弟的缘由，草成公函，企图蒙混过关。转念又一想，都是吃刑名这碗饭，相互拆台的伎俩总是为业内人所耻笑，于己于人绝无裨益。常言说，相与一个人开条路，得罪一个人打堵墙。假如张和哲将公函的纰漏一一签出，向臬司大人直陈要害，剔出公文谬误所在，那就将镇平县的老底儿和盘端出了。一旦臬司大人震怒，责令追究严查，此案以后便再无转圜的机会，自己虽然可以捞到一些虚名，但其中的好处再也无从说起。此举必将得罪府、县两级幕友，自己虽然身在臬署，如没有府、州、县幕友的捧场，今后也将断了财路，绝了人缘。

案子虽是事主犯下的，但经办人也有干系。刑幕向有成例，驳回了案卷，就是驳回了经办幕友的脸面。张和哲细细思量一番，觉得其中大有讲究：若委托人向镇平县刑名毛一统指明案件的错谬之处，必遭所托之人的轻蔑，还会被人以为是沽名钓誉，或有索贿之嫌。镇平县的毛一统能够攀上臬司首席刑名贾师爷，足见其夤缘的手段着实厉害，尚或被他捏住索贿的把柄，反而受其挟制，岂不弄巧成拙。这样一个错谬百出的案子，毛某本人必定捞得事主的许多好处，要想再从中榨出油水，须谋划个好方略，表面上不着痕迹、又能敲山震虎的妙招，让他姓毛的晓得新任宪幕张某人的手段厉害！到了那个境地，姓毛的必不请自来投门求教，待他觍颜登门时，方显得张某人的城府和手段。

张和哲虽然刚刚上手臬司首席刑幕不久，但他也是一个狠角色，他果然手段凌厉，思量再三，立即拟写了一道公函，直接发往南阳府衙：

南阳府：臬司督办胡体安盗抢案，成例时限两个月，州县限一个月解直隶州或府；直隶州或府限期二十天解臬司衙门；臬司衙门限二十天解督抚；督抚限二十天咨题刑部，违限者必受参处。此乃刑部则例，早已成例。胡体安盗抢案必是结伙入室，呈文纰漏频现，臬司无法照转；倘或臬台大人再行开审，方可最终定谳。

信函的言语甚为婉转，不说案子，却说起刑部则例，意在警告南阳府、镇平县，其所呈报的案子臬司不会循例照转，一旦臬台大人关照此案，那就再无转圜的可能。写好了信函，张和哲师爷公事公办，叫过一名差役，着意交代他务必将公函交予南阳府亲启，不得有误。

南阳府知府任凯任大人接到臬司批转的公函，唤过承办案子的高师爷，询问此事。此时，高师爷早已风闻任大人将要迁升它职，眼下正在奔走在上司衙门打理关节，哪儿会有心思过问此等案由！高师爷觉得无法敷衍了事，不敢怠慢，又不敢妄自做主，立即将公函转于镇平县。毛一统一见臬司的回文，立时惊出一身冷汗。托人一打听，方知臬司的贾师爷离任回乡奔丧去了，现由新任刑幕张和哲主持臬司刑宪，位列首席。毛一统此前素与此人无交往，不曾有过案牍往来，接到臬司回函，毛一统的心情就有些晦暗，便觉得此事非同小可，但事已至此，箭在弦上又不得不发。他马上招呼刘学太、胡体安、张绍祖诸人在一起商议对策。

几个人刚刚坐定，毛一统就有些迫不及待：老胡啊，这事儿有点儿悬呢！臬司贾师爷丁忧归乡，新任刑席张和哲张师爷又驳回了我们呈送的公文，此事费周折了！

几个人一听，个个面面相觑，一时无语。静默了好一阵子，还是张绍祖有些主见，转身对胡体安说：事情到了这步境地，我等再无退路了！大家也不必丧气，还须共同谋出一个良策，一定要将案子坐死！

话是这样说，可几个人都是闷葫芦，谁也想不出什么高招良策应对眼下的局面。

冷场了半个时辰，张绍祖缓缓说道：老胡，这就是扔银子的事儿，摊上了这等事，就不能可惜银子了。

其实，刚才胡体安听说呈文被臬司驳回后，犹如五雷轰顶，早已四肢发凉，软软地瘫坐在椅子上。他听了张绍组的话，咂咂嘴，挺挺脖子，说道：银子是龟孙，没了咱再去拼。事到如今，俺只有挺起脖子去顶！顶不了就伸着脖子让他砍脑袋。

刘学太听出了胡体安说的是气话，他是拿话堵人，言下之意是自己花银子却没有打通路子，就接过话茬说道：老胡啊，你也别赌气，啥事儿都有个曲折！臬司的那个张师爷是新官上任三把火，你不让他烧一烧，他还咋在臬司混前程当师爷呢！现在，这事儿已不是你胡体安一人的案子，我们几个都是一根绳子上拴着的蚂蚱。哪个也逃脱不得！开弓没有回头箭，眼下，咱要摸清臬司张师爷到底是啥心思，如其为了捞取官声，拿这个案子开刀，咱就在劫难逃！如若他就是为了财帛，那就是再简单不过的事儿，老胡无非是费些银两而已！

这番话，总算稳定了大家的情绪。

屋子里很静，几个人都在思谋良策。毛一统在屋内慢慢地踱步，一圈又一圈，阳光从窗棂处投过来，地上映印着忽长忽短的瘦长影子，好似一个漂浮的阴魂。毛一统还在转圈圈，转得大家心神不定，可谁也不便发言，静静地等他转出妙招。果然，不到一刻工夫，毛师爷满面泛起红光，颔首说道：张师爷将案子驳回，必定暗藏玄妙！

哦！张绍祖知道毛师爷有了高招，就愣在那里听毛师爷说下去。

毛一统看看大家，又看看胡体安，捋着胡子，慢慢说道：上司驳回下级的公函而不向臬台大人当面呈报，已经给下级留有回旋的余地，这就是其中的玄妙之处！新任刑幕之职，必先有所作为，但未必想惩戒下级以博取名声。假如他执意出此博取名声的损招，他可以面呈臬台大人，那他就是一个书生腐儒！可他没有这样做，足见其尚留有余地。依我的揣测：此事似有转圜的机会！

刘学太听他说话文绉绉地，性子就有些急躁，催促道：毛师爷，这事儿全靠您了，您就说说主意吧！

毛一统并不理会，眯起眼睛，按自己的思路说下去：我们还不知道此人的习性、爱好，无法投其所好。

刘学太接过话茬儿，咧着嘴说道：天下人没有不爱银子的，送上五百两，不信他不动心！

毛一统摇摇头说：未必！未必！我有一主意，不妨一试！我有一熟人，姓司名礼让，当年他以举人身份与人争讼，对方系当地士绅，族人又有人在藩司就职，根系盘根错节，官司无法打下去。后来他投于我的门下，求我为其请托。是俺运用手段，多方周全，不久他果然赢了官司。此后，他常常念及我的好处无以补报。此人几年后中了进士，在黔地任了三年知县，到任期满后，现在省城开封候补。他与臬司的人有些交情，我去找他，他必定会念及当年情谊，全力从中帮忙。

大家谁也想不出好法子，都知道毛师爷的路子野，人缘广，都觉得此人尚可利用，不妨一试。胡体安也不含糊，当即答应准备下一千两的银票，权作川资和打点资费。

刘学太大咧咧地说：老胡，大家都正饿肚子，你看……

胡体安点点头：那咱去吃饭！

张绍祖突然把脸一沉，说道：咋是饿死鬼托生的！臬司驳回了案子，咋说也要让县太爷知道，就看如何向他叙说呢。

一句话提醒大家，一个个都沉默无语，场面十分冷清。

案子被臬司驳回，那是无论如何也瞒不住知县马鹜的，大家谁也不说话，都觉得不知道该怎样与县台老爷禀说。

沉默了好一阵子，还是毛一统一锤定音：老胡，你回家准备银子，这事儿我与县台大人说，这顿饭还是不吃的好，我们几个人在一起吃饭，太招眼！

刘学太一听这顿饭没戏了，只好悻悻站起身，说道：大家都散了吧，县台老爷那里，由毛师爷说去！

毛一统见了马矗，劈面就是一句：县翁，臬司把咱的公函驳了回来！

马矗不明就里，一时不知其所云何事，眨巴着一双眼，定定地看着毛一统。

毛一统知道自己话说得太唐突，换了口气，压低声音说：我说的是臬司督办的那个盗抢案子！

马矗听了一激灵，霎间睁大了眼睛，说：人逮了，关在大牢里，公文会有啥毛病？

毛一统心里清楚，万万不可说穿顶凶一节。也便轻描淡写地说：其实，也没啥，只是臬司对案子的地点、人证、物证及参与案犯有些疑问。说话间将公函递与马矗。

马矗接过公函仔细看过一遍，抬起头盯着毛一统，询问道：公文并无指出谬误之处，为何还要驳回？

毛一统只好如实禀报：县翁啊，你有所不知，臬司的师爷个个都是挑筋剔刺的主儿，鸡蛋缝儿里挑骨头是他们惯用的手段，公文里找毛病是他们的通病。你有所不知，臬司原是贾师爷主持刑幕，他对咱镇平县多有回护，公文上从来没有被驳回的。如今贾师爷"丁忧"，新近主持刑幕的是张师爷，刚从黔地迁来河南履职，盖因人缘生疏之故，才有驳回公文一节。

马矗两只手反复揉搓，嘴里嘟囔着：那你看咋办呢？

毛一统叹了一口气，悠悠地说道：县翁啊，你是知道的，咱镇平县是奉委办案，受命抓人，至于同行的强盗有多少，咱省事无事，就是害怕大案责任太重，于您的官声有碍，才省去同伙一节的！

马矗咂咂嘴，无言以对，半晌才说：毛夫子，你看这事儿咋了结呢？

毛一统看了马矗一眼，说道：此事说起来是小事一桩，其实也是大事！假如咱轻慢了人家，小河沟里翻了船，说不定会生出什么变故，那就关碍了老爷您的前程。说它是小事，我该去开封一趟，给张师爷捧捧场，与臬司新任的张师爷攀上关系，以后遇到咱们镇平县的案子就会省去许多麻烦。细想此事，人家大概也就是争个脸面，那咱就破费几两银子孝敬他一下，联络一下感情，破财消灾嘛！

马翥觉得十分在理，点头说道：毛夫子，那就辛苦你走一趟吧，劳烦你去开封，务必与张师爷攀上关系。县库里还有一些银两，你就用公帑去打点吧！

一句话说得毛一统动了感情，连忙点头称赞。

马翥进入官门衙以来，何曾经见过此类衙门公案，只有听由毛一统的摆布，同意由毛一统与张绍祖一起去省城开封，费用由县衙支度。

此行公差靡费本该由胡体安承差，毛一统把马翥哄得滴溜溜乱转，这趟私差也就变成了公差。毛一统、张绍祖揣了一千银票和县衙的二百两现银，翌日启程，径往省城汴梁而去。

十、到开封城里寻路子

到了开封，安顿下客栈住宿。第二天，毛一统先去见姓司的候补知县，却不敢实言相告，推说是所办的案子疏于严谨而出现纰漏，臬司衙门怪罪下来，特意赶来开封面见臬司张师爷，希望从中周旋一二。那候补知县司礼让，为人也慷慨，觉得毛师爷曾有恩于己，无以回报，自己在黔地任知县，曾与臬司的张师爷熟识，如今同在此地，自己虽是候任，既然有事相求，想必会有些情面。

那司礼让与张师爷同是衢州老乡，关系熟络，平素多有来往，公事上也相互有所照应。不想臬司张和哲虽然官不在品级，却是身处要津，俗话说，宰相的门吏七品官，河南刑幕这一亩三分地如今归他掌管，所有刑狱讼事必经其手，平日里自然有人上门攀援巴结。那天，司礼让登门去拜访张和哲师爷，二人见面寒暄之后，备上茶水慢呷细品，先是谈一些气候灾情，又随意说了一些官场来往应酬之事，话题有些不着边际。张和哲是明白人，知道司礼让虽然赋闲必然有事相求，他如今候任日久，早已耐不住性子，就四处请托以期补任。张和哲私下里忖度：老司闲急了，必是要托人从中说项；或是有什么事由，困于眼前无法解决；或是手中无有了银两度日，也未可知。张和哲看着司礼让那张精瘦的脸庞，越发知道眼下的官员在官场无有靠山的窘迫之处，心中不免顿生一丝怜悯，便抛开客套俗礼，直截了当地问道：近来老兄可有确切的消息？

司礼让叹了口气，幽幽地说：候任时间已近一年，等得人心急火燎。如今许多人是候补，其实候的是人脉，补的是银子，没有银两做垫底，哪儿会有实缺、肥缺！

张和哲对他的心情颇为理解，一个候任的县官，终日无所事事，那滋味如同马厩里闲啃槽帮的骒马，徒费草料却无驰骋撒欢的机会。可官场风云实在不好把握，民间有句俗语：正在地里摘绿豆，老爷让俺坐徐州。一个落魄的候补知县，说不准有朝一日飞黄腾达身居要津，自然是风光无限。张和哲念及往日交情，放缓口气宽慰他说：时近年底，老兄还须上心才是，再不要错过这个时机，该撒出的银子就撒出去，舍不得孩子套不住狼！切不可错过年底年初的时机！

司礼让为人实诚，苦笑一下，摇头说道：一个月前，甘肃有一空缺，我嫌山高路远，又偏在大漠边缘，盗匪丛生，民风刁悍，居官不宜。再说，我在河南期间，这里的风土人情，物产气候，甚是合意，故而对此任有所不屑，我就推辞了。

张和哲瞪大眼睛，连连咂嘴，甚为惋惜地说道：那就是老兄过于挑剔了，哪里的水土不养人？依我的愚见，好歹先上位再说，骑驴找马时好找，步行走路时找马就难！先有了机会，总比干耗着合算吧！

司礼让有自己的主旨，他毕竟做过一县的主官，咋说也要占一个恰当的位子。今日他受人之托，无暇谈及自己心中的郁闷之事，便把话题一转，说道：实不相瞒，今天小弟有一事向老兄求教。镇平县的毛师爷与我私交甚厚，特地托我打听那个盗抢案子……

张和哲这才明白过来，司知县原是为此事而来，自己悄悄设下的诱饵，鱼儿终于吞钩了。同时，他觉得镇平县的毛师爷手段果然厉害，钻窟窿打洞找关系，不几天的工夫，就把路子打通了，居然请托到老乡的门下。可张和哲心里早已打定主意，这是条大鱼，既然吞了钩，那就要把他钓上来！

这是臬台大人督办的大案，一般的请托决然过不了这个坎儿！况且第一次相见就轻易松口，就显得此事太容易，太没有臬司衙门的规矩和威严，也就没有了臬司衙门一个堂堂师爷的脸面。必要时摆一下谱，拿捏一下分寸，便显出案情非同小可，也让镇平县毛一统晓得张某人的手段。

张和哲在心里思忖片刻，觉得既不便驳回老乡的面子，又不想自断门路，便决定先回他一次话，看他反应如何再做论处。张和哲是一个机警之人，马上装出恍然大悟的神情，讶然说道：哦！老兄是为此事呀！

司知县问道：小弟正是为了此事，特意向老兄询问消息。

张和哲笑笑，说道：你怎么与镇平县的案子有了勾连？八成是受人请托吧！

话说到此，再隐瞒反而不妥，司礼让知县只好实言相告：我与镇平县的毛师爷是生死至交，曾有恩于小弟，他的事情就是小弟的事情，决无推辞的道理！

张和哲见他说得实诚，说道：我也给你交个底儿，这个案子的卷宗现在我手里，但人犯仍在镇平县羁押！我只是见到了镇平县的呈文而已，偶尔寻出了其中的几处纰漏，故而发公函咨询。

司礼让曾任知县日久，当然清楚审案的惯例，依照成例，臬司不应直接审理县衙的案子，一旦发现县衙呈送的案情有纰漏，最多是驳回重审，绝少有臬司直接审理的先例。司礼让知晓其中的关节，便试探着问道：按大清律典，盗抢大案的死囚必须就地正法。县衙审理的盗案何用臬司会审？县里已经审结，转呈一下案卷，不就了结啦！

张和哲也不便隐瞒，随便说出了事情的原委：老兄有所不知！镇平县的这个案子是盗抢大案，系抚台大人催办、臬台大人督办的要案，属下岂敢擅自做主，更不敢越俎代庖，自惹麻烦！

司礼让虽然不知道案子的关节所在，听了张和哲一席话，觉得此事确实有些棘手。但毛师爷是自己的恩人，从来不曾请托于门下，既然相求，他就该倾力相助，方不负毛师爷的一片情意。司知县思忖片刻，便诚心诚意地说：镇平县的毛师爷是小弟的恩人，此案是他经手承办的，一旦出现纰漏，就关碍了声名，所以……

张和哲也不含糊，人情他要照顾，但也不能把话说死；说死了，就把路子断了，那就违背了初衷，自己也就把毛一统得罪了。张和哲觉得可以通过司礼让知县的嘴，透出一些松动的口风，姓毛的是一个精透之人，不会不知道其中的玄妙之处。张和哲轻轻咳嗽一声，面带微笑，说道：老兄的面子，岂有驳回的道理？此事的成败，还要看镇平县的意思如何！

司礼让茫然不知所云，只拿眼看着张和哲，琢磨不透对方的心思，只好站起身，抱拳揖礼，正色说道：兄台明示，小弟实在愚钝不堪！

张和哲知道，司礼让今天是来投石问路，给他个路标指向，顺风顺水往下走，总会走到极致处。他尽量挑拣着言语，眨巴着一双细眯的小眼睛，分寸拿捏得十分到位。想到此处，张和哲就抱拳还礼，朗声笑道：卷宗现在我手中，还没有呈送臬台大人阅览。老兄的事儿就是我的事儿，能帮上一个忙，小弟决不推脱！

有此点拨，司礼让恍然大悟，直拍自己的脑门子。

得到臬司张和哲的承诺，司礼让立刻向毛一统回话。毛一统住在一家瑞祥客栈，与张绍祖同住在一间房子，两个床铺，屋内甚是洁净。因是冬季，客栈专门在房间内放置了一个火盆，盆内燃着炭火，一进室内，一股融融暖意扑面而来。两个人刚把随身携带的衣物整理齐备，司礼让推门走了进来。毛一统见司知县亲自来到客栈，大为感动，吩咐张绍祖到街上的酒店定了一个雅间。司礼让推辞谦让了一番也就不再客气，跟随二人一起走出门。

三个人在光线明亮的一个雅间内分别坐下，店家携上一壶酒，立刻又端来二热二凉四个菜，三个人就对饮起来。酒过三巡，客套话叙过，司礼让方才将见过张和哲的经过始末述说了一遍。司礼让说道：张和哲张师爷透出了口风。其实，他也并非要刁难人！因案子是巡抚大人督办，臬司自然不敢马虎敷衍，只是卷宗尚在张师爷手中，并未上呈臬台大人。我私下忖度，这就是机会，此事还有回旋的余地。

毛一统为司礼让斟上酒，端起自己的酒杯与司礼让碰了一下，二人一饮而尽。毛一统砸砸嘴，说道：案子上呈与否，全靠张师爷酌处，只要张师爷给这个面子，我们二人就不虚此行！也不会辜负县台大人的嘱托！

司礼让为人也很实诚，心里有话就实话实说：张师爷这人城府极深，我看他是轻薄钱财之人，为人也很仗义。我们是同乡，没听说他在财帛银两上有什么不干净的传闻。

张绍祖不便插言，只在一旁听二人说话。这时，他忍不住说了一句：学生斗胆插一句，依我的愚见，可以再会他一次，银票也备下，毛师爷的情义也捎去，二者兼而有之，务必打探出他的底细，探究他意欲何为！

毛一统觉得，第一次晤面已经探出了张师爷的口风，但还须再次试探，便颔首点头，用筷子夹了菜在嘴里嚼着，哝着嘴说道：千里去做官，为的吃喝穿，何况我们这些做刑幕之人？毛一统说着，从衣兜里掏出一张银票，放在了桌子上，向司礼让身边推了推，说道：明日烦劳司兄再辛苦一趟，带上二百两银票，就说我毛某人要拜见他，又顾及他公务繁忙。待张师爷方便的时候，我一定登门拜谢！司兄这次务必要探清他到底有何心思。

司礼让想了想，点头应允，就将银票揣进袖中，说道：我受二位重托，不妨试试，看张师爷是否愿意收下！

张绍祖在一旁一脸谦恭地笑，两眼盯住司礼让，浅浅地笑道：张师爷久居在外，想必家眷不在身旁，人正值盛年，焉能耐住寂寞！司大人，可否引领他去逍遥去处，快活快活？

司礼让连忙起身打恭，推辞说：兄弟是在籍官员，候补在身，二位十分清楚，大清的律典是不许官员嫖娼宿妓的。

毛一统赶忙打圆场，笑笑说道：那是！那是！这等事体岂敢烦劳兄长的大驾！曹孟德说，对酒当歌，人生几何，得逍遥时且逍遥！此事由张书办去铺排，那是何家的闺女郑家的妻——正合适！

酒宴散罢，张绍祖立马就去西大街怡春苑，向老鸨预定了一位姑娘，又在一个背巷内的客栈定下了一个雅间，作为张师爷的临时鸳鸯巢，瞅个机会邀约张和哲逍遥快活一番。

司礼让为人比较谨慎，他将张和哲引到客栈的一个偏僻的雅间，自己就知趣地退了出来，他坚守自己不依红偎翠、不嫖娼狎妓，多半是虑及自己的声名和前程，一个候补官员，他唯恐被人揪住辫子。张和哲见了那位窑姐儿，却扭捏客套起来，思忖一番后，知道是司礼让安排的销魂之事，自己又正喜欢这一口，也便不问来由，径自入巢，坠入温柔乡里逍遥自在。

这就是男人的通病：女人是块糖，男人都想尝。心里想，眼里馋，身上痒，

月夜无声

面子上却装出一副道貌岸然的君子模样。

翌日早起，司礼让知道张和哲昨晚床笫劳累，不便过早打扰。直到下午申时，方才约张和哲在酒馆相见。二人来到一个临窗的雅间，对面坐下后，唤过小二，点了四个小菜。却见得张和哲一脸的疲惫，哈欠连连。司知县不便道破张和哲昨晚的销魂情事，先行把酒满满斟上，挑拣一些闲话，有盐没醋地说着：张兄，案牍劳神啊，以后要多多注意身子骨哩！

张和哲虚与委蛇，嘴里应着：人一有年纪就贪床，终日在文牍里爬行，累死人！累死人哩！

下午时辰尚早，酒馆比较清静，两荤两素四个小菜端上来，二人开始对斟对饮起来。两人面对面先是谈了一些闲话，司礼让见张和哲无心饮酒，便索性把话题引到正路：镇平县毛师爷久仰您的大名，早想见您一面，还怕您不给面子回绝了，才让我捎话过来。人家早仰慕您哩！

张和哲心里充满矜持，他从心底里瞧不起一个在县衙混饭吃的刑名师爷！做师爷若在小衙门里混，终究混不出体面的模样，县衙这个小河沟里终究没有多大出息，因此也为刑幕同行所轻视。可张和哲嘴上却说：这个毛师爷也是个人物呢！听说做了几十年的刑幕，精明得很！什么事没有经见过？这个案子是巡抚大人催办的，他自然知道行文哪里该轻，哪里该重！

司礼让已经听出了张和哲话中的讯消，觉得张和哲并没有把路子堵死，他是留着后手以观事态进展。司礼让久在官场厮混，知道久做刑幕之人惯有的做派：做事情含而不露，欲说还休，点到为止，深藏玄妙。觑了个机会，司知县便从怀里掏出银票放在桌子上，低声说：镇平县距开封几百里，路途遥远，进一趟省城不容易，这是人家毛师爷的一片心意，权当交个挚友！

张和哲不看票面，只把银票向司礼让一边推了推，嘴角里挤出一丝儿冷笑：鄙人案牍劳神，岂能为些许"阿堵物儿"坏了名声！身在刑幕之人，宜广交幕友，说到底，也不过是大人们的幕僚而已。毛师爷太轻看张某人了吧！张和哲心里清楚，毛一统不是一般的角色，案卷被剔出瑕疵，必定以为是鸡蛋里挑骨头；若是收下银子，又必被他轻看。那就不妨拒收退回，另寻他途，从长计议，彼此体面相交，从此便可以结交一位幕友。主意打定，张和哲也就一脸的淡定。

司礼让见张和哲一脸的轻蔑，便知其并无虚情假意的婉辞，端起酒杯，先自饮下一杯，慨然说道：张兄，你过虑了，人家毛师爷也是一片诚意，绝无为难老兄之处。

张和哲不以为然，说道：诚心固然可嘉，但他把张某看做嗜利之徒，全然是世俗心态。都是读书人，难道不知前人所说"不读诗书形体陋"的谏言？

司礼让觉得张和哲把话说重了，毛一统仅仅是一个县衙的刑名师爷，无论如何也不敢得罪臬司衙门的刑幕。既然张和哲不收银子，那就无非两种可能：一是将案子呈送臬台大人亲自过目，如何处置，听凭大人的处断，其他人再无进言的机会；二是张和哲另有他图，只是心口不一，不愿道破玄机，故意让人猜心思。可张和哲已经有言在先，不想将案卷呈送臬台大人，那么他究竟有什么事体深藏不露呢？

细细思量一番，司礼让觉得既受人之托，必替人消灾，务必要摸透张和哲的底细，找出症结所在，方可对症下药。司礼让站起身，依次排出三个酒杯，分别斟满了酒，也不言语，独自连续饮下，而后抱拳说道：老兄，不瞒你说，毛师爷已将话撂给我，让我务必求张师爷一个准话。如若不然，小弟愧对当年的恩人！

话说得十分地恳切，张和哲大受感动，十分感慨，站起身，还了一礼：司兄啊，不瞒你说，小弟久在刑幕，难得一展才华。俗话说，在家靠父母，出外靠朋友，小弟初主臬司刑幕，如若看见银子如碾盘大，被人轻看事小，怕是终究难成大事啊！

话说得极有诚意，司礼让点头称是，示意他坐下说话，又不便打断张和哲的话头，就耐心听他说下去。

张和哲心情所致，也就无心它顾，也连续饮下三杯酒，抹抹嘴唇说道：愚弟不才，恪守儒道，我一向鄙薄财帛，贵在交友。古人云：不谄上而慢下，不厌故而敬新。这是小弟一向奉行的处世准则。

所言极是！所言极是！司礼让听出了一些门道，但还是觉得有些隔山隔水，云山雾罩地看不透彻，就接过话茬说道：镇平县距开封山高水远，来省城一趟不容易，人家毛师爷一直想与你交个朋友啊！大家相识相亲，彼此也有个照应，何乐而不为！

张和哲笑而不答，低下头去，自顾拿起筷子夹菜吃，还咀嚼出一派声

082

响来，好似几天没吃饭似的，要趁机大快朵颐一番。司礼让仍然没有悟出张师爷的话意，睁大眼睛看他狼吞虎咽地吃菜，静静地瞧着他喉结滚动吞咽食物的馋相。停了片刻，见张师爷仍在举箸吃菜，并不言语。司礼让就有些着急，强挤出一些笑意，高声说道：老伙计，咱不玩虚的，有话说到明处，我也好给人家毛师爷回话！老兄到底有何见教，但说无妨！

话已说到无路可退，再藏而不露就显得虚伪矫情，面子上也不够老乡的情分。张和哲放下筷子，抹抹嘴，咽下嘴里的菜，从牙签筒里捏出一支竹质牙签，把牙缝里的一丝儿肉末儿剔出后，又簌簌口，方才一字一顿地慨然说道：老兄啊，你做过一任知县是知道的，做刑幕最不容易，在臬司做刑幕更是险途！做臬司刑幕若是下面没有一些门生故吏捧场，那就像戏台前没有了观众，一个人唱独角儿戏，啥意思？老兄给镇平县毛一统捎话，姓张的咋说也是在臬司衙门署理刑幕，过去他只拜贾师爷的门子，如今是我张某人主持刑幕，他不拜我的门便是看不起我！

司礼让一听，十分讶然，心想：人家送上二百两银票，难道还不是拜你的门子！可他嘴上却说：毛师爷早有此意，就怕你一口回绝，假若被您驳回面子，彼此都不好看。

张和哲看他仍不解其意，干脆直截了当地说道：做刑幕的讲究师承门第，我不在乎他的银两！他能拜贾师爷，为何不拜我？只要他拜了我的师门，以后有什么事情，我还不能护着他？！

好说！好说！司礼让终于恍然大悟。有了张和哲的口风，司礼让的心情格外愉悦，嘴里埋怨道：你这个老夫子，绕那么多弯子做甚！既要人家拜你的师门，何不早说，白费许多口舌不说，还浪费了这半天的时光。

二人相视开怀大笑，随即一起端起酒杯，微微碰了一下，一饮而尽。有了张和哲的话，司礼让立即去见毛一统。

十一、毛师爷行拜师礼

毛一统一听说要他拜张和哲为师，脸色顿时阴沉起来，眉头也凝成了一个大疙瘩。

张绍祖立刻洞悉了毛一统的心迹，便有些愤愤不平，拧着眉头厉声说道：这个姓张的太抬举自己了！毛师爷做刑名的日子比他早，出道先他一步，只是他得到了权贵的举荐，才做到臬司刑幕；论年齿也只比毛师爷大两岁，居然要毛师爷拜他为师，简直是滑天下之大稽！

司礼让也不好再说什么，只在一旁低头无语，拜与不拜，全看毛一统的意思。不拜师门，那是毛一统的矜持；他要拜师门，那就是毛一统的通达。司礼让不好相劝，犹豫了半晌，方才说道：毛师爷，这事儿你再掂量一番。以我的愚见，千万不可因小失大，拜师只是个礼仪而已，他这人就好这一口！

要拜一个论资望不如自己，论年齿比自己仅大两岁的人做师长，面子上确实难堪，但人家是自己的顶头上司，且案卷眼下尚在人家手中攥着，覆水难收，收回案卷已不可能；从厉害关系上看，拜了他的师门，就能接上这层关系，眼前的困局顿时可解，以后的案牍往来，张和哲必定会多有照应。毛一统仔细思量一番，觉得此事于公于私还是大有裨益的。眼下应该屈尊拜师为好，不单对此案有益，走了这个拜师的形式，便是攀上了臬司首席刑幕的这层关系，对今后的公务、私情都大有好处。于是，经过一番认真、痛苦地思量，毛一统终于下定决心，颔首说道：那就应下吧！时间、地点让他定！

张绍祖却大摇其头，悻悻说道：这是依门卖老，简直是欺人太甚！毛师爷比他出道还早，怎么倒拜他为师长？

毛一统知道，司礼让已经为此事费尽了心机，他又与张和哲是老乡，如果断然回绝，案子必定翻盘，于己于人于案子十分不利。张和哲既然喜欢这一口，那就成全他，给他一个台阶；来到臬司衙门，既然请托于人，也要顾全司礼让的面子。毛一统淡然地说道：不就是拜他的师门吗！大丈夫能屈能伸，岂能在乎这些小礼节？

司礼让在一旁如释重负，对毛一统顿生敬意，一时感动得反复揉搓着双手：如此以来，实在是委屈毛兄啦！

张绍组见毛师爷应承下来，也不便阻挠，只在一旁暗自叹气。

经过反复揣酌，拜师的日子定在腊月初十。这是个黄道吉日，喜庆的事儿，就图个大吉大利。只是拜师的地点没有确定，司礼让征求张和哲的意思，张和哲思忖了半天，觉得场地选在"浙江会馆"最为合适，那里房舍多且宽敞气派，是一处人气较旺的所在。在地点的选择上，张和哲颇费了一番心思："浙江会馆"是旅居开封的浙江同乡人共同出资兴建的，系供同乡、同业人士聚会或寄居的馆舍，尤其是在开封做生意的浙江商人常在馆中居住。张和哲是浙江人，"浙江会馆"当然是首选。一是因为浙江会馆场地阔大，房屋宽敞，宜于举办仪式；二是张和哲爱面子，自己荣升皋司衙门的掌案师爷，收徒仪式又在浙江同乡会馆举行，能够在同乡面前举办这样的拜师仪式，那是一件十分长脸、十分荣耀的事。

地点、时间确定后，张绍祖就负责采办礼品。他先去礼花店买了四个绢花做成的花篮，又买来大红纸张，分别裁成束帖的尺寸，写成一个大大的拜师束帖和数十份贵宾请束。按照礼仪，张绍祖将所需物品一一采办停当，又到租赁行租到一个大的礼盒，把礼品按先后次序分别装进盒内。拜师仪式是一个隆重的礼节，"贽敬"是断不可少的。前日，司礼让把二百两的银票敬献张和哲，被他当面回绝了；如今要拜师，"贽敬"的银两不可再用银票，一定要在票行里兑换成现银，方才显出礼仪的庄重。只是要封多少"贽敬"银两，毛一统、张绍祖二人颇费了一番思量。二百两似乎礼太轻一些，如若献上三百两，此数是单数字，不吉利，又显得有些俗气、小气；那就再添一添，奉上四百两银子，还是一个吉利数，取"四季发财"之意。

思量再三，毛一统一锤定音：那就四百两吧！舍不得孩子套不住狼，咱头都磕完啦，咋还在乎那一哆嗦哩！

腊月初十那天，虽然天气特别晴朗，但小风溜溜地吹，清晨时节更是冷风入骨。寒冬腊月，滴水成冰，街上的行人一个个缩着脖子，袖着手，急匆匆地走在大街上。一街两厢的门店相继开启门面档板，开始打理生意。有人从门店内泼出一盆污水洒在大街的路面上，立时被冷风吹得凝成冰坨坨，有人从冰坨坨上走过时，脚下一滑，摔了个仰八叉。那人爬起身，拍打一下自己的臀部，嘴里骂一声娘，悻悻地继续走路。

拜师仪式选定在浙江会馆的一间阔大的房子里，这是会馆的主体建筑，门首的屋檐下横悬着一个牌匾："聚贤厅"。能够出入这里的人士，非官即贵，都是有头有脸的主儿。聚贤厅进深三丈，面阔四丈，中间立有四根廊柱，前门通大门，后门直通后院。房子正中偏后的位置，摆放着一个香樟木的大案子，案子后放着一张靠背高椅，椅背上铺着一个猩红色的丝绒毯子；离案子前三尺远的地面上，东西向铺着一个大红毡子。房子的四周悬挂着四个大红灯笼，灯笼里分别燃上蜡烛，将屋内的地面映照出一派淡红的色彩。因为今天是臬司首席刑幕的拜师仪式，遵照张和哲的再三嘱咐，在东侧墙壁上挂了一副古人画像，是人工绘制的上古时期皋陶的半身像。皋陶是尧时的最高法官，他制定法典，治理万民，"皋陶造狱，法律存也"，故衙门胥吏奉皋陶为祖师。皋陶的画像两侧贴有一副对联：天地君亲师，仁义礼智信。

上午巳时，毛一统、司礼让、张绍祖三人先行来到浙江会馆，又将礼仪的细节细细地琢磨一遍，唯恐有什么疏漏。会馆的人早早将会馆内外打扫干净，还用清水把青砖铺就的地面洒湿了，厅内散发着淡淡的尘土气息，整个大院显得洁净如新。

张和哲为了今天的拜师仪式费尽了心思，他特意将自己的几个同事、知己一起唤来，又邀来几十位相知和同乡，一同参加仪式。他还四处下请柬盛情邀约了自己的亲朋好友，力图将场面弄得排场一些，以此彰显自己的身份和地位。他今天特别高兴，自己刚刚接任臬司衙门的首席师爷，又逢收徒拜师仪式，那是双喜临门的事情，自然要向自己的亲朋故旧们显摆一番。

初到午时，张和哲率领自己的一班人马前呼后拥莅临会馆，大家欣逢喜事，一个个满面红光，谈笑风生。彼此见了面，先是客气一番，然后虚与委蛇，说一些恭维的客套话。

毛一统在聚贤厅内守候多时，见客人已到，抢上一步，上前行拜见师尊之礼，然后引导着众人到一个偏房内歇息，不断地抱拳揖礼，向光临的各位贵宾致谢。客套俗仪已过，各自分宾主坐下，慢慢地饮茶闲谈，专候礼仪准备完毕后，即行拜师大礼。

宾客们饶有兴趣地交谈，话题多为谦让客套之语。这时，张绍祖走进来，揖礼说道：诸事已毕，请各位前辈、师长、相知们入位吧！

众人彼此揖礼，一起簇拥着张和哲，陆续走进了聚贤厅。拜师仪式的司仪由司礼让承当，他先请师爷张和哲在师尊椅落座，其余人等分列两旁。

待大家都入位后，司礼让展开大红的拜师束帖，朗声念道：

　　臬司衙署首席刑幕张和哲师长：一生精于律典，名震中原，弟子毛一统久闻大师英名，渴望已久，倾慕半生，愿拜在大师门下为徒，伏乞纳留，以承教化。

学生：毛一统　敬上
大清光绪五年十二月初十

　　张和哲接过束帖，一脸灿烂的笑意写在两腮。司礼让继续主持仪式，高声喊道：弟子毛一统跪拜师祖！毛一统走上前去，在祖师爷皋陶像前双膝跪下，恭恭敬敬行跪拜礼。礼毕，司知县再次喊道：弟子毛一统行跪拜师长礼！毛一统抖抖两只袖子，双膝跪在大红的毡子上，在张和哲的脚前恭恭敬敬地磕了三个头；转过身，又从张绍祖端捧的礼盘上双手接过大红束帖，擎过头顶，向端坐的张和哲跪献了投师帖子。张和哲赶忙上前搀扶，以示谦恭。因张和哲的家眷不曾到场，毛一统向师母敬献的三叩首之礼也就免了。

　　拜师礼跪行之后，司礼让随即高声喊道：弟子毛一统敬献"六礼"！张绍祖在一旁立即捧出准备好的物品，由毛一统接住，再分别一件一件地递给张和哲师爷。第一件礼品是芹菜，寓意为勤奋好学，勤于思考，业精于勤。第二件礼品是莲子十颗，寓意为莲子心善，连连高升。第三件礼品是红色花生十颗，寓意为落地升华，鸿运高照。第四件礼品是红枣十粒，寓意为早日高升。第五件礼品是桂圆十枚，寓意为富贵盈门，功德圆满。第六件礼品是猪肉肋条，寓意为学生向老师敬奉的束脩。

　　张绍祖用托盘托过银子，那是毛一统给老师的一份"贽敬"。托盘用大红丝绒布盖着，张和哲双手接过，先放在案子上，并没有揭开红丝绒布。两旁的人相互对视一眼，彼此默然用眼神交流，却无人搭话，大家都在暗暗地观察张和哲的脸色。

　　礼品敬献已毕，司礼让挺直了身子，拖着嗓音喊道：学生向老师行献茶之礼！毛一统跪在地上，从张绍祖端来的托盘上双手捧起茶盏，举过头顶敬上。张和哲双手接过，浅啜一口，微笑着放在案子上。双手微微抬起，表示敬纳致谢。

献茶礼后，司礼让清清嗓子，放慢声调说道：请老师向学生训导为人、为政之道！张和哲站起身，凝神静气，从托盘上拿起红帖，展开了拟写的帖子，清清嗓子，巡视一下众人，向大家颔首示意，然后双目紧盯着毛一统，语调和缓地说道：为师一生为刑幕，磊落为人，谨慎处世，奉公守法，洁身自好。你我既为师徒，理应多读圣贤之书，遵循孔孟之道，恪守道德，尊崇法典，不徇私弄法，不草菅性命。刑幕之道，切忌炫耀声名，訾毁刑名。救一命如救自己父母，理一事若拯民于火坑。为文为刑之道，不忘天地君亲师；为人处世之道，谨遵仁义礼智信。切记切记！

张和哲读罢师训，毛一统再次三叩首，以示领悟师长的教诲，不忘师训，尊师敬业。

这时，张和哲师爷用手揭开托盘上的红丝绒布，只见上面摆放着雪花白银，共分四排，一排四锭，共十六个银元宝，每锭二十五两，码放得方方正正。张和哲师爷见了，抱拳向众人揖礼，说道：谢谢诸位的抬爱和光临！鄙人德薄识浅，初主臬司刑幕，还望大家以后多多提携指教。方才学生一统的拜师礼，鄙人收下，不再推脱，但学生所奉银两，理当璧还！说罢，做出一个奉还的手势。

大家颇感意外，纷纷称赞张和哲师爷重礼轻财，是一个混大世面的人物。毛一统、张绍祖客气一番，见他执意拒收"赘敬"，也就不再推辞，谦让着收回了礼银。

礼仪进行到此，司礼让高声喊了一声：请师长向弟子回赠礼品！张和哲也不含糊，礼品准备得十分厚重。

老师还赠学生的重礼是从关外购得的一件上好大件毛皮统子，羊羔皮的毛，洁白地泛着光泽；另有两个锦盒子，一个盒子里边装的是一个带款的端砚，另一个盒子里边装了一支丝绒线捆绑的高丽参。端砚的寓意是读书习刑，为人端正；高丽参的寓意是勉励弟子为人品行要高洁，处世要良善。

所有礼仪已毕，日近正午。司礼让招呼大家到开封府衙前的"聚仙楼"就餐。"聚仙楼"是开封最好的酒楼，在这里设宴的多是达官显贵、社会名流、商绅巨贾。张和哲师爷力主在这里设宴，就是图一个气派，讲究一个身份。

十二、吃饱睡足养大膘的盗抢犯

　　王树汶在镇平县衙大牢里蹲了一个多月，日子一天天地过去了。这一个月内，他就是一个阔少爷，一天三顿有人端吃端喝，老爷一般被恭敬着侍候着。可他却常常半夜里惊醒，梦里有人举起大刀砍他的头，吓得他双手紧紧地护着自己的脑袋，大喊救命。醒来后，却是一身湿漉漉的冷汗流淌。整个不大的囚室内就他一个人，除了一张床，就是一个厕屎尿尿的便桶；床上的一套被褥是刘大叔从客栈里拿来的，还多了一个半新不旧的被子。后来他知道，这是胡大叔特意从家里拎来让他御寒的。墙角处放着的那个便桶通体污迹斑斑，肮脏不堪，肚里一有屎尿，王树汶就拉在桶里。囚室小，便桶没有盖子，又不及时倾倒，屎尿积存的久了，屎尿味就在室内弥漫。好在是冬季，忍一忍就过去了。这一个多月的时间内，王树汶明显地感到自己吃胖了，终日里不做事情还好吃好喝，人就容易上膘。他用手搓自己的肋巴骨，过去都是一根一根地凸起来，如今的肋巴骨明显地平滑了许多。爹娘都是老实巴交的庄稼人，平日里粗茶淡饭填肚子，哪儿能够一日三顿饭都见荤腥！如今，在大牢里他几乎天天都能吃上肉，虽然饭菜里的肉不多，但总比家里的菜饭好，也比在客栈吃剩菜剩饭好得多，油水也多一些。可是，饭菜固然好但他的心里却很苦，囚室内空间小，只能舒展四肢。他小小年纪，整日里想爹想娘想自己的穷家。胡大叔曾亲口对他说，等他出来后，就给他说一个媳妇。这个承诺在他的心里久久地徘徊，咋说他已是整整十五岁的年龄，已有了青春的萌动，有了对异性的懵懂渴望。有一天夜里，他梦见自家门口鞭炮连连，唢呐声声，一个蒙着红色盖头的姑娘走进了他的洞房，他胆怯地走过去，斗胆去揭她的红盖头。不料那女子勃然大怒，伸出纤纤细指抓向他的脸部。他吓得大叫一声往后退，却重重地摔倒在地……

　　翻身醒来时，王树汶却是浑身虚汗淋淋，胸口只觉得郁闷不畅。坐起身来，室内漆黑一团，空空的屋子只有他一个人。牢房的窗外黑黢黢地没有一丝光亮，偶尔还可以听到远处刑房内受刑人的呻吟声、嘶叫声。那撕心裂肺的叫声很凄惨，就像宰杀猪羊时的叫声，听了让人毛骨悚然。每当听到受刑人的喊叫声，王树汶就再也睡不着觉，止不住地浑身颤抖，蜷缩在墙角，两只眼睛直勾勾地盯着黑咕隆咚的囚室墙壁，一直发呆到天亮。

王树汶家里实在太穷，他从来没有读过一天书。五岁那年，爹捏着他的手指头，教他数数。因为他的悟性好，很快就熟悉了一百以内的数目。有时，他向村里上学堂的小伙伴讨教，也识得几个字，认得自己的名字叫王树汶。老爹看他人机灵，才托亲戚的门路，到胡大叔的客栈里当学徒。学了两年的厨子，按照三年学徒可以出师的行规，再有一年时间，他就可以出师了。到那时，他就可以应聘到饭店当厨师做帮手，虽然酬金不高，毕竟有一技在身，娶媳妇养家糊口还是不成问题的。他打算先给人打工三五载，等手里有了积蓄，就自己单挑，在镇子的街旁独立门户，开一个小饭店，爹娘年纪大了，就在饭店里帮一下忙，择个菜刷个碗，以后的日子总会好起来。如今这些都成了梦想，不知道哪天会实现。他在囚室内的日子很寂寞，无聊时就胡思乱想，有时还想一些屙屎尿尿的事儿。想的多了，脑子就很乱，乱得他咋也理不清头绪。没有事情做的时日最难熬，实在没办法时，他就数自己的手指头，或是在自己的肚皮上划道道。先画一个大眼睛的蛤蟆，可他觉得癞蛤蟆太脏，趴在肚皮上直痒痒，他就用手蹭掉。再画一只大老虎，张开血盆大口，咆哮嘶鸣，跳跃腾挪，还在老虎的嘴角画上长长的胡须，老虎很威风，但他至今没见过大老虎，他画的老虎是在年画中见到的。最容易画的是乌龟，画一个圆圈，画上脑袋和四肢，脑袋上添上两只绿豆大小的眼睛，再画一个尾巴，一只乌龟就活灵活现了。可是，乌龟在乡下人的眼里是被人瞧不起的小动物，是被人鄙视的，自己身上驮个乌龟王八，那是骂人的。乌龟画好后，王树汶就很快在肚皮上擦掉了，还吐口唾沫使劲地蹭擦，直擦得肚皮发红沁血方才停止。后来，为了挨过难挨的日子，王树汶在室内找到一个小小的瓦片，在墙壁上划道道，每过一天，就在墙上划一道。一天的时间真难挨，他每天划一道，划第二道时却好似等待好久好久。有时候他自己性子太急，一天会划上两道，那就记住第二天决不再划道道。后来，他就强迫自己只在每天吃过早饭的时候再划，很用心地划。因为吃早饭时划道道，不容易忘，划过了就不再划，也不会多划。

天色微微发亮时，透过窗棂泄进来一束光亮，王树汶习惯性地看囚室西侧的墙壁。借着微微的光亮，隐约可以看清墙上的痕迹。他站起身，把脸凑近墙壁，用手指触摸划痕，一个一个地数。他数了一遍，划痕整整三十四个，也就是说他在这个囚室内划道道已经三十四天了。这时，他的眼泪不由自主地流了出来。这个时候，老家正是场光地净，人闲得很，再过几天就该置办年货了。爹是个有名的老抠，过年也不舍得割二斤肉吃。倒是娘体贴人，临近年关时总要把旧衣服拿出来洗一洗，过年就图个喜庆，穿在身上也舒服。寂寞无聊时，王树汶就倒在床上哭，哭够了，他就渐渐地睡着了。睡觉真好，可以什么都不想，什么都不做，没有痛苦，也没有烦恼，醒来后就是吃饭，吃过饭就是拉屎拉尿。若是困了，那就还睡，睡得头晕脑涨……

忽然有人推了他一把，王树汶揉揉眼，睁开眼，见是平日送饭的狱卒老于。一碗胡辣汤，两个火烧放在一旁。他愣愣地待在那里，全无丁点儿的食欲。狱卒老于催促说：还不趁热快吃！

王树汶胃里闷闷地，没有食欲，可是天冷饭菜容易凉，他刚端起碗，就听一声门响，抬头见是刘学太、胡体安走了进来。王树汶已经认识刘学太，叫他刘大叔。见二人进来，王树汶放下碗。刘学太摆摆手让他坐下：你吃！你吃！

送饭的狱卒老于知趣地退出囚室，还不忘掩上门。胡体安站在一旁，看着王树汶说：小汶，这几天睡觉咋样？

王树汶不想说假话，实话实说：大叔，我咋光做噩梦哩！

嗯？都做啥噩梦！刘学太接过话茬。做梦娶媳妇也是噩梦？

王树汶咧嘴苦笑一下，犹豫了一阵，嗫嚅着说：我光梦见有人拿个大刀要砍我的脖子，那刀明晃晃的，刀背又厚又长，怪吓人哩！

刘学太瞪起一双大眼，撇撇嘴说道：小小屁孩儿家，净胡思乱想做些啥屌梦！你现在就是该吃吃，该喝喝，啥事儿别往心里搁！有你大叔给你兜着，你还怕啥？

胡体安扑哧笑出了声，用调侃的语气说：小汶啊，吃饱喝足啦，怕是想老婆的吧！

王树汶有些难为情，尴尬地咧了一下嘴，似笑非笑，似哭非哭，他没法回答胡大叔的话。

刘学太强忍着笑，指了指囚室：你这孩子，这里风刮不着，雨淋不着，槽儿里吃，圈儿里唱，要多舒坦有多舒坦，有吃有喝有招待，这可是养大膘哩！在家里哪会享上这样的清福！让我看呀，你这是屎壳郎拱到屁股眼儿里——可找到吃饭的门道儿啦！

王树汶一时哭笑不得，只好实话实说：俺一个人怪寡佬的，俺老想家，想俺爹，想俺妈，该过年啦，也不知道俺爹俺娘咋过哩！

胡体安十分吃惊，说道：咦！你这个孩子还怪孝顺哩！我给你说，前几天我去你家，已经给你爹了五两银子，今年你家保准过一个快活年！等明年开了春，就可以盖三间大瓦屋，全用青砖垒砌，两辈子也住不坏的房子！刘学太在一旁拿眼睛瞟胡体安，他知道胡体安没去过王树汶的家，眼下他是哄王树汶高兴哩。

王树汶听说胡大叔去了他家，又给了他爹五两银子，他却高兴不起来，光想哭，心情复杂地两眼盯着胡体安，就说：俺不见俺娘怪想得慌。你没给她说俺如今的事儿吧？

胡体安立即回说道：我说啦！咋会不跟她说哩，你娘还怕你想她，专门安排我，让你安心呢！小小孩子家，没病没灾，没媳妇没孩子的，一个人吃饱一家人不饥，还想啥，只有没出息的孩子才会想家哩！

刘学太也在一边敲边鼓，劝说道：小汶啊，怹胡大叔可为你操碎了心，你咋不懂事儿呢！你就没想想，自打你进来后，你是挨过一板子，还是有人扇过你一巴掌？该带的脚镣咱不带，该上的木枷咱不夹，还不是胡大叔给你作的主吗？

王树汶低声嘟囔了一句：俺那天不是挨了十几棍子嘛！屁股上现在还疼哩！

刘学太甩甩手，瞪着眼说：你这孩子，为啥打你十几棍子？你不照我说的去说，你就要挨打！

胡体安知道，那十几棍子确实打得不轻，就说：小汶啊，你只要照着你刘大叔安排的去说，咋会挨打呢！

小汶翻起眼皮，看看眼前的两个人，低下头，沉默不语。

两个人一句接一句，顺毛捋着说好听话儿，千方百计哄王树汶，不由得他不信，不由得他再有想法。王树汶被两个人一递一句说得无言以对，只有耷拉着脑袋听他们两个人说话。

刘学太看看王树汶把饭吃得所剩无几，就放慢声音，和颜悦色地说道：小汶啊，我给你说个事儿？

王树汶不知道他还要说啥事，停止了咀嚼，专心听他说。只听刘学太说：该过年啦，你也别咸吃萝卜淡操心，恁胡大叔已经给你安排停当。你爹冻不着，你娘也饿不着。我过来就是给你说个事儿。

王树汶一听说有事儿，就有些警觉，十分疑惧地问道：啥事儿？

刘学太笑笑，说道：你也别害怕！你这个案子特殊，恐怕要解到省城去，臬司衙门还要过堂。不过，你也别怕，有我和你胡大叔操心，屁事儿也不会有！

王树汶听到要把他解到省城，吓得顿时浑身哆嗦起来，哭着喊着说道：俺不去，俺死也不去！到省城还不把俺整死啊！

胡体安一见他哭得一塌糊涂，鼻涕眼泪都下来了，立即就拉下了脸：唉唉唉！又哭了不是！没出息！解到京城又会咋着！只要你照着我以前交代过的去说，没有过不去的坎儿。说错了，人家板子打、皮鞭抽，抽筋剥皮也说不定！

胡体安再一次交代说：你记住，咬死了是你一个人做下的案子，不要攀扯别人，在省城千万不要改口！改了口，挨打是小事儿，弄不好还会掉脑袋！

刘学太怕把话说严重了王树汶害怕，向胡体安使了个眼色，转身安慰王树汶说：小汶啊，大叔啥事儿都替你想到啦！男子汉大丈夫，咋就知道挤猫儿尿哩，哪儿像个男子汉的样子呢！

在呵斥声里，王树汶就止了哭，心里却是十分害怕，两条腿不住地打哆嗦。在大牢里吃得再好，睡得再足，总没有在家里自在快活。王树汶住的这间牢房是死囚牢，又没有其他囚犯做邻居，因而他只能独自一人忍受寂寞和孤独。

胡体安看了一眼牢房窗口，知道时间已经不早了，就用威严的语气说：小汶啊！你一定要记住，不管到了哪里，不管到啥时候，你就是胡体安！你可千万不可攀咬别人。你要行不改名，坐不改姓，要是改了名姓，棍子打，皮鞭抽，可不能怨恁大叔我没交代你！

刘学太在一旁也提高声音说：听到了吗？这一点可要记住！王树汶只

有点点头，表示记下了。

胡体安还是有些不放心，他怕王树汶年龄小，容易改口，臬司的公堂上堂威一喊，他就会害怕，就又叮嘱说：你可记好了，到啥时候都不能改口。皮鞭子抽、夹棍夹也不能改口。王树汶只有点头应允，人在牢房里关着，他不应承也不行。

其实，刘学太、胡体安倒是希望在镇平县把案子早日了结，无论是斩监候，或是秋后处决，都可以从中做手脚，只要人在镇平县，操纵起来更方便。当然，斩监候最好，过了这个风头，花些钱就可以把人弄出来；而一旦判了斩刑，就委屈了王树汶这孩子，那就要破费一些银两去安抚一下王树汶的老爹。刘学太心里十分清楚，按大清律典，盗抢案犯一般都要就地处斩。王树汶如若在镇平县斩首，胡体安的名声在镇平县城人人皆知，势必影响太大，难免会被人看破玄机。如此一来，倒不如把人犯解到省城开封，是杀是剐，天高皇帝远，镇平县没有人会知道盗抢犯胡体安在省城开封血溅刑场。可是，人解送到省城也有些玄乎，案犯一旦撂在开封大牢里，镇平县再也抓挠不着，一旦案子漏了底，那就不好掌控了。

刘学太、胡体安二人找王树汶先行交代这事儿，就是害怕臬司要把人押解到省城，事先做一个安排，防患于未然，以免事到临头措手不及。

二人安抚了王树汶，确信他记下了，方才离去。

十三、盗抢犯是个烫手山芋

拜师仪式后，张和哲与毛一统俨然成为亲密无间、无话不谈师徒，交往也日渐频繁。有了这层关系，两个人就有了亲情，话题也比较宽泛。交谈了几次后，张和哲渐渐感觉到，毛一统绝非等闲之辈，他屈居小小县衙做一个师爷，实在是辱没了他的才华。可是，自大清乾隆朝以后，浙江绍兴师爷遍布大江南北，所依凭的就是绍兴师爷之间的师门传承。有了这个传承，攀援荐举皆成体系，业外人士即便涉足，也是难有作为。所以，江苏、安徽的从业者，大多要走拜绍兴师爷为师的路子，否则，那就终生不会有出人头地的机会。毛一统是安庆府人，距绍兴虽不算远，但因长江阻隔，人文风情相去甚远，又无师承关系提携，挣扎了半生，无非在镇平县衙里混口饭吃。

毛一统投了张和哲的师门，拜了浙江师爷为师，便是认了宗入了流。那位妓院的窑姐儿与张和哲相处甚欢，毛一统在开封的一条僻巷里租的两间房，做了他们二人的鸳鸯宿巢，这对男女夜夜厮守在一处，交颈叠身，如鱼得水，把张和哲调理的如痴如醉，梦绕魂销。那天，毛一统、张绍祖二人商议了半天，觉得有必要向张和哲打听一下镇平县盗抢案的具体情况，便一起到臬司衙门去咨询探问究竟。

二人走进臬司衙门，是以公务身份先在臬署门前的上号房注名登记，给了守门人些许的细碎银子，经允诺后便直趋张和哲的公房。张和哲把二人让进客房，一边安顿客人坐下，一边张罗着沏上茶水。这几日在温柔乡里游荡久了，张和哲精神上有些萎靡，刚刚坐下，便呵欠连连。毛一统、张绍组相互对视一下，彼此心照不宣，却不能以晚辈身份取笑他。大家相视一笑，回避言谈情色之事，只能顾左右而言他。

刚刚饮过一杯茶水，张和哲觉得在衙门里不便言谈，就引领两人来到大街上的一个茶馆内交谈。

三人找了一个僻静的雅间，人刚坐定，侍应生询问喝什么茶。毛一统说：还是喝龙井吧！张和哲点头应允。

茶具摆放停当后，张和哲摆摆手，说要自己动手，侍应生便悄然退下。张和哲自己动手沏上上等龙井茶，一一斟上，自己先呷上一口，不无端由地感慨道：天下之大，还是龙井茶的味道纯正啊！

毛一统端起茶杯，呷了一口，果然是好茶，口中赞道：这个茶味道不错！萝卜白菜，各人所爱。我自幼生长在黄山脚下，打小喝惯了祁门红茶。那茶色，那味道，学生至今不改初衷。

张和哲笑笑，接过话茬儿说：常言说，一方水土养育一方人，人就是生的怪，打小在哪儿长大，那就终身沾带着故乡的念想，夜里做梦，也是家乡的山川河流，小桥暮霭，梦回牵绕，千回万遍不曾更改！即使到了暮年，也是不忘孩提时的痕迹！

张绍祖是晚辈，又是皖北人，不便插言，见二人说起家乡情事，就忍耐不住说道：昨天晚间，我做个梦，还光着腚在老家的河沟里洗澡摸鱼；

转眼又上树掏老鸹，半天爬不到树顶，低头一看，还是老家门口的那棵弯腰老槐树！

说起童年旧事，人人都有许多感慨，张和哲爽朗一笑，说道：天下的男人，没有不想家的。不想家不是真男人，男人不想女人不是大丈夫。而那些常年困居家中，厮守祖业，寸步不离家乡土地者，终日被家长里短困扰，被女人的柔情所缠绕，终究脱身不得，又非真正的大丈夫！说来也怪，家乡的水土把人养成了故乡犬，出门叫一声，那腔调还是故乡音，想改都改不了！

三个人都不是河南人，离开故乡日久，自然感慨良多。毛一统放下手中茶杯，抚掌称奇：老师所言，甚为精道！男儿漂泊在江湖，断不了故乡情怀，也有斩不断、理不清的怀乡思绪，犹如这杯清茶，浸于舌，润于口，滋味缠绕，三日犹存。

话说得有情趣，张和哲颇有感触，连连附和道：一统所言极是！家乡情愫就是这般滋味！说不出，道不明，却时时萦绕于怀！

此刻，毛一统是有意拉扯家乡情谊，宜于感情贴近，如扯得太远，那就违背了这次特意造访的初衷。停了片刻，毛一统有意把话往正题上引，他把话锋一转，说道：河南自古多盗贼，我等三人皆为外省之人，端刑幕这碗饭实属不易！学生拟写的胡体安盗抢一案，初拟斩监候，不知臬署麟大人是否定谳？

张和哲突然沉下脸，拿眼光逼视着毛一统，一字一顿地说：一统，你说实话这个案子有甚玄虚？

毛一统一愣，嗫嚅着说不出话：也没……没啥玄……虚，只是这个案子起初学生粗心大意，才弄出一些漏洞……

张和哲皱起眉头，摇摇头，缓缓说道：你说了实情，我对案子就知根知底，咱们一起想法子周全！你不说实话，我闷在葫芦里，咋会有啥万全之策！

毛一统一时无语，脸色就有些挂不住。还是张绍祖为人机警，当时就看透了张和哲的心思，脑子急速地转动了一番，而后对毛一统说道：毛师爷，那就实话实说吧，张师爷不是外人……

话说到这个份上，毛一统知道再隐瞒就有些不妥，轻轻叹了口气，说：

真人面前不说假话！老师，都怪学生虑事不周。胡体安是学生的朋友，又同在衙门里供事。老朋友犯了事儿，求我照护一下，我也就义不容辞。原想找他的下人顶替一下，糊弄个年儿半载就把人放出来，谁知竟被老师看破了机关。事到如今，就看老师您的手段了，案子一旦戳破了，学生就会死无葬身之地！说完，毛一统顺势跪在地上，长跪不起。

张和哲听了，半晌无语，上前扶起毛一统，安顿他坐下：我已看出些机巧，你不说透其中的关节，我也不好点破！

张绍祖赔着小心，轻声说道：都是为朋友的缘故，不然也不会舍弃身家性命趟这摊浑水！

大家谁都不说话，沉闷的气氛很压抑。张和哲毕竟老练，放下手中的茶杯，一字一顿地说道：既然走到了这一步，只有前行，不能后退，后退一步就是万丈深渊。我也实不相瞒，我已经呈文转递麟大人，麟大人并无异议，业已批复转呈，案子已依例申详抚院，咨题刑部了。

哦！毛一统、张绍祖二人一时讶然无语，不知作何回答。两人心中的石头终于落了地，两人都暗暗地松了口气。毛一统深知，此案关系重大，臬司必将提审人犯，或是在属地处斩；但只要有一丝希望，还是尽量将人犯就地监押，或是就地斩首为妥。可是，一旦臬司衙门要提审人犯，任谁也无法阻拦。毛一统有些性急，就试探着问道：多亏老师从中回护，但不知刑部几时批复？

张和哲捏起茶杯，细细呷了一口，抿一下嘴唇，慢悠悠地说道：麟大人曾经嘱办，人犯系巡抚大人催办缉拿的，那就等候刑部的批复吧！

张绍祖、毛一统二人对视了一下，彼此都知道对方的心迹，可又不便明说。此前拟定罪名时，原以为不过是就地了结此案，就拟写了个"斩监候"，以为待上一段时日，上峰不再过问此事，事情也就随风而过，不再会有人过问追究。待三二年后，人事更迭，世事变迁，哪个还会提及此事？到那时，将刑期改为无期，就可以寻机将王树汶暗地放出来，或是报一个病症，找人担保出狱就医，再也不会有什么连带。可是，刑部对拟定的"斩监候"会作何批转呢？这是一个谁也猜不透的谜！

张绍祖思量了一番，觉得此事有些玄虚，斗胆问了一句：张师爷，案犯在镇平县缉拿捕获，可否在镇平县就地监押，就地斩首？

按大清律典本该如此！可……张师爷目光有些游弋，话语并不肯定：只怕是巡抚大人催办的案件，他一旦问询起来，岂能仅凭一纸公文？臬司衙门恐怕要将案犯监押在大牢，以备抚台大人过问。

毛一统错愕不已，半日无语，未曾料到案子会有这样的结局。他知道，一旦将案犯羁押在臬司，王树汶不在自己的掌控之中，就会徒然增加变数。在臬司监押不比在镇平县，在镇平县有许多人为王树汶壮胆撑腰，他会按照事先吩咐好的去招供、去应对，在臬司大牢里就有些完全不同。臬司是大衙门，人缘生疏，执法严苛，外人八竿子打不着，想透个口风也不容易。假如王树汶受不住刑罚煎熬，或被逼无奈，或被人诱供，案犯一旦翻供，前功尽弃不说，案子就要关涉许多人。自己是事件的主谋，势必会因此而身败名裂。

再往深处去细想一想，毛一统知道，眼下情势，哪个也不可预料案情的进展，只有听天由命。他不愧久履刑幕，通晓其中关节，低下头，略略思考片刻，然后看着张和哲，说道：老师有所不知，这案犯胡体安小小年纪，倒是敢作敢为。县台大人审案时，这厮倒是痛快招供，故而知县老爷并未为难他。我想，案犯一旦押解至臬司衙门，那就全权交由老师作主，只要他如实招供，万不可滥施刑罚，以防人犯逼急了胡乱啃咬一番，那就要黑白颠倒，是非混淆了！而案子一经反复，便难以控制，后果也就无法预料！

这番话说得入情入理，张和哲不得不信服，不由得颔首说道：二位请放心，此案由我张某人一手操办，那就尽量维护案子原审原判，也不再为人犯上刑。至于人犯是否翻供，或是攀咬他人，确实无法掌控的。

张绍祖见毛师爷把话说得滴水不漏，有些话只可点到为止，不能太露，事到如今，哪个也不敢承担责任！眼下只有见机行事，走一步说一步，想必张和哲一定会从中斡旋。

张绍祖趁二人说话的间隙，随口说道：今日听二位前辈一席话，真正胜读十年书啊！

求人办事须挑选恭维之词，让人家心里受用，毛一统挑拣着话语说道：没有老师的教诲、训导，我等在县衙里会有何样出息？以后镇平县的刑名案牍，还要多多仰仗老师的周全呢！张和哲一脸的灿烂笑意，满口的谦词，却是不住地点头应承。

张绍祖还是有些不放心，试探着说了一句：张师爷，镇平县拟判"斩监候"，不知臬司是否会改拟？

张和哲摇摇头：臬司依例转呈刑部，一般不会改拟！至于刑部如何终判，那就不得而知！

毛一统顿时有些心虚：万一刑部改判，我们……

张和哲摆摆手：无妨！无妨！若是斩立决，那也是罪有应得，罪犯人头一落地，那就一了百了！

毛一统、张绍祖二人同时点头：那是！那是！稍停一停，毛一统又说：斩立决最好！斩立决最好！

张和哲假意谦虚一番，话题一转，说道：已近年关，臬署一般不会递押犯人。你二人回衙后，静候臬司衙门的公文，一旦公文到衙，须及时将犯人押解到省，千万不得有误！

毛一统、张绍祖二人起身告辞，离开臬司衙门，顺路与司礼让打了个招呼后，匆匆收拾行装，径回镇平县而去。

毛一统、张绍祖二人回到镇平县衙，立刻召来刘学太、胡体安二人，一起会商案子进展情况。毛一统很急切，开门见山说了两件事：一是自己拜师的事，二是臬司可能将人犯押解到省城监押。刘学太听完，立马就跳将起来，嘴里嚷嚷道：这算啥球事儿！人弄到开封，八百杆子打不着，咱抓挠不住他，万一那小子改了口，咱这些人跟着背黑锅，说不定还要蹲大牢呢！

胡体安也觉得事态严重，皱着眉头，一拳砸在桌面上，恶狠狠地说道：天下之大，没有俺姓胡的立锥之地了，真的逼急了，俺就上山去！他说的上山，就是到豫西的大山里当土匪。

几个人听罢，顿时一愣神。镇平县距伏牛山较近，那里山峦起伏，层峦叠嶂，林密沟深，山中已有好几股土匪在那里拉杆子，专门吃大户，官府几次围剿均告失败。这些绿林好汉们大多身负命案，被官府追剿缉拿时无处逃生，就投身杆子当土匪，过起了自由自在的逍遥日子。许多贫家子弟因生活所迫，或因欠地租无法偿还，或殴人致残逃避刑罚，愤而上山做了土匪。这些人大多没有家庭拖累，又无子女牵挂，苟活一天算两晌。占山为王的土匪，大多来无影去无踪，逍遥自在，因而招惹了许多浪荡子弟投奔山林，啸聚成匪，打家劫舍，滋扰民众，为患一方。

张书办一听胡体安要上山当土匪，顿时来了气，厉声说道：老胡，你说的是啥球话！你一拍屁股走人，可不就把毛师爷我们几个给扔坑里啦！

胡体安梗着一脖子青筋，心里有气，瞪着眼不再说话。刘学太也来了气，斜着眼看胡体安说：老胡，你这人不仗义！你的事儿我们几个下死力保你，事到如今，你却打算鞋底儿抹油——溜之乎也！你一拍屁股走了，你的家眷能走？你的房产、土地、生意能搬走？大家为了你两肋插刀在所不惜，你这话说得让人心寒呢！

大家七嘴八舌，纷纷谴责胡体安不仗义，胡体安被大家数落得低头不语。毛一统阴沉着脸，一句话也不说，眯起一双小眼睛，不住地眨巴着看胡体安，把胡体安看得心里直发毛。

胡体安心里有愧，认真思考一番，也觉得自己性子太急，远没有毛师爷的城府深、见识广。他知道，如果没有毛师爷他们几个人的谋划，自己必将死无葬身之地，家产败落，家人也将流落飘零，沦落到被人蹂躏、被人欺辱的境地。胡体安是个不服软的角色，他清楚，事到如今，已是开弓没有回头箭。眼下只有一条路，那就是奋不顾身往前走，决不能后退，想停下来都不行。前进一步有毛师爷撑腰，大家互相帮衬，兴许还有一条活路；后退了，就只有死路一条，倾家荡产、妻离子散不说，还会人头落地，身首异处！此刻，他打心底里确实有些后悔了。当初万万不该让王家小子顶替入狱，如今看来就是一步臭棋！他后悔当初自己咋不变卖家产，携家眷远走高飞，一了百了，让这个盗抢案件成为一个死案！让马翥承当捉拿盗贼不力的罪名，再也不会牵扯许多人！如今自己破费了许多银子，也拖累了毛师爷他们几个人操心受累。案子一旦漏了底，丢饭碗是小事，说不定还会身败名裂！早知道夜里尿床，就一夜不睡！如今大家就是绑在一根绳子上的蚂蚱，谁也挣脱不得！可是，在镇平县城里，毛师爷也是个人物，他可以预测到事态的发展结局，只要他肯出谋划策，就没有过不去的坎儿呀！

一旁的刘学太也在暗暗后悔，他责怪自己不该为胡体安谋划找人顶替的馊主意，假如当初透出口风让胡体安扒蹶子走人，他一个捕快班头最多也就是承担缉拿盗犯不力的责任。

这边的胡体安却拿定了主意，突然换了一副脸色，霎时满脸堆下笑意，连连向三人作揖打恭，谦恭无比地说道：各位兄长，小弟也是一时气话，让大家生气了。如今，咱们几个人是一根绳上吊着的"出攒"，要蹦一起蹦，要跳一起跳！下刀山、入火海，俺姓胡的认了！咋说各位兄长都是为俺好，这事儿俺一辈子不会忘记！你们几个兄长宰相肚里能撑船，可不能与我胡某人一般见识！

毛一统见胡体安脑子转得快，知道他也是被案子所逼，情急之下没有了退路。事已至此，他毛一统也要为自己留一后手，以备万一翻案时，自己尽量少一些干系。胡体安的话音刚落，毛一统从兜里掏出银票，放在桌子上说：老胡啊，咱亲是亲，财帛分。绍祖我们二人此次到省城，所有的花销都有账目记录。在省城住宿有票据，拜师那天的宴席，共花费了三十两银。张师爷的花柳资费也不少，眼下尚余五百两左右。改日我奉还你！还有，臬司衙门张师爷回赠我的物件儿，都在这儿，我可不敢私自装腰包里！

胡体安一听毛一统说起银两之事，心里咯噔一下，知道毛师爷已经有了戒备之心。在这节骨眼儿上，人心不能散，散了就会全盘皆输。尤其是毛师爷，他是要害人物，缺了他，这案子就是一个天大的窟窿。他知道，毛师爷为了案子，屈尊拜师，大冬天跑到省城开封，那可不是去游山玩水的！胡体安不傻，此刻的毛师爷需要安抚，需要理解，需要诚心相待，花再多的银子也是为了他胡体安。

只见胡体安咧开大嘴，用手抚摸着自己光亮的脑壳，笑着说：看看，毛师爷又见外了不是？胡某人啥时候把银子看得比碾盘还大？毛师爷为俺胡某那是一片真情，我这一生都感恩不尽哩！你在开封屈尊拜师，也是为了俺胡体安，所有的花费咋能让毛师爷破费呢？剩下的现银，以后还需要在臬司衙门打点，你也该有个零碎银子花，省得我再操这份心，有需要的时候，你就言一声，胡某要是嬲软蛋，就不是爹生娘养的！这几件物件儿呢，那是你用脸面换回来的，理应归你！我再不懂事，也不会厚着脸皮要这几件物品！

这番话说得十分恳切，也是一个姿态，让大家个个心情舒畅。此刻，张绍祖也洞悉毛一统的心机，他们二人去开封一趟，与张和哲频繁接触，也知道了一些臬司的内幕，就觉得有些话必须说在明处，待胡体安话音刚落，张绍祖就接过话茬，说道：老胡啊！论资望，臬司张和哲还不如咱毛师爷；论年齿，他仅大毛师爷两三岁而已，可他却觍颜承受师礼，简直是无耻之尤！可人家在省城，是在臬司衙门供职，常言说，人在屋檐下，不得不低头！毛师爷一心顾及案件，也一心为了你老胡，才屈尊拜师，这可是天大的人情啊！

刘学太在一旁听了，有些不以为然，撇撇嘴吼道：拜他个啥屌鸡巴老师呢！让咱毛师爷受这份窝囊气！毛师爷，这几件物件儿，就是你用老脸挣回来的，咋说老胡也不会要！

毛一统见大家在物品上费口舌，那是驴日骡子——白费功夫，摆摆手说道：礼品还是小事儿。年关临近，说不定哪天臬司的一纸公文就把案犯提走了！把人投进臬司大牢，这小子不在我们手中，万一他翻供咋办？

胡体安一听，急切地说道：不会吧！人可是咱镇平县逮的呀！

张绍祖提醒说：人是镇平县逮的，可案子是巡抚大人、臬司大人督办的。

几个人一时无语。还是毛一统经见的多，不无忧虑地说道：在咱镇平县的大牢里，你天天看着这小子，好吃好喝供着他，又没人戳他一指头，他就顺着你的意思说！假如他人到了省城开封，臬司衙门的人三皮鞭子就把他的屎尿都打出来啦！挨了打，他还不竹筒倒豆子——说个一清二楚！

那可咋办？胡体安惊得张大嘴巴，呆呆地看着毛一统。

几个人都觉得事态严重，一时又想不出主意。谁也不言语，停了片刻，张书办说：老刘，你去没去小汶家？

刘学太说：还没去呢！老胡我俩商量，先给他爹五两银子！

张绍祖翻翻白眼看他，肯定地说：得去！不去咋中！高低不能让他爹知道案子的底细，他就这一个儿子，他要是舍上老命往上告，把案子捅破了，那可不是小事儿！

近段时间，刘学太只顾忙公务，无法抽身去王家安抚一下。就眼下的情势看，还须稳住王家父母，不能让他们上控，然后再想办法稳住王树汶。看来去邓州王家这趟探访是少不了的。刘学太说：我和老胡明天就去他家，给他点儿银两，先稳住他们，不能让他们胡踢乱咬！

毛师爷接过话茬儿，交代说：最好让他爹娘给小汶捎几件衣服，小汶见了他爹的东西，也就不会觉得是哄他哩！

胡体安当即表态，说道：明天去他家，给他爹几两银子，咋说也得让他过个富裕年。

张绍祖想了想，看着刘学太、胡体安两个人，嘱咐道：你们俩回来后，咱们一起再去见见小汶，该交代的再交代一下，省得臬司提走人，咱就没啥捞摸了。

大家再也没有什么话，一时寂然无声。刘学太起身说：我还有些事儿，你们说，我先走一步！

张绍祖知道他要去仁义巷，调侃他说：老刘，人上了年纪，要保重身子，那事儿得悠着点儿，可不能当饭吃！

大家会意一笑，气氛顿时宽松许多。刘学太在大家的目光注视中走了。张绍祖笑着说：蛆生窟窿蚊生水，人家老刘就是好这一口。三天不吃饭可以，三天不钻女人的被窝儿，那就像害了场大病！

十四、安抚是最好的一剂药

王树汶的家在邓州西乡大汪营，是一个偏远的小山村，这里丘陵起伏，土坡绵延。走在弯弯曲曲的山道上，可以看到高低起伏的山坡上裸露着干枯的树枝，丛生的灌木枝条上偶尔挂着树叶的残片，在瑟瑟寒风中绝望地抖索着。一个冬季没有雨雪，山间小道成为一条干涸的白色蚯蚓，曲曲弯弯地延伸着，人踩踏在山道上，便感觉到土地因失水而成为干瘪了的躯壳。山道上有枯死的野草，衰草凄凄，迎风摇曳，枯草的茎干已经衰落，可它的根须却依然深深地嵌入山地之中，仿佛隐藏着一种期待，蓄势待发。

这天上午，山坡上走着两个人，边走边埋怨：老胡啊，你看这鬼不媚蛋儿的穷山沟，兔子都不拉屎，春天里种一葫芦打一瓢，啥时候会有个富日子啊！

没有走过山道的人，走山道很累。胡体安吃得胖，山道走得累了，抬起袖子擦擦额头上的汗，停下脚步，招呼着前面的人，说道：老刘，咱歇一会儿吧！于是，二人就坐在山坡上歇息。

刘学太、胡体安二人昨晚赶到邓州，打听到县城离西乡并不远，就在城内寻一个客栈住下。他们简单商量了一下，觉得贸然见王树汶的父母有些不妥，万一被他识破机关，反而弄巧成拙。两个人一合计，觉得先见一见当初把王树汶介绍到客栈当厨子的那个人，让他把王树汶的爹约出来见面，不显露身份，顺便把王树汶的衣物带走。他们怕村里的街坊邻居知道了消息，就会把事情张扬得满村人都知道了，弄得风风雨雨，反而会生出一些变故。

当初介绍王树汶到胡体安家中当学徒的那个亲戚，与王树汶是同村。两个人找到他家后，那人见刘学太、胡体安二人不像生意人，细看胡体安时又有些面善，一时想不起来，便起了警觉：你们有啥事儿？

胡体安说：老王，你不认识我啦，俺姓胡。

左瞧右瞧，那人终于认出了胡体安，很是吃惊：啊……啊……胡掌柜，你咋千行百里来俺邓州啦？我……我咋听说，小汶在镇平县出事儿啦？

刘学太一愣，皱着眉头说道：哪有的事儿，别听旁人胡咧咧！你去找小汶他爹，我们在你家等他，俺有话给他说！

老王欲言又止。胡体安摆摆手，示意他不要多说话，又用手指指刘学太，让他听刘学太的吩咐。

老王十分狐疑，看看刘学太，并不认识，犹豫了一下，十分不情愿地走出了门。趁没人的机会，胡体安干笑一声，说道：老弟呀，俺给你准备了一样好东西，等回到镇平县我就给你！

刘学太瞄了胡体安一眼：啥球稀罕物，还不早点儿拿出来，让俺见识见识！

胡体安怪样地笑笑：等回到家再说！现在不告诉你。

二人正说话间，一个年纪五十多岁的老头走进院子。刘学太对跟在后边那位亲戚说：老王，你先回避一下，我们有话跟他说。老王心里越发不踏实，踱踱着退出自家的大门，随手又将大门掩上。

胡体安认识王树汶的爹，上次在家里见过他，两人并不陌生。胡体安一见面，就嗔怪道：老王啊，你儿子干的好事儿，连累我也不得安生！

王树汶的爹名叫王季福，脸庞瘦长，一嘴发黄的牙齿裸露着，一说话天生的一副哭相，相貌很是猥琐。他见了胡体安、刘学太两个人，双膝一

104

软跪在地上，立刻老泪纵横：他叔啊，小汶这孩子是咋着哩！俺两口子都快愁死啦！在饭店里学个厨子多好，他咋会去抢人家的东西哩！说话之间，浑浊的泪水顺着纵横的皱纹倾泻而下，把一张苦楚的老脸弄得一塌糊涂。

胡体安把人扶起来，只瞧了一眼，便有了恶嫌之意。首先恶心王季福的那一双大板牙，青紫的上唇包不住裸露的两个门牙，胡子也没刮，花白的胡子茬儿布满腮部，憨愚的脸上流露着晦气。老胡分明嗅到他身上的一股汗臭味儿，忍了忍，就叹了一口气说：也怪我没管教好他，让他走上了这条邪路！你看这事儿也弄得我人不人，鬼不鬼的！

小汶他妈眼都快哭瞎啦，他叔啊，你是镇平县的人物头儿，可得想法子把他弄出来，俺老王家可就他这一根独苗儿啊！

刘学太站在一旁，看他一把鼻子一把泪地号哭，哭得他心里烦，突然提高嗓门，说道：老王，这事儿你得放明白，你家孩子是当学徒的，他犯了法谁也救不了他。为了他的事儿，老胡没少花费银子！他到衙门里上下打点，求爷爷，告奶奶，千方百计要把他救出来！你是孩子他爹，也该心里清楚，小汶做下的事儿不光彩，这事儿不该说的话，打死你也不能说！记清楚了吗？

王季福一边抹泪，一边点头，抽抽搭搭地说不成话。这时，胡体安从兜里掏出一锭五两的银元宝，说道：这是小汶的工钱，你先拿着过个年！

王季福知道这锭银子分量太重，小汶是学徒哪儿会有工钱？他王季福土坷垃里刨食儿，一年也难有二两银子的进项。王季福推辞着不接：他叔啊，你为小汶的事儿要花费银子，眼前救孩子的命最要紧，小汶还在大牢里关着呢。

刘学太见王季福不肯收下，心里便有了气，说起话来就有些严厉：你这人，咋牵着不走，打着后退。叫你收下你就收下！

王季福依然甩着手不接银子，嘴里嘟囔着说道：他叔啊，为了小汶的事儿，你没少操心，还赔了许多银子，俺咋好意思再要你的银子呢！

不接银子怕捂不住他的那张破嘴，胡体安一时兴起，瞪着眼，吓唬着说道：给你银子是看得起你，是嫌少吗？

王季福拿也不是，不拿也不是，在两个人的逼迫下，他战战兢兢地收下了银子。胡体安见他收了银子，换了口气说：老王啊，你放心，小汶在里边受不了罪。该过年啦，他妈给孩子做了啥新衣服，让我给他捎去！

刘学太看着这张皱纹纵横的老脸，心想：难怪他的儿子年纪这么小，怕是年轻时寻不下老婆的主儿！刘学太没有功夫打听他的婚姻，他要用话震慑住他，让他在外人面前不敢胡咧咧，就声色俱厉地说道：老王啊，你儿子的事儿你要放明白，孩子犯了法是他的事儿，咋说也是在他胡大叔家里当学徒哩，他胡大叔是个仁义人，也不会撒手不管。这一点你要记清楚！

俺记下啦！俺不会瞎胡说！王季福谦卑地低头弯腰，不住地点头，好似一只刚刚从渔网里捞出的大虾米。

威势是有了，但还要施恩于他，让他有些想望。胡体安低声嘱咐说：你可记住，等小汶从里边出来了，我给他说一房媳妇，他又有厨师手艺，自家开个饭馆，小日子就会红火起来！说完，自顾哈哈大笑。

王季福人憨心不傻，抬头看天，日已当午，用手拍拍自己膝盖上的尘土，说：二位老哥，来俺山沟里一趟不容易，今儿个晌午到我家吃顿便饭！

刘学太看他那一身的穿衣打扮，家里也不会干净到哪儿去，这饭吃起来就会倒胃口。何况，他家里还有一个老娘儿们，正寻死觅活地找儿子，见了她的面，若是吵闹着要儿子，必定闹得四邻不安。他抬头看看门外，确定门外的老王并不在近处，低声嘱咐说：这事儿你这个亲戚也不要给他说！人心隔肚皮，虎心隔毛翼，万一他说出去，大家都知道小汶当了强盗，老胡就没法管这事儿，就是以后孩子出了大牢，还咋在世面上混；假如他胡大叔撒手不管这事儿，小汶也就从大牢里出不来，说不定还有杀头罪呢，到时候你人财两空！

王季福知道孩子犯的事儿不小，盗抢是大罪，死不了也得脱落一层皮，听了交代，他只顾点头称是。直到刘学太催促他，他才走出家门，回家取衣物去了。

人刚一出门，刘学太扑哧一声笑了：你看看这个货啥成色，生就的打土坷垃、拽牛尾巴的命！

胡体安捂住嘴，低声笑着说：吃杆草儿屙驴粪的这些货，没啥可怜的地方。

说话间，王季福进了屋，二人住了嘴。王季福拿来的是一双缝制的粗布棉手套，一件自家纺织制成的棉布汗衫，还有一双黑色纳底儿的千层布鞋，

月夜无声

用一个黑蓝色的布包裹得严严实实。

胡体安接过物品，觉得黑蓝色的布包实在难看，逡巡四周，又找不到合适的东西包裹，索性就用手绕了绕，裹缠成一个布包，夹在胳膊窝儿里，回过头说：时间不早啦，你也回家吧！今天的这事儿，你谁也别说。你这个亲戚也不要说，说了他会坏你的大事儿！

王季福认真地点点头，也不再留二人吃午饭，弓着身子，点头向二人送别。

回到镇平县的当天晚上，胡体安回了一趟家，取了一个布包，来到仁义巷，递给了刘学太：老刘，这就是那个好东西！

刘学太疑疑惑惑地接过来：啥球东西，还包裹得恁严实！

胡体安干笑了两声，悠悠地说道：啥东西？近来你的身子淘虚了，这是两个胎盘，吃了大补！

刘学太怪笑着，看一眼身旁的女人：还是老兄想的周到，那就劳你的驾给俺整整吧！那女人讪笑一下，接过来放在了一边。

十五、老娘做了件棉布汗衫

临近年关时，南阳知府任凯任大人升任陈汝许道道员，按官场的惯例，属下须奉送"别礼"。大清的官场向有成例，作为属下，"别礼"礼金多寡马矗心中无有主意。为此，马矗唤来毛一统，向他讨教。

毛一统讶然说道：县翁啊，前任的钱谷师爷没把账目交出来？

马矗一脸无辜：我没见啥账目啊！

毛一统咂咂嘴，摇摇头，叹口气说：上司升迁这事儿，向来有现成的规矩！少了寒碜人；多了，同事知道后就会嫉恨！那咱就随大流吧。

马矗说：随大流随多少呀？毛夫子，我马某人不知道规矩呀！

向上司奉送礼敬的事体本不是刑名师爷可以与闻的，但是，马矗实在是初入公门，不懂官场的惯例，他只有向刑名师爷毛一统讨教。毛一统低头想了想，说：县翁啊，我看这样，你先预备下二百两银子，遇见其他州县的同人、同僚时，私下打听一下，看看他们怎样出手，根据他们奉送的礼金多寡，你再做决断。

马翥觉得毛师爷说的在理，便从县库里提出银两，当天赶到南阳府衙。果如毛师爷所言，向其他州县同僚一打听，他们都是奉送一百两纹银，他也就随大流送了一百两银子。回转镇平县的路上，马翥对毛一统暗暗钦佩不已。他打定主意，以后要多多仰仗毛师爷。

镇平县盗抢案由河南臬司呈送，刑部审阅呈文后，发现了诸多疑点，一是强盗年仅二十岁，不足以为匪为盗；二是入室抢劫过程语焉不详，又无有同伙接应；三是失窃清单缺失，无法定罪；四是缺乏事主被抢细节。刑部驳回呈文，发回河南臬司重审，责成将案犯解往河南按察司羁押再审。河南臬司接到刑部公函，只好遵照执行。

腊月二十，镇平县突然接到臬司公文，着即三日内将盗抢案犯胡体安押解至省城监押，不得有误。

按大清的律典，案犯应就地羁押，就地伏法。但是，此案系巡抚大人督办的案子，且案发地又在邓州，镇平县无权阻拦。本来镇平县就是奉委缉拿盗窃案犯，臬司衙门可以随时提解羁押。可毛一统担心王树汶到开封后经不起折腾，熬不住刑杖定然会翻供，一旦翻供就漏了底儿、漏了底就会全盘皆输。毛一统接到臬司衙门的公函，来不及向知县马翥禀报，就先行约见刘学太。他原以为临近年关，臬司不会提解人犯，孰料事发突然，让人措手不及。所以，要事前对王树汶恩威并施，使其三缄其口，永世不得翻供。几个人在一起认真合计了一番，一齐去牢房找王树汶。

昨天，是王树汶的生日。本来他在大牢里记不清年节日期，放风时，他偶然听一个狱友说了一句，才扳起手指算一算，今天是自己的生日。他知道，自己已经整整十五岁了。

夜里，王树汶为过生日的事感伤不已，前半夜翻来覆去睡不着觉，临天明时才昏昏沉沉入了睡。最近一段时间，王树汶闲得实在没有事做，尽管天气冷，他也养成了下午睡觉的习惯，不睡觉就浑身不自在。反正睡觉是闲着，醒来也是闲着，与其醒着无事拿眼瞅又脏又黑的牢房墙壁，还不如两眼一闭睡大觉回到梦里。梦里有让他高兴、让他神往的事情，有些甜美的梦境，足以让他回味三日仍余味无穷。就是这些美梦诱惑着他去寻找梦境，寻找那些让他忘却苦恼的幻觉，也是他每当在墙壁上划下一道痕迹时的热切期盼……牢门咣当一声响，把他惊醒了。翻身坐起，王树汶揉着惺忪的睡眼，抬头向牢房门望去。只见门口一闪，鱼贯而入进来了四个人，领头的是毛师爷。王树汶不认识他，只是觉得有些眼熟，一时想不起来在哪儿见过。

刘学太走到床前，看着一脸睡意的王树汶，取笑说：孩子，槽里吃、圈儿里蹭的日子咋样？怪自在吧！

因为刘学太的关照，王树汶在大牢内一直没有戴脚镣，也不像其他犯人几个人关在一间囚室内，而他是独自一人一室关押着。王树汶见他们几个走进来，欠欠身子没搭腔。胡体安从胳膊窝儿里取出包裹，放在床上说：昨天我跟你老刘叔又去了一趟邓州你家，这是你娘让捎回的几件东西！

王树汶一听家里捎来了东西，一时兴奋起来，急忙抖开黑蓝色的布包，看见了自己曾经穿过的那件棉布汗衫，还有一双棉手套，他用闪烁着泪花的眼睛看胡体安，问：大叔，你见到俺妈啦？

刘学太没有回答，停了停，才说：你爹你妈都在家里，我与你胡大叔都见到啦！你胡大叔还给了你爹五两银子，你妈高兴得要去街上割肉打酒招待我和你大叔。我们急着赶路，就没在你家吃饭！

王树汶知道老爹是一个闷葫芦，没有见过世面，家里从来只有制钱，哪儿会有银子。自己虽然没有见到老爹老娘，大叔见了他们并捎回了话，也是对自己的安慰。他知道自己的爹娘都是山沟里刨土坷垃的人，不会说又没有见识，遇见自己孩子坐大牢这样的事体，他们也就无有主见。倒是自己的妹妹十二三岁了，出落得秀气。她不单人长得水灵，脑子也特别灵光，王树汶十分思念自己的妹妹，就急切地问到：大叔，见到俺妹妹了嘛？

这句话问得唐突，胡体安看看刘学太，觉得不好回答，停了一下，说道：我们俩在你家的时间不长，没见到你妹妹哩！

妹妹树娟人长得周正，是王树汶家里唯一拿得出手的人，在大牢里他天天挂念她。妹妹乖巧，爹娘都十分待见她。乡下人有"富养闺女穷养儿"的习惯，男孩子虽金贵，却被称为"破小子"。树娟在爹怀里撒娇，爹就会搂着她，嘴里喃喃念着儿歌："妮儿呀，好好玩，明天恁爹卖鸡蛋。扯回几尺大红布，给俺的乖儿做衣衫。"穷人也有穷乐趣，看着爹待妹妹亲，王树汶心里羡慕死了。

二位大叔没见到她，岂不是冤枉他俩白跑一趟！王树汶心里就有些隐隐作痛，用手狠搓自己衣服右边的衣角，卷起来放开，放开后再卷起来，反反复复，只做一个动作。王树汶再无言语，闷声不响地低头想心思。谁说些啥话，他也没听清。

半晌，王树汶才嘟哝着说：俺爹俺娘也没说想俺？俺可是老想俺爹俺娘哩！

刘学太突然板起面孔，一本正经地说：你娘说啦，让你吃好睡好，不要想家！你那穷家不就是麦秸苫顶的三间破草房吗？里里外外也抠不出四两土，有啥想头？等你从这里出去喽，恁胡大叔给你置办庄田，娶上一房媳妇，咋着也比你如今的那个用石头垒墙的穷家强一百倍吧！

这一句话，让王树汶更确信二位大叔到他家去了，他家的房子是用石头垒的墙，房顶用茅草苫的顶，一到冬天，麻雀就在茅草里淘洞觅食儿，夏天就会漏雨。自己的那个穷家，自己的那个丑爹，实在是让人不好意思提起。想起自己的穷家，王树汶的眼泪就在眼眶里打转转，嘴里自言自语地说：俺老想俺娘哩，该过年啦，俺也回不去，她咋会不想俺哩？

胡体安见他一直想娘，就取笑说：你这球孩儿，又不是吃奶孩子，咋会天天想娘哩！等你娶了媳妇，就把娘忘啦！没听人家说嘛，花野雀儿，尾巴长，娶了媳妇忘了娘！

毛一统在一边一直沉默着不言语，见他们扯闲篇不说正题，就有些不耐烦，用下巴向刘学太示意。刘学太立刻领会他的意图，俯下身子，柔声说道：小汶啊，有件事给你说一下，前天不是给你说过了吗？你这个案子是上面督办的，上面的案子就要解到上面去审。

王树汶一愣神，带着哭腔问道：上面是哪儿呀？这镇平县衙还不是上面吗？

刘学太板起面孔，呵斥道：看看，咋又哭哩！上面就是省城开封，你说不去就不去啦！我说不让去就可以不去啦！

王树汶哭丧着脸，嘟囔道：我长了这么大，也不知道省城开封在哪儿！

毛一统一直不言语，这时，他马上接过话：这回就让你去逛逛省城，咋样！开封可是大地方哩！

越是大地方王树汶心里就越是发虚，他自小没进过城，还是前年当学徒才来到镇平县城，对于大地方他有一种天然的畏惧。只见他垂下眼皮，泪水簌簌落下，鼻子抽噎着说：开封城里我也不认识一个人，他们还不打死我呀！

原来是害怕挨打！毛一统洞悉王树汶的心思，安慰说：只要你按咱原先交代的话说，谁也不会为难你！上边衙门里的人规矩着哩！衙门里的衙役也不打人，谁打人谁丢饭碗！谁打人官老爷就打他，你说谁还敢打人？

王树汶用手背抹了一把眼泪，哭着说：俺不去！俺去了那里，你们几个又不在身边，要是有人打俺，俺咋办？

刘学太有些不耐烦，可他仍耐着性子劝说，就放低声音说道：在开封咱也有人，你胡大叔已经使银子上上下下打点了一遍，都已安排妥当啦！常言说，有钱能使鬼推磨，人家收了礼就答应照应，第一不打人，第二有好饭吃，第三还是住单间房！住在省城的人都是大官，你能在省城开封住，那可是你爷你奶你爹你娘几辈子也不敢想的好事儿，你一个穷山沟里的孩子，咋会有这样的好福气哩！

在开封是否住单间，王树汶不懂，他知道自己在大牢里不挨打饭菜又好，是胡大叔的面子。他刚入大牢时，以为住单间房是特殊照顾，其实单间就是死囚牢。住到死囚牢里，大多是待决的死囚，死囚命悬一线，时刻有可能被拉出去斩首示众。时间一长，他就知道，群居在一个囚室的犯人刑期都比较较短，这些人成分庞杂，他们一个个恃强凌弱、横行霸道。那些个狱霸对新来的犯人实施人身摧残，简直无所不用其极，王树汶时常听到犯人受虐待时的一声声惨叫，那叫声撕心裂肺，让人胆战心惊。所以，他倒是庆幸自己住进了单间，单间里可以不受其他犯人的骚扰。

王树汶已经有了一个多月的囚犯经历，渐渐地悟出了一些门道，此刻，他仍心有不甘地说：俺听说，省城的大牢里不用板子打人，就用拶子夹人，把人的十个手指头都夹断了！

在大牢里的日子里，他几乎天天听到牢房里打人，那一声声的惨叫声实在瘆人，比春节杀猪时猪的惨叫声还让人毛骨悚然。被打的人往往忍受不住疼痛，哭爹叫娘，叫爷爷、叫祖宗。别说让王树汶挨打，光是听一听别人挨打的惨叫声，就把人吓得一夜睡不着觉，想起来就心惊肉跳。

张绍祖站在一旁，一直没说话，他理解王树汶的担心，一个十五岁的孩子，还没有经见过大世面，一下子遇到这样的大事，他的心智还不成熟，眼下只有安慰疏导他，让他慢慢地接受现实。张绍祖趋近一步，俯下身，细言细语地说：你这孩子！大牢里为啥打人，打人是他不听话；听话了还能打人吗？早听话，早不挨打；不听话就挨打，还会挨苦打！你进来也一个多月啦，谁打你啦，谁又敢弹你一手指头？天下的牢房都是如此，到了省城也是这样，只要你乖乖地听话，照着咱以前说的话去说，死活不要改口，板子打屁股也不要改口！小心不要说错，说错了也挨打！你只要不说错，谁还会打人呢！

一席话说得王树汶没了言语，可他心里依旧不踏实。他后悔当初就不应该答应胡大叔坐牢，给再多的银子也不能答应，把他的一个家业全给了也不能答应。如今蹲在这大牢里，既见不到爹娘，又见不到熟人，谁会知道他在这里顶替别人受罪呢！他想了想，觉得有些话自己要说出来，就嗫嚅着说：俺要去……省城的事儿，得叫俺爹俺娘知道！我走前要见一见他们！

几个人一时面面相觑，都想不到这个毛孩子竟会有这个想法。刘学太一向做事武断，不耐烦地说：小汶啊，你咋还像那三岁小孩子，动不动就想爹娘！

王树汶决绝地说：要是不见到他们，我就不去省城！王树汶赌着气说。毛一统心里清楚，一旦王树汶见到了他爹娘，把事情说透了，那就会前功尽弃。眼下，决不能让他们一家人见面，见了面，就会无端地生出一些变故，到那时就无法掌控事态的发展。毛师爷俯下身，劝说道：小汶啊，你家离这里一百多里，来往一趟也不方便。眼下，你先到省城，等过一段时间我再将你爹你娘接到开封，你们一家也在省城里风光风光！

王树汶很倔，不改初衷，嘟囔着嘴说：俺几个月没见俺爹俺娘啦，去省城前，俺得见他一面！

胡体安顿时拉下脸，厉声说道：你这孩子咋恁不懂事呢！我和你刘大叔前天刚见过你爹你娘，他们不缺胳膊不缺腿，兜里又有银子花，你就是见他们一面，他们是多长一条胳膊，还是多长了一条腿呢？

王树汶不再言语，低下头，默不作声，眼泪只在眼眶里打转转，胸脯在不停地起伏着。

张绍祖在一旁看出了诀窍，换了一种口气，用商量的口吻说道：小汶啊，我问问你，你爹你娘去过开封吗？

王树汶不知道他问的啥意思，看着张书办，低下头说：俺娘连镇平县城也没来过，开封是省城，离邓州俺家几百里路，没亲戚又没生意，去省城干啥！

张绍祖笑笑，说道：这就好啦！该过年啦，他们忙啊！你年前先去省城，等过了年，我和你胡大叔一起，带上你爹你娘去省城看你，你们一家在开封团聚一下，那不是更合适嘛！

这番话把王树汶说动心了，假如爹妈能去省城一趟，一家人在开封相见，也是不错的主意。王树汶毕竟是个孩子，一听说去开封玩，便来了兴致，心思就有些活泛，也就不再推辞，低下头默默无语。刘学太是个急性子，见王树汶不吭声，知道他有些动心，一高兴，上去拍了王树汶一巴掌：鳖儿，你还怪孝顺哩！

王树汶咧嘴笑笑，是无奈地笑，苦涩地笑，在别人的皮鞭驱使下苦苦挣扎着、呵斥着的悲凉地笑。

毛一统看时机成熟，向刘学太使个眼色，然后说道：小汶啊，去省城还要委屈你一下！脚镣木枷是要戴上的，在咱镇平县不戴木枷是你胡大叔、刘大叔的面子。到了开封就是省城，再不戴，就不合体统，不带人家就会打板子哩！若是上峰怪罪下来，你挨打是小事儿，恐怕连县太爷也要吃官司，连累你大叔们也不得安生！

一听说要披枷带锁进省城，王树汶就又哭起来了。刘学太有些不耐烦，语气就带着威胁：你这是还想咋着！别牵着不走，打着倒退。我给你说，事到如今，你不带枷的话，人家还不剥了你的皮？

王树汶就嘤嘤地哭，泪雨磅礴，任谁也劝不住。毛师爷使个眼色，刘学太、胡体安二人拿出几块白色的粗布，蹲下身在王树汶的脚踝处缠绕。刘学太边缠边说道：小汶啊，你这孩子，有福哩！你大叔处处为你着想，怕脚镣磨坏了你的脚脖儿，用布包缠起来，既暖和又不会磨破脚，想得周道着哩！

王树汶任凭几个人在自己的脚踝处缠绕，一个人抽抽搭搭地哭泣。这时，有个狱卒把刑具拿来了，刘学太又用白布将脚镣的铁环缠绕了一番，然后才向一旁的狱卒们使个眼色。几个人七手八脚，很快就将脚镣木枷安装就绪，王树汶坐在床边，早哭得像个泪人一般。

刘学太向外边招呼一声，进来一位狱卒，他吩咐说：小汶又嘴馋啦！你去饭店弄二斤牛肉，几个咸鸭蛋，让小汶馋馋！狱卒答应一声出去，不大工夫，就用草纸包回了牛肉和咸鸭蛋。

胡体安把牛肉、咸鸡蛋摆开，催促说：小汶，趁热快点吃！吃饱肚子不想家！王树汶吃不下去，他不想去远天远地的开封城，到了那儿会是怎样呢？他心里没底儿，一想到自己要去省城的大牢，他就害怕得很，只是不停地地哭泣。

诸事料理停当，毛一统对王树汶说：小汶啊！今天咱不走，等明天再去省城。放心吧，你胡大叔比你爹还亲，到哪儿他也不会亏待你！说着摆摆手，示意几个人赶快离开。

张绍祖又随口安慰了王树汶几句，关上门，几个人一起离开了牢房。刚走出牢房没多远的一个拐角处，胡体安就恶狠狠地说了一句：这孩子到了省城，咱几个再也管不着他，是死是活，他的命大命小，全看他的造化了！

刘学太说：就怕这小子不经打，漏了底，咱们都脱不了干系！

毛一统看看身后的几个人，压低声音说：臬司张师爷答应给以照顾，他不会让这小子受罪的！

张绍祖四顾无人，看了毛一统一眼，伸开手掌，往下猛地一劈，嘴里说道：最好是在开封城斩立决！人头一落地，万事皆休！

但愿如此！但愿如此！几个人赞许地点点头，一个个心领神会。

胡体安长长地出了一口气，慨然说道：那就一了百了啦！

十六、盗抢犯实在太年轻

马翥见到臬司衙门的公函时，已是第二天的中午。

听说要将案犯押往臬司，马翥心里颇为狐疑。他本无受理刑案的经验，遇事当然要勤于向毛师爷请教。他来到签押房内唤过毛一统、张绍祖，询问将犯人押往开封的利弊，又询问了一些押运细节。毛一统只好如实相告，案犯在镇平县犯事，应当在镇平县就地监押或就地正法，但案犯系巡抚大人点名督办缉拿的，显系要犯，解往开封由臬司监押是便于提审。案犯提走以后，与镇平县再无干系，一切听任由臬司处置。马矗一听，心里十分愉悦，力主尽快将犯人送达开封臬司衙门。

马矗又问：押解犯人到臬司，人证、物证都该一并解送吧？

毛一统说：人犯押送到案，物证只送清单。

马矗有些心虚，拿眼看张书办：清单上咱可是不曾备列其祥啊？

毛一统低头思量一番，说道：县翁啊，咱不是把人数报少了吗？报少是为了把大案化作小案，也是为减轻咱镇平县的责任啊！

马矗仍有些不放心，用眼看张绍组，说：那些赃物可曾有人动过？

张绍祖会意，瞄了一眼马矗，却把视线盯住毛一统：赃物现在县库房内羁押，咱镇平县是经办衙署，还需将物品发还失主哩！

说到赃物，毛一统接过话茬：赃物理应发还事主。我们姑且先将人犯及赃物清单送往臬司衙门，等候臬司的判案结果。

马矗十分珍爱那个宣德铜香炉，闻听毛一统的一番言语，心中便有些释然。

毛师爷将呈送臬司的公文让马矗阅览，并把押解文书让其签押。马矗细细看过后，抬起头，问道：毛刑名，臬司催办的盗抢大案，我们拟"斩监候"，是否拟刑太轻？

毛一统见他询问，回说道：县翁，案子到臬司后是要复审的，刑部还要核准，方可定案。我们不过是拟写的判决，案子的审结，还要由刑部最后裁决！

马矗上任后审理的第一桩案子就是盗窃大案，心里自然有些忐忑，自己审案经验不足，他怕万一案子有什么纰漏，就有损于自己的官声，与仕途十分不利；假如此案办得精道，那就显露了自己的才华，就可以在巡抚大人面前赢得干员的好名声，或许仕途从此顺达通畅，自己的前程便可无比辉煌。因此，马矗对此案格外上心，倍加关注。无奈马矗初任民牧，于刑幕十分生疏，自己审案阅历浅薄，他唯恐有什么偏差，所以才首鼠两端，犹豫不定。

毛一统见他还有些犹豫，就说：这个案子起获的赃物越少，参与案子的人越少，对县翁您越有好处。你想啊，案犯赃物多，参与的盗犯多，那就是大案要案！

马矗不住地点头称是，他是个近视眼，把眼睛凑近了公文再次浏览一遍，也没有看出什么瑕疵和纰漏，就放下案卷，又认真思量了一番，方才在文书上签押了姓名，押上镇平县的钤记，准予翌日将案犯押解省臬司衙门。

毛一统拿眼盯着马矗，悠悠地说：县翁啊，按县衙惯例，需将赃物发还失主，并让其指认盗窃犯，坐实了证据，方可将案犯押解至省城。

马矗甚感意外，睁大眼睛催促道：那就快快把失主唤来，让其指认罪犯，并将物品一并发还！

张绍祖颔首听命，立即转身离去。吩咐吏皂通知邓州失主张肯堂到镇平县衙领取失盗物品。

邓州失主张肯堂接到镇平县衙的紧急公函，匆匆忙忙从邓州赶到镇平县衙，认真对照清单，却发现自家丢失的物品与镇平县的清赃清单大有出入，其中就少了一个宣德香炉，且丢失的银两数额也不相符，便当即提出了异议。那时，张绍祖在一旁监督清点发还物品，见张肯堂眉头紧锁，一脸不悦，便料定他心有怨忿。

觑了个机会，张绍祖拉拉张肯堂的衣角，二人来到一处僻静处，低声说道：张掌柜，镇平县为这个案子没少费力气，捕快班的弟兄们熬眼磨屁股图个啥？张肯堂听出了语气中明显带有威吓，便知这是衙门胥吏的嘴脸，忍一忍，破财消灾，也就不与其计较。

他虽然身着五品同知的官服，大家表面上对其恭而敬之，可邓州与镇平县毕竟不是一个属地，镇平县的人并不认识他这位邓州的财主，纵然他在邓州是个有头有脸的人物，但在镇平县却是举目无亲。张肯堂知道，如今的衙门人好似"饿皮虱子"，个个都是吸血鬼，每时每刻都要叮咬人。细细思量一番，既然案犯已逮捕归案，总算是出了心头的这口恶气，如若再计较财物的多寡，就有些不识时务，就是小心眼儿！张肯堂是个聪明人，得让人处且让人，自己不能为了些许的财物而得罪镇平县衙。于是，张肯堂便忍下心头的怨愤，换上一副笑脸，拱手揖礼道：多谢镇平县缉拿盗犯，张某人没齿不忘！

张绍祖拿出官场人的做派，拿出一份清单，不冷不热地说：那就请在单子上签个字吧！

张肯堂明明知道自己被盗的物品与归还的数目悬殊甚大，可他却不想再去争辩，只好犹豫着在上面签下了名字。他心里隐忍着气愤，嘴里却说：那就多谢了！晚上我请弟兄们喝酒。

张绍祖推辞道：免谢！张掌柜，犯人现在大牢里，你且去质证一下，顺便辨认一下盗抢犯的嘴脸。

张肯堂点点头，心中幽幽地泛起了一丝屈辱，家丁被打、财物被盗、三姨太的乳头被这伙强盗捏掐揉搓，实在是可忍孰不可忍。张肯堂跟随张绍祖来到监押王树汶的囚室，他看到了身披枷锁的囚犯一头乱发，身板精瘦，正躺在一张木板床上。

见有人走近囚室，王树汶挣扎着抬起头，看一眼眼前这位素不相识的人，疑惑片刻，便低眉垂目，不发一声。

此刻，张肯堂拿正眼细瞧满面憔悴的犯人，不觉有了几分吃惊，他无论如何也不会相信，明火执仗、持刀入室抢劫的强盗居然是一个青皮后生！错愕了片刻，他嘴里嘟哝着说了一句：想不到这厮如此年少！

张绍组从鼻孔里哼出一声：年轻人胆比天大，啥日天事儿都敢做！

想起事发那天夜晚，他正在酣睡，突然被惊醒，睁开眼就见几个人手持明晃晃的利刃，还一个个蒙着脸，身穿黑衣，威吓着室内人不准走动。如今，面对当晚入室的强盗，他却无法确认，只是觉得囚室内的这位强盗的身板有些单薄，面相甚至有些良善。他想起三姨太所受的欺辱，不觉气冲斗牛，厉声喝问一句：胡体安，我且问你！你是如何撬开我家大门的？

王树汶被问得莫名其妙，翻翻眼皮，也不言语。

张肯堂转过身，向张绍祖问道：那天，是一群强盗手持利刃，他的同伙呢？

张绍祖眨眨眼，摊开双手说道：臬司衙门让镇平县捉拿胡体安，他就是胡体安，并不曾有什么同伙！

张肯堂听了，狐疑地摇摇头，无言以对，再次瞭一眼蹲在囚室角落里戴枷的罪犯，长长地舒了一口气。

失主与案犯对质只是过程，接触太多就会出现纰漏，张绍祖唯恐张肯堂问出了端倪，伸手做出一个请出的手势。张肯堂也就不便多说，随他走出囚室。在一处角落里，张绍祖低声说：张掌柜，胡体安明日即将押往省城，是杀是剐，那就要听由臬司衙门发落！

走出监牢，张肯堂的心中五味杂陈，失去的财物只有部分失而复得，他说不清楚是强盗损毁了，还是官衙私吞了！此刻，他既没有缉拿强盗后的释怀，又没有领取被盗物品后的喜悦，心里反倒滋生出一丝儿的怜悯。听了张书办的话，张肯堂慨叹一声，悠悠地说了一句：还是留他一条性命的好！

坐到自家装载物品的车子上，张肯堂回望一眼镇平县衙的大门，不觉垂下头去，无奈地叹一口气，径自离开了镇平县衙。

翌日清晨，天蒙蒙亮，县衙前一派肃静。镇平县衙遣派八名马快，备下囚车一辆，准备押送王树汶到省城开封。狱卒们个个噤声，哪个也不肯开口说话。牢房打开后，王树汶被拉上了囚车，车旁侍立着县衙内的头面人物，知县马翥亲自到场，毛一统师爷、刘学太、张绍祖一干人等环立在周围。县太爷亲自送他上车，王树汶也算是享尽殊荣。他拿眼在人群中逡巡一番，却没有见到胡大叔。

刘学太走上前，拍了拍王树汶的肩膀，一脸的冷峻：到了开封，你要老实招供，可不要胡攀乱咬！

天气十分寒冷，王树汶脚戴镣铐颈披木枷，蜷缩着蹲坐在囚车上，惊悚地四顾张望。宛如一只被送往屠宰场的羔羊，他想哭，但已经哭不出声。此刻，萦绕他心头的是对未来的莫名恐惧……

囚车的车轮滚动起来，王树汶绝望地回望一眼自己蹲守了一个多月的囚室，陡然间感到死亡的脚步在一步步地逼近。

腊月二十二日，案犯王树汶被押解至开封。

年关临近，各衙门的公职人员都在忙于办年货，人们无心署理公务，衙门里有人进进出出忙碌不停，却是效率极低。因胡体安盗窃一案系抚台大人催办，臬司衙门不敢懈怠，虽近年关，故而催促镇平县衙将案犯押解到衙，以备臬台大人随时提问。臬司麟大人终日忙于官场应酬，无暇过问案件，所以，案犯押解到开封后，就羁押在监室内，却无人审案。

除夕夜的爆竹声此伏彼起时，王树汶就蹲在大牢里，面对陌生的牢房，他的心情极为灰暗。这个死囚房封闭很严，窗棂二尺见方，竖立着七根铁棍，窗户很结实，若想从这里逃脱，绝无可能。听到远处的鞭炮声，王树汶越发想家，越发想念爹娘。

在臬司大牢里煎熬了半个月，王树汶就觉得在臬司衙门的大牢里远不如在镇平县的牢房里舒服。这里的主食是高粱面窝窝头，清水煮萝卜，盐又不足，寡淡得毫无滋味。因他是重刑犯，饭菜还稍好一些，菜里还有些许的豆腐和白菜。最让王树汶受不了的是脚踝处的镣铐十分沉重，走起路来叮当作响，十分不便当。囚室的角落处放置有一个便桶，拉屎尿尿都在里边。犯人都没有裤腰带，大小便很方便，尿尿还好说，一个大老爷儿们，掏出鸡巴就能把骚尿撒在尿桶里；最难受的是拉屎，人一走动，镣铐声拖拉得叮叮当当，褪掉裤子蹲在便桶上，两条腿必须叉开，镣铐的锁链就挣紧了，脚脖子被锁链拉得生疼不说，两个屁股蛋子坐在木桶上，木桶的上沿儿就紧紧地箍紧屁股。一泡屎拉完站起身，屁股蛋子就会嵌出一条圆圆的、深深的印痕。用手摸一摸，好半天还有一道沟痕。在囚室里，王树汶感到最舒服的是尿尿，一泡骚尿从裆部流下，撒在尿桶里噗噗作响，就像娘拿个勺子舀起煮沸的小米粥往下倒，噗噗的声响让人陶醉。

那天，王树汶正坐那儿发呆，牢门一响，走进来两位狱卒，还有一位精瘦的老头。一位狱卒对王树汶说：脱掉衣服！

王树汶不知他要干什么，十分疑惧，扭捏着就不肯脱。那人急了，吼道：快脱！

看来不脱不行，王树汶就迟迟疑疑地脱掉了上衣。那人突然大声吼道：脱掉裤子！王树汶没穿内裤，脱掉裤子就是光腚，他不愿在人前丢丑。

狱卒不由分说，一把拽下王树汶的棉裤，因没有腰带维系，棉裤一下子脱落在脚踝处。精瘦老头扫了一眼王树汶的裆部，便十分吃惊，调笑说：毛还没长齐哩，咋就敢去偷去抢！说着，让赤条条的王树汶转了一圈，还用手摸他的两个腋窝，放在鼻子上嗅，好似一只老骚狐羊嗅母水羊的腚！

几个人折腾了一阵，就关上门走了。

牢房静下来，王树汶明显地感到臬司大牢森严可怖。看守牢房的狱卒个个横眉立眼，好似地狱里的恶鬼妖魔，张嘴说话呵斥声不断，嘴里还不干不净地骂娘骂祖宗。王树汶真切地感到省城的大牢让人有一种窒息感，恐惧的阴影大山一般压迫着他，宛如有一只无形的大手正紧紧地攥牢了他的脖子，箍紧了他的喉咙，令他呼吸紧迫难以喘息。

临近年关时，开封知府倒是审过一次，审案的大人很和善，没有打人，问了一些盗抢案的具体细节。后来，王树汶才知道，审案的是开封知府唐大人。

过罢元宵灯节，张绍祖、毛一统来到大牢里看望王树汶。此前，他们二人已经拜会了臬司的张和哲师爷，从他那里得知，衙门素有惯例，不出正月，各个衙署向来不署理公务，臬司衙门更是从来不在临近年关时受理大案要案，故镇平县的这桩盗抢大案至今尚未审理。得此准信，毛一统、张绍祖二人心里踏实了许多。二人来开封的目的，就是在臬司审理以前，务必要见王树汶一面，既是安抚他，又是再次向张师爷讨教臬司审案时须注意的事项。按大清惯例，死囚犯在押期间，家属人等根本不能晤面，毛一统用银子打点了一番，推说是镇平县县衙要录照、核实犯人口供，拜托狱卒给以方便。狱卒见是公务，方才准予传递物品，但绝不准会面。看看实在无法通融，毛一统就将一个布包交于狱卒，委托其传递给案犯本人。

包裹经过严格检查，确定没有匿藏物品后，方才将布包交予犯人。王树汶接过狱卒递过的包裹，解开后见是一件直贡呢棉袄，两只煮得烂熟的道口烧鸡，还有二斤牛肉。王树汶嘴馋，许久不曾见荤腥，立马撕开烧鸡就吃。那狱卒在一边眼馋，嘴里骂道：妈的个×，你个鳖孙！吃的老香啊！

王树汶这才觉得自己的失礼，忙将另一只烧鸡递给狱卒，说：大叔，这只烧鸡你吃吧，我自己又吃不完！

那狱卒也不客气，接过来撕下一只鸡腿，塞进嘴里就咀嚼起来。一会儿的工夫，一只鸡的两条腿被狱卒吃了个精光。狱卒甩着两只油糊糊的手，在衣襟上蹭了蹭，摸摸嘴巴，意犹未尽地说：你小子有福哩，坐大牢还有人送吃送喝。

王树汶苦笑一下，那笑容比哭还难看。狱卒斜眼看王树汶，说：有人来看你，说让你安心吃好喝好，别挂扯你爹你娘！王树汶嘴里吃着鸡肉，听到有人来开封，就停止了咀嚼。问了一句：俺大叔说，过罢年就让老爹老娘来开封，怎么没来？王树汶急切地想知道自己的案情审理情况，他巴望着毛师爷、胡大叔为他周旋，为他请托，说不定会遇到心善的官员，让他坐个年二半载的大牢，就可以脱离苦海，他就可以仍旧回到镇平县学厨师，学到一手好的厨艺就自己开饭店。胡大叔还承许他，从大牢里出来后，拿钱让他开一个饭馆做生意赚钱，娶上一个媳妇，生上两个儿子，小日子就过得有滋有味，到时候老王家就有一个盼望和念想了。

可是，狱卒大叔吃过鸡，不再理会他，抹一抹嘴巴，反手锁上门，一转身走了。

过了二月二龙抬头的时光，臬司开始署理公务，第一个就是提审胡体安盗抢一案。因为此前由开封知府唐咸仰先行初审，这一审让唐知府审出了一些疑点，翻阅审案笔录，却与审案结论明显不符。其实，这是张和哲拟写的审案结论，主审官员签署意见时，唐咸仰拒绝签押姓名。后经张和哲极力推荐，改由发审局再审。负责再次审案的是发审局一位姓苏的官员，他刚从老家省亲回到臬司，就接手了这桩案子。发审局又称谳局，负责案件的审转复核。这位官员先是审阅了案卷卷宗后，依例还需将案犯提到大堂审问。接手案子前，张和哲特意找到这位姓苏的官员，通报此案系由镇平县衙审结，主办人系自己的投门弟子，嘱咐他如有纰漏，还望指点一二。姓苏的官员名叫苏正通，为人精明通透，有了首席刑名师爷的嘱托，他的心中就有了人情在先。他把案子粗粗阅览一遍，见案子并无大的疏漏，人证物证俱全，犯人供词俱在，复审无非是走走过程而已。

那天，当王树汶戴着镣铐出现在堂审现场时，苏正通顿时一愣，想不到抚台大人督办的盗抢大案案犯胡体安，竟然是一个乳臭未干的后生！他在发审局日子久了，早已熟悉了审案过程，可他无论如何也想不到眼前的这个盗抢大盗，竟然如此年轻！

王树汶脚拖镣颈披枷，在皂隶的牵引下跪在大堂正中。他看一眼侍立两厢的衙皂，一个个脸色凝重，昂首肃立，全都是面生之人，心中不觉胆怯不已。王树汶人刚站定，审案官苏正通便大声吼道：案犯报上姓名！

俺姓……姓胡……王树汶精神一紧张，差点儿把自己的真实名姓报出来，亏他脑子转得快，瞬间就改了口。

多大年龄？作何营生？

王树汶稳了稳神，回答道：俺今年二十一岁，过了年就是二十二岁。

俺做……他不知道啥是营生，就顺便说了一句：俺做……厨……一想不对，赶忙改口：俺是在籍的挂名捕快，平时在家做个小生意，无非养家糊口度日！

　　与镇平县初审的案卷录供并无差错，苏正通按着卷宗依次逐条问下去，案犯都对答如流，没有发现什么纰漏，所供述的供词也无二致，便觉得再也审不出个子丑寅卯，便有及早结案的意思。不过有一点，他颇为犯疑，就又问了一句：胡体安，你既是在籍捕快，就是在镇平县衙里有了名号的角色，为何不正经做人，守法奉公，却明火执仗，斗胆做出盗抢大案？还要持刀伤人，简直是胆大妄为！

　　臬司的大堂吏皂威严却不打人，这让王树汶稍稍宽心了许多。审案人循着案卷问案，自然问不出任何破绽，这些话，原本在镇平县审案时早已问过，王树汶回答起来就十分顺畅：俺虽是在籍捕快，却无薪俸养家，去年又逢大旱，家中断了炊米，一家老小眼瞅着锅灶发愁，俺实在于心不忍！就……被逼无奈，俺……只有做下一个案子，便可以吃上三五年。原以为神不知、鬼不觉，谁想刚做下案子没几天，就被捉拿到案！小的无知，犯下了大案，求大老爷法外开恩，小人再也不敢胡来了！

　　审案口供与案卷供录并无二致，无非是重复在册的供词，更无新鲜内容。苏正通见案犯回答的老实，又非刁滑使奸之徒，再审的口供与原供并无出入，断定案犯系因贫致盗，铤而走险，犯下盗抢大案。可虽系初犯，小小年纪犯下这等滔天大罪，按律也是死罪，哪个也拯救他不得！苏正通厉声喝道：你可知入室持刀抢劫该当何罪吗？

　　王树汶听了，慌忙跪在地上不住地磕头：小人一时糊涂，望大人法外开恩，饶小的一命！小人再也不敢去做强盗了！

　　苏正通哪里会听案犯求饶，笃定了这个案子并不复杂，无非是一名在押的强盗而已，口供与事实相符。苏正通挥手让皂役们把人犯押下去，便在审案记录上签署了自己的名字，捻笔在镇平县呈报的"斩监候"下，署上"苏正通"三字，然后押上钤印，复审即告结束。

　　案子一经发审局复审，便成铁定，因公议时又无异议，更无新口供可资借鉴，案子就维持了镇平县原判，依律定谳。然后呈文专递刑部，等候

122

刑部批复。

公文的承转上达颇费时日，河南臬司二月呈文，刑部三月收讫。案卷送至刑部秋审处，由总办赵舒翘受理各省呈报的案卷。赵大人为人出名的精细，精于刑律，刚正不阿，善于从案卷中找出端倪，曾屡次破解大案疑案，系刑部倚重的干员。赵舒翘于同治十三年中进士，因其年轻气盛，又精于律例，初在刑部行走，逆鳞办出了几个大案，深得众望，不久即授刑部主事，身为刑部"八大总办"之一。刑部主事一职，官微权重，虽说仅有七品品秩，却是掌管全国刑狱复审、纠劾错案的关键机要处所。因为案卷系秋审处集中审理，又值刑部积案太多，审阅河南镇平县盗抢案时，人证、物证齐全，案犯口供属实，并没有发现不当之处。但仅凭案卷拟写的罪名而言，赵舒翘觉得盗抢大案系重罪，理应重判，可镇平县初拟的罪名却是"斩监候"。依据大清的律例，判"斩监候"显系拟罪太轻。赵舒翘认真思索一番，又翻阅大清刑案案例，觉得大清律典对盗窃罪向来以严惩为诫，参照其他省份此类案件的审决案例，思索良久，便抽出毫笔，下笔改判为"斩立决"。罪名改定后，已是六月，后又经转呈多处数次复审，并无参审官员提出异议，案子最终定谳，刑部用信札"钉封文书"，发回河南按察院，待秋后执行处斩。

十七、刑部改判斩立决

刑部的公文发送至河南按察司时，已是中秋节前后。

中秋节期间，大清朝的官场甚是忙碌，各个衙门送礼之人往来穿梭，大小官吏人等均忙于为上司奉送礼仪，鱼贯参谒上司，依次备上见面礼，奉送个人的心意和敬意。大清的官场，凡遇年节，下属必备"节礼"；官长和同僚的生辰喜庆，则必备贺礼；题授保荐，则必备"谢礼"；升转去任，则必备"别礼"。每年的端午节、中秋节、春节及上司的生日，俗称"四节"，对于下属来说，必须了然于胸，届时下属奉送上一份仪礼，以此培养感情，维系情谊。一年之中，"四节"也是官员们最为忙碌的时候，公务事小，私务事大，公务再繁忙，也要忙里偷闲抽出时间应酬礼尚往来。咸丰、同治以后，世风又变，下属官员不但要为上司过生日，而且还要为上司的父母过生日，以示对上司的敬意，称之为"两寿"，故一年之中共有"四节两寿"。

今年中秋，胡体安特别忙碌，他分别给几位曾为他两肋插刀的朋友准备了中秋节礼品，还特意备下礼金一百两银子，由毛一统到省城开封，给张和哲张师爷送上"中秋节"礼金，虽然路程较远，但那也是当学生的一份心意。礼金由胡体安事先备下，人情却是毛一统的。毛师爷心里自然十分清楚，老胡的用意再明白不过，那就是促成案子早早了结，自己也可以早日从中抽身解脱。中秋节前的一段时日，是各级官署吏员心神最为不安的时段：收礼的人盼望有人登门送礼，送礼者则觑个时机将备好的礼品送出去。有人上门送礼那是一种荣耀，无人送礼那是人生的败笔；假如备下仪礼奉送不出，那就是人生的大不幸。对于张和哲来说，毛一统既然投师于门下，中秋节收受他的礼金，那是学生对老师的敬意，受之无愧，却之反倒不恭了。所以，张和哲心安理得地收下礼金，对于毛一统的心机，他自然心领神会。

毛一统赶到开封，见到了张和哲，奉上礼金，仪态甚是殷勤。张和哲也格外亲热，拉着毛一统的手，道不尽的思念之情。凭空里又有一百两银子的进项，他的心情自然十分畅快。闲谈之间，张和哲告知毛一统，那个候补知县司礼让已经委任到山西任职去了。毛一统当即表示祝贺，并对其为人大加赞赏一番。

张和哲把银票揣起来，对毛一统说道：一统啊，你来开封正好，我正要给你捎信哩！镇平县盗抢案一案，刑部的审决批文已经下达，案犯胡体安秋后"斩立决"。

毛一统听了，又惊又喜，错愕半晌，张大的嘴巴合不拢。后来，他忽然意识到自己的失态，连忙堆下笑脸，说道：多谢老师费心！这可是学生承办的一件大案。

张和哲久在刑幕，岂能不知案子中的诸多疑点，如果不是他的回护遮拦，怕是早已被人剔出毛病驳回重审了，哪儿会有呈送刑部的机会。为了在门生面前摆足架势，张和哲淡淡一笑，说道：区区小事，何足挂齿！臬司向刑部呈送公文，不过是例行公事罢了，何言辛苦？以后你那里若是再有案件，宜早早通报于我，我也好心中有数，总不致陷于被动！

毛一统连连称是，表示以后一定要多多与老师沟通。不过他还有一事不解，便问道：镇平县原拟定的"斩监候"，为何到了刑部就改为"斩立决"？不知其中有何曲折？

张和哲笑笑，故作高深状，说道：朝中变故，你我都有所不知。太后近日震怒，要严峻律法！概因倭奴占我琉球，废琉球国王，天高地远，朝廷鞭长莫及，徒奈其何！这是国事，我等不便妄加评说！不过，刑部秋审处向来苛法，盗抢案属严惩重办案件，故原审被批驳，改判为"斩立决"！

毛一统心知肚明，咂咂嘴唇，喃喃说道：按成例，可是秋后的事情？

张和哲觉得毛一统有些幼稚且不通事理：大明以降，都是秋后处决犯人，毛一统做刑名许多年，焉能不懂这个规矩？张和哲并不驳斥他，慢悠悠地说道：老规矩，除"谋反大逆等罪"外，其他死囚一律秋后处决！行刑前须由按察使司审录核对，准确无误，方可执行。

毛一统当然知晓这些成例，但他心里自有算计，人被砍了头，只要无人上控，就会平安无事。他是害怕案子拖得太久，会出现意想不到的变故。毛一统心中有疑惑，就投石问路，顺势问道：老师，这成例我是熟悉的！只是我有一个提议，案犯在邓州作案，由镇平县承办缉拿、审决，能否将案犯在案发地枭首正法，以儆效尤，可以借此震骇镇平县的刁民，维持地方秩序。

张和哲知道他这是非分要求，案犯在臬司衙门关押，岂能再将犯人押解至镇平县执行秋决！张和哲手捻胡须，断然说道：不可！不可！此案是抚台大人督办，臬司有决狱、处分的职责，案犯只能在省城处决！

既然是定例，那就再无更改的可能，何况又有抚台大人的牵扯，要将案犯押回镇平县断无可能。细细思忖一番，毛一统觉得在开封砍了王树汶头，也是一了百了，省城的人绝没有人认识这小子。似乎比在镇平县杀人更隐秘，更少一些闲言碎语，因为毕竟胡体安在镇平县是人人皆知的角色。王树汶在开封被砍了头，无非是胡体安出面赔王家一些银子，人死不能复生。王家是山沟沟里的老实人，即便他们上控，那也是小河沟里的泥鳅——终究翻不出大浪。毛一统思量半日，觉得此事还须张师爷从中襄助，没有他的周旋、运作，恐怕还有许多的周折。

毛一统看看张师爷，态度极为诚恳地说道：老师，学生还有一事告知与您！学生甚为忧虑，切莫小瞧了这个案犯，他年纪轻轻却是甚为冥顽不化，能否在临刑前，不告知案犯具体处决时间，一则防备走漏消息，不给同党施以援手的机会；二则怕案犯临刑前胡咬乱啃，牵扯无辜，陡生变故，不知老师以为如何？

张和哲听罢，心知肚明，不觉仰面哈哈大笑，摆摆手，说道：一个山旮旯里的穷小子，审案时没有多费周折，斩首时更是眨眼之间的事儿！这算啥大事儿！杀个把人犯，小事儿一桩。此事你也不必费心，我自有决断！

溽热的暑气渐渐消散，天气一天天有了凉意，王树汶躺在囚室内，依然很寂寞。多亏老娘让捎来的一件衬衫，炎热的夏季自己才有衣服穿，胡大叔曾托人捎来了几件夏衣，但都不合体，不是太大就是太小，不是胖就是瘦，穿起来也不舒服。那件棉袄眼下还穿不上，只有等待冬天时再用。王树汶的脚脖处原来缠的粗布已经磨损，铁镣的圆环把布条磨得脱落了，他打算明天给狱卒大叔说一下，让他找一些布条来再缠一缠，他怕天气一凉，冰冷的铁镣套在脚上不舒服。好在狱卒并不为难他，饭菜说不上可口，但可以填饱肚子，比起大牢里其他那些吃牢饭的囚犯，他的生活明显要好出许多。王树汶终日里想得最多的是回家，他只想早日结束坐牢的日子，早早地回到家中。自从来到省城开封，一切确如毛师爷所言，臬司审案时并没有人为难他，谁也不曾动他一根手指头。屈指算来，他在大牢里已经近一年了，整天蹲在囚室内光吃饭不做事情，人也发胖了。自己摸摸脸颊，明显地有了肌肉；因为长期见不到阳光，他的脸色也有些发白。脑袋后的发辫王树汶也懒得打理，任由一根根头发飘散在脸上；他洗头的机会也不多，只有大牢放风时才用清水冲一冲，头皮发痒时，自己就用右手长长的小拇指甲在发际间挠刮，挠出头皮屑就顺手弹掉。

气温一下降，王树汶就感觉到头皮不再发痒了，头皮不发痒他就开始摆弄自己的头发，一根根地捋着，把散乱的头发分成三绺，然后编辫子，编成乡间那些大闺女一样的发辫，甩在两爿屁股上，一蹦一跳甚是好看。只可惜手下没有红头绳，不然的话，挽一个结再系上红绳子，就是一个大闺女的大辫子，回到家逗妹妹玩，她一准开心。前年春节他回家过年，闲下来没事儿的时候，就把妹妹揽在怀里给她梳小辫，系上红蓝两色的花布条，她人就漂亮许多。妹妹是女孩子，给她梳成两根羊角辫，梳成后她一蹦一跳，两条辫子一起一伏，逗得爹娘哈哈大笑。

王树汶正在梳理自己的发辫入神时，牢房的铁窗有了响动，窗口贴着一张肥脸，两只眼睛滴溜溜地往里瞅了一眼后，转身离去了。王树汶无意间看了一眼，他看到了一张长满络腮胡子的大胖脸，脸上布满了横肉，鼻孔上翘，嘴唇又厚又大。那人的面相十分地凶横，望上一眼，就让人生出莫名的恐怖。

那人随狱卒而去，隐约听到那人的胸腔中发出一阵轰鸣：就这活儿，好做得很！一阵脚步的踢踏声远去了，四周又归于沉寂。

十八、死囚犯临刑呼冤

开封是省城，也是古城。城很大，人也很多。

开封小南门内东侧有一个车马店，临近城隍庙，人可以住宿，骡马也可以歇脚吃草料。院子很大很开阔，大门朝西，东屋是敞篷，院子正中竖立着几十根木桩，木桩之间用木棍相连，立起的木桩之上拴着骡马牲口；北屋是一溜儿的低矮住房，供住店的客人住宿。赶车的把式都是乡下人，出门在外不讲究，住店都是打通铺，地上铺着麦秸，拉一个杆草个儿当枕头，俗称"麦秸打铺，杆草镶边"。院子里弥漫着浓浓的尿骚味儿，馊馊的，酸酸的，那是骡马的尿骚和住宿人夜间撒下的尿液散发出来的。骡马们不嫌尿骚的气味，驻宿人也习以为常，骡马们咀嚼草梗儿津津有味，人啃馒头喝稀饭时也是香甜无比。东头第二间里住着一个五十多岁的乡下车把式，姓刘，头顶一个瓜皮儿帽，一脸的憨厚。他是杞县人，每年的秋季，他就到开封为东家拉谷杆儿做骡马的草料。他头天下午从杞县赶到开封，住进车马店，晚上装好草料车，第二天起早赶车回程。每次来开封，老刘头都住宿在这个崔记车马店里，时间长了，就与崔老板很熟络，两个人常在一起喝酒聊天相互取笑。一来二去，老刘头成了车马店的常客，崔老板也成了他的朋友。

老崔这人爱开玩笑，常常拿老刘取笑开心，二人无话不谈，都是壮年人，经常谈一些裤裆里的话题，一张嘴便是围着裤裆转。老刘把一匹跑梢儿的枣红色马卸下套来，牵着在地上打滚儿。崔老板老远就打招呼：老刘！家里又断顿儿啦？

老刘的东家是杞县有名的财主，家里喂养了几十匹骡马，骡马们吃谷杆儿，俗称"杆草"。饲养室的牲口没了杆草吃，老刘就驾车到开封买，老崔说断顿儿的话，是骂人话，隐含老刘是骡子是马没杆草吃的意思。老刘也不示弱，回说道：老崔呀，今儿个大爷我的拐棍搠到你门前啦，就看你咋孝顺哩！

老崔并不动怒，笑着说：店里有涮锅水，你自己车上有草料儿，吃饱喝足再饮饮你！

老刘不慌不忙，从容应对说：老崔，我给你准备了一筐的马粪蛋儿，又光又圆，足够你吃两天哩！

二人正打聊俏谈兴正浓间，大门口走进来两个人，穿衣打扮像似衙门里的公差，见到正在卸车的老刘，上前打招呼：师傅是哪里人？

老刘正牵着驾辕的骡子在地上打滚，见是官府的人，不知他有什么事，不敢得罪，心里满是狐疑，手里牵着骡子，拿眼看着公差，问道：官爷，有啥事儿？

骡子打滚腾起了尘土，公差就有些不耐烦，用手捂住鼻子，侧过脸，盯着老刘：问你是哪里人？来开封干啥哩？

老刘不知他有啥事儿，如实回答：俺是杞县人。来开封给牲口买杆草！

那人从兜里掏出一张信票，抖擞开递给老刘：你的马车被祥符县衙征用，明日寅时，须准时备好车马到县衙门口候用！

官府到民间催稽公务，多为无偿征用，官府从来不付分文报酬。若是哪个出门在外的人撞上了公差，那就是摊上了倒霉事儿，耽误时日不说，还会凭空惹上一些不必要的麻烦。老刘知道自己遇上了麻烦事儿，可他不知道究竟是啥事儿，心里就犯疑惑，不解地问：军爷，干啥哩？

那公差在公门待久了，说话就有些横，瞪着眼睛反问道：干啥？这是你问的吗？派你的公差，你就得老老实实到县衙里听差，打听那么多事儿干啥！

老刘并不识字，他把信票叠巴叠巴装进衣兜，嘴里嘟囔了一句：牲口还没卸，就摊上官差啦！

公差知道他心里有怨气，有些不放心，瞪着眼说：我可再给你说一遍，明日寅时，准时在祥符县衙门口等候，你要是明天误了时辰，可不是闹着玩的！说不定要挨板子、蹲号子！那人说完，扭头就走，想想还有未尽事宜，转过身，扭头对车马店老板老崔说道：老板，这人在你的店里住，他人走了，我拿你是问！

老崔连忙点头答应，他知道自己也摊上了麻烦事，只有哄着老刘头，嘱咐他明天准时到祥符县县衙门前应差，人若走了或是误了事，衙门的官爷还会找他的麻烦。老崔见公差已经走远，扭头对老刘头一边打哈哈，一边说：老刘啊，这回你可捞着马粪蛋儿吃啦！要吃就可着肚子装，可别客气啊！

老刘心中郁闷，也不回答他的取笑，自顾自地说：啥球事儿呢，咋就叫俺摊上这些衙门里的倒霉事儿哩！

老崔说：你老小子走了鸿运，说不定是县太爷明儿个婆媳妇哩，他一高兴，兴许还会赏你个红包哩！

老刘掐指算了算时间，明天上午应官差，下午就可以赶回杞县。他只好自认晦气，嘴里骂骂咧咧，拴好骡子，自顾进了屋。

凌晨时分，王树汶正在酣睡，猛听牢房门哗啦一声响，他揉着惺忪的睡眼，还没有坐起身，就有两个大汉一拥而上按住了他。王树汶急忙睁开眼，看到有人提着一个红灯笼站在了跟前。他疑疑惑惑问了一声，还没有弄清是咋回事儿，一眨眼工夫，他就被人卸了木枷、脚镣，双手被捆了个结结实实。王树汶十分吃惊，挣扎着喊了一句：你们干啥哩？

干啥？有人嘿嘿一笑，声音很阴冷。送你回老家哩！

王树汶没听懂回老家是啥意思，踢蹬着两条腿，拼命地挣脱：俺回老家还捆俺干啥！

掌灯笼的狱卒走过来，笑笑说道：你小子还犯啥糊涂！这是你的断头饭。说话间，有人端过来一个盘子，上面有一碗烩菜，一双筷子，还有两个白面馒头。

王树汶这一惊，非同小可，他吃惊地看看周围站立的几个人，只见他们个个脸上布满狰狞，觉得气氛有些异样，警觉地问：俺大叔说不打人哩！咋会还捆俺？

几个人也不言语，猛地将王树汶的头死死地卡住，一个人用手使劲卡他的两腮。王树汶还没有反应过来，嘴里就被塞进了一个物件儿。王树汶以为是灌他毒药，狠命咬了一口。那人被咬住了手，甩着手站在一边骂娘。那个硬硬的物件塞进到嘴里后，王树汶就再也说不出一句话，这个东西卡在嘴里，撑起上下颚发声不得，喊也喊不出，叫也叫不出，只能发出呜呜地喊叫。

这一刻，王树汶方才真正地感到了恐惧，死亡的阴影大山一般压来。他要挣扎，要反抗，要说明事实真相，求生的欲望让他拼尽全力挣扎。他使出浑身的力气跳着脚又喊又叫，可两个彪形大汉反剪着他的双手，狠命摁住他的两臂，让他动弹不得。

人丛里闪出一张似曾相识的圆脸，络腮胡子，一脸的横肉，他的手里捧着一个红布包，里边包裹着宽刃厚背大刀，他正凶巴巴地看着王树汶。王树汶十分骇然，觉得眼下的情景森然可怖，浑身不自主地猛然地战栗了一下。

这时，一群人簇拥着一个人走来，为首之人一身官服，模样像个官老爷。那人走到王树汶跟前，手里拿着一张纸，用眼看着王树汶，说道：罪犯的姓名！

王树汶嘴里说不出，就拼出命地喊，他要喊出自己的真实名姓，喊出自己的冤枉，喊出自己被人哄骗的因由。王树汶真切地感受到死亡的迫近，他要挣扎，他要呐喊，他要控诉！

斩决犯人要验明正身，这是监斩官必走的程序。亡命牌插在反剪的双手之间的那一刻，王树汶明白了一切，他跳起脚，拼命地喊叫。那官老爷知道死囚犯嘴里塞了麻核桃，不能开口说话，看了一眼，厉声喝道：罪犯可是胡体安？

王树汶此刻浑身颤抖，双腿发软，死亡的恐惧使他呼吸急促，可他依旧拼命地挣扎、喊叫！

监斩官看一眼被捆得结结实实的犯人，知道死囚已被麻核桃钳住了口，根本无法回答，便手持公函兀自念道：嗯，罪犯胡体安，犯盗抢罪，经刑部核准，今日绑赴市曹，枭首示众！押上车！

几个人不由分说，架起王树汶拖拉着往外走。大门口停放着一辆一骡驾辕二马跑梢的车辆，赶车把式正是老刘。他驾车先到祥符县衙，然后来到枭司牢房，一见从里边提出来一个犯人，他知道自己摊上了衙门里的红差，撞上了押运砍头犯人的差事儿，顿时吓得脸色煞白，拿鞭杆儿的手在颤抖，膝盖发软，两条腿不住地抖索。常年出外的人最怕被抓"红差"，耽误时日不说，还要看一个大活人被一刀砍下脑袋，脖腔处的鲜血一喷老高，那是一辈子也洗脱不完的晦气。

死囚王树汶不想死，他的手被绑着，挣扎不得，他就用两只脚踢蹬。他不想上车，上了车就会把他拉到刑场，大刀一挥，他的人头就要落地了。他拼命地挣扎，无奈双手被绑，他只能晃动肩膀，企图挣脱绳索的束缚。可是，他哪儿会挣脱得了捆绑结结实实的绳索？那几个彪形大汉发一声喊，将王树汶结结实实地扔到了马车上。车把式老刘借着晨曦的微光，看了一眼将要被砍头的犯人，这一看让他着实吃惊不小，他看到犯人年纪不到二十岁，人也白白净净，面相也还良善。他的脑子里突兀地闪现一个疑惑：这人究竟犯下了啥罪，咋会被砍头呢？

老刘正在疑惑间，只见一个人拿着一个木牌，上面写着犯人的名字，名字用红笔划着一个大大的"×"，牢牢地固定在死囚的后背上。

王树汶被人架着两只胳膊根儿，不能蹲下也跳不起来，他的身后，站着那个一脸横肉的大汉，怀里揣着一把大刀，他就是今日的刽子手。王树汶用眼角的余光只看了一眼，就吓得魂魄走散了：这把明晃晃的大刀，就要砍下他的颈上人头！

这位执刀的大汉，是祥符县有名的快刀手，祖传四代在衙门里做杀人的行当，每至秋决时就是他发财的机会。他祖传有一个绝活，刑场斩杀死囚时，被砍头的犯人家属若有钱打点，他就在砍杀犯人的脑袋时手下留情，让犯人的脖颈处留下一丝儿皮肉相连，家属将血糊淋啦的断头人拉回家中，用针线连缀被砍断的脖颈处的皮肉，便是一具完整的尸首，就可以装殓下葬；若是犯人家属无钱打点，刽子手也就没了银两的进项，砍人时他就不再手下留情，狠下心，手起刀落，瞬间就斩断了犯人的脖颈，让其家属收到一个身首异处的尸身。今天行刑，因这刽子手没有得到囚犯的分文好处，他便打定主意，要干净利落地斩掉犯人的头颅，让他成为一个无头之鬼。所以，这名刽子手心里早就憋有一肚子的怨气，在行进刑场的途中，他细细地瞅王树汶脖颈的下刀处，他要做一件利索活儿，一刀砍下犯人的脑壳，让开封城里看热闹的百姓也见识一下他的杀人手段。

诸事齐备，监斩官一声令下，先自坐在便轿里，跟在马车后，浩浩荡荡向开封小南门的刑场开进。

监斩官姓陆名惺，系大挑知县，刚刚到布政司签到不久，就被任命为祥符县知县。大清乾隆年间，参加会试三次不中的举人，礼部就挑选其中的一等举人委以知县任用，二等的以教职用，此称"大挑"，沿袭成例。大挑六年举行一次，系朝廷拔擢举人的办法，使那些三次科考均落第的举人有较为宽广的仕途。这陆惺即是大挑一等，知县试用。寒窗苦读数年，朝廷授以县职，陆惺总算有了一个出身。祥符县是河南首县，但首县的官员却不好做，因其属地衙门众多，属下的子民喜欢越衙告状；督抚、府衙的属员人脉勾连，关系盘根错节，处置起来就有些棘手。办理上司批复的公文关节甚多，关碍重重，何况每天在开封府衙的眼皮底下牧民理事，在抚署、布政、臬司衙门前讨生活，那是要时时刻刻捏着一片小心的。上任之初，陆惺就打定主意，一定要勤勤恳恳为朝廷做事，决不能辜负朝廷的浩荡皇恩。毕竟岁月无情，转眼之间陆惺已是中年。陆惺尽管知道自己不再年少，但只要恪尽职守，不做贪贿枉法之事，仕途还是一片灿烂。昨日，陆惺接到监斩犯人的委任后，心情颇为激动，自己初接政务便是监斩犯人，无论如何也是一种历练。

刑车行走在大街上，天上还有星星在闪烁，一弯月亮挂在西天，洒下的月光印在街道上影影绰绰。陆惺坐在便轿内，透过轿帘往外瞧，只见大街两边已经站立了一些看客，他们大多是刚刚开张的店铺里的伙计。街边的人指指点点，不知是指点监斩官，还是议论被杀头的犯人。陆惺坐在轿子里，前有兵卒开道，后有车马相随，浩浩荡荡。此刻，他真正体味到做官的威风：公案前朱笔一点，一颗人头就落地了。可他心里又有些不痛快，自己一到衙署任职，体面的差事儿没捞着，却先奉委监斩，着实让人心里既憋屈又忐忑不安。

行刑队伍出了臬司大牢，沿八府仓南行，后拐入西大街。此时，一街两厢多是粮食门市、买卖铺席，那些贩夫走卒、引车卖浆者一见从大牢里走出杀人的队伍，顿时来了兴趣，一个个伸长了脖子看热闹。平日里大家无聊扯闲篇，难得见到杀人场景，今日逮着一个刑场砍犯人脑袋的机会，大家还不挤扁头往前窜，生怕瞧不到生动鲜活的场面，自己也就少了见识，少了谈资。行刑队伍前有持刀械开道的士卒，负责把一街两厢的人往街边靠拢，以免冲撞了监斩官。可仍有大胆的后生要瞧瞧被砍头的犯人长得啥模样，觑个空隙就往前挤。突然，街边的粮食铺面内冲出一个后生，拿起一个砖块朝刑车上的犯人掷去。砖块没有砸着犯人，却砸在了驾辕骡子的后臀上，那骡子猛然受惊，蹦跳了一下，猛地向前一窜，刑车也随着剧烈地跳动颠簸。

车子跳动一下，囚犯王树汶的身体也颠簸了一下，整个人一下子向一侧倾斜了。就是这一剧烈的颠簸，王树汶张嘴喊叫了一声，恰在此时，他嘴里的麻核桃竟然一下子掉了出来！

这颗钳制犯人喊叫的麻核桃滚落后，顺着车厢掉在了大街上。天色尚早，视线模糊，没有人注意这个小小的物件！

嘴里没了麻核桃的王树汶，顿感口腔宽松了许多，他终于可以开口说话了！稍稍停顿了片刻，刹那间，他拼尽力气，挺直脖子，大声喊道：我冤枉！我冤枉！他刚喊了两声，两边看热闹的人听得十分清亮。起初是短暂的吃惊，瞬间后就有人开始起哄，嗷嗷的叫喊着，尾随在囚车后瞧热闹。拉车的骡马受到了惊吓，又受到喊叫声的刺激，便蹽开了四蹄，尥蹶子快速地奔跑起来，一眨眼工夫，马车一拐弯就进入南大街。

陆惺听到了犯人的叫喊声，又见大街两边人群开始骚动，他并没有在意。随着囚车的急速颠簸，他撩起轿帘，瞧见了刑车上的犯人，隐约看到犯人蹦着脚在喊叫，知道出现了异样，低声吩咐轿夫们加快赶路。

受惊的骡马一路狂奔，车把式老刘根本无法控制发疯似狂奔的牲口。死囚王树汶依旧在高喊冤枉，跟在刑车后瞧热闹的人越发紧追在囚车后，呐喊起哄，人声嘈杂，车轮滚滚，弄出了满街的喧嚣声。当刑车走过城隍庙时，两边看热闹的人越聚越多。

"我冤枉！我冤枉！"王树汶的喊叫声也越来越凄厉森人，那一声声歇斯底里的叫声，令人毛骨悚然，使人不寒而栗：我冤枉！我不是胡体安！我叫王树汶！

人将要被拉到刑场砍头了，犯人却临刑喊冤，开封城的百姓们闻所未闻，这也是天大的一件奇闻。一街两厢尾随的观众先是吃惊，继而紧跟着刑车起哄，一声声的尖叫声、呼喊声，越发刺激着三匹骡马奋蹄飞奔。临街的牌楼上有人扔下了一串鞭炮，噼噼啪啪地炸响，拉车的骡马受到骤然的爆炸声惊吓，更是四蹄翻飞，一路狂奔，拧着尾巴往前冲。

赶车的老刘头死命拽紧驾辕骡子的缰绳，可骡马还是昂起头狂奔不止。此刻，老刘用一只手拉紧驾辕骡子的缰绳往后拽，一只手去拉马车辕杆下的手闸，只听"咔嚓"一声，手闸的拉绳因用力过猛，一下子断了……没了手闸的约束，三匹骡马跳跃着一起往前冲，老刘再也驾驭不住了。受惊的骡马车一路狂奔，哪个也禁止不得。

跟随的吏皂们紧追在车后，喊叫着，一个个惊慌失措，却毫无办法，只好随着狂奔的人流裹挟着骡马车向前滚动。

人群中有人喊了一声：小小年纪，咋看也不像个强盗啊！城隍爷显灵啦！城隍爷显灵啦！尾随瞧热闹的人跟着起哄叫喊，一街两巷越发喧闹。

这三匹受惊的骡马识得路途，它们常年来开封拉杆草，就歇驻在开封小南门城隍庙一旁的崔记车马店。骡马们远远地见了熟悉的经常歇脚打尖的车马店，就尥蹶子往车马店里冲去，任谁也禁止不住。坐在小轿里的陆大人也被眼下的情景惊呆了，他掀开轿帘，嘴里喊着：快截住它！快截住它！

可是，哪个兵丁、皂隶也不肯冲上前，舍身阻拦受惊的骡马那是玩命的！

囚车载着犯人一拐弯儿就进了小南门的崔记车马店，停在了院子正中。马车停下后，三匹骡马的鼻孔里喘着粗气，打着响鼻，还用蹄子踢蹬着地面，腾起了地上的尘土。不大工夫，陆惺的轿子也相继跟进。轿子还未停稳，陆惺就掀起轿帘，疾步下了轿子，挥手大声呼叫着：快快警戒，不许闲杂人等进院子一步！

负责行刑警戒的兵卒们立刻封闭了崔记车马店的大门，禁止尾随瞧热闹的百姓进入院内，更不许有人翻越院墙进入大院。车把式老刘勒住了骡马，惊恐地看一眼背上插着亡命牌的犯人，又拿眼瞧随后跟进的监斩官陆大人。

134

他不知道自己没有驾驭住牲口会得到什么惩罚，会有什么结果，便惊怵地勒住了驾辕的那匹骡子，恨不得抽出鞭子猛揍它一顿，方解心头之恨。可他又不敢，他怕骡子一旦受了惊吓，就会更加狂躁，说不定还会惹出什么事端。车把式管束不住自己的骡马，这是始料不及的事情。

囚车停下来后，王树汶仍在拼着命地蹦着脚喊冤枉：我叫王树汶！我不是胡体安！一声比一声尖厉，一声比一声高亢。一干人等簇拥着陆惺，就看监斩老爷如何处置眼前的局面。

只见手持鬼头大刀的刽子手拧着眉头，用大刀刀背磕王树汶的脊背，大声吼道：该死的囚犯，吆喝啥球哩！

陆惺从乘坐的轿子里走下来，大声吩咐吏皂们将跟进来的闲杂人等驱逐出大门之外。面对突如其来的变故，陆惺有些束手无策，此刻，他的心里犯了嘀咕：死囚犯明明是胡体安，可他咋说自己姓王！真是奇了怪了！俺初次奉委监斩犯人，就遇到这种事体，是上天的暗示？还是命中注定？他说他不是胡体安，那谁是胡体安。假如杀胡体安杀了一个不相干的姓王的人，那岂不是天大的错！既然他姓王，咋会成了胡体安呢？既然如此，那就不妨听听犯人陈述一番，待摸清底细后再做论处！陆惺心里清楚，按大清律典，监斩官遇到死囚临刑呼冤之事，须及时禀报上司，不报即属违例。

想到此处，陆惺的心里掠过一丝欣慰：初任知县，任期考成是一大关口，尚使我初任知县就理出一桩冤案，那就事关政声口碑，也会让上司对俺刮目相看。犯人临刑喊冤，多半是有冤情，为何不听他陈诉一番？想到此，陆惺就在吏皂搬来的椅子上坐定，吩咐道：把犯人押来！

囚犯王树汶被押到陆大人面前，他一见监斩的官老爷，便更加高声地喊叫冤枉。陆惺待死囚犯喊过一阵后，看了看拼命挣扎的犯人，冷着脸说：该杀你的头了，你还有什么冤枉？

王树汶呼吸紧张，脖子青筋暴突，抖动肩膀挣扎，可着嗓子大声喊叫：我冤枉！大老爷救命！我不叫胡体安！我叫王树汶！

此刻，陆惺倒是十分地镇定，他以为自己听错了，眉头凝成一个疙瘩，斩决的犯人明明是胡体安！为何变成了王树汶？他便冷下脸，厉声吼道：你且不要喊叫！你说你叫王树汶？不是犯人胡体安？

王树汶停止喊叫，高声道：胡体安是俺的东家，他让我顶替他的名字坐牢。胡体安才是真强盗，我是他家的学徒啊！

陆惺一听，惊骇得张大嘴巴，急切问道：你真叫王树汶？

王树汶跺着脚喊道：我叫王树汶，请大老爷明断啊！

门口围观的百姓人山人海，一个个伸长脖子往院子里瞧，把大门围得严严实实，密不透风。待斩犯人胡体安，眨眼之间却变成了王树汶，这让陆惺十分困惑！毕竟人命关天，非同小可，他摆摆手，大声说道：不到刑场了！回衙！

跟班承办差事的差人以为自己听错了，特意问了一句：请大老爷明示！

陆惺转过身，抬腿上了轿，高声说了一句：不去刑场了，返回臬司衙门！说着上轿走人。

这时，车马店大门口人头汹涌，小小车马店被看热闹的人围得水泄不通，个个都是瞧稀罕事儿的闲人。犯人临刑喊冤，本就是开封百姓百年难遇的奇事一桩，何况犯人又被拉进车马店？瞧热闹的老百姓都要看看此事到底会有什么样的结局。

监斩官陆惺的轿子从人隙间穿过，囚车又从车马店里被拉出来往回走。看热闹的观众更加兴趣盎然，一个个紧跟在刑车后往回走，兴奋、猎奇的人流跟随着囚车一起涌向了臬司衙门。

十九、监斩官刀下留人

臬司麟椿大人正在衙署与人洽谈公务，值守的皂隶进来禀报称，祥符县知县陆惺奉命监斩，死囚犯人临刑呼冤，被当场止刑，现已将人犯押解到臬司署衙。麟椿一听，大为震惊，皱着眉头拍案而起：胡闹！简直是胡闹！他一边中止公务，一边吩咐人急唤首席刑幕张和哲到公议房，询问此案究竟有何曲折。

张和哲快步来见麟大人，一听到监斩官临时止刑，不觉惊出了一身冷汗，说起话来就有些结巴：回……大人，死囚临刑喊冤，是垂死犯人惯用的伎俩，怎能听得犯人喊了两声冤枉，就可以止刑呢？

麟大人脸色阴沉，冷着脸说：狗屁不通！简直是白痴！岂能把国家法度当做儿戏！

张和哲脑子转了几转，终于回过神来，冷着脸子说：这个陆惺，初任知县，不懂法度。臬司裁定的案子岂可轻易翻案，有损大人的面子不说，还会被人耻笑臬司承办的案子过于草率⋯⋯

一句话，说到了麟大人的疼处，案子出现反复就是臬司衙门的无能，麟椿久在宦海，深知其中的玄妙，如果臬司衙门审定的案子被翻了案，那就是渎职。巡抚大人督办的案子，一旦出现了翻覆，那就有损臬司衙门的脸面！

监斩官陆惺的轿子急匆匆来到臬署衙门前，他撩起轿帘下了轿，示意众人稍安勿躁，自己进衙禀报臬司大人后再做议处。执刑的一干人等在大门前驻足等待，兵丁们立刻将一街两巷戒严，一个个刀出鞘、箭上弦，如临大敌，借此弹压那些瞎起哄、瞧热闹的百姓们。紧跟在囚车后手执鬼头大刀的刽子手虽然未曾经见过这样的场面，但毕竟见多识广，他上前勒住骡马，吩咐老刘在原地候命。

只有王树汶一个人仍在高声叫喊着冤枉，他越喊，尾随的百姓越发好奇，一个个伸长了脖子瞧新鲜，还有人把手伸进嘴里打呼哨，大街上喧嚣声一浪高过一浪，整条大街人山人海，万人塞巷，一派嘈杂骚乱。车把式老刘在车马店时就把拉断的刹车绳修理结实，他勒住辕骡的缰绳，用鞭杆戳戳车辕，看了一眼犯人，低声说了一句：老子还冤枉呢！按照通常惯例，被拉红差的车辆，死囚犯一到刑场便是交割了红差可以空车而回，谁会料到还会将死囚拉到臬司衙门候审呢？

就在麟大人铁青着脸，严厉斥责张和哲师爷之际，监斩官陆惺走进来复命。他顾不上看麟大人的脸色，趋前一步，施礼道：回大人！犯人临刑喊冤，已将其押回，特请麟大人审讯后再做论处。

麟椿麟大人不拿正眼瞧陆惺，怒目而坐，脸色铁青，一言不发地瞧着厅堂的地面，对躬身禀见的陆惺视而不见，见而不语。大厅内异常凝重，气氛压抑，场面就有几分尴尬。陆惺很拘谨地站在一边，两眼直勾勾地盯着麟大人，希企他开口说一句话，哪怕是骂一顿，斥责一通，他的心里或许会舒服一些。

麟大人不说话，陆惺不能不说话，他再不说话就是轻蔑上司，就是对上司不恭。陆惺趋前一步，再次施礼说道：回大人话！犯人临刑喊冤，且年纪太轻，姓名又对不上号！下官以为……此案必有冤情，故而向臬司大人复命！

胡说八道！麟大人怒不可遏，突然拉长了脸申斥一句。你看看你干的好事，简直荒唐至极！

陆惺说：大人息怒！下官觉得……

你的职责是奉命行刑，监斩犯人，你却无故拖延，借故生事，以纠核冤情为名，实属擅权弄法！你还有胆子在本司面前强词夺理！

陆惺官微言轻，受到麟大人当面申斥，也觉得自己满腹的委屈如哽在喉，待麟大人话音刚落，他应声说道：回大人的话！下官也有隐情上禀。自古人命大如天，人头落地，不可复生。犯人姓王不姓胡，名姓都不对！下官看这盗抢罪犯，实在是一个小孩子，如何能做出杀人越货的强盗行径？故而以为此案必有冤情，还望大人重新审讯。

麟椿斜眼瞅着这张欠抽的嘴巴和干瘪瘦脸，强忍心头怒火，发白的脸色上泛着一层青绿。可他毕竟久经官场，练就了一副多变的面孔。他清楚，自己必须有"泰山崩于前而色不变，麋鹿兴于左而目不瞬"的凛然之气，否则，自己盛怒之下必失官体，失官体必失官威。以臬台大人的身份，他也不宜怒形于色。他强压怒火，努力使自己平静下来，冷冷地说道：陆大人，我倒要请教你，此案该如何审呢？

这话明显带有讥刺的味道，陆惺不是不懂，上司的讥讽，是对他最大的责怪。可事到如今，已是无法收场，陆惺的心里暗暗有些后悔。但是，事情到了这一步，也就覆水难收，只有再做一次抗争。陆惺咬咬牙，索性扯下面皮，争辩道：回大人话！此案确实疑处甚多，今日斩杀的死囚是胡体安，刑场因犯却声称自己叫什么王树汶，岂非张冠李戴，谬之千里？本官觉得死囚身份不符，且临刑喊冤，故而不敢贸然杀人。还望大人明察明断。

麟椿对陆惺的身世还是略有了解的，他是一个三次落第的举子，靠皇上大挑委任为试用知县。他初任县牧，居然斗胆刑场止刑，难道是为捞取声名，还是贪贿枉法替人周旋？麟椿作为上司，不能不拿出按察使的威严，便厉声说道：陆知县，莫非你受了犯人家属的贿托，有意为其翻案不成！

陆惺闻听此言，十分骇然，刹那间惊出了一身的冷汗，两腿不由自主

月夜
无声

地颤抖不已。可他生就读书人的偏脾气，逢事儿认死理，一旦自己认定的事情就一根筋走到底。听了麟大人斥责的话，他冷静地想一想，似觉死囚犯谬误多多，不能不让人心生疑窦。回过头再想一想，自己身为一县父母官，岂能在周围百姓的嘈杂喧闹声里，断然下令将犯人斩杀了事！那样的话，自己就会在百姓面前留下恶劣的印象，以后自己还如何在祥符县百姓面前做父母官！如今，犯人已经被押解到臬司衙门，反正事情已经到了如此境地，再回转刑场已不可能。再说，自己初任县官不久，又无贪贿在身，被臬司大人怀疑到贪贿这一层，他反倒心中坦然了。换了别人，一定会跪地谢罪，请求宽恕。可陆惺却一身胆气，又犯上了读书人的偏脾气，挺挺脖子，抗声说道：大人的话让下官承受不起！下官刚刚到任不久，从未听说过胡体安盗抢一案，直到奉委监斩，尚不知此案的来由曲折，何来受贿一说？

张师爷在一旁忍耐不住，插言道：受人请托，多在暗中勾连。你奉委监斩，职责所在，岂能因罪犯临刑喊冤而停刑！如若一遇喊冤就停刑，那些该杀头的死囚岂不个个临刑喊冤叫屈！

话说得振聋发聩，令人惊怵，陆惺却不为所动，随口接过话说：昨天下官接上司委任，今天就到牢房将罪犯验明正身，监押到刑场。一大早是下官初次见到犯人，此前断无暗地交接勾连之事，哪儿会有徇私情的机会？不知大人为何有此猜测！

麟椿见陆惺并无惧意，全然一副凛然之态，心中陡升一股怨愤，冷笑说道：陆知县，你做的未免太离谱了，你救人心切，不能不让人心疑。可你是朝廷命官，功名在身，想来笔下也有自知之明，当初春闱无望，才就了大挑一途。科场之上，你的相貌、言语能够让诸位王公大臣上眼，自然是你的福分，殊为不易！你初涉仕途，就该循规蹈矩，谨慎奉公，好好当差。像今天这样任由性子胡来，岂不是自毁前程啊！

一席话，说得陆惺脊背一阵阵发凉，冷汗直淌。他深知自己非科考正途出身，在官场就是一个矮子，毕生须处处小心，言行谨慎。今日被长官奚落了一番，着实让人羞惭不已。陆惺慌忙施礼谢罪，躬身说道：请大人……

麟大人鼻子里哼了一声，并拿不正眼瞧陆惺，只见他右手端起茶盅，重重地放在桌子上。廊下听差的人见了，随即高声喊道：送客！麟大人气愤填膺，双手不住地抖动，他连送客的姿势也懒得做，兀自站起身，转身退到屏风后边去了。

陆惺被晾在大厅里，走也不是，留也不是，兀自站在那儿无所适从。一个小小的知县，在臬司大人面前，哪儿敢有争辩的胆气！但作为一个堂堂知县被晾在臬司的大厅里无人理睬，实在有辱斯文！他索性斗胆犯颜，做一次强项的县令，也就罔顾忌惮和身份，斗胆高喊了一声：大人且住！大人且住！

张和哲见麟大人已经退场，也便随行于后，对晾在大厅内高声喊叫的陆惺不管不问。

堂下听差的跨前一步阻拦，横着膀臂，拦住陆惺的脚步：陆大老爷，请止步！还是官场的规矩要紧。请回吧！

陆惺无奈，只身来到臬司衙门门外，只见大门外人头汹汹，围观的百姓一个个兴趣盎然，喊声、叫声、骂声不绝于耳，全都在伸长了脖子看热闹。陆惺抬起头，见到"出红差"的一干人等都在候着，骡马车上也无有了声息，便问：犯人怎么样呢？

当差的吏皂见陆惺一个人走了出来，忙迎上去问道：老爷，咱们怎么办呢？

陆惺咬着牙，狠狠说道：再上刑场！

此刻已是巳时，大街上的人越聚越多。行刑的队伍再次返回，瞧热闹的百姓更是人山人海，塞满了街巷。多亏兵丁们拼死弹压，才没有闹出乱子。

刑车折回头，到了南门外的一片荒凉地，这里就是刑场，绝望中的王树汶一路之上拼命喊叫。到了刑场，皂隶早已设下公案，陆惺下轿升座，严令百姓一律不准靠前，吩咐再将犯人从骡马车上提过来。吏皂们七手八脚把四肢瘫软的死囚犯提到面前，犯人早已精疲力尽，有人狠命用脚踢他肋部，谁知他一转身，猛地喊出一声：我冤枉！震得周围的人吃了一惊，几个皂隶上前去，也不论是头是腹，只管一顿乱踢。疼得王树汶在地上打滚，哭着叫着，可他嘴里依旧呼喊着冤枉。

当差的打犯人，围观的百姓看不上眼，纷纷高喊：是杀人还是打人！朝廷没王法了吗？说话之间，围观的人就往场子里冲，拿刀枪的兵丁制止不得，眼看场面就有些失控。

陆惺见围观的人实在太多，挤在前边的人潮在兵丁的刀枪逼迫下后退，后边的瞧不见人影就往前挤，挤挤扛扛，吼声喊声震天价响，情势十分危急。陆惺害怕处置不当激起民变，场面就无法收拾，赶忙阻止道：不要打人！不要打人！

王树汶早已没了力气，见自己又被拉回刑场，料定难逃一死，与其一死，不如拼死一搏。他自入狱以来，从无受过重刑，身体本无大碍，挨了几记拳脚也是皮外之伤，他觑个时机，便拼足力气高声嘶喊：我冤枉！我冤枉！我不是胡体安！我叫王树汶！我是顶替胡体安的！他答应我没有死罪，咋就还要我的一条命！？

有一个皂隶低下头去找麻核桃，几经颠簸，哪儿还会寻得踪影？当班的差人见死囚犯仍在叫喊，一拥而上，拳脚纷飞，一阵痛打。被暴打的犯人犹自高喊冤枉，有人上去掩他的嘴巴，有人上去卡他的喉咙，试图不让他发喊做声。

可这几句话，陆惺听得清清楚楚，他越发觉得案情有许多蹊跷，禁不住大喝一声：住手！将犯人带上来！

围观的百姓叫着喊着往里挤，声音嘈杂，人声汹汹，眼看带刀的兵丁弹压不住，当差的吏皂个个脸色大变，唯恐生出什么变故。这时，随行的白胡子刑房书办老高毕竟老道世故，见此情景，附耳低声关照陆惺道：这里不是审案之处，一定不要在这里审！

一句话提醒了陆惺，此时的犯人杀不得，也审不得。此地是险境，若再在此地多做盘桓，必生骚乱或不测，不如先将犯人带回。既然受到了臬司麟大人申斥，那就越级到抚台衙门，向巡抚大人禀明情况，听候他的处置，兴许会有转圜的可能。陆惺心中陡然间升腾起一股豪气，便正正衣冠，站起身，向围观的人高声喊道：大家静一静，你们都稍安勿躁！本官且将犯人押回巡抚衙门，待巡抚大人审问后，再做公断！

刑场人声嘈杂，高书办爬上一个高台上，扯开喉咙喊道：奉监斩官口谕，今日盗抢犯临刑喊冤，姓名也有差错，故而疑有隐情，现将犯人带到巡抚衙门审理，抚台大人自会秉公处断！

巡抚是最大的官，巡抚衙门自会有一个公正的结论。得了监斩官的口谕，王树汶被吏皂们像提小鸡一样提起，再次被扔到了车上。行刑车辆顺原道返回，浩浩荡荡地直奔巡抚衙门而去。

一听说人不杀了，还要由巡抚大人亲自审问，围观的百姓兴趣更加高涨，开封城的百姓喜欢瞧热闹，许多人放下手中的营生，拧着劲儿跟在刑车的后边瞧稀罕，平日难得瞧新鲜的百姓就是要到巡抚衙门前看看，究竟抚台大人如何审理此案。

经过几番折腾，太阳已经接近正午。刑车上的王树汶早已被折腾得奄奄一息，可他一旦缓过来一口气，嘴里犹自嘶哑着喉咙、大声喊叫着：我冤枉！我冤枉！

二十、按察司大人亲自审案

死囚犯刑场拼死一喊，不啻一声惊雷。这一声喊，惊天地，泣鬼神，把许多官场中人震得错愕不已。

王树汶再次从刑场上被拉了回来，尽管他已被折磨得奄奄一息，尽管他被开封的老百姓起哄围观，只要是囚车往官府的衙署走，他的生命就有出现转机的可能。此刻，他就像一头等待宰杀的猪羊，被人从屠宰场两次拉进拉出，生与死也就是眨眼之间，可他的心路历程却是极为恐怖，极为绝望。此时此刻，他唯一能做到的就是拼命嚎叫，喊出自己的冤情，唤醒官员的仁慈之心，呼喊出草民百姓对生命的抗争，用一声声的喊叫拯救自己如草芥一般的性命。那些跟随刑车瞧热闹的老百姓，见王树汶一息尚存，且喊冤不止，越发来了兴趣，跟在刑车后嗷嗷吼叫，宛如滚蛋儿的蚂蚁一般跟在骡马车后，随着车马的走动而紧紧跟随，这些瞧热闹的百姓，就是要看看巡抚大人将如何处置这桩开封城旷古以来罕见的死囚临刑呼冤案。

躺在囚车内的王树汶，嗓子已经嘶哑了，可他还是拼命地喊叫，一路走来，一条街都是他的喊叫声，他那凄厉的喊叫声在大街上久久回荡，也激荡着猎奇人的好奇之心。

刑车到了巡抚衙门口，值守的中军不知发生了什么事情，当即持刀喝停。陆惺下了轿，简明扼要地说明了事情的原委。当值的中军立即明白，他担心百姓一旦聚众滋事，便会陡生不测的事件。他赶紧调派护衙亲军火速增援，以防不测。囚车刚刚停下，就见几十名军卒个个手持洋枪，在辕门外五十米处列队警戒，决不允许任何人靠近抚衙半步，以免发生意外变故。另有四个军卒各自肩扛一个方形大牌，上书"抚署重地，闲人止步"。几个军卒交替巡行，阻止百姓不可越过用红绳扯起的警戒线。

陆惺走到马车前，对瘫软的王树汶厉声说道：别喊叫了！这里是巡抚衙门，不是刑场，万不可高声喊叫，惊扰了抚台大人，可不是闹着玩的！说完径自步入辕门，参见了当值的四品参将抚标中军，躬身说道：中军大人，卑职奉命监斩，罪犯临刑喊冤，且呼喊的姓名又有出入，卑职不敢滥用斩刑，请中军大人代禀抚台大人，祥符县知县陆惺有要事求见！

抚标中军还礼，说道：陆大老爷，你见抚台大人，怎么跟来许多百姓，一旦闹出乱子，抚台大人怪罪，我可吃罪不起！老兄奉公办事可以担当，可我却难以推诿责任。

这句话明显含有责备之意，抚院中军有自己的职守，当然要以维护巡抚衙门的安全为第一要务。

陆惺赶忙作揖打躬，连连赔不是：中军大人！事出有因，实在没有办法！还请军台大人鼎力维持，万不可出现疏漏！这些看闲的百姓，无非关注犯人的冤抑。卑职恳求抚台大人下令，秉公重审，查究案由，百姓断然不敢胡乱闹事！

抚标中军领四品武职衔，系抚台大人的心腹之人，说话自然底气足，口气重。知晓了事情缘由，抚标中军凛然正色道：话是这么说，可一旦百姓聚集起来，一时难以驱散，且群龙无首，其中端的夹杂有不良居心之人，借机闹起事来，势必无法掌控。

陆惺知道兹事体大，既有惊扰抚台大人之忧，又事关抚署衙门的安全，便再次施礼说道：还望军台大人体谅一二，切不可闹出什么乱子，假如有了不测情事，大家都吃罪不起！

抚标中军有些性急，催促道：少啰唆，快快去禀见抚台大人，方是上策。这里由我弹压，你且去吧！

陆惺连忙点头致意，大步走进巡抚衙门，在上号房递上手本：请关照，有急事求见抚台大人！门吏已知情势关紧，不敢阻拦，接过手本，冷冷地说了一句：且在官厅候着！

不到一刻钟，门吏走来传话：抚台大人在西花厅接见。

　　得到允准，陆惺径往西花厅而去。远远地看见巡抚涂宗瀛已经站在廊上等候。巡抚大人见陆惺到来，低声埋怨道：你真多事啊，一个公差就弄出许多花样儿来！

　　涂宗瀛是一省巡抚，从来不会轻易见下属，何况一名刚刚上任的知县。涂大人系安徽六安人，道光二十四年中举，后屡试不第，于同治元年大挑一等，光绪三年任广西巡抚，政声斐然。涂宗瀛乃曾国藩的部属，对理学的探究较为精道，讲究个人操守，偶有心得便研磨著文，忙里偷闲写一些文章自娱。他平生并不贪墨，只是生活有些奢靡，平素讲究精食，好铺摆张扬。他平日里为人平和，对属下并不严苛，所以，其官声甚是清正，属地河南下辖的府、州、县的隶属们私下并无人诟扬其过。

　　陆惺虽然刚刚任职祥符县，因与涂宗瀛同为大挑出身，惺惺相惜，涂大人便有几分同情在先，故今日陆惺求见，身为巡抚大人方才屈尊降阶相迎。

　　陆惺见过抚台大人，自知此事有些僭越，可事已至此，只有硬着头皮一条道走到底，任由自己的造化主宰，焉有回头之路。这一刻，他也就顾不得知县的体面，先自抡圆了巴掌狠抽自己的嘴巴，连声道歉：卑职该死！卑职该死！只为卑职读过两本书，道德良知尚未泯灭，特来求大人做主，务必审明此案，还犯人、百姓一个明白！

　　涂大人方才已听到禀报，对今天的事端略有所闻。他见陆惺憨厚拘谨，一派诚意，心中也就不忍责怪，抬手让座：陆知县，且坐下叙谈，端的是怎样的案由？

　　巡抚涂大人与臬司麟大人的态度判若两人，这让陆惺陡涨了几许豪气，便趋前施了一礼，说道：禀大人，今日下官奉委监斩，临到刑场时，那犯人却大呼冤枉，声称自己不叫胡体安，却叫什么王树汶，因受人威逼，替人顶罪坐牢！这就是大错特错，人命关天，下官岂能儿戏？身为监斩官，就该验明正身，死囚身份不明，卑职不敢滥用斩刑！下官读孔孟书，焉有坐视冤情不辨之理！

　　涂宗瀛久在官场，可他一生命运多舛，当年曾五应童试，五应乡试，五应会试，历经三十四年的赶考生涯，始得大挑任缺。未出仕之前，他曾在泰安东岳书院讲学，大挑一等后，经曾国藩、李鸿章二位封疆大吏的举

144

荐，开始步入官场。后出知江宁府，从此仕途一路顺风，直至河南巡抚之职。他久在官场，又有如此繁复的阅历，自然涵养深厚。眼下，他已是六十多岁的高龄，对官场的是非曲折了如指掌，身为一省主官，心中必有沟壑城府，方可把握时局，运筹帷幄。他静下心，听了陆惺的一番述说后，又问了刑车及犯人的一些细节，觉得其中有些玄虚，但也不便轻易否认或首肯。此时，他恍然想起，自己曾经过问过这个案子，且业已批转到臬司，想不到时间已近一年，竟会生出如此变故。

涂大人正在问话时，臬司的麟椿大人不待门吏通报，却急匆匆地闯进了巡抚衙门。

原来，麟椿麟大人撵走了陆惺，眼见他将犯人拉到了刑场，料想午时已将犯人斩首，岂料陆惺这厮却又把囚犯生生地拉到了巡抚衙门，纯系越衙告黑状。把死囚拉到巡抚衙门让巡抚大人公断，这不是端起屎盆子往臬台大人头上泼粪嘛？麟大人听说陆惺已把犯人押解到巡抚衙门，不觉气冲斗牛，立刻放下手中公务，匆匆赶到了抚衙，也不顾巡抚大人正在向陆惺询问端的，跨前一步，瞪着一双怒目，指着陆惺大声嚷道：你干的好事！为何把犯人解到此处？

陆惺一见麟大人，浑身不由自主地抖颤了一下，起身肃立在一侧，一言不发。

麟椿的脸色阴沉得像供案上的祭牲品，嗓腔里吼道：请抚台大人即刻下令，如不严劾此人，这一盗抢大案就无法了结！

涂大人平素为人平和，对麟大人的失态并不在意，便笑着说道：寅兄，稍安勿怒，莫动了肝火，岂不伤身？

麟大人已经顾忌不得许多，全然不顾自己的身份和场合，声嘶力竭地喊道：河南近年多盗，不用重典，岂能震慑罪犯？良善之家，盼官府用重刑惩恶扬善，且此案又系巡抚大人嘱办的案件，臬司不敢延误。如今铁证如山的案子，仅凭盗犯临刑时呼喊冤枉，便可轻易翻案！此例一开，强盗个个如此效法，国法律典岂不成了摆设？

陆惺在一旁肃立无语，他官卑职微，在抚台、臬司大人面前，根本没有他说话的份儿。此刻，他索性站在一旁，诚惶诚恐地听凭麟大人情绪激愤地述说着。

涂大人素知麟椿的火爆脾气，也不与他计较，待他说完，便心平气和地说道：我刚才听了陆知县的述说，也觉得此案着实有些蹊跷，冥冥中似有一种暗示和机巧。既然把犯人从刑场拉了回来，那就再审一审，是真是假，问个明白，查清底细再说吧！

巡抚大人放了口，麟大人却不以为意，争辩道：何须再审？刑部拟定的斩立决，岂能更改！这胡体安盗抢一案，由镇平县承办，南阳府衙复审，一层层递解到臬司，先后问堂数十次，口供始终如一，并无改口记录。罪犯若有冤屈，何以不曾流露一句口风，何以不曾有一次改口记录在案呢？复审不呼冤，再审也不呼冤，临刑枭首之际，命悬顷刻之间，罪犯却大呼冤枉，世间哪有这样的事体？今后臬司审定案情，将何以为准？

巡抚涂大人听他句句是诘问，知道他有些义气和面子的因缘，也就不便驳回他的话，倒是捻须沉吟片刻，颔首说道：寅兄，这话似也有些道理，不过……是真假不了，是假真不了！

陆惺见抚台大人有些动摇之意，猜想他必是顾及臬司大人的脸面，作为巡抚大人自然要回护同僚的尊严，自己毕竟人微言轻，一个小小的知县，不足以撼动臬司衙门。想到此，陆惺便有些着急：如今犯人已经押解到巡抚衙门，已成骑虎之势，倘被驳回，自己乃一小小县官，又系新任，官场根底浮浅，一旦被驳回则必遭申斥，以后的仕途恐怕永无出头之日。事已至此，与其听命上司，不如舍上前程官位，与其争上一争，辩上一辩，或可解当下之困。

想到此处，陆惺奋身而起，放胆直言道：二位大人，犯人虽然经过数十次堂审，却是不露半句口风，原因是有人许他暂时顶罪可以免死，故而不曾吐露真情。今日临刑之际，眼见再无求生指望，此刻再不呼冤鸣屈，那就有断头之虞！所以，囚犯才拼死喊冤，绝望中以求生路！这是一桩顶凶的案子，罪犯自有其人！

麟椿麟大人听罢，立时怒不可遏，哆嗦着手，指着陆惺，咬牙喝道：就你一个明白人！一个刚刚大挑的祥符县知县，竟然做出这等荒唐之事，是可忍孰不可忍！

这一句话，却是犯了涂宗瀛巡抚大人身为大挑出身的忌讳，可覆水难收，麟椿先自觉得言语冒犯了巡抚大人。可他正在气头上，也就顾不得挑拣语言了。陆惺也犯了倔脾气，扭着脖子说：犯人虽经数次堂审，并无一次用刑，分明是被人许以不死，延缓至今！

麟大人越发气恼，也不再顾及按察使正三品官阶的体统，大声吼道：你且说，是哪个许他不死？你说！你快说！

陆惺见麟大人震怒不已，心中并未服软，因为涂大人倘未明确表态，事情还有转圜的机会，便放慢语速说道：大人啊，哪个许他顶凶不死，不审不知，这要问犯人自己方可知晓。刚才抚台大人的训谕说得极是，此案必有隐情，是真假不了，是假真不了。请大人再审一堂，必然问出一个曲折端由！

再争执下去徒然无益，倒是把肃静的巡抚大院吵闹得翻了天一般，成何体统。涂宗瀛皱着眉，摆摆手，制止住两人的争吵，说道：犯人既然到了这里，那就再审一堂，就在抚台衙门里审！

有了抚台大人的话，臬司麟椿大人也不再争辩，气鼓鼓地坐在一侧。这时，抚标中军进来禀报：禀大人，巡抚衙门前百姓聚集太多，是否武力驱遣？

此刻，巡抚衙门前围堵的老百姓有数万之众，其中多为中壮年人，且言语亢奋，行为偏激！若是聚而不散，其中必有不良之人鼓噪闹事，一发而不可收拾，那就势必会酿成事端！瞧热闹的老百姓极易被不良之徒利用，必须有所安抚，方能安定民心。

涂宗瀛知道再争执下去，徒费口舌，终无益处，起身对麟椿说：事已至此，不容老兄再犹豫了！那就在抚署衙门重审一次吧。一定要审出个曲折端底，对围观的百姓也有个交代！话刚落音，转身又对中军吩咐：你与文案一起会商一下，先出一张告示，晓谕百姓，稍安勿躁，本抚一定秉公重审，万不可做出越轨之事！

中军答应一声退下，自与文案协商去了。涂宗瀛是巡抚，从来不过问刑典狱案，案子必须由臬司麟椿麟大人亲自审讯。涂宗瀛退入后堂，临行时，他再次嘱咐麟椿道：老兄啊，你就在抚衙内亲自审理，一定要问明根底！

抚衙文案是大手笔，时间不长，就在抚衙门前张贴出告示，申明今日的死囚案件已由抚台、臬司大人会同审理，待审清问明后，择日公示审理结果。围观的百姓无非是瞧个新鲜，图个热闹，知道今日的案子由抚台大人亲审，必有一个公正的结案，且会延时审结。午时三刻，聚集的人群便渐次散去。偶有闲极无聊之人，三五成群地在街巷游荡，或闲居在一起交头接耳，也只是在抚衙门前探头探脑地张望，终究不会酿成大事故。

但抚衙内却是热闹非凡、人头攒动，来来往往的差役们忙得不可开交。抚署衙门本来不过问刑案，一应刑具、承应差人都要传谕首县具体承办。陆惺忙碌起来，吩咐祥符县皂隶携带一应器械立即到抚台应差。臬司衙门也拉来了应差的刑卒和刑具，以备审讯之需。待诸事料理齐备，时辰已过未时。

赶大车的老刘一直不敢离去，就勒住辕骡缰绳等待发落。王树汶被折腾得一息尚存，哪儿还有挣扎、喊叫的力气？他正躺在囚车内喘息，忽被人连拉带拽拖到一个偏僻跨院内。院子正中摆放着一个案子，公案前坐着一位面带胡须的老者，两边站立着值守的吏役，气氛极是肃穆。王树汶浑身瘫软，还没缓过气来，立即被人强拉硬拽到了公案前的一片空地上。

一旁放置了一个火势熊熊炭火盆，里边放着一个东西。值守的刑名书办站在一侧，高声说道：罪犯胡体安！臬司麟大人亲自问案，你要如实回答。

王树汶跪在地上，点点头，嘴巴动了一下：求大老爷为俺做主，洗清俺的冤屈！

麟大人余怒未消，定睛去看跪着的犯人，突然喊了一声：胡体安！你为何临刑喊冤？麟椿一开口就认定眼前的死囚就是胡体安。

王树汶直了直身子，带着哭腔说道：小人不是胡体安！我叫王树汶！俺也没做过强盗！

麟大人冷笑一声：你不是胡体安？哪个是胡体安？你要清楚，你犯下的可是盗抢大案，活罪已受，死罪难逃，若翻供后再受活罪，那就是自讨苦吃！

王树汶抬头看看审案人，说道：俺姓王，俺不姓胡！

麟大人审讯犯人喜欢用烧红的烟锅烫脊背，许多案犯都受刑不过，只有乖乖地招供。麟大人向两侧站立的皂隶点点头，说道：死囚犯满嘴胡说，那就先给他烤烤背吧！臬司的刑卒会意，走上前去，不由分说扒掉王树汶的衣服，熟练地把一柄烧红的烟锅摁在了王树汶的脊背上。

王树汶只觉得脊背猛地一阵烧灼剧痛，脊背上顿时腾起烟雾，有一股人肉烧焦的味道，顿时眼前一黑，大叫一声瞬间失去了知觉。

麟大人见囚犯慢慢苏醒过来，逼问一句：你说你不是胡体安？哼哼，那你叫什么？

王树汶慢慢地缓过气，忍住背部的剧痛，从牙缝里挤出一句话：小人姓王，叫王树汶！

麟大人从嘴角里挤出一丝笑意，用眼角暗示了一下。执刑的刑卒会意，不由分说，又把烟锅按在了王树汶的脊背上。一缕白色的烟雾袅袅升起，王树汶再次惨叫一声，疼得他昏死过去。

稍停片刻，王树汶终于醒来。麟大人继续问道：你究竟是胡体安，还是叫什么文？

王树汶慢慢支撑起身子，咬牙忍痛，哭着说：俺就叫王树汶！

既然罪犯不说实话，麟大人继续让刑卒施刑。

王树汶受刑不过，拼命喊叫，断断续续地说：俺叫王树……胡体……

施刑持续多时，王树汶的背部被烧灼的痕迹密密麻麻，人早已是气息奄奄，神智昏迷。

麟大人知道，若再施刑死因就有绝命的危险，这才叫停了刑，问道：你说你叫王树汶？你认得字吗？

王树汶喘着气，有气无力地说：小人认得几个。小时候在山沟里放羊、割草时……跟人学了几个字。

麟大人又问：那你可认得自己的名字？

俺自己……的名字俺认得！王树汶喘着气，忍着疼痛回答。

麟大人从书办那里要过笔，在纸上写了几个音同字不同的"王树汶"，拿到犯人跟前让他辨认。

王树汶趴在地上，忍住剧痛，仔细地瞅那些字，瞅了半天，却认不出自己的名字，就感到很纠结，抬起头看麟大人：大老爷……

哇！两旁的皂隶齐声发喊，叱责道：要叫大人，不是大老爷！

王树汶知道他是大官，可他从来没见过大官，今天他算是长了见识，衙门大官大，大官的威风大。他低头看字，知道自己喊错了称呼，就连忙改口：大人！这些字都不是！因口音不同，麟大人把"王"字写成了"汪"

字，"树"写成书，"汶"写成"文"。

麟大人原本就有成见在先，他写了那么的多字竟不被犯人认得，他就理解为犯人在讥讽他学识浅薄。霎时气不打一处来，怒喝道：你这混账东西，你说你姓哪个汪？

俺姓三划王。老虎头上的那个王！

你可狗眼看清楚了，这头一个不是"王"吗？

纸上写的是"王书文"。王树汶就哭丧着脸，一脸的迷茫，抬头看麟大人：俺是一棵树的树！

麟大人简直是怒不可遏，吼道：狗东西，你不会再找吗？

王树汶低下头找了半天，找到了"树"字，却始终找不到自己的那个"汶"字，就觉得有些失望。那一刻，王树汶仿佛在阎王爷的生死簿上寻找自己的名姓，找不到自己的那个名字，就是找不到自己的命似的。于是，他就急得嘤嘤地哭泣。

王树汶找字的时间费时很长，两边的皂隶都有些不耐烦，不时有人暗地里窃笑，当初审案时连犯人的名字都没搞清楚，大人复审时又写不准确，岂不真正成了一桩糊涂官错判了糊涂案。

"王树汶"的"汶"字，麟椿大人没有写出来，王树汶当然找不到。麟大人不想再费时间，白白地出尽洋相，想不到自己乃堂堂三品按察使被犯人当众羞辱，心里早就窝着一股无名之火。经此一番折腾，他心中的火气更盛，他强压怒火，厉声说道：王树汶，你且抬起头，我要问你。

王树汶停止了寻找，抬起头看着麟大人。麟大人一字一句地说：你说你叫王树汶，我且问你，你已经连过了十几堂，每次供述的名字都是胡体安。今日要将你枭首正法，你却改口说你叫王树汶，究竟为何？又有什么证据？

王树汶觉得这话不好回答，想了想，带着哭腔说：俺怕挨打！俺进来时说好的不打人，胡体安是俺的大叔，他叫俺替他坐牢，他还说大牢里不打人！他还说，要是说错了就要挨打，我就按他说的……

嘿嘿！原来是欠打呀！来呀！这个可恶的东西，给我着实打！一百板子，一下也不能少！说着从桌上的签筒里抽出火签，怒掷于地。

两厢侍立的差役们一拥而上，将王树汶掀翻在地，一人按左胳膊，一人按右胳膊，另外两人每人按住一条腿，一个人手执板子抡圆了打。旁侧站着一个人，抡板子的人打一下，他就数一下。每一板子落在王树汶的屁股上，打得王树汶钻心地疼，人就像杀猪般地嚎叫，一声比一声尖厉，每一板子打在屁股上，钻心剜肉地疼。刚才是用烧红的烟锅烧脊背，如今却用大棍揍屁股，王树汶自打被押进镇平县监牢，还没有实实在在地挨过打，如今这一顿猛揍，让他真正体味到刑罚的厉害。不大功夫，他的屁股就被打的红肿起来，棍子落处，一条沁血的肉棱立刻泛起。王树汶疼得尖叫不止，泪流满面，凄厉的叫声让人毛骨悚然。

值堂的刑房书办在一旁觉得不妥，一则系在巡抚衙门，传出施刑之声殊为不雅，有损巡抚衙门的名声；二则喊叫的声音如传到巡抚大人的耳朵里，滥施刑罚也有碍臬司大人的声名。刑房书办走近了，低声对麟大人说：大人，请大人止刑！巡抚衙门内施刑，殊为不当！

一句话提醒了盛怒之人，麟大人只顾一时之怒，却忘记了审案的场所，巡抚衙门是抚台大人署理公务的场所，不宜滥施刑罚，便连忙摆手停刑。几个皂隶正打得欢，忽让停刑，便住了手。王树汶着实挨了几十板子，喉咙也喊哑了，屁股也打肿了，脊背有火烧火燎地疼痛，他趴在地上好久爬不起来。

有了在巡抚衙门的忌讳，麟大人自己给自己找台阶下，咬着牙凛然说道：你这狗东西！暂且记下所欠的板子，也让你长些记性才是。

刑房书办走到躺在地上的王树汶跟前，看他被打得已经爬不起来了，踢了他一脚，说道：还不快快谢过大人！王树汶强忍屁股的疼痛，挣扎着翻起身，从牙缝里挤出一句话：谢过……谢过大人的恩典！

麟大人待王树汶缓过了气，吩咐皂隶将王树汶拖到跟前，厉声说道：你说你不是胡体安，你到底是哪里人，家乡何处？

王树汶的屁股疼，脊背疼，疼得他动弹不得，可还是保命要紧，他觉得自己不能错过眼前的这个时机，因为这是主审大人第一次问到他的家乡地址，之前从来没有人问及他的家在哪里。王树汶忍住痛，匍匐在地，一字一顿地说道：小人是邓州西乡人，俺庄的老少爷儿们，都知道俺叫王树汶！

你家里还有什么人？

俺爹，俺娘，俺还有个妹妹！俺爹叫王季福，俺妹妹叫王树娟！

你爹娘是干啥哩？

都是种地哩！

麟大人略略停顿一下，又问：你家是邓州的，为何跑到镇平县？你在镇平县干啥？

俺爹有个亲戚，认识胡大叔，托人让我到他家客栈当学徒……

值堂的书办有些不耐烦，打断王树汶的话，高声说道：谁认识你的胡大叔，别他妈的一口一个胡大叔，不要叫胡大叔，要说出他的名字！

这时，王树汶犹豫了片刻，嗫嚅着不肯说，看看大堂上的人都在静静地等候他的话，才吞吞吐吐地说：俺胡大叔姓胡，叫胡体安。

麟大人肃然一惊，问道：你是胡体安的什么人？你怎么认识胡体安？

王树汶咽下一口唾沫，流着泪，带着哭腔说：俺在胡大叔家的客栈里学厨子。

学厨子怎么就去邓州抢劫呢？那天夜里究竟是怎么回事儿，你必须老老实实交代，才会得到从宽处置！要是再说半句假话，你的脑袋就会搬家！麟大人用手指头轻轻叩击着公案的桌面，紧紧地追问。

王树汶犹豫了一下，他觉得眼下再不说实话，以后就再也没有了机会。他抽抽搭搭地述说着事情的经过始末，末了才说：那天，胡大叔……就是胡体安，他把我叫出厨房，说俺是邓州人路熟，叫俺带个路，我就去了……当初，胡大叔说得好好的，让我在大牢里住几天就能回家，谁知道俺到了省城就会被砍脑袋杀头！

麟大人忽然觉得有戏，带个路就是参与了抢劫，只要他参与了抢劫，就罪责难逃，不是主犯也是从凶，看来不给他上刑，他未必说出真相，便放慢声调，语气绵里藏针，用威严的口气说道：你说实话，若是隐瞒半句，看我用夹棍夹你！

一旁执刑的皂隶们会意，齐发一声喊，借以恫吓犯人，呼呼啦啦扯出刑具，吓得王树汶魂飞天外。

王树汶不住地磕头求饶，嘴里说着：大人饶命！大人饶命！那天晚上我实在不知道是咋回事儿！那天天黑，我们来到邓州一个偏远的村子。胡大叔，就是胡体安，他们几个人脱下衣服，换上一身黑色的衣服。他叫俺在路沟里看着衣服不能丢，我就一直蹲在那里看衣服。那天天冷，冻得俺蹲在路沟里直哆嗦。大概有一袋烟的功夫，村里突然响起了锣鼓声，胡大叔他们几个人才慌里八张跑回来，掮起各自的衣服就走。我也不知道是咋回事儿，也跟着他们跑，跑了大半夜，直到天明才停下来。再后来，几个人就连夜往镇平县跑，下午我们才回到镇平县……

听完犯人王树汶的述说，麟大人连连冷笑，心里也有了盘算，说道：怪不得哩！这也是事出有因啊！胡体安主谋抢劫，你王树汶糊里糊涂跟从，胡体安让你顶凶，你就抻抻脖子去顶，你既然顶了，砍你的头还亏吗？你说说，他是怎么让你顶凶的？

王树汶挨板子屁股疼，脑袋却清醒，就一五一十地说：胡大叔给了俺二两银子，他说让俺替他坐两天大牢，以后他再想办法把俺保出来。他还说，等俺出来了给俺说一个媳妇，让俺过上好日子！

麟大人眯起一双眼睛，盯着王树汶说：为了一个媳妇，你就替他去坐牢。你说，镇平县初审，南阳府再审，臬司衙门复审，如此三堂审案后，你为何不说实话？

王树汶早已没了气力，软软地瘫在地上，带着哭腔说道：我不是说了嘛！胡大叔交代了我，若是不照他说的去说，那就要挨打！就要砍头！所以，我不敢说实话！

麟大人厉声喝道：你今天说的是实话吗？

王树汶急忙趴在地上连连磕头，嘴里说道：大人，今天说的都是实话，若有半句假话，你立马砍俺的头！

麟大人看王树汶磕头如捣蒜一般，心中的怨气犹未消解，便提高了声调，说道：你尽管巧舌如簧，可事实俱在，抢劫你是参与了！口供可都给你记录在案，你若是再翻供，用假话哄人，本司必定要先抽你的筋，扒你的皮！

王树汶急忙磕头不止，嘴里连声说道：小人不敢哄骗大人！

时辰已是未时，值守的皂隶们个个都是饥肠辘辘，审案已结，麟大人便退堂用膳。犯人暂时收监在臬司大牢，着令严加看管，任何人不得与其会面。

在阎王爷的门槛儿前溜达了一圈儿的王树汶，临刑时拼死呐喊挣扎，终于暂时保住了一条小命。眼下，他依旧被关进大牢里，依旧披锁带柳囚在死囚牢里，刽子手磨得铮亮的鬼头大刀是否还要砍掉他的脑袋，那就是一个谁也猜不透的谜！

二十一、老王家都是本分人

死囚王树汶的脑袋没被砍掉，却让许多人彻夜难眠。

一个再寻常不过的死刑秋决，因为监斩官陆悍的较真儿，生生地把一个死囚从刑场上拖了回来，这完全出乎张和哲的意料之外。这真是百密一疏啊。因为此案关乎他本人和他的学生毛一统，张和哲也就无法置身其外。臬司麟大人在巡抚衙门审案时他因故不在现场，错过了当面审讯的时机。如果他协助麟大人问案的话，那就绝无因犯改口的机会。当他听说临刑犯人已被臬司大人亲自审案，顿觉事态严重，甚至有些气急败坏。张和哲推开身边的冗杂事务，觑了个机会，匆匆去见麟大人，试图打探一下案子的审讯情况。

麟椿大人审案后，他确实发现这个案子有诸多的漏洞。因为案子系张和哲承办，他必须要避嫌。所以，事后麟椿大人没有直接找张和哲会商案子的呈送情况，那就足以说明这位幕友办案的粗浅和草率，也就对他的能力产生了怀疑。

开封斩决犯人临刑止刑，是亘古未有的奇闻，满城的百姓早已传扬得沸沸扬扬，民间口传版本不胫而走，全是对臬司衙门的讽刺和挖苦，当然有损臬司衙门主官的官声政声。因此，麟大人对此案甚为挂心，心情也很郁闷，一个人正在屋内徘徊，门口一闪，张和哲推门走了进来。

麟大人凝着眉头，静静地注视着张和哲，却是一言不发。

张和哲洞悉麟大人的心迹，再多说也是无益，他已经看过当天的案录，知道案子出现了逆转。此时，自己不辩解也不多言，便是最大的认错和愧疚。如今，张和哲是来探底的，他务必要打探出麟大人对案子的看法，尽可能使案子朝着预定的方向发展。张和哲见麟大人独自一人在沉思不语，以探寻的口吻说道：大人，事到如今，不要再追究哪个的错，况且哪个也没错！案子已审结，麟大人如何处置呢？

麟椿抬头看着张和哲那双泪囊暗垂的眼睛，心里便有怨气，他沉吟了一阵，只有和盘托底说：我正在犹豫，若如实将审案结果直接呈文刑部，抚台大人处无法交代；若将死囚作为从犯呈与抚台大人，还怕他责怪臬司推诿责任！

张和哲是何等精明之人，他完全洞悉了麟大人的心思。他知道，此刻麟大人的心里很纠结，他一定在怨恨经办人办案草率，未曾审清案底而铸成错案，业已造成恶劣影响，但他已经毫无退路，只有斗胆进言，或许事情能有转机。张和哲垂目低首，赔着小心说道：大人，昨天已经审过案子，抚台、臬司衙门上下人等皆知此案已经再审，抚台大人虽未亲审，但他必定关注此案，理应当即上禀复审结果。此事宜早不宜迟，还须早早回复抚台大人为上策！以属下的愚见，宜在今晚最好！得到抚台大人的意思后，臬司再做处置意见。

麟大人认真琢磨了一阵，觉得合情合理，复审囚犯系在巡抚衙门内，理当听从抚台大人的意见。麟椿不再犹豫，当下吩咐值守书办将审案文档整理一下，自己要连夜亲自到巡抚衙门面见涂宗瀛大人，向他当面陈述案子的复审情况。

掌灯时分，涂大人一身便服，就在会客厅内会见麟椿。麟椿将案卷放下，说道：涂大人，案子已经审清，今日待斩的犯人叫王树汶，系为盗抢案犯胡体安顶罪，一审未曾用刑，复审又未发现破绽，故而有此误会，铸成此错，责在臬司，误在南阳府，错在镇平县！

涂宗瀛是个厚道人，既然麟椿有了失察的自责，也就不再多言责怪，看他偌大年纪一脸愧态，也便打消了责怪的言语，点头说道：假如大刀一挥，那岂不冤枉了一条人命，那才是最大的失职。

麟椿叹了口气，说道：大人，这个王树汶虽是顶罪，可他是个从犯，他也参与了邓州的盗抢案，按照大清律典，从犯理应严惩！

涂宗瀛知道他有些怨恨情绪萦绕在心头，既是自责又是负气，便说道：老兄啊，案子先放一放，结案后再议惩罚不迟。当务之急是，一定要查明王树汶的真实身份，邓州是否确有其人，缘何替人顶罪！

涂大人的一连串提问，把麟椿问得无言以对，只有连连称是。稍停片刻，麟椿看着涂大人，反问了一句：查实王树汶身份之事，大人以为交由何处办理为宜？镇平县又当如何处置？

涂大人断然说道：镇平县失职失责，理应戴罪查办此案，当下务必查实案犯，速速将真凶逮捕归案！

这次失误，错在镇平县无疑，给以惩戒理所应当，麟椿点头同意。可这些查处身份的事情，交由那个衙门承办，还需抚台大人议定。麟椿犹豫半晌，口中喃喃自语道：查明案犯身份，由那个衙门承办呢？

涂宗瀛想了想，说道：在押案犯是邓州人，理应由邓州知州查寻为好，询查起来也便当许多，以防有人再从中蒙骗作弊。可将案犯的父亲找来，让他父子当面对质，真假当场即可查实。

这是最便当的办法，麟大人再清楚不过，可麟椿不愿意这么做，他怕外人过多参与，会陡生变故，事情不好掌控。所以，他没有提此动议，就是有意回避，免生意外。但巡抚大人有此想法，并当面提出，他也就无法驳回。认真思量一番，再无好的途径，麟椿也就颔首默认了。

有了巡抚大人核实在押死囚犯身份的意见，臬司就责无旁贷了。看看时辰已晚，麟椿知道涂大人有夜间读书的习惯，不便久坐打扰，起身告辞。涂宗瀛起身送客之际，低头想了想，说道：老兄，你可要留神！此案影响甚大，一定要办得干净，办得利落，不可再有任何偏差！你想，那胡体安绝非善茬！他能找人顶凶，可见其人绝不是等闲之辈！倘若此事泄密，走漏了消息；或是延误了时日，被人做了手脚，还不知又会生出什么花样来！

麟椿也想到了这一层，他知道涂大人曾经做过幕友，衙门里的龌龊事见得太多太多，有些案子本不复杂，却被人弄得诡谲多变，闻所未闻，常常发生意想不到的变故。麟椿不由地慨叹涂大人的心细和老道，拱手说道：还是大人思虑得深厚，此事一定交代邓州知州，要他亲自办理，不得有误！

刑幕出身的涂宗瀛，深知刑案中的玄机，说道：尚使动作太慢，让他人抢了先，或将王树汶的老爹鼓捣出去，人不见人，尸不见尸，那就完全成了一桩悬案，无有人证，你就无法定谳。况且河南盗抢案频发，开封又有刑场止刑的这次变故，影响极大！万不可掉以轻心，一错再错，一旦出现差错，那就覆水难收了。

这一番话，犹如重锤敲击着麟椿的心房，让他惶惶不安，心里仅存的那点儿侥幸早已荡然无存。涂大人的话明白无误地告诫他，切莫心存侥幸，切莫枉法弄权。细想一想，人命关天的事儿，必定关碍做官人的前程。说穿了，仕途的通畅顺达才是为官之人的命脉所在。涂大人说的都是官场话，职责所在，他涂大人绝不会为此案担当责任的。况且他已提示在先，若办事延误，或有什么疏漏，致使人证无法到庭指认，作为一省的按察使，那是必被上司严责追究的，一着不慎，头顶上的顶戴或许就有跌落之虞。

麟大人怀着一腔幽怨，告别涂大人，回到了臬司衙门，刚一走进房内，一眼便见到张和哲还在衙门公议房里等候音讯。麟椿稍稍平静一下心绪，他知道张和哲办案粗糙却勤于政务，夜半时分还在候信，着实是一个守职守责之人。因为有涂大人事先的交代，麟椿就多了一个心眼儿，他决定不可让张和哲过多与闻讯息，以免陡生变故。思忖片刻，麟椿便对张和哲推说涂大人不在家，自己空跑了一趟，只有改日再去禀报。一句话，就把张和哲搪塞走了。

张和哲前脚刚离开，麟椿立马唤来值守的文案书办，当即口授密令，饬令邓州知府朱光第，速将邓州西乡大汪营王季福五日内解押到臬司衙门询问，不得有误。

公文拟就后，钉封署名，第二天由臬司专派吏役送达到邓州州衙。

邓州知州朱光第系浙江湖州人，两次科举不第后，从师做了幕友，兢兢业业做事，老老实实做人，倒也颇受上司器重。他做幕友时只敬重一人，那就是萧山人汪祖辉，认定他是做刑幕人的典范。后经人举荐，朱光第跻身仕途，有了一个前程。在县署衙门日久，幕僚们的那些龌龊勾当他心知肚明，可他喜欢洁身自好，一向不愿参与其间，希冀明哲保身。他是一个精明之人，为人也忠厚，不久即被上司重用，从此步入仕途。

那天，朱光第正坐在衙门签押房内理事，忽接臬司衙门转来公文，拆阅后便知，此乃镇平县盗抢案的人证勘验及递解差事。他认真思索一番，觉得此案非同小可，必须认真办理。镇平县与邓州毗邻，但因事主越衙上控，人犯又在镇平县，邓州也就无权过问。后来，盗抢案犯在省城开封临刑喊冤一事，通省皆知，一时成为笑谈，他也曾有所耳闻。因案犯系镇平县人，邓州不曾与闻，故消息大多是道听途说。今日一见公函，方知情势急迫，必是上司催办的急案，也就不敢怠慢，立刻推开手头的冗务，手持公函，心中揣量再三：镇平县胡体安乃入籍捕快，衙门里自然多有眼线，既然有神通找人顶凶，必然层层打通关节，方可以假作真，蒙混县、府及臬司衙门，直至刑部批转"斩立决"，竟没有被发现其中的谬误，没有通天的本领，绝不会揽下这等瞒天过海的事情。更何况，胡体安必定对王树汶的底细了若指掌，倘若被他抢先得到消息，买通衙门胥吏，走漏了风声，势必先下手为强，或将事主王季福藏匿起来，寻找人证无着，岂不误了大事！

朱光第不愧是刑幕出身，心机深厚，为人十分精细。

按照衙门的惯例，州衙奉委查证，只需派衙役带拘票传唤大汪营王季福本人自行来到州衙即可，或是命他限期到衙，最为省事。可人证的安危关系甚大，万不可掉以轻心，一旦有了闪失，或是中途有什么变故，那就是无法弥补的大错。思虑再三，心机灵透的朱光第不漏声色，唤来刑名师爷，亲自带领六名衙皂，携带一应器械，也不说明案子情由，立马奔赴邓州西乡而去。

平时，每有出行均有轿子代步，朱光第怕张扬过度走漏消息，便吩咐大家都步行上路。一行人不知就里遵照执行，大家都做了一番精心打扮。知州大人扮作行商老板，上身短衫，头戴瓜皮小帽，其他吏皂扮作仆役脚夫随行，一路之上，并未引人注意。

随行的吏皂不知有何公干，一路狐疑不解，不知黄堂大人葫芦里卖的什么药。一行几人只顾低头走路，却不敢探问半句。

时令已是晚秋季节，山上的草木呈现颓败之势，树叶已经飘落干净，一些不知名的山果还挂在树枝间，远远望去，煞是好看。偶有几只小鸟被行人惊起，扑棱棱飞向天空，啾啾地鸣叫着，在空荡荡的山坡间留下一串悦耳的啼叫。

一行几人从从容容地走路，并未引起路人的注意。他们走到一个山包上，远远地看到山坳里隐约有一个村庄，朱大人停住脚步，四周巡视一番，见一个花白胡子老汉正在山坡摘山果，就上前打招呼：老哥，你忙哩？

老汉看看跟前的几个人，并不认识，不知他们做何营生，随声应道：嗯，恁几个干啥哩？

朱光第怕说漏了嘴，忙答：俺是来山里收山货的！不知今年的庄稼收成怎样？

老汉头也不抬，答道：前年大旱，庄稼绝收。今年老天爷长眼，总算给穷人留了一条活路。

朱光第指指山坳里的小村，问道：这村子叫啥名字？你是这村的人吗？

老汉点点头，停住手说：村子叫大汪营，俺是这村的。掌柜的有啥事儿？是不是找谁谈生意？

朱光第顺着他的话，说道：生意人多交几个朋友有好处，多个朋友多条路嘛！他有意停顿了一下，以一种不经意的口气问道：咱村可有个叫王季福的人吗？

俺这村子小，偏偏有两个王季福，不知你们找那个？哦，我知道啦，你们是找教书的王先生王季福吧？

一听说村里有两个王季福，朱大人来了兴趣，索性走得再近一些，说：两人都是什么样的人？

王老师是俺这儿学问最大的人，年轻时家贫，一心读书考了秀才！可他命不好，要考举人时，爹娘同时得重病，一个月死了俩老人，考场就没法儿再进了！老汉说话时很是感慨，言语间流露出无限地惋惜。

朱光第不便打断他，嘴里哦哦地应着，不断地颔首表示同情，待老汉说完，问了一句：另外一个王季福呢？

老汉顿了顿，叹了一口气，又摇摇头，缓了缓才说：好人哪，那是个一百成的大好人！人有点儿窝囊，踩三脚放不出一个屁！就会种个地，住在庄北边，门口有棵大槐树……嗐……他那个孩子，在镇平县学厨子……

朱光第已是心里透亮，不待他说完，起身告辞。一行人转过一个山包，回首看不见那位老汉了，才停下来对吏皂吩咐说：你们几个人进村去，把门口有棵大槐树的王季福找来，务必带到这里！

四位吏皂应声而去，朱大人就在原地蹀躞走动，与同行的刑名师爷说些闲话。功夫不大，山坡上过来一个人，看着朱光第和师爷两个人在散步，问道：你们找我有事儿？

朱光第不认识他，狐疑地打量着来人：你是……

那人说：我听俺叔说，你们要找我！俺就叫王季福。

看穿衣打扮，朱光第明白了，这就是私塾先生王季福。本来无话可说，又不是要找的人，朱大人无话找话，随口问道：王树汶可是你的儿子？此话一出唇，便顿觉失言，却也无法改口。

王树汶？王先生随口说出，立即警觉起来，看看两个人，摇摇头说：我不是这里人，我不认识他！说罢，转身要走。

明显地说假话，一眼就可以看穿是借故回避，推说不是本地人而搪塞。不过，朱大人由此判断，他不但认识王树汶，而且他知道王树汶犯案的底细，只是顾忌多多，不便露出口风，害怕说漏了嘴，徒招是非祸端而已。

正说话间，几个吏皂拥着一个人走来。一见王老师，那人就说：兄弟救我！王先生也就不便走脱，尴尬地站在一边。

朱大人笑笑说：王先生，你也不必再回避！你们二人同名同姓，总该有所了解吧！

随行的刑名师爷觉得应该亮明身份，便清清嗓子说道：你们也不必猜疑，这是咱邓州知州朱大人，问你们话可要如实说。

王先生是一名秀才，见了官可以不跪。听了一番话，上前打一个躬，说道：不知是大人驾到，言语冒犯，万望恕罪！

朱光第笑着说：不知者不为罪！你也不必顾虑，就说说你这个同名同姓的乡党是个啥样的人？

王先生长长地出了一口气，指着跟前的那个人，垂目低声说道：我们同姓不同宗，他是个天生的本分老实人，一生不曾有过祸害乡邻的事儿。平生没啥本事，就知道下苦力干活儿，老实得走路还怕踩死蚂蚁。

转头看看相貌平平的王季福，却是一脸哭相，松弛的肌肉包不住两颗大门牙，加上今日不明不白地被挟持到此处，不知是福是祸！如今又听说是知州大人光临，早吓得七窍走了五魂，哆哆嗦嗦站立不稳，面色惨白，虚汗淋漓，一副要虚脱的样子。

朱光第游幕十多年，一生阅人无数，服官十余载，曾与形形色色的人打过交道，啥样的稀奇古怪事体都经见过，可他从没见过王季福这个山里人如此惧官，只见他站在那里，竟然浑身哆嗦得像一个的畏寒畏冷的孩童！见此情景，朱大人心里便有了数。此刻，远处又急急地走过来几个人，有一人大声喊叫：你们怎么平白无故抓人？

走过来的是王季福的近亲邻居，为首的喊叫人是地保。他听说有人来到村里抓人，就慌忙赶来问个明白。刑名书办迎上前去，问道：你是地保？

月夜无声

160

地保点头称是，反问道：你们是干什么的？

随行书办指了指一身行商打扮的朱光第，说道：这是咱邓州朱大人，奉上谕，特来传唤人证。我不说你们自然也知道是什么事情。快快见过大人！

几个人一听，呆愣了片刻，纷纷跪下。朱大人让他们起身，然后说道：官府的传讯，尔等须到州衙里走一趟。

山里人怕事儿，更怕耽误时日误农活，尤其害怕到衙门里应官差，他们信奉"见官三分灾，到衙七分祸"的信条，万一哪句话说错了，或是冒犯了官老爷，那就要挨板子，误工误时不说，还会白白地给自己的屁股找罪受！所以，几个人都扭捏着不吭声。

往日里官府传讯人证，人证必为衙门事务所累，不但耗费时日，还会生出无妄之灾，这就成了大清衙门的痼疾。朱光第深谙官府为患乡民的弊端，点头说道：大家不必担心，今日到州衙的人，每人发食宿资费一吊钱，足够食宿用度。

往日官府讯问，百姓须准时到庭，无论家中生计如何，不得推托，何来资费一说？今日得到知州大人的承诺，大家也就不再推辞，便愿意跟朱大人一起进城。

倒是王季福嗫嚅着不肯走，随行师爷说道：你是主角儿，邻居去州衙，你却推托，是何道理？

朱光第态度和蔼，和颜悦色地说道：州衙并不打人，无非是问讯几件事，一两日便回！

另外几个人也不好推脱，答应安排一下家中的事务，都愿意随行到州衙候差。

王季福是必定到衙的，尽管他畏畏缩缩一脸疑惧，最终还是跟随朱大人一起到邓州州衙而去。

二十二、死囚刀下逃生了

身披拷枷的王树汶被囚在大牢里，他的背部被烫伤，臀部被板子打得瘀血红肿，站也站不稳，坐又坐不得，躺又躺不得。自从被镇平县监押以来，这是他第一次受到的酷刑。皂司皂隶的那大板子抡在屁股上，着实疼痛难忍，有一种筋断骨折的感觉。用手抚摸自己的两片屁股蛋子，早已肿得老高，瘀血处青紫红肿，用手稍一触碰，就钻心地疼，比小时候爹打他的屁股疼多了。爹打他的屁股用布鞋底儿，虽然抡起来狠揍，顶多三五天疼痛也就会消失了。衙役的板子揍在屁股上，仿佛骨头断裂一般撕心裂肺地疼。此刻，他一个人躺在大牢里，翻身疼，不翻身也疼；站起身疼，躺在地上还是疼；人醒时疼，睡着觉做梦还疼，就连放个屁、撒泡骚尿也疼。疼得忍受不住时，他就轻声呻吟，可呻吟时屁股仍然疼。那滋味真是生不如死。可他又不想死，人死屁朝上，一了百了，可他的冤屈谁会知道呢！自己就是死了，到了阎王爷那里也是一个替胡体安去死的孤魂野鬼，判官的生死册上连自己王树汶的名字也没有。到了阴曹地府，自己也是一个无名之鬼！

王树汶躺在囚室的角落，被疼痛折磨得生不如死。可是，他心里有恨的时候，他就忘了疼痛。他恨胡大叔，当初随他去邓州时，只是说让带个路，要是早知道是去抢劫，打死俺也不去啊。那天去邓州的人多了去了，为啥单单让俺一个人坐大牢呢？入室抢劫那可是坐大牢、掉脑袋的事情！如今想起来，他好悔啊，悔恨当初千不该、万不该答应冒充胡体安的名字去糊弄镇平县的大老爷。大老爷过了一堂又一堂，哄得衙门里的官老爷们都信了他王树汶就是胡体安。谁曾料到，自己糊里糊涂也就把自己哄到了刑场上，还差点儿被砍掉脑袋！要不是自己拼上命喊冤枉，脑袋早就落地了！如今自己身陷大牢，胡体安又远在镇平县逍遥自在，自己替他坐牢受罪不说，还要挨大板子，躺在大牢里受这份活罪。胡体安当初哄人说，最多在大牢里边住一年半载，可如今谁知道自己会在大牢里住到猴年马月呢？想起那天被拉到刑场要砍头的事儿，光是那个一脸横肉、手捧鬼头大刀的刽子手，就把人吓得魂飞天外！

王树汶夜里常常睡不着觉，翻来覆去地转身子，可转身子时背疼，屁股也疼，疼得他龇牙咧嘴直哼哼。他整夜整夜睡不着觉，想爹想娘想妹妹……朦胧之间，他听到牢门一响，进来一位彪形大汉，上前拽住他就往外拉。出了牢门，抬头看见正是那天在刑场上看到的那个刽子手，只见他手里掂着一把大刀，正凶巴巴地看着他。王树汶刚要喊叫，那人挥起大刀朝他的脑袋砍来……啊……王树汶挣扎着大叫一声，觉得自己的眼前一片模糊，

月夜无声

瞬间便失去了知觉。

翻身醒来，原来是一场噩梦。王树汶揉揉眼，自己早已吓出了一身的冷汗，浑身瘫软无力，裤裆里湿漉漉地全是骚尿……

醒来后，他再也睡不着觉，两眼直勾勾地瞧着黢黑的屋顶。恍惚之间，他想起了妹妹。妹妹王树娟是家里最小的孩子，王树汶大她三岁，如今也是十二三岁的姑娘了，可她还是个孩子，就喜欢撒娇。妹妹跟着他到后山上去摘野葡萄，山上的野葡萄吃在嘴里既甜又酸，没吃上几个，满嘴的牙齿就酸倒了。酸倒牙的两天时间里，嘴里的两排牙齿都是木木地，吃什么东西都没有滋味。家里实在太穷了，妹妹正是穿衣打扮的年龄，却没有衣服穿，夏天一身单，冬季一身棉，一冬一夏都没有替换的衣服。

王树汶在大牢里忍受着疼痛，兴致好时，他就想自己的亲人；心里憋屈时，他就恨胡体安，恨刘学太。他觉得，糊弄着让他受罪坐大牢的，就是他们两人的主谋。如今，把他扔在这开封大牢里受苦受罪，他们两个人却像秋后的兔子，也不知道躲在哪里逍遥自在去了……

因为是待审的死囚，王树汶仍是一个人独居一室，平时连个说话的人都没有。整个囚室，只有他的咳嗽声、放屁声和撒尿声，这让他寂寞得实在难受。王树汶脚脖处缠绕的布条也磨损了，眼下天冷了，脚上的铁环磨得他两只脚踝难受的很。当初是刘大叔送他来开封时为他缠的布条，眼下开封的大牢里再也不会有人来为他缠布条，他只有捡拾起一些旧布，自己在铁镣上缠绕一下，以缓解一下铁镣对皮肤的磨蹭。

那天，王树汶从刑场上被拖回时，那位圆脸大官审他，他觉得自己该说的都说了，该讲明的也讲明了，咋就还不让回家呢？俺就叫王树汶，胡大叔就叫胡体安，镇平县城里哪个不认识他？这可是再清楚不过的事情，在镇平县的大街上，随便拉出一个三岁小孩儿都知道谁是胡体安，他可是镇平县响当当的人物哩！

王树汶想破了脑袋，恨破了脑袋，但他终究逃不出大狱的监房。无聊时，他就望着牢房窗外的一线蓝天，看天上几片悠然划过天空的白云。有时候，还能偶尔看得见从窗口飞掠而过的小鸟，听得到发出欢快的啾啾鸣叫声。此时，他就极羡慕这些无忧无虑的鸟儿，它们咋就那么自由自在呢，想飞就飞，想唱就唱？我是一个人啊，咋就还不如一只小鸟儿？自己如今就像一只关在笼子里的小鸟，飞又不能飞，叫又不能叫，说不定哪天就被人搦着脖子掐死了。

死就死了，小鸟还落个囫囵尸首，而自己一旦被砍了头，脑袋从脖子上断开落地，一腔热血就会从脖颈处喷涌而出，自己连个囫囵尸首也没有！况且，又是死在了开封城，离老家邓州还有几百里路程。按家乡的风俗，人死要入土为安，死在开封城里怕是连自己的没头尸首晒在大街上也没人掩埋，狼拉狗啃无人过问！

王树汶又悔又恨，他觉得天底下最该恨的人就是胡体安，自己所受的罪，都是他一手造成的，假如自己不去顶替他，坐大牢的就是他，俺王树汶咋会受这样的大罪，吃这样的苦？天下的人多了去了，你胡体安咋不找别人顶替你坐牢呢，为啥偏偏找上了俺王树汶呢？

王树汶恨啊！他恨胡体安，假如见了他的面，他一定要上前咬他一口，死死地咬下他身上的一块肉，嚼吧嚼吧吞咽下去，方才解心头之恨哩！

此刻，镇平县的胡体安恰似一只受惊的兔子，仿佛有一种时时刻刻被人追捕、被人戮杀的感觉。他的一个亲戚从省城回来说，王树汶拉到刑场被砍头时，拼着命地喊冤，被监斩官停了刑，现正在臬司衙门候审。听到这个消息，胡体安吓得七窍走了五魂，脊梁沟阵阵发凉，他分明感觉到死亡的脚步正咚咚地向他走来。

他感到了事态的严重，仿佛有一张巨型的大网已经缓缓张开，兜头把他罩在网里，任他怎样挣扎，也逃不脱拉到刑场被砍头的命运。当初，他听毛师爷回来说，刑部判了王树汶死刑，他心里那个得意和快感喜不待言。他知道，自己提心吊胆过日子，仿佛天天舔刀尖儿过日月！他知道，人一砍头，案子就结了，自己无非花费几两银子。从今以后，镇平县谁也不会再提起这桩案子！胡体安这个名字，也就在县衙的公文里被彻底封存起来！他知道，案件发生在邓州，镇平县没人知道让王树汶顶凶的事，衙门里有毛师爷、张书办、刘学太倾力掩盖，把事情做得天衣无缝，断了头的邓州穷小子王树汶，只有到阎王爷那里去哭冤喊屈！

可是，令人意想不到的是，王树汶这小子居然临刑喊冤，生生地从阎王殿里逃了出来！更可怕的是，逃出来的王树汶必定和盘托出顶凶的来龙去脉，官府一旦追捕，自己势必难逃法网。想起自己平日里曾经做下的那些盗抢之事，想起自己强卖强买的不法行径，进了大牢后，自己颈上的脑壳将要被砍去。思考再三，胡体安决计收拾细软逃亡天涯，从此在镇平县消失得无影无踪。临行前，他不能不讲江湖义气，不能不辞而别。那天晚饭后，他揣进衣兜二两烟土，径往仁义巷去寻刘学太。

刘学太在仁义巷的临时鸳鸯巢是一个单独院落，两间偏房，不傍街不依巷，很是幽静，闲杂人很少涉足此地。拐过一条窄窄的胡同，绕过一处民宅，走进了才看见窗口有灯光，照在窗帘上人影幢幢，侧耳细听，偶尔从里边传出几声浪笑。胡体安走近了，轻轻敲击窗棂，笑声戛然而止。胡体安低声说：老刘，是我！

一阵窸窸窣窣的声响，门吱地一声开了，刘学太开了一条门缝，探出头来：半夜三更，咋还胡球窜啥哩！

胡体安跻身进门，看见了被窝儿里的那个寡妇。这女人可能是正处于兴奋点，一脸的红晕，人就增了几分姿色。老胡看了一眼凌乱的被褥，心知肚明，说道：正忙哩？我又打扰啦！

刘学太一脸讪笑，平复一下情绪，说道：就是那么回事儿。你来有啥事儿？

胡体安想想，心里实在憋气，自己出银子，却让刘学太快活享受，就感到自己的角色有些窝囊！胡体安一脸的丧气，深深地叹了口气，说：老刘啊，出大事儿啦！

咋着？刘学太不解地问。

胡体安看看被窝儿里的寡妇，知道她并不是外人，也就不避嫌，瞪着一双圆眼说：今儿个下午，有人从开封回来，说那小子命大，砍他头的那天，他拼命地喊冤，被监斩官停了刑，如今正在臬司大牢里候审哩！

真有这事儿！？刘学太惊得张大了嘴巴，半天合不拢嘴，两眼瞪得像铃铛，呆呆地看着胡体安，仿佛瞧一个不认识的怪物。

胡体安叹了一口气，一脸的疑惧之色，说道：千真万确的事儿，一点儿不会假！老刘，我想好啦，事到如今，三十六计走为上，俺只有外出才能逃一条活命啦！等到抓住俺，还不是砍头的下场！

刘学太无语，他闻听这样的消息，颇为震惊，一时六神无主，哪儿还会有什么主意。半晌，刘学太才说：老胡，这可不是小事，你也不能拍屁股一走了之。毛师爷、张书办都为这事儿费心巴力出主意，你不言一声就窜啦？依你的性情，也不够义气。依我的意思，不如找二位商议一下，毕竟他们见多识广，说不定会拿出个万全之策。

胡体安没言语，半晌才说：毛师爷为俺的事儿没少费心，我一辈子忘不了他们！

刘学太摆摆手，说道：他们熬眼磨屁股为你谋划，你这一跑，还不把他们两人给连累啦！丢饭碗不说，恐怕还要坐大牢！你拍屁股一窜，上司就会要人，那还不是网包抬猪娃——蹄爪都露出来啦！

话说到此，胡体安不得不再三思量，为他的事连累了毛师爷，那就是不仁不义。可是，事到如今，总该想出一个万全之策。二人知道事情急迫，万不可耽误片刻时间。刘学太急忙更衣，与胡体安一起去找毛师爷、张绍祖一起协商。胡体安走出门外，突然觉得刘学太与寡妇正在亲热之际，打搅了他们的兴头，心里有些过意不去，从兜里掏出一些碎银子，回身进屋放在床头的柜子上，说：嫂子，给你点碎银子，明日买些胭脂口红，也是老弟的一点心意，我们弟兄俩出去一下，一会儿就回来。

那寡妇咧嘴笑笑，一脸的幽怨之情，把身子缩进被窝儿里，眼看二人关门离去，先自熄灯歇息了。

为避人耳目，刘学太把毛师爷、张绍祖二人约到一个僻静的小饭馆的雅间里，点上四个小菜，一盘耳丝儿、一盘卤猪肉、一盘热豆腐、一盘凉皮，掩好门窗，四个人边饮酒边低声交谈。

大家刚喝了一杯酒，刘学太心里有事，率先开口说：毛师爷，你还不知道？姓王的那小子临刑喊冤，又被押回桌司大牢了。

毛一统一听，猛地站起了身子，吃惊地问：此信儿可属实？

大家一齐看胡体安，只见他闷声闷气地说：我一个亲戚从开封回来，他还能说假话骗我！

毛一统瞪大眼睛，立时惊出了一身冷汗，平静了片刻，皱着眉头，盯着胡体安说道：监斩官无权擅自越权止刑，岂能临刑私自放人？是不是监斩官收受了王家的贿赂，故意从中作弊？

张绍祖在一旁也听得一愣一愣的，他心里十分清楚，案子已结，赃物已退还失主，犯人秋后斩首是必然的事。囚犯人头一落地，一了百了，大家皆大欢喜。前几天，胡体安已经将各自的酬劳银票分送给了各位，大家正捂着衣兜高兴哩。不料如今突发此等变故，大家都始料不及，一时都沉默不语。张绍祖还有些不相信，说道：不会有这等事吧？把从开封回来那位亲戚唤来，大家一起问他个明白。

毛师爷慢慢回过神来，觉得有道理，点点头，说道：还是当面问他一下，我等心里也有个主意。

胡体安已经问过了那位亲戚多遍，可他们几个人不信，只有当面问清后方才确信无疑。他无心喝酒，也无心吃菜，垂下头，悻悻说道：这位亲戚在就县城里住，我去把他唤来！说着，走出门去。

胡体安一出门，刘学太看大家都在沉默不语，愤愤说道：这个老胡，也是个有本事戳窟窿没本事缝漏洞的主儿！一听说姓王的那小子没被砍头，已经把行囊收拾停当，打算明天出逃他乡，从此浪迹天涯！

什么？毛一统一听，头发一根根倒竖，拧着眉头，厉声喝道：他想一走了之？那我们几个的饭碗咋办？上司追究起来，我等几个必坐大牢无疑！

刘学太手里捏着酒杯，刚送到嘴唇边，一听说要坐大牢，杯里的酒便晃了出来，溢出的酒液洒在了菜盘里。大家都无心喝酒，一个个大眼瞪小眼看着酒菜，哪儿还有饮酒的雅兴。此事最初的动议是他刘学太发起，他与胡体安的私交不错，方才想出找人顶凶的主意。可事情到了这一步，他也没有了主意。刘学太撮着牙花子，说道：只有大家聚在一起商议，共同想出一个对策。首先稳住老胡，大家才能从中脱身，才有一个好的结局。

张绍祖一直没言语，此刻，他接过话茬，说道：待会儿老胡回来，必先说服他，咋着他也不能外逃！要晓以利害，动以情理。他若是逃到外地，我们几个就该吹灯拔蜡坐萝卜！

正说话间，胡体安领进来一个人，是一个中年汉子。毛一统定定地挖他一眼，看他是老实人，就问：你在开封都听说的啥事儿？

那中年人看看眼前的几个人，并不认识，看架势好像似走官道之人，犹豫了半天，说道：俺最近去开封采买货物，住在南关客栈里，听住店的客官说，镇平县有一个胡……体安，被杀头时大呼冤枉，大老爷就把他拉回巡抚衙门重审。我当时吓得不轻，以为是俺家亲戚胡大哥犯了什么事。后来一打听才知道，原来是重名重姓，另有其人。

原来，此人刚到开封那天，正是王树汶刑场呼冤的第二天，开封城内议论汹汹，大街小巷都在议论死囚犯临刑呼冤之事。他一打听，犯人是一个年轻小伙子，根本不是自己的亲戚胡体安。回到镇平县后，他就当做奇闻笑谈与人述说。第二天，胡体安就听说了，立马寻着他追问，方才知道事情的来龙去脉。老胡当时吓得浑身瘫软，乱了方寸，也不敢告知自己的妻儿，一夜无眠，思量了一夜，才决计出逃，临行前向刘学太辞行。

毛一统认真听完，又向那人问道：你还听说了什么？开封的街面上，都有哪些议论？

那人也不敢隐瞒，说道：后来俺又听说，臬司大人亲自过了堂，审案的结果，俺就无从得知！不过，俺听开封的百姓说，这人原是替别人顶罪，临砍头时才喊冤枉！

话说到此，也就十分明了。毛一统不想让此人知道太多的底细，突然转换口气，用严厉的口吻训斥他：这事儿是巧合，天底下重名重姓的人多了去了。你也不必到处乱说，说走了嘴，那可不是闹着玩儿的！何况你与老胡还是亲戚！弄不好，还会连累自己的老婆孩子掉脑袋！好，这里没有你啥事儿，你走吧，切记再不要满嘴喷粪了！

那人唯唯诺诺，下意识看了一眼桌上摆放的酒菜，嘴巴动了动，喉结处咕噜了一下，有几分失落地低头走出了门外。胡体安跟了出去送他，顺手擂给这位亲戚几枚喝酒的制钱，返身又转回了房间。

张绍祖见那人走远了，拿眼睛看了毛师爷一眼，方才说道：看来这事儿十有八九是准信。老胡啊，就这屌事儿，我咋听说，你老兄想鞋底儿抹油——溜之乎也哩！

胡体安脸上有些挂不住，摇摇头，苦着脸，掐着自己的右手小拇指说：俺的小命儿，随时会被人拿走，恐怕逮住了就是砍头。

老胡不傻，这种担心并不是多余，但要稳住他，眼下他一旦出逃，就把几个人祸害了。张绍祖是聪明人，脑子反应快，笑着说道：老胡啊！你怕？谁不怕！你拍屁股走人，我们几个还能脱得了干系？你这黑锅我们几个可就背上啦，饭碗丢了不说，弄不好还会坐大牢吃官司。

话挑明了说，也就没了顾忌。刘学太担心毛师爷、张书办撒手不管此事，大家谈崩了，弄个不欢而散，对谁都没有好处，事情已经到了这一步，那就只有硬着头皮往前走。好似一个垒砌的沙丘，一个角落坍塌了，整个沙堆就会轰然塌陷！于是，刘学太顾及干亲家的情分，就打着圆场，以调和的语气说：事到如今，老胡啊，你也别娘软蛋，硬脖子是汉子，缩头的是乌龟！大家再想想办法，有毛师爷、张书办在刑幕的人缘，没有过不去的小河沟！人是活人，事儿是活事儿，人总不能被屎尿憋死吧！

大家心里都清楚，胡体安若是当缩头乌龟不仗义拍屁股走人，所有参与其间的人都脱不了干系。眼下必须先稳住老胡，不能让他感到恐惧，不能让他绝望无助，要想办法让他看到希望。毛一统毕竟是在刑幕厮混日久，洞悉此人的心迹，就顺着胡体安那张胖脸往下看，只见他那粗壮的脖颈上布满毛发，知道他是性情粗放之人；更知道此人以义气起家，身上的江湖气很浓，只有用激将法方可拨动他心中的那根弦。

顿了顿，毛一统换了一种调侃的语气，说道：老胡啊，从今以后，没是没非你少到衙门里来。你要记住，你的名字也不叫胡体安，你就叫胡……广……得！你就是胡广得。改个名字好，以后在市面上混，就叫这个名字！万一有个啥事儿，总有个回旋的余地。

胡体安点点头，说：去年我就改了名，快班的弟兄都知道我叫胡广得。张绍祖点点头，但还是有些不放心，进一步叮嘱道：老胡啊，这可是毛师爷的高招啊！以后你的生意铺面，官府发的凭照上的名号，一定要统统改成胡广得！

胡体安点点头，表示自己记下了。他心想，自己打娘的肚子里拱出来就叫胡体安，因为这个案子缠身，只好把老爹老娘起的名字胡体安改成胡广得。

张绍祖人虽年轻但心机很奇巧，他觉得，既然自己卷进了事件的漩涡，那就该义无反顾，遇事往深处想，往深处挖，想一些更为深远的谋略。他认真思量了一番，换了一副声色俱厉的口气，说道：不过，光咱们几个怕是无回天之力，此事还须毛师爷辛苦一趟，到开封去见一见臬司的张和哲张师爷，打探一个确切的消息，让他从中斡旋一二。张师爷若一出手，强似我等几人在镇平县里瞎扑腾。

这句话提醒了毛一统，他以掌击额，说道：是个好法子！这话说得在理儿！没有桌司张师爷的融通，凭我们几个的能力，怕是难以扭转乾坤。眼下的情势，没利谁肯早起！人为财死，鸟为食亡，若去开封去见张师爷，给他奉献什么礼物呢？

胡体安知道进省城一趟，必定花费不菲，可事到临头，又有什么良策呢？那就屎壳郎拱到车夹沟里——死撑硬扛吧。胡体安咬咬牙说：诸位仁兄啊，为俺老胡的事儿，你们几位没少操心，说大了是再生父母，说小了是割头弟兄！俺心里有数，有情候补吧！毛师爷到省城需要备什么礼物，大家商议一下，我明日就让人准备齐备，后天就可以启程。

官场的送礼大有讲究，要看当事人的爱好兴趣、学识修养、职守职责等诸多因素。所以，几个人一时想不起来究竟送什么礼物为宜。静场了许久，也没人说话。刘学太是个急性子，说道：前日我去乡下办案，听说有人掘得一块上好的翡翠玉石，半月后有玉石商上门索购，出价到二百两白银，主家还不曾出手！可见此玉非一般的等闲玉石，必是价值连城啊。张师爷是个读书人，如能购得此玉送与张师爷，想必是一件重礼，足以表达我等的心意！

毛一统一听有玉石翡翠，勾起了兴趣，紧问一句：此事当真？

刘学太知道他爱好古董收藏，况且很有眼力，就说道：我也不懂玉石这玩意儿！只是听说有这事儿，不知消息是否准确！明日我去寻访确认一番，便知真伪！

毛一统点点头，说道：你先去探探路子，是真货就买回来！不过……开封这事儿，马大老爷未必知道。我的意思，先不说与他，他这人胆子忒小，如果知道犯人临刑喊冤后，还不是吓得尿裤子！

张绍祖咧嘴一笑，接过话茬儿，说道：他是一县之主，恐怕他知道是早晚的事，我们也该有个对策才是！

毛一统打了个哈欠，张着嘴巴说：车到山前必有路，眼前是走桌司张师爷的路子！至于马羲马老爷，审案是他审，结案是他结，上司怪罪下来，自有他去补窟窿。我想，他会比咱们几个还要着急上火哩，先不要管他为好！

张绍祖思谋了一阵，说：姓王的这小子有爹有娘，上司若认真查询起来，就是一个隐患！

大家一时无语。张绍祖低声说道：还是让姓王的这小子他一家消失的好！几个人连连点头称是。

几个人又商议了一会儿，想了一些明日需要经办的事情，时辰已是夜半，饭馆里的伙计早熬得趴在柜台前打瞌睡。大家便起身分手，各回去休息。

二十三、在邓州州衙大堂上

邓州州衙内突然涌进了一拨人，他们一个个衣衫粗陋，神情紧张，低头垂目，闷葫芦一般没有言语。

第二天一大早，朱光第将一干人证带到州衙的一个偏室内，对证人分别讯问取证。他先不审王季福，却将随行的几位邻居带到公堂问询。朱光第用平缓的语气问道：你们知道王季福有几个儿子？都叫什么名字？你们可曾认得他？

一位年龄稍大的老者，跪在地上回答道：王季福就一个儿子，叫王树汶，还有一个闺女叫王树娟。俺们都是好邻居，谁家有个芝麻大的事儿，全村人都知道！

你们有没有人与王季福是至亲？朱大人问道。

跪着的一个人抬起头，小声说道：小人与他是叔伯弟兄，名叫王季禄，不知大人所问何事？

朱光第定睛看他，此人脸颊较长，嘴巴阔大，确与王季福脸型相像，便问：既然是叔伯弟兄，他家的事情你自然知道底细，你说说他家最近出了什么事儿！

知州大人没说什么事，这让王季禄不好回答。王季禄看看一脸厉色的朱光第，略略思考了一会儿，反问：不知大人说的什么事儿？有些事俺知道，有些事俺就不知道。

朱光第明显感觉到，王季禄是在有意回避，自己也不便挑明，就启发他说：王季福家里最近发生的事儿！

王季禄愣愣神，眨眨眼，故意做出一番要思考的神情，又看看周围几个人，半天才说：山里的小老百姓，都是些鸡毛蒜皮子的小事儿。不知大人问的是什么事儿？

如若再不把话挑明，王季禄还会刻意绕弯子兜圈子，朱光第索性直接问道：那就是他儿子的事儿。他儿子最近都干些啥？

王季禄小声回答了一句：他儿子叫王树汶。王季禄这话等于没说，王树汶的名字刚才那老者已经说过了。话刚落音，他又补了一句：俺侄子前年在镇平县跟人学厨子，也该出师了吧！王季禄还是在绕弯子，就是不说正题。

朱光第心里清楚，这个王季禄完全知晓家兄的底细，只是他心存顾虑，故意绕圈子避重就轻。朱光第觉得有必要向他陈说厉害，打消他心中的顾虑，才能从他嘴里得到确切的话，便推心置腹地说：老王啊，我看你也是个聪明人，你只要说出实情，我绝不会让你陷于讼累，或是徒自招人报复。你与王季福是从兄弟，三代以内的血亲啊，还会有啥事儿瞒得住你？你心里十分清楚你家兄长目前的困境，也该知道他眼下的难处！作为同宗弟兄，你岂能看他一家陷于灾难而不顾！这在情理上、血缘情分上都过不去。救人一命，胜造七级浮屠。你哥王季福是个老实人，你不帮他还有谁会帮他？你不救他，哪个还会救他？

一席话，说得王季禄泪流满面，一转身俯身在地，跪在地上连连磕头不止，哀求说：大人有所不知，小人就是个山野草民，经不起折腾！俺是害怕说了实话，非但救不得人，还会惹祸上身！

王季禄终于说出了自己心中的疑虑，朱光第也就释怀了。他觉得几个人同时都在场，王季禄是担心有人会走漏消息，人多嘴杂，故而不便开口，就挥挥手让其他几位邻居先行退下。

几个人退下后，大堂内除了几名吏皂外，再无外人，大堂内一时清净了许多。朱光第趁机开导王季禄，态度十分诚恳地说：老王啊，眼下别无他人，你说说你侄儿王树汶替人顶凶的事儿吧！

此言一出，王季禄立刻老泪纵横，趴伏在地上磕头不止：大人啊，您一定要为俺老王家做主啊……俺孩子可是身陷冤海的小百姓啊！王季禄止不住号啕大哭，把他所跪的地面都哭湿了一片。

朱光第待他哭了一阵后，劝说道：你这个人啊，我百般诱导你，无非是想从你嘴里掏出实话，可你却跟我绕圈子！这我不怪你，此案背后的黑

月夜
无声

手太厉害！你是害怕被人暗算，也是情有可原。不过，我也实言告诉你：我自接手这桩公案，便觉得其中有诸多的蹊跷，发誓要查个清楚，还你一个公道，这是我的为官之道，也是我的良知所在。你且不要惧怕，你若再吞吞吐吐，遮遮掩掩已经于事无益了。那就不妨如实述说吧，或许可以救你侄儿一命！

听了朱大人的这番话，王季禄心里踏实了一些，抬起手用袖子擦了一把泪水，哽咽着说：我家兄长是个本分人，他胆小怕事，一辈子没见过大世面！俺听说侄儿跟人去邓州盗抢，心中就有许多疑惑，一个十五岁的孩子，老实得走路还怕树叶砸着头的主儿，借他十个胆儿，他也不敢做下这滔天大案！再后来，俺就听说孩子被押往开封，越发觉得凶多吉少，俺就开始琢磨怎样搭救侄儿。可是，俺哥家中不断地窜来一些凶相巴巴的人，就觉得这孩子八成是与黑道上的人有了粘连。我心里有些害怕，老婆又埋怨俺，劝俺少事无事，都是有家室的人，不要惹火烧身。再说，俺哥也没给我说过这事儿，我也不便过问，也就睁一只眼闭一只眼，权当不知道这事儿。俺心里着急，可也不敢管这个闲事儿。

有了这番话，朱光第心里已是透亮。他知道，山里人大多胆小怕事，遇上这种生死攸关的事体，哪里还会有什么主意，何况案子还有黑道的背景。朱光第吩咐一旁笔录的书办做好记录，转过脸，对王季禄说道：老王，你说的话，我可都记下了。你今晚且安心休息，明日有事我还要问你！待问过你家兄长王季福后，你就可以回家了。

王季禄又磕了一个头，说道：大人，小的还有话说！

朱光第一愣，不知他还要说什么，点点头：还有什么话，你尽管说，不必掖掖藏藏！

王季禄停了一停，急切地说：求大人一件事！小人刚才说的话，切不可说与俺家兄长！也不可将俺们兄弟之间当面对质。

朱光第想了想，觉得他心里仍有顾虑，他是害怕兄长埋怨他多嘴生事，或是埋怨他有与官府串通的嫌疑，他怕一旦有什么不测，自己势必会受到牵连或怪罪。

朱光第觉得这是一个心细如发之人，就安慰他说：你且放心，我不会说你！王季禄走出公堂后，朱光第先后分别询问了其他几位邻居，看看日过中午，便吩咐书办引领几个人去就餐。

当日下午，朱光第将王季福带到了公堂。王季福一到大堂上，见到一身官服的州衙大人坐在大堂上，浑身就哆嗦不止，双腿发软，跪在地上不敢仰面。乡下人能说脏话，可以在自己家门口耍横装愣，但他们天生怕见官，遇事却束手无策，在家像条龙，出门是条虫。可王季福的这副老实相，即使在自己的家门口，也不会耍横使刁，他就是一个本分的山里人。朱光第一眼便看出王季福一脸的猥琐相，乡下人胆小怕事没见过世面的本性一览无余。

昨天，在回衙的路上，一行人谁也不曾问过一句话，大家只是闷头走路，偶尔用眼神交流一下，一个个噤如寒蝉。山里人很少离开过自己的家乡，何况还有州衙的大老爷随行其后。所以，一行十多人，每个人的心里都很忐忑。此刻，大堂内只有几位皂隶，再无旁人，就是怕王季福心里有顾虑，便有意营造一个温馨的氛围。看着浑身哆嗦的王季福，朱光第不想用语言刺激他，低声用柔和的口气问道：王季福，你知道这是啥地方？

王季福跪在地上，不敢抬头，低声答道：这……这是邓州衙门。

朱光第笑笑：看来你还不迷，还知道这是邓州衙门。我且问你，你儿子吃官司，你可曾上过公堂？

没有。孩子自打去年走后，俺再也没有见过他，不知道他现在哪里，也不知道孩子受了多大罪……话未说完，王季福竟号啕大哭起来，公堂内充斥着他那尖利的哭声。值守的吏皂们大声喝止他，被朱光第摆摆手阻止了，任由他哭个痛快。

王季福一把鼻涕一把眼泪哭了一阵，止住了，抽抽搭搭地哽咽着。朱光第觉得眼下不便将王树汶临刑呼冤之事说出来，怕他受到刺激，想了想，才说：王季福，你要清楚，本官是奉了上司的公差，秉公审案，你不要隐瞒本官，有什么说什么，不可捏造杜撰，更不可故意隐瞒。你将自己儿子如何当学徒，如何入狱的事，明明白白地说一遍。

看到公堂之上并未有人恐吓他，大人说话也亲切和善，王季福就渐渐解开了心结，没有了戒备心，就将如何托亲戚关系把儿子送到胡体安的客栈里当学徒，后来儿子又无缘无故入了大牢，再后来胡体安如何向他塞银子的事情述说了一遍。

朱光第悉心地听着，不觉就皱起了眉头：你儿子去抢劫，事发坐大牢，你就没打听出原因？

王季福用袖子擦擦眼泪，说：他胡大叔来俺家说，孩子在他手下犯了事儿，由他用银子去打点。他还许下愿，年二半载后就从大牢把孩子保出来，还让俺不要出去说这事儿，说了孩子就没命啦！

朱光第一边听，一边直摇头，问道：他不叫你说，你也就不再过问了？你就相信胡体安会把你儿子保出来？

王季福垂下眼睑，嘴里嘟哝了一句：他给了俺银子，还不让俺多管闲事儿，俺一个小百姓，隔州跨县的，俺没法儿管啊。

朱光第两眼定定地看王季福，厉声说道：你儿子在开封城差点儿被砍了头，你可知道？

王季福张大嘴巴，双唇不住地颤动着，两眼呆呆地看着朱大人，一句话也说不出。

朱光第一字一句地说道：胡体安给你了几两银子不假，那是他堵你的嘴！他是让你儿子去顶他的盗抢大罪，那可是砍头的大罪！

王季福趴在地上，不住地磕头不止：大人，俺是一个山里人，没经见过事儿，胡体安咋说俺就咋听！

朱光第凝着眉头，提高嗓门说道：天下之大，有顶替人去死的吗？你儿子不去顶替胡体安，他胡体安就得去死！

王季福看看左右站立的皂隶，又看看一边笔录的书办，垂下眼睑说道：大人，你是不知道！胡体安这人神通大得很，你不如他的心意，他就变着法儿地整治你！让你生不如死，不死也会让你脱落一层皮！儿子太小，他就哄孩子，连哄带劝把孩子扔进了大牢！我一个小百姓会有啥法子！

朱光第轻舒一口气，又问：姓胡的来过你家吗？都许下你什么条件？

去年他和一个大胡子来过我家，给了俺五两银子，说孩子在大牢里住个年二半载就能出来了，给儿子娶一房媳妇，买二十亩地，再给二十两银子开一个饭馆。

朱光第紧追一句：银子现在何处？

王季福立时又哭了起来：小人不敢花呀，一点儿都不少，都埋在俺的东间床下边哩！

既然家里穷，又有了银子，为何不敢花费？还要埋在床下！朱光第不解地问。

说到这里，王季福又哭了起来：俺也觉得这事儿蹊跷，这银子不能花，那是卖儿子的钱哪！是断子绝孙的钱哪！俺花这钱害怕天打五雷轰，俺就这一个儿子，银子没儿子主贵！没了儿子，俺活着还有啥意思？求大人为俺做主，救俺儿子一命，下辈子俺当牛做马，也要报答大人您的大恩大德！

老实人说实在话，王季福把自己心里话述说一遍，用乞求的眼光看着朱光第，分明是绝望中的求生本能。朱光第听他述说了一番，心中便有了愤懑的情绪。他久做刑幕，对此案已是了然于心。看看泪眼婆娑的王季福，他是又气又恨，气胡体安嫁祸于人，气王季福甘于屈从别人；恨胡体安心狠手辣，恨王季福不做抗争，任人宰割。此刻，朱光第的心中升腾起一股浩然之气，他铁下心要为此案奉献绵薄之力，虽然他不曾经办此案，他可以利用取证质对的机会，坐实了旁证，为案子做一些努力。可他久居官场，深谙其中的玄妙，自己的职责是取证，越权便是官场大忌，想了想，朱光第说：王季福，你想救你儿子吗？

王季福闻听此言，当即磕头不止，嘴里说道：大人是再生父母，能救俺儿子一命，下辈子变骡子变马俺绝没怨言！

朱光第说道：要救你儿子，还要靠你自己！臬司衙门正等着你到庭，要你与儿子当堂质对，你且不要错过这个机会！一定要把真实情由说清楚，才能救你儿子一命！

听说能够见到儿子，王季福心里就燃起了希望，连忙俯下身，重重地磕了三个头，拿眼看着案子前坐着的朱光第，急切地问道：俺儿子在哪儿哩？

朱光第没有正面回答，一字一句地说：邻居们已为你做了实证，你儿子现在开封，你们父子不久就要见面！可你要切记一条，到了开封，你也不要怕，你又没犯罪，哪个也不能为难你！大堂上你有啥说啥，一定要实话实说。开封官衙的大人也不会打你，你说出了实情，才能救你儿子！

王季福又是连连磕头，喜极而泣，哽咽着说道：有大人嘱咐的话，俺就心里有底儿了，小人一定听大人的吩咐！随后，朱光第又将地保唤来，

月夜
无声

176

再次问讯了王季福的情况，所问情况与王季福所述无误，便笔录了证词，吩咐整理文书卷宗，择日解送人证到省城。

翌日上午，朱光第委派两名得力吏皂，前往王季福家中取证。果然在其家中东间的床头下，掘出了五两银子，二吏皂下午即回衙复命。诸事齐备，朱光第打叠文案卷宗，连同五两银子的证物，一并装入文案，预计后天一早即送王季福到省城开封。

下午申时，朱光第正在署理公务，吏皂送来一封书札，起初他并不在意，扯开看时，却大为诧异。信札为原南阳知府、现任陈汝许道道员任凯写来。

光第兄台鉴：

久未晤面，甚为念想，奉上书札一封，以慰思念之情。闻兄台接手镇平县盗抢案之人证查实，殊为欣喜。此案已经镇平县知县马蒿审定，再经愚弟复审，臬司复核，刑部定谳，已成铁案。日前，案犯开封临刑呼冤，乃犯人狡狯翻供，徒作垂死挣扎耳！此案事涉县、府、臬司三级衙门，一旦人证解省，或为人利用，必生变故藤绕，抑或攀扯出瓜藤大狱，便有许多关碍。务请三思，甚为妥处！

任凯

光绪六年冬月

信札的意思再清楚不过，那就是任恺任大人劝阻朱光第切莫将一干人证解往省城，也不必查实人证。朱光第心里清楚，早在此案初审时，南阳府曾经手案子的复审，一旦推翻原先案子的定谳，任大人必被牵涉其中。所以，任凯写信阻挠也在情理之中。这位任恺任大人，表字乐如，宁夏人，也是一位干练有为的官员，当初以吏员授任河南典史，后升任河南南阳府知府，年初刚刚升任陈汝许道道员。前几年，任凯在南阳府任上时，与镇平县毛一统甚为熟络，虽说毛一统仅是一县师爷，但他为人甚是圆通，与府衙上上下下的人相处融洽。那年，任凯的岳丈大人因病逝世，这本是外亲丧事，可声张也可不声张。为杜绝官场的送礼习气，任凯严密封锁消息，同僚及下属均不得与闻。镇平县的毛一统不知从何处闻知讯息，独自一人前往奔丧，并奉上二百两丧礼银子，还有数匹孝布，总算解了燃眉之急。事后，任凯将银两及布匹折合成银两发还毛一统，又被他如数交给了内人。而且，内人对其封锁丧事之举颇多微词，讥诮他迂腐不堪。此事让任凯大为感慨，心中甚是内疚，总觉得对毛一统有所亏欠，几次欲将其拔擢到南阳府衙共事，却又被他婉言谢辞。如今他升任道台，离开了南阳府衙，按规矩，前任官员不宜对后任的事情横加干涉，可是，此事非同寻常，毕竟与他还有一些瓜藤攀扯。后来，他得知人证的查实由邓州承办，就试图以故友同僚的身份，劝说朱光第不可将人证解往开封，以免案子发生转圜。在如此节点上，任大人出面说项，其中大有玄机，一则为他自己开脱，因为事涉他的前程和官声；二则镇平县毛师爷原是他的属下，私交甚厚，此案子经他之手办理，一旦反复，便会有许多人受到牵涉。权衡再三，任凯拿定主意以书札劝解朱光第，希冀他念及情面推脱此事。

朱光第接过书信，见送信札之人在侧，也不便流露声色，起身对来人说：还请上复尊台，臬司嘱办的案子，下官不敢懈怠，且人命关天，岂容儿戏？一干人证已当众传唤到衙。不加询问，妄自放还，朱某吃罪不起！此事得罪了，还望任大人海涵！

说罢，朱光第将任凯的信札原样装进函件之内，密封粘口，递与送信人，嘱咐他务必交与任大人，并带上自己的问候和复函一件。朱光第为人精细，他知道官场的规矩是"留言不留字"，任大人更是精于此道。任大人敢于亲自写信，可见显系深思熟虑之举。既然驳回了他的脸面，就是开罪了任大人，如果再存放他一封信件作为物证，那他就如坐针毡，如芒在背，时刻有一种被人抓住把柄的感觉，日后若有变故，必是确证无疑。朱光第把信札送还给任大人，也是给他一个放心，表明朱光第绝没有把事情做绝的念想。

送信札的吏皂走后，朱光第陷入了沉思。他已经隐隐感觉到，此案非同小可，牵涉人事太多。自己奉委查证，那就是职责所在，自己担当的环节万不可出现半点儿的差错，一步走错，步步皆输。为官之人时刻要学会自保，说穿了就是明哲保身，然后才是秉公理案。

谁知，傍晚时分，仍陆续有人登门造访，无非是劝朱光第切莫意气用事，也不可太求认真，官场的规则便是相互帮衬，一损皆损，一荣皆荣，一个无关紧要的盗抢案犯，刑部业已定谳，夫复何求！本与邓州无涉的案子，何必开罪许多上司同僚？劝说人言之凿凿，都有十足的理由劝阻他放弃将人证押解到省的举止。而且大汪营传来消息说，曾有不三不四之人在王季福家的四周来回逡巡，试图找到王季福本人。

朱光第心绪难平，独自一人在屋内徘徊。时辰已是夜间戌时，他已吩咐门吏，若再有人来访，就说自己不在衙署到南阳公干，以此拒绝来访者。吩咐了门吏后，他唤来蒋师爷，开口说道：老蒋啊，王季福人证一事，竟有许多人来说项，看来此事玄机甚多！

蒋师爷为人老成持重，心思缜密，对此案甚为上心，见夜深时大人呼唤，必有为难之处。他看知州大人焦灼不安的样子，也是心知肚明，便推心置腹地说道：大人，您是奉公办案，亦当秉公做事，并无不当之处！至于案子结局如何，已于您无甚关碍！尚使大人听从旁言，有意阻碍人证到庭，上司怪罪下来，那就是失职失责。

朱光第点点头，表示赞许，说道：我也是这样想，本人奉公办案，岂能误解上司意图。官衙之内假如多是世故之徒，草民百姓哪儿还有一丝儿活路？

蒋师爷说道：大人啊，也有人托门路托到我这儿，让我给挡了回去！

哦！朱光第沉思了一阵，说道：我若违例不送人证，便是刻意隐瞒，失职失责；我若将人证解押到省，只是尽职尽责而已，至于案件的复审，与本州全无关碍！

正说话间，推门进来一个人，定睛一看，却是朱光第的长子朱祖谋。儿子正在闭门读书，准备明年参加科考，以应来年的乡试。朱光第看他进来，甚是疑惑，正色道：半夜三更，你来州衙作甚？

原来，州衙门外还有说项之人要晋见朱光第，被门吏推说大人不在州衙时，便寻其子朱祖谋代为说项。朱祖谋为人不善言辞，畏于父亲威严，平时父子之间并无亲近言语，今日不过是受人之托，才斗胆来见父亲，见蒋师爷也在，便开口说道：父亲，你受理的查证人证的案子虽小，但关注、挂念者甚多！孩儿以为，您是为官之人，须学会自保，切不可引火烧身！

未等儿子说完，朱光第勃然大怒，吼道：你懂什么自保？难道让我昧良心、办假案、戕害人命才可自保？

朱祖谋平日惧怕父亲，见父亲发火，吞吞吐吐不敢言语，半晌才说：

我是提醒你，你何必发这样的火！

朱光第也感到有些失态，换了口气说：你管这事儿作甚？莫非是受人请托？

朱祖谋嗫嚅着，不肯说出，在父亲的逼问下，才说出实情：是俺的一个同窗，他父亲寻你不着，才找到我。

朱光第一听更是生气，厉声斥责道：我说过无数次，衙门里的公务，家人不可与闻，难道你不知道？

蒋师爷看父子二人要闹僵，在一边打着圆场：大人且息怒！同窗如同手足，祖谋是个重情义之人，他只管说，你只管做，任他谁的请托，你只做不闻不问，岂不更好！

朱光第正在气头上，心里有烦恼，语气就严厉许多：你只读你的圣贤书，管它闲务作甚？你说说，你最近的功课如何？

这一声责问，让朱祖谋心虚了许多，说道：孩儿的功课还算可以，我一日不敢懈怠。

朱光第忽然觉得，儿子在自己身边读书并非上策，他年幼无知，尚使被人利用，从中说合官司，包揽诉讼，便是误入歧途！误了学业不说，小小年纪还会陷于世故，此生再无出息！想到此，他厉声训斥道：还算可以是什么意思？你明年乡试，自然要十分用功，岂能骄奢满足、固步自封！老家湖州，山水相依，正适合你用心苦读，后天你收拾行李，回老家静心读书去吧！

蒋师爷看大人要赶公子回老家，心有不甘，劝解道：祖谋远离父母，衣食起居多有不便，大人……

朱光第把手一摆，断然说道：古人云：子弟不可随任读书，不惟无益，且坏气质。读书靠的是悟性，衣食无忧就可以学业长进吗！不必再说了，明日收拾行李，后天即可启程回老家！说罢起身，兀自回房歇息去了。

二十四、护送质证在险途

第二天，胡体安筹足了银子，约上刘学太，直奔乡下而去。

刘学太、胡体安二人找到收藏翡翠玉石的人。此人是一个乡下人，偶尔得到一件宝贝，以为奇货可居，耐心等候出高价钱的主顾。那乡下人瞟了胡体安一眼，随口叫了一声：胡老板！胡体安先是一惊，然后点点头，知道自己被人认出了。既然卖主认得，谈起价钱就直截了当。经再三讨价还价，终以二百五十两银子成交，让胡体安心疼得差点儿当场落下眼泪，可眼下情势紧急，求人心切，不下血本难以办成事情，他也就甘愿做一次冤大头。

　　咬咬牙买下了翡翠，胡体安又备下五百两的银票，以备在开封城里走动时的不时之需。诸事准备停当，因胡体安、刘学太二人不便随行，仍由毛一统、张绍祖二人赴省城开封去见张和哲张师爷。

　　那天，张和哲正在臬司衙门处理公务，吏皂进来通报说镇平县刑幕毛一统求见。张师爷心知肚明，见与不见，他颇费踌躇。思忖了一阵，觉得避而不见有些不妥，便在大门口见了二人。揖礼已毕，张和哲匆匆说了一句：今晚我们在聚贤楼见面！说完转身回到衙署办理公务去了。

　　这张师爷在情色上是老手，去年张绍祖为其找的那个窑姐儿成了他的老相识，两个人在一起玩了玩，就玩上了瘾。谁知他竟与其粘上了，时不时地友情约会，颠鸾倒凤快活一场，倒也新鲜刺激。傍晚时分，毛一统、张绍祖如约来到聚贤楼二楼的一个雅间内，张师爷却姗姗来迟。人刚刚落座，那位打扮得花枝招展的姐儿竟也翩翩入席。

　　张绍祖认得这位窑姐儿，见面就向她颔首含笑致意，气氛就有些亦庄亦谐。大家都知道其中的秘密，彼此心照不宣，谁也不说破。毛一统率先开口，说道：老师一向安好！

　　张和哲连忙回礼：都好！都好！寒暄已毕，大家也就不再客气，由张绍祖执壶斟酒，每人先饮三杯入席酒。张和哲抄起筷子，夹起菜，认真咀嚼了片刻，吞咽下肚，然后单刀直入说：你们必是为盗抢案而来！

　　张绍祖连忙颔首：又给张师爷您添麻烦啦！张和哲放下筷子，说：想必你们已有耳闻。那小子临刑呼冤，恰巧又碰见个二百五大挑候补知县监斩，不但没有砍下那小子的脑袋，还居然把那货拉到了巡抚衙门开审。

　　果然如此！毛师爷急问：人哪？

　　张和哲看出来毛一统的急切心情，故意停顿片刻，避开二人注视的目光，说道：犯人现在臬司大牢里羁押。

毛一统眨眨眼，目不转睛地盯住张师爷：人羁押在臬司大牢，那就无法近前探视！

张师爷摇摇头：巡抚大人吩咐，要查实这小子的人证，还要将其家属解来开封质对！

毛一统一听此话，立时发急：案犯临刑呼冤，可以止刑再审！怎么还要解人证到庭？家属作证，大多是信口雌黄，胡咬乱攀！

听说臬署麟大人已责成邓州知州，要将一干证人押解到省城，估计人证不日就要解到署衙。张和哲摊开双手，做出无奈之状。

毛师爷听得一愣一愣地，张大嘴巴合不拢，嘴唇哆嗦了半日，方才说：老师，学生在县衙审案多年，一向清白无私，此案若有反复，怕是要株连上下衙门里的同仁！经办人的名声事小，各级大人的官声事大！弄不好还会连带许多人呢！

张和哲摇摇头，长长地叹了口气，说道：恐怕也要连累我的前程，麟大人已对我心存芥蒂。此案已从我的手中转交他人，我也无从过问。若是探问消息，至多旁敲侧击，从别人口中打探一二。说话之间转过身去，对姐儿嘱咐道：记住了！我们说的话，你且不可说与外人。

那姐儿伶牙俐齿，一副娇态，扭捏着腰身说：看你说的，俺是一个不问世事的人，管它砍谁的脑袋，只要不砍你的脑袋，俺才不管这些乌七八糟的肮脏事儿！

毛一统听了张和哲的一番话，软软地瘫坐在椅子上，半晌无语。还是张绍祖灵透，他隐约觉得张和哲师爷似有推脱之意，便有意绕开敏感话题，便弯腰打开一个木匣，从里边端出一块翡翠玉石，恭恭敬敬放在桌子上：张师爷，俺南阳玉石也是一宝，今天没啥礼物送师爷，这是家乡特产，还望师爷笑纳。

这块翡翠玉石体形硕大，一望而知系稀世珍品。张和哲一生不曾见过如此巨大的翡翠玉石料，左瞧右看，细心把玩，只见这玉石通体晶莹剔透，致密坚硬，实为世间珍品，心中不由泛起一丝儿的爱怜。毛一统早已窥探到张和哲眼神中一闪而过的神情，知道他爱上了此物，就笑着说道：学生本该寻一雕工，为老师雕成玉件，但不知老师有何雅好，故而先让您过目，

月夜无声

悉心寻一位好雕工再下刀不迟。

张绍祖见张和哲两眼发直，久久地盯着玉石不放，便知他心有所爱，顺着话意，说道：开封若有能工巧匠，也可在省城礼聘高手，强似在南阳做成！

张和哲也觉自己有些失态，为了掩饰自己的行状，连声赞道：果然是好东西。南阳这地方好有灵气哩！竟有这样的精美玉石！

有了张和哲的认同，张绍祖心中有了底气，说道：师爷不妨先行收藏为好，待以后慢慢寻到高手，再作雕琢。玉石收藏，极重原料本色。若是一般工匠下刀，购价千两银子的玉石，非但不增价值，反倒辱没了这上好的南阳翡翠。

这番话，明白无误地告知了这块翡翠购进价。张和哲坐下来，心想，送如此重礼，看来是在案子上有想法，他们二人必是猴急猴急，巴不得案子早日结案！他一边把玩玉石，一边点头称赞，说道：一统啊，老师我可是却之不恭，受之有愧呀。我权且收藏，待以后慢慢寻一个高手，雕出个精品，作为家藏之宝传于后代。不过，这可让一统破费了，老师可是担当不起呀！

毛一统连连摆手，说道：老师说哪里话！学生就是一个心意，哪儿说得上破费呢！案子上您可是没少费心，学生时刻惦记在心呢！

学生有意把话往案子上引，当老师的也不能顾左右而言他，张和哲放下手中的翡翠，收回激动的心绪，断然说道：这个案子决然不能翻！主犯逮不住，从犯也是案犯，坐死了也要弄他个盗抢从犯。按大清律典，那也是杀头的罪过。翻了案子，那就连累许多人！既然把他弄进来，他就别想囫囵着身子走出去，先砍了他的头，让他呼冤叫屈不成！

张绍祖看看毛一统，二人对视一下，彼此心照不宣。张绍祖试探着问：毛师爷也是这个意思，主犯从犯都该杀！先把从犯杀了，总是该死的罪！犯人不死，上下衙门都不得安生，衙门的属吏们也是一个个胆战心惊，唯恐有什么变故！案子经手的臬司、府、县的官员们，哪个会有好果子吃？

这些道理张和哲理解的更加通透，拿人钱财，须替人消灾，他低头思忖了片刻，说道：二位放心！臬司衙门由我打理，你们二人回去，万不可将邓州人证解来省城，要想办法阻其押解。镇平县那边也不可再有纰漏！

此事非你二人办理不可，我在此可是无能为力啊！

张绍祖心领神会，点头称是。毛师爷忙从兜里掏出一锭十两的银子，笑着对姐儿说：这是一点小意思，拿去买些脂粉。

那姐儿本是无心无肺的主儿，也就毫不客气地笑纳：哟，这位大哥，又让你破费啦，俺谢谢啦！张和哲用手指点在姐儿的额头，那姐儿就在张和哲的脸颊上亲吻了一口。张和哲要的就是她的一个娇嗔、一副媚态。

毛一统又掏出一张二百两的银票，递给张和哲说：案子全靠老师从中周旋，学生拜托了！说完，深深施上一礼，继续说：为防这厮胡啃乱咬，老师还要震慑、弹压他。衙署的大人们需要周旋，门牢上的弟兄们还要老师去打点，方可成全一二！

张和哲也不推辞，把银票揣进衣兜，说道：二位放心，我会从中周旋，能拨动的瓜藤秧蔓都要撕扯连带上。我在臬司刑幕，弟兄们还是给我这个面子的！

张和哲是首席师爷，当然有进出囚牢的方便。张绍祖知道牢狱的规矩，说道：一切全靠张师爷周旋！不过，这小子人虽在大牢里，心思活泛的很，必要时老师可以让他不开口为妙！不然的话，这小子不相信别人给他送的东西。说话间，张绍祖拿出一个包裹，让张师爷转交王树汶。

有了张师爷的承诺，毛一统心中有了底气，他略带歉意地说道：向牢内递送衣物是些许小事，本不该劳烦老师，可臬司大牢实在是难以进出，只有老师您有这样的便利。这几件衣物，也是给犯人一个提醒，给他一个警告！

诸事交代完毕，四个人又对饮了几杯酒，看看天色不早了，各自回去歇息去了。

王树汶正在囚室内发呆，牢门一响，狱卒喊道：姓胡的，有人给你送棉袄！

狱卒们依然叫他"胡体安"，因为他的监牢名籍就是这个名字。王树汶接过来衣物一看，觉得似曾相识。翻开包裹一看，猛然间想起去年胡大叔买的棉袄，也是这款式、这面料，顿时让他惊怵不已。心想，胡体安果然有些手段，居然可以把死囚犯的衣物送进来。没有相当的神通，断然做不到这一点！既然他可以将衣物送进大牢，他就可以翻转案子，重新把他送到刑场去砍头。想到这一层，王树汶吓得浑身不住地哆嗦，手里拿着的棉袄好似一个烫手的火球。王树汶惊叫一声，抬手把衣物扔在一边，连看也不敢再看一眼。

狱卒看他反应异常，也觉奇怪，吃惊地问：你爹给你送衣服，你小子还生气哪！

王树汶也不与他争辩，看看狱卒，说道：哪儿是俺爹！俺顶替别人的名字坐大牢，俺冤枉死咧！

大牢里的冤屈事儿见得多了，狱卒们哪儿还会有仁慈心肠？衙门前的屈死鬼多了去了，见多不怪，他一个小小的狱卒又有啥能耐扭转乾坤。那狱卒不过是受人之托，得了些许小恩惠，向犯人递送一些小物品。狱卒不便多言，嘴里嘟嘟哝哝说着往外走。王树汶分明听到他嘴里说道：生死由命，富贵在天。阎王爷叫你三更死，谁也不能留你到五更……

乡谚云：好事儿不出门，孬事儿传千里。

王树汶一案在邓州闹得满城风雨，朱光第又将王季福等人证滞留了两天，更是被人传得沸沸扬扬，各种传说在街巷间飞走。更有甚者，坊间传说王季福也参与了盗抢，一旦到庭与儿子对质，必被官府一体拿下，父子俩也将一起被砍头示众；原审的镇平县、南阳府及臬司的官员，必然受到极大的处分。所以，民间就有人谣传，王季福已被邓州州衙羁押，不日将押解到开封，在押解人证的途中，王家可能要借助黑道伺机劫人；或是镇平县胡家途中必将王季福秘密弄死，让官府死无对证，此案也就永无翻案的机会！

各种版本的谣言在坊间悄悄流传，邓州知州朱光第也有所耳闻，不时有人提醒他务必注意，一定要多加小心，不可出现一丝儿的偏差。无论这些谣言是否可信，但在往省城押解人证时，朱光第知道一定要格外小心，不能有丝毫的失误。

有了邻居的证词，王季福的身份已经昭然若揭。朱光第检点案卷，再次审阅臬司的公函，觉得邓州的职责仅仅是将王季福一人解送到臬司衙门即可，王季福的邻居、亲戚及地保已录下了笔录证词作为佐证，就不必随行到开封。第二天，朱大人将王季禄、地保及邻居等人遣返回家。为防万一，朱光第大人特意叮嘱地保，一定要着意关照王家的人际交往和家庭变故，一有异常，及时向州衙禀报。

地保也有守土之责，且与王季福又是街坊，铭记朱大人的嘱托，领着一干人回西乡大汪营而去。

朱光第深知此案玄机莫测，推测找人顶凶者必是有些能耐，若串通强人半途劫杀人证，那就功亏一篑。作为邓州知州奉命押解人证，一旦出现纰漏，那就是严重失职。因此，朱光第对此极为慎重，起解王季福那天，本可以由十名州衙带刀捕快护送即可，他却多加派了十名干练的捕快。为了减少路途耽搁，还专派一辆马车，让王季福省却徒步之苦。同时，又点名由州衙典史陈长水负责武力护送，并特意嘱咐其一定要走官道，晓行夜宿，人证夜间停宿时不可驻宿旅馆而只许寄押在官署；人证不可脱队单独行动，更不可因故滞留，一路之上要直达开封，不可绕行。

有了知州大人的临行嘱托，典史陈长水一路上格外小心，晓行官道，夜宿官衙，并无异常。第二日到了许昌境内，官道旁有一集镇恰逢缥会，一街两厢，人头攒动，卖油条的，卖包子的，卖胡辣汤的，玩杂技的，卖膏药的，各色人等齐聚大街之上，街面两边摆满售货的地摊。乡下人极少见到官衙的几十名捕快随行公差押解，车上坐的人既不像犯人又不像官差。随行护卫的二十名捕快刀出鞘，箭上弦，一个个行色匆匆，护送的队伍浩浩荡荡极为惹眼。官老爷出行要坐轿，押送的犯人要上枷，而车上蜷缩着的那个人一身土衣，面目猥琐，木然地端坐在车上，面无表情。老百姓都知道官衙捕快的职责是捉拿罪犯，可马车上的人却没有绳索捆绑。乡下人本就好奇，一街两厢的人更觉事情蹊跷，纷纷站起身翘首张望，许多人交头接耳，议论纷纷，不知出了何等事故。

陈长水身为典史长于押送人犯，见此情景，立即警觉起来，右手紧握腰刀刀柄，神色肃然，一人当先，率先在车前引道。那些州衙捕快也是惯于押解公差，一路上疾步而走，并不惊慌，紧紧夹护着车马而行。一行人正在集市的人丛中行走，突然从偏巷斜刺里窜出一人，只见他披头散发，衣衫褴褛，手舞足蹈，嘴里犹自嘟嘟囔囔。那人横在大街当中，双臂叉开拦住去路，凶巴巴地挡在道上，瞪着一双圆眼，大吼一声：把车给俺留下，

186

俺要娶媳妇！俺要走老丈人家！

典史陈长水见此情景，迅速拉开架势，手执刀柄，厉声呵斥：你要干什么？

那汉子伸手去摸典史的脸颊，陈长水飞起一脚，踢在那汉子的前腿胫骨处。那汉子噗通一声，立时摔倒在地，趴在地上痛苦地呻吟着。车夫勒住了骡马，持刀的捕快一个个横刀站立，围成一堵人墙，紧紧护卫着车辆。有四位捕快瞬间将那汉子团团围住，看他躺在地上有何作为。陈长水怒喝一声：再挡官道！立马带走！这时，一位老者走到跟前，抱拳向陈长水作揖道：官爷，不要与他一般见识，他就是一个疯子！

细瞧挡道人的装束，果然是衣衫褴褛，面无表情，明显地异于常人。陈长水见此人蓬头垢面，非正常之人，鼻子里哼了一声，不再理会他，挥手让车马从疯子躺卧处绕行而过，快速地从人丛中冲出。车马出了大街后，回望大街之上，并无异常动静，陈长水方才长长地出了一口气，悬起的心终于安稳了下来。

第四日，一行人来到省城开封，天色已晚，陈长水先到祥符县衙投递公文，说明事由，希企寄押人犯一名。祥符县的刑名书办接过公函一看，原是镇平县解送人证一人，就看了一眼马车上的王季福，当即摇头说：老爷，多有得罪，公文上说是人证，哪儿是什么人犯？既是寻常百姓，县衙岂可随意羁押！难道县衙罔顾刑法，可以私自关押庶民百姓不成？

陈长水本想以衙门公干的身份求他，暂且让人证住上一宿，以防意外，不想却被这位刑名书办一口回绝。开封城人丁驳杂，陈长水唯恐有什么不测，便哀求道：俺是奉臬司衙门之命，特意将人证解送到省，本可以住在客栈歇息，明日再交与臬司衙门即可复命；但顾及客栈内人丁混杂，恐生意外，故而求师爷方便一二。

那刑名书办虽是县衙书办，却是首县的位置，自然不把邓州的典史放在眼里，冷冷地说道：县衙是羁押犯人的，岂能平白无故关押百姓，大老爷若是怪罪下来，我可吃罪不起！

陈长水见毫无通融之处，知道他是在耍计谋，拿大堂，就赔着笑脸，解释说：人证甚是重要，俺怕有闪失，是寄押不是羁押！

刑名书办全然不看同行的脸面，继续冷着脸，说道：不管是羁押还是寄押,俺都担当不起!偌大一个省城开封,相国寺、寺前街两厢,多的是客栈,哪里不可住宿?

再费口舌已经毫无意义,典史陈长水只好悻悻走出祥符县衙,寻了一家地处偏僻的客栈住下。陈长水特意见过店主,与店主说明押解的系臬司衙门催要的人证,公差在身,要求一行二十多人必须住在一起。省城的客栈店大欺客,店掌柜不管你是公差还是私差,只允诺安排相连的三个房间。典史陈长水怕王季福出现什么意外,或是乡下人没见过大世面转转身溜掉了,他就与王季福住在一起,时刻不离其身边半步。他又叮嘱几个手脚快捷的捕快,分别住在两侧的房间内,夜里每个房间内要有五人轮流值守,人证屋内一有动静,务必迅速操刀守护,以保护人证的安全。

一夜平安无事,早饭吃过,大家分别漱口,或是如厕,准备起身到臬司衙门交差时,却不见了王季福的踪影。满院子搜寻了一遍,哪里还有这个乡下人的踪迹,一时急得典史陈长水大汗淋漓。二十多位捕快分成四队,分头寻找,活要见人,死要见尸。不到一刻工夫,捕快在一个菜摊前,终于寻到了蹲在一旁的王季福。一见王季福,典史大怒,逼问他因何事要私自走脱。

王季福吭吭哧哧说不成囫囵话,在大家的严厉追问下,他方才说出事情原委。原来,王季福吃过早饭上厕所撒尿时,遇见一个人,那人问他的行止,他如实以告。那人悄悄告诉:你儿子前些日差点儿被砍头,你又来到开封,说不定是官衙设的套儿,你一来,还不是爷儿俩一起被砍头见阎王。一席话,说得王季福胆战心惊,越想越觉得到了开封更有凶险,他便觑个机会逃了出来。听了王季福的话,陈长水便差人去寻找那个惹事多舌之人,哪儿还有踪影?

大家虚惊一场,毕竟王季福毫发无损,急忙收拾行装,趁早到臬司衙门投文。臬司接洽的是一名书办,公文收到,人证却不接纳。典史有了昨日的经历,多了一个心眼儿,拱手向书办连连作揖,恳求其务必将人证一并接受,不然的话,几十号人住在客栈里耗费不少。

书办不是有意推辞,他怕王季福父子二人监押在一起有所关碍,他建议将人证暂押它处,以防串供。书办是个热心人,体谅镇平县押送人证的难处,当即签办了一个臬司公文,责成祥符县衙门代为看管人证。典史陈长水千恩万谢，重新将王季福寄押在了祥符县衙，接洽办理手续之人恰好是那位书办。那书办见有臬司的公文，也就不再推托，磨磨蹭蹭地办理了相关手续，暂时将王季福收下了。

陈长水办妥了有关手续事宜，便是完成了使命，一行二十多人不敢耽搁，立即返程回邓州去了。

二十五、臬司大人自有定见

接近年底，河南官场人事变动，开封知府唐咸仰升任道台，镇平县盗抢案由臬司委派新任开封知府王兆兰、候补知府马永修二人承办人证的问询。因只是对涉案的人证的真伪进行核对，并不过问案子审理，所以，讯问的程序就十分简单。这只是一个质询过程，只要人证的供词得到确认，获得一个确切的证据，便可结案上禀。

王兆兰新任知府，对接手此案又惊又喜，喜的是得到臬司的委任，惊的是此案影响极大，他害怕自己身陷大案难以全身而退。官职做到知府这个位置便知为官的难处和巧处：不求有功于社稷，但求自身无过错，通透善变、圆滑自保乃第一要务，政绩倒在其次。当然，王兆兰早已悉闻镇平县盗抢案颇为曲折，他奉委查实人证本不复杂，但他心中无底，觉得分寸不好把握。于是，他就唤来祥符县知县陆惺询问案情端底。

自从死囚犯从刑场上被拉回监牢，在开封城已成为街谈巷议的谈资，陆惺也成为公众议论的话题和人物。可在官场内他却被同僚与上司嗤之以鼻，大家暗地里品评其为人有怪癖，喜欢沽名钓誉，甚至猜疑其是否脑子有问题。作为顶头上司，王兆兰对这位下属擅自越权，也是心生厌倦，盖因其初入官场不懂通变。当然，作为上司要驯服陆惺还须巧施手段，慢慢地调教他。等陆惺奉唤来到府衙，王兆兰破例走出门外，拱手相迎：陆知县，公务繁忙啊！

陆惺忙拱手答谢：彼此彼此，还是大人日理万机啊！

二人入座后，王兆兰不再兜圈子，直入正题：陆知县，你对镇平县盗窃案有何高见啊！

陆惺见知府大人屈尊下问，心中也有了几分惊喜，但他并不知道知府大人奉委查证人证。见王大人询问，便直了直身子，慨然说道：这个死囚犯就是一个孩子，一个乳臭未干的乡下孩子，借他一百个胆子，他也不敢做下如此滔天大案！

王知府听了，静默了片刻，又问：那臬司麟大人如何见教呢？

陆惺摇摇头：麟大人……麟大人的意思不得而知。

王兆兰幽幽地说：不知道麟大人的意思，如何敢擅自做主呢？

陆惺却是不管不顾地说道：这孩子叫王树汶，盗抢犯是胡体安，分明是两个人嘛！

王兆兰盯住陆惺问道：你敢确认他叫王树汶？你敢说没人冒认罪犯做儿子？

陆惺一时无语，不知道如何作答。后来，他见知府大人的脸色有些异样，语调也有些怪异，心中就有了些许的疑惑。陆惺觉得知府的态度大人有些暧昧，他不是善于揣测别人心思的人，自己一时又把握不准，不觉局促起来，站也不是，走也不是，索性垂下双手，静候大人的训示。

王兆兰觉得，陆惺就像一头刚刚放进牧场的野猪，横冲直撞，毫无胆怯，更不惧怕虎豹的觊觎和猎杀。他对这位属下有些无奈，又有几分憎恨，觉得此人既幼稚可笑，又让人心生厌恶。于是，便不再言语，挥挥手让陆惺走开，自顾埋头阅读案卷。

臬司衙门公务繁杂，直到半个月后，方才讯问王季福。

问讯的大堂上，人证照例也要跪着回话。吏皂分列站立两厢，即使是人证对质，也向有成例，仍须依例进行。马永修是陪审，知府王兆兰是主审官，循例应先行问话。待人证带进大堂，王知府端坐在公堂上，厉声喝道：你叫什么名字？

俺叫王季福。王季福不敢抬头，老老实实回答。

王兆兰眯起眼睛，边看案卷边问话：家住哪里？今年多大年龄啦？

王季福却是万分地紧张，说话的声音有些颤抖：俺家是邓州西乡大汪营人。今年五十七岁。

王兆兰当然熟悉案情，邓州的案卷内写得明明白白。看人证一脸憨厚老实相，就阴沉着脸恐吓了一句：做强盗的，不分首从，杀头是一定的。王季福，我也告诉你，公堂之上胡乱认亲，与罪犯一体同罪。何况，强盗的老爹可是当不得的，有一个儿子做强盗，那是祖宗八代的罪孽，死后连祖坟也进不得！

王季福急于见到儿子，哪里还会顾及其他，挺挺身子说：我的儿子叫王树汶！从小我就抱他在山坡上玩。大老爷，天底下没有槽头认叫驴驹儿的！俺父子俩是血亲，我不会认错人！

王兆兰看也不看王季福，耷拉着眼皮，喊了一声：带因犯！

叮叮当当一阵锁链声响，两个吏皂将王树汶带上公堂。王季福两年未见儿子，想不到父子俩在开封的公堂上相会，他挣扎着爬起身，一下子扑到儿子身上，双手紧紧抱定了儿子，竟自号啕大哭起来。王树汶一见父亲，愣了一愣，也一把搂住了父亲，父子二人同时放声大哭。两个男人的哭声很响亮，也很有穿透力，悲切的声音声震屋宇，任谁见了，也会为之动容，更不会说父子二人有假装、冒认的嫌疑。

父子二人相拥痛哭了一通，两个人都哭得鼻涕横流，哽咽不止。王兆兰就有些不耐烦，示意吏皂们拉开他们！

两人被拉开了，可父子俩仍然哭喊声一片，根本无法问案。马永修在一旁皱着眉头，说道：好啦！好啦！人已经见过了，再哭有啥用！王季福料定要将儿子拉走，又扑上去拽住儿子死活不放，父子俩再次抱做一团，哭声更加凄切。吏皂们一起上前，将父子俩生生撕扯开。父子俩见面的时间不到一刻钟的功夫，就被生拉死拽开来，两个皂隶架起儿子就走，叮叮咚咚的锁链拖拉声很快就消失在大堂的门口。

王季福眼见儿子被拉走，悲痛欲绝，又悲悲切切地哭了一阵子。后来，在皂隶的威吓下，王季福的哭声渐渐地低了下来。

待王季福平静下来，王兆兰翻阅案卷后，拿眼盯着王季福问道：王季福，你说案犯是你儿子，你可有啥凭据？

王季福一边擦泪，一边答道：俺儿子小时候，常常骑在俺的脖子上玩，他的屁股上有一块红记。

案卷里记载的很清楚，王兆兰只是重复问一次，落实一下红记的具体位置。问道：红记在哪边？

王季福低头想了想，说：孩子一大，就不在当爹的面前光屁股了。我记得，那块红记在屁股右边，离腚眼儿二寸。

王兆兰对照卷宗，案卷记录在左侧，又问：还有没有其他的记号？或是有什么伤痕？

王季福想起了一件事，回说道：小时候，儿子他急慌着吃饭，伸手扒翻了饭碗，把右手手腕烫出了伤疤。

疤痕说对了，在右手，红记却在臀部左侧。可年份久了，王季福记错了方位，与卷宗里记载的相悖。王兆兰突然翻脸，猛拍公案，喝道：你受了何人的指使，敢来冒认犯人！你胆子可不小啊！

王季福知道自己说错了，情急之下，连声呼叫：大老爷，孩子小时候俺常抱他，如今十几年了，怕是记错了。俺就这一个儿子，哪儿会有冒认一说，要是俺说假话哄骗大人，天打五雷轰，下辈子托生猪狗，永世不得托生到人间！王季福一急，就赌咒发誓起来。

王兆兰哪里容他争辩，嘿嘿冷笑一声：老天要打五雷轰不轰你，那是老天爷的事儿，托生了猪狗就是挨千刀的货，与你说假话无关。一个人当了强盗，杀头是躲不得的！你说你儿子叫王树汶，可在镇平县怎么变成了胡体安？

王季福欲哭无泪，百口难辩，为了儿子，他只有硬着头皮强辩道：姓胡的叫俺孩儿顶替他坐牢，说年二半载就能出来。他把俺儿关进大牢，还让顶替他的名字说瞎话。胡体安才是真凶！

王兆兰哪儿还听他诉说，大声吼道：大清律法岂是儿戏？当初罪犯承认自己是胡体安，拉到刑场要杀头时，却又成了王树汶！你若是不来指认罪犯是你儿子，他就是胡体安嘛！

王季福被绕的有了几分糊涂，瞪着眼不知如何回答。王兆兰喝令一声：先将人证押下去！此案玄虚甚多，须将此人严加看管，切不可与外人串供！

开封府陪审的刑名书办听出了一些名堂，审案中自然能够体会到王知府的心思，知道王大人要秉承臬司衙门的初审意见，不想再做深究，故而草草审结人证。明眼人一眼便可看出其中的蹊跷，王大人全是敷衍审案，全无深究的打算。

王兆兰焉能不知其中的利弊，若将此案翻转，其结局必是牵动诸多官衙吏胥，必定要涉及经办的官员，那就是一个惊天的错案！一介草民，如同蝼蚁，刑场上大刀一举，首级落地，血溅三尺，万事皆休，何必徒费周折。刑场杀头时罪犯胡体安变成王树汶，复审对质时虽然确认了王树汶，但他毕竟是盗抢从犯，罪不容赦。王知府不知臬司麟大人的主意如何，也就不敢擅自做主，只好草草审过一堂。

退堂后，王兆兰与马永修二人一起，立即赶往臬司衙门面见麟椿麟大人。麟大人正在臬司署衙候着消息，见了面的第一句话就问：案子审的怎么样？

王兆兰总是要实话实说，只好如实说道：一切照大人的吩咐，人证指认案犯是其儿子，名叫王树汶。

麟椿的脸色便有些灰暗，这句话是他最不愿听到的，很明显这是一桩错案。停了片刻，他又问：指证的印记也确证无疑？

马永修在一旁插话，说道：大致准确，只是稍有差异！案犯的屁股蛋子上的红记在左侧，他说成在右侧，其他均无误！

麟大人顿感诧异，惊问道：照二位大人审验的结果，这王季福到底是不是王树汶的父亲？

王兆兰的心里咯噔一下，心中打起了小九九。事情已经是秃子头上的虱子——明摆着的，自己已经照实禀报，人证质对的卷宗记录得清清楚楚，真假判断就是麟大人的事，何必要把责任推到别人头上？他知道，案子一旦有了反复，麟大人就可以拿他去搪塞，因为他曾参与了人证的审验。若是罔顾事实，硬说是王季福是受人指使谬认罪犯为儿子，这在情理上说不过去，在法理上也站不住脚。王兆兰在官场混得时间久了，也是个官油子。他知道，天下哪儿有指认死囚犯作儿子的？但他不能说出口，他若说出了口，便是他确认了。一旦确认了在押囚犯的真实身份，必将麟大人置于尴尬的境地。

思忖再三，王兆兰悠悠地说了一句：他们俩是不是父子，就看大人的意思！

这话说得滴水不漏，让麟椿麟大人也无可奈何，哭不得，笑不得，仿佛在泥水中抓泥鳅，永远抓不住这个光滑的小精灵。王兆兰真是一个大滑头！这一刻，麟大人后悔自己选错了复审之人。可眼下人证案子既已审结，却又转了一圈，王兆兰把责任推给了他。

麟大人不愧久居臬司主官职位，遇事沉稳，不动声色，他拿定主意，不妨先把案子放一放，说不定还会有更好的结局。反正皇帝不急太监急，镇平县马矞、前任南阳知府任凯也正在为此事焦躁不安，他们一定会绞尽脑汁从中斡旋。上司最怕被下级猜透心思，官长有威严，下级才能有所畏惧。麟大人不想让王兆兰看透自己的心思，更不想让他知道自己要维持案子原谳的想法，至少他要给人一种秉公断案的印象，更不能有丝毫的把柄日后被人揪住不放。他心里清楚，臬司在此案中已经陷于被动，便是最大的败笔。身为臬司主官，要当机立断，尽快从案子中脱手，不然就要打不住狐狸，反惹一身骚气。

想到这里，麟椿拱手施礼：二位大人辛苦了，此案关节甚多，内情又极为复杂，万万急不得！那就先放一放，待慢慢推求，细细考证吧！

王兆兰、马永修二人见麟大人含糊其辞，想破了脑袋也揣测不透麟大人的真实意图。

大堂上见到儿子后，王季福心里稍稍安稳了一些，至少儿子还是一个全胳膊全腿的囫囵人。审案结束后，因王季福不是犯人，没有被关在大牢里，而是仍旧被寄押在祥符县衙，至于儿子被拉到哪里他无从知晓，更无从打听。祥符县是首县，臬司在县衙里寄押人证，弄得县衙的吏役不胜其烦。半月前，为了安顿王季福，祥符县衙单独腾出一间废弃不用的旧房子，还专门派了一个人留守看护，害怕王季福潜逃无法向臬司交代。那天，邓州衙门的人把他交接后，王季福被人领进了一间屋子。只见房子顶部漏天，墙壁上尽是脏兮兮的污垢，墙角处密布着蜘蛛网，污浊不堪的地面上堆满了垃圾，一脚踩上去便灰尘飞扬。王季福终日在山沟沟里生活，对居住环境并不挑剔，只是大冬天的夜晚十分寒冷，屋里没有床，睡觉时没有被子如何入睡。王季福走进破屋的那一刻，呆呆地站立了足足一刻钟，他有一种被人遗弃的感觉。想到儿子这一年多来所受的罪，所受的委屈和经历的煎熬，他的心就像被刀剜一般难受。领路的皂隶冷着一副脸，指指破败的屋子，说了一句：你就在这儿睡！说罢，转身要走。

王季福见破屋子实在太简陋，哀求道：这位军爷，大冬天的，没被子咋睡呢！

皂隶是个上了年纪的老者，看王季福与自己年纪相仿，大冬天的夜晚蜷缩在墙角根本无法入睡，也便有了同情心，愣了片刻，说道：四老爷吩咐过，让给你腾一间房子，并没交代被褥的事！所谓四老爷，就是县衙负责刑狱的典史。

王季福指指地上，说道：大冷天的，房子又四处透风，没有床俺将就着睡地下，没有被褥，夜里还不把俺冻死！

皂隶摊开双手，叹了口气，说道：老爷们不管这些小事儿，当差的人会有啥办法？说着走出门去，撇下王季福愣愣地站在那儿发呆。功夫不大，只见他胳膊窝儿里夹着一个被子走进屋，胳膊一松，被子掉在了地上，说了一句：算你有福，好歹有个被子！王季福见他送来了被子，千恩万谢，说道：多谢军爷，俺这辈子忘不了你！

那皂隶也不说话，转头就走。王季福就在墙角处把垃圾拢一拢，清出一片可以躺下身体的空间。他又找了一块残破的草席片，垫在地面上，把被子铺展开。借着夜色，王季福发现被子上有些血迹，也顾不得许多忌讳，在这人生地不熟的祥符县县衙里，哪儿还会有那么多的禁忌和挑剔！县衙又不是旅店，怎会有多余的被子？原来，那皂隶突然想起死囚牢里有一床被子闲置着，就顺便拿来让王季福用。这床被子是前些时一个死囚犯用过的被褥，人被砍了头，被褥却没人认领，就堆在墙角处，是一个无主的物件儿。皂隶想起这档子事儿，看王季福上了年纪，动了恻隐之心，那就废物利用，做了个顺水人情，让乡下人王季福享用一下，倒可以驱驱冬夜的寒意。好在王季福并不知道这条血被子的来历，当然也就无从害怕。

有了这床带着血迹的被子，王季福就可以度过漫漫长夜。铺展了被子，他一屁股坐在被子上，抬头看看天空，天色已经暗了下来，四周十分寂静，又无灯光，他就寂寞地枯坐在陋室内想自己的心思。此刻，王季福不禁挂念起自己的儿子来，这是他脑海里挥之不去、时刻萦绕于怀的事情。儿子小小的年纪，就遭这样的大罪，都是当爹的无能。他后悔当初不该让儿子去学厨子，即便是当学徒，也不该去胡体安家，去胡体安家也不该去替他顶罪呀！顶凶可是个掉脑袋的事儿，孩子毕竟还小，咋会傻到大老爷过堂时还不说实话呢！胡体安是个啥人？那就是一个活阎王，是一个吃人不吐骨头的主儿！幸亏孩子临到刑场砍头时喊了冤枉，又遇上了一位青天大老爷，才从大刀下侥幸逃了一命。不然的话，他还不早就成了断头鬼！

王季福手捧着脑袋，两个胳臂肘支在膝盖上，呆呆地想心思。这时，下弦月悄悄地爬上了东边的屋檐，月光洒进屋内，视线也渐渐地清晰起来。抬头看天，屋顶漏天处可以窥见星星在闪烁，幽邃而高远。王季福不知道自己的儿子现在何处，冬夜已经很冷了，儿子是否有被褥，身上的衣服是否单薄？当爹的不能为儿子遮风挡雨，不能为儿子谋一个生计，便是窝囊废一个。

王季福恨自己无能，恨自己没办法解救儿子。他想，儿子能去顶胡体安的罪，自己为何不能去顶替儿子坐牢？坐牢的罪让当爹的去受，等大老爷把案子审清了，自己出来后就回家种地，儿子再也不去学厨子了，就守着家里的几亩山坡地过日子，春种秋收，守着老屋啃窝头，那也强似这坐大牢受煎熬的滋味啊。

小汶啊，你这孩子可是受大罪啦，爹我可是顶替不了你啊！王季福不知不觉间两行老泪顺着脸颊滚落下来，凄冷的月光映照在他那皱纹纵横的老脸上，留下一层灰暗的冷光。

第二天早起，天色大亮。王季福翻身醒来，低头看见被子上血迹斑斑，心头便是一惊。

在祥符县衙门的这间陋屋里，王季福在煎熬中度过思念儿子的日子。

白天在公堂上见到了老爹，王树汶心里就像打翻了五味瓶，苦辣酸甜百般滋味俱全。自从见了老爹后，王树汶的心里陡然间改变了主意，他再次燃起了求生的欲望，此刻，他不想死，真正地不想死。自己一死，爹娘还不哭瞎眼？妹妹树娟还不天天在家里哭闹？他已经两年没有见到老爹了，老爹也是将近六十岁的人了，背明显驼了，人也消瘦了许多。在公堂上猛然见到爹爹，王树汶始料未及，他的心情既兴奋又懊悔。王树汶心里藏有许多话，可是却没有机会给老爹述说一番。直到这一刻，王树汶才真切地感受到自己的老爹对儿子是多么地疼爱。老娘的身体不好，儿子出了事，她一个乡下女人怎么样呢？是不是寻死觅活，不吃不喝！妹妹树娟已是十多岁的姑娘了，连一件像样的衣服都没有，女孩子正是爱好打扮的年龄，因为家里穷，娘连一件新衣服都不舍得给她添置。她的一件粗布衣服，老娘在上面打了许多补丁，穿在身上实在不雅观。树娟的那件夹衫，春秋两季穿在身上；到了冬天，娘洗一洗，浆一浆，晒干后再把棉花塞进夹衫里层，冬季当棉袄穿。

王树汶不知道老爹现在何处，是回了老家邓州，还是仍在开封城？老爹来到开封，是坐车还是步行？在衙门里，皂隶打他板子没有？虽然只见了老爹一面，也就不到一个时辰，可他觉得心里就畅快了许多。他不知道老爹为何来到开封大牢？王树汶为老爹担心，他一个五十多岁的山里人，来到人生地不熟的开封，他咋回老家呢？

王树汶顺手一摸，摸到了那件棉袄，顿时，手就像被蝎子蜇了一下，浑身直哆嗦，这是胡体安送来的。看到这件棉袄，他的心里就有一种莫大的恐惧，仿佛一张大网在牢牢地罩着他，无论他如何挣扎，无论他如何撕扯，终究挣不脱大网的羁绊，只是徒劳地挣扎。那年，家里养了一只羊，临近年关，老爹要宰杀它吃肉，可王树汶不同意，死死地护着那只羊。这只羊是他精心放养的，与他整整相处了一年，怎么说杀吃就杀吃了呢？老爹掂着磨得锋利的尖刀，把羊拉到院子正中时，王树汶就紧紧地抱着那只羊，护着它不让爹杀它。爹很生气，骂他没出息，可他就是不听，死死地抱着羊的脑袋不让爹靠近。老爹没法子，扔掉手中的刀，骂骂咧咧地走了。他把羊仍旧关进羊圈，喂它一把干草，又拍拍羊的脑袋，然后兀自出外玩耍去了。可当他从外边回到家，看见爹正在用刀子剥羊皮。他的两只手血淋淋地，把羊的肚子豁开了，正往外扒拉羊的五脏六腑，鲜红的羊血顺着他的手指往下滴。王树汶一见，血往上涌，哭闹着向爹示威。他蹦着脚喊叫，哭得泪人一般，饭也不吃，任谁哄也不听，直到爹答应给他再买一只羊，他才肯吃饭。尽管王树汶喜欢吃肉，可他绝不肯吃一口锅里的羊肉，不肯喝一口羊肉汤。

回想起老爹宰羊这回事，王树汶觉得，一个人与一只羊没有什么区别，拿着刀子的人随时可以宰杀一只羊，随意剥它的皮、吃它的肉，把它的五脏六腑掏出来。不同的是，一只羊被宰杀了，还能够得到养羊的人同情，还有人护着它，而刑场上宰杀一个人连同情人都没有，都是一些瞧热闹的人，唯一同情他的只有自己的父母！

想想那天的刑场就让人浑身颤抖，比宰杀一个小鸡一只小狗还要恐怖！

假如那天自己嘴里的东西没有掉出来，假如那天自己没有拼命喊冤，假如那天的骡马受惊吓后不把自己拉到车马店里，假如那天监斩的大老爷没有大发慈悲喝令停刑，自己早就成了断头鬼！自己的一条小命实在是不值钱，与道沟旁、草丛中的蚂蚁一样轻贱，摁死一只蚂蚁是轻而易举的事。可人死如灯灭，死了就不能再见到老爹，也见不到老娘了。再往深处想一想，王树汶就觉得自己整天蹲在大牢里受罪，让老爹老娘担惊受怕，还不如一死了之。自己也没少在牢狱里遭罪，整天蹲在大牢里等死的滋味实在是一种煎熬，真正是生不如死啊！

前几天送来的这件棉衣，王树汶看见它心里就别扭，棉衣仿佛是一张大网，劈头盖脸地罩住他，让他窒息，让他有一种压迫感。自打从刑场上被拖回大牢里，他天天做噩梦，梦见一个人手拿大刀追杀他。他拼命地奔跑，那人在后边紧紧地追赶，让他无处躲藏，又无法摆脱。人一闲就胡思乱想，想的多了，就渐渐地有了幻觉，身子就轻飘飘地飞了起来，回头一看，果然见有一个人在后边追赶自己。他飞得快，后边那人追得快，他就用力往高处飞，飞起来追赶的人就奈何他不得；飞起来就可以逃脱追捕，像一只小鸟一样自由自在地飞翔。他攒足力气，使劲用脚一蹬，人就飞过了屋脊，飞过了树梢，像一支鹞鹰一般直冲蓝天。飞起来后人就悬空了，可他回头一看，那个紧追的人也飞了起来，手里还握着一把大刀，嗷嗷地叫着，抡起明晃晃的大刀奋力砍向他。王树汶吓得大叫一声醒来了，翻身坐起，浑身早已虚汗淋淋，气喘吁吁。

这样的噩梦不止一次出现在王树汶的梦境，让他心力交瘁。他越是害怕这样的噩梦，可同样的噩梦却时不时地出现在梦境里。这样的梦幻反复出现，一到夜晚，他就害怕睡觉，害怕那个梦，害怕噩梦带给他的恐惧。

睡不着觉的王树汶就胡思乱想，他害怕再次被拉到刑场砍头，怕梦地里被人追杀，怕牢房的寂寞，怕一个个凶神恶煞般的狱卒……牢房的窗棂上透过一丝儿月光，更让他思念自己的老爹。白天父子二人见了面，只顾抱头痛哭，没有问候爹住在哪里，怎么来到开封？大老爷打他没有？可曾见到胡大叔没有？呸……不能叫他胡大叔，胡体安是一个恶魔！假如老爹见了胡体安，千万不要再上他的当，他是个吃人不吐骨头的畜生，他家的钱再多，哪怕是堆成山，他也是个杀人不眨眼的恶人！他死后只能进地狱，阎王爷一定会派小鬼油炸他、火烧他，烤出他的一身肥油，还拿这些肥油点天灯，让他受尽地狱的苦，尝遍地狱的酷刑！或是让地狱的小鬼们抽他的筋，扒他的皮，嚼他的肉，把他的骨头熬成油，把他的皮蒙成一个大鼓，让千万人去敲打，用木棒猛捶！

王树汶恨死了胡体安，自己受的罪都是他一个人铺排下的，他设了一个套儿，把俺牢牢地套死了！自己受到的所有苦和罪都是缘于他一人，是胡体安这个十恶不赦的恶人毁了他的一切！如果有来生的话，下辈子就是变成一只蚂蚁也要把他咬死，即便是变成一只麻雀，也要啄出他的眼珠子！

可是，王树汶被关在省城臬司的大牢里，他无法逃出大牢，无法去见自己的老爹，更无法去找胡体安寻仇索债！

二十六、涉案官吏人人自危

马翥听到死囚犯胡体安在开封临刑喊冤之事后，他一下子跌坐在椅子上，呆呆地半晌无语。那天，他急得像热锅上的蚂蚁，坐站不安，一刻也不消停；再后来，他的浑身好似被人抽取了筋骨，瘫软在床上爬不起来。

这件事涉考成的盗抢案，是他初任县牧首审的大案，谁能想到案子会有如此反复！这是他在仕途上栽的一个大跟头，也是他永远抹不去的斑痕，被人耻笑无能不说，必定还会被上司追责。因此，他的心绪既恼火又忐忑不安。论说起来，比起那些大挑候补，或是被举荐的知县，他具有得天独厚的优势。可这种心理优势助长了他的自负，让他平添了一览众山小的视角高度。履新赴任以来，在镇平县衙的小小天地里，各色人等让他大长了见识，使其滋生一种天外有天，人外有人的感慨。他在与毛一统的处事交往中，却不得不佩服这位师爷，他虽无功名，却有着久在刑幕之人的精明。这位师爷处事圆通，对刑幕尺寸的把握，对幕友的结缘勾连，都让马翥佩服得五体投地。所以，他不得不事事倚重于他。经过一年多的官场历练，尤其经过盗抢案的曲折回环，他真切地感到了官场的凶险。此刻，马翥有着太多的感慨：读书人都盼着做官，谁知进了官场，便有许多的是非和无奈，便有许多的门道和玄机！

马翯始终不明白，对盗抢案犯胡体安已亲自审过两次，又经毛师爷的指点，并无严刑逼供、屈打成招的情由，案犯的口供历历在目，从未发现异常，铁定了就是盗抢大盗。且人已缉拿在案，供状确凿，怎会错将案犯混过了县、府、臬司三级的庭审？更不可思议的是，囚犯的临刑呼冤竟被监斩官停刑！这真是千古奇闻啊！他又有些心虚：当初毛师爷力主将盗案的人数少报或瞒报，是经过他的首肯的！那都是为了他的政绩和考成啊！

　　马翯十分焦躁，他心绪烦躁地找毛一统商讨对策。人刚进屋，马翯就急不可待地说道：老毛，你听说没听说？那个盗抢案犯胡体安好大胆子，居然在被砍头时大呼冤枉！

　　对于毛一统来说，这已不是新闻，而且他成竹在胸，早已有了应对的计谋，就装作一副迷茫的样子，说道：大老爷，此话怎讲？

　　马翯心急如焚，大声埋怨说道：你这人消息太闭塞，我们经办的胡体安盗抢案，竟然是一桩顶凶案，案犯没被砍头！正在臬司大牢里关押呢。

　　哦！毛一统装作惊讶的神色，死死地盯着马翯的这张既有几分稚嫩，又有几分书生特有的憨傻脸庞，一脸的无辜和迷茫。

　　马翯突然觉得自己的失态，迅速调整情绪，拿出父母官的矜持，慨然说道：毛师爷，胡体安没被砍头，臬司正在复审！老毛啊，这案子可别出现什么纰漏，一旦反复，势必要关涉镇平县衙的声誉！身为一县主官，案子出了错，无论如何也逃脱不了干系。马翯没有说出他的担心，可毛一统却可以从语意中体味到他的焦虑和狂躁。

　　毛一统久在县衙厮混，自然谙熟于官场游戏，岂能不知马翯的心思？马翯就是一个闷在笼子里的鹌鹑，他至今并不知晓毛一统与胡体安私下勾连串通之事。马翯又像是一个木偶，被人用绳子牵动着四肢，表演得有声有色，喜怒哀乐任由别人操控，动情处声情并茂，悲情时纠结得寝食不安。就眼下的情势而言，更不能让他知晓其中的玄妙，而只有煽风点火，让马翯走在前台，由他出马斡旋此事，把南阳前知府、现任陈许汝道台任凯也一并拉下水，牵涉的官场人越多，越是有了依凭和靠山；勾连的人越多，帮忙袒护者就会蜂聚而来，大家一损皆损，一荣皆荣，翻案的可能就越小。官场的这种利害关系，大家彼此心照不宣，只可意会，不可言谈。

　　马翯甩着一双手，摇头说道：本案事关本人的考成，如何是好？如何是好！

毛一统见马矗一副焦躁不定的神态，心中即好笑又有几分可怜。他觉得有必要趁机撩拨一下他的痒处，让他一根筋别到底，便右手拈着胡须，一字一顿地说：县翁啊，这案子无论如何可不能逆转啊！您初任县台，三年未满，又是初次审理盗抢大案，一旦翻案，势必有损县台大人的官声前程！以我的愚见，莫若县台您亲赴省城，打通关节，任凯大人必然倾力相助，臬司又有张师爷的照应，大家彼此呼应携手，决然不可使案子翻转啊！

这番话果然打动了马矗，他思量半日，便欣然允诺，颔首说道：老夫子的话在理，本县理应放下冗务，到省城去打探一下，摸清案子的曲折所在，再酌情定夺。

毛一统见他对案子并未提出疑问，宛如贪食的鱼儿一样吞了钩，心情便放松了，说道：兹事体大，县衙里的一些冗务可以先放一放嘛！

案子就是天大的事，关乎个人前程。其实，马矗的心里也有些心虚，他初涉官场，人缘累积浅薄，律典并不精道，他害怕自己一人难以担当，就嗫嚅着说道：毛老夫子，你久在刑幕，精于律典，人情圆通，不妨你我一起去开封，彼此相互有个照应，岂不更好！

毛一统自然乐意到开封走动，公务活动理应由官衙支度，盘缠靡费用度自然由知县老爷用公帑承当。毛师爷点点头，爽快答应：能与县台大人一起赴省城开封，当属万幸！

马矗急急地说：兹事体大！兹事体大啊！

毛一统问道：不知何日成行，我且准备一下，是否还有什么未曾想到的事体？

马矗心情急切，摆摆手说：事不宜迟，明日即可动身。

毛一统有了马矗的承诺，便抽空分别会见了胡体安、张绍祖、刘学太三个人，向他们通报了自己与马矗一起赴开封打探消息之事。胡体安也不含糊，立即掏出一张五百两的银票作为川资，若有上下打点之事，少不了要破费银子的。

刘学太告知大家，王树汶的父亲王季福已被邓州带走，转押至省城开封。几个人听了，都唏嘘不止，后悔迟了一步。

胡体安终日里提心吊胆，惶惶不可终日，他觉得无论如何要抓住刘学太，毛师爷、张绍组都是外地人，可以拍屁股一走了事，只有刘学太是镇平县人，那就抓牢他，让他脱身不得，一根绳子的两头至少要绑上两个人。现在唯一的办法是打干亲，有了这层关系，不怕他不尽心尽力。他唤过儿子大彪，嘱咐他上街置办货物，礼品一定要买一顶瓜皮棉帽，一身缎面棉袄、棉裤，指明要杭州绸缎，一双千层底的棉靴，还特意为刘学太置办了一身行头。拜干亲的礼物要有半扇子猪肉，一包红糖，十袋上好的精制面粉，一百盒一口酥点心。看着儿子置办齐了的礼品，胡体安就与刘学太商定日期，在自家酒店备下宴席，掐着指头，盘算着邀约那些人参加仪式。

儿子不知老爹的底细，只是隐隐听说了一些老爹的风言风语，事到如今，儿子不再顾及脸面，就敞开了问：爹，你那事儿，啥结局？

胡体安从儿子的口气中听出了端倪，眨巴眨巴眼睛，拍拍儿子的肩膀说：孩子，这事儿本不该瞒你，可爹戳的窟窿太大，说出来我怕吓着你弟兄俩！我也不瞒你，爹摊上这事儿，不是要命，就是要家产！有了命就没有了家产；有了家产，就没了命。最坏的结局，咱胡家的家产没啦，你爹的小命也没啦！眼下，爹把家底儿都淘空了，粮行、烟馆的银子都透支了，可还得想办法去堵，不堵我只有去逃命！眼下，认你刘大叔做干大，是想让他帮衬帮衬咱。事儿大发了，你爹我可是死无葬身之地！

儿子听的脊梁沟一凉一凉的，半晌无语，说：刘叔的能耐，他能救你一条命？

胡体安摇摇头，黯然地说：爹心里也清楚，你刘叔也没这日天的本事！可我想了，万一你爹要是没啦，你总是还有一个干爹吧！说着，两行热泪滚滚而下。

大彪见老爹动了感情，知道他的心里也很苦，也不再奉劝，转身筹办宴席去了。

刘学太倒是认干儿的兴致不减，见胡体安把事情都铺排停当了，也猜到了他心里的小九九，就不再阻拦，任他闹腾。刘学太知道胡体安铺排这事儿礼物挺重，自己收礼认干儿，平白多一个喊爹的，再便宜不过的事儿。见了胡体安，就眯起一双小眼，调侃说：老胡，你弄这糨事儿，二月二点灯笼，可是有点晚点了吧？

按中原习俗，打干亲大多是两个男人之间交情深厚，为延续情感，将自家的儿女认对方为干爹，俗称"趄门槛儿"。一则孩子容易成活，多了一个人护着；二则为孩子铺条路，以后有人照应。有时，事主有些心急，儿女不曾落生就指腹认亲，然后再履行认亲仪式。中原习俗：娃娃认干亲，生日、节庆要时常走动，必有仪礼奉献，直至十二岁时完锁。完锁后，孩子就是成人了，从此以后，干儿子每逢年节、生日不再走亲戚，但亲情尚可维持。胡体安的儿子已经年近二十，早过了认干亲的年龄，可胡体安执意要认这门干亲，大家也是心知肚明，乐得吃喝玩乐一场，凑个热闹，没有人不乐意的。

腊月十二是黄道吉日，因张绍组提议此事不可张扬，胡体安没有邀请更多的人，就在自己开的客栈里备下三桌席面，履行了磕头认亲的仪式。这场认干亲仪式很隆重，毛师爷、张绍祖等人都参加了，大家热热闹闹欢聚一堂，没有人提起案子上的事情，更没有人说穿胡体安的把戏。

王兆兰回到知府衙门，心里依旧不踏实。他琢磨不透麟大人究竟啥心思，麟大人有话又不明说，吞吞吐吐藏而不露，让人猜谜一般揣测底细。他心里清楚，开封府辖地大，又是首府，属县虽有一十七个，但知府毕竟是承上启下的职守，且省城内还有三司衙门，知府不可能有大的作为。他认真思量一番，觉得麟大人对案子不置可否，下面经办案子的刑幕师爷自然会有所体味和把握，不如觑个时机，上门讨教一番，倒可以打探出一些端底来。他将脑海里自己所熟悉的臬司衙门的刑幕之人过滤一遍，忽然想起一人，此人刚刚接任首席刑幕，正是臬司衙门炙手可热的人物，这个刑幕师爷就是张和哲张师爷。

往日里，王兆兰与张和哲公务交往虽不多，但私交还算深厚，酒席酬答甚为频繁，相互也有请托之事。

那日，王兆兰觑个机会，发请柬邀约张和哲到府衙闲聊。张和哲一见是开封府的请柬，便揣度出王知府的几分用意，匆匆交代了公务琐事，准时来到了开封府衙。

对王兆兰来说，张和哲是上司衙门的人，当然十分地恭敬，他立即吩咐人为张和哲师爷沏上茶，二人一边聊天一边品茶，话题慢慢引上了案子。

王兆兰试探着问：老兄，近日忙何公务？

张和哲说道：无非是瞎忙！终日都是一些案牍之事，毫无情趣可言！

张和哲平时极少到开封府衙做客，作为刚刚接任开封知府的王兆兰，在开封城里自然是万人瞩目的人物，但这个角色极不好处，在三司官长眼皮子下任职，那是要时时捏着一片小心的，一不留神得罪了三司衙门里一个小小的门吏小卒，说不定他们在大人面前垫上一句谤言，就会让他吃不完兜着走！因此，王兆兰在张和哲面前就有几分客气，拿捏着言语说道：做刑名师爷的，实在是辛苦万分啊！

张和哲淡然一笑，说道：还是大人辛苦！我们做刑幕的终日里在刑案里转圈圈，都是与那些作奸犯科、杀人越货、盗抢拐卖的贼人打交道，一身的晦气！

王兆兰知道张和哲的客气里透着一种乖戾，他既然忙于刑幕，为何又有消闲的机会？于是，王兆兰打着顺风旗，说道：张师爷忙的是大事！镇平县胡体安盗抢一案，老兄可曾参与？

张和哲咂咂嘴，苦笑了一下，思忖片刻，说道：案子送到了臬司，我就是承办人！这个案子原本无疑问，刑部业已批复斩立决，偏偏被那个陆大老爷节外生枝，生生把案子给搅黄了！

祥符县是开封府属地，张和哲故有此说。王兆兰轻轻叹了口气，说道：这个陆惺刚刚大挑任了祥符，原想让他历练历练，磨去一些读书人的呆气，上任接手的第一桩公务便是这桩监斩犯人的差事。可他却小题大做，无故生出事端，竟把犯人临刑喊冤当回事儿，还生生把人拉到了巡抚衙门里去审，弄得麟大人好生尴尬，真正是开封城里闻所未闻的奇闻了。

张和哲苦笑一声，慨然说道：眼下，我也是猪八戒照镜子——里外不是人！如今臬司对此案一体重审，我是此案的经办人，岂能脱得了干系？如有反复，怕是麟大人也脱不了干系，也有失查的责任啊！

哦，原来如此！王兆兰此时方才明白，怪不得麟大人闪烁其词，原来有此关节！若不是张师爷一语点破，自己并没有悟出其中的玄机。想想自己又深陷其中，便有些不寒而栗！王兆兰两眼紧盯着张和哲，接过话茬儿说道：大人，前日我也接手审理此案的人证了！

啊！王大人此话怎讲？张和哲听了颇为吃惊，两眼紧紧盯住王兆兰。

王兆兰也是一个伶俐之人，立刻领会了张和哲的话意，心中不免发笑：今日邀他，他竟也是为揣摸案底而来。王兆兰避而不谈话题，却绕着弯子说：人证我也审过，究竟麟大人有何意思，他又不明示，叫俺猜心思，下官愚钝，难解臬司大人的心意。再说，麟大人是要定个规矩的，没有规矩不成方圆，有了规矩方可依例行事。

麟大人没有事先交个底儿？张和哲半信半疑，他在试图从王兆兰的嘴里得到一些人证审理质对的细节。

王兆兰大人只有实话实说：人证我已查证了，除罪犯胡体安变成了王树汶，还多出了个王树汶的爹——王季福！

张和哲哦了一声，陷入了沉思。可他更关心案件的重审！人证质对，究竟有何佐证，他最为关心。张和哲紧盯着王兆兰问道：邓州来的人证与案犯真是父子？可有凭证？

王兆兰点点头，幽幽地说：看来确实是父子，可人证当堂说的印记有误。不过……

张和哲当即打断王兆兰的话，急切地说道：即便说父子是真的，可案犯参与了抢劫，也是证据确凿！按大清律典，那也是砍头的大罪。逮不住胡体安，先将从犯归案正法，也是臬司职责所在啊！

王兆兰见他言之凿凿，只好和盘托出，拱一拱手说：昨日我已见过麟大人，禀报人证质对一节。可麟大人顾左右而言他，全无听取案件禀报的意思。小弟实在愚钝，还请老兄指点一二！

张和哲当然早已洞悉麟大人的心思，既然王知府讨教求指点，那就不妨给他指点一下迷津，让他顺着麟大人的思路往前走。张和哲拿眼看一看王兆兰，突然笑一笑，说道：不瞒老兄，此案虽然曾经本人之手，但镇平县是初审，人犯是他们逮捕归案的，是否顶凶，臬司如何晓得？再说，南阳府呈送的公文，也有复审失察之责！且通省积存案件甚多，臬司总不能每案必到庭亲审亲验吧！因了犯人临刑呼冤这个关节，麟大人对我已有了成见在先，故而重审之事我已不再参与其间。老兄业已审过，想必已有新断！

王兆兰叹口气，说道：我哪儿有什么新断？不过是临时受命，权且过问一下。今日约老兄叙谈，其实就是讨教，如蒙老兄赐教一二，王某不胜感激！说罢双手抱拳揖礼。

张和哲急忙还礼：岂敢！岂敢！

王兆兰诚心诚意地说道：你在臬司衙门供职日久，经手此类案子甚多，阅历又广，还望不吝赐教，为老弟指点迷津！说着站起身，再次抱拳致礼，态度甚为谦恭。

张和哲急忙还礼，嘴里说着客气客气。缓了缓，便幽幽地说道：赐教说不上，你我相交多年，交往甚多，素来不分彼此，都是自家兄弟，属下岂敢哄瞒知府大人！

王兆兰一听，连连还礼，以示谦恭：还是老兄在臬司衙门行走，见多识广，谙熟刑律，今日特意邀来老兄，就是求您一个点拨。

知府大人的态度如此诚恳，张和哲也就释然了，心里不再有所顾虑，便说道：此案细细推究，其间勾连人甚多，尤其是臬司及府、县衙门。此案初起时，镇平县是初审，南阳府是复审，臬司复查供录无误后呈送刑部，刑部将原定的"斩监候"改为"斩立决"。其中哪个关节都没有纰漏！哪个衙门都有牵涉！这是连环案，要错都错，臬司、南阳府、镇平县都有错！这个胡体安……啊！也就是现在在押的王树汶，毕竟也是从犯，依律仍是斩罪！如若案犯的人头落地，顶凶的过错自然无从说起，镇平县、南阳府、臬司衙门便无错判一说！

王兆兰听了，恰如醍醐灌顶，连连点头不止。

二人正说着，皂隶进来说：南阳府镇平县知县求见！说着，递过来名刺，上写"南阳府镇平县知县马翥"。王兆兰听了，甚为惊奇，他兴致极好，对张和哲说道：说曹操曹操到，老兄不妨会一会这个马知县，彼此交个朋友，大家一起坐下来，好好商议一番，总会想出一个万全之策。

张和哲也不便推辞，二人起身迎接时，马翥、毛一统二人已经走进房内。几个人揖礼已毕，相互通报姓名，然后分宾主坐下。王兆兰先开口，指指张和哲，说道：这是臬司张和哲张师爷，我们二人正在闲谈，都是议论你们镇平县的那个盗抢案。

马翥曾经与开封知府王兆兰相识，论资历，论官职，他都自认是晚辈。虽然张和哲身无官职，但他是臬司衙门的首席师爷，位居要津，正是所求之人，当然更是不敢小觑，他的态度自然十分谦恭，按宾客主次，与毛一统一起在下首就座。

原来，马翥、毛一统到开封后，打听到开封府王知府刚刚奉委勘验人证，又在臬司署衙听说张和哲张师爷受邀到开封府衙议事，便一路寻来，恰巧遇到二位正在闲议案情，便敬陪末坐，洗耳恭听。

张和哲看一眼马翥，一望而知他是初任民牧，在官场上有些青涩，便点点头，问道：您就是马知县啊！你们镇平县这个案子好缠手啊！

马翥一听，体味到语意中暗含讥讽，心里就有些诚惶诚恐：属下不才，让大人们费心啦！

张和哲说道：费心的是王大人，他刚刚勘验过人证，业已禀报了臬司麟大人。

马翥一脸惶惑，站起身，施礼说道：大人们为案子操劳，下官感恩不尽。我不揣冒昧，斗胆问一下王大人，不知案子进展如何？

王兆兰犹豫了一下，又看了一眼张和哲，说道：实不相瞒，人证已经质对完毕。

马翥便有些急不可耐，试探着问：人证确切吗？

毛一统看马翥有些性急，以和缓的口气接过话茬，说道：我们已经打听了，人证已经审过，不知质对得如何？我们不过是讨个口风。

王兆兰知道毛一统与张和哲同在刑幕，又听说两人有师生之谊，关系自然非同一般。他再次瞟了一眼张和哲，对二人的急切心情表示理解。略略思忖片刻，才缓了缓说道：人证一旦坐实，怕是案子就有翻盘的可能。没有臬司麟大人的口风，卑职不敢擅自做主！

马翥的眼神就有些慌乱，在几个人的脸上游走几番，巴望着寻出一些可以慰藉的表情。张和哲见状，用手指捋捋胡子，说道：马知县，此案非同一般，事关你的考成和前程，何况还不是你一个人！原南阳府的任大人怕是也有干系。臬司麟大人对此颇为恼火，案子反复，势必勾连许多官员及经办属吏。假若案子有变故，那就牵涉了诸多人的前程、声望！

那是！那是！捕班逮胡体安，怎的就成了王树汶呢？马翥的脸上渐渐地沁出了汗珠，鼻翼不住地搐动，说话也有些语无伦次，声音有些嘶哑地说：还望大人们从中周旋，多多垂训，下官洗耳恭听！

王兆兰指指张和哲，一脸慨然，说道：臬司张师爷，精于刑名，谙熟律典，还是由他指点一二，方可使案子有一个好的结局。

王兆兰把议题推向张和哲，显然是有所倚重，就眼下情势，必须定下一个主旨，才能将案子坐实。大家都把眼光移向张和哲，等待着他说出高招。此时的张和哲觉得，借此机会应该想出一个万全之策，让案子永无翻转的可能。他也就不再推辞，清清嗓子，一字一顿地说道：眼下案子业已明了，镇平县初审不严，拿错了主犯，以从犯呈送上司，确是失职之举，可能要连累上司而受到贬黜！可从犯也是犯人，按大清律典，依律当斩！如果上下官署一体同声，罪犯想要翻案逆转，那就比登天还难！

在座的几个人，只有毛一统、张和哲二人知道案情的曲折来由，可他毛一统怎能说出案情底细？一旦说出案底，真相大白于天下，那就是河南通省的一桩惊天大案。此案的初起，系他一手做成，他是最清楚不过的人。此时，他不便插言，言多必失，失言必招致祸端。

马矗听了张和哲的言语，不住地点头称是，可他必须有一个态度，申明此行的目的，指出他要倚重的人。马矗再次站起身，拱手施礼，态度极为谦恭地说道：卑职的前程事小，大人的官声才是至关重要的。此事还须张师爷将卑职的心情上达麟大人，没有麟大人的决断，没有麟大人的一手操持，没有王大人的训教，没有张师爷的斡旋，此案断难了结！

这番话说得慷慨激昂，把几个人都说得无言以对。张和哲呷了一口茶，把茶杯重重地放在桌子上，环视一周，低声说道：若要犯人从此不再喊冤叫屈，若要衙门里的大人们都有一个好官声，那就只有一个办法……他突然打住，死死地盯住王兆兰的眼神，伸开右手手掌，猛地往下一劈，从牙缝里挤出一句话：那就是让在押囚犯永世不能说话，大家才能相安无事！

大家听了，纷纷点头称是。有了共识，几个人如释重负，心情也明朗了许多。时近中午，不便多谈，大家起身吃饭。

这顿饭当然由马矗买单。王兆兰得了张师爷的明示，心情也放松开来，饮起酒来便有了几分豪兴。

二十七、道台大人过问案情

马矗、毛一统二人回到客栈，都微微有些醉意，两人倒头便睡，一睡就是半日，醒来时，已是夕阳西下。马翯翻身坐起，感觉脑袋不再眩晕，胃里却是难受，嘴里焦渴难耐，便起身喝了茶水，才觉得有所缓解。毛一统却犹自酣睡，鼾声如雷，萦绕于室。

马翯喝过茶水，闲坐无聊，就踅到室外走动。时值寒冬腊月，万物肃杀，寒意逼人。天空灰蒙蒙地不见一丝儿蓝天，一阵风吹过，卷起了道旁的残枝枯叶，幽灵般挪动，蜷缩在道旁的干枯树枝发出一阵轻微的响声，盘旋着向前游移，仿佛受到冥冥之中神秘力量的驱使。开封城的几个游玩去处马翯早已游历了一遍，再无新鲜的感觉。想起年关临近，还须置备银两到上司衙门打点，心里便有些忐忑不安。在为上司奉送"三节两礼"中，"年礼"至为重要，一级送一级，早成官场定例，哪个吃俸禄的官员也无法免俗。年关将近，官员们的考成在即，下属向上司奉送银两是一种孝敬，一种心情，一种姿态；你不送礼而别人送，那就显得你有些另类，你就不怕上司给你小鞋穿？要么就是自命清高，或是身处险境，或是对上司心存芥蒂，这样你就在官场中永远交不到的真正朋友。官场中人会把你排斥在一边，没有人提携你，没有人同情你，你就成为一个另类，成为一个孤家寡人。在风云诡谲的官场里，没有人乐意结识一个自命清高的人作为推心置腹的朋友。既然你对上司缺乏敬意，必定处处与上司掣肘，那上司还不天天防贼一样盯住你！上司关照你个肥缺，你油水捞足了，腰包装满了，难道上司就该喝西北风不成？这个肥缺你能干，难道别人干不得？别人干时能孝敬上司，分一些油水与上司共尝，上司为何不能拿下你而换了别人？官场中一级压一级，下级敬上级，级级皆如此，上司的上司也是人同此心，心同此理，上司的上司还要向自己的上司孝敬一番呢！上司对下属，犹如狮子一般盯着下属嘴里的肥肉，你为何不分出一份肥肉给上司？假如你不怕穿小鞋，你不怕被上司拿掉，你就可以天马行空、独往独来，真正成为一个另类的官员！你一旦做了超凡脱俗的官员，那你就会身处险境，时时险象环生了。官场中人就像乡下河道里的捕鱼人，他们养鱼鹰就是为了让它逮鱼，还把鱼鹰的脖子用细线勒住，小鱼可以吃下，鱼鹰吞不下大鱼时，只有吐出来让主人收进鱼篓。河道就是官场，官员就是鱼鹰放养人，鱼鹰逮的鱼儿就是主人的猎物。此乃官场积习，皇帝佬儿也更改不得。

马翯没有超脱世俗，他也不能免俗。他知道，常在河边走，哪能不湿鞋！何况，因为胡体安盗抢一案也把他搞得灰头土脸，在上司面前抬不起头。临近年关奉送年礼，也该是向上司表述衷肠的机会，此时不送，更待何时？不入官场，便是雾里看花，影影绰绰，朦朦胧胧曼妙无比；一脚涉入官场，便身不由己，只能随波逐流，谨遵官场的行事规则。官场的磁性，官场的定力，让所有人都浸淫其间而不能自拔。

马骉初为民牧，虽系初涉仕途，但官场的磁性具有天然的向心力，无形的磁力已然将他悄悄地引向磁场的中心。他就像一个初入洞房、青涩含羞的少女，羞羞答答，半推半就，与异性交合后自然有床第之欢的乐趣所在，转转脸便成为一位初尝禁果的少妇。

正在院内散步间，猛听有人在背后喊了一句：马知县，你酒醒的好快哩！

回头看去，见是毛一统跟在身后，便大摇其头，说道：今天过量了，我是否有些失态？

毛一统嗓子有些沙哑，干笑一声：你拿捏得好！倒是我失态了，在大人们面前丢丑，实在抱歉得很！

马骉知道，开封府是河南首府，地利人和，凭自己一个偏远小县主官的资望、身份，要攀上开封知府王大人，不是一件容易的事，此中有臬司张和哲师爷的情分攀连其内，这份人情无论如何要补偿的！待毛一统走近了，马骉吩咐道：老夫子啊，新年将至，我们远离省城，来一趟开封不容易，王知府、张师爷处的年礼一并要送，也省得我们往来颠簸。

毛一统省却了自己的一份年礼，他当然乐意，点点头，说道：年礼是少不得，只是我们送他多少为宜。少了，面子上不好看，也被人轻视；多了，我们又拿不出。临行时，我从一位朋友处借得五百两银子，加上衙署公帑二百两。眼下，手中约有七百两银子可作支度，不知足否？毛一统没有说出是胡体安的银子，他只推说是自己借的。

马骉知道镇平县是个穷县，拿不出更多的银两去上司衙门打点走动，可眼下的情势不容他斤斤计较。他掂量再三，吩咐道：王知府、张师爷二人，在开封都是跺一脚四个城门乱晃的人物，礼银断不可少！咋说每人也得一百两的码儿，再少就拿不出手了。

毛一统也同意这个数。二人商定以后，到票庄换成两张一百两的银票，

月夜无声

分别奉送于王知府、张师爷，说明镇平县路途遥远，年关临近，不便在省城久候，先行将年礼奉上。王知府、张和哲二人也不谦让，分别笑纳不提。

王兆兰既然接手了案子，而且业已在当堂进行人证质对，后来又经臬司张师爷指点，心中有了定见，便专程到巡抚衙门找涂大人禀报案情，以期得到巡抚大人的首肯。涂宗瀛涂大人对此案甚为关注，悉心听取了王兆兰对案情的分析，又研读了他拟写的人证质对详文，倒觉得胡体安盗抢一案疑点甚多，思谋一番，觉得不妨先放一放，留待后议。因时令临近年关，公务繁杂，官员的调任升转、任满述职都在年终岁尾例行公务，此案既已复审，权且搁置一些时日也无大碍。涂大人身为一省巡抚，不宜过问刑名事务，就嘱咐开封知府王兆兰将复审人证案件细目呈文臬司，由臬司定夺后再向刑部呈文候复。知府王兆兰得到巡抚大人的允诺后，便一身轻松，心中再无挂碍，便想与家人一起快活地共度良宵佳节。

近日，出入开封府衙的官员逐渐增多，王兆兰频频应酬相陪，白白费去了许多时日。临近祭灶之日，王兆兰正在府衙理事，忽报陈汝许道道台任凯任大人来访，王兆兰急忙出门迎接。二人原本熟识，揖礼相见后，互致寒暄，共进侧房叙谈。这位任恺任大人系宁夏人，形体颀长，五官端正，说话声若洪钟，颇有气度。他在官场历练了几十年，与人交往，狷介耿直，办事干练，政声颇佳。此人还练就一手好字，书法十分了得，河南官场无人能出其右。年纪既长，任恺任大人的书体越发老到，通省官场之中以求得任凯书法墨宝为荣。

王兆兰心里清楚，任大人是无事不登三宝殿，不期造访，定然有事相求。二人落座后，王兆兰拱手揖礼，恭敬说道：道台大人莅临鄙府，必有急务！有何垂询，我当登门求教，何必劳大人的大驾。

任凯也不客气，单刀直入，拱拱手说：听说兄台接手南阳府镇平县盗抢一案人证的质对，不知勘验如何？

一听任大人问询盗抢案的审理，王兆兰颇感意外，错愕半日，方才醒悟到任大人在南阳府时，此案曾经其手。便心知肚明，满脸堆笑，说道：任大人，您对此案也……

任凯欠欠身子，缓了一下口气，说道：兄台有所不知，此案本人曾经在南阳府任上时经手，并没有发现其中有什么纰漏，不知为何犯人临刑一呼冤枉，便逃脱了断头的下场！

这话明显带有质问的意味，王兆兰接手的只是人证勘验，对案子的前期审理并不知晓，可又不好驳回任大人的面子，只好实言相告说：回任大人，案犯临刑呼冤，开封街巷议论甚多！邓州知州早已将人证押送来省，我已奉委当堂质对，前日我也分别与臬司麟大人、巡抚涂大人知会了案情，因临近年关，至今尚无定谳。

有了这句话，任大人心中有了底细，他也觉得自己刚才的话有些唐突，便抱拳施礼道：多有得罪，适才冒犯了兄台！不瞒兄台，本人因与此案有所关涉，本当回避，不宜过问案情。但我曾参与此案的呈文复审，必是有责任的，故而放心不下！

听到此言，王兆兰顿时不安起来。他知道，居官之人最怕官声有损，政绩如何且不论，官声最为要紧。官场之中办理公文，大家都是不求有功，但求无过。天下居官之人，大多有此心态，难怪任大人有此登门之举。王兆兰顿觉有些为难，不知作何言语，沉默了半晌，方才说道：任大人，此案乃巡抚大人督办，有甚关节，须听巡抚大人的意思，小弟官微职卑，难以左右案情定夺，还望大人体谅一二。

任凯觉得王兆兰说的并非推托之词，一个临时奉委人证勘验的官员，又会有何等作为！于是，他便敞开心扉，慨然说道：兄台啊，胡体安一案，案犯初审时坦言罪过，并无欺瞒，如今却成了顶凶！但在押囚犯曾聚众盗抢，接脏把风，论当从犯，罪不可赦。以大清律典，强盗不分首从，一体都是斩首的大罪，原来曾经过手审问的官员，哪儿还会有过失？

一席话，说得王兆兰无言以对，便连连额首赞同。话已经说得十分明白，路子业已指清，二人彼此会意，不再谈论此话题。忽听窗外一阵风起，二人同时扭头看去，见到干枯的树梢上有几片枯叶随风落下，任大人说了一句：又起风了！王兆兰连忙说道：是啊，又起风了！两个人相视而笑，也便放松了心情，开始谈一些节令变迁、世事人生的闲言碎语。

任大人看看时辰不早，便起身告辞。王兆兰执意留饭，却被任大人借故推辞了。

过罢腊月二十三祭灶日，各衙署内人心慌慌，值守的人员也疏于公务，不再安心理事。祥符县刑名书办无事到后院巡查，偶尔想起王季福尚在寄押，觉得临近年关，县衙不便留人，就到府衙询问人证的放留事宜。府衙也不敢擅自做主，请示臬司衙门。臬司衙署回话说，人证质对已过，可以放还回家了。有此训示，祥符县立马就将王季福放归了。

被关了一个月的王季福，告别了那床曾经给了他温暖，也给了他恐惧和无奈的血被子，终于走出了祥符县衙的大门。他身无分文，举目无亲，开封城的大街上人头攒动，贩夫走卒摩肩接踵，却是一个人也不认得。自那天见到儿子后，再无有他的任何讯息。儿子还是一个乳臭未干的孩子，年纪轻轻，时逢年关团圆时，却身陷大牢，尝遍了狱中的万般滋味。人穷祸事多，马瘦尾巴长。这都是父母无能，儿子也不得好生计，想到痛心之处，王季福站立在大街上，不觉潸然泪下。

王季福行走在开封的大街上，一个人形只影单，饥肠辘辘却无以进食，一街两厢的饭铺饭馆很多，不时飘出阵阵饭香，可他衣兜里没有半文钱，连一个开封小笼包子也吃不上。站在大街上茫然四顾，王季福不住地吞咽唾沫，强压住肚里噜噜滚动的饥肠鸣响。他在开封的大街上寻找儿子，打听哪儿有大牢就往那里走，分别走遍了臬司衙门、开封府衙和祥符县县衙，当他走到高高的衙门大门口，刚刚趔到衙门前，守门的门吏便竖眉立眼，大吼一声，用棍棒驱赶他离开。一个衣衫褴褛、蓬头垢面的乡下汉子根本不可能靠近衙门半步。进不去衙门大牢就无法见到儿子，见不到儿子王季福又不死心，他就凭着一双大脚，三天时间里，把开封的大街小巷走了个遍，可他始终也没有找到儿子的踪影，更打听不出儿子的半点儿音讯。在祥符县衙内虽然饭菜粗鄙，吃的是囚犯的饭菜，猪汤狗食总可以填饱肚子，如今走出了祥符县衙门，连最粗鄙的饭菜也吃不上了。王季福已经两天没有吃上一口饭，到了第三天，他饿得两眼直冒金星，四肢发软。此刻，他也顾不得羞耻，守候在大街上的饭馆门口，觑个机会，把客人吃剩下的饭菜把抓口喃吞食下去，哪儿还会顾得上饭店老板的白眼和呵斥；口渴了，他就到街巷的人家里讨口水喝。开封的冬夜，天气十分寒冷，王季福身上穿的单薄，子夜时分冻得睡不着觉，他就屈身蜷缩在临街的烧饼炉子一旁，靠炉子的余热取暖。

祭灶节已过，开封的大街上到处洋溢着年味儿，临街的店铺门前拥挤着购置年货的人，不时有鞭炮声在街巷里炸响。在开封城里盘桓了几日，王季福知道不可能找到儿子了。此刻，他彻底死了心，便打定主意动身回家。可他不知道邓州在开封的哪个方位。王季福就是一个山里人，整日守着自家的几亩山坡地，从来不出三门四户，向来不知道邓州在哪个方位，更不知道开封城在何处。他清楚地记得，一个月前来开封时，坐的是邓州州衙的大车，大车一直向北走，如今要回家，他就只能往南走，才能走到邓州的家。

王季福有一双爬山的大脚，就靠着自己的一双大脚板，他边走边打听，一路讨要剩茶剩饭，不舍昼夜地往家乡邓州而去。

二十八、巡抚大人换了新面孔

一个山里汉子，日夜兼程，不舍昼夜，风尘仆仆地回到邓州山沟的老家时，已是除夕的下午。当他走到那个熟悉的山坡前，走到自己的小村边，却瞪着一双眼睛找不到自己的家门。

原来，就在王季福被邓州州衙的人带走以后，他那个憨厚的女人——鲍氏，就彻底绝望了。第一次婚姻失败后，她为那个早死的男人留下的两个闺女相继夭折了，从此她了无牵挂。第二个男人王季福虽然憨厚老实，却是她心中的顶梁柱，一双儿女更是她的心头肉，她不能失去自己的男人，更不能失去自己唯一的儿子。于是，鲍氏颠着一双小脚，哭喊着回到娘家，寻死觅活痛哭了一场。娘家也是庄稼人，对于王家的变故也拿不出好主意，一个娘家哥给他出主意，让她去求一个算命先生，让这位山里的高人给她指一条生路。鲍氏盼儿心切，揣上几枚铜钱，就去找那算命先生卜吉凶。那位留着山羊胡须的老头儿，翘起芊细的手指，子丑寅卯了一番，说是王家遭此大难是大门走错了方位，本该走宅院的西侧，大门却留在了东侧，若要破解眼下的困境，解救自己的男人和儿子，只有将大门改建在西侧，才能逢凶化吉，儿子就能遇难成祥。有了高人的指点，女人扔下铜钱颠颠地回到家，立刻找工匠把大门改在了西侧。

俗话说，穷扒门，富迁坟。穷苦人家总是埋怨自己的命运不济，总是怀疑自家宅院的风水不济，千方百计找堪舆先生指点迷津。富人往往是巴望自家更加富有，不惜花费银两迁移祖坟，借重祖荫，祈求后代财源茂盛。可风水先生各自吹各自的号，各人说各人的一套，云天雾地都能说出自己的套路。事主往往一时无有主见，只有遵命执行。穷人把自家门楼扒了改，改了扒，无休止地折腾下去，折腾来折腾去，日子还是没个好光景。鲍氏却笃信了风水先生的话，执意把自家的大门改了方位，屋子还是那个旧屋，大门的走向却改变了，难怪王季福不认识自家的家门。

推开自家那个改变了走向却依旧用木框捆绑、树枝缠绕的柴门，迎面正遇上了面色焦黄的老妻。鲍氏看到自己丈夫时，一脸的错愕，木木地看着眼前的这个灰头土脸的汉子，好似看到一个闯进家门的魔鬼。呆愣之间，鲍氏手里的筷子先自滑落在地。片刻，鲍氏反应过来，扔掉另一只手中端着的瓷碗，一屁股蹲坐在地上，拍屁股打胯骨号啕大哭起来。

王季福昨天夜里一夜没睡，拖着一双大脚往家赶。越是离家近时，他回家的愿望越是急切，就越是想家，猜想自己的女人该如何度日，是一病不起，还是终日哭泣。王季福不停地走，累了就找一个僻静处歇息一下打个盹；醒来了，揉揉眼继续走路。鞋底磨烂了，他索性打赤脚，厚厚的脚茧成了他的鞋子。这位山里汉子凭着一双爬山的大脚，脚步不停地走了整整两天两夜的路，他又累又饿，人几乎要虚脱了。他没想到一到家，倒是鲍氏一惊一喜人先自虚脱了，软软地瘫倒在地。王季福弯腰上前，拼尽力气扶起老妻，两眼含着泪水，嘴里说着：你是哭啥哩！你是哭啥哩！

鲍氏拼命地哭，不但泪雨滂沱，而且鼻涕眼泪也恣意流淌。王季福实在无心听她号哭，也没有更多的语言劝阻，索性放开手让女人哭个痛快，自己起身到厨房里搜寻食物。他太饿了，一连几日的奔波、劳累、饥饿，他已耗尽身体内的所有力气，走路时两腿轻飘飘地没了根基，仿佛是一个没有灵魂的躯壳。此刻，他奔至厨房，一把掀开锅盖，从里边拿出一个窝窝头，用手一掰两半就往嘴里塞。

三个谷面菜团窝窝头狼吞虎咽下了肚，王季福拍拍手，在水桶里舀了一瓢水，咕咕咚咚喝下去，抹一下嘴巴，拾起鲍氏扔在地上的瓷碗。见女人还在哭，愣了片刻，蹲下身，劝道：俺不是人回来了嘛，你还哭啥哩！

鲍氏抽抽搭搭地止了哭，哽咽着问：你见到咱小汶了吗？

到底是当娘的，女人牵挂的还是自家的孩子，王季福好歹填饱了肚子，身上渐渐有了力气，他上前把鲍氏扶起来。鲍氏并不起身，仍一屁股坐在地上，披散着焦黄的头发，宽大的棉裤腿上，沾了尘土，也沾了鼻涕。王季福见劝不住老妻，就附在她的耳边，低低地答道：俺在开封见到孩子啦！

听到了丈夫这句话，那女人突然又放声大哭起来，哭得比先前更加凶猛，任谁也劝不住。大概是听到了哭声，叔伯兄弟王季禄推门走进来，一见到哥哥王季福在家里，略一愣神，眼圈顿时红红的，问道：哥，你啥时候回来了？弟兄俩自邓州衙门一别，已经一个多月不曾见过面，家里人都以为他凶多吉少。村里的老少爷儿们都觉得，王季福没把自家的孩子从大牢里救出来，反倒把自己的一条老命也牵连进去，生死难料，不死也得脱落一层皮，一村人都十分惋惜。

王季福见了自家兄弟，泪水也止不住刷刷地流淌下来。弟兄俩相对唏嘘了一阵，王季福忽然有所觉醒，起身从屋里搬出一个板凳让王季禄坐。王季禄坐了下来，追问一句：哥，你是咋从开封回来的？

提起回家，王季福百感交集，叹了口气，说道：我是祭灶后从开封往家赶，一路要饭回到家。

王季禄最关心孩子的事儿，问道：你见到小汶没有？

王季福没有立即回答，只是迟疑着点点头，看一眼王季禄，满眼的绝望神色，鼻子一酸，说道：见是见到了，只见了一面。孩子没少胳膊也没少腿，可我看着孩子遭了大罪呀！话没说完，兀自号啕大哭起来。

只要人还活着，就有希望，人要是没了，那就一点儿希望也没了。王季禄等哥哥哭过一阵子，追问一句：在哪儿见的？

王季福抹了一把眼泪，叹口气，说道：在开封的大堂上。俺就见了孩子一面，也就一顿饭的工夫，人就又被带走了。从那以后，我再也没见着孩子！鲍氏原本在一侧哭泣，此刻突然止了哭，高声喊道：你这个当爹的，咋不把孩子拉回来呀！说罢，便用手拍地，大声哭喊起来，嗓门越发地高亢。

王季福一个月不在家，回到家就是这样一个境况，他既没有带回儿子的凶信，也没有带回儿子的喜讯。如今临近了年关，王家注定依旧是一个悲凉而凄惨的春节。王季禄看哥嫂两口子一个个泪眼婆娑，就提高了声音

216

说：哥，嫂子，还哭啥哩！俺哥人也回来啦，他也见到孩子啦，这是应该高兴的事儿哩！大年下的，咋会哭得掉了魂似的！

一席话说得入情入理，王季福先止了哭，看自己的女人还在哭，就劝道：别哭啦，季禄说的对着哩，我见到了孩子，咱该高兴哩！他知道，自己的女人很能干，乡下女人都护犊子，两年没见儿子，她整夜整夜睡不着，头上的花白头发也被她自己揪掉了许多。王季福四十多岁上才娶了这女人，鲍氏是再婚，前任丈夫也是个庄稼人，只知道地里刨食儿吃。有一年冬季，那个男人闲着无事儿做，就独自一人到山沟里砍柴，在一个山崖边，一不小心失足掉下去摔死了。这女人与前夫生育了两个闺女，孩子后来一个得瘟病死了，一个下水塘洗澡被淹死，她是既不拖瓶又不带篓，米大麦净仁儿嫁给了王季福。从此，鲍氏与前夫家再无牵挂。王季福并不嫌弃自己的女人，男人娶妻就是为了生养孩子，十多年的时间里，女人为王季福生了一双儿女。如今，唯一的儿子王树汶却身陷大牢，这女人如何不撕心裂肺般地痛哭！

弟兄俩又劝了一阵，女人总算止了哭喊，依旧抽抽搭搭哽咽着。鲍氏这女人一辈子没有到过镇平县城，也不会问及更多的话题，她想自己的儿子，巴望儿子早日回家。

鲍氏哭够了，止了哭，突然问了一句：小汶瘦了吗？俺要去看看孩子，看看孩子受的啥罪！

王季禄听了嫂子的话，咧嘴苦笑一下：嫂子，你知道开封离咱邓州有多远！别说你一个没出过三门四户的小脚娘儿们，就是个大老爷儿们，又有几个人到过开封？就是到了开封，开封城大得很，你又能去哪里找到孩子？

女人听了，绝了念想，又低头嘤嘤地哭。王季禄有些不耐烦，看看嫂子的衣裤上全是泥土，就劝说道：嫂子，你再哭也没用，你就是哭三天三夜，就能把小汶哭回来？要是能把小汶哭回来，咱老王家就一齐哭，哭他个昏天黑地！哭他个天上下黑雪、地上落红雨！俺哥几天没吃饭了，你就该先做饭才是，吃过饭咱再慢慢商量。

这话说得在理，也提醒了鲍氏。那鲍氏不再哭泣，擦擦泪，磨磨蹭蹭起身到厨房做饭去了。院子里平静下来，王季福弟兄俩慢慢地聊。此时，王季福就一五一十地将自己如何见到小汶,如何过堂,如何在开封城里找人,如何讨饭回家,细说了一遍,又把自己在开封衙门里的经历述说详细。

王季禄一边听,一边落泪,听得唏嘘不止。看看日头已经不见了踪影,天色也暗了下来。他就安慰王季福,说道:哥呀,案子复审了,孩子就有活下来的希望,咱也没钱去打点官老爷,往后的事情,那就看咱小汶这孩子的造化了!

说话间,鲍氏已把饭做好,王季福也不让王季禄,自己接过碗,低下头,自顾狼吞虎咽地吃起来。

王季福刚把碗里的饭吃完,村里就响起了噼噼啪啪的声响,村里已经有人家燃放除夕的鞭炮。王季禄也不便久留,向哥嫂告辞,径自回家去了。

开封是省城,又是中原古都,元宵节是上元节,自然是异常热闹,到处是盛世的繁荣。扎彩匠人在大街上搭建过街的鳌山,饰以七色彩绸,山上用油灯点缀,夜间远远望去,宛如一座灿烂的灯山。正月十四、十五、十六三日夜晚,开封城一片灯火辉煌,家家张灯,户户结彩,一派祥和富足。玩狮子、舞龙灯、耍旱船、拉洋片的艺人涌上街头,把大街小巷塞得满满当当,到处人头攒动,锣鼓声震耳欲聋。有顽皮少年点燃了爆竹,往那些走在人丛里的女人臀部扔去,"啪"地一声,吓得女人惊叫不已,骂声连连。大街上哪儿有稀奇景致,人们就蜂拥而至;哪儿有奇人奇事,立刻就聚拢了寻趣的人们,呼叫声、喝彩声不绝于耳。

元宵节期间,各个衙署不再署理公务,官员属吏们都在享受春节的自在安闲。正月十六是"游绿"的节日,按中原的习俗,这一日,男人耕作得忙病,女人纺织患眼疾。所以,这一天的男女都不再做任何营生,全都涌上街头去尽兴玩耍。然而,就在正月十七日这一天,河南巡抚涂宗瀛涂大人忽接京城喻旨,要他奉召入觐。因公务急迫,涂大人不敢逗留,便匆匆启程赴京而去。

封疆大吏奉诏入京,自然惊动了在京的官员,官场中相互之间的拜会、造访必不可少。虽然不求仕途提携,但人情大如山,官场上的照应,言语上的遮拦倒是一种人脉的累积。恰值新春,年味儿正浓,官场的酒宴酬答,故旧亲朋的互访,同僚同窗之间的相互访谈,那是断不可少的。

涂大人在京滞留多日，并未被召见，倒是在酒宴之间偶有所闻，知道那些豫籍在京御史们，对河南镇平县盗抢顶凶一案颇有微词，已有人具写了本章，要参劾河南官员枉法护凶一事。初时，涂大人不以为然，自己清白处事，并无贪墨情节，至于案件审理，自有按察院依律定谳，与自己何干？细细一想，心中又有些警觉：此事关乎自己在京的官声，舆情难堵，众口铄金，岂能轻视！涂宗瀛身为一省巡抚，不愧是官场老手，他认真思量一番，觉得此事须找刑部尚书潘祖荫潘大人打探虚实，看他对此案有何看法。他私下忖度，有了刑部的认可，即令有豫籍御史参劾情事，朝廷必定发交刑部议处，自己倒可以有回旋的余地。退一步讲，即使御史们不曾参劾，新春之际与刑部尚书潘大人攀谈叙旧一番，亦是利好之举。

那日，潘祖荫从部院归府，门役即送来投帖，展开看时，原来是涂宗瀛大人约其叙谈。潘大人知道涂大人待诏在京，年节拜访是常例，便推开其他事务，准时在府内候着涂大人莅临。第二天，涂大人果然来到。二人都是朝廷重臣，相见后相互客气一番，便云山雾罩地闲谈起来。潘祖荫大人出身于世代书香之家，祖、父两代皆为朝中大员，道光二十八年，潘祖荫被皇帝恩赏举人。五年后，他参加科考，中一甲第三名。咸丰六年，皇帝下诏，求直言进谏。潘祖荫应诏陈言数条，得到咸丰帝的推崇，旋即得到重用提拔，从此仕途顺畅，官声渐隆。他曾任大理寺卿、工部右侍郎，后改任刑部尚书。潘祖荫为人敢于直言，又受家学影响，毕生酷爱读书藏书，学养深厚，门第鼎盛，虽是初任刑部，却秉持公正，固守社稷律典。

叙谈的话题渐次展开，涂宗瀛有意把话题往自己期望的话题上引，拱手深施一礼，说道：潘大人，河南盗抢案本已结案，不想却是徒生枝节，不知潘大人有何赐教！

此盗抢一案，京城也有不少舆情，刑部早已申饬河南臬司复审。且涂宗瀛能在案犯临刑呼冤之际在抚院停刑设场再审，足见其见识非凡，绝非视草民生命为儿戏之辈，这是重视民命的佐证，也是一方封疆大吏难能可贵之处，在京的官吏对其也颇多赞誉。如今，涂宗瀛进京入觐之际专程到吏部说项，潘祖荫潘大人甚为感动，暗暗敬服其心机深厚。此时，他也深深还上一礼，说道：涂大人，此案复审如何？顶凶一节可曾审清？

涂宗瀛先前有了臬司麟椿、开封府王兆兰的述说禀报，心中便有了底气，也便和盘托出，说道：临刑呼冤的犯人叫胡体安，刑场却自称王树汶！日前，人证质对业已经审过，人证指认囚犯系自己的儿子！

潘祖荫呻吟一声，觉得其中还有疑点，说道：县、府、臬司三堂审案，难道都被这厮瞒骗不成？此案大谬，朝野哗然，又有人证质对，似可结案。囚犯临刑呼冤，无论虚实，均应奏闻复鞫。我已关照过，一定要依律办理，刑案审理归臬司主理，自然与抚院涂大人无涉。

涂宗瀛欠欠身，揖礼答谢，犹豫着说：不过……这个囚犯也不是啥好鸟！镇平县盗抢一案，胡体安是主犯，囚犯则是从犯，从犯依律也是杀头的大罪！

有了这个说词，潘祖荫也不便驳回，只是镇平县盗抢案犯临刑呼冤一事在京城影响甚为恶劣，舆情汹汹，他也就不得不过问一些细节。如今涂大人谈及从犯定谳之事，他也不便过早地给以准确的结论。思忖片刻，潘大人颔首说道：请涂大人放心！具体情节，犯人如何定罪，由刑部秋审处审理。案犯该定什么罪，自会有一个公正的了断！

话已说到如此地步，再多谈案情已是无益。涂宗瀛却还在犹豫，轻轻皱起眉头，说：京城的这些御史大人们，闲来无事，倒把一些稀松平常的小事儿，生生弄成滔天大案来！

皇帝设御史台言官，为的是监督百官，了解民间舆情，弹劾百官的贪墨枉法之举，百官大都对其有所忌惮。涂大人身为封疆大吏谈及此话题，便是官场忌讳。所以，潘祖荫只能绕着话题走，即不失面子，又不留口舌授人以柄。潘大人接过话茬，微微笑道：唐朝郭霸甘愿为魏元忠品尝尿液以辨疾病，明代倪进贤为万安敬献秘方医治不举，何来监督朝臣之说？

听罢此言，涂宗瀛抚掌大笑起来：大人此言妙矣！没有此举何来"尝便御史"、"洗鸟御史"之美誉。说罢，二人都仰面大笑不止，直笑得泪水飞溅，面溢光彩。

正当二人畅谈之际，忽有人禀报部院有公务专候潘大人处置。既有公务，涂大人不便久留，起身告辞。潘大人也不挽留，奉送至客厅之外，二人揖礼相别。

恰在河南按察使司要呈报镇平县盗抢案时，巡抚涂宗瀛调任湖南巡抚，河南巡抚一职改由河东河道总督李鹤年接篆。一省首官的调任，在省属各衙门都是一个不小的震动。官场的规矩甚多，因了巡抚大人的变迁，各个衙门内凡涉及人事、司法、钱粮诸事宜，皆依例搁置待议。官员的升迁、转任，均暂停候办，一切规矩、承诺、业已议定的事项，须重新洗牌，暂缓再议。旧官已去，新官未到，没有新任抚台大人的训示，哪个也不敢擅自做主。

李鹤年曾在同治年间任河南巡抚，后来调任河东河道总督，这次任河南巡抚之职，本兼河东河道总督一职并未卸任，乃身兼二职。乾隆年间以来，黄河频频决口，黄河水灾已成为朝野的心腹大患，治理河患成为朝廷的第一要务，河道督署也成为大清的一个举足轻重的衙门。河道负责署理工程，户部掌管银两划拨，而工部则掌控工程银两的核销。河工系朝廷工程，朝廷每年所收财赋，三有其一用于河道治理，靡费甚巨。所以，户部掌控的大部分官银都用于治理河患，朝廷不堪重负。

朝廷治理河道系官办工程，而官办工程必有跑冒滴漏，十两银子办成的事情，没个百八十两银子就难以了结。河工就像一个巨大的漏斗，任何一个环节都有虚高的支出，工程中浮夸冒领现象已是常态，世人皆知。一个河工工程的启动，就像宰杀了一头大肥猪，被人睁大眼睛紧盯着，围观之人时刻准备着操刀割肉，不吃白不吃，吃了也白吃，为何不白吃？核拨银子是户部，而核销却在工部，河工工程启动之初，工部就有一套复杂的核销程序，十分地繁琐。工部经办核销的吏员官职小，权力大，他们往往以种种借口设卡刁难，河工经办属员在每一道环节上都须用银子通关打点，以便得以顺利核销过关。说白了就是用银子买路，这笔钱叫"部费"。掌管朝廷工程的是工部，工部衙门内从尚书、侍郎、郎中，到主事、库使、笔帖式、经承等一干大大小小的官员，都有各自的职权，每个部门都是一道门槛儿，经过哪个门槛儿不得分出一杯羹？河道总督也是一方肥缺大吏，但须与地方督抚大员接洽、通融，没有地方政府的襄助，那就会寸步难行，比如人役的征用，料材的运转，工程的占地等，均需地方官府协助方可施工，这一协助便有了地方上的一份开销。其实，朝廷对河工的虚高靡费也是心知肚明，可久成惯例，积弊难除，关涉地方和部院的利益，朝廷只好睁一眼闭一眼，任由治河的耗费年年增高。朝廷也是看透了其中的关节所在，便委任河东河道总督李鹤年兼任河南巡抚一职，借此减少工程的扯皮之累。由此可见，治理黄河乃朝廷的心腹大患，由地方巡抚兼任，也是为了便宜协调河工的相关事务，减少地方掣肘的环节和链条。

大清道光以来，官场的迎来送往日渐隆重和烦琐，新任巡抚上任，酒宴酬答无有暇日。这位新任河南巡抚李鹤年，字子和，号雪樵，奉天义州人。清道光二十五年（1845年）中进士，曾任翰林院编修，云南、福建道监察御史等。同治年间曾任闽浙总督、河南巡抚，光绪元年任河东河道总督，负责黄河、大运河堤防疏浚，在河道总督任上已历数年。因河南扼守黄河中下游，地处要冲，久受黄河之水的侵袭，朝廷出于治理黄河的初衷，委派具有治理黄河经验的李鹤年坐镇河南、山东，以期堵绝黄水之患。李鹤年在河南巡抚任职多年，积累下了宽广的人脉，他任河东河道总督期间，又与豫省官员交往甚多。此次兼任河南巡抚之职，许多亲朋故旧闻风投奔而来，官场的攀援连接不断。所以，他兼任河南巡抚一职后，各个衙门迎来送往的宴席就逐日增多，地方官署长官皆与其攀亲叙旧。盛宴难却，故依序排出先后，一一接受豪宴款待，借此一叙旧情。这些宴席多为喜庆、捧场的应酬，全然是官场客套，多则生厌，可无故推却必使人有冷落之感，频频参加酒席又靡费时日。所以，李鹤年推脱不得，又拒绝不得，甚是无奈。李巡抚久在官场，心里知道这些官厅应酬必不可少，但也不可太滥，一个人只有一个肚囊，焉能装得天下的美味佳肴！

不久，慈安太后薨亡，举国致哀，各级官署衙门一律暂停署理公务。待国丧已毕，李鹤年巡抚大人便开始对属下的衙门巡视走访，听取各个衙门的文牍禀报，盘桓日久，前后耗去了三个月的时日。

二十九、门生故吏的脸面很重要

转眼之间，时令已到盛夏。

按大清的官署设置，河东道衙署设在山东济宁府，可李鹤年身兼河南巡抚之职，他只能在济宁、开封两地奔波。经过几个月的官厅应酬，李鹤年已将各个司署衙门巡视了一遍，故吏部属皆已迎送完毕，一些公务业已介入署理。他不忘自己既是巡抚大人又身兼河道督抚的职责，所以他对河道事务时刻挂念于胸。李鹤年任河东河道总督多年，负责黄河、大运河堤防的疏浚，在河患治理上颇有建树，深得朝廷倚重。

一日，上号房门吏禀报，陈许汝道道员任凯任大人求见。李大人放下手中事务，转至公堂与任凯相见。

李鹤年与任恺的交情非同一般，两人曾共事多年，情谊深厚，用一句俗话说，那是胳膊窝儿里夹个头——身里人。初到任时，李大人曾在署衙的例行团拜时见过任凯，因当时官员众多，不便另席深谈，二人相见时，只是微微颔首致意，眼神交流，彼此心照不宣，默许留待日后畅谈。今日李大人恰巧有了闲暇功夫，当即吩咐门吏，回绝一切来访，闭门谢客，只与任恺一人交谈。任恺进入内堂，礼仪如宾，二人谦让一番，分别落座叙谈。任凯落座后，吏役沏上茶，悄然退下。李大人拱拱手，说道：转眼之间，三个月恍然过去，不瞒你说，这些应酬答谢的场面着实让人生厌，消磨许多时日不说，还白白靡费银两！觥筹交错之间，难得有与老友静心叙谈的机会，今日我要谢绝来客，谢绝宴请，躲得一时清闲，你我畅怀叙谈半日如何？

官场应酬多是虚情假意，使人喧嚣浮躁，能够推开冗务与昔日的老部属叙谈，是李大人礼贤下士的风范。按官场俗套，下属晋见上司，本该毕恭毕敬，可二人私交甚厚，便省却了许多的繁文缛节。任凯笑一笑，说道：大人，巡抚一职，系朝廷封疆大吏，何况本兼河道总督！官场应酬势必繁多，时间一久，便没有这些客套了。

话虽这样说，但李大人却有些不胜其烦，摇摇头，慨然说道：终日耽于应酬，还要兼顾公务，哪得半日清闲？

任恺笑笑说：既然如此，您何必终日在抚衙逗留，徒招闲杂事务缠身，你我二人，不如且去包公湖游船内，一边闲谈，一边品茶，哪儿会有冗务的缠绕！

李大人捻须深思，甚是赞同，吩咐一声：来人啊！吏役走进来，李大人吩咐道：备轿！任凯当即阻拦，说道：大人若乘轿而去，扈从者众，必招人耳目，显山露水，动静惹人。大人久不在河南，识者甚少，必无人瞩目。依我之见，不如带一二随从，便服游湖，定然少了许多麻烦，也省却了旁人的叨扰。

如此甚好！李大人点头称赞。二人带了四个随从，大家都身着便服，与市井之人毫无二致，一行人走巡抚衙门的偏门，直往包公湖而去。

省城开封古称东京，是中国八大古都之一。相传夏代第七世帝杼迁都于老丘（今开封附近），直至第十三世胤甲才迁至西河，共历6世。春秋时期，郑庄公向中原拓展，在今城南朱仙镇附近的古城村构筑城邑，取名启封（汉初因避景帝刘启讳，改为开封），此为开封故城。春秋时，开封城为仪邑，战国时为大梁。战国时期，魏国为争霸中原，惠王于六年（前364）由安邑迁都大梁，因濒临汴水，故又有汴梁之称。后周时赵匡胤黄袍加身在此建北宋，历时一百余年。汴梁城后被金国攻破，宋室南迁。城内存有数处景观，铁塔、禹王台、龙亭均系历史遗迹。包公湖在该城的西南角，因大宋包拯知开封府时，不畏权贵，刚正不阿，颇受百姓的尊崇。后人为纪念包公，遂将城中内湖命名为"包公湖"。

此时正值盛夏时节，湖水清澈碧透，湖岸绿柳低垂，湖面开阔，微风吹过，湖水微波粼粼。岸边有老者垂钓，安然扶一根钓竿，双目紧盯水面，巴望鱼儿咬钩；湖水中游浮着三五个脑袋，脱得赤条条的顽童在水中游泳戏耍，因顾及岸边垂钓者，怕惊动水中的鱼儿，孩童们就竞相往湖中心游去。岸边有几处守候的船家，在柳荫处泊了几条小船，静候游客租船游湖。随从唤过船家，挑拣了一只带有敞篷、可以遮阳的大号船，船上可以置放茶几，品茶叙谈甚是便当。船家在湖边招揽生意日久，识得客官的身份爱好，见几个人气度仪表非是一般游客，也就不敢怠慢，眨眼工夫，就将那只船儿划到岸边的青石阶处。这只游船十分宽敞，遮阳蓬下可以放置一张茶几，三五人品茶饮酒正合适。任凯先自上了船，晃一晃，觉得船身平稳，便招手问船主：船家，你这里可有上等的龙井？

船家是明眼人，犹豫了一下，说道：老爷可是要最好的龙井？

任凯觉得船家问话有些犯忌，就批驳道：哪里会有老爷？我们是来开封游玩的游客。

船家听他的口音果然是外地人，也就不再言语，高声吩咐道：青儿，你快去德馨茶庄，取最好的上等龙井，这里有了尊贵客人！那年轻后生应了一声，飞也似地跑去。不大功夫，便拿来密封严实的一匣龙井茶叶。

月夜无声

几个随从搀扶着李大人上船后，也要随行上船时，李大人对随从摆摆手说：你们在岸上等候，不可远去！随从们彼此你看看我，我看看你，不知如何处置，他们显然是担心巡抚大人在湖中有什么意外，随身侍卫就有天大的责任。

　　李鹤年用手指指湖岸，悠然说道：你们就在岸边候着，不会有什么事！只见船家早已把茶叶沏上，便要摇橹划行时，一个随从上前夺过舵把，说道：你且歇息一下，由我掌船吧！船家知道遇上了贵客，要商谈秘事，不想让外人与闻，倒也不再争执，一个跳跃上了岸，由他掌舵划船去了。

　　任凯为李大人斟上茶，自己先呷了一口，顿觉满口清香，不觉赞道：果然是雨前龙井，大人请品茶！

　　湖中荡舟，游船品茶，自是一种消闲，也是一种情趣，公务之余来到波光荡漾的湖中消夏，让李大人享受到别样的生活意趣。他呷了一口茶，悠悠说道：此湖并非包拯所有，亦非其所掘，倒是后人牵强附会，叫它"包公湖"而已。

　　任凯瞧一眼湖中游泳的顽童，笑着说道：风云际会，岁月悠悠，北宋至今，已有八百年之久，期间开封城数次被黄河水浸漫，湖泊安能留存？崇祯年间，闯贼曾扒开黄河，水淹开封城，旧开封城早已湮灭，成为地下城池，焉为有包公湖一说。

　　单从清廉上讲，李鹤年、任凯二人都是不曾有贪墨行止之人。当年，李鹤年任河南巡抚，正赶上河南大旱，他拿出自己的养廉银赈济灾民，博得通省官民的赞誉，这在大清污浊的官场中，实属难得之举。李鹤年已逾六旬，官场的是是非非早已看破。他是一个重情感之人，今日偷闲与挚友兼属下叙谈，也就无心思虑政务。此刻，天上的日头渐渐炙热起来，偶有微风拂面，倒觉清爽异常。从游船上移开视线，眼观波光粼粼的湖水，细瞧岸边的垂柳，李鹤年款款说道：天下古城，惟开封罹难最多，我做河道这几年，总算把黄河、淮河的水系摸了个透彻。我以为，开封做河南的首府，确为不宜！一则开封地势低洼，离黄河不过几十里，一旦黄河决口，开封必受其害；二则开封土地贫瘠，土质沙化严重，不宜种植农桑，实属弃地。

　　任凯虽是宁夏人，但久居中原，对河南的地理风情颇为知晓，他接过李大人的话茬儿，说道：七朝古都，故国烟云，早付与了苍烟落照，大清的土地也被沙俄侵吞了许多。年前，崇厚大人被革职查办，交刑部议罪，不知是否定谳？

此时此刻，李鹤年不愿谈及政务，见他议及此事，略略停顿了一下，说道：林则徐林大人说的好：苟利国家生死以，岂因祸福趋避之。朝廷的事儿，哪个会左右得了呢？

这是大实话，也是李大人的心里话，身为地方大员，必与朝廷心系一处。任凯呷了一口茶，接过话茬儿，说道：去岁，倭国侵占琉球，废琉球国王，朝廷为何不曾发兵增援？

谈及国是，那就是大议题了，李巡抚笑笑说：我的职守在河道，不谙对外藩的交往，故不敢妄加评论。此乃肉食者谋之，我不过一个河道总督，治理河道乃本分职守，对国政、国事徒做旁观耳！

任凯想想，地方牧守守土之责至为重要，军国大计自有军机大臣们运筹帷幄。但他兴趣所致，谈兴正浓，便又问了一句：曾听人说起一事，倭国抢占琉球，琉球官员请求朝廷援兵相助，朝廷仅派人安抚而已。后又传闻美利坚国王曾建议，拟将琉球国一分为三，大清、倭国、琉球各占其一，不知结局如何？

事涉国事，是朝中王爷、军机大臣们议处的话题，地方官员很少与闻。私下里，他与恭亲王奕䜣相交深厚，且与军机大臣文祥系同年，有了这二人的情谊做垫底，李鹤年在官场中就有了基石和凭依。但他从不轻易说出与这些炙手可热人物的关系，以免被人嫉恨。此刻，李鹤年摇摇头，说道：此乃国政，非地方大员所能知晓。以大清的国力，此事断无可能！

任凯十分吃惊：嗯！为何？

李鹤年没做及时回答，不经意地笑笑，拿眼看着任凯，用一个手指戳向天空，说道：上边不允准，哪个吃了豹子胆，敢拿自己吃饭的家伙去赌！

二人议定好的闲谈，可任凯却一味地闲谈国事，殊为不妥。此刻，他有些义愤在胸，难以收回思绪，继续说道：朝廷的事儿，一波三折，通藩之事尤为难处。崇厚崇大人受命办理与俄国交涉事宜，历尽艰辛，受尽白俄的刁难，无奈之下签订了《交收伊犁条约》，却不期引起国内民众不满，朝廷内外责难其卖国的呼声甚高，一致要求惩办崇厚以谢国人。朝廷迫于压力，才将崇厚革职查办，交由刑部议罪啊！

李鹤年苦笑一下，摇摇头，不做言语，也不做评论。

这就是做封疆大吏的难处，身居高位，不知道的不说，知道的也不能说。说了，就是犯忌；不说就是为官的操守。尤其是通藩之事，外藩、朝廷、国人三者之间不好平衡，一方不满，即可身败名裂，遑论仕途升迁。任凯大发感慨，不觉意气风发，言辞颇为激烈。

李大人官居二品，身为疆臣，自然有自己的处世准则。好在二人在湖中，又身处游船上，外人不曾与闻，言词也不至于外传。他对任恺的言语不做评论，不做回答，只是微微含笑，笑而不答，这是一方督抚大员的操守和修养。

下属见上司，不敢奢谈国是，地方牧守，守土理民方为本分。所以，任凯看李大人的态度含混，微笑不语，也不敢把话题往大内的国政上引。私议朝政，臧否上庭，那就是大罪。他看看摇橹的随从，知道是巡抚大人的心腹之人，绝不会将今日的谈话内容说与外人。只见那随从专心摇橹，眼神迷离，只把视线盯着前方的湖面，对二位大人的谈话充耳不闻，一副超然之态。再看岸边的那三位随从，只见三个人分散开来，沿着湖边堤岸行走，步幅与游船的速度相当，视线却始终不离游船，方才知道这几个贴身侍卫甚是尽职尽责，时刻守护着抚台大人的安全。

忽见湖水中的那几位顽童在挣扎扑腾，似有溺水之状，李大人用扇子指指湖心，讶然说道：有人落水！包公湖周围的人纷纷驻足观看，有人试图脱衣跳水救人。

大家一起往湖中心瞭望时，几个孩子相互泼水戏耍。原是顽童们嬉戏追逐，故作溺水状一搏游人瞩目的恶作剧。此举倒是引起了围观者的注意，游人纷纷驻足观看，有人大声喊叫，有人侧目斜视，大家方才知道原是虚惊一场。看穿了孩子们的伎俩，任大人哈哈一笑，立时放松了心情。任恺当时确实吓了一跳，若是与巡抚大人游湖时，碰巧遇上溺水儿童而不施救，传将出去，必然弄得满城风雨，那就对巡抚大人的官声极为不利。好在眼前不过是一场小儿游戏，任恺轻轻嘘了口气，自我解嘲说道：竖子顽皮，自有其乐趣所在！

李鹤年也禁不住哈哈大笑，扯开扇面，悠然地摇着，不经意地说：河南多盗，更多泼皮少年！

这句话，勾起了任大人的心思，觉得此刻将话题引上正道，正当其时。他便端起茶杯呷了一小口，清清嗓子，然后说道：大人是否听说了镇平县的那桩盗抢大案？

李鹤年大人一时没有反应过来，略略思考一下，问道：哦？……你说的可是那个死囚临刑呼冤的事儿？

正是那个案子！任凯点点头，顿了一下说。臬司衙门业已复审，人证质对也已勘验过，至今尚未呈报。如今朝廷又让大人您与闻此事，这……难道臬司未曾向您禀报？

藩司、臬司各司其职，巡抚衙门总理一省事务，并不过问臬司的刑幕审案。有时，一些重大案子，臬司也会禀报巡抚衙门，但因李大人履新不久，并不曾过问此案。李鹤年大人只好实话实说：这些刑幕之事由臬司受理，巡抚衙门不过问此事。臬司秉公办案，想必会有一个公正的了结。不过，我接任此职，即受朝廷委任，故受命署理此案……

任凯心中已然明白，拿眼睛扫视了一下湖面，又用眼角的余光斜睨了一下摇橹的随从，降低了声音，柔声说道：大人有所不知，此案并不复杂。只是如今的那些在京的言官急功近利，好大喜功，只会在鸡蛋缝里挑骨头，把一件再平常不过的案子搞得一波三折，将原审官员弄得一个个灰头土脸。如此风气，岂不助长官员的戾气！

一顿议论品评，李鹤年没听出个头绪，因为此前他从未过问此案，虽然朝廷授命其对案件审理，但他并不知晓其中的曲折和反复，只好耐心地问了一句：难道这个案子果然有蹊跷？听说此案是涂宗瀛涂大人督办的案子啊！

哪里会有蹊跷！全然是一些人唯恐天下不乱，一心把案子搅浑，便于浑水摸鱼，分明是为了捞取名声而已。就像湖边的这些捕鱼者，捞着鱼是意外收获，显摆自己的手段；捞不着鱼时，就站在岸边看别人在水中拼命挣扎，乐得在一旁看热闹。任恺也不再含蓄，不点名地直斥他人。

李鹤年依然没有听出个所以然来，只好用心打听：这个案子，怎么个浑水摸鱼？

任凯的目的是先吊起李鹤年大人的胃口，让他对案子有所了解，先期有一个印象，形成一个定见。经过他的一番话，他觉得铺垫得有了效果，

228

也就不再转弯弯、绕圈子，索性摊开了话题，说道：大人你是清楚的，河南自古多盗，民风刁滑。这个盗抢案已经历时近两年。当初，是巡抚涂大人督办的案子，责成镇平县缉拿盗抢犯胡体安。人犯到案后，镇平县并未用刑拷问，罪犯当堂就坦言不讳，招认了案子的枝节。镇平县录供结案上报，下官在南阳府任上时，并无发现其中有诈，随即详文上报臬司，臬司复审"斩监候"，刑部以盗抢大案判"斩立决"。岂料，去年该囚犯临刑呼冤，刑场止刑，在抚院复审后方才知晓其中疑似顶凶情事。可就是这名在押囚犯，也参与了当日的抢劫，只是从犯而已。以大清律典，盗抢案不分首从，一体杀头！现囚犯在押，眼下还在臬司大牢，案情尚未上报刑部大堂！

李鹤年听了，沉吟半晌，也觉得不便评说。他平生最恨盗抢，当年他任河南巡抚时节，曾铁腕缉盗治抢，颇有成效，盗抢之风大有收敛。如今，他不知此案具体案由，也不便评说，点点头说道：原来案子有此关节呀！

任凯要的就是这个效果，他看着李鹤年，字斟句酌地说：这里边有两点：一是有人以为主犯在逃，从犯理应从轻，故而盘桓；二是此案系巡抚涂大人督办，涂大人调离，您又新任，臬司还要看新任巡抚大人您如何处置此案。

李大人并不是糊涂之人，他说话很决断：臬司衙门受理的刑名案子，巡抚衙门哪儿会横加阻拦！但案子须厘清主从，方可公正决断。

任凯心中自然一喜，他原想先给李大人一个案底的初步印象，让他先有一个成见，然后再慢慢疏导，就眼下的情景，已是事半功倍了。因为在此案的审理链条中，有自己的一个环节相连其中，他怕万一其中的一个链条脱节了，就会牵连到自己的利害。他心里十分决绝，只有将在押案犯王树汶斩首正法，斩断他喊冤的喉咙，这个案子才会有一个真正的了断，也就再无转圜的可能。正是出于这个情由，他才动用与新任巡抚大人李鹤年的私交关系，借机向他进言，促成此案早早结案。如今有了巡抚大人的允诺，他的心里也就稍稍宽慰了一些。

其实，任凯做南阳府知府时，官声政声甚佳，其为人十分谦和，在南阳府任上多年，并无贪墨之嫌。可一个人一旦身居官场，那就身不由己，颇有些让人无奈，许多事情纠结在一起，当事人即便看得通体透彻，却无法断然拒绝。有时候，官员自己心里憎恨无比的事，场面上却要装作热烈捧场、鼎力襄赞的行止，唯恐被人背后指责；有时自己赞同认可、心向往之的事情，因为时局、因为场合、因为身份等诸多原因，不得不违心批驳，昧悖良心，说一些有悖情理、有悖法理的话语，做出一些逆悖常规的抉择。论说起来，这是为官之人的切肤之痛，可在官场浸淫日久，心灵钝化，官员只有自保方能全身而退。任凯是个读书人，也是久在宦海漫游之人，他也不能免俗，他也挣脱不开官场对他的浸染、蛀食，他更逃不脱官场框定他的人生宿命。

李鹤年手摇折扇，缓缓说道：老百姓还是安居乐业的好！官居其位理其事，民乐其耕享其乐！

任凯点头称许，说道：大人深谋远虑，乃河南百姓之福！

此时，日影渐短，湖边避暑乘凉人逐渐增多。李鹤年没有了濠梁之趣，便用扇子指指岸边行人，对任恺说道：我们还是回衙吧！湖边人多耳目多，尚被人认出时，便徒增烦扰！

岸边的随从在柳荫下站立久了，也渐渐有了倦意。任凯见李大人有了要回衙歇息之意，便吩咐摇船的随从：回船靠岸！

摇橹的随从也不言语，便拨转船头，边摇桨划向岸边，边向岸上的人挥手示意。岸边柳荫下的三位随从见船头转向返岸，立刻向船家泊船的地方走去。

向船家交过游船，付毕租船银两，一行人绕小巷、走僻街，径往巡抚衙门而去。

三十、抚台大人巡查河道

李鹤年是身兼二职的封疆大吏，河南地方上的公务，可交由按察、布政、都司三衙门各司其职，故李大人以为，抚署系兼任，河道才是自己的职守。一旦河道有什么变故，河道总督断然难辞其咎。所以，他认定自己要分清主次，专心署理河道事宜。他知道，黄河水患每年都频繁发生，此消彼长，按下葫芦浮起瓢，河务署衙上上下下为此疲于奔命。朝廷也极为重视河道防汛，李鹤年身为河道总督更是责任大如天。一到汛期，衙署属员从来不敢有丝毫的懈怠。大清朝的河工系朝廷官办工程，犹如一块肥肉，谁都想蹭一些油水尝尝美味，可河患不除，工程无进展，或是河道频发决口，终究是朝廷的心腹之患。若是朝廷怪罪下来，地方无非是协办不力的责任，而河道衙门则是职责所在，御史弹劾、民怨指责、朝廷饬令，足可以像旋风般吹落河道总督头上的顶戴花翎。李鹤年心里十分清楚，季节不饶人，汛情将至，河工紧迫，务必要催促险峻河道工程固堤的进度，确保河道安全无虞。他义无反顾地推开身边的冗务，把主要精力放在河道工程之上，全力以赴，严加督责，日夜催促河道固堤的进度。

大清二百余年来，积弊甚多，尤其是河道工程施工，缺工乏料，土石运送受阻，处处受地方掣肘，势必延误时日。河工款项由户部划拨，可地方上的许多事情关涉多多，河道工程离开了地方的协助，便寸步难行。

朝廷大员们都以为河道是个肥缺，殊不知也是一个险途。李鹤年的前任河道总督是苏廷奎，那是一个耿直且十分可爱之人。他为人耿介，不入俗流，疾恶如仇，故而常被同僚嫉恨。同治年间，由于连日暴雨，黄河汛情突发，郑州花园口一带的黄河堤坝被黄水冲刷坍塌，造成决堤。滔滔黄水无情，黄河下游沿岸百姓的家园瞬间被黄水吞没，淹没良田无数，许多人流离失所，无家可归。修筑黄河花园口大堤缺口成为朝廷的第一要务，河南地方紧急恳请朝廷拨付银两治水堵堤。河道总督苏廷奎与河南巡抚一起奏请户部拨银100万两，征用地方工役数万人，利用枯水季节，全力着手修复被冲毁的黄河河堤。此次工程十分浩大，历时数月，终于将花园口黄河河堤修复完工。工程完结后，堵堤工程共耗银七十万两，还节余三十万两银子。按大清惯例，河道应依例将节余的银两缴纳户部。河南巡抚以为此款项系官银，乃户部专门为黄河堵堤而划拨，结余部分理应补偿地方，极力主张河南、河道两家将所剩银子瓜分。可那河道总督苏廷奎为人耿直，不善变通，却坚决不同意分享此银两，力主将所剩银两奏交户部。银子是国库的，既然已经支出来就没有返还的，河南抚台以为地方官衙劳心费力理应补偿，想分得一杯羹。但苏大人却坚决不同意，他断然催促河道衙署将所余银两交还户部。往年，户部将银两划拨给河道衙署，绝无退回余额的先例，如今河道将划拨的多余银两入库上缴，便显出户部以往的虚报虚支。为此，苏廷奎既得罪了河南巡抚衙门，又冒犯了户部官员。原来，按历年惯例，河工节省下的银两，由河道和户部七三分成，纳入私库。苏廷奎不谙官场成例，坚持实数核销，坚决不肯虚报冒领。如此一来，河南及河道无油水可蹭，户部也捞不到任何好处，苏总督两边都不讨好。户部得不到好处，就故意设卡刁难，挟私报复，官场上却做得冠冕堂皇；河南地方工役没少出，土地没少被征用，劳民伤财，最后没捞到一星一点儿的好处，上上下下怨声载道。经办核销银两的户部部属们捞不到好处，就鸡蛋缝里挑骨头，在苏廷奎奏报的账目清单中剔出"不合例规"凭单，确认系违例枉法，不予核销。户部又与河南巡抚一起，奏劾此系苏廷奎舞弊情事，朝廷复核实情，当即将苏廷奎革职查办。

此事影响甚为恶劣，苏廷奎也就成为罪臣。朝臣私下议论甚多，官场中人皆知其中的猫腻儿，私下里反倒讥讽苏廷奎不识时务。

李大人有了前任苏廷奎的这档子事体，引为前车之鉴，心中多有忌惮。他任河东河道总督后，尽管有恭亲王的照应，他依然处处言行谨慎，小心处置上下左右关系时，不敢有半分的僭越。

那日，李鹤年去南阳巡查湍河河道筑堤一事，邓州知州朱光第随行陪同。这条湍河本是邓州境内的一条小河，受季节的影响，每年夏季汛期，山洪暴发，河水陡涨，水流湍急，河水漫过堤坝冲决河堤，淹没良田无数，两岸的百姓，深受其害。邓州州衙多次向河东河道衙门呈请拨给银两修筑河堤，一直未曾得到银两周济。此次筑堤费用就是因为河道署衙在邓州再三呈请之下，加之李鹤年的特殊关照划拨的专项银两，因此，也就被邓州视为一项大的河道工程。听说巡抚大人光临筑堤工地，那天一大早，朱光第率州衙一干幕僚早早恭候在河堤工地，准备奉陪巡抚大人巡视。见过李鹤年后，朱光第恳请李大人先纳凉歇息片刻，再到河堤巡查。李鹤年当即谢绝了朱光第的一番盛情好意，执意冒着酷暑查看工程进度。

朱光第也不再刻意劝挽，引领一行人簇拥着李大人，沿河堤缓缓而行，逐段巡视河堤的修复加固情况。正行走之间，李鹤年忽然想起一件事，回过头来询问朱光第：朱知州，听说镇平县盗抢案发生在贵地？

朱光第颇为惊讶，停了片刻，回说道：案子发生在邓州，作案者却是镇平县人！

232

李鹤年大人有意问询此事，就是想从旁侧了解一些案情。又问道：人证可是由你审理并押解到臬司的？

巡抚大人巡视河道，对河工不做训示，却过问起了盗抢案。朱光第始料未及，顿时有些猝不及防，愣了愣，说道：回抚台大人话，下官受臬司衙门委托，将人证押解回州衙后，细细审讯，确认西乡大汪营王季福系在押囚犯王树汶的父亲！

得到了准确的回话，李鹤年心中有了些许的宽慰，边走边说：所谓"镇平县盗抢案"其实是"邓州盗抢案"，案犯不过是镇平县人而已。人证后来如何处置？

朱光第不敢隐瞒，只有如实回答：邓州奉委将人证初审认证，录供在案，遵照臬司的委托，特将案犯王树汶的父亲王季福送到了臬司衙门。朱光第说话小心翼翼，他不知道巡抚大人问话的用意，不敢说漏半句。末了，又补充说道：人证送到臬司衙门后，当堂供述的口供如何，下官无从得知。

李鹤年听了，不再言语，半晌才说：盗抢案原发地在邓州，当年事主可曾到州衙报案？

巡抚大人问到这一节，朱光第顿一顿，答道：事主并未到州衙报案，邓州也无从知晓。倒是被盗之人很有心计，暗地里托人寻访打探，私下访出盗抢犯系镇平县胡体安，因是跨县缉凶，他就走人情的路子，直接到巡抚衙门指名控告。当时，由巡抚涂宗瀛大人亲自督办此案，责成镇平县衙缉拿盗犯，邓州并不知晓此事。

失主越衙呈控，他是何许人也？

失主姓张，家中广有田产，捐纳了一个五品同知，却是醉心于生意场，热心善事，口碑倒不差。

镇平县人到邓州作案，且为抚台衙门指名逮人，案发地官署确实无权越境抓人。不过，李巡抚又有了疑惑：为何后来人证审讯之事，却由邓州出首办理？

朱光第不再犹豫，诚恳地说道：回大人，因案子发生在邓州，且案犯及人证又是邓州人，下官身为邓州知州，职责所在，遵从臬司衙门的公文，下官不过是奉委执行而已。

邓州只是奉委审讯人证，并无多大关碍。李鹤年心中有了底，不再过多追问。静默了片刻，话题转入河堤工程，一行人边走边聊，走到一处河道转弯处，在一片荆棘丛生的地方，有一处堤坝被河水浸泡松动，假如河水暴涨，漫上河滩，此处便是一处隐患。李鹤年停下脚步，定定地看着在河水的冲刷之下变得狭窄的堤坝，用手一指，说道：这里必须复堤加宽，夯实堤基，以防溃堤。

朱光第一见河堤的隐患之处，心头怵然一惊，急忙唤过随行属员和堤坝所在地的地保，责成其一定要在今日内将此处堤坝修复完工，不得有误。负责督工的属员不敢怠慢，迅疾派人找工役着手复筑该段堤坝。

李鹤年见邓州知州朱光第做事雷厉风行，并无推诿或拖泥带水的行止，知道他是一个办事认真之人。抬头看看天，太阳已近中午，李巡抚突然话题一转，问道：邓州的盗抢案是大案，在押案犯如何被捉，他可曾参与其中？

朱光第听后一愣，不知巡抚大人问话是何意图，便摇摇头说：回大人话，此案系镇平县衙承办逮人，又在镇平县审结呈报，邓州并不过问！案件详情，邓州州衙并不知晓！

李鹤年抬起头，停下脚步，看着朱光第的脸，又问：此案如没有案犯的勘点指路，胡体安怎会来到邓州作案？在押囚犯显系卧底，随从作案他是逃脱不了干系的！

对案子的具体细节，朱光第不敢妄加议论，且此案舆情甚汹，官厅与民间传言相去甚远，甚至南辕北辙，大相径庭。朱光第只好谨言慎行，挑拣着言词，回答道：回大人的话，下官实在不知案子的细节，故不敢妄加揣测，以免混淆视听！

说话之间，一行人来到一河湾处。几十个工役正在往堤坝上抬土，有人正用铁制尖杵夯实泥土，有人用木制榔头砸实土层。工役们见有人来到工地，知是官员莅临视察，便齐喊号子，越发干得欢实。盛夏时节，骄阳似火，河工役夫们一个个精神抖擞，黢黑的脊背上流淌着汗水。看到此景，李巡抚有些不忍，唤过督工的头目，低声吩咐道：天气炎热，冒暑劳作，万不可被溽暑侵扰。值此盛夏季节，宜调整工时，可早做早休，并不误多少工时！

督工的头目没见过大官，看看李鹤年的年龄和气度，知道必是品秩较大的官员，连连诺诺称是，态度十分地谦恭。看看太阳已近午时，督工头

234

目便挥挥手，让工役们歇工休息了。

朱光第也觉得天气过于炎热，两颊汗水横流。见李大人不住地用手帕擦拭脸颊上的汗水，就劝李大人回衙歇息。见河工工程进展顺利，李鹤年颇为满意，他望一眼并不宽敞的河道，知道天气近期并无大雨，稍稍宽了心，便走下河堤，随朱光第回到州衙歇息。

一行人回到州衙时，日已过午。在邓州州衙的大门口，李鹤年突然回过头，对朱光第吩咐道：你速派人到镇平县，知会镇平县知县来邓州见我。

朱光第一边应诺，一边将李巡抚安排在驿馆歇息，随即吩咐安置午饭。他转过身，派人骑上快马，通知镇平县知县来邓州晋见巡抚李大人。

镇平县知县马骧听说巡抚李大人指名要召见他，心情格外激动，他立刻放下手中的事务，不辞辛劳，第二天上午就风尘仆仆赶到邓州。如今的马骧，在知县的位子上历练了近两年，已由一个书生变成了一位县太爷。顶凶大案虽然弄得他灰头土脸，年底的考成也险些因此去职，但因案子至今尚未结案，他依然留职任用，只是以戴罪之身暂理镇平县。万年的王八成了精，千年的媳妇熬成了婆，马骧渐渐适应了官场，适应了呼风唤雨的做派，也懂得了官场的潜规则。平日里，上司离任、同僚告别时互赠的"别敬"，凭他每年几十两的俸银，根本玩不转这些应酬，也无法应对那些名目繁多的官厅交往。手里没有银子，那就想法子捞取或变着法子从库银中支度。每年冬夏两季向上司奉送的"冰敬"、"炭敬"的银两也不是小数，靠他从自己牙缝里抠银子，那是杯水车薪，无济于事。好在有毛师爷的启蒙点拨，他也就心有灵犀一点通，能装则装，能捞则捞。镇平县虽说是小县，但那些士绅还是有用得着县太爷的地方，他们时不时地孝敬一些银两，倒可以补敷家用。一年下来，摸摸衣兜里揣的银子，毕竟还是有一些盈余的。如果没有这些额外的进项，如果没有顺风顺水捞银子的手段，当一位县太爷那就只有张开大嘴喝西北风，撅着屁眼儿放响屁了。

新任巡抚大人要在邓州召见他，这让马骧即高兴又有些忐忑。平日里，如没有特殊的际遇，哪儿会有县官晋见巡抚大人的机会，如今机会送上了门，岂能错过！借此面见上司的绝佳时机，一定要有所表示，不表示就有点对不起自己，更对不起巡抚大人！可是表示什么呢？思虑再三，马骧觉得送银票太俗，还是送土特产最为恰当，镇平县有啥土特产，只有玉石还拿得出手。马骧唤来毛师爷征询意见，二人共同协商后，就在古玩店里买了一件雕工精细的玉件，用锦匣装裹停当，准备带到邓州去面呈巡抚大人。

邓州知州朱光第与马骧都是熟人，见面自然少了许多客套。二人见了面，朱光第拱拱手，说道：马知县，您风尘仆仆来到邓州，我本该陪同，但因公务在身，不得分身，多有得罪，特来告罪失陪。改日愚兄我必定登门致歉。

马骧急忙拱手还礼：哪里哪里！鄙县叨扰了。两人又说了几句闲话，相互揖别。其实，朱光第是一个绝顶聪明之人，巡抚大人特意召见马骧，定有要事垂询，话题很有可能是镇平县的盗抢案，他一个外人在场，多有不便，况且他也不愿意过多卷入案子之中，就借故躲开巡抚大人对马骧的讯问，以免以后有什么连带，徒然陷入是非之中，殊为不妥。

在李鹤年下榻的驿馆内，马骧诚惶诚恐地面见了巡抚大人。李鹤年见马骧已是人到中年，心中先是有了好感。就问了他的出身、籍贯、任职时间。马骧极为谦恭，一一作答。

下属见长官，本应主动汇报地方政务，大抵是赋税收缴的多寡，田亩收成如何，地方治安怎样，因系巡抚大人特意召见，故而省去了禀报一节。马骧见巡抚大人问到的都是一些闲话，并无特殊话题，心情不但没有放松，反而一阵比一阵紧张无比，回答起问话来，就有些语无伦次。又因天气炎热，马骧头上的汗珠儿滚淌而下，白皙的脖颈上满是汗渍。有了汗水就要擦拭，不大功夫，马骧手中的手帕汗巾就因擦拭脸颊、脖颈的汗水而湿漉漉的。

李鹤年心知肚明，为缓和气氛，他也放松了语调，笑着说：马知县，你不必紧张！天气炎热，理当平心静气。李巡抚稍停一停，喊了一声：来人！话音刚落，走进来一位侍从。李大人吩咐道：给马知县打来一盆井拔凉水，让他洗洗面，凉爽一下！

侍从应了一声，很快端来一盆刚从井中打来的凉水，盆中放着一个手帕。马骧十分感激，诚惶诚恐地站起身，走近水盆，弯下腰，双手撩起冰凉的井水，痛痛快快地洗了一把脸。洗罢脸，又用手帕擦拭着脖颈，马骧觉得身上清爽了许多，蹀躞着来到李巡抚面前，带着几分歉意说道：李大人，天气太热，让您见笑了！

李鹤年看马骧看，用一种平和的口气问道：我此次来邓州，只是巡查河防工程，眼下正是汛期，降雨日多，河水随时可能暴涨冲决堤坝。镇平县也是河道纵横河患较多之地，你们那里的河道堤防如何？

马骉连忙点头，随声应道：镇平县境内本无大河，几条小河沟多在夏季时随雨水而暴涨。不过，因为镇平县对河道的治理还算用心，境内向无河道决口危害田亩庄稼的先例。

李大人点点头：没有河患就是地方百姓的福分，但也万万不可大意，水火无情，防不胜防啊！

马骉点点头，连声附和道：下官谨记大人的教诲，镇平县不敢有丝毫懈怠，早在今年麦收之后、夏至以前，即着手固堤修坝、疏浚河道，以防暴雨冲毁堤坝而糟践秋庄稼。

这一通言语甚为得体，李鹤年听了，点头称许：河患是朝廷心头大患，也是河南的一大主患，万不可掉以轻心。户部每年为此拨付国库银两无数，耗资巨大，若再有决堤溃坝情事，地方上财赋亏欠不说，老百姓的日子也会愈加困苦，那是危害多多，伤民多多。

巡抚大人的话既是训令，又是劝勉，马骉赶忙颔首附和，连连点头称是：河道治理确系地方大事，也是百姓福祉所依。镇平是小县，地薄人稀，又地处偏远。巡抚大人若有空闲，请到镇平县走一走，便是镇平县十数万子民的荣幸！

李鹤年身为一省巡抚，又身兼河道总督，到所属州县巡视那是再正常不过的事情，哪儿有了政绩，或是辖下属地捅了篓子出现大的骚动，巡抚大人才会莅临光顾，平白无故，巡抚大人为何到你那里巡视！镇平县马骉的诚邀也是属下对上司的尊敬。李大人对此并不计较，说道：当下河务工程急迫，各地河道工程都已上工，我须各处走一走，瞧一瞧工程进度，今年河南的河道不能出乱子！出了乱子就要纠责！以后有了机会，我一定去镇平县看看！

马骉听了，心里十分地受用，正欲趁机献上玉件时，却听李大人问道：马知县，两年前，镇平县盗抢案可是你审结的？

马骉一听此言，心头顿时一紧，汗水也好似顽皮的少年，悄无声息地奔涌而出。马骉连忙欠欠身，说话便有些结巴：回大人话，卑县……前年接省臬司公函，缉拿盗抢犯胡体安。下官不敢怠慢，立刻派捕快捉拿案犯。

人犯到案后，本县并未用刑，案犯即刻当堂招供。录供呈文上报后，南阳府、臬司衙门三堂问案，也未发现其中曲折。谁知案犯在开封临刑喊冤，自认顶凶关节，这是属下做梦也想不到……再后来的事，下官就无从知晓了。

案情早已知晓，如今纠错还为时不晚。李鹤年思考了片刻，觉得他说的并无纰漏，关键是缉捕案犯的地点在哪里？李大人停了一会儿，又问：缉拿案犯时，是在何处捕获的？

马翥只好如实说道：镇平县捕快在案犯家中将其缉拿，第二天下官即开审过堂。当时吏皂们也未难为案犯，一棍子也不曾打他，他就一五一十全盘招供，把作案经过详细叙述了一番……。马翥说话间，额头上的汗珠又滚落下来。他心里清楚，此案闹得全省上下沸沸扬扬，他身为承办案子的主官，万难躲过失查的职责。顶凶的情事，他是初审，如何能够逃脱得了干系？

李鹤年静静地听马翥说完，表情很淡定，没有做出任何反应，面部表情极为平静，既不表示赞同，又不表示否定。身为一省巡抚，公务繁多，能够于百忙之中过问此案，已经是非常之举。该案在河南影响较大，也是一个敏感话题，作为案子初审主官，马翥为此忌讳莫深，这也是他心中久久挥之不去的一个心结。

李巡抚原想在初审的环节上找出纰漏，得出自己的判断，镇平县的一席话，倒没有纰漏。但他又不想在复审未曾结案的情况下，流露出太多的个人判断和取舍，以免造成过多的误解和误读。况且，既然朝廷授命他审理此案，他也就必须问个清楚明白。于是，李鹤年有意放缓口气，故作轻松地说：此案复审应有臬司承办，我对此案知之甚少。今日偶然谈起，不过是随便过问几句。

马翥心里十分清楚，巡抚大人公务繁多，职责如天大，岂能是随便对案子过问一下？其中必定深藏玄机！转念一想，自己的回答也未有不妥之处，至于臬司衙门的复审，此前曾与王兆兰知府大人有过接触，如今新任巡抚大人过问此案，似乎还要到省城走动一番，不然的话，就有些被动。马翥心里想的事情，但他不能说出口，嘴上却说：大人，您能够在日理万机中垂询此案，下官不胜感激。论说起来，下官未曾审清案犯系顶凶一节，实属失职之举，也是草率结案的鲁莽行为，下官甚为自责！

李鹤年见马矗脸色凝重，态度十分谦恭，知道他已有知错的悔意，便以和缓的口气说：事情已经过去了，关键是把案件查出真相！所幸人头还没有落地，待臬司复审后自有结果！是否顶凶，恐怕尚无定论。

马矗说道：大人，下官的意思，不必等待主从案犯一起到案后再行结案，从犯也是罪不容赦，依律当斩。将从犯先行斩首，可以借此震慑通省的盗抢罪犯！至于缉拿主犯，待鄙县回衙后细细访查，再行捕获！

李鹤年身为巡抚，能够亲自过问案子的情况，也是难能可贵的，但他不知不觉中已被人所左右，且早已形成定势和成见，可他本人并无觉察。此刻，李鹤年点点头，对马矗说道：案子由臬司复审，至于如何处置在押囚犯，臬司衙门将会依律办案。我不便过多干预！

话说到此，马矗也不能过多插言，就此打住。在巡抚大人面前，他须有个态度，表明自己的立场。不然的话，就会给巡抚大人一个消极无为的印象。马矗想了想，说道：抚台大人请放心，保境安民是卑职的职责，镇平县的所有属官、胥吏上下齐心，一定竭尽全力捕拿主犯胡体安到案！

李鹤年沉下脸，慢慢说道：案子没有审清问明前，何来主犯、从犯之说呢？

马矗闻听此言，心里咯噔一下，觉得还是顺着巡抚大人的话意为佳，连忙点头说道：那是！那是！

凭李鹤年的观察，他觉得马矗并非庸官，甚至可以说是一个干员。他年纪不大，官场阅历不深，倒是十分敬业，因是初次见面，也不宜交谈更多，便说了几句鼓励的话，就把话题岔开了。

马矗得到了巡抚大人的夸奖，心里很是熨帖，脸上立刻泛起了红光，他觉得此时将礼品奉送，正当其时。稍作停顿，马矗走到门口，唤过候在屋外的随从，点头暗示了一下。片刻工夫，只见随从递过一件物品，马矗接过来，转身进屋，手里恭恭敬敬捧着一个锦匣。李鹤年狐疑地看着马矗，不知他要做什么，就问：马知县，你……

马矗满脸堆下笑意，眯起一双生动的小眼睛，笑着说道：李大人，卑县前日弄到一块上好的玉石，雕的是"翡翠玉白菜"，雕工还算精巧，上面还有一个绿色蚂蚱呢，特意送抚台大人把玩！

玉石的色泽极佳，温润剔透，观之使人赏心悦目。不料，李鹤年却勃然作色，拧着眉头，厉声说道：马知县，你这是干什么？快快收起来，都是吃俸禄的人，不许弄这一套！

李鹤年的态度很是坚决，不容马翥分辨。马翥放下不是，拿走也不妥，场面就有些尴尬。马翥有些不甘心，吞吞吐吐地说道：这是镇平县的特产，下官并不识玉，放在我那里便是辱没了它，还是大人赏玩的好！

李鹤年怒而不语，凝着眉头，定定地看马翥，然后拂袖而去，转身走到了屏风后边，生生把他晾在了一边。马翥走也不是，留也不妥，作呆立状，愣愣地眼看着巡抚大人的身影消失在屏风后。这时，巡抚大人的随从走过来，做出一个请的动作：马知县，请吧！巡抚大人要休息了！

马翥羞得无地自容，仿佛被人剥去了衣服，赤条条地置身在人丛之中。可他毕竟是一县知县，系朝廷命官，万不能因一时失了面子而再失态丢丑！马翥慢慢地合上锦盒，转过身，左右看看无人，恨不得抡起巴掌扇捆自己的脸。转念一想，便又有些释然：屋内仅有自己与巡抚大人两个人，场合独特人又少，又没有熟人在侧，场面虽然尴尬，但不至于丢人现眼。常言说，丢人丢在熟人面前。眼前没有熟人，那就不算丢人！

有了心态的平衡和自我安慰，马翥心中陡升了一股浩然之气，心里琢磨着：咋着！莫非巡抚大人嫌俺的礼轻？这件玉雕，可是俺花了二百两银子买来的地道的上等独山玉哩！

因为李鹤年对马翥下了逐客令，马翥不便留餐，也不便与邓州知州朱光第告别，更不方便与李巡抚辞行，自己草草收拾一下行装，兜起自己的玉石雕件，与随从一起，径自回镇平县而去。

三十一、朱光第怜贫惜弱

李鹤年见过马翥后，又认真思量一番，心中已经有了定见。

此次兼理河南抚台，他觉得自己肩上的担子更重一层，河南自古多盗匪，屡剿屡兴，若不强力镇压，不足以震慑盗匪，更不足以稳定河南。因此，他暗暗下定决心，务必要整饬官场，肃清地方，保土安民，方可确保河南民众安居乐业。

邓州知州朱光第回到州衙后，马翥已经回镇平县去了，二人再没有晤面。送走了抚台大人，朱光第一下子轻松了许多，在官场的迎来送往中，上司的莅临巡视，往往让属下们既紧张又劳累，既高兴又担心。晚上气温高，躺在床上不宜入睡，朱光第辗转反侧无法入眠，脑袋昏昏沉沉，刚刚有了睡意，忽觉眼前灵光一闪，脑海里冒出了一个念头：镇平县的胡体安既然能到邓州盗抢，案发后能够找人顶凶，为何不能雇人灭掉证人，杀人灭口以绝后患！邓州是奉委将人证交给臬司，人证交接后便再无牵涉，至于人证如何处置，如何取证采信，那全是臬司衙门的职责。朱光第是一个极为认真的人，他觉得自己属下的子民，父母官就有责任予以庇护，尚使有了什么差池，就是失责失职。想到此，他翻身坐起，急忙唤过一名皂隶，吩咐说：你明天快去西乡大汪营，让地保速来见我！

皂隶不敢怠慢，第二天就唤来了大汪营的地保。那地保上次从州衙回到家，就到王季福家里安抚了鲍氏，让她放宽心，不要到处哭闹。如今，知州大人再次传唤，揣测必有急务，他慌忙随皂隶进了城，在州衙内见到了知州大人。

朱光第看看地保，想起此人曾随王季福一起来州衙质对，知道他心底端正，断定他也是个忠厚之人。朱大人看他有些局促，为缓和他的紧张情绪，故意先问了一些家常之事，然后话语一转，用和缓的口气问道：你村的王季福如今在家吗？

地保一听知州大人问讯王季福的消息，顿时心情放松了许多，长出了一口气，恭恭敬敬地回答道：自从王季福跟大人进城以后，我有一个月没有见过他。今年春节过年时，他从开封回邓州，一边讨饭，一边问路，大年三十才回到家中！

朱光第听了，惊得睁大眼睛，半信半疑地说：你说的都是真的？臬司衙门没有人把他送回家中？

地保不敢妄言太多，他害怕自己言语失当得罪了知州大人，因为王季福是被知州大人带走的，一个多月后，他自己从开封走回家，万一有什么意外，官府岂能脱得了干系？思忖了片刻，地保才迟迟疑疑地从喉咙里挤出一句话：王季福一个人身无分文，从开封走到家，几百里路，鞋底都磨烂了，大冬天的光着脚，双脚磨的全是血泡！

朱光第听了，就有些心酸不已，他打心里痛恨臬司衙门的无情和狠心，全然不顾小民百姓的生死。可他没有当着地保的面指责臬司衙门，问道：王季福那个儿子眼下如何？现在人怎样？

地保如实回答道：王季福人太老实，回来后我见过他。他整天低着头，见人也不言语。谁问他也不多说，再问他就哭，以后村里人再也不敢问他了！

朱光第低头沉思，不再言语，身为知州大人，自己的子民蒙受不白之冤，他打心眼里感到难受，可他因职责所限，也是无能为力。停了片刻，朱光第说：你也没有找他聊聊家常，问他一些到省城开封见儿子的事儿？他在省城是怎样过堂的！

地保见知州大人说话和蔼，不再畏惧，说话也顺畅了许多：问他他不说，谁找他他也不说。见了人就躲得远远地，老鼠见猫一般。王季福的家里也是死气沉沉，他老婆半夜三更突然就大声号哭，哭得全村人心里直发毛，看样子人是想儿子想疯了，每天夜里一会儿哭，一会儿笑，声高声低好似狼叫，连村里的小孩子睡觉都会被惊醒。

有没有不三不四的人再去找他？朱光第又问。

地保想了想，回答道：年前有，过年后倒是没有见过有闲人去过他家！

如今没人找他，说不定以后有人找他！事情做到前面，必须防范恶人先下手。这是朱大人让地保来的目的。朱光第放慢了口气，一字一顿地交代地保说：王季福人虽然回来了，可他儿子还没回来，还在大牢里关着哩！你要记住一点：案子还没有结，真正的主犯还没到案，说不定哪天，他还会再来祸害王季福。

地保一听，惊得目瞪口呆，愣愣地看着朱大人，十分地讶然：那这个人咋恁歹毒！

朱光第点点头，脸色冷峻地说：我再交代你一件事，你身为地保，就有守土安民的职责，从今以后，你要时时护着王季福，不要让强盗和无赖再祸害他一家人。如有什么差错，我拿你是问！

朱大人的口气很严厉，地保听出了分量，连忙回答：俺听大人的吩咐，不让陌生人接近他！

朱光第叹了一口气，黯然神伤地说道：这一家人太苦，被冤案缠身，怕是一生再无有转机。若是孩子再有个三长两短，一家人也将家破人亡啊！

地保是个聪明人，已知知州大人的心机，说道：俺大汪营一村的人都为王季福鸣不平，可草民百姓又有啥法子！乡里乡亲相互帮忙是应该的，一百年前都是一个老祖宗。古人说，兄弟同心，其利断金。大人放心，我回到村里，吩咐一下街坊爷儿们，大家一齐用心，务必保护好王季福一家的安全。

地保介绍说，鲍氏每天不是进庙烧香，就是入寺拜佛，见人就述说自己的儿子冤枉，天天给老佛爷磕头，祷告佛祖保佑儿子早日归家，眼见得人犯了谜症，哪个也劝不醒她。

朱光第不觉心头一阵心酸，看看地保也是个实诚人，也就不再做更多的交待，只是嘱咐他平日注意事项，一再叮嘱他要看护好王季福一家，确保其一家人免受外人的侵害和欺辱。地保对朱大人的话点头赞许，心里已暗暗下了决心，绝不辜负朱大人的一片心意。

事情安排妥当，地保要离开时，朱光第唤过来刑名师爷，吩咐说道：大汪营王季福家日子太苦，从县库里取二两碎银子，让地保为王季福带回去度日。

地保接过银子，又谢过知州大人，离开州衙时，他不免心里暗暗思忖：都是居官之人，善恶自明，知州大人真是个善心的好官啊！

三十二、臬司大人就好这一口

任恺大人公务繁忙，私人事务也忙。

那天，臬司麟大人正在衙内署理公务，门吏送来一个请柬。请柬是陈汝许道道员任凯任大人发送的，特意邀请麟大人后日到"同春大戏院"看戏。这天，臬司公务繁多，麟大人心情正烦，他草草浏览了一下，把请柬轻轻掷于案几上，对门吏说：你对来人说，我这几天公务缠身，无暇陪任大人去赏戏，多有得罪！

门吏走后不久，却又转身回来，说道：回大人话，任大人的差使说，任大人特意吩咐，开封"义成班"近日新纳一位坤角儿，唱豫西调，那身段、那唱腔，绝了！

麟大人嫌门吏饶舌，头也不抬，摆摆手让门吏出去。门吏愣了片刻，走也不是，留也不是，犹犹豫豫候大人的话。见麟大人不再理会，就悄悄地退出门外，徘徊着，思考着如何向道台大人的差使回话。

这几日，麟椿麟大人比较烦，家里的小妾生了病，夫人却不依不饶，处处刁难这个年轻女人，让她养病时也不得安生。麟大人前年去陕西公干，见一位唱秦腔的坤角儿伶俐可爱，一高兴就收入了房中。岂料回到家中时，夫人却容不下这个嗓音极好的陕北女人，天天变着法儿找她的茬儿。这唱坤角的女人一口陕北话，夫人就烦她满口的秦腔味儿。她一张口，夫人就指着桑树骂槐树，撵着小鸡却骂狗，明显地给这女人过不去。陕北女人是唱戏出身，对秦腔情有独钟，做了臬司大人的小妾，整天坐享好日子安闲自在，可她对自己的喜好一日也不肯偏废，每天早起必去后院练嗓儿，还捏着喉咙发音，一声高一声低，像杀鸡一般嚎叫。夫人本来就烦她那秦腔腔调，听见她在练嗓儿，更是气不打一处来，整日甩碟子打碗使性子。前几天，陕北女人生了病，就不再练嗓子，慵懒地躺在床上养身体，可夫人却又不待见她腻歪歪的那个撒娇媚态，有事儿无事就站在窗户外说风凉话。

毕竟小妾年纪轻轻，麟椿已经上了年纪，房事上跟不上节律。麟大人就有一种江河日下的悲凉情怀，言语就多了一些烦躁。小妾在夫人面前处处受挟制，在麟椿面前却是极尽娇态，备受宠爱。

麟椿回府歇息，径往小妾的卧室。那坤角儿本无大碍，无非伤风着凉，浑身慵倦无力，两副中药下腹，鼻塞缓解，却慵倦依旧。那女人一见男人，伸出一双纤纤细手，麟椿一把攥住就摩挲起来，极尽温柔。陕北女人嗔怪一声，柔声说道：我吃下了两剂药，就是不见好转！你好放心啊？

麟椿看看一边盛药的碗，顺手剥开一个橘子，分开一瓣，抬手塞到女人嘴里：你只管安心静养几日，伤风自然会好，吃药太多，反倒伤胃伤肝呢！

女人吞下了橘子，皱起眉头直喊酸，扭捏着开始撒娇：那你说我该咋办？难道我就伸着脖子等病慢慢好转？你看我浑身像散了架似的，动也不想动，连撒泡尿的力气也没有！

麟椿笑笑，说道：哦，那就尿床上，省得脱裤子了！

女人一听，就用手指掐麟椿的手腕，嘴里说道：你坏！谁家生个小病就尿床上！

麟椿两只手顺着女人柔软的胳膊滑上去，一下子就捂在了她的乳房上，软软地，手感极佳。那女人轻轻地呻吟一声，眯起眼，双手攥住麟椿的手，温情脉脉地看着麟椿。二人正在缠绵之际，门外有人喊了一声：大人！

麟椿松开手，起身转到外间，见是自己家里的仆役，立时换了副冷面孔，悻悻问道：啥事儿？

仆役就站在门外，说道：大人，任大人送来了束帖。

麟椿一听就有气，心想：这个任凯，上午已经回绝了他，下午却又送来一帖！他低头思索一番，知道人家是诚心相邀，盛情难却，官场的应酬有时不得不虚与委蛇，看来只好随他去看一场戏了。麟椿接过束帖，看了一眼，果然仍是邀请看戏的请束，便放在案几上，说道：告诉来人，谢谢任大人的一片盛情，我一定准时赴约！仆役得了允诺，转身走出门外。

隔了一天，吃过晚饭，麟大人准时乘便轿来到同春大戏院。因是夜戏，戏台上灯火明亮，场子里的光线却很暗。跟随的仆役低下头寻找座位时，戏场子的一个应差走过来，低声说：麟大人，这边请！就引领着麟大人，来到一个贵宾座位坐下。

刚走近座位时，任凯早已起身迎接。二人略略施礼，分别坐下。中间摆放着一张矮桌，上面放着茶水、瓜子、水果。起初，场子内不断有人走动，两个人漫无边际地闲谈，静候舞台大幕开启。功夫不大，锣鼓家什齐鸣，戏便开演了。

演出的剧目是《卖苗郎》，述说的是前朝旧事。书生周文选进京赶考，原郡湖广久旱不收，周文选母亲饿死，其妻柳迎春埋葬婆婆后，又卖子苗郎奉养公爹。公爹不见孙儿，思念成怒，杖责儿媳。柳氏受杖时忍疼不过，哭述衷曲，终得公爹宽恕。从此，柳氏尽心尽意奉养公爹，翁媳相依为命。周文选高中后，入赘相府，念及父母养育之恩，派吴用赴湖广接父母到京。周文选新岳丈遣人杀死吴用，另遣人欲于舟船内将周父及柳氏杀害。柳氏伺机背负公爹逃脱，途遇官员路过。柳氏遂拦道喊冤，恰逢苗郎得官还朝，确认后认下祖父及母亲，并将二人带回京城，另行安居。周父以苗郎之名宴请周文选过府叙事，周文选老父借机痛斥儿子忘恩负义，绝情不认自己的儿子。苗郎代父周文选谢罪，向祖父求情，恳求祖父、母亲宽宥。周氏一家述尽情由，前嫌尽释，合家团聚。

　　一位"盘子"靓丽的坤角儿扮演柳氏，温婉动人，豫西"沙河调"用嗓，嗓音温润细腻，一招一式，很是得体。开封的戏园子里，大多唱豫东祥符调，今日却用"豫西调"唱腔，让观众别有一番情趣在心头。那扮演柳氏的坤角儿擅长苦情戏，哭腔哽咽，道白清脆爽口，唱腔拿捏得十分到位，加之嗓音清丽，如泣如诉，委婉动人。剧中周文选的父亲怒责儿媳，柳氏跪求公爹，哭述情由时，那坤角儿唱道：

　　老公爹你消消气，忍哪！忍哪！忍哪！忍哪！忍哪！

　　你想孙孙我想儿，咱是一样的心，一样的心哪！

　　你的儿大比年去把京进，送他去盼他归，送他去盼他归无踪无影。

　　太康县天灾一年比一年重，旧坟不干添新坟。

　　婆母娘饿死，饿死在草堂上，老公爹又被大病缠身。

　　儿也想为爹爹请医求诊，怎奈咱家无有分文。

　　你的病一天更比一天重，一天重，我坐不安，立不定。

　　想哭不敢哭出声，滴滴热泪肚里吞，肚里吞。

　　天上无云难下雨，地上无粮人难存。

　　儿媳我宁不慈不能不孝，无奈何，无奈何才卖了你那苗郎孙孙！

　　卖苗郎为的是救你性命，换来了斗米斗面十两纹银。

　　儿媳我厨房去做饭，看见了米面想起了人。

　　和面好似割儿的肉；烧菜好似抽儿的筋。

　　苗郎儿本是我亲生养，难道说你疼你爱，儿就不亲哪？

　　……做成了一碗饭全叫公爹用，儿媳我也知饥闻都未闻。

　　不容分说你强盘细问，苦苦要你的小孙孙。

　　你手持拐杖要儿的命，

　　……我的老公爹呀！打死儿也算我尽了孝心。

　　老公爹若是还不解恨，打死我呀，打死我别入恁周家坟哪！

哀婉凄切的唱腔，婀娜多姿的身段，端庄秀气的脸盘，催人泪下的剧情，真正把麟椿给震住了。他呆呆地看着戏台，也不知他是入了剧情，还是戏子入了他的法眼。场子内观戏的人有人拭泪，有人鼓掌叫好，麟椿却充耳不闻，只是微微张着嘴巴，两眼盯着戏台上的坤角儿，随着坤角儿走动他挪动眼神，随着坤角儿哭泣他擦拭眼泪，坤角儿下场时，他死死盯着大幕台口，时刻巴望着那坤角儿早点上场。

任凯在一边心知肚明，早已看透了麟大人的心思所在，他不是来看戏，他是看上了人家旦角儿的身段和脸蛋儿了。麟大人喜欢唱戏艺人的雅好他久有所闻，这才是"萝卜白菜，各人所爱"，上司就好这一口，属下就该投其所好。就好似宴请贵宾品尝大菜，客人不说菜味儿绝妙可口，却对烧菜的厨子发生了兴趣，这是事主始料不及的事情。

直到刹戏，剧终人散，麟大人犹自呆望着舞台，眼神儿死死盯住已经谢幕的空落落的舞台，微微张开嘴巴，一句话也不说。

任凯低声说了一句：麟大人，戏散了！

麟椿方才错愕惊醒，慢慢地站起身，两眼死盯着戏台，突然鼓掌：好戏！果然好戏！此时，舞台上哪儿还有戏子的身影呢！

任凯做出让麟大人先行的手势，麟椿挪动身子，意犹未尽地说：任老弟，请到府上小酌几杯，以消余兴！任凯邀请麟大人看戏原是拉近关系的由头，二人在戏场子里根本无法交流，他觉得有些话未曾与麟大人深谈，正好借此机会，向麟大人打探一些底细，或许会有所斩获。任大人便拱手说道：麟大人，那就叨扰了。

二人分别坐轿到麟府，刚进门，麟椿低声吩咐仆役自己要到小妾的住处歇息，那仆役应声而去。刚进了门，麟大人唤过仆役掌灯备菜。转眼工夫，后厨已经备下了四个小菜，一壶汾酒，用黑漆托盘端进来。二人边斟边谈，甚是惬意。麟椿余兴未尽，十分感慨地说道：任大人，想不到豫西的坤角儿，有这样好的唱腔，有这样妙的身段！不是任老弟的盛情相邀，我差点儿错过今晚绝佳的好戏！

任凯笑笑，端起酒杯，轻轻抿了一口酒，说道：麟大人啊，您整日忙于公务，身心难得清闲。依属下愚见，您不妨抽空推开身边的冗务，挤出时间，调养心神，颐养耳目，倒可以养生健体。

麟椿喜爱戏曲的雅好举省官员皆知，河南梆子、越调、大曲子及罗戏、眷戏，他都能哼上一段，就连陕西的秦腔、眉户戏也能听得懂，有时他还能润润腔吼上两嗓子。他蓄养秦腔旦角儿小妾，一半是看中人家的脸蛋儿漂亮，一半是要跟她学秦腔唱段。楚王爱细腰，宫中多饿死。麟椿的这个雅好被任凯拿捏的十分精准，往臬司大人的痒处挠，不怕他不舒服！

听了任凯的话，麟大人心里十分受用，笑笑说：任老弟，愚兄平生无甚嗜好，仅有爱好听戏一节，也是一个大俗人哩！人生如白驹过隙，乐事能有几何？

任凯是西北宁夏人，平素不谙中原戏曲，但在麟大人面前，他不能丝毫流露出对中原戏曲的轻蔑，否则就是对麟大人的不尊重。所以任凯听了麟大人的话，附和道：您说的十分在理！平日里公务缠身，难得空闲，抽空听个小曲，喝个小酒，乃人生情趣使然，遑论高雅与低俗！人生在世，随性最真。

这话说到了麟大人的心窝里，麟椿兴致极高，说道：你说的好，随性最好！人的性情不必遮掩，也不必看人脸色过日子！我以为，魏晋时阮籍、嵇康二人最是自在，狂放随性，天马行空，强似当下的官场中人，虚头巴脑，阴违阳奉，好似川剧中的变脸，转转身就是一副面孔，当面恭维说好话，背后使绊子用阴招。

人在官场，如何随性？任凯心中有事，不愿随麟大人兜圈子。他嘴里附和着，心里却惦记着自己的事情，只是他一时没有找到切入的话题，只好耐心地等待。静默了片刻，麟椿突然说道：前日在官署与人闲谈，论及你的书法，大家都颇为赞赏。任老弟精研书道，难得的清雅意趣。

任凯知道他说的是真心话，却不敢把上司的夸奖当作褒扬，嘴里却谦虚地说道：下官公务之余，不过是信手涂鸦，随意涂抹，哪儿会得到书家的要领？

麟椿知道任凯精于书道，只是他过谦而已，随口说道：哪天有了空闲，也写一个条福赠我。

任凯听了一愣神，顿时觉得自己有了欠缺，麟大人既然有书法爱好的雅兴，那就怪自己愚钝，为何不早早写好字幅送他？任恺就放下酒杯，起身致歉道：下官习书不过是一个爱好，游戏闲余时日而已！日后待心静之时，我定为大人奉上拙作，如蒙赏识，不妨补白！

麟椿摆摆手让他坐下，笑着说：习书原是高雅情趣，自然显出品位和修养。补白是谦词，倒是可以为寒舍增辉。公务闲暇之余赏玩字画，强似终日陷于案牍劳神，疲于冗务缠身。

任凯就坡下驴，终于找到了切入话题的时机，笑笑说道：人生就是一场戏，有悲有喜，有苦有乐。前年卑职在南阳任上，曾经手镇平县胡体安盗抢一案，镇平县知县马翥做事草率，又是初任县牧，虑事不周，误将从犯当做主犯缉拿后结案呈报，这才有案犯临刑呼冤情事，让大人您也好生为难！

话题说到镇平县盗抢案，麟椿心里早就窝着一股无名之火，他正要举箸夹菜，便放下了，皱着眉头说道：镇平知县糊涂，祥符县陆某多事，他们都是刚刚入笼的鸟儿，还没学会鸣叫，倒是翅膀扑棱得让人心烦。如今，臬司已将案犯关押在臬司大牢，杀不得，又放不得，让本司也陷于尴尬境地！

任凯知道，作为臬司主官，案子如此反复，终究关碍个人声望，麟大人心中自然为此闹心不已，这对他的个人脸面便是一个损伤。但是，究竟他的心中到底有何定见，此案最终如何了结，尚须认真探寻一番。任恺略作思忖，两眼盯住麟大人，故作歉然地说道：此案卑职曾经过手，本不该再过问。可眼下囚犯停刑待决，舆情却是另一番景象，如不尽快做出决断，或是久拖不予受理，殊为不妥！

麟椿点头称是，捻须半日，叹了口气，方才缓缓说道：抚台大人履新不久，须待一些时日，再做论处。只是……主犯、从犯尚无辨明，因此一时不好结案。

任凯也看透了麟大人的心思，他只是在犹豫，在等待，在试探新任巡抚大人对案子的定论。在此紧要节点，任恺觉得有必要旁敲侧击，给他一些提醒，促成麟大人早作决断。略停了停，任恺便幽幽地说了一句：大人，此案可做两步走！

麟椿一听，来了兴趣：嗯，你说说看！

任恺知道麟大人已经渐渐入巷，便放慢语速，缓缓说道：以卑职所见，即便在押罪犯非主犯，而顶凶犯也是该杀的！顶凶犯不杀，舆情难平，顶凶犯人头一落地，就有了平复舆情的结局；待主犯缉拿到案，再行呈报，另案处理更好。

麟椿觉得这个主意不错，不觉额首赞许，右手握拳猛击左掌，连声称赞道：嗯，你这个主意最妙！可以先行一步，力求两全其美，相得益彰！觑个机会，本司为此事专程到抚台衙门呈报案情，就此事专门知会李大人知晓！话说到此，任恺也就达到了预期的目的。

二人又闲谈了一阵，时辰已近子夜，任凯觉得再久坐不宜，便拱手告辞了。

三日后，任凯将自己用心写就的几幅字精心装裱后，亲自送至臬司衙门，交给了麟椿麟大人。又过了几日，任凯托人找到唱豫西沙河调的班主，生生把那位坤角儿引荐到麟大人的室内，为麟大人成就了一桩好事儿。

三十三、大清官场多奇闻

老天长眼，今年河南境内没有发生大的水患。李鹤年的心中暗暗庆幸，身为河道总督、河南巡抚，河患是他心中挥之不去的隐忧。

时令已然过了处暑，暑气渐渐退去，天气不再炎热难耐，暴雨季节也将过去，秋庄稼成熟在即，河防工程可暂缓一时。在这个酷暑多雨的季节里，李鹤年不顾年迈体衰，不顾暑热溽湿，不辞劳累，终日奔波在河道堤坝，督促查询河道工程的进度和质量。几个月下来，河道总督兼河南巡抚的身份，着实让他不胜劳碌，巡抚衙门的公务由各司分别署理，倒可以暂缓过问，或是抽空听取一下属下的禀报。如无关涉重要政务，一般情况下他都尽量推给属下；如遇到确须抚台大人首肯认同的，他就依例签署公文，循例办理。可河道工程不比地方事务，汛期尤为关紧，河防到了紧要时期，他作为主官，自然不敢有丝毫的懈怠。因此，在李鹤年就任巡抚的半年多时间里，他全身心地投入到河道工程上，对地方政务倒很少过问。眼下，时令已渐入秋季，暴雨骤降的可能性已不大，几个月来绷紧的神经，可以放松片刻。依照往年的成例，河道上下的属员们也可以轻缓一口气，稍作歇息。过了白露，便熬过了今年的汛期，而作为身兼二职的抚台大人，则可以兼顾一下巡抚衙门的政务了。

李鹤年一回到巡抚衙门，抚台上下顿时忙碌起来。布政、按察、提学三司中，他只有未曾到按察司过问具体事宜。那日，李鹤年觑了个空闲，便轻车简从，径往按察使司去了。

桌司衙门接到巡抚大人到衙巡访的讯息后，满衙的大小官员属吏皆忙得不亦乐乎。麟椿麟大人亲自坐镇，将有关桌司的公务熟悉默念在心，唯恐李大人问询时出现纰漏。那天一大早，麟大人提前到衙，虽然已经安排人役们将衙署内用清水洒扫一遍，但他仍有些不放心，又叮嘱随侍听候问询的属员不可越位插言。李大人的轿子刚一到桌司门前，麟椿立马恭敬迎候，自己在前边导引着，将李巡抚安排在桌司衙内的公议厅内先行歇息。厅内窗明几净，地面上纤尘不染，案几上茶水、水果、精致点心摆放的一应俱全。李鹤年与麟椿原本熟络，彼此共事多年，二人见面后，就少说了许多官场应景的俗套话。

麟椿待李巡抚坐定后，茶水斟过三巡，抬头见李巡抚一脸的酱红色，知道这是大人长期在日光下暴晒的结果。麟椿拱拱手，感慨万分，歉然说道：这一段时间，河务工程让大人费心不少，整日里日晒雨淋，在堤坝泥泞中奔波，偌大年纪，着实费力劳神。

李鹤年呷了一口茶水，悠悠说道：这几年，每年到了汛期，河工岸堤上即是署理公务的场所，我早已习以为常，也习惯了这样的劳作，时间一久，倒不觉得劳累苦困！

麟椿叹了口气，说道：年纪毕竟不饶人，大人啊，您整日在河道上督工，让下官惭愧之至！

眼下是秋天，秋高气爽，气候宜人，溽热的季节已过，连绵的秋雨遥遥无期，看来今秋不会再有秋汛了。因此，李鹤年倒有一种解脱的感觉，便笑着说道：习惯了，也就不觉有甚劳累。今年山东虽有几处水灾，都不过是癣疥之患。只要河南的河道不出险情，没有决堤的情事，那就是万幸之至！

闲谈了一阵，都是一些云山雾罩的闲篇，彼此都没有扯到公务话题。此时，巡抚大人可以不问，麟椿不能不说，借抚台大人巡视的时机，桌司的公务尚需向巡抚大人禀报。觑了个机会，麟椿把话题引入到桌司公务上，说道：李大人，桌司衙门终日忙于讼事刑狱之事，我一直没有机会陪大人去河道走走，心里甚是歉意！

李鹤年心里清楚，麟椿年纪已经不小，在按察使司位置上呆的时日也不短了，三司主官的调任升迁，抚台虽有动议，但用人在朝廷，巡抚只有议处而无议定的治权。且大清向有成例，官员久在臬司署理刑名，容易陷于人事勾连的拖累，故宜调转他任，多多历练。李鹤年身为朝廷大员，三司主官的转任升迁皆由朝廷决断，对隶属不可轻易允诺职务的调遣事宜。他有意转移话题，问道：刑狱之事，有大清律典，须循例照办。河南乃多事之地，案件频发，不知陈年积案审结的如何？

麟椿见李大人问及臬司的积案一事，心中立即犯了嘀咕：莫非巡抚大人风闻臬司衙门有什么案件处置欠妥，特来臬司衙署询情打探！稍作犹豫，麟椿略欠一欠身，两眼盯着李鹤年的那张皱纹纵横的老脸，轻轻叹了口气，说道：河南这几年水灾、旱灾连绵不断，庄稼歉收，百姓食不果腹，盗贼蜂起，被盗被抢案件频频发生。倒是有一些陈年积案，都是一些无有头绪的案子！不知大人所问的是哪个案子？

李鹤年只是很随意地过问一下臬司的公务，并没有问及具体案由，所以他的心中比较淡定，况且其素以照拂属下爱惜羽毛著称，全然没有封疆大吏那种凛然不可侵犯之气。顿了顿，李鹤年语气平和地说道：我久在河道，对河南刑狱之事较为生疏。河南是大省，又逢灾年，怕是有些积案太久，恐成死案，再无厘清的可能了。假如有些案子确系死案，或是年代久远，无从查证，自然就要委屈一些无辜之人了。

麟椿似乎听出了一些弦外之音，略略思考一番，说道：去年，镇平县一名盗抢案犯临刑呼冤，监斩官是祥符县知县，此人做事谨小慎微，却又急于功名，竟然刑场停刑。受涂大人指使，臬司只能复审查证，徒然耗费时日。现案犯尚在监押，至今还没有向刑部具文呈奏。

从麟椿的口中说出案由，那就是臬司的议定结论，在抚台大人面前，麟椿终于和盘托出了案底。

于是，李鹤年就顺着麟椿的话题，颔首说道：此案影响甚大，民间舆情也颇多怪论。我受朝廷委任，受命署理此案，臬司不可久拖，应尽快审结上呈刑部，以防别有用心之人借此张扬生事，趁机浑水摸鱼，搅乱公众视听。

麟椿明显地感觉到语气中的责备意味，但他毕竟久历官场，以为这正是辨明曲直是非的机缘，连忙说道：大人啊，此案其实已经查清，人证业已质对，在押案犯也参与了盗抢一事，把风接赃，结伙盗抢，系从犯无疑。前些年商城夏老五盗抢案与此案略同，主犯从犯皆处斩。此案从犯王树汶，虽系从犯，也应先行处以斩刑。至于主犯胡体安，必饬令镇平县限期缉拿归案。今日与大人禀报后，臬司即可向刑部呈文具奏，不知可否？

李鹤年先前已有了任凯对案子的陈述，今日又听到麟椿述说了案由，二人的表述意见不谋而合，他觉得如此处置并无不妥之处。从情感上讲，任凯是自己的挚友，又是同事、下属，关系非比一般。在他的印象中，麟椿也是一位干员，一生为人正直，耿介忠厚。如果说此人还有小小的瑕疵的话，那就是他对女人的兴趣过浓。古人云，劝赌不劝色，人家好这一口，也不能求全责备。论私交，两个人心无芥蒂，论能力在通省官员中麟椿也是佼佼者。思忖一番后，李巡抚说道：一定要严斥镇平县办案粗疏，责令其限期缉拿胡体安并将其余从犯一体到案。至于在押案犯王树汶，应研审明确，依例呈报刑部。此案我已知晓，那就可以向刑部呈文！

有了巡抚大人的允诺，麟椿心里有了底气，他打心眼里赞服李大人作风干练、严谨公正。今日有了抚台大人的首肯，他就可以向刑部具结呈文。麟椿心里一高兴，欣然说道：好，遵照大人的喻示，臬司依照律典，将在押从犯拟罪结案，近期就向刑部呈秉文案事宜。

官场中人在一起闲聊，大都免谈国是，至多说一些旧闻轶事，或是议论一些舆情关注的焦点，商谈政务那是场面上的话题。李鹤年作为一省督抚大员，对麟椿喜欢听小曲、看大戏、玩坤角儿的雅好略有所闻，而且也听说了他收纳戏曲旦角儿的癖好。他私下忖度，这些都属个人喜好，事涉隐私，无伤大雅。说重了，是个人品行；说轻了，是生活情趣，也就不便过多品评。

公务谈毕，二人一时无有话题，场面就有些冷场。麟椿忽然想起，前些日子到京城公干，无意间听说了一件趣闻，便无话找话地笑着说：大人，年前我去京城，听说了一位军机大人家中的一件奇事，想来甚是可笑。

李鹤年因为年龄的缘由，本来对社会流传的奇闻轶事听就听了，从不听信传闻。见麟椿饶有兴趣，便微微一笑，任由他述说下去。

麟椿无话找话，便述说了一件京城奇闻：有一位权重如山的王爷，位列军机大臣。这位王爷家私深厚，家中备有两个密室，专门储藏地方官员循例孝敬的"炭敬"和"冰敬"礼品。这两个储藏密室一个名为"炭敬室"，一个名为"冰敬室"。两室的物品多为珠宝银两，分门别类，备列其详。一日，军机大人到密室点验银两物品，偶然发现室内的银子少了千两之巨！更让人惊奇的是，他的一件心爱的乾隆青花也不见了踪影。这位大人心急如焚，百思不得其解：这两个密室平日里守护甚严，连自己的亲儿子都无缘涉足室内，为何会少了银两物品和瓷器？这位王爷便上了心，留了意，独自一人暗暗访查。一日，他唤过平日最忠厚、最信任的老仆人去室内取茶，就在这位老仆人转身趋步之际，突然从其腰间滑落了一把钥匙。大人起初并不在意，老仆人转身走后，大人弯腰捡起，就多了一个心眼儿，悄悄试开了密室门锁，竟然一试即开。军机大人当即勃然大怒，气愤难平，急唤过老仆人责问此事。谁知老仆人并不惊慌，竟从容应对，坦言密室所失银两是自己平日所为。大人怒不可遏，随手操起桌子上的一个鼻烟壶砸向老仆人。老仆人用手一挡，鼻烟壶落地，只听"咔嚓"一声，精致的鼻烟壶顿时成了碎片。老仆人并无怨恨，俯身捡起碎片，十分惋惜地说道：大人啊，这可是现任两江督抚孝敬来的玩意儿啊，市价千余金呢，老奴我可惜呀！这位平日里老实忠厚的仆人，竟然能够说出这个精致鼻烟壶的来历！他咬着牙、发了狠，发誓要将老仆人送有司治罪。老仆人却不慌不忙，从容应对道：不可！不可！大人啊，您还是饶了老奴吧！有司的人一个个如狼似虎，别说上酷刑，三板子就把老奴打得皮肉开花说了实话，说不定还会把肚里知道的那些事儿和盘托出，那些根根蔓蔓的事儿一旦被有司录供在案，那就与大人十分不利了。军机大人听了，一时哭不得，也笑不得，想想丢银子事小，还是自己的声名要紧，这等事体关碍甚多，还是不张扬的好。气归气，恨归恨，这位军机大人也无可奈何，只好挥挥手让老仆人退下。岂料这老仆人拱手称谢，出门扬长而去。

李鹤年听罢，嘿嘿一笑，不置一言。这种朝廷重臣家中的轶闻趣事，事关朝廷机要和官员的个人操守，他不便妄加评论。对于此类传闻，官厅之中不胜枚举，姑且听之，万不可言传，口口相传便会徒然生出是非。再说，他与恭亲王及军机大臣文祥的关系非同一般，此类传闻是否暗喻他们，尚不可知，他也就不便多言，便任由麟椿谈笑，不做臧否评论。

麟椿谈笑间说出一位京城军机大人家中的奇闻，李大人居然不置一词，足见此人城府颇深。由此，麟椿不敢再扯闲篇，以免给巡抚大人留下一个话痨的印象。可巡抚大人第一次莅临臬司，自己身为臬司主官，岂可慢待！麟椿觉得不说话坐冷板凳，也是冷落了大人，想了想，说道：李大人，您久在中原，可曾与捻子打过交道？

这话问得突兀，李鹤年一时未听懂他的话意，略略愣了愣，方才领会了他的话意，点点头说：哦，你说的是捻匪吧？

捻子乃朝廷剿平长毛之后的心腹大患，其主要活动在河南、山东和安徽之间，以劫掠富户为生，来无影去无踪，专门与官府作对，纵横驰骋，袭扰地方，颇令朝廷头痛不已。朝廷为此而痛下决心，曾布重兵追剿了数年剿而不灭。麟椿因在河南多年，对此感触甚多，便摇头叹道：河南也是老捻子经常出没的地方，多亏同治年间朝廷着力围剿，现已大体绝迹，不然的话，怕是河南境内永无宁日。

李鹤年点头表示赞许，十分感慨地说道：道咸以来，社稷多事，先有南方长毛，后有江北的捻子闹腾，官府围剿，国库靡费多多，百姓受尽困苦，许多人逃离家园，十室九空啊。河南这地方，真是多灾多难。河南多事，河南居官不易啊！

说起在河南居官的千般滋味，麟椿颇有感触，便趁机大倒苦水说道：河南这地方灾情多多，天旱无雨时，浇灌不及时，禾苗焦黄，庄稼歉收；天涝久雨，又排涝不畅，良田被淹，庄稼绝收。说到底，河南的老百姓难，居官殊为不易！

李鹤年曾任河南巡抚多年，对河南的官场、对河南的百姓，他了如指掌。只是他身为一省巡抚，不宜过多渲染此种官场乖戾之气，他心里十分清楚，治吏远比治民难。李鹤年只是不露声色，点头附和道：其实，朝廷每年最犯愁的事儿，就是河道治理，银子没少花，工役没少雇，人算不如天算。一到夏季，河道官员、地方督抚都在为河道治理而忧心忡忡。户部财赋的近三成用于河道疏浚，比兵部的靡费还要多！真正是在商言商，在河言河。李鹤年三句话不离本行，任何一个闲谈的话题，他都可以扯到河防上去。

麟椿谈兴未减，忽然想起十多年前的一件旧事，便感慨良多，话锋一转，继续说道：同治年间，捻匪窜到许昌、鄢陵、临颍一带，僧王僧格林沁也是一代枭雄，逞勇发狠，督率骑兵追剿。那僧王素来逞强斗狠，纵兵紧追不舍，当他追至山东曹州境内时，捻匪突然拨转马头回兵合围僧王。僧王猝不及防，被捻匪围歼斩首，身首异处，大清国从此失去一位骁勇善战的蒙古亲王。朝廷为此十分震怒，又值河南、山东两省地方赋税匮乏，国库难以支度，就饬令豫鲁两省官吏一体责罚，停俸一个月作为惩戒。

李鹤年叹了一口气，幽幽地说道：捻子难缠，捻子难剿，这是当年曾公的感慨！想那英武一世的曾文正公，率湘军攻下南京，横扫长毛于金陵，剪除了朝廷的心腹大患，真乃大清中兴之臣！可他在剿灭流寇捻子时，却又鞭长莫及，徒奈其何！

麟椿微微一笑，捋捋胡须，说道：那长毛起于南方，曾公是南方人，对长毛的习性了如指掌，剿灭起来自然得心应手。而这些捻匪们个个都是北方人，流窜成性，骚扰四方，居无定所，剿灭起来就有十分的难处！

李鹤年听了，却大摇其头，说道：老兄有所不知，非是曾公无能，实在是曾公心机太深之故！

麟椿不解，定定地看李鹤年：嗯？抚台大人请赐教！

李鹤年并不急于说穿，手捻胡须，只是微笑不语。麟椿急于知晓端底，就静候巡抚大人往下说。偏偏李大人顾忌自己的身份，不肯挑明，静默了片刻，方才说道：老兄，曾公是何等人也，难道你没听说过，当年涂宗瀛大人在江宁任知府时，邹仁魁制售假黄马褂之事？

麟椿略愣了愣，答道：略有所闻，愿闻其详！

李鹤年诡秘一笑，脑袋略略后仰，幽幽地说道：曾公的心思非常人所能理解！盖因曾公深知"狡兔死，走狗烹"的古训，故而对捻匪剿之而使之不尽，朝廷便无杀狗之念，自然就可以安享晚年喽！

麟椿听得一愣一愣地，这其中的玄机，过去他不曾深思，经李大人点拨，如今再认真思忖一番，果然如此！

当年，僧格林沁追剿捻军在曹州阵亡时，李鹤年不在河南居官，自然对罚薪之事感触淡然。僧王的阵亡，在朝野上下引起震动，朝廷责罚豫鲁两省地方官对剿捻之事相互推诿责任，只求将捻军驱逐出境，不求上下通力合作，共同围剿歼灭，最终才导致一代僧王命陨曹州。为此，朝廷特发饬令，豫鲁两省的官员都受到了革职处分。转眼之间，僧王已经蒙难十多年了，但此事对豫鲁两省上下官吏的影响深远，关涉的官员至今再提及此事时，犹自心有惊惧。李鹤年对这些陈年旧事不愿多加品评，他怕不经意间拂逆了别人的心意，或是揭疼了当事人的旧疤，那就是徒自招惹不必要的腹议。想到此，李鹤年抖抖官服，端坐在椅子正中，心平气和地说道：朝廷的责罚可能确实有些过头了，为了一位王爷的阵亡，豫鲁两省官员的一家老小，难道就要喝西北风不成！当年的这些陈年旧事，如今说起来是笑话，那时的当事者却关碍甚大，远没有当下人的洒脱！

那是！那是！麟椿连忙附和，他要顺着巡抚大人的话意，尽量说一些没有拂逆的话：我在河南日久，那时停俸一个月，着实让人有些困窘。说起来是个笑话，拙荆持家理财，日渐窘迫，当时家中人口又多，米面衣食全靠薪俸度日，一下子没了银两进项，只好节衣缩食，减少饭菜中的荤腥，多以米面果腹而已。

李鹤年听了，忍不住呵呵大笑，说道：那就委屈了贵家眷和儿女们。河南有句土话叫：脚蹬梯子上庙房——够受（兽）！

麟椿也笑，笑李大人的幽默，笑李大人能够入乡随俗，他在河道任上几年时间，走南闯北，没少与老百姓打交道，居然学得河南、山东的地方方言俚语，懂得豫鲁两省百姓的生活习俗。有了这种语言交流的优势，就可以融入到民间，与民同乐，比他用东北话与人交流时要亲切得多。

李大人看着麟椿，说道：老兄，你对镇平县的案子有何高见？

麟椿并不回答，从案几上掀开一个木质盒子，从中取出两个镇纸，一个横摆，一个居中放置。麟椿指着上面平衡不动的镇纸，压住一侧，另一侧就翘起老，便笑着说道：大人，此案颇似这个物件儿！一头是涉案的官员，一头是大牢中的那个死囚犯，一头重另一头必然就轻，若要平衡，断不可能！

李鹤年默默点头，心中已有定见。

时已近午，大厅内很是安静，麟大人抬头瞥见臬司厅院内人影幢幢，隐约有人在门口欲进又止，便起身走到门口，见有书办在门外徘徊。麟椿叫住那人：有事吗？那书办犹犹豫豫地说：大人，午饭已安排妥当，请巡抚大人入席。

麟椿点头会意，回转身，来到大厅内，对李鹤年拱拱手，说道：大人，下官略备小酌，请吧！

李鹤年站起身，抬头看看门口处的天空，讶然说道：不知不觉间，已是正午，那我就不客气啦！就在此处小酌几杯，方不负老兄的一片心意。说罢，随麟椿走出了公议大厅。

三十四、逮捕了两个同案犯

一日，张和哲去见麟大人，询问镇平县盗抢案犯的拟罪呈报事宜。刚走近大人办公的院落，忽听麟大人正在公房内兀自哼唱小曲儿，细听却是秦腔的拖腔。麟大人喜欢戏曲的雅好，通省上下的官吏皆知，所以一些地方官吏皆以请大人欣赏戏曲为由，极尽奉承之事。张和哲知道麟大人正在兴头上，不敢贸然进见，便在门口徘徊不前，侧耳细听大人低吟浅唱。原来，麟大人这几日在小妾那里得了灵感，自觉学得秦腔的甩腔真谛，哼唱起秦腔来有板有眼，字正腔圆。在秦腔剧目中，他颇为喜欢《武松杀嫂》一戏的唱腔，觉得武松为人豪爽，具有英雄气概，因此学唱起来也是一腔的豪壮之气。

门口侍立了两位门役，用噤声的动作阻止张师爷进屋。张和哲不敢造次，肃立在房子一侧的角落，他怕惊动了麟大人的雅兴，远远地站立，隐约听得麟大人唱道：

> 面对这颤颤抖抖一杯酒，
> 倒叫我武松一阵冷汗流。
> 这杯酒曾经是美酒，
> 醉得我武松飘悠悠。
> 这杯酒曾经是辣酒，
> 我喝它把尖言辣语骂出喉。
> 这杯酒如今成苦酒，
> 杯中有她的珠泪流。
> 我若喝下这杯酒，
> 定把英雄名节丢。
> 不看她跪倒尘埃凄惨惨，

——武松我背地里洒下这杯酒。

　　细听处，倒也字正腔圆，有些秦腔的悲怆苍凉、慷慨激昂之韵致。约莫有半个时辰，麟大人停住唱，清清嗓子，一阵窸窸窣窣声响后，屋内就归于沉寂。张和哲觉得时机已到，故意咳嗽一声，稍停一停，再轻轻敲门。门虚掩着，得到一声允诺后，张和哲方才轻轻推门进去，见麟大人正在用手指梳理自己的发辫。

　　张和哲进屋后，恭敬肃立，神情极为谦恭。麟椿示意张和哲坐下，自己整了整衣襟，方才悠悠地问道：老张，近日的那几件事可曾料理完毕？

　　张和哲垂手肃立，听到问话，便趋前一步，微躬身躯，说道：诸事皆已了结，在押案犯待审，主犯在逃，已饬令镇平县务必缉拿。

　　麟椿皱皱眉说道：捉不到主犯，就把镇平县关进大牢……

　　张和哲一愣，说道：大人，主犯胡体安虽然在逃，可镇平县又逮住了两位同案犯！是不是押来臬司审讯？

　　麟椿皱着眉头，沉下脸色说：原审不是没有同案犯嘛？怎么又有二人同案？

　　张和哲说：那个死囚犯回忆起同伙的两个人，镇平县一抓一个准！

　　麟椿麟大人略略思考了片刻，微微点点头：我知道了，那就先审一审。两个同案犯暂且押在镇平县，以备不时之需……

　　张和哲心领神会，点点头说：难道抚台李大人真的要为镇平县的那个小子翻案？

　　麟椿听罢，哦了一声，便不再吭声。

　　张和哲知道自己的言语有些唐突，便禁了声，不再言语。他要走开时，又有些不甘心，索性一屁股坐下来，静静地等候臬司大人的问话。可麟大人却正沉浸于秦腔的韵味之中，根本无暇他顾，犹自眯起眼、微微摇头，旁若无人。

　　张和哲有些忍耐不住，扑哧一声笑出了声。麟椿眨巴眨巴眼，从陶醉中惊醒，便愣愣地看他，不知这位刑名师爷因何发笑。张和哲觉得自己有些失态，便迅速调整了一下面部表情，看着麟椿说道：麟大人，前日有京官来开封公干，这位京官讲说起一件事，属下觉得好笑，故而发笑！

属员在长官面前失态，就有些不敬。麟椿知道他有话说，却又遮遮掩掩，就疑惑地问道：嗯，什么事让你发笑？

在桌台大人面前失了态，那就是属员的一种无礼。张和哲调整一下情绪，正襟危坐，赔上笑脸，侃侃说道：说起来是笑话。前些日子，俄国老毛子在伊犁挑起事端，西北边境告急，可东北也不安宁，朝野上下为此忧心忡忡。朝廷速召固原提督雷正绾守卫山海关，以备不时之需。偏巧那雷正绾雷提督进京领旨时，恰逢老佛爷寿诞之日，宫里宫外一派喜庆，贺寿大戏连日不断。老佛爷见雷正绾要去镇守山海关，身兼朝廷重命，特恩赐他宫中奉陪听戏。那可是天大的恩宠啊，朝野上下，王公贵胄，又有几人能够奉旨入宫享受陪老佛爷听戏的恩宠？

麟大人听了一愣，武官戍边，很少涉足皇宫大内，看来此事甚是异常，一介武夫的雷正绾所受到礼遇非同一般，不免讶然说道：有这等好事，那就是天大的恩宠！

张和哲见麟大人来了兴趣，越发来了兴致，继续说道：好事儿还须有好机缘！可他雷大人久在边塞荒漠，偏偏烟瘾极大，终日里人不离烟，烟不离口。他带兵巡视时，腰里还常常别着一根烟袋，随时掏出来抽上一袋烟。他得到奉旨听戏的美差后，却犯了大愁：陪老佛爷看戏那是皇恩浩荡，可一犯烟瘾如何了得！总不能在老佛爷面前吞云吐雾吧！这位雷大人千思万想没法子，就去找宫内的公公们讨教，求他们在皇宫听戏当中，每隔半个时辰送茶叶一包，多喝茶便可消解烟瘾。双方约定一天之中上午三次，下午三次，一日六次，次次断不可少。你想想，公公们都是干啥的，他们是伺候太后、皇上的，哪能白白地听他使唤？

讲到此处，张和哲却有意停顿下来，故意抖一个包袱。

这就是故事的节点，听到此处便是有戏。见他停下来不讲了，麟大人也笑笑，说道：公公们眼高得很，进宫的王爷他们还不伺候呢，何况一个外放的小小领兵提督？这些公公们终日围着太后、皇上转，哪能随随便便被人呼来唤去，白白伺候你一个小小的戍边提督！

就是这个意思，宫里的公公们哪个不是势利眼？张和哲兴致极高，继续着自己的述说。这些公公们也不含糊，答应准时送上茶叶，但讲好每送一包茶叶，雷大人须付酬银千两，少一两银子公公们就不伺候他。可是，人到屋檐下，哪能不低头，雷正绾不愿放弃这千载难逢陪老佛爷赏戏的恩宠，又可惜自己的银两。思量再三，他就咬咬牙依从了。

麟大人听得嘿嘿发笑，甩了甩发辫，说道：这可是要当冤大头了！一小包茶叶一千两银子，喝金尿银了吧！

张和哲捂住嘴，吞儿笑出声，伸出三个手指头，不想却带出来一个金丝手帕。原来，昨天他为那位窑姐儿买了一个苏绣金丝手帕，觑个机会准备送她，却不意在大人面前显露了。他慌忙将手帕塞进衣袖内，讪笑着说：雷提督看戏三天，给公公们赏银一万八千两！这可是天下第一茶叶！此事天下绝无仅有，只能是宫中的奇闻。

麟大人分明看到了张和哲衣袖内的女人手帕，但他不宜过多询问，便游离了目光，拍手称奇道：大清的公公们果然厉害，举手之劳，可获万两白银！真是天下奇闻啊！

自己的一个小小的动作，让麟大人看出了隐秘，张和哲心里就有些局促不安，他看麟大人来了兴致，就有意转移大人的兴趣，就笑着说道：可不是嘛！如今啥事儿就这样玄妙，外臣进了大内面君朝圣，没有银子打点，那是西山墙上挂门帘儿——门儿都没有！

麟大人咂咂嘴，大为感慨，悠悠地说道：世风如此，其奈若何！皇宫之内尚且如此，遑论庙堂之外！

张和哲摇头说道：朝廷正是用人之际，国家栋梁之材，却被内臣们玩于股掌之中。

麟大人不愿过多议及朝政之事，以免徒惹是非，便话题一转，说道：且不去管他宫中之事，你说说刑狱上的事吧！

张和哲见臬台大人转移了话题，知道大人已是倦于这个话题，也就不便多说题外之话，试探着问道：不知大人所说何事？

麟椿身为臬司主官，政务繁多，就直奔主题：邓州盗抢案新近逮捕两位案犯，还是臬司衙门先审一审，看看是否有新的案底和同谋。

张和哲心知麟大人有公务在身，不便打搅，嘴里应着：我明日即着镇平县将二犯押解到臬司，不日即可审验犯人！说着，起身退出。

臬司衙门决定将新近逮捕的程鼓堆、王老幺押解至开封，择期提审二位案犯。镇平县接到臬司的公函后，立即将二犯押运至开封。

提审犯人在臬司大院的一个偏僻公堂里进行。王树汶、程鼓堆、王老幺三人分别被从牢房中押到公堂，同时受审。王树汶一见二人，顿时一惊，知道二人一起归案了。审理主官仍是发审局的苏正通大人，张和哲陪审录供。

苏大人喝问道：胡体安，你可认得这两个人！

王树汶点点头：认得！可我不是胡体安！

苏大人驳斥道：你不是胡体安哪个是胡体安？你看看，他们二人可是与你一起到邓州张家去抢劫的？

王树汶抬头看一眼二人，点点头回答：我们是一起去的，可我是看守衣物的，俺没进到人家家中！

苏大人看看卷宗，抬起头，转而问道：你们两个可认得他胡体安！

二人你看看我，我看看你，欲言又止的样子，回答起来就有些犹犹豫豫：认得……！

毕竟王树汶在大牢里蹲久了，有些公堂审案的阅历，就眨巴眨巴眼睛，纠正道：大人，我叫王树汶，我不是胡体安，胡体安是俺大叔！

苏大人明明知道他不是胡体安，他只是顺着案卷喊了出来。不想案犯竟敢当堂纠正，真乃狗胆包天，瞬间无名之火陡然升腾，便提高嗓门，厉声喝道：你这狗东西！刑场喊冤！今日又咆哮公堂，不上大刑你不说实话！

王树汶一听要动大刑，便哑了口，垂下头，不再吭声。

苏大人转脸问道：程鼓堆，你今年多大岁数？

程鼓堆答：俺今年三十三岁。

苏大人定定地瞅着犯人：案犯姓程，你大概弟兄不少吧！你娘生了成鼓堆的狼崽儿！

程鼓堆咧咧嘴，老实答道：俺弟兄六个，我是老三。

苏大人冷冷一笑：你爹你娘生儿子就像老母鸡下蛋似的，养大的儿子全是贼，就去偷，就去抢！

程鼓堆被奚落得无言以对，耷拉下头，一言不发。

苏大人又问：王老幺！你家弟兄也不少吧？

王老幺答：俺弟兄五个，俺是最小，爹给俺起名老幺。

苏大人阴沉着脸，从牙缝里挤出一句话：老幺就是老小，常言说：庄

262

稼佬儿，都惯小儿，想必你爹你娘没少娇惯你，养出你这样惯偷惯抢的匪类。你们结伙盗窃，实属十恶不赦。那胡体安被判斩刑竟敢刑场呼冤，侥幸逃过一死。今日念及他曾受过重刑，今日暂且放过！来人啊，程鼓堆、王老幺系初次过堂，他们二人每人一百棍，杀一杀以匪为盗之人的威风！

侍立的皂隶们齐发一声喊，分头将程鼓堆、王老幺按倒在堂下，抡圆了棍棒狠揍两人的屁股。大堂之上，顿时一片凄惨的喊叫声。一百棍打完了，程鼓堆、王老幺两人早已是气若游丝，只见程鼓堆哼哼唧唧，喘着粗气；王老幺已经奄奄一息，软塌塌地躺在地上喘气。

王树汶虽然没有挨打，但他跪在一旁看二人挨棍子，只见棍子飞起落下，打在二人的屁股上噗噗作响，吓得王树汶早已是心惊肉跳，不寒而栗。

张和哲指指王树汶，问道：程鼓堆，我问你，你去邓州抢劫时，这个人可曾持刀入室抢劫？

程鼓堆被打得趴在地上动弹不得，听到问话，喘着一大口气，断断续续说道：他……他年纪小，没去……人家家里，就在路沟边看……衣服。

苏大人又问：你们一起去抢劫，一路同行，你说说他叫啥名字？

程鼓堆翻翻眼珠子，挪动了一下身子，抬起眼瞧瞧王树汶，有气无力地答道：他姓王，是胡体安家的伙计。

苏正通与张和哲对视一眼，彼此心领神会，相互点点头，心中便有了默许。然后，苏大人又问了如何分赃，如何脱逃的事宜。

程鼓堆还交代说，那天在邓州抢来的贵重物品由胡体安一人保管，他们仅仅分得几件衣物。后来，镇平县的风声紧，县衙又在胡体安家中起获了赃物，方才知道案子大发了，大家才四处逃命，唯恐被县衙提去，哪个也不敢再提分赃物的事体。

苏大人问明了案子，分别让二人当堂画供，因王老幺早已是四肢瘫软，神智混沌，根本无力画押，皂隶们就死拉活拽按下了手印。案子已审结，就此退堂，依旧将三位犯人分别押入死囚牢房。

三日后，臬司发文送达镇平县，限期缉捕胡体安到案。镇平县在毛一统、张绍祖等人的庇护下，声称查无此人。马翥无法查证，遂成悬疑。

河南按察司见邓州盗抢案又逮捕了新的案犯，案情总是有了进展，经过严刑讯鞫，业已录供在案。臬司很快拟就了邓州盗抢案缉捕新犯的公文，立刻呈文刑部：邓州盗窃案新近捕获案犯二名，一名叫程鼓堆，一名叫王老幺。二犯对盗抢案供认不讳，且持刀入室，现在河南臬司大牢羁押。依照强盗罪例论处，依律拟罪，不分首从皆斩，故二犯拟定为斩立决。原在押顶凶囚犯胡体安者，一体拟就斩刑。刑部依例批转，并下达死刑判决。

不久，刑部的飞咨送达河南按察司，程鼓堆、王老幺二犯就地斩立决；因囚犯胡体安尚有疑处，务必提解该犯胡体安到京。李鹤年闻讯后，对臬司衙门严词切责，并呈文刑部，声称河南盗匪猖獗，路途恐生是非，万不可押解犯人到京，力主将三犯一并斩首。李鹤年又敦促臬司提审在押案犯，希图审出一些新的佐证。

令李鹤年纠结的是，程鼓堆、王老幺二人均指认王树汶并非胡体安，且其并没有持刀入室抢劫，这让巡抚李大人颇为犯难。

三十五、大清的监牢故事多

在大汪营，最忙碌的人是鲍氏，往日里她少言寡语，如今她成了话痨，见人就说自己的儿子冤屈，逢人便哭述自己的儿子没杀人，是被人诬陷下了大狱。她每天就在街上游荡，看见一个年轻后生，上前就叫人家小汶，还一把攥住人家的手，用脏兮兮的手绢为人家擦拭脸蛋儿，弄得村中的年轻后生窘迫不已。村里的年轻人一见鲍氏就躲得远远地，唯恐被她缠住脱身不得。偶尔在村边碰见陌生的路人时，鲍氏也会上前拉着人家的手，小汶小汶地呼叫，好似一只母羊寻到了自家失散的羊崽儿，让偶然路过村头的年轻人好生恐惧，惊恐地用力挣脱了鲍氏的拥抱和扯拉，逃也似地飞奔而去。

鲍氏成了瘟神，一村人见了她，便远远地躲避了。唯一不躲避她的只有王季福。白日里，王季福默默地跟在其身后，唯恐自己的女人惊吓了别人，或是生出什么意外；夜间，鲍氏躺在床上又哭又闹，整夜整夜难以歇息。守护自己的女人成为王季福最大的责任，也是他每日必做的事情。

好在鲍氏并非完全疯傻，不至于不顾女人的羞耻赤身露体游走街巷之中。后来，鲍氏突然有了灵性，就天天去寺庙里烧香，见了泥塑的神像就磕头，

264

祈求神灵庇佑自己的儿子平安归家。在泥塑的神龛佛像前，鲍氏长跪不起，嘴里念念有词，用自己的额头碰撞地面，哀求万能的神灵为儿子辟灾避祸。在寺庙里，王季福也跟着妻子一起跪在神龛前祈祷，并许下宏愿，只要自己的儿子能够脱离牢狱之灾，他们甘心情愿下辈子做牛做马，永世无有怨言。

可是，神灵不佑苦命人，夫妻二人天天等，夜夜盼，儿子终究没有脱离苦海，更没有一丝一毫的讯息。

王家最苦的是女儿王树娟，一个刚刚十三四岁的姑娘，初涉人世，豆蔻年华的年纪，娘疯爹守护，家里天天不见人影，一个不懂事的乡下小姑娘，又怎能担当起家务！这个山沟沟里的穷家，因为这场变故，早已变得支离破碎。王季禄实在不忍心，但他又无能为力，只好将侄女养在自己家里，也算是为哥嫂分担一些忧愁。

不久，有人来为王树娟提亲，男方是山外的一户邓姓人家。这家人家的女人死了，撇下三个儿子，一家四口全是光棍汉，听说了王家的处境，就托人上门说媒。邓家的大儿二十五岁，一只眼有残疾，二十多岁了还没找到媳妇。王季禄不敢做主，与哥哥王季福商量。王季福眼见得自己再无能力抚养女儿，只好默默地答应了。

隔了几天，邓家牵着一头小毛驴来娶亲，王树娟随身旧衣旧裤，悄没声地被老爹扶上了驴背。小毛驴打了一个喷嚏，撒开四蹄，直奔山外而去。

在戒备森严的臬司大牢里，王树汶纵有三头六臂，也逃不出铁桶般的牢房，即使他的肋下长有翅膀，也难以飞越监牢高高的围墙。自从那天在大堂上见到爹爹以后，再也无有他的讯息，爹爹从来没走出过山沟沟，偌大的开封城他会不会迷路？人地两生的地方他不认识一个人，吃饭睡觉咋办？那天父子俩在大堂上见面，两个人只顾抱头痛哭，却没有问他是咋来到开封的。老爹一个人从乡下到开封来，难道又是姓胡的圈套？假如是胡体安设下的恶毒陷阱，那他就太歹毒了，他的心肠比蛇蝎还要狠毒万分！胡体安不但祸害了程鼓堆、王老幺两个人，祸害我，还要残害我们父子二人，让俺老王家灭门绝户哩！

抬头看见屋子角落处悬挂着一个蜘蛛网，网上爬着一只黑色的蜘蛛。王树汶已经注意到这个蜘蛛几个月了。这个小东西是他的唯一伙伴，寂寞无聊时，他就数蜘蛛网上的细线，一根一根地数。蜘蛛网有八根纲线，从小圈到大圈，牵拉着十八圈目线，就像一张张开的网。小时候他站在水塘边，捡拾起一个砖块投向水面，静静的水塘水面立即就泛起了涟漪。涟漪初起时很小，后逐渐向外扩散，形成一个放射性的圆圈，与蜘蛛网的形状极为相似。有时，王树汶就呆呆地发愣，他羡慕蜘蛛，羡慕蜘蛛的自由自在，无拘无束，自己要是变成一只黑蜘蛛该多好啊！

王树汶低头看自己的脚，脚上的这个铁镣已经带了二年多，因为天天手摸脚碰，铁圈子已经又光又亮。脚踝处缠绕的布条早已磨损殆尽。盛夏季节，脚镣并不凉，只是走起路来有声响，哗哗啦啦地惹人烦。大牢里有许多房间，里边关押着各式各样的犯人，这些人有小偷，有盗贼，有强奸的，有杀人的，有伤人致残的，有作奸犯科身负人命的。时间久了，犯人们彼此都有些熟识。因为王树汶是死刑犯人，他自己仍被单独关在一个囚室里，这让他没有机会与其他犯人厮混在大牢房里。那些小偷们、强奸犯们关押在一起，相互打架是经常的事，小偷最是被人痛恨，扒墙豁、奸人妻女的强奸犯更是被人瞧不起。大牢里天天有人惹事儿搞摩擦，有打人的，也有人被打。时间久了，王树汶渐渐摸出了他们的生活习性，那就是每次有新来的犯人被关进囚室，必被老犯人毒打一顿，待新犯人服帖了，才有资格去参与痛打新来的犯人，依此补偿自己曾经挨过的毒打。如此循环，新旧交替，成为大牢里的规矩，谁不服气谁就会遭到一顿胖揍，打你个泰山不垒土，打你个鼻口蹿血，打你个嘴唇外翻肛门外脱！

每有新犯人入住牢房时，王树汶便可以听到噼噼啪啪揍人的声响，随之是挨打人一声声的惨叫，一声比一声高，一声比一声惨烈。王树汶小时候看杀猪，白刀子进去，红刀子出来，鲜红的血液从猪的脖颈处喷涌而出，被宰杀的猪一声声挣扎嚎叫，那惨叫声凄厉无比。听到新犯人杀猪般的惨叫声，王树汶就浑身颤抖，一阵阵心悸不已。有时候，他甚至庆幸自己是个死囚犯，能够单独关在一间囚室内，从而不会受到狱霸们的欺凌和侮辱。有一天，大牢里的犯人出外放风，一个络腮胡子、满脸凶相的汉子用眼睛死死盯住他，眼神好似饿狼一般，恶狠狠地露出凶光，瞄一眼就让人不寒而栗。王树汶一看见那人的一双鹰眼，凶巴巴地，心里就发毛发怵。每次出圈放风时，王树汶从来不敢用正眼看他，只是偷偷地用眼角的余光扫视他一眼，他惧怕那人凶巴巴的眼神，害怕他那一脸的凶相。一天，牢房里犯人放风，王树汶准备去厕所"甩瓢子"。有个犯人走过来用胳臂肘轻轻碰他，悄声告诉他，那个一脸凶相的人姓杜，人称"杜老天"，是有名的狱霸。他霸占了人家的老婆，还把人家男人打伤致残，生生把对方的一个睾丸给掐了出来。投进大牢那天，原来的狱霸见他一身肥肉，断定他不是个善茬儿，拱拱手揖礼相见。老杜上前一把抓住他的衣领，恶狠狠地喝令狱霸趴下。那人不服，号令其他犯人上去帮忙揍人。那些犯人都是狱霸手下的锤垫子，是降服惯了的角色，不敢不去帮手。说话间，几个人一齐涌上来。不料老杜飞起一脚，踢在狱霸的胫骨上，狱霸扑通一声倒地。老杜一脚踏在狱霸的脖颈上，一阵老拳打得老狱霸连声告饶。老杜厉声喝道：你叫我爷爷！狱霸不叫。老杜挥手只一拳，打得老狱霸鲜血淋漓。那狱霸只好连声叫道：爷爷饶命！小的以后就听你的！

从此以后，老杜占山为王，代替老狱霸成为新狱霸，凭着一双拳头横行于大牢之内，无人敢撼动其位。

那天，王树汶正低下头蹲茅坑"甩瓢子"，因饭菜少油水，就有些便秘，用力气刚把腹腔里的干巴屎拉出来，忽有人在他的脑袋上猛拍一下，扭头一看，顿时吓出了一身冷汗，原来是老杜！王树汶吓得双腿打战，只是直勾勾地看着老杜。老杜知道王树汶住小号、带"狗连档"，断定他是一个"没头儿"的主儿。用嗓音低声吼道：你小子有种啊！吃屎孩儿就敢犯人命大案！

王树汶大气也不敢出，腔眼里憋着屎，嘴里结结巴巴说不出话，全然一副呆傻相。老杜一手拍在王树汶的肩膀上，大咧咧地说：俺听说要砍你的头时，你小子喊了冤，才保住了这个狗头！

王树汶吓得不敢回答，缩着身子蹲在茅坑上不吭声。老杜见王树汶还是个孩子，放声哈哈大笑：这小子嫩着哩！正是"恋窝儿"的年纪！老杜的嗓门大，惹得周围的犯人都扭头看他。王树汶在大牢里蹲久了，听得懂一些牢狱黑语，可他哪儿还会顾及许多，也不敢言语，腹内的臭屎还没拉净拉完，就草草擦拭一下腔眼儿，提起裤子就走，拼命往人多的地方钻，躲瘟神一般躲着老杜。

老杜见王树汶走开了，便要去追，因了王树汶是死囚，狱卒特意守护，走过来大喝一声，喝阻了老杜的非礼。

这里的犯人大多都认识王树汶，因为从年龄上看，王树汶最小。可他是重罪，还是从杀人的刑场上捡回了一条命。所以，囚犯们就对他特别关注，私下里都传言他是为人顶罪，临砍头时呼冤，才从刑场上捡回了一条命。

大牢里有一条不成文的规矩，谁的罪重谁就是老大，尤其是死刑犯，反正是该死的人，已经了无牵挂，生也由命，死也由天，死囚犯玩起命来天不怕地不怕，连狱卒也忌惮几分，是谁也惹不起的角色。而那些偷鸡摸狗、钻人家女人被窝儿、鸡奸犯科者最是被人瞧不起，以为那些勾当不是大丈夫所为，是人人憎恨的角色。许多犯人私下里都以为，王树汶能从刑场上捡回一条命，这小子年纪轻轻不是凡人，也是一个有种有见识的角色。幸亏王树汶是死囚，单独囚禁，与那个老杜不在一个牢房关押，所以，老杜的手段施展不到王树汶的身上。不然的话，老杜也决然不会放不过他。

王树汶有意在犯人堆里找寻程鼓堆、王老幺，却没有他俩的影子，可能是怕他们串供，分别关押了。这让王树汶有了些许的失落。

大清国的大牢里与乡村市井社会别无二致，也有贫富强弱之分，谁有钱相与狱卒，谁就吃香；谁的拳头硬，谁就是爷。王树汶牢房的隔壁就是一个大房间，里边住着十多个犯人。一天，王树汶正朦朦胧胧犯困，猛然听见一声撕心裂肺地惨叫。侧耳细听，原来是新来的一位犯人不服老杜管制，老杜发了脾气，逼着新犯人趴下喝便桶里的尿液——美其名曰：喝露水。那新来的犯人不肯，被老杜上前一把揪住头发，挥起老拳朝其腹部猛揍一顿，又用脚踢他的裆部，专踢他的睾丸。那人疼得连声惨叫，哭爹叫娘，疼痛难忍，只好跪下求饶，不得不乖乖地趴下，低下头，在尿桶里喝了一口又臊又腥且已发馊的尿液。

大家都怕老杜，除了他有一身的蛮力，擅长发狠逞凶是其所长，而且他家殷实有银子铺垫，大牢里上上下下都被他打点顺畅，连那些狱卒们见了他，都叫他"老杜"。有一天，放风时一个犯人偷偷告诉王树汶，老杜在牢房里还是一个鸡奸犯，他一旦有了性欲，随便抓个人就干一回，弄得那人三天拉不下屎。老杜还是一个狠角色，看谁不顺眼，上去就是一顿猛揍，直打得你讨饶服输。

在大牢里的王树汶终日提心吊胆过日子，虽然在屈辱中挨日月，可他认定，砍头不过碗大个疤，总比受活罪、蒙受羞辱强得多。常言说，靠山吃山，靠水吃水，人家老杜拳头硬，靠大牢吃饭，这就是造化化人。

但凡大牢里的凶横角色，没有不与狱吏们勾连的，大清的牢狱里，居然还有人一边坐牢，一边大发横财，强似在市面上混日子。京城的大牢里关着一位姓张的爷，他家在山东，时常到北京经商做生意，后因生意上与人发生争执，怒而杀人，被判了绞刑。偏偏他命不该死，待要执行绞杀时，皇帝突然驾崩，他遇上了朝廷大赦天下，万幸死里逃生。这位囚犯在狱中拘禁了十多年，终于熬成狱中一霸，连狱卒们也要相与他捞取好处。从此以后，他时时享受到其他犯人的孝敬，光是犯人孝敬他的银两，强似他在外做生意的进项，每年装入囊中的银子就有近千两。这位张姓囚犯人在狱中收取同监犯人的银两后，便送到监牢外的妻子手中，由她放债生息，这桩买卖做得有滋有味，那女人的小日子过得风生水起。光绪乙亥年，新帝即位，张某又遇大赦出狱，盘点账簿，他在狱中收入囊中的银子有数千两之巨。张某出狱后，东游西逛，恨无生路，便在江湖上混日月。可他一入社会便有诸多的不适应，大家都对他避而远之，再也无人巴结他。时间一久，日子了无趣味，又无银两收入，远不如关在狱中，既清闲自在又有银子赚。在大牢里过的那可是神仙过的日子，又有孝子贤孙一样的人天天孝敬着，清闲自在，无忧无虑。张某在自己家中混了一年多，一无所获，徒然坐吃山空，老婆也不再待见他。这时，同乡有人殴人致伤，被押送到刑部审理。张某听说后大喜过望，用银两贿赂刑部吏员，求其在从犯名单中添加上他的名字，以期获刑坐牢。后来，经张某多方打点，他终于如愿以偿，得以入住刑部大牢，从此，他就继续在大牢内赚取银两。此人光绪年间仍在京城的刑部大牢内关押，每天乐不颠地赚取犯人的银子，狱吏们还成了他的铁杆儿好朋友。大清牢狱里，有钱能使鬼推磨，有钱也能使狱吏们为犯人当枪使。

此事听起来怪异，但却真真切切地发生在大清的牢狱里，被犯人们传为经典。王树汶在开封的大牢里蹲久了，听到看到的龌龊事多了，也就习以为常。日子久了，王树汶也就不再在墙上划道道，划了道道又如何，划的道道多并不能减刑，不如不划。可日子难熬啊，一个人独处，屙屎尿尿都在牢房里，自己拉的屎尿自己闻。有时，他却又害怕日子一天天过得太快，自己的案子没有结果，啥时候会走出这大牢呢？王树汶再也见不到胡体安，刘学太也不会来看望他，他们就像老鼠一般躲进洞里，却把他一个无辜的人扔进大牢里受罪。想起自己的案情，王树汶的心里总是空空落落，他害怕案子遇上了昏官，糊里糊涂判了案，那他只有死路一条。有时，王树汶想多了，便有些怪癖，他想，假如自己早晚免不了一死的话，那还不如早死。常言说，早死早托生，假如眼一闭死了，自己也不会像关猪狗一样被关起来。论说起来，自己还不如乡下人养的一头猪，猪还能四处走动，还能钻到地里偷吃庄稼，还能在猪圈里蹭痒痒，在野地里撒欢儿！而自己终日被锁链锁着，吃喝拉撒睡全在屋子里，放个屁也是自己一个人闻臭气，连走出牢房的机会也不多，真正是生不如死！

那天放风后，王树汶刚要进牢房，狱卒老金走过来，乜斜着眼说道：穷小子，上面说啦，从今以后，你的木枷还要带上！

王树汶听了，犹如五雷轰顶，摇摇晃晃站立不稳。他知道，如若不是自己的案子有了反复，怎么会给他加刑具呢？如此说来，自己的案子怕是难以有什么转机了，掉脑袋也是早晚的事儿！王树汶带着哭腔说道：大叔，俺的案子啥结果？

狱卒老金把木枷带进屋子，埋怨说：你的案子啥结果，俺咋会知道，要问你就去问上面的大人老爷！

王树汶整天蹲在大牢里，哪儿会有机会见到上面的大人老爷？见不到当事的大人老爷，他又该去问哪个？平日里，王树汶的脚上常年带着铁镣，为了方便吃饭，木枷可以不带。如今又让带木枷，难道是案子已经复审过了？死囚犯是必带木枷的，因为狱卒害怕死囚犯自杀。带上木枷只是走动不方便，脖颈处平白地多出一个物件儿，把脖颈箍得紧紧地，平常必须扬起下颚，脖子也转动不得。脚上有锁链，脖子上有木枷，那就是临刑死囚的行状。程鼓堆、王老幺那天不是在大堂上指认，他不是胡体安而是王树汶，过堂的大老爷可是听得清清楚楚，明明白白，怎么还要披枷带锁？想到自己还要被拉到刑场上砍头，王树汶浑身瘫软无力，彻底绝望了。他涕泪交流，心灰意冷，呆呆地看着牢房的屋顶，任由老金给他上木枷。

上好了木枷，老金拍拍手，用脚踢踢王树汶，嘴里嘟嘟哝哝地骂着：你这个挨千刀的货，咋会摊上你这号人！伺候猪狗它也会摇摇尾巴，你咋连句人话都没有！

王树汶已经彻底崩溃了，老金嘴里说的什么话，他压根儿就没听进去，自顾呆呆地发愣，两行泪水像断了线的珍珠，扑扑簌簌地滚落下来。

老金手里掂着一串牢房钥匙，嘴里骂骂咧咧地走了，牢房门咣当一声被锁死了。空荡荡的房间内只有那只蜘蛛陪伴着他，王树汶一个人独自蹲在牢房的一角，寂寞时就能与蜘蛛对话。冬季来到了，蜘蛛也无有了踪影。王树汶想，自己还不如一只蜘蛛，蜘蛛可以自由自在地爬行，可以躲过冬季的严寒，可以自由地出入，可以召唤自己的同伴诉说衷肠。

那天晚上，王树汶想心思想多了，翻来覆去睡不着，隔壁牢房里不时传来犯人的撒尿声，嘘嘘啦啦，好似连阴天房檐淋水。他想起小时候在村里玩，有人讲说古事儿，有一位神仙可怜一个放羊孩子，就赏给他一个隐身衣。放羊孩子穿上隐身衣，就到财主家里，专拣大鱼大肉吃，还不忘给老爹老娘捎回一些让他们品尝……王树汶就想，假如自己也有一个隐身衣，他就可以逃出大牢，一刀把胡体安劈成两瓣……

他用手抚摸自己的腹部，不觉之间，裆里的那个物件儿直直地翘立起来，用手去摸，竟然越摸越硬。更让王树汶惊讶的是，小鸡鸡的根部竟然有了黑毛，这让他既惊恐又惶惑。用手抚摸了一阵，那东西居然越发坚挺，心跳便有些急促，腹部一鼓一鼓地，有了憋屈感。王树汶索性继续抚摸它，渐渐地心潮澎湃起来。猛然间，一股热流喷涌而出，王树汶急忙用手去捂，弄得两手黏糊糊的……

王树汶浑身瘫软，只觉虚汗淋漓，气喘吁吁，脑子也清醒了许多，一边蹭去手上的秽物，一边直勾勾地瞪着一双眼睛盯死窗外。一方窗口处，闪烁着诡秘的星星，还有一弯残月。

三十六、朝廷再次更换主审官

李鹤年罔顾刑部再三催促，故意拖延刑部飞咨。他授意河南按察司执意将在押囚犯"斩立决"，却拖延时日迟迟不将王树汶解往刑部。因王树汶尚有疑点，刑部留存待复，并无批转，因此此案错过了秋决的时机。

这一搁置，镇平县盗抢案便滞留在刑部。

可那些豫籍在京御史们，闻知镇平县盗抢案在巡抚李鹤年的主持下，主犯在逃，在押从犯、顶凶案犯依律处以斩刑，一时舆论大哗。御史陈启泰与在京多名言官联名纠劾，许多言官闻风而动，上奏言事，并有多名御史联名具文，共同参奏河南巡抚兼河道总督李鹤年弄权枉法，遮拦讼词，有意纵凶，庇护属员，听信一面之词，罔顾舆情，武断结案，实乃草菅人命。御史奏折称：主犯在逃，何以结案？从犯程鼓堆、王老幺二人系同案盗劫，同恶相济，按律当斩；此前拟决案犯王树汶与事前共谋者迥异，其既未入盗，亦未分赃，不得谓之从，亦不得谓之盗，即例内不分赃之犯，岂可依例从斩。

豫籍在京御史出于乡谊义愤，也多人联名上奏，在朝中掀起波澜，敦促朝廷改派其他官员复审此案。

为平复舆情，李鹤年亲赴京城，认定呼冤者就是胡体安无疑，王树汶只是假借虚名而已，并力主将三犯斩立决。刑部秋审处赵舒翘审阅案卷后，再次向潘大人上书，陈述己见，确认在押犯人程鼓堆、王老幺二人确曾参与了抢劫，依律当斩；唯独刑场呼冤者疑点重重，拟再审确认后方可定案，案子就此搁浅，延误了许多时日。

潘大人面对耿直的赵舒翘，心情颇为复杂，依例上奏。廷议结果，程鼓堆、王老幺判斩刑，临刑呼冤者再审。刑部为平复舆情，下达了程鼓堆、王老幺斩刑的判决。

李鹤年审理镇平县盗抢案一年有余，最终刑部批复斩杀程鼓堆、王老幺二人，但他也遭到在京言官更加猛烈地弹劾。尽管有恭亲王、文大人的着意袒护，李鹤年依然感到强烈的社会舆情的压力。思量再三，他决意向朝廷呈请再派钦差大臣，协同审理此案。

翌年春，鉴于情势，朝廷经过廷议，将河南巡抚李鹤年本兼河东河道总督一职卸任，专任河南巡抚；另调时任兵部侍郎的梅启照任河道总督，兼理镇平县盗抢案临刑呼冤情事，旨在排除河南地方官府的阻挠回护，饬令梅启照务必审清镇平县盗抢案。

这个梅启照也是个人物，他是江西南昌人，字筱岩，咸丰二年进士，曾任广东按察使，时任兵部侍郎、内阁学士，授头品顶戴，诰封一品光禄大夫。梅大人调任河道总督，时年已是六十多岁的人，因其身体欠佳，常年患有哮喘疾病，畏寒惧暑。且其在仕途日久生厌，无意仕进，已有致仕还乡的念想。可偏偏在此节骨眼儿上，又接到了朝廷新的委任，接手河东河道总督一职。梅启照老年时来运转，成为督抚大员，也是喜忧参半，不敢违命，只好带病赴职履新。此委任虽系朝廷重用，梅启照却无恋栈之念。此前，梅大人对镇平县盗抢一案未曾与闻，倒是后来京城的豫籍言官们对此案深究不放，汹汹舆情犹如海涛滚滚，朝廷上下议论如潮。且顶凶案犯临刑喊冤，止刑再审，已成积案又在押两年之久，再审结案后又为舆情所不容。在言官们的奔走、呼吁压力之下，刑部难以决案，才再次呈请朝廷委派干员复审。此案已成京城议论焦点，也成为官场中议论最多的话题，朝廷为平复汹汹舆情，故而委任梅启照任河道总督兼理此案。

刑部批转在押案犯程鼓堆、王老幺斩立决，依例驳回了顶凶案犯王树汶的斩刑复议，且将案子移交新任河道总督梅启照复审此案。

然而，面对自己的前任，自己接篆的是素以强势著称，又有王爷、军机大臣袒护的抚台大人李鹤年，梅启照将会有何作为呢？

刑部的批文让河南按察院大为震动，刑场呼冤者一日不死，就会让通省上上下下的涉案官员均如坐针毡，不知此案会有什么样的结局。河南布政司已下达公文，马翥留职待用，限期捉拿主犯胡体安到案。

臬司衙门接到刑部处决犯人的公文，虽已耽误了秋决，梅启照与李鹤年会商后，敦促臬司立即将二位囚犯押赴刑场斩首示众。开斩之日，狱卒打开牢门时，王老幺已经暴毙于大牢。原来，王老幺吸食鸦片，心脏又有毛病，前些日大堂之上的一顿暴杖，连惊带吓，不待刑场砍头，就交代了小命。余下程鼓堆一人被拉往刑场，大刀一挥，瞬间被砍下了脑袋，成为一个没头的孤魂野鬼。

再说马翥接到留职待用的公文后，神情如丧考妣，他想不到自己三年任期不到，竟然落了个戴罪之身。他哭丧着脸找到毛一统：毛夫子，本县为胡体安一案栽了个大跟头！你要救我！

张绍祖、毛一统两人正在商议公务，见马翥一脸沮丧，顺手接过马翥手中的公函，略略看过，知道事态严重，一时无有言语。两个人低着头，你看看我，我看看你，谁也不肯说一句话。马翥心情不好，言语自然焦躁，说话就有些急促：老夫子，你快快想一个办法，尽快将胡体安捉拿到案！

岂料，刘学太事先已知会胡体安外逃，胡体安连夜逃亡他乡。那天，胡体安交代了生意，匆匆地打点了几十两银子，连夜逃到了湖北襄阳，隐名埋姓做起了生意。临走时，胡体安叫来两个儿子，声泪俱下地说：儿啊，咱可是该败家啦！

儿子大彪知道老爹心里的苦楚，嗫嚅着说：爹，我也不瞒你，西关客栈、南街烟馆这几天可都没了银子购货，每天出的多进的少，早该关张歇业了！

胡体安知道，家中的几个生意铺里，他不断去提取银两，哪儿还会有银子周转？只见他大嘴一咧，鼻子抽搐着说：都怪爹做事不周密，如今爹我只有去逃命！从今以后，你弟兄俩就认你刘大叔为爹，好生打理生意，万一有啥事儿，就关掉生意铺面，还是保命要紧！恐怕您爹的这把老骨头埋不到咱胡家老坟啦！

一句话，把弟兄俩说得大放悲声。胡体安知道时间紧迫，不便逗留，也不与妻子面辞，独自与二房匆匆交代几句，塞给她二两碎银子后，一转身撩腿走出家门。

刘学太带领捕快一班人去捉胡体安，哪儿还会有踪影？

捉不到胡体安就无法向上司交差，愁得马羲如坐针毡，言语就有些暴戾，明显地指责毛一统办事不力。毛一统也知道事到如今无法搪塞，就眨巴眨巴眼睛，脑子在飞速转动，情急之下，忽然心生一计，点点头说道：县翁啊，捉不到胡体安，你就拿刘学太去坐大牢！

马羲见他并非开玩笑，想了想，觉得有些道理，点点头说：老刘是捕快，捉不到胡体安，只有拿他是问！

毛一统摊开双手，做出无奈状：他吃的是这碗饭，他不尽责，就砸他的饭碗！

有了毛师爷的点拨，逮不住胡体安，马羲就拿刘学太是问，捆巴捆巴就把他扔进了号子里。刘学太想不到为了干亲家胡体安自己却入了大牢，心里有苦也说不出，只好自认倒霉，蹲在大牢里耗日月。可是，万万想不到的是，刘学太在大牢里没有半个月，竟然暴病而亡。

那天早起，蹲在大牢里的刘学太突感胸口发闷，眼前一黑，一头栽倒在地，不一刻工夫，人便没了气息。其实，这是臬司的张和哲张师爷想出的主意，胡体安外逃，刘学太不死，案子就无法了结。趁送牢饭的机会，毛一统的一撮砒霜就要了刘学太的一条小命。刘学太暴亡，便是一了百了。

镇平县毛师爷见刘学太已死，心中大喜，与张绍祖商议一番后，一推六二五，把一切罪过都推至刘学太身上，然后呈文臬司，称胡体安业已遁逃无有踪影，无从追捕；案子承办人狱中暴亡，程鼓堆、王老么已伏法。马矗对此没有提出异议，就将公文呈报臬司衙门。

张绍祖见了毛一统，嘬着牙花子，摇着头说道：河南有句土话，事大事小，跑了就了。可……可是，他胡体安一跑，我们几个就该坐萝卜啦！

毛一统甩甩手，说道：走一步说一步吧！胡体安跑了，刘学太也伸了腿。只要胡体安没了踪影，神仙也没法子呀！

抓不到胡体安，马矗毫无办法，只好再次向上司呈文说明缘故。好在上司只有公文下达，却无人催办此事，官衙的人对抓到抓不到胡体安不感兴趣。且案发地又不在镇平县，反正臬司大牢里有一位顶凶犯人在押，多一事不如少一事，横竖他曾经承认过自己就是胡体安，那他就是胡体安。

梅启照与李鹤年就镇平县盗抢案会商多次，李鹤年慷慨陈词，坚持认定呼冤者就是胡体安，一旦改变案犯姓名，则可能累及河南上上下下的许多官员。梅启照年已六秩，官兴阑珊，且一向为人低调，从来不曾得罪于人，更不想为了区区一个在押案犯而驳斥李鹤年。因此，他处处顺从李大人的意思，不敢拂逆他的意愿。

朝廷为了一桩久拖不决的刑案案犯，两度调换地方督抚大员，实属罕见。河道总督乃河防官员，接手了地方刑事案件后，梅大人颇感棘手。镇平县的盗抢案已是陈年积案，梅启照并不急于接手。斩杀案犯程鼓堆是他接手案子后为平复舆情而开的杀戒，也是对河南通省频发盗抢案的惩戒和震慑，更是对邓州盗抢案的一个了断。梅大人身体欠佳，久病缠身，终日气喘如牛，而河务又必须是常年奔波在外的差事，这对衰年的梅启照来说，与其说是重用，不如说是惩罚！他的精力、体力不能胜任繁杂苦累的河道督抚，哪儿还会有受理这桩刑案的心思和精力？

再说，前任两位督抚大人为此案惹得一身的谤议，那就是为官者仕途之大忌，梅启照觉得自己稍有不慎，也会陷于舆情的漩涡。梅启照权衡再三，觉得李鹤年大人素来强势，受理此案已久，虽然逮得二位从犯，却因处置在押呼冤案犯不当而招致言官弹劾，历时年余，了无结果，画虎不成，反类犬豕，徒然招人非议，实在是得不偿失。细想一番，自己接任河道的班底全是李大人的下属故吏，如若失却了李大人及其下属的鼎力支持，那他在河道署衙内就会寸步难行。梅启照到任后，并不急于调访案情，他沉下心，细细打听。原来李大人任河帅时，曾有一位姓蒋的属员协助办理此案，对本案的案情细节了然于胸。此人名叫蒋亦诚，在河道多年，为人十分精明，干练圆通，且喜欢吹箫，所吹箫音委婉动听，如泣如诉，人送绰号"蒋署承"。因其善于交接各色人物，故能左右逢源，历任河道总督都对其颇为倚重。

那天，梅启照偶得空闲，他唤过蒋署承，悉心询问镇平县盗抢案的根底因由，以便于摸清案底，把握分寸。

蒋亦诚来到总督大人的公议房中，一副毕恭毕敬的神态，静静地听从梅大人的吩咐。梅启照细瞧此人，这是一个精瘦的中年人，两只不大的眼睛滚动有神，顾盼生辉，一副精明干练的模样。他不轻易开口，开口则挑拣词句，语言甚为得体，官场中下属见上司时的神态拿捏得十分到位，首次晤面，便给人的印象极佳。见了面，梅大人很随意地招呼着：老蒋，请坐！

蒋亦诚哪儿敢坐，躬身施礼，向梅启照说道：大人，您有何吩咐，属下时刻听从大人的吩咐！

梅启照摆摆手，客客气气地说道：哪里！哪里！都是自己人，何必那么多的客套！

官场之中迎新送旧是常态，属员必定揣摩新主子的个人品行和心思。蒋亦诚初次与新任河帅接触，还不知新上司的习性禀赋，虽然他已听说梅大人已经朝廷委任，受命复审镇平县的盗抢案，但他却不知道梅大人会采用什么手段，心中有何定见，案子将从何处入手。此刻，蒋亦诚觉得总督大人越是客气，他的心里就越是有几分忐忑，脑子急速地思考，身子却恭恭敬敬的侍立着。

梅大人再次招手示意其坐下，蒋亦诚方才就近在一个偏侧的座椅上坐下来，两手放在双膝之上，静静地等候梅大人问话。

二人是第一次接触，梅大人见他有些拘谨，有意调节一下气氛，便笑着说道：今天请你来，就是问你一件事！去年你随李大人到臬司衙门，多次讯问镇平县盗抢案一事，想必对此案有一个透彻的了解！

月夜无声

见梅大人果然问及此事，蒋亦诚心中顿时释然了，一颗悬着的心便落了地。吏员在衙署行走，最怕长官问及衙内之事，或是衙署公务，或是人事关系，或是银两支度，这些大都是敏感话题，一言不慎，便伤及别人；话长话短，或与长官意志相悖，那就势必要开罪于人，以后的日子就会险象环生，陷阱多多。眼下大人问及衙署以外的事体，对旁人并无关碍，当然也不会累及自己。此前，他随李总督到臬司衙门问询案情，乃是一个随身属员的身份，根本不会关碍案子的复审认定。所以，如今梅大人询问起案情时，蒋亦诚也就没有太多的顾虑。但蒋亦诚为人十分谨慎，唯恐自己在新任总督大人面前说错了言语，或是拂逆了大人的心意，那就会因言致祸。所以，蒋亦诚拿定主意，挑拣着词句，出言谨慎，完全是为了试探梅大人对案件的判断。

此刻，蒋亦诚一副拘谨的神情，欠欠身子，拱拱手，客客气气地说道：大人所问的镇平县的那个案子，我曾多次随李大人出入臬司衙门，也曾调阅了相关档案，对案情略知一二。

此话显然是客气，此前梅启照曾打听到，李鹤年去年过问此案时，蒋亦诚每次都陪随其后，案情的来龙去脉，必然是了然于胸，岂止是略知一二？梅启照笑笑，诚恳地说道：老蒋，你也不必客气，我初来乍到，对此案一无所知，假如没有知情人的指点，我怎么下手复审此案？

蒋亦诚见梅大人说话十分真诚，知道他说的是心里话。上司与下属推心置腹交谈，下属若是再虚与应酬，或是再藏着掖着不肯道出实情，那就是对总督大人的大不敬，日久相处，就要失去大人的信赖。蒋亦诚低下头去，认真思量了一番，抬起头眼睛看着梅大人，坐直了身子，毕恭毕敬地答道：梅大人，此案干系甚多，依我愚见，您最好不要过问，以免牵扯其间，于公于私皆为不利！

梅启照微微一笑，说道：朝廷委任，岂可推脱！

蒋亦诚顿一顿，说道：大人啊，此案好比一堆烂泥，谁踩踏上就是两只脚污浊不堪！

梅大人颇感吃惊，知道此话甚为直率，定定地看蒋亦诚，一字一顿地追问道：老蒋，你我初次共事，不必过多顾虑，也不必掖藏！你有什么话，尽管讲出来，你我以诚相见！我且听听你的意见，我自有定夺！

蒋亦诚嗫嚅了片刻，才缓缓说道：我怕大人您躲不开李大人的旧路，费了心血，还要受人盘诘诋毁，徒费时日不说，还会招致非议。

梅大人知道，自己的前任、现任的河南巡抚李鹤年被御史们弹劾后，那种被舆情追逼的窘境，让人十分难堪。静默了片刻，梅大人说道：此前李大人为此案殚精竭虑，反倒招致言官的群起纠劾，甚是被动。今朝廷又委派我复审此案，圣命如山，我岂能将此案视为畏途而推诿责任？

听罢此言，蒋亦诚半日无语，多次欲言又止，说也不是，不说也不是，犹犹豫豫不肯说话。梅大人静静地看他，等待蒋亦诚回答，可他偏偏沉默不语，令人捉摸不透，明眼人一看便知他有许多的顾忌。下属见上司，下属无语回答便是轻慢，蒋亦诚是何等精明之人，嗫嚅了半天，才皱着眉头，轻轻叹了口气，幽幽地说了一句：大人，此案不可接手啊！

梅大人甚为吃惊，定定地看着面前的蒋亦诚：为何？难道案子……梅启照曾任都察院右副都御史，熟悉刑典，对地方刑狱中的是非曲直情事甚是通晓，对官场的凶险更是了如指掌。他不由得皱起眉头，心中暗暗思忖：难道此案真的就那么繁杂棘手。

蒋亦诚不便贸然说出口，也不知该从何处说起，嗫嚅半日不曾再往下说。梅大人见他欲言又止，点点头说道：此处仅你我两人，你但说无妨。今日是闲谈，我特意向你讨教，你不必有什么挂碍。

蒋亦诚一听此言，慌忙站起身，诚惶诚恐地说道：大人，属下实在……

梅大人尽量调整自己的面部表情，用和缓语调说道：你但说无妨！言语轻重，事涉衙署官长之事，本督决不会外泄，更不会让你因言致祸！

这番话说得十分诚恳，蒋亦诚大受感动。有了梅大人的承诺，他也就卸去了顾虑，站起身，深深施上一礼，方才缓缓说道：大人，我斗胆问一句，您是顾及名声，还是顾及官位？

梅启照一愣：此话怎讲？

蒋亦诚两眼紧盯着梅大人，悠悠地说道：大人啊，此案若是您顾及名声，希图挣一份社会声望，不妨抛开情面，罔顾官场中的攀藤缠绕之繁，那就彻查此案，或许能博取一个清官的口碑。不过，那就要开罪于李大人和河南上上下下一体参与此案的诸位大人，从而牵扯出瓜藤大案，累及许多官员，但对大人的官位并无裨益！若是大人循着前任的路子走，那就……蒋亦诚点到为止，不愿把话说得太直白。

梅启照惊问一句：以你之言，怎的就攀扯出瓜藤大案呢？

蒋亦诚摇摇头，叹了口气，说道：大人哪，您想，案子一旦转圜，原审的镇平县知县，原南阳知府、现任陈汝许道任大人及臬司麟大人、涂大人、李大人等涉案官员，势必被一一追究责任。梅大人您系河道总督，岂能因为一个小小的盗抢案，一个山里的穷小子，就忍心看着自己的前任督抚大人及涉案的一干官员都受到惩处？

梅大人不禁倒吸一口凉气，沉吟半晌，说道：哦……难怪李大人决意要维持原谳……

蒋亦诚见时机成熟，说道：李大人受理此案，不是抓到了两名同伙盗犯？他老人家身兼巡抚、总督二职，宅心仁慈，宽厚待人，一心回护下属，实乃为官的慈善之念，焉能因一个小小盗抢案，轻易连累属下贬官削职？

梅启照静默良久，半晌不语，悠悠地说了一句：那就改日专程拜访李大人吧！

蒋亦诚说道：据我所知，李大人滞留了刑部的飞咨，日前已认定临刑呼冤者确系胡体安无疑。属下也听说，军机处恭亲王业已允准，拟将在押罪犯按从犯斩立决……

一席话，说得梅大人如释重负，长长地嘘了一口气。此刻，他打心眼儿里佩服眼前的这位属员的见识和灵通。于是，梅大人颔首说道：怪不得李大人有此举动，原是他宅心仁厚，祖护属下的前程，这是天大的善心啊！梅启照久在京城做官，他深知官员们忌讳最深的，便是利益大家可以共享，但责任却是无人承当。心中暗暗掂量一番，便悟出了其中的情由：难怪京城的御史们群起弹劾李大人，原是他顾虑重重，念及同僚下属，故而消极应对，搪塞朝廷。从读书人的角度出发，十年寒窗，一朝入仕，摸爬滚打数十年，身为封疆大吏理应以苍生为念，岂能草菅人命，罔顾国家法典而枉法徇私！可顾及官场中上下左右的掣肘连带关系，为官之人却又不得不首鼠两端，明哲保身！

梅启照久历官场，深知居官之人的不易，有时碍于情势，就不得不虚张声势，拿捏出居官人的一身凛然正气，给属下一副刚正不阿的气概。只见他皱着眉头，提高嗓音，慨然说道：官位要紧，为官的良知最为紧要！

假如案子真的有什么冤屈，官员的顶子事小，事主项上的人头才是大事！

蒋亦诚一听便知，这是大人的意气话。作为下属，在总督面前理应把话点到为止，且也不能将话述说详尽。至于案子真相如何，梅大人也不会听从他的一面之词。蒋亦诚揣测到梅大人此时系故作慷慨之语，未必是他心中的定见，便语意含蓄地说道：大人啊，此案已历时数年，经过多个衙门官员的审理，且又详加认证质对，其间自有情由曲衷。眼下，原审官员多已调离它职，新任者又不愿接手此案，一旦翻案，必关涉许多在职官员，还请大人三思！穷究事理，慎重研判，定会有自己的审断！

梅大人沉吟半日，良久无语，他陷于了深深地思索之中：如今自己受命审理案件，无意间陷入了此案的漩涡之中，以自己偌大年纪，以自己身处河道督抚的职责，亦当慎重处置。万万不可意气用事，深陷于万劫不复的深渊之中。翻转案子于己无补，于同僚下属更无益；只有维持原谳，使涉案的诸位官员得以脱身，才是明哲保身的万全之策！

主意拿定，梅启照便换了一种口气，缓缓说道：老蒋啊，署衙的事务可曾忙碌？

蒋亦诚不知大人所问何事，略微顿了顿，随即说道：大人，如今汛期已过，有些河防工程尚未开工。大人如有事相托，您尽管吩咐，下属一定勉力尽心！

这几句话，说得梅启照心里十分熨帖，他觉得蒋亦诚果然是干吏，当初李鹤年让其参与镇平县盗抢案的复查，多半是看准了他精明过人之处。有此判断，梅启照也便打消了顾虑，笑着说道：老蒋啊，你也知道，朝廷委任我复审镇平县盗抢案，我偌大年纪，风烛残年，何堪如此重任？可圣命难违啊，既然受命于朝廷，断无推脱的可能！我思量再三，觉得还是由你去具体办理此事最好！一是你曾参与此案的讯问，对案由十分熟悉；二是你眼下公务稍闲，不妨腾出手来着手调访此案，拿出一个万全的方案，务必给朝廷一个公正结论，也为我分担一些杂务。

蒋亦诚知道这是大人对自己的委任和器重，心中既喜又忧，便十分诚恳地说道：属下任由大人的调遣，时刻听从大人的吩咐！

梅启照颔首认可，叮嘱道：你要另行搜寻证据，查询质证，明晰事理，探究案子有无旁证，待有了充分的证据，又准确无谬误时，便可向朝廷交差！

蒋亦诚听了，心中好似打翻了五味瓶儿，千般滋味涌上心头。思量了片刻，才意味深长地说道：大人，此事我已随行李大人参与多次，案情的细枝末节已有所知晓。既然由我再次搜寻证据，那大人必须让我有自行决断的机缘！受外人的阻挠必定徒乱人意，查案期间，我谢绝一切烦扰。

　　梅启照知道，他蒋亦诚讨要的是授权，自己身体欠佳，初任河道，河务繁忙，哪儿会有精力去调访案件的细节？想了想，便坦诚说道：不瞒你说，我原有哮喘痼疾，一到冬季，便胸口发闷，呼吸不畅，喉咙多痰，四肢无力，没有力气去四处奔波劳顿、取证查证案由始末。所以，还是请您承当代劳，尽快复审此案。审结后，即刻呈文刑部交差。

　　虽然得到梅大人的授权，蒋亦诚的心情并不轻松，便躬身施礼，说道：承蒙总督大人错爱，属下在所不辞！我将尽快着手此案取证查实，使案子早日审结，以慰大人的悬念！

　　梅大人见蒋亦诚痛快承诺，心中的纠结尽释，顿觉心情舒畅，想起官场的种种弊端，又不觉摇头说道：朝廷谬用其人啊，河道督抚，怎能复审地方盗抢案？分明是错谬之举，荒诞至极！

　　蒋亦诚笑笑，说道：刑部、都察院的大员甚多，这些大人们高居庙堂，从不体恤下属，却对镇平县盗抢案横加指斥，简直是鸡蛋缝里挑骨头！他们终日锦衣玉食，悬浮京城，却又督责地方官员办案不力。最为可笑的是烦劳大人兼理此案，实在是推诿责任，弄权误国。

　　梅启照猛然想起，前明洪武年间，朱元璋初坐南京时，户部财赋不足，国库空虚，支绌困难。皇帝异想天开，倡导民间商贾人士嫖娼以增加税收，可是商人们一个个比猴子还精，他们大多捂紧衣兜不肯逛妓院逍遥自在。始料不及的是，吃皇粮俸禄的官员们却趋之若鹜，每天下朝后不回家，却把妓院当作自家庭院的卧榻，一掷千金，倒比商贾们还要豪情万丈，他们的银两耗费哪儿支度，当然由商贾们买单。朱皇帝失之东隅，收之桑榆，不久，朝廷就饬令天下"凡官吏宿娼者，杖六十"。杖责六十也挡不住妓院温柔乡的诱惑，官员照例偷偷摸摸逛妓院，皇帝岂能天天把守娼家大门？可这些陈年旧事梅启照无法说出口，蒋亦诚毕竟是下属，上司与下属之间的语言还是要拿捏好分寸的。

　　自古以来，治吏难于治民，吏贪则吏滑，吏滑则民刁，末世王朝，滑吏尤甚。梅大人知道事情已交代完毕，便起身说道：老蒋，你去调查案情，河署的事务且放一放。如有难处，自可找我禀报，待你弄清案由底细，立刻呈文申报。

蒋亦诚何等精明，也听出梅大人的话中之意，便起身告辞道：大人，属下将手中冗务处置后，明日即可接手案子，万一有棘手的事情，我即刻向大人禀报。说罢，起身离座而去。

三十七、梅大人的梅花很值钱

当年，梅启照高中进士，曾任翰林院编修，与文人墨客交往日深，日子久了，就结识了几位画家，跟人家学得几笔画梅的技法。临摹了几日，竟画出一些模样，自以为深得其妙，自己的画稿就不断地赠人。他自恃操守，从来不收取分毫润格，无非就图个雅兴乐趣。梅大人自幼落下哮喘病，又不喜社交，每有空闲，就在自己的画室内作画，自得其乐。随着他的官位升迁，求其画稿者日众，偏有好事者捧他的雅好，纷纷盛赞他梅花画得精妙。时间久了，就不断有下属向他求画，悬挂于厅堂居室，以此向同僚知己炫耀。梅启照引以为荣，感觉自己的画梅技艺必有些趣味，对下属登门索画者有求必应。梅启照为人比较清廉，始终固守一个底线，从来不收取属下的润格银两，也不收受别人的物品馈赠。他为自己的属下画梅，纯系联络门生故吏的情感纽带，用画稿精心培植属下的情感。自从升任河道总督以后，求其画作之人日增，这让梅大人不胜其烦，渐渐有些厌倦之意。为此，梅大人立下一条规矩：但凡求画者，必是官家之人，求画者必先递上一个简历，注明自己的任职、身份及科考门第。他专门备下一个记事簿，每赠人一幅画，就记上受赠人的姓名、籍贯、职务等，并引为知己。自任河道总督后，山东、河南的许多官员以悬挂梅启照的梅花为荣，装点厅堂以壮门面，渐成风雅之趣。后来人们发现，但凡接受梅启照馈赠画稿者，不久即调任肥缺，或以候补充任实职，没有得不到实惠的。有了求画升官这等好事，属下官员纷纷趋之若鹜，在自家的居室厅堂内以悬挂梅启照的梅花为炫耀资本，并以此彰显荣耀。

一天，梅启照大人正在屋内画画，仆役引来一人，抬头一看，乃开封候补知府马永修，因系属下，便点点头权作知会，自己却继续将画稿的最后几笔涂染完毕，署上款识，加盖印钤，一幅画就此完稿。

马永修伫立在一旁，静静地看梅大人画梅花。梅启照署罢款名刚把笔放下，马永修就在一旁鼓掌叫好：梅大人所画梅花，真乃天下一绝！这幅画更为精妙！我是误打误撞碰上了好事，还请大人为下官题款，将此画赠予下官如何？

马永修的一番话，让梅启照的心里十分受用，画作刚刚脱稿，便有人求赠，越发自信自己的画作必定成为传世之作。转念一想，又似有所悟：不对呀，这个马永修此前曾来索讨过画作，怎么还来索要？便低头在案头搜寻，翻开自己的记事簿检阅一番，果然找到了马永修的名字。便抬起头，问道：你这个人求画没尽头，我又不开画店，你为何反复索求？九月初三日，我已赠你一幅三尺红梅，今日为何又来求画？

马永修知道被梅大人看穿了把戏，扑哧一声笑了，顺口编造一个谎言说：河帅大人有所不知，下官一直候补，家中柴米几欲断炊。前些日大人赠予下官的画作，下官揣在身上，路过相国寺时，恰巧遇上一位南方来开封贩米的商人，他见了大人画的梅花，就爱不释手，非要下官卖与他不可！

梅启照一听，顿时来了精神，急问：你卖了没有？

马永修说：卖了！

梅启照脸上不悦，就追问了一句：卖了多少银子？

卖了五两银子！马永修腆着脸，一本正经地说道。可那商人当时兜里只有四两银子，我又不认识他，岂能白白辱没了大人的画作！那南方商人立马就回客栈去取银两，我就在相国寺门口候他。我正在等人之际，从相国寺内出来一位洋和尚，见我正在欣赏手中的画作，就凑近瞧热闹。洋和尚看了大人的画作，当下赞不绝口非要买大人的这幅画，并当场就递给我十两银子。想想家里几乎断了炊米，我只好咬咬牙忍痛将大人的画作卖与这位洋和尚。约莫半个时辰，那位南方米商取回了银子，知道画作已被人十两银子买去，气得那位商人直拍自己的顶门盖儿，后悔当初自己身上没带足银两，白白地错过了机会。河帅大人啊，这样的好事儿我上哪里去找啊！

梅启照心里很受用，满脸堆下笑意：你这人啊，脸皮儿真厚，你还来找我作甚？难道拿俺老头子当摇钱树啊！

马永修把身子凑到画案前，柔声说道：属下哪儿有这样的胆量！眼下，我手里没了大人的梅花，陋室内仍是空白，心里甚为遗憾！所以，下官我只有腆着脸，再来求大人的画作了。

马永修编瞎话连眼都不眨一下，把话说得滴水不漏。这顿黄汤也把梅启照灌得晕晕乎乎然信以为真。眼见得自己的画作能换成银子，而且还赚了洋和尚的十两银子，这可是始料未及的天大喜讯！梅启照喜不自胜，也不再犹豫，当即拈笔，在刚刚完成的画作上署上马永修的款，叮嘱道：永修啊，你可是猴精猴精啊，你莫要把老夫当作猴耍呀！这幅画，你要好生保存，切莫再送人或是变卖银两啊！

马永修连声说道：不敢！不敢！下官实在是无奈之举，为了些许银两而辱没了大人的画作，属下实在惭愧之至！说完，忙将画作叠得工工整整揣进了衣兜内。

梅启照从一旁的抽屉里拿出一个的锦匣，从中抽出一个小本本，认真翻看了一会儿，方才抬头说道：永修啊，你也候补了好长时间了，洛阳河署有一个实缺，你就去那里吧！

马永修听了，这可是天上掉下一个大大的馅饼，他高兴得几乎要跪下磕头。只见他眼泪横流，浑身颤抖不已，说话时就有些结巴：谢……谢……谢大人！他想不到自己编排的一通谎言，居然感动了河帅大人，既得到梅大人的一幅画作，又捞到一个实缺，那就是搂草逮兔子，一举两得的天大好事儿。

马永修千恩万谢不尽，三天后就打点行装上任去了。

三十八、总督大人穿新鞋走老路

梅大人被哮喘病折磨得度日如年，生活了无情趣。

梅启照自幼落下哮喘的痼疾，每年一到入冬时节，天气逐渐变冷，他即感到胸口发闷，气喘如牛，胸腔憋胀得难以忍受。因为自身的痼疾缠身，梅启照公务之余研习中医，每至冬季，梅大人即自行配置中药，熬煎服用。

北京的冬季十分寒冷，而哮喘病最忌冬季室外活动，冷空气呼入气管内，随即胸部发闷，呼吸困难，咳嗽多痰。所以，每年一入冬季，梅大人就尽量减少户外活动，公务之事就在公议房内署理，极少外出。调任河东河道总督后，衙署的属员们见梅大人身体欠佳，又畏寒惧风，一过霜降，便在梅大人的公议房内添置了炭火取暖，调适室内温度，让大人在温度适中的环境中署理公务。一旦有公务活动必须外出时，属吏们就在大人的乘轿内围上厚厚的棉被，并把乘轿两侧的方窗捂得严严实实密不透风。梅大人冬季外出时离不开一件貂皮披氅，侍从跟随时随身携带，一遇梅大人外出与人洽谈公务，而对方室内温度较低时，梅大人便将披氅披在身上以抵御风寒。河道总督是一个常年在堤岸河道奔波的苦差事，风餐露宿是寻常之事，可梅大人的身体如何经受得起风寒的侵袭。时间一久，河道衙署的属吏们见总督大人秋冬春三季离不开一件披氅，私下里就戏称梅启照为"披氅总督"。有了这个雅号，梅启照在河道总督位子上的时日也就屈指可数了。

一日，忽报陈汝许道道员任恺任大人来访。梅大人正在公议房内等候煎熬的中药端上来，听到门吏禀报，待要推辞时，又觉不妥，思忖了一会儿，说道：有请任大人！

时令已是小寒时节，天空飘着细碎的雪花，人走在大街上已经颇有寒意。只见梅大人的公议房门上挂着一个棉布门帘，守卫在门口的随从见任大人走来，急忙掀开了门帘。

任恺一走进屋内，扑面而来一股热气，顿觉身上暖融融的。抬头看见在宽敞的室内一角，放置着一个铜制的大火盆，盆内燃着木炭，炭火正旺。任恺进屋后，拱手致礼，欣然说道：梅大人，这屋内果然是暖如阳春啊！

梅启照拱手相迎，客气地说道：任大人，您的光临，带来了春风春意，焉能不暖如阳春！

任恺呵呵大笑，踅到炭火盆前，看着盆中的炭火，突然心中有所触动，想起了宫中的一件趣事，便笑着说道：梅大人，最近宫中有一件因柴炭所致的奇事，您可曾听说过？

梅大人离京已有些时日，对宫中之事很少与闻，宫中向来多奇事轶闻，坊间传得更奇。他一时有了兴致，问道：哦，宫中竟有因为柴炭这等事引发的奇闻？愿闻其详！

总督大人乐意听闲言奇闻，可见其兴致正浓，任恺正好说出来逗大人一乐，便放慢了语速，娓娓道来：京城有一名画匠，姓赵，名小山，为人机巧善言，颇得醇亲王赏识。醇亲王为了相与西太后，就把这个赵小山进献到西太后跟前听用。太后见此人果然勤快，便顺口把他改姓庆，名宽，赏二品顶戴，得入旗籍。这位庆大人入宫后任郎中官，掌管内务府柴炭库。北京的交冬时节，皇宫内照例供给柴炭取暖，内监们循例照领。可庆大人是个偏脾气，却以为时令尚早，吝惜柴炭不肯发放。内监们往年都是时令一到就依例领取柴炭，今年姓庆的当家后却不予发放，岂不有违常理！几个人便纠结在一起，商议着捏造了一个理由，群起到皇帝那儿告状。因为这位庆宽是太后的新宠，内监们奈何他不得，私下里就授意两位御史向光绪帝参劾他有贪贿情事。这位庆大人听说此事后，就有些后悔，央人向内监们求情。内监们也不是善茬儿，知道这位庆爷家里广有家产，开口索要他三十万两银子才肯了事。庆宽一时无计可施，要向老佛爷求情时，革职查抄的圣旨已下。这位庆爷束手无策，情急之下，就跪求一位军机大臣代为上秉。这位军机大臣知道庆宽为醇亲王所赏识，系被人构陷，实无大罪，不该革职查抄家产，就向皇帝秉陈曲里，说明缘由。皇上念及军机大臣的面子，又有太后的护佑，便当即收回了成命。有老佛爷的回护，又有醇亲王的举荐，失之东隅，收之榆桑。不久，这位庆宽庆大人出任江西盐道，这可是一个人人眼馋的肥缺，让许多人刮目相看。意外捞到一个肥缺后，庆大人就委派人采购名贵瓷器、书画等进京打点，分别送于醇亲王和各位军机大臣。你看，在京城大内，竟然因为内监们柴炭取暖之事，差点儿丢官、丢家产，可见京城居大不宜，到处是陷阱，无处不遭人暗算。

　　梅大人听了，哈哈大笑，喘着气说道：皇宫大内，这等烂事儿无处不在！眼下，我鄙躯有恙，不胜严寒，却是早早地燃上柴炭取暖了！

　　任恺说起这桩内监取用柴炭之事，只是闲言碎语而已，无非是联络情感，拉近距离，便于交谈，并无影射之意。任恺见梅大人心胸坦荡，对此饶有兴趣地听他讲述，全然不曾介意，便又欣然说道：大人日夜为河道之事操劳，风餐露宿，劳神费心，且年事日高，自然须静养为上策。

　　梅启照点点头，说道：岁月不饶人，各人的身体又有差异，加之中原冬季寒冷，气温较低，我确实有些力不从心。

梅大人系南方人，又有哮喘病，不适于北方的寒冷气候，他久有归隐乡梓之念。这次任河道总督一职，朝野都知道他并不恋栈，料定他也就不会再有所作为。此刻，任恺接过话茬儿，欣然说道：大人一定要保重身体。今年冬季，河道并无大工程，正当歇息静养一些时日，方为上策。

梅启照是个喜欢读书之人，又研习医道，与人闲谈，不愿过多谈及民间趣事、俚俗短长。他心里清楚，任恺无事不登门，今日造访必有所求，或是为辖地河工之事，或是为河道修筑工程，既然他不明说，那就是时机不到。梅启照心里清楚，任恺也是一个大忙人，不会无事到衙署闲谈。于是，就试探着问了一句：任大人，近来忙何公务？

总督大人主动问及公务，让人颇感到亲切，任恺欠欠身，答道：大人，下官终日陷于冗务，无非应酬往来，案牍呈送，不像大人督抚河道，又被朝廷委任复审镇平县盗抢一案，实在是日理万机啊。大人须珍重身体，不可操劳过度。

任恺在言谈之间就将自己的意图不显山不露水地说了出来，梅启照并无觉察，就轻轻叹了口气，说道：河道督抚却受理地方盗抢案，实在是荒谬至极！何况，李大人复审此案经年，又对河南地方甚为谙熟，倾心审理此案尚且被京城言官们参劾，老朽年老体衰，已是弱不禁风，哪儿会有决断的手段？全然是朝廷错谬用人。

总督大人慨叹自己的为官难处，作为地方官员，实在不敢多言惹事。任恺拱手揖礼，说道：大人，下官曾是本案原审官员，本不该过问此案。但下官以为，李大人缉拿二犯到案，且已将犯人斩立决，百姓无不额手称庆！其实，原来的臬司署衙的处断甚为妥帖，并无徇私弄法之处！倒是远在京城的那些言官们，两眼盯着地方官的行止，坐而论道，妄加评论，唯恐天下不乱，弄得朝政是非颠倒，地方官吏束手束脚，长此以往，岂不祸乱天下！

这一番话，有些慷慨激昂的意味，任恺没有在京城任职的历练，说起话来就有些随意，而梅启照久在京城任职，深知京城官场的玄妙和诡谲。如今他身为督抚大员，一向出言谨慎，他深知官场险境多多，陷阱多多，需时刻提防言语差池，万不能因言致祸。

因案子已交由蒋亦诚参与查证，为便于任恺大人询问，梅启照立即唤人去叫蒋亦诚来公议房听用。功夫不大，蒋亦诚就掀开棉布门帘走了进来。

去年，蒋亦诚曾随李大人访查案情，与任恺任大人多次晤面，两人甚是熟络。蒋亦诚一见到任恺，立即揖礼相见，二人原是熟人，相互寒暄了几句，闲谈了三言两语，话题就转入案情。梅启照看看任恺，问道：任大人，当年案犯临刑呼冤，查系顶凶一节，案子究竟错在何处呢？新近参与盗抢的二犯均已毙命，唯独在押呼冤案犯得以苟全性命，不知有何玄虚！

任恺就拱拱手说道：哪个该砍头的犯人不想活命？死囚犯临刑呼冤是刑场常有的事儿，因犯断头之际呼喊两声徒然挣扎而已。此案犯把风接赃也是从犯，按律也是死刑，岂能因人废刑？全然是刑部受物议左右，徒然留下因犯的性命。

梅启照十分不解，问道：按惯例，死囚犯拉到刑场时，均有所约束，何至于呼喊冤枉？

蒋亦诚苦笑一声，摇头说道：大人有所不知，那天，如若不是因犯嘴里的麻核桃掉出来，他有天大的本事也喊不出声来！刽子手的鬼头大刀一挥，眨眼之间人头就落了地，因犯焉能呼喊出来！

蒋亦诚说的是大实话，此言正中任恺的下怀。任恺是个精明人，他必须先入为主，让总督大人先有一个判断，然后慢慢将他往李鹤年大人的路子上导引。俗话说，牛不上路，牵着鼻子走。任恺见时机成熟，便顺着蒋亦诚的话意，说道：梅大人，此案最初怪镇平县审案不严，错将从犯当作了主犯。以大清的律典，偷盗案属民间偷鸡摸狗之流所为，一般侦破无限期；而盗抢属地方大案，关碍富户士绅，须限期侦破。镇平县知县马翥初任县牧，迫于期限所限，草草抓到了一个从犯，以为是真凶，可他偏偏又身怀仁慈之心，故不曾对犯人用刑。而从犯甘愿以主犯身份招认了犯案情节，从而瞒天过海。镇平县以口供为据，草草结案，具文呈送，一级送一级，一直蒙混到刑部。那时，下官在南阳任上，见镇平县所录案犯口供详备，呈文结案的手续齐全，便依例呈报到了臬司衙门。

梅启照听了，觉得这个程序并无错谬之处，错在当初案犯甘愿顶罪，致使案情错上加错，瞒过了府衙，蒙蔽了臬司，糊弄了刑部。梅大人说道：从犯甘愿承当主犯之责，又无刑罚杖责，难怪各级官署难以察觉！

任凯眼睛一亮，愤然说道：这就是罪犯的狡诈之处！

梅大人点点头，又问：镇平县呈文中所拟的罪名是什么？

任恺欠欠身，答道：盗抢案犯，依律当斩。因案犯当庭供认了事实，大堂上并没有杖责他。镇平县初拟的是"斩监候"，刑部改判为"斩立决"。执行秋决时，才有案犯临刑呼冤一节，案子延宕至今，已经历时两年有余，眼下尚无结果。如今又劳烦大人受累担当，实在使河南臬司衙门蒙辱啊！

蒋亦诚在一旁心如明镜，知道任恺为此事前后奔波，上下说项，意在维持原谳，尽快砍掉囚犯的脑袋，可谓用心良苦。他见任大人说及案由，就在一旁插言道：抚院李大人近期调阅了案卷，了解相关当事人，颇费了一些时日，经多方论证查实，方才决意维持原谳。详文刑部后，竟然遭到在京言官的诸多非议，实在是匪夷所思！梅大人到任后，参与盗抢的两名案犯，一人暴毙狱中，一人刑场砍了头，独独顶凶从犯却被刑部批文拟转京城候审。

梅大人皱了皱眉头，思忖了片刻，又问：从犯先杀，主犯在逃，也是殊为不妥。

任恺心头猛地一惊，觉得梅大人的话大大出人意料，便思索了片刻，赶忙接过话茬儿说道：依照大清律典，盗抢犯不分主从，一律斩刑。且主犯潜逃无踪，待缉拿主犯后再做处断，怕是拖延时日过久，舆情更加难以平复！

这时，一位仆役走进来，低声说道：大人，中药已熬好，应趁热服下。

任恺一听，忙站起身说道：那就快快端来，中药宜温服；凉了，就容易坏肠胃。

梅启照抱歉地说道：任大人，实在对不起，我这个药篓子又要吃药了，让任大人见笑了。

哪里！哪里！倒是下官打扰了大人，心里实在过意不去。大人还是服药最为紧要！任恺连连致歉，想告辞又觉不妥；要留下时，又妨碍了大人服药，有烦扰打搅之嫌。任恺走也不忍，留又不妥，故而显得局促不安。

梅大人说话间，声短气促，分明可以听到他那胸腔里发出的呼噜声响，气管里隐隐有雷声滚动，人也上气不接下气，完全是哮喘病人的症状。梅大人极力掩饰自己的病情，可哮喘人说话气短的症候无论如何也掩饰不住。梅启照喘着气，说道：任大人，你……稍坐片刻，一碗中药苦水，待我喝下它！

仆役端过来一只细瓷碗，上边盖着一块方布，轻轻地放在梅启照面前的桌子上，又小心翼翼地掀去了方布。碗中是褐色的药液，一股浓浓的中药味道弥散开来。顿时，宽大的公议房内，弥漫着浓浓的中草药味儿。静候片刻，梅大人用手背贴在碗边，试了试温度，觉得适宜服下，便向任恺拱拱手，说道：任大人见笑了。说完，端起细瓷药碗，微微扬起脖子，用嘴唇浸在药液中，慢慢啜饮起来。

　　任恺为避免梅大人难堪，在他服药的时候，把眼光移到了别处。一阵细细地啜饮之声后，功夫不大，梅大人已把一碗药液饮下。只见他嗫嗫嘴，拭去嘴角的药液，一副不堪的苦情。仆役又递过来一碗温水，梅大人接过来漱漱口，又递给了仆役，仆役连同药碗一起端了出去。

　　梅大人拿手绢擦拭一下嘴巴，歉然说道：常言道，病来如山倒，病去如抽丝。我这病是年轻时受了风寒，几十年来受病痛的折磨，实在是苦不堪言啊！

　　任恺见梅大人已将一碗药液饮服了下去，明白他是常年在药罐里浸泡着的人，说道：大人还须保重身体为要，冬季尽量少到户外风寒之地逗留，以免旧疾复发，加重病情！

　　蒋亦诚也插言道：梅大人一到冬季，饱受风寒之累，好在河道上的河务多在夏秋两季。冬闲时节，大人才有一个安心静养的机会。不然的话，如何受得了风寒之苦！

　　梅启照摇摇头，轻轻地喘着气，说道：北京比河南的气候更为寒冷，如在北京的话，那我就无一日的消停日子，也就不敢跨出大门半步！谈何办理公务？

　　公务事小，大人的身体最为紧要，河道署衙的冗务尽可以放一放。心远地自偏，心静病自除。大人还是不要过多思虑公务之事。任恺见梅大人开口必谈公务，实心实意地劝道。

　　梅启照颔首点头，继续喘着气说道：任大人说的极是，以我的精力、体力，怕是难以胜任朝廷的重托。思量再三，我已将镇平县盗抢顶凶案复审一事，全权交予蒋亦诚办理，因他曾随李大人访查案由，熟悉案情，待复审结案后，即刻向刑部详文申报。

　　这一番话，顿时让任恺心里有了底气。看来这个蒋亦诚确实不可小觑，李大人用他，梅大人依然用他，可见他是个干吏。有了前任巡抚大人的信任，又有新任总督大人的授权，案子的定谳，全凭他的审理结果了。

蒋亦诚向任恺谦恭地施礼致意，说道：任大人，属下不才，承蒙梅大人错爱，以后还望任大人多多照护，没有诸位大人多方施以援手，蒋某人也是孤掌难鸣。

有了梅大人的交底，有了蒋亦诚的这层故旧关系，任恺的心情稍稍放宽松一些。在总督大人面前，任恺觉得自己也该有个态度，他低头思考一番，诚恳地说道：梅大人，因我毕竟是此案的经手官员，不宜过问此案。大人如有属下需要相助的地方，任某岂敢推辞！只要梅大人一声吩咐，任某甘愿赴汤蹈火，在所不辞！

服下中药后，药力起了作用，梅大人的脸色渐渐红润起来，胸腔里的气喘也缓解了，说话也顺畅了许多。这时，道台衙署有人来总督衙门寻任大人，署内有公务等待任恺回衙处置。

任恺看看天色不早，衙署内又有紧急公务，便起身向梅大人告辞。

不久，梅启照拜访了李鹤年，二人在一起商议镇平县盗抢案的认定。早在入秋时，李鹤年已与恭亲王晤面，并得到了恭亲王的默许，李鹤年心中自然有了底气，决意将案子维持原谳。一是认定临刑呼冤者即胡体安，在押囚犯虽然声称自己是王树汶，其实二人就是一人，且已决死囚程鼓堆、王老幺业已供述在案，呼冤之事不过是死囚垂死的伎俩而已；二是原审并无错谬，须重组审案人员，厘清罪犯的作案细节，早早结案。

刑部乃大清司法典狱署衙，刑部堂官举足轻重，为使案子顺利结案，在恭亲王的一手操持下，刑部尚书潘祖荫得以入阁，成为军机大臣。由此，潘祖荫潘大人的意旨便成为镇平县盗抢案的关键所在。

当然，河道总督梅启照更不愿驳回李大人的面子，只好顺着李鹤年的思路走。在李鹤年的建议下，梅启照重组了审案班底，镇平县被革职留用的马翥也参与了案件的审理。

人吃五谷杂粮，家家都有烦心事儿。近几日，蒋亦诚也是烦心事儿不断。他的夫人韩氏系名门望族，累世居官，养成了娇小姐的脾性，结婚六载非但没有生养子嗣，还不许蒋亦诚纳妾。这让蒋母很郁闷，少不得言语讥讽，处处挑刺。偏偏那韩氏生性倔强认死理，婆媳俩日久生隙，关系闹得不可开交。蒋亦诚处在老娘与媳妇的夹缝之间，两头受气，他公务上得心应手，家务琐事却是焦头烂额。一日，婆媳二人因琐事斗气，韩氏一气之下吞金而死。

人死了，亲情就断绝，韩氏既没生养儿女，韩氏一门了无牵挂，遂撕破脸皮，以蒋家逼死人命告到衙门。蒋亦诚虽是从五品的官衔，无奈在河道供职，地方衙门不认他这壶酒钱。蒋家最终败诉，赔了夫人又折损了银两，落得人财两空。蒋亦诚心情很是灰暗，但此人城府颇深，喜怒不形于色，在河道职守上绝口不提家务，倒是越发勤于职守，兢兢业业做事。

如今，蒋亦诚成为一个鳏夫，一到夜间，孑然一身，形只影单，在衙门内凄然度日。不久，有人给蒋亦诚提亲，女方是山东曹州一商户的千金，而且保媒者竟是陈汝许道道台任凯大人，女方是任凯的一位远房亲戚。有了亲戚的挂碍，这桩婚事进行得极为顺利，不到半月时光，蒋亦诚就抱得美人归。任凯还差人为蒋亦诚在开封城内租下一处小院作为私宅，热热闹闹筹办了婚礼。那位新人进了蒋家门第，百依百顺，极尽温柔，把蒋亦诚的饮食起居调理得有模有样，婆媳关系也打理得顺风顺水。燕巢新筑，去旧迎新，蒋亦诚乐不颠儿再次品尝到了新婚的乐趣。

蒋亦诚是个聪明人，对任凯任大人的百般呵护和照应自然感恩涕零，多次真诚地向任大人表示谢意。其实，对任大人的良苦用心，蒋亦诚也是心知肚明，彼此都是官场中人，有些事情只可意会，不可言谈。蒋亦诚心里早有定数，他要伺机向任大人回报一二，以偿还他的知遇之恩。

三十九、梅大人审案很痛苦

既然奉总督大人之命审理镇平县盗抢案，尽管对案情十分谙熟，但蒋亦诚知道，自己也不能仅凭卷宗去推理，还要详细推敲案情，研判案子细末枝节。抚台李大人已有暗示，结局大家早已心知肚明，但审案的过程还是要履行的。他详细研读了案子原有卷宗，案子并无新奇之处，也无太多的变故，他只是觉得有必要再过堂一次，将案犯的口供认真核实一下，确定是否有出入，或许可以从中发现新的疑点，从而找到案子的突破口。他已拿定主意，案子即便有疑点，那也是由李大人、梅大人去缝补，自己决然不能流露出一丁点儿的疑惑。蒋亦诚与梅大人商议后，觉得议程还是要走一走，便建议由梅启照、臬司麟大人一起共同对案犯再审一次。

梅启照认真思量一番，知道自己系受朝廷委任，案子还是要亲自审理的，这个环节无论如何不能偏废。于是，梅大人当即应承，先行拜见了李大人，然后约定与臬司麟大人共同会审犯人，择日提审升堂。

审案日期定在半月后的腊月初三上午。审讯大堂设在臬司衙署的公堂内，梅启照是主审官，麟椿陪审在侧，蒋亦诚也陪坐在偏席。因李鹤年已无朝廷授权，故不宜参与审案。

公堂内早已洒扫干净，两厢衙役分列站立。经与麟大人会商，大堂值守的皂隶以臬司衙门为主，河道衙门为辅。此外，河道衙门还有许多执事的仆役在堂外伺候，他们摸透了梅大人的生活习性，早早地将衙门内的柴炭火盆运至大堂内，先行燃上炭火，放置在靠近梅启照的座位一侧，让炭火炙烤到梅大人。

王树汶吃过早饭后，刚坐下休息，听到牢门哗啦一声响，扭头看去，只见走进来六位大汉，不由分说，架起他就走。王树汶惊魂乍起，惊问了一句：你们要干什么？大汉不管不顾，边走边吼道：总督大人、臬司大人过堂！一名皂隶还随手拿起王树汶的那件棉袄，抖了抖，夹在了腋下。

王树汶已有近一年时间不曾过堂，猛听到要过堂，一时六神无主，吓得两腿颤抖，浑身哆嗦着说不出话，任由大汉拖拉着出了牢房。王树汶脚上的脚镣拖拉声，哗哗啦啦，早已惊动了隔壁牢房里的囚犯们，囚犯们不知道发生了什么事，纷纷挤到门口瞧稀罕。有人以为王树汶要上刑场，嘴里打着呼哨，瞪大眼睛做怪相。王树汶却吓得六魂出窍，浑身颤抖得没了力气呼喊，他无意间瞟了一眼，看到隔壁牢房门口挤着一张胖脸，老杜正瞪大眼睛看他，用调侃的语气说道：小子！拿出自己的胆子，砍头不过碗大个疤，到时候可别把屎尿都拉在裤裆里！

臬司的大堂两边站立着许多皂隶，他们一个个神情凝重，默然肃立。

见到了久违且熟悉的场面，王树汶依然吓得双膝一软，跪在公堂上不敢抬头。他用眼角的余光扫视了一下，只见两旁站立着值守的皂隶，一个个威武肃立，面无表情。

梅大人见案犯被带到，不由地打量一下跪在堂前的囚犯。只见囚犯皮肤白皙，面目也算周正，一脸的稚气，身条儿还有些单薄。注视了片刻，梅启照用中气不足的嗓音问道：案犯姓名！

王树汶不敢抬头，低着头答道：王树汶！

梅大人顿感诧异：嗯，胡体安怎的变成王树汶啦？

蒋亦诚在一旁提醒一句：大人，案犯最初是胡体安，现在是王树汶，一个人两个名字！

梅大人猛然想起这一节，顿觉自己问得唐突，他虽然阅过了卷宗，但他忘却了这个关节。略略停了片刻，梅启照又问道：我问你，邓州盗抢那天夜里，你可曾持刀勒逼事主？

王树汶赶忙磕了两个头，回话说：大人，小的那晚并不知道是去抢劫，我只是在村旁的路沟里蹲守，看管一些衣物。到底胡体安怎样去人家家里抢劫，我一概不知，哪儿会拿刀逼人？

梅大人问：那天夜晚，程鼓堆、王老幺可曾持刀到了人家？

王树汶老老实实回答：去了！看衣服的就我一个人。

梅大人：你可知道，王老幺已经死了，程鼓堆也被砍了头！

王树汶惊得瞪大两眼，惊恐万分地看着梅大人：俺不知道。

梅大人说道：你参与盗抢，即是从犯，论罪也该杀头！你替人顶罪，糊弄官府，罪不容赦！竟然临刑呼冤，亵渎刑典。

王树汶连连磕头不止：大人，我冤枉！当初我不知道是去抢劫，事后又被哄，糊里糊涂冒名顶替胡体安的名字，我实在是冤枉啊！

梅大人不听犯人呼冤，兀自看着卷宗，觉得案录与原供录有些出入，以前的口供是入室抢劫，如今囚犯就是一个随从把风。但有一点，梅大人不甚明白，就皱着眉头问道：你入狱前做什么营生？

王树汶不懂什么是营生，可他不敢问，只好顺着大人的话意思回答：当学徒！小的原在胡大叔家的客栈里学厨子。

哪个胡大叔？梅大人喝问。梅启照本来就气喘，说话时一提高音调，就有些上气不接下气。

王树汶答道：就是胡体安。

麟大人看梅大人气喘不止，接过话茬，厉声喝道：以后回答大人的话，不要叔呀舅的，不要拐弯抹角，直接报出姓名。

梅大人觉得问案就该问一些供录以外的情节，会对审理案件大有裨益。麟椿的话音刚落，梅大人又问：胡体安！你是怎样入室盗抢的？同伙都有谁？

王树汶心里的委屈一下子迸发出来，只见他两眼含着泪水，带着哭腔说道：大人，我叫王树汶！胡大叔……不……就是胡体安，他开始哄俺让俺去顶他的名字坐几天大牢，他答应俺顶多住个一年半载，等俺从大牢里出来后，他就给俺寻个老婆，开一个饭馆。俺怕他，又在他家当学徒，咋会连这个忙都不帮哩！俺也是被逼无奈，就糊里糊涂答应了……

你替他坐牢，他给你寻一个老婆。可你被砍了头，哪儿还会有老婆，哪儿还会有开饭店的机会？梅大人质问道。

王树汶回答不上来，只是抹眼泪，顺势磕了三个头，哭着说：俺糊涂啊，俺是被冤枉了！求大人为小的做主，放小的一条生路，以后俺可是再也不敢了！

梅大人又问：在镇平县大堂，打你板子时，你为何不说自己是王树汶，反而一口咬定自己是胡体安？

王树汶看一眼端坐大堂的麟椿，心中先自有了胆怯。此时，他欲哭无泪，嘴里嘟囔着：在镇平县衙，俺说俺是王树汶，他们就打俺；俺说俺是胡体安，他们就不打，还给俺好吃好喝的。俺怕挨打，只好说俺是胡体安……

梅大人说：你怕挨打，难道就不怕砍头？

王树汶嗫嚅着，抽抽搭搭地哭泣着：俺……怕……

麟椿麟大人在一旁冷笑一声，厉声喝道：大胆死囚，巧言令色，先是参与邓州持刀抢劫，后又冒名顶替罪犯，蒙骗官府。有此两项，就是死罪。可你竟敢临刑呼冤，再次作弄臬司，愚弄巡抚大人，竟然买通舆情，为自己开脱罪责！

麟椿的这一席话，就为案子定了性，再往下审，已经毫无意义。因为有二位大人在主审案子，蒋亦诚没有插言的机会，大堂上有短暂的静默，趁这个间隙，蒋亦诚问了一句：犯人听了！我只问你一句，去邓州持刀抢劫的那天夜里，你去了没有？

王树汶随即答道：去了。略停一停，又补说了一句：去是去了，可我没有拿刀，也没去人家家里抢东西！

蒋亦诚点点头：去了就好！只要参与了盗抢，就是罪犯！他摆摆手，说道：好啦！只要承认参与了盗抢案，一切都好说了！这只是主犯和从犯之分，多说也是无益！

梅大人点点头，给以首肯，问道：从邓州回来，胡体安分给你什么赃物？

王树汶一脸疑惑：胡大叔……不……胡体安，从来没给我一件东西呀？

麟大人颔首示意，皂隶将一件棉衣扔在王树汶的面前。麟大人喝问一声：这件棉袄可是胡体安分给你的赃物？

王树汶百口难辩，结结巴巴地说：这件……就是他给的！

麟大人猛拍公案：好！这就是证据。

王树汶想不起来了，哭着说：是他给的！是他……后来给的……

麟大人怒喝一声：你还敢抵赖！

王树汶认识这位大人，也知道他的利害，是他把自己的背部用烟锅烫得死去活来。王树汶心里畏惧，又不敢说话，他只有哽哽咽咽地哭泣。

麟大人与梅大人交换了一下眼神，微微颔首示意，彼此心照不宣。麟椿急于结束审理，他害怕梅大人再问出一些节外生枝的情节，对案子就十分地不利，便又问了几句不痛不痒的话后，转过脸说道：梅大人，案子就这样，您看还有什么要问的？

大堂内寒气逼人，梅启照身体虚寒，坐的时间久了，四肢开始发凉，他用两只手相互揉搓着，又掏出手绢擤了一下鼻子，咯出了一口清痰，摆摆手，嘴里唔唔地说道：案子就这样了，再审也无甚新意。退堂吧！

麟大人站起身，高声喊了一声：退堂！两边皂役发一声喊，就把王树汶连拖带拽，拉下了大堂。

一旁负责录供的书办将口供递过来，梅大人不接，示意蒋亦诚接下。蒋亦诚接过文本，草草翻了几下，都是大堂上问过的话，也无甚新奇之处，便将其放在文匣内。梅启照、麟椿二人退至后堂，仆役端上茶水，二人慢慢品茶。梅启照端起茶杯呷了一小口，觉得满口清香，笑道：麟大人，这可是上好的龙井啊！

梅启照是南方人，对品茶颇有讲究。为招待梅启照大人，麟椿特意拿出自己珍藏的茶叶招待他。见梅大人仅仅呷上一口，便品出龙井茶的味道，知道其茶道功夫深厚，顿时哈哈大笑起来，说道：总督大人驾临臬司衙门，本司安敢独自享用！

梅大人呷了一口茶，放下茶杯，淡然说道：龙井茶外形扁平光滑，苗锋尖削，芽长于叶，色泽嫩绿，体表无茸毛；汤色嫩绿明亮，或有金黄；滋味清爽悠长，或浓醇逸香。龙井茶还有药用功效，有强心、解痉之功效，能解除支气管痉挛，促进血液循环，对缓解支气管哮喘、止咳化痰具有良好的辅助作用。我久有哮喘痼疾，常年饮用龙井茶，就是看准了它的药理作用。

梅大人对龙井茶的一番评说，十分精道，麟椿不觉朗声大笑起来，连连称赞道：梅大人，你是颇具雅致品味之人，今日驾临臬司，安能不备下上好的龙井待客？

梅启照看看室外的天空，只见天空彤云密布，北风一阵紧似一阵，便长长地呼出一口气，吹动了唇边的花白胡须，带有几分无奈地说道：怕是天要下雪了！

麟椿也抬头看看天，附和道：时令已到大雪，自然有大雪飘落。天气一冷，大人您要保重身体，切勿室外走动，冷气一吹，对大人的身体就极为不利。

梅启照颇为感慨，笑着说道：人这一生，多灾多难，有钱不如有个好身体，有官位不如有个好官声。争名于朝，逐利于市，临到老死，万事皆空！

麟椿听出了梅大人话中的意蕴，久闻此人无心仕途，淡泊名利，从不沽名钓誉。麟椿以为，这恰恰是他的要害之处，朝廷委任他复审此案，他就有决断的职权，倘若他临近致仕还乡之际，不管不顾，决意将案子翻转，那就是将涉案的一体官员置于风口浪尖之上。眼下，正可以利用他的消极遁世态度，陈说厉害情由，说服他将此案依然维持原谳，就可以将上下一干涉案官员庇护下来。如能依照李大人的审案结论，速将案子审结完毕，拟定罪名，详文刑部，那就是一件天大的利好之事！一旦案犯伏法，哪儿还会有这许多的周折！想到此，麟椿以试探的口吻，问道：梅大人，案子您已审过，如有不实之处，随时可以调阅卷宗。臬司衙门任何时候都听从大人的遣派，备下卷宗以候大人查阅，决不耽搁大人复审定案。

梅启照自然理解麟大人的心情，对案子自己又无新的见解，就静思了片刻，喘着气，缓缓说道：麟大人，今天就到此为止吧！日后案子如有需求，必当到臬司叨扰！说罢，就要起身告辞，麟椿哪儿会允准，执意让客人留膳。梅启照觉得天气寒冷，不便在外用膳。可麟大人诚心挽留，梅大人也就不好再推辞了。

蒋亦诚是聪明人，见麟椿并非虚心假意，再走就有些面子上不好看，随口说了一句：麟大人，可有什么好吃的让梅大人品尝！我可是也叨光一饱口福啊。

麟椿朗声大笑，说道：天气寒冷，我已让人早早备下羊肉火锅。羊肉味甘、性温，入脾、胃、肾、心经；温补脾胃，用于治疗脾胃虚寒所致的反胃、身体瘦弱、畏寒等症。中医认为，羊肉是助元阳、补精血、疗肺虚、益劳损、暖中胃之佳品，是一种优良的温补强壮剂。

梅大人平日研习中医，见麟椿引经据典，说得头头是道，也便哈哈大笑起来，说道：想不到麟大人对中医也有研习，说起羊肉的功效，如数家珍一般。好，今日中午就在此吃羊肉火锅！

王树汶在大堂上没有挨板子，过了一堂，又被扔回了臬司大牢。牢房打开时，就听老杜喊了一声：小子，你咋又回来啦，今儿个没被砍头呀！

王树汶哪儿敢回应？今天虽然没挨上板子，却把他吓得七窍走了真魂。大堂上，王树汶看到正堂那里端坐的大人今天又换了新人，审案的那位大人是一个干瘪的老头子，说话有气无力，下颚挂着枯白的胡须，话语也温和。谁知道这位新来的大人他是一个糊涂官，还是一个青天大老爷？他会不会把案子查个水落石出呢？王树汶被押回牢房时，浑身没了力气，一下子瘫软在地，心里七上八下犯嘀咕。他想自己的老爹，想自己的老娘，想自己的妹妹树娟，哪怕是回镇平县老家的山沟里挖石头，也比坐大牢的滋味强。当初，他被送进镇平县大牢时，还是一个懵懂的半大孩子，嘴上刚刚长出茸毛，裤裆里星星点点地有了黑毛。如今两年多时间，自己的胡须都长出来了，小鸡鸡周围长满了毛，还时不时地发发脾气，一发脾气就开始膨胀；

腋下的毛也丛生着，夏天一出汗，腋下就发凉。有时他就犯糊涂，自己被关了几年了，很少见日月，为何自己的毛发会变黑呢？

王树汶虽然没上过学，可他的记忆力极好。那年，他刚到胡体安的客栈里当学徒不久，有一个掌勺的张师傅大约有半月时光没有机会与老婆温存，闲来无事，就故意说一些酸故事让未成年的孩子们听。张师傅的话让他听得他脸红耳热，浑身火烧火燎地坐卧不安。那种猫儿抓挠似的感觉，王树汶至今依然记忆犹新。张姓师傅还好说古，就爱说故事，前三皇后五帝，说得云遮雾罩。有一次他说，洪武年间，朝廷在秦淮河畔设置妓院，鼓励商贾富人去嫖娼狎妓，借以增加国库收入。朱洪武亲自为妓院撰写对联：此地有佳山佳水，佳风佳月，更有那佳人佳事，添千秋佳话；世间多痴男痴女，痴心痴梦，况复多痴情痴意，是几辈痴人。王树汶着意记下了，至今记忆犹新。

老张说得文绉绉的，那时候年轻，王树汶似懂非懂，但对这副对联却牢记在心，觉得这个老张不但菜肴做得好，手艺精道，还满口的听不懂的词儿，让他佩服得五体投地，得了空闲就天天围着他听讲古。转眼几年过去了，不知道老张如今还在不在客栈里当厨子。如果不是坐大牢，自己早就学徒出师了。如今，自己无端身陷大牢，还差点儿被砍去脑袋，在开封城里这墙高院深的大牢里，就是扎翅也难以逃出，怕是今生今世再也听不到老张讲古了。

王树汶并不知道胡体安早已逃之夭夭，夜静无人时，他就十分懊恼，恼恨镇平县咋就怎么笨呢？胡体安是主犯，他天天就在自己家里，衙门派人把他抓来，自己就可以被放出来。自己无非是顶人罪名，已经被关押了几年，啥罪都尝了个遍，胡体安一个大活人活在世上，咋就抓不着他呢！皇上既然派来了一位新大人，说不定就是一位青天大老爷。他要是查清了案子实情后，把胡体安抓到大牢里，自己就可以出狱了。想到这里，突然间，王树汶就无缘由地高兴起来：假如自己被青天大老爷放了出去，自己该干些什么呢？这个念头，前些日子他不敢想，现在换了主审官大人，他就敢想了。因为他偷偷地看了一眼那位大人，他的面相很和善，斯斯文文地，不像一个贪赃枉法的糊涂官！王树汶想，如果自己出了大狱，要做的第一件事，就是给这位青天大老爷磕上八八六十四个头，就是把额头磕烂，也报答不完他的救命之恩；回到家里，再给老爹老娘磕几个响头，回报他们的养育之恩。然后，他就跳进村后的小河沟里，痛痛快快洗个澡，洗去自己一身的晦气，光头净脸地在村里走上一圈，大声呼喊一声：我王树汶回来了！

王树汶迷迷糊糊地睡着了，等他翻身醒来时，天色已晚。牢门一响，送牢饭的狱卒走了进来。

四十、赵主事偏有倔脾气

官署公务繁杂，何况河道总督又是一个河防衙门。

转眼之间，临近年关。梅启照与李鹤年会商后，决计将案子维持原谳，然后呈报刑部，因虑及案件的影响，必要的程序还是要走，以免引起物议。两位督抚大人有了共识，梅启照的心里便有了依凭。一日，梅大人从繁忙的公务中抽出身，特意向蒋亦诚询问案子的情况。蒋亦诚也就依照原案的情节，一五一十向梅大人复述了一遍。

梅启照听完禀报，思索了片刻，两眼看着蒋亦诚，问道：案子有无发现新的情节？或是有什么新的质证？

蒋亦诚摇摇头，叹了口气，说道：大人，属下四处奔波，多方收集证据，又找相关衙署经办人，时至今日，可惜未有任何新的证据。同案犯已经伏法，独独主犯胡体安在逃！大人此次审案，毕竟查出顶凶案犯曾分得赃物棉袄一件，尽管京城御史们在京鼓噪，终究是隔山喊话。案犯分得赃物，就是铁证，已是罪不容赦！

梅启照说道：那就向刑部呈报吧！

蒋亦诚略停一停，说：无奈刑部催逼甚急，可分两步走：可先行将在押犯王树汶正法，再择机将主犯缉拿归案不迟！

梅启照吟哦了一声，沉默半晌无语。此刻，他的哮喘病正在发作，张大嘴巴，上气不接下气，脸色憋得红里泛紫。案子既无新证，又无更多的旁证，在押案犯明明白白地说自己参与了盗窃，又曾分得赃物棉袄一件，怎能免去死罪！如今有了分赃的物证，那就是铁定的死罪，看京城的那些御史们

300

还会有什么新把戏？

蒋亦诚见梅大人吟哦不语，料定他正在犯犹豫，就提醒了一句：请大人示下，案子的公文该如何措辞、如何呈文上报呢？

梅启照摇摇头，沉吟片刻，悠悠地说道：老蒋啊，不急，待我慢慢思量一番，再做定夺不迟！

听了这番话，蒋亦诚体谅梅大人的难处，作为下属，他不想再催逼大人。自古以来，做小官有做小官的难处，做大官有做大官的难处，小官无非是斗米之利，大官则日日如履薄冰，时时有舟船倾覆之险。

镇平县盗抢一案，让梅启照认真思量了三日。他觉得，自己与河南巡抚李鹤年及其部属的关系藤攀秧扯，如若得罪了河南巡抚，今后的河道河务工程就无法如期施行，于公不利；假如此案得以翻转，那就要牵涉参与受理此案的上上下下一大帮的官员，许多人将会因此而丢官获罪，那便是河南官场的一场大地震。仔细思量一番，一边是一个名不见经传的乡野小子，一边是河南上下官署衙门众多官员的锦绣前程，孰轻孰重，其分量不言自明。为一个山里小子而开罪众多官员，实在是得不偿失啊！蒋亦诚是干吏，在没有查出更多的证据时，案子自然还是沿着老路子走下去的好，好比拿一个镜子照人，你好我好大家好；假如翻转过来，那就是猪八戒照镜子——大家里外都不是人！

梅启照是个读书人，读书人心里的曲曲弯弯更多，他心里自然有一个小九九：因了一个乡下穷小子的一条贱命，就要毁掉一大批官员的前程和顶戴，对于一个行将致仕的老人来说，总是贻害无穷！

况且，自己业已年迈，对仕途的升达早已淡然处之，不必再借此案去沽名钓誉捞取仕途升迁的资本，从而开罪河南众多的官员。梅启照权衡再三，终于下狠心做出了自己的选择。有了主意的梅启照，当即吩咐蒋亦诚拟写呈文，速报刑部。

蒋亦诚得到梅大人的首肯后，心中自然欢喜异常，立马向任大人禀报案件定谳结果。

当然，任恺记下了蒋亦诚的好。得到蒋亦诚的确信，任凯将自己珍藏的扬州八怪之一金农的一幅墨梅忍痛送于蒋亦诚作为酬谢。

蒋亦诚心领神会，欣然收下任大人的礼品，很快着手具写了公文。为了显示梅大人对本案倾注的心血，原公文不能照录，蒋亦诚独辟蹊径，从王树汶参与盗抢开始，略去临刑呼冤一节，又添加了一些新近的审案供录，上呈奏文：

查，王树汶即胡体安，其人先有窃盗之事，与伙盗程鼓堆、王老幺沆瀣一气，结为盗匪，为害一方。该犯参与邓州盗抢，虽属把风接赃，亦为从犯，曾分得赃物棉袄一件，显系从犯。河臣亲提研鞫，严加讯问，该犯与程鼓堆、王老幺等所供盗贼情形，历历如绘，俯首无词，仍认伙劫不讳。严词复鞫，并无差池，按律当斩。

河东河道总督　梅启照谨奏

向刑部呈报的文书须梅大人圈阅后方可呈送。那天，蒋亦诚知道梅大人近几日气喘的毛病正在发作，故意觑了个机会，将呈文让他阅览。

梅启照哪儿会有气力阅览结案公文，喉咙里呼呼喘着粗气，随意翻了翻，就签押了印钤。有了梅大人的签画，蒋亦诚就将呈文呈送刑部，立等刑部批复。

料想不到的是，梅启照的奏折送达军机处后，舆情大哗，更加招致言官们群情激奋。许多御史言辞激烈，呼啸朝堂，纷纷具名弹劾。言官们联名上奏，矛头直指梅启照，弹劾其昏庸误事，庇护同僚，乃庸碌之辈。

慈禧太后不胜其烦，严责军机处办事不力，饬令限期结案。军机处是大人们议处国事的所在，岂能陷于刑名事务！有了此前杨乃武与小白菜的前车之鉴，迫于情事，军机处责成刑部讯鞫。

刑部立即转交秋审处审阅，仍由刑部提牢厅主事赵舒翘接手案卷，这是赵主事第三次接手本案案卷。因为御史们不断弹劾上奏，纷纷指控刑部草菅人命，刑部甚为被动，一时间，刑部部员一个个噤若寒蝉，均视此案为畏途。

可浏览河南呈送的复审案由，竟与李鹤年复审的结果换汤不换药，依然是维持原谳。主犯在逃无踪，责成镇平县限期缉拿；在押囚犯临刑呼冤，参与盗抢，分得赃物棉袄一件，被认定为从犯，依律拟定了"斩立决"。

赵舒翘细细研读卷宗，公文中除增添了再审的新供词外，再无新鲜内容，满纸照录旧卷宗，只是措辞略有改动。赵舒翘不看便罢，一看卷宗，愤怒地抖动着卷宗案本，一下子摔在公案上，大声吼道：糊涂！糊涂！满纸的荒唐言，错谬百出的断案！

　　案子已经两次被驳回，两次重审，且都是朝廷委任的封疆大吏亲自接手承办，两次复审后的供词竟然大同小异！如刑部再次驳回，仍交予地方审理，案子必将流于形式，无非是走走过场，不会再有新意，反倒徒费时日。此前，赵舒翘曾两次向刑部尚书潘大人拟写奏稿，表明自己对案子的判断，可潘大人均予以扣压，不予上奏，这让赵舒翘心中颇为憋气。

　　潘大人之所以押下案子，首先是顾及恭亲王的私下关照，不能不给以面子；其次，镇平县的马翥原是他的门生，作为师长和刑部主官，他知道案子一旦逆转，马翥将万劫不复，师生之谊让他颇费踌躇。所以，他才两次压下自己属员赵舒翘的奏稿，不予转奏。

　　刑部侍郎薛允升主抓刑案，力主将案子提交廷议，他研判认定，以眼下的情态，参与复审的人越多，拖累就越大，经办人的顾忌就越多。接手的承办人势必顾及前任审案人的声望，也会畏首畏尾，首鼠两端，不敢有自己的主见。依照刑部审理惯例，案子须由秋审处承审，审结后将案由呈送军机处议定。

　　大清的官场，积弊如山，官场人害怕做了事惹恼上司，喜欢熬日月不做事，四平八稳过日子。不做事就无风险，做了事就多一份风险，何如不做事？军机处批转言官的弹劾文本，刑部依例将案子交由秋审处，这让刑部主事赵舒翘陷入了深深的思考，他觉得朝廷若是再委派其他官员受理此案，也不会有一个好的结果。巡抚、总督大人乃封疆大吏，倘且循规蹈矩，唯恐开罪于人，还有哪家官员敢僭越出风头！依据眼下的情势，最便捷的办法，是将在押案犯及案子卷宗一并提解到京，由刑部秋审处提审，或将有一个真实的结局。

　　有了这个主见，赵舒翘便胸有成竹。

　　赵舒翘自从同治十三年中进士以来，一直在刑部供职。十多年来，他在秋审处勤勉任职，细心研读大清刑律，认真审理各地呈送的每宗案卷，穷究案理，不敢有半分懈怠。他谙熟刑典，擅长于在卷宗里寻找蛛丝马迹。

数年时间内，为数起案子纠偏核错，影响颇大，已成为刑部最为通晓律典的部员。镇平县盗抢案经过几位督抚大人亲自过问，居然未曾有任何新意，反倒让在京的御史们群情激奋，联袂上奏，看来此案必有关节，如再三推诿，势必就要引起朝野上下对刑部更多的非议和责难。思量再三，赵舒翘觉得还是先禀报刑部尚书潘祖荫大人，待得到他的允准后，再以刑部公文的形式下达河南臬司衙门，将在押囚犯押解到京，由刑部直接鞫讯，这样也利于操作。赵舒翘将案卷归拢在一起，连同自己的处置意见，再次呈报于刑部尚书潘祖荫大人。

那天，潘大人接过赵舒翘呈送的案卷和建议，沉吟了半晌没有言语，他心里颇为犯难，朝廷内外对镇平县盗抢案关注甚多，已经有三位巡抚、总督督办此案，成为众矢之的；如今又被军机处驳回再审，若再有反复，朝廷必然震怒，刑部无论如何也脱不了干系！潘祖荫看罢公函，抬起头，满怀疑惑地问赵舒翘：李大人、梅大人两人分别督办审理此案，均无发现错谬之处，难道……

下面的话潘祖荫大人没有说出口，因为李鹤年、梅启照二位大人是朝廷封疆大吏，都曾有做过地方官的历练，且又有担任按察使司的阅历，他们难道就没有发现案子的曲折回环之处？他们都是社稷疆臣，身负皇命，难道就发现不了案子的错谬之处！焉能有意回避事实，遮护属员，以求自保？

赵舒翘为人耿介，坦言直白，直抒胸臆，与人相处，说话处事从不云山雾罩不着边际。他深知，此案参与的官员越多，就会越复杂，处置起来就会关碍重重。刑部潘大人久在官场，先后在礼部、户部、刑部任职，新近入阁，位高权重，官场的路子很广，人缘广阔，便于周旋；但人情勾连势必繁杂无比，就会瞻前顾后，顾忌多多。可是，作为刑部主官，掌管社稷法典，有生杀予夺之权威，一念之间，便是一颗人头落地，人命大如天啊。

赵舒翘是急性子，见潘大人犹豫不定，一时情绪激愤，就犯了倔脾气，直了直身子，慨然说道：大人，属下深知此案关涉涂大人、李大人、梅大人三人的声望，但人命关天，与个人声望无涉！御史大人纠劾此案，必定从案底中窥见了不当之处，如草率定案，舆情难平，公理沦丧，势难取信于天下万民！

潘祖荫学养深厚，当然听不得大道理，何况赵舒翘是自己的属员，他不希望自己的属下当面顶撞他。赵舒翘的耿介脾性他早有领教，也许正是看中了他的这一禀赋性情，才将秋审处一职交予他去打理。赵舒翘也果然不负众望，秉直刚正，雷霆般厘清了几桩大案要案，从此声名鹊起，也为刑部挣得了清正的声望。可是，细细思量一番，镇平县盗抢顶凶案实在关涉太多，事涉三位督抚大员，如没有确凿的证据，三位封疆大吏经手的案子岂能轻易翻盘！潘大人耐住性子，缓缓说道：赵主事，此事宜从长计议，何必操之过急！

赵舒翘梗着脖子说道：大人，顶凶案犯王树汶已经羁押了四年之久，初入狱时是胡体安，如今成了王树汶！河南臬司的呈文上却又认定王树汶既是胡体安，简直是糊涂透顶。而王树汶是从犯还是胁从，须有定论！如再不结案，恐难让天下人心服。再说，朝中的一班御史大人们也不会轻易偃旗息鼓，善罢甘休！更何况，承办此案的三位大人都是朝廷命官，素以天下苍生为念，体恤民情亦是大人们毕生的宗旨，焉能为些许谬误而耿耿于怀？

潘大人之所以不敢轻易妄下结论，他的心里总是有所忌惮。年轻部员励志革新，图的是个名头，挣的是锦绣前程，作为刑部主官，就该思虑全局，顾及同僚的情谊！三位督抚大员曾经审理定谳的案子，一旦案情转圜，朝野必将震动不已，将有无数官员的顶子因此案而跌落尘埃！转念一想，万一地方官员层层回护、愚弄刑部，妄杀无辜，也必将引起舆情滔滔，一旦朝廷追责，刑部就会难逃干系！认真思索一番，潘祖荫觉得应该采取一个折中的办法，不妨就将案犯押解到刑部，由秋审处悉心研鞫，总会查出个水落石出。

思忖再三，潘祖荫心里有了主意，说道：赵主事，照你的意思，发文至河南，立刻将案犯押解至刑部，由秋审处直接审结！

此议正是赵舒翘的心意，他据理力争，要的就是这句话。他压根儿就不相信，一个并不复杂的案件，何以如此难以审理。有了潘大人的恩准，赵舒翘格外高兴，慨然说道：潘大人，秋审处一定将此案审得清清楚楚。

然而，他不知道，事情还会一波三折，并不像他想象的那么顺利。

梅启照把镇平县案子卷宗发送刑部后，心情陡然轻松了许多。不想一个月后，他却接到刑部转发的上谕：

着即河南巡抚李鹤年、河道总督梅启照，速将镇平县盗抢案人犯、人证卷宗，派员妥速解京，交刑部悉心研鞫，务期水落石出，勿稍枉纵。

梅大人接到朝廷的饬令后，骇然地颓坐在桌前，半晌无语。因为此前李大人曾百般阻挠将人犯解京，怕的就是犯人在刑部大堂翻供。此刻，他开始懊悔自己不该接手这样一桩棘手的公务，劳神费心不说，还会招致朝廷的责难和言官的攻讦！几位前任接手此案均惹来众多非议，如今自己又身陷其中，欲罢不能。梅启照便有些焦躁不安，跌坐在公房内气喘吁吁。闷坐了半日，他差人唤过蒋亦诚，他要与自己的这位属下紧急磋商一番，务必找出一个因应之策。

蒋亦诚看过上谕，也是呆呆地半晌无语。其实，他隐隐预料到了这个结局，但他作为河道衙门的属员，必须顺着总督大人的意思行事，如若改动审案措辞，变更主从案犯的惩处，也不过是心存侥幸而已。梅启照、蒋亦诚两人默然相处，对坐良久，终无良策。半晌，蒋亦诚方才缓缓说道：大人啊，以属下之见，此事还须知会抚台李大人，大家共同商议，方可有一个应付眼下情事的良策！

事到如今，梅大人也只好点头应允，二人不敢耽搁，立即吩咐人备轿，蒋亦诚随行在后，径往巡抚衙门而去。

李鹤年与梅启照见了面，彼此心中都有一种述说不出的心结，心结的扣儿就是镇平县的这桩案子。李鹤年被朝廷疏离此案，心中自是五味杂陈，既有一种失落感，又有一丝儿的庆幸。想不到梅大人盘桓了几个月，上奏的案情又被驳回，李鹤年的心情颇为复杂。

官场毕竟是官场，大家顾及面子，场面上还是一团和气。李鹤年与梅启照寒暄已毕，二人在一起商议了半天，觉得还是先打听出刑部的底细为要旨，有了刑部的确切意旨，方可有的放矢，对症下药。三位河南督抚大人督办审理的案子均被驳回，在光绪年间鲜有先例，因为事涉官声、政声，所有经手此案的官员个个灰头土脸。涂大人现已调任湖南，无从商议，李大人、梅大人、枭司麟大人三人会商了半日，最终议定，由河南抚台、河东河道各派一人，急赴京城，到刑部专门打探递解案犯的初衷和底细，时刻关注秋审处的动向。

李鹤年想了想，说道：此案初审是镇平县马翥，又与潘大人有师生之谊，还是让他一同赴京面见潘大人吧！

梅启照觉得甚为妥当，当即表示赞许。

李鹤年思量许久，一锤定音：要多带些银两，事到如今，不要怕破费，刑部的属员也是拖家带口的人！

商议已定，梅启照征询李鹤年的意见：李大人，枭司衙门是否遣人同往？

李鹤年对枭司衙门充满了怨愤，顾忌同僚情面，他不愿扯破面皮，阴沉着脸，断然说道：枭司与刑部乃上下隶属，事涉刑案，案牍交往频繁且人员熟络，如有人同往最好。由河道衙门派员协同前往京城，巡抚衙门就不必随员同去了。李鹤年耍了个心眼儿，他是有意回避此事，故而推脱。

梅启照焉能不知李鹤年的心思，他不愿派员到京走动，是他心存芥蒂，乃故意推托，也就不再强求。于是，最终商定，由河道署衙蒋亦诚、枭司衙门张和哲、镇平县马翥三人各携干员，近日一同赴京，务必打探出刑部的意旨。

四十一、刑部潘大人好为难

蒋亦诚、张和哲及马翥等人领受督抚大人的指派后，不敢怠慢，三日后即启程进京，晓行夜宿，旬日就到了京城。三人不敢在官衙内露面，寻了一家客栈住下，顾不上路途劳累，立刻请托熟人到刑部打探消息。因张和哲在刑部熟络，很快便探听出准确讯息。原来，廷议准予刑部复审讯鞫，案子交由刑部提牢厅主事赵舒翘具体署理。所以，刑部的其他部员也就无缘过问。

但是，刑部的其他司官却是隔岸观火，收受了银子便透出案子的一些细枝末节，却又不肯出谋支招，这让蒋亦诚、张和哲、马翥等人既兴奋又有些沮丧，三个人就聚在一起商议，认定还是走刑部堂官的路子最为稳妥。刑部的司官透露，侍郎薛允升主管刑典，对案子提出颇多疑点，且其为人清正廉洁，不会轻易改变自己的主张。商议了半天，三个人觉得除非面见部堂潘大人，其他人均对案情关涉不大。

既然有了刑部的确切信讯，三人商议是否绕过铁面无情的薛允升、赵舒翘的门槛儿走刑部尚书潘大人的路子，以师生情谊打动潘大人，阻滞顶凶案犯递解进京。蒋亦诚主张直接找赵舒翘，因他是具体经办之人，送上银子，自然就会打探出一个准信。张和哲却断然予以否定，他久在刑幕，深知秋审处赵舒翘为人处世异于常人的耿直秉性。张和哲沉吟了半晌，说道：赵舒翘在刑部素有清廉之名，是个横竖不吃、咸淡不尝的拗性子。送礼一旦被他拒绝，那就是走了一步死棋臭棋，将永无通融的可能。

马矗得到巡抚大人的指定，此次专程赴京，系戴罪立功，也是看在他与潘大人有师生之谊的情分，他自然心存感激。此刻，他在一旁久久不语，见二人意见相左，便幽幽地说：还是找潘大人的好！我们毕竟有师生之谊。

蒋亦诚觉得他俩说得有道理，便不再争执。毕竟家有千口，主事一人。还是走刑部尚书潘祖荫潘大人的路子更为稳妥。

最后商定择日拜见潘大人。

主意拿定，三人觉得贸然莅临潘府，显得有些唐突，还是先托人引荐为上策，那就必须先找一个请托的对象。潘大人官居一品，新入军机，领尚书衔，非一般人所能接近，找不到合适的人选，就无法向潘大人呈禀意图。思考了半天，蒋亦诚突然想起一个人。此人姓贾名仁宝，曾任松江知府之职，任满归京，现居京城候缺。蒋亦诚与贾仁宝相识日久，交情深厚，相互书信往来不断。贾仁宝系同治十年参加会试，潘祖荫时任会试知贡举，潘大人对其文章颇为赏识，引为得意门生，二人遂有师生之谊。每年的节庆日，贾仁宝执门生礼致谢，必有礼品孝敬。

那贾仁宝正在赋闲，是个闲角儿。他在京城早听说了镇平县的盗抢顶凶一案，但未知案件的端由，因于己无关，也就不曾悉心探问。如今蒋亦诚千里迢迢从河南来京，登门求他向潘大人探听案子情由，他甚感意外。贾仁宝深知兹事体大，此案万众瞩目，绝非一般的人情请托，倘若被潘大人驳回，那就再无回转的可能。

大清朝道咸以来，候补待缺的官员甚多，这些人都曾游历官场，深谙官场之道，候补赋闲无官一身轻，百无聊赖时，就利用自己在仕途积下的人脉，做些为人请托之事。几个人相见后，相互客套一番，贾仁宝与马矗叙过年齿，知道二人同是潘大人的门生，言语上就有了几分亲近。蒋亦诚简要述说了事由，讲明是受二位督抚大人的委托，贾仁宝听了，也颇犯踌躇，不敢贸然允诺。

　　可贾仁宝经不住张和哲、蒋亦诚、马矗三人拿李鹤年、梅启照两位督抚大人的牌子亮底，并许下宏愿，事成之后，二位大人必有厚报。毕竟闲人爱管闲事儿，贾仁宝思谋着自己眼下的处境，自己以后在职位的选择上还须大人们帮衬，仕途上说不定还要仰仗二位大人照护，也就爽快地答应了。

　　有了贾大人的允诺，蒋、张、马三人就在客栈里动心思，开始张罗筹备礼品之事。三人思来想去，不知奉送何物作礼品最佳。蒋亦诚主张送玛瑙玉器，马矗觉得买礼品不如送银票更便当，送礼品主人未必看上眼，且携带不方便；而银票就比较便捷，不显山不露水，又不招人耳目。贾仁宝知道潘大人是老北京，自幼受家教影响，对古玩字画情有独钟，所以他建议为潘大人送一件元青花瓷器最为妥帖。众人一致认可。翌日，几个人去琉璃厂蹚摸了一天，狠下心为潘祖荫大人买下了一件元青花梅瓶。为酬谢贾仁宝，另外为其在钱庄办理了一千两银票。贾仁宝欣然收下银票，自然喜不自胜，便捧起那件元青花瓷瓶，心情颇为忐忑地赴潘府而去。

　　翌日上午巳时，潘大人下朝回到家，刚刚坐定不久，贾仁宝、马矗二人就进了府邸。因马矗系初次造访潘府，心中不免有些忐忑，走起路来两只脚轻抬轻放，唯恐弄出声响。潘祖荫大人五十多岁的年纪，身体修长，五官周正，温文尔雅，一派读书人的儒雅气质。贾仁宝声音洪亮，嗓门高，甫一进门，就连声说道：潘大人，我可是捡了一个"大漏"了！

　　因为贾仁宝赋闲候补，故常来府中闲坐，执门生之礼叙谈，也就没有那么多的客套。马矗见过潘大人，行弟子礼。潘祖荫依稀记得门生马矗，便叹一口气说道：你呀，一个小小盗抢案子，咋会弄得出如此动静？

　　马矗诚惶诚恐，连连点头，满脸愧疚地说：老师啊，学生无能，假如没有您的遮护，马某就死无葬身之地！

　　贾仁宝见状，连忙打圆场，说道：老师，还是你来掌掌眼，看看瓷器的成色。说着，双手捧过瓷器，递与潘大人。

潘大人接过瓶子，把瓷瓶端端正正放在案几上，立起身，忽左忽右，忽近忽远，翻转把玩，仔细端详着，久久不肯移挪视线。审视了半天，潘大人拿眼盯着贾仁宝，却转身问马翥：你从哪里买来？

马翥心虚，嗫嚅着说不出话。贾仁宝善于察言观色，知道潘大人动了心，笑着接过话茬，说道：前日我与马老弟去逛庙会，见一个乡下汉子用蓝布包裹着这个瓷瓶，神情甚是诡秘。我上前打问，包里原来是一件元青花。我当时就怀疑其来路不正，害怕徒自惹上官司。四顾无人，就拉他到无人处，询问物件的出处，东西是否要变卖。那人吞吞吐吐说出自己原是正蓝旗人，祖上吃了官司，家道中落，只有靠变卖祖产度日。

潘大人笑笑说：你们俩就不怕他是埋下的"地雷"？万一"打眼"了呢？

马翥陪着一个笑脸，并不答话。贾仁宝嘿嘿一笑，故意卖了个关子，自嘲地说：我与大人交往日久，近墨者黑，近朱者赤，历练了这么多年，上眼了无数件古玩瓷器，也是识得"旧货"、"新货"的！

潘大人淡然一笑：仁宝啊，你也长见识了！价格如何呢？

贾仁宝眼睛闪着亮光，脑子转得快，语速也快：一说价格，这人还"绷价"，非五百两银子不可。我看他一身穷酸相，怕是要卖老婆当裤子了！经再三讨价还价，最后以三百两银子成交。我怕被别人抢了生意，约他到家中取银子。一手交银票一手交实物时，他居然想反悔，被我连哄带吓唬，他才揣了银票悻悻而去！

这一番话，贾仁宝说的全是谎言，这个瓶子是他与张和哲、蒋亦诚马翥三人一起，从一个古董商的手里花了五百两银子买出来的。他之所以少报银两，一是怕潘大人要付他银两，自己不好推辞；二是害怕潘大人看出破绽，系受人请托，那他就绝不可能收下这件物品。

潘大人久久地凝视着眼前的元青花瓷瓶，点点头说道：这么好的元青花，三百两银子，不贵！值！仁宝啊，你可真是捡了"大漏"了！潘大人斜睨着贾仁宝：你从哪儿弄来的银两？

贾仁宝说道：大人，您太小看学生啦，我家虽是世代耕读之家，但还是有些积蓄的！些许银两，还是拿得出的！平日里学生无以奉送，今天权将此瓶送于老师珍藏！

310

潘大人说道：我可不敢掠人之美！

贾仁宝笑笑说：学生孝敬老师，天经地义！孔老夫子尚且接受学生的束脩呢！

潘祖荫不再言语，满脸尽显爱恋之意。他又仔细将青花瓷器端详了一番，慢慢说道：你也不容易，回头让府中内管把银两支给你！

贾仁宝一听，故意拉下脸，埋怨道：大人说哪里话，三百两银子学生我还是有的，您说这话就是扇学生的脸，让学生无地自容啊！这个瓷器放在大人府中是高雅，是品味；放在学生家里，学养、家境都不相配，人家还以为它是一个装盛酱油醋的罐子呢，岂不白白地辱没了宝贝！

听了此言，潘大人忍不住笑了起来，见他把话说得实诚，也就不再坚持，转而闲聊一些时令话题。见此情景，贾仁宝心中暗暗忖度，今日不方便谈及镇平县的案子，谈了反倒有些唐突，让潘大人陡生疑窦，反而不好。便随意敷衍了几句，贾仁宝向马骞使了个眼色，二人便伺机抽身告辞。

四十二、赵舒翘耍起了犟驴脾气

隔了几日，贾仁宝与马骞二人一起觑个时机，备上一份礼物，专程到潘府拜望潘大人。潘府的大院分前中后三进，前院为会客的地方，两厢房相连，在一个茂林修竹一派幽静的角落，便是潘大人的书房，书房名曰"静心斋"，取清静养心之意。那日，贾仁宝知道大人在书斋，二人便直趋书房，轻轻推开门，果然见潘大人正端坐在书案前读书。见贾仁宝走进来，潘大人微微点头，放下书本，问道：仁宝，你怎知我在这里？

近日恭亲王单独会见了潘祖荫，特意转达了李鹤年的意见：镇平县在押囚犯理应就地正法，切不可解往京城。一旦案子出现反复，必将招致河南官场天翻地覆！有了恭亲王的嘱托，潘大人的心思便有了主见。见了贾仁宝、马骞二人，潘大人的心里便释怀了许多。

贾仁宝讪笑着，说道：学生是大人肚里的蛔虫，焉能不知潘大人的行踪？

潘祖荫用手揉着眼睛，说道：竹林幽深处，自是读书居。

马翥在一旁不吱声，显得有些局促。贾仁宝却噗嗤一声笑出声，说道：大人好会躲清静，这个去处正好读书！

早在同治十二年，潘祖荫因随御驾谒东陵，偶尔丢失户部行印而被革职留任。此后，他开始留意古籍，搜寻古本善本书籍，着意著录，因此，书房就成为他公务之余的惯常歇息之地。

此刻，潘祖荫忽然想起一件事，问道：仁宝，近日可曾有消息？潘大人所说的消息，就是吏部的委任，因贾仁宝正在候补，时刻听候任用。身为刑部尚书，潘祖荫本可以与吏部通融一下，给贾仁宝一个实缺，可他为人淡泊，一向鄙视人情说项，故而不曾为贾仁宝从中请托。这是他心中既放不开，又丢不下的一件挂心事儿。

眼下，贾仁宝当然对自己的前程了无兴趣，因为他有张和哲的请托之事，这是当务之急。

潘祖荫为人厚道，转过脸，问道：马翥，你现在如何？

马翥轻轻叹口气，说道：老师啊，学生愚钝，因那件盗抢案缠身，现在河南藩司待职候用！此次赴京拜会您，也是受李大人的差遣。

潘祖荫吟哦了一声，已经会意，便不再深问，转过脸问贾仁宝：仁宝啊，你终日赋闲，也辱没了人才啊！

贾仁宝表情很淡定，叹了一声，话锋一转，说道：大人啊，学生就耐心等吧！朝廷用人的事儿，最是不可捉摸，说不定哪天好运当头，那就会时来运转！停了片刻，他故意把语速放慢，试探着问道：大人，我昨日听别人闲聊，谈及河南镇平县盗抢顶凶一案，大家颇为疑惑，换了三位督抚大人，为何至今还没有结案？

潘祖荫一向秉持在家中免谈公务，公务琐事大多比较烦心，他怕影响自己读书、静养的心境，甚而还会冲淡家庭的温馨情趣。如今突然听到贾仁宝问及此事，不便深谈，但因马翥在侧，也不宜回避，便略作停顿，也就轻描淡写地说了一句：三任督抚大人，竟然审结不清一个盗抢案！全然是河南臬司衙门糊涂断案，敷衍塞责，尸位素餐，毫无作为！如今，刑部反倒因此案而置于风口浪尖，成为众矢之的。既然地方衙门审理不清，那就只有将顶凶案犯押解到刑部，详加审理！

大人的言语中隐含义愤，因为近来此案刑部颇受公众非议，贾仁宝理解大人的心情，向马翥递送一个眼色，两人心领神会。贾仁宝就笑着说道：大人，河南的几位督抚大人，个个都不是糊涂人！他们一个个精明得很哩！

哦！潘祖荫淡然一笑，拿眼神看贾仁宝，又看一眼马翥，静静地听他的高论。贾仁宝见潘大人不语，继续说道：大人啊，您想，梅启照大人接手案子后，不敢推翻李鹤年大人，李鹤年大人接案后不敢推翻涂宗瀛大人！如此反复，就把扎手的刺猬放在您手里，那就是让您唱红脸得罪人哩！而且，您若将案子翻转，河南的一体官员必受惩处，您势必要得罪三位督抚大人！从此以后，您的处境……说到此处，吴仁宝立刻打住。

潘祖荫久在官场，焉能不知其中玄妙，只见他沉思无语，思忖了半日，方才幽幽地说：刑部秉持国家法典，依律审案，人命关天，既不冤枉一个好人，也绝不放过一个恶人！

贾仁宝随声附和，连连颔首称赞。静默了片刻，见大人脸色和缓了许多，方才说道：河南的三位督抚大人坚持维持原谳，自有其维持原谳的道理。这个案子原本就像一个的猪獾，如今被生生养成了一只扎手的刺猬，三位大人把刺猬关在笼子里，就是怕它扎人；而您一旦把刺猬揽在自己怀里，还要放出来遛一遛，刺猬就要张口咬人，用刺扎人，究竟会咬伤多少人，哪个也无法预见！

贾仁宝的话切中了要害，既形象又生动，让人过耳不忘。潘祖荫认真想一想，觉得贾仁宝的话虽然世故，却也不无道理。身为军机大臣、刑部尚书，他不能同一个毫无干系的外人奢谈公事。不过，贾仁宝的话倒是提醒他，更有恭亲王的频频暗示和再三嘱托，此案若翻案势必关碍许多封疆大吏。此案只有让地方审理为妥，刑部一旦接手，势必徒自招惹麻烦。潘祖荫不想就此话题做更多深谈，就此打住，便转换了话题，说道：仁宝、马翥你们二人今晚在这里用餐吗？

贾仁宝、马翥都是个聪明人，知道大人公务繁忙，不能给个鼻子就上脸，在大人面前，有些话只能点到为止，多则适得其反，露则天机尽泄。眼见潘大人手执毛笔，打开砚台，正准备在摊开的宣纸上写字。贾仁宝素知大人有记写日记的习惯，也就不便再打扰，连忙起身说道：大人，您忙，我们还要去办一件事！说着起身告辞。

潘祖荫执笔在手，也不送客，自顾低头写自己的日记，不再理会贾仁宝、马翥二人。

就在二人转身之际，马翥突然屈膝跪倒在地，口中喃喃说道：此案还需恩师周全一二，若有反复，学生就死无葬身之地！

潘祖荫大为吃惊，执笔的手扬了扬，沉下脸说道：快快起来，我自有主张，你且候着消息吧！

有了潘大人的允诺，贾仁宝、马翥二人心情颇为愉悦地离开了潘府。

马翥在潘大人那里虽未多言，但已经从潘大人的态度上看出了端倪。二人知道事情已有眉目，当日就告知了张和哲、蒋亦诚。几个人人甚为欢喜，不免额手称庆，特意设宴款待了贾仁宝。翌日，三人一同返程回河南去了。

隔一日，潘祖荫唤来秋审处主事赵舒翘议事。赵舒翘不知尚书大人唤他何事，立即放下手中的卷宗，快步来到大人的公议房。人刚刚站定，潘大人劈面就问：镇平县的顶凶人犯及卷宗到了没有？

赵舒翘见部堂大人催办甚急，知道大人对此案甚为上心，可心急吃不了热豆腐，河南距京城千里之遥，解押人犯颇费时日。为让大人宽心，赵舒翘只有如实回答：大人，公文已发河南月余，估计克日就到。

说着，赵舒翘递上了自己的手札奏稿。潘祖荫阅罢，知道是赵舒翘再次请求刑部审理镇平县盗抢案件，并出言尖刻，直斥河南抚台及河道督抚。

潘大人默默无语，两眼紧盯着自己的这位属下，半晌，才一字一句地说：河南按察使麟椿麟大人已调京候职，估计河南臬司正在交接！

赵舒翘微微一愣：军机处发文了吗？

潘大人点点头：公文已到河南！河南按察使司由唐咸仰接任。

赵舒翘心中一时没有转过弯，就静静地听潘大人说下去。

潘祖荫轻轻舒缓一口气，说道：此案已经数次复审，人证、物证俱实，再经河道总督梅启照大人复审，亦无任何新的佐证，将人犯押解到京，无非靡费时日。请知会河南按察院，不必将犯人押解到京了！

赵舒翘闻听此言，诧异万分，他对潘大人的话甚为惊讶，不知大人何以有此动议，便瞪大眼睛，不解地问道：大人，估计人犯已在途中，不日即可到京，刑部饬令既已发出，怎能朝令夕改！况且，河南三任督抚大人经手此案，均无结果。刑部提牢厅奉委接手此案，人犯到京后，一定能够弄个水落石出，怎会半途而废呢！

自己的部员当面抗命，在刑部上上下下的属吏中，也只有赵舒翘一人而已。潘祖荫素知赵舒翘一向以刚直不阿著称，固执而自信，他自己认定的事情，三头老牛也拉不回。潘大人沉下脸，盯着赵舒翘说：不必将一干人犯押解进京了，你不妨亲自到河南一趟，在河南按察院也可审结案子！

赵舒翘颇感意外，拧着眉头说：在河南审案，关碍甚多，必定有人处处掣肘，恐怕难以公断！

潘大人沉下脸，说道：你敢断定有人横加阻拦？

赵舒翘不看潘大人的脸色，断然说道：我乃一个小小刑部主事，还没有胆量去趟这个浑水！

潘大人厉声说道：你受刑部委任，谁敢横加阻挠？

赵舒翘见潘大人动了气，也应声答道：三位督抚大人尚且无法审结此案，我人地生疏，人犯又羁押在河南，官场勾连攀扯难以防范，何如在京城便利！

潘大人就耐着性子，放缓声音，柔声劝慰道：此案关系甚大，好似滚雪球一般，越滚，粘连的人越多；参与审理的官员越多，越是藤蔓缠绕难以撕扯！我思谋良久，刑部还是要把握好分寸，切不可把事情闹得天翻地覆难以收场。人犯到了刑部大堂，刑部就会成众矢之的！我的意思，此案还是在河南审结最好，还是不使其翻转为好！

闻听此言后，赵舒翘突然脸色通红，呼吸急促，瞬间睁圆了眼睛，声调高亢地说道：大人，此言差矣！官员的顶子事小，百姓的性命则大如天。匡扶正义，抑恶扬善，乃刑幕之职。无论何人，皆不可亵渎朝廷法典，又岂可因人施法，因人施刑，罔顾事实，曲意迎合？

这番话说得慷慨激昂，一个小小的刑部提牢厅主事，竟敢当面冲撞刑部主官大人，真个是胆大包天，目无官长。若是换了别人，潘祖荫必定会拂袖而去，随便找个借口开缺其人。可站在眼前的是刑部素有"犟驴"脾气的赵舒翘，这是一个敢作敢为的提牢厅主事。

潘大人瞬间便有一种被人羞辱的感觉，尤其是被自己的属下当面指责，更让人难以承受。可转念一想，赵舒翘就是一个耿直之人，他就是一个认死理、宁折不弯的主儿！

潘祖荫毕竟是一个读书人，他心中有气，面子上却极力掩饰心中的不满，停了片刻，他用和缓的口气说道：这个案子一旦翻转，三位封疆大吏必将受到惩处，河南上下经办此案的官员也将因此获罪。我权衡再三，还是维持原谳最为合适！

赵舒翘感到震骇不已，这样的话出自部堂大人之口，实在让人不可思议。此刻，他的"犟驴"脾气陡然升腾起来，便有些不管不顾了。他要以自己的禀赋和职业操守向自己的上司再做一次抗争，便断然说道：大人，决然不可这样！此事维系着一条鲜活的生命，也关乎大人的清白名声！赵舒翘的声调十分高亢，语速也极快。河南镇平县盗抢顶凶案悬疑甚多，必有贿弊之事，岂可因人废案。那样的话，潘大人也会株连其中，您要三思啊！

属下当面抗命且言辞激烈，潘祖荫的脸色渐渐挂不住了，只见他呼吸急促，面色褐红，脖颈处青筋涨紫，他在极力压抑着自己的情感，以免在属员面前失态。静场了片刻，两人都不言语。可潘大人毕竟涵养深厚，能够瞬间左右自己的情绪，只见他耐着性子，凝着眉头说道：赵主事，难道大清的江山只有刑部一家不成！

说罢，将赵舒翘递上的奏稿一把撕得粉碎！

赵舒翘心中悚然一惊，蓦然惊觉：潘大人已是铁定了心要将镇平县的顶凶案在原发地审结了，照此审理下去，只能是毫无结果。

可年轻人刚直不屈的禀赋让赵舒翘心有不甘，他一咬牙，便梗着脖子使出了偏脾气，蹭地站起身，厉声说道：潘大人，提牢厅只要有我赵舒翘主事一日，镇平县的顶凶案就必须重新审结；不然的话，我可以挪位走人！说罢，揖礼告别，头也不回，蹭蹭地走出门外，径直走了。

被晾在屋内的潘祖荫，顿时气得脸色发白，怨愤填胸，他颓然坐在椅子上，两腿微微发颤。潘大人努力使自己平静下来，此刻，他的心绪很乱。闷闷地呆坐了半日，潘祖荫终究也没想出一个万全之策。一个堂堂刑部尚书，竟招致自己属下部员的当面抗命，颜面尽失，威严不再，愤懑之情充填于胸，一时无法排解。

在自己的公案前静坐了半日，潘祖荫思量再三，决定还是暂且忍耐一时。他毕竟是读书人，从来不曾负气使性，何况，赵舒翘也是耽于公务，非因私愤而冲撞上司。潘祖荫暗暗地劝解自己，只要他赵舒翘不沾私利，不徇

316

私情，他乐意去审理，便由他去复审又当如何！河南盗抢顶凶案弄得满京城风雨缥缈，朝野不宁，其内悬疑确实甚多，何妨放开手脚，让他赵舒翘搏一搏，说不定真的会乾坤倒转……可是……潘祖荫不仅又陷入深深地矛盾之中……

拯救一个乡间小人物而使许多官员的顶子跌落尘埃，几十年的功名毁于一旦，身为刑部尚书，情何以堪！

四十三、刑部尚书张大人好超脱

那赵舒翘果然是一个犟种，全然不顾尚书大人的脸面，愤然回到自己的公议房内，草草收拾一下案卷卷宗、文书档案，也不理会同僚部属，也不向官长告假，径自回家歇息去了。赵舒翘撂挑子抗命，让刑部的许多司官们提心吊胆，大家都在为他捏一把汗。整整三天，赵舒翘不曾到刑部值守，每天窝在家里读书练剑，清闲自在。第四天，赵舒翘自请开缺归籍，理由是为父亲修墓立碑，他在家中将自己的辞呈书写完毕，准备第二天向部堂大人递交。

第五天一大早，赵舒翘心情郁闷地来到刑部，向同事一一告别，顺便向潘大人递交辞呈。走近尚书大人的公议房内，抬头见坐在公案前的人却不是潘大人！

赵舒翘一时错愕不已，双手递上的辞呈却僵在那里：大人……大人。潘大人的位子上却坐着张子万大人！

新任刑部尚书张大人接过辞呈，略略浏览一下，笑着说：赵主事，你来递辞呈啊！

原来，刑部潘大人前日报丁父忧，已离职卸任，刑部尚书一职由张子万大人接篆。赵舒翘这几日窝在家中，消息闭塞，刑部大人换人，他竟不曾知晓。猛然见到新任刑部尚书张大人，他甚感意外，站在部堂大人的公案前颇为尴尬。

因为来迟了一步，赵舒翘主事没有见到潘大人。潘大人行色匆匆，报丁忧之后，即刻扶柩动身，昨日黎明时分，即已离京归乡去了。潘祖荫自幼长在北京，祖籍却在江苏吴县，父亲临终前曾有嘱托，自己百年之后一定要归葬故里。潘祖荫是个孝子，岂能有悖父愿？父亲断气的当日，他向朝廷报了丁忧，翌日就匆匆扶柩归乡而去。

张大人见赵舒翘默默不语，笑着说：潘大人昨日已经离京，我刚上任你就递辞呈？有什么事情慢慢说，何必非要开缺离职呢？

赵舒翘知道，这位张之万张大人于道光二十七年参加会试，钦点状元及第，授翰林院编修，历经四帝，备受恩荣。他于同治年间署河南巡抚，移督漕运，历任江苏巡抚、闽浙总督，光绪初年官至东阁大学士，现由兵部尚书调任刑部尚书。论资望，张子万乃东阁大学士，学养深厚，系朝廷股肱之臣；论年龄，他已是七十多岁高龄，德高望重，朝野敬佩。

张大人见赵舒翘手足无措地站立着，摆摆手，示意他坐下，口气和缓地说道：潘大人临离京之时，特意交代我，一定要将这封信交给你。说着，递上一个封口的手札。赵舒翘双手接过信笺，信笺的封口敞开着，可他不便当面扯阅，攥在手里无所适从。

张大人说：此信虽是潘大人写给我的，你也不妨一阅。

赵舒翘方才拆开信笺，匆匆浏览了一遍。

张尚书之万兄台鉴：

　　兄接篆刑部，弟不胜欣慰，离京之际，忽觉一事尚未了结，心甚挂念。提牢厅赵舒翘曾力主将河南镇平县盗抢案顶凶人犯王树汶押解入京审鞫一事，余曾多方掣肘，不予襄赞，原系愚弟心存私念，又为门生所惑，才有此行止耳。离京之日，深感有负圣命，故引咎自责，还望给以赵主事格外支持，务必将案子查个水落石出，方可告慰河南父老之心。

愚弟：祖荫

叩首

光绪癸未己酉

赵舒翘阅罢信，心情十分感动，持着信札的双手微微颤抖，两眼滚动着激动的泪花。他曾三次向潘大人呈请刑部直接复审此案，均遭拒绝，心中的愤懑之情时时冲撞着他。如今丁忧归乡的潘祖荫大人一身再无挂碍，他方才放手让赵舒翘审理镇平县盗抢案。这也是他为官的狡狯之处。

张之万打量着眼前这位年轻人，觉得他一身凛然正气，站立厅堂之上，不亢不卑，心中也就有了定见，便开口说道：赵主事，河南镇平县盗抢案的案犯可曾解到？

这话问得十分唐突，赵舒翘颇感意外，略停了停，说道：回大人话，犯人尚在路途，不日将到。不过……潘大人曾力主不再押解犯人到京，故而有所推迟！

张之万笑笑，说道：潘大人的信札已经很明白，他宅心仁厚，离京时有所感悟，故赠我书信一封，他力荐仍由你主审此案，不知你意下如何？

赵舒翘朗声说道：大人交办的案子，属下赴汤蹈火，万死不辞！

张之万点点头，说道：好吧，此案就由你一手全权审结，不可有所偏废。犯人到京后，立即会商秋审大典事宜！

光绪九年，河南按察院遵照李鹤年、梅启照的意旨，一再拖延时间，阻滞将王树汶解送至京城。后来，麟椿调京候用，唐咸仰接任按察使一职，按照刑部的公文，他力主讯解人犯到京，将王树汶解送到刑部。

遵照刑部公文，河南臬司将邓州被抢业主张肯堂、王季福及一干人证分别送解京城，并隔离关押，以防串供。

就在王树汶被押解进京途中，左督御史张佩纶领衔，贵州道御史李暎、广西道邬纯嘏等人又联名上奏，严词弹劾河道总督梅启照袒护属员，曲意弥缝，实属蒙混奏结。言官们联名吁请刑部张之万大人摈弃旧案，秉公审理镇平县在押盗抢案案犯。刑部张大人被御史们推至舆情巅峰，欲罢不能，他一边迅即知会三法司、九卿、詹事、科道、军机、内阁等署衙定期会审，一边又特意敦促赵舒翘近日务必先行厘清案情，逐项梳理审案咨题，审明案子枝节情由，最终定谳，希企有一个公正的决断。

正在臬司大牢里梳理自己发辫辫梢的王树汶，忽听牢门哗啦一声响，几个狱卒涌了进来。王树汶坐了几年牢，对牢门的声音极为敏感，一听见牢门响，他就浑身哆嗦虚汗淋漓。刹那间，牢房门口走进来几位凶神恶煞般的狱卒，他立刻腿肚子转筋，脊梁骨阵阵发凉，双手颤抖不已，两眼呆滞无光。为首的那位狱卒喝道：快起来收拾一下，你小子这回又要高升啦！

王树汶没有听明白，疑惑地问道：叔！您啥意思哩？

狱卒沉下脸：啥意思！你呀，要到京城去跶一跶啦！

王树汶听明白了，立刻用哭腔说道：叔，俺不去京城！

狱卒哪里听他哀求，厉声喝道：别鸡巴啰唆，快起来！京城刑部大堂要提审你，你小子要到皇上面前去风光风光哩！

王树汶一听说要被解送至京城，那可是离家更远的地方，心里十分害怕，鼻子一酸，两眼泪水涟涟。他索性坐在地上不起来，赌着气说：俺不去京城！

狱卒就用脚踢他，正踢在脚镣上，只听哗啦一声，那人就哎哟一声，弯腰用手捂自己的脚趾头。狱卒的脚踢疼了，嘴里就骂骂咧咧：你他妈的说不去就不去啦！快滚起来！今天就走！

囚犯身在大牢，小命在人家手里攥着，胳臂终究拗不过大腿，尽管王树汶扭捏着不去京城，几位狱卒还是强拉硬拽把他拖出了大牢。隔壁牢房里听到了动静，纷纷挤到牢房门口观看。王树汶浑身颤抖，挣扎着不愿走出牢房，他哪儿还有心思理会这些狱友。

王树汶被拖出了大牢门口，转过脸看看自己蹲了三年多的牢房，心中却又顿生莫名的眷恋。走过隔壁的牢门口时，牢门的方窗上贴着老杜的那张胖脸，只见他一脸的坏笑，眯缝着一双小眼睛，怪声怪气地挑逗道：小子啊，你有福啊！听说你要到京城去！在那里做个断头鬼，咋着也沾点儿皇帝佬儿的光啊！

王树汶想哭，但哭不出来，他被狱卒生拉死拽，哪儿还有工夫理会别人的话！大牢门口停着一辆马车，几个人架起王树汶，一下子就把他扔在了大车上，墩得他的屁股蛋子生疼生疼的。

赶车人吆喝一声，大车就开始走动了。

时令正值五黄六月天，麦子刚刚收割完毕，一望无际的麦田里留下光秃秃的麦茬儿。天空没有一丝儿的云彩，也没有一丝儿的风，头顶的老日头正毒，晒得人的皮肤发紧，脊梁沟却一阵阵发凉。王树汶在大牢里蹲了几年，很少见到阳光，如今一下子置身于毒日头下暴晒，他就像一只被人捆绑的老鼠放在火上烧烤，烤得脊梁沟好似有无数只虫子在爬动，体内的油质在滋滋地外溢。大车的轮子碾压着官道上沟沟坎坎的路面，王树汶的

320

脖颈上还有一个木枷，随着马车的走动而不停地颠簸着，把骨头关节颠得生疼生疼。天近中午时分，王树汶感到口干舌燥，身疲骨软。实在忍受不了焦渴时，王树汶咂巴着干裂的嘴唇，向押解的差人哀求说：大爷，弄口水喝吧，我实在是渴得要命！

押解的皂隶有四个人，还有一名刑名书办，因为是向刑部解送的案犯，皂隶们就格外上心，生怕案犯在路途中有什么偏差，误了差事儿丢饭碗不说，还会有牢狱之灾。随行押解的刑名书办见案犯讨要水喝，恶狠狠地骂了一句，便让车夫停下车。

河水清澈见底，几个人来到河边，蹲下身，纷纷捧起河水喝个痛快，然后又用河水洗脸。河面很平静，河水也清爽，喝到嘴里有一种甘甜的滋味。因王树汶刑具在身，不便到河边饮水，一个皂隶骂骂咧咧地掐了一个硕大的南瓜叶子，围成一个瓮状，兜起一兜河水让王树汶喝。

王树汶一口气喝了三兜兜的水，抿抿嘴：谢谢大爷！书办瞪起眼睛，呵斥道：你个鳖儿饮牛哩，大热的天，还要侍候你小子！

王树汶不敢吭声，他知道离京城的路还很远，自己一路上还要受许多的罪，还要忍受烈日的暴晒，还要遭受差人们的白眼！想到自己到京城后死活难料，想到秋后自己仍有可能被拉到刑场砍头，那就要暴尸京城街头而无人收尸。大热的天，尸体还不是很快就发胀发臭！想起那绿头苍蝇把自己的尸体团团围住，嗡嗡地飞来飞去，那就是天底下最肮脏、最窝囊的死法！王树汶想，自己当年在开封被拉到刑场时，强烈地想活着，可是，如今多活了几年，非但没有逃出监牢，还白白地受了几年的牢狱大罪！乡下人说，人死如灯灭，早死早托生！王树汶在心里暗暗地发着誓愿：俺下一辈子就是给阎王爷当牛做马，求爷爷告奶奶也要托生在富贵人家！穷人的命穷，命苦，命贱，有钱有势的人从不把穷人当人看。穷人两腿一蹬，俩眼一闭，咽了气死了，就像掐死一只蚂蚁一样，没有人可怜你，没有人同情你，除亲人外没有人为你掉一滴眼泪。与其死在京城的街头，尸体狼拉狗啃无人理会，俺还不如死在河南老家哩！

王树汶喝了水，抹抹嘴巴，问道：大叔，咱走到哪儿啦？

书办有些不耐烦，斜楞着眼，不耐烦地说：你问恁多干球哩，前边就是黄河，过了黄河不远就是河北！

到了河北就是出了河南境，就不是河南的地界。王树汶看看天上的毒日头，再看看身旁的这条小河，心里突然就打定了主意：自己还是找个机会去死吧，人死了就一了百了，再不会有罪受，再不会挨皮鞭、挨板子了！既然拿定主意要去死，可眼前的这条小河很浅，根本淹不死人！

书办是个急性子，几个人还没喘口气，他就催促着赶路。王树汶喝完水，正擦拭着嘴巴，车夫一声吆喝，车子便走动了。

到了黄河岸边的渡口，几个人先后跳下车，有两个皂隶顺手把王树汶拉下来，回头让车夫自己赶车返回。黄河很宽，河水浑浊，悄无声息地向东流去。王树汶从没见过这么宽的河，他被宽阔的黄河震慑了。一行人来到一个渡口，一个皂隶站在岸边，招手唤过来一个摆渡的船家。那船家应声而到，见是官家人，不敢怠慢，更不敢多问，把船停好，一行人依次上了船。船主是个老者，手扶一根竹篙戳向水中，等几个人站稳了，吆喝一声，在船头用力一撑，船就离了岸，静静地划向宽阔的黄河水面。

那船家见犯人带着木枷，知道不是寻常的案犯起解，撑起船来格外小心。黄河汛期尚未到来，河面并不宽阔，浑浊的黄河水流得很缓慢，波澜不惊。一船人谁也不言语，只听见船底划过河水发出的哗哗声响。

不大工夫，船到了河的中心。看着浑浊的河水，王树汶咬咬牙：俺跳进黄河里淹死，还能落个囫囵尸首，也比暴尸在京城街头强百倍！这个念头一闪而过，仿佛一声炸雷在王树汶的耳边炸响，顿时，他浑身升腾起一股悲壮之气。他不再犹豫，打定主意要在黄河中坠水而死，即便被鱼鳖吃掉了，它们也会自由自在地游到大海里去！

这可是天赐良机，决不能再错过！王树汶咬咬牙，狠狠心，眼角的余光向其他人偷偷扫视一眼。只见几个人都一个个神情紧张地紧盯着黄河水面，生怕渡船倾覆，完全没有人注意他。看看船到大河中心，河水正是深处，有流水的漩涡打着旋儿。王树汶觑了个机会，把心一横，猛地站起身，一头栽向水中。

一位皂隶尖叫一声，手疾眼快，迅疾扑向王树汶，一把死死地抱住了他的双腿。渡船因重心偏斜而摇摆不定，船上的几个人大吃一惊，错愕片刻，才七手八脚把已经栽进水里的王树汶提拉上来。

浑身湿淋淋的王树汶被从水中生生地拉上了船，皂隶们松了手，就用脚使劲地踢王树汶的肋骨。书办站在船中间，怒视着王树汶，吼道：你他妈的找死啊！死在黄河里你就变成了鱼鳖？

王树汶寻死不成，一身湿漉漉地坐在船上，声音哽咽，哭道：俺不想去京城！俺就想死在河南！

撑船的老者手扶竹篙，看一眼犯人，心中顿生怜悯之心，待几位皂隶骂够了，半晌才说：小子，我也不知道你犯了啥罪，事到如今，你还有啥想不开的！是福不是祸，是祸躲不过！年纪轻轻的，日子还长着哩，好死不如赖活着！

王树汶不住地抽抽搭搭地哭，谁劝也不听，哽咽着说：让俺去死吧，俺还不如死了哩，死了就不会再蹲大牢受大罪了！

书办把眼一瞪，恶狠狠地说道：你小子算啥玩意儿，你跳到黄河里一死，我到刑部咋交差？你一死，我的饭碗可就砸啦！

说话之间，船已到岸。几个皂隶七手八脚把浑身湿透的王树汶拉上了岸，又在附近村子雇了一辆车，赶车的是本地人，一直把几个人拉到了县衙内，书办付过酬金，赶车人就回去了。书办向县衙递上刑部文书，因系刑部公差，县衙不敢怠慢，就将案犯放在县衙大牢内羁押，押解的书办和几位皂隶则住宿在馆驿内歇息。

次日一大早，书办唤起四个皂隶，在大街上吃过早点，又雇了一辆车。双方商定好价格，赶车人回家准备了几件换洗衣物，一切准备就绪，已是日过正午。吃罢午饭，把王树汶押上车后，即刻向京城进发。

半月后，一行人远远地看见京城城堞，押解的书办如释重负，终于松了口气。他们一路上风餐露宿，总算完成了这次押解的差事儿。

半月来王树汶一路颠簸，日晒雨淋，受尽折磨，尝遍了千般苦难滋味。面对越来越近的城堞，面对陌生的京城，王树汶心中滋生了一种绝望和恐惧。他第一次来到京城，可等待他的命运又该如何呢？王树汶的心情既忐忑又沮丧，既恐惧又满怀期望。

王树汶摸摸脑袋，头颅还在自己的颈上，可到了京城，到了刑部大堂，自己的这颗脑袋还能保得住吗？

四十四、三法司秋谳大典

河南镇平县盗抢案犯王树汶押解到京后，秋审处主事赵舒翘立即再次调阅了全部案卷，并对历次审结的卷宗逐一核对。看过镇平县初审案录，翻阅了李鹤年、梅启照的审案笔录，赵舒翘的胸中充塞着一股怨愤之气。初审与复审记录出入较大，案犯的口供与当事人失盗清单明显不符，参加盗抢的人数也有改动，对照供录，驴唇不对马嘴，错谬处甚多。赵舒翘仔细审阅了人证证言、案犯的供录及劫案的过程，又审讯了相关人证。对案件的细枝末节逐一推敲，抽丝剥茧，先行厘清了头绪，拟定了审案要点，准备三日后准时提交"秋谳大典"。

不料，法兰西船队在东南沿海恣意挑衅，用大炮轰击了福建马尾船厂，朝廷不得已对法宣战，举国上下为战事揪心，各个衙署人心惶惶，一切公务暂停办理。

这一耽搁就是一个多月。

待战事平息后，刑部各司照常署理公务。按照部署审理程序，初看时用红笔勾改，复看时用紫笔勾改，然后由秋审处坐办，律例馆提调，一一详加斟酌，墨书粘签，最后呈送刑部堂官核阅。限于秋审程序繁杂，赵舒翘只能循例执行。他先向刑部张大人建议择机举行会审大典，得到张大人首肯后，确定了"秋谳大典"日期，再发函至各法司科道，由其拟定参与大典的各司道官员。依照大清惯例，秋审系会集三法司、九卿、詹事、科道、军机、内阁等官员举行的"秋谳大典"，一般由刑部主持，秋审处具体承办。

因镇平县盗抢顶凶案在京城影响甚大，且积案日久，朝野瞩目。三法司会审那天，偌大的刑部大堂之内庄严肃穆，气氛森严，或胖、或瘦、或高、或矮的大人们，头顶各色顶戴和身着各色官服的官员们环坐在大堂周围，形成一个半月状座次，他们一个个面色凝重，目光如炬。红顶子、蓝顶子晃得人眼花缭乱，端坐在公案前的大人，个个都是受各个衙门委派参与秋谳大典的官员。

刑部提牢厅主事赵舒翘虽然品秩低微，但因身处刑部秋审处，又受张大人的委任，职责所在，位卑权重，系刑部具体主审官，也是此案的承办官员。

待各位大人均已入席就座，时辰已是巳时。见诸事齐备，赵舒翘起身施礼，宣告秋谳大典开始。秋谳大典议程按部就班，先由刑部书吏逐省按名录依次唱名，分述案子概略，然后由诸位官员对初拟的罪名进行议处，若无人提出异议，就先后在原拟的呈文公函上会签意见，此案便成铁定；若有异议时，或大家意见相左，则由众人分头公议。议处罪状后，依照大清律典，按律定罪；若久议不决，意见相左，就将案子先行放置，则由持异议之人自行向皇帝上奏，申明理由，或由刑部代为复奏，听候裁定。

此时，坐在刑部大堂之上的赵舒翘心里清楚，河南镇平县盗抢案将是众人议论的焦点，也是他着意关注的案件，他就是要借重秋审大典，公开审理河南镇平县盗抢案，从中公开案子的症结所在，揭示案底真相。果然，当值书吏刚刚唱到河南镇平县盗抢案案犯王树汶时，各部司官员们一个个伸长了脖颈，都要看看这个被言官们反复弹劾上奏的顶凶大盗究竟是何等模样！

只见赵舒翘站起身，抱拳施环礼致意，提高嗓门说道：诸位大人，镇平县盗抢案积案旷日，悬疑甚多，朝廷又几度委派督抚大人接手此案，终未有一个公正的结论，反倒难以平复舆情，故多次被御史大人们参劾。前些日，刑部奉军机处谕令，特将案犯及卷宗押解到京，蒙张大人嘱托，逢此"秋谳大典"之际，卑职受命与诸位大人们一起审理此案，还公众一个公理，方才不负皇恩。言毕，再次抱拳揖礼。

一言既出，在座的诸位官员开始交头接耳，议论纷纷，参审的三司官员一个个早已是气定神闲，今日终于身临其境审理本案，兴趣自然十分浓厚。

赵舒翘不愿打断众人的雅兴，待大堂之上平静下来后，他突然大声喊道：带案犯胡体安！皂隶们早在偏房内候着，喊声刚落，听到呼唤，立刻将王树汶押至大堂之内。

可在座的官员中有人听出了端倪，唱名时喊的是王树汶，可赵舒翘却喊出了胡体安的名字，许多人颇感意外，猜想其中必然有戏。大家既是旁观者，又是参与审案人，许多人兴致勃勃，充满好奇和期待。

王树汶被押解至大堂正中，浑身哆哆嗦嗦，抬眼就看到整个大堂内气氛森严，他顿时吓得两条腿不住地打战，一股冷气打脖颈窝儿往下出溜，直透到他的尾巴莛儿处。偌大的厅堂内，寂静无声，但见数十位身着各色官服的官员呈"U"形环坐，两旁肃立着手持器具的值守皂隶，威严肃穆。王树汶浑身战栗，觉得周身被人逼视着，好似一支支利剑直刺肌肤，浑身便有隐隐的烧灼感；又仿佛被人剥脱得赤条条一览无余，宛如屠宰铺里褪掉皮毛的生猪。此刻，他想起了当年镇平县马老爷过堂时，皂隶们可着嗓子喊堂威，把屋顶的尘土都震了下来，可仍然没有今天的这般架势和威严。此刻，他的脑海里一片空白，周身战栗不止，肌肉紧绷，精神异常紧张，有一种筋断骨裂的疼痛。无声的肃杀之气压得王树汶透不过气，只见他膝盖一软，当即跪在了大堂中间。

几十位官员瞪大眼睛，逼视着大堂前跪着的犯人，犯人那一脸的稚气让会审的官员们暗暗吃了一惊：这样一位白白净净，书生模样的年轻人，咋看也不像是一位翻墙入室、明火执仗的盗抢大盗！

赵舒翘用犀利的眼神盯住人犯，如炬的目光在犯人的周身扫视着，仿佛要把犯人的每个骨节都瞧个透彻。历经几位督抚大人督办的案子，案卷几经反复，案犯也由原来的胡体安改为王树汶，主犯逃之夭夭，另两名同案犯业已处决，并未入室抢劫的从犯却在押了五个年头，久拖不决。人命关天的大事儿，竟是这般儿戏，简直让人匪夷所思。

如今，犯人就跪在大堂上，褴褛的衣衫掩饰不住瘦弱的身子，虽经一路颠簸，可他那一脸的稚气未消，瘦削的脸庞上五官十分端正。赵舒翘细细端详了一番，案犯的两眼虽然有神但游离无光，人跪在大堂之上，宛如一只等待宰杀的羔羊。

按品秩官位，刑部主审应是张之万大人，但大人是当朝大学士、一品尚书，断无直接审理案子的先例，赵舒翘作为刑部秋审处官员，虽然品秩低，但因身处秋审处的位置，他也就理所当然地成为案子的主审官。赵舒翘当然也知道，周围环坐的各司署官员都是陪审，自己才是主角，他们虽然不主审案子，但他们有督查、咨询案情的职责，对于案子的最后定谳至关重要，决然不可轻视；况且他们都是受各部院委派的官员，奉委参加秋谳大典，虽无裁决权，却有质疑之责。

大堂之上，庄严肃穆，胥吏列班，掾吏供事，只等主审官的开审。赵舒翘端坐在桌前，昂然挺胸，久久地看着王树汶，却是一言也不发。两旁肃立的皂隶们笔直地站立着，一个个屏住呼吸，偌大的厅堂内寂静无声。

赵舒翘突然发问：案犯报上姓名？

王树汶战栗，哆哆嗦嗦地答道：王树汶。

年龄？声音低沉却洪亮。

俺属鼠哩！今年……今年过罢生日正十九岁，虚岁二十。

赵舒翘按审案程序先后问过籍贯、年龄，低头查看，在原审案卷中年龄一节多处改动。他翻过案卷，从卷宗上抬起头，问道：王树汶！我只问你，你与胡体安是什么关系？胡体安去邓州抢劫，你去了没有？

王树汶答道：回大人话，俺在胡大叔……不，在镇平县胡体安家客栈里当学徒。俺家是邓州人，他说要去邓州做生意，人生地不熟，让俺跟着他回老家一趟，就给他带个路！

做生意还要带路？他没给你说是去干什么？赵舒翘问。

他只说是去邓州做生意，不认路，让俺带个路。他是俺的叔，俺在他家当学徒，他说的话俺不能不听！

一行共有几人？

俺……俺总共十几个人。

带刀具没有？

王树汶迟疑了一下，说道：我只管带路，俺没带刀……不过，他们带的刀都是用布包裹着，我一路上并没有看见，我是后来才知道他们是带刀的。

除胡体安之外，那几个人你认识吗？

王树汶说：我只认识胡体安，其他那些人我不认识。一路上他们都不与我说话，也听不出他们的口音。

程鼓堆、王老幺你也不认识？

俺与他们两个只是面熟，却不认识！从镇平县到邓州的路上，胡体安不许相互之间叫名字，俺也就不知道他们的名字！

从镇平县到邓州，来去两三天，你不认识他们？

王树汶低声答道：后来，在大牢里我见到了他们，听说一个叫程鼓堆，一个叫王老幺，就是没见到胡体安。再后来，我听说，王老幺死在大牢里，程鼓堆在开封被砍了头……

赵舒翘翻看镇平县初审的案宗，供录中却只有胡体安一个人，便厉声问道：你在镇平县归案时，没有问你有几个同伙？

王树汶说：在镇平县，大老爷只问俺叫啥，俺说俺叫胡体安，他也没有打人……胡体安还交代俺，打死也不能说还有其他人。

与程鼓堆、王老幺一起过堂时，你记得他们二人的名字吗？

王树汶实话实说：在大堂上我们见了面，我才知道他俩的名字！

你可知道邓州被盗抢的那户人家的姓名吗？赵舒翘翻翻案录，又问道。

王树汶想了想，摇摇头：那天，胡体安让我在村外的漫散地等人，我就在路沟里看行李，俺也不知道他们几个要去干啥哩！

大理寺的一位詹事听了此言，突然插了一句：既然去抢劫人家，必然要先"踩盘子"，不然的话，怎么知道人家的家底？

王树汶愣了愣，又看了一眼问话的官员，带着哭腔说道：大人，那天夜里，我就在漫散地的路沟里蹲着，只管看护胡体安他们几个人的衣物，我并不知道他们是去抢人家的财物，也不知道他们去了谁家，更不知道被盗抢的人家姓啥名谁！要是知道他们去掂刀抢人家，打死我也不去！

赵舒翘点点头，知道这是王树汶是在不知情下参与了盗抢，环视一下，款款说道：主犯胡体安事先既没有逼迫王树汶，但也没有暗示。很显然，当事人王树汶是在被蒙骗下参与了盗抢始末，而且还只是看护衣物，并没有持刀去现场参与抢劫。不是胁从而是盲从，连把风也说不上。

众人频频点头，表示认同赵舒翘的推理和判断。

你是怎么被逮进大牢的？而且还冒名胡体安，居然骗过了县衙、府衙和臬司的审讯！赵舒翘再次厉声问道。

王树汶跪在地上有些累，看看在座的众多官员，慢慢伸直了身子，挺挺脖颈，说道：那天，胡体安找到我，哄着我说，让俺替他顶替一下他的名字坐两天大牢。开始俺死活不愿意，他就吓唬我。当初俺去他客栈当学徒，是人托人，脸托脸，他才答应收下俺的！我不答应顶替他，他就会翻脸！

怎么翻脸？

王树汶答：就是叫俺滚蛋走人！

赵舒翘厉声喝道：替人坐大牢能看面子吗？

俺不是怕他吗？在镇平县四街，没人不怕胡体安的！

赵舒翘不动声色，威严地说道：你既然顶替他坐大牢，他是怎么安排你说假口供，又给了你什么好处？

王树汶突然间就泪水横流起来，哽咽着说：都是衙门里的刘学太教的，开始他哄俺，他叫俺公堂上绝不能改口，改口就要挨打。起初我不愿意，他就吓唬我，还给了我二两银子。后来，俺没法子，就糊里糊涂点头答应了他。第二天，我正在客栈里和面，县衙的人就把我逮进了大牢。

查看一审供录，在王树汶的床下搜出了二两银子，还有一些赃物。赵舒翘喝问道：那二两银子是胡体安给的！啥时候给你的？

王树汶肯定地说：镇平县没抓俺前给的！

赵舒翘追问一句：不是从邓州回来后给的？

王树汶认真想了想，嘟囔着说：从邓州回来，他啥也没给我！他后来给我银子，是让我替他坐牢哩！

赵舒翘心中明白，又问道：审案时没人打你？

开始我说走了嘴，说我叫王树汶，他们就用棍子打我。我说我叫胡体安，他们就不打我，还给我好吃的！以后，只要我改改口，就要挨板子。以后我就不再改了。开始我一直以为是胡大叔的面子，好吃好喝供着俺，直到把俺拉到开封刑场砍头，我才明白过来是胡体安骗了俺！

我且问你，你在大牢里已经蹲了几年，大堂上就没挨过板子？赵舒翘厉声质问了一句。

王树汶一听此言，顿时泪水盈面，环视一下两厢肃立的吏皂们，身子战栗了一下，把头低了下来：咋没挨过打！几年前，把俺拉到开封刑场砍头时，我临刑喊冤，才死里逃生！在巡抚衙门里，麟大人让人用铜烟锅烧红了，烙俺的脊背，俺还挨了臬司大人的几十板子！打得俺一个月爬不起来……

都察院的一位官员扬起手，示意值守的皂隶：验看一下他背部有无疤痕！

皂隶走上前去，扯开王树汶的衣服，只见其背部密密麻麻布满圆形疤痕，显系烧烙的旧痕。那位官员微微摇头，叹了一声：这样的酷刑，还不把人烧成烤猪！

赵舒翘用犀利的目光逼视着王树汶，语带讥讽地说道：亏你命大，坐了几年大牢，只挨过一次刑杖！直到该砍你头了，你才说出了自己的真实姓名！

王树汶耷拉下眼皮，抽抽搭搭地说：俺……俺在刑场上就喊出了俺不是胡体安，俺叫王树汶！

这一句话，让参与审案的诸位官员颇感意外，纷纷交头接耳，大家都看着大堂上跪着的顶凶案犯，这个羸弱的犯人咋看也不像一个抢劫大盗！

赵舒翘略顿一顿，翻阅了一下卷宗，又问道：你爹叫什么名字？共有兄弟几人？

这些话，王树汶已经被问过了无数次，自己家的事，他是最熟悉不过，可现在大人问话，仍然要回答。王树汶嘴里嘟哝着，背书一般说道：俺爹叫王季福，俺爹就我一个儿子，俺有个妹妹叫王树娟，今年十……六岁啦！

赵舒翘翻开王季福的供录，浏览了一眼，对值守的皂隶吩咐道：扒掉他的上衣！验看人犯身上还有什么印记！两位皂隶走上前去，迅疾扒掉了王树汶的上衣，又分别将卷起他的两只袖子，仔细验看了一番。一位皂隶验看后，说道：案犯的右臂臂弯处有烫伤伤疤，径长二寸许，为陈年旧疤！赵舒翘对照一下卷宗，核实无误后，让王树汶穿上了上衣。

赵舒翘颔首示意，继续吩咐道：验看一下臀部印记！

值守的两位皂隶走上前去，脱掉了王树汶的裤子。王树汶也很配合，并没有扭捏或拒绝。王树汶已是成年人，因没有内裤，男人的物件儿赫然显现。验看的皂隶验毕，禀报说：案犯的左侧臀部，有拳头大小红记一处，颜色暗红，系胎生痣斑。

赵舒翘查看了王季福的人证证词，除了方位有误之外，胎记的大小、形状、色泽均准确无误。但是，在原复审卷宗中，此处注明了人证质对时的犹豫不定，有反复多次确认的记录。

勘验已毕，赵舒翘问道：胡体安可曾分给你什么赃物？

王树汶犹犹豫豫：赃物……没有什么赃物啊！

你再想想，你从邓州回来后，胡体安是不是给过你一件衣服！赵舒翘在梅启照审结的供录中，有赃物棉袄一件，这是将其定罪为从犯的证据。

王树汶略想一想，说：从邓州回来后，胡体安没给过俺啥东西啊！后来，我被送到开封大牢里，他托人给我送过一件棉袄。不过……那都是我从刑场死里逃生后，他托狱卒大叔送给我的！

赵舒翘沉下脸：你可记得清楚？

王树汶说：记得清楚！送棉袄时，还送了两只烧鸡……

赵舒翘翻看了原供录，这件棉袄在案卷中被认定是赃物，显然时间节点不符。他抬起头，一字一句地问道：王树汶，你报出你的属相、生辰时间！

王树汶随口答道：俺属鼠的，腊月二十五时生。

赵舒翘掐指一算，王树汶生于同治三年，甲子年，案发时尚不足十五岁。低头吩咐一声随从在侧的书办：急速发函邓州西乡，务必查实大汪营王树汶的生辰时间！

赵舒翘厉声问道：王树汶你的生辰八字不会再有假吧！

几年来，县、府、臬司衙门从来没人问过他的生辰八字，今天在刑部大堂之上被问及，他也颇感意外，既张惶又疑惑，便带着哭腔说道：大人啊，娘生爹养，咋会记错哩！

审讯在进行，时间悄然已到午时时分。

在场的官员经过审案的全过程，大家听得真切，看得明白，纷纷颔首认同审案结果，并无一人提出异议。大家交头接耳，议论纷纷，真真切切地确认了大堂上站立的案犯是王树汶而不是盗抢大盗胡体安！对整个审案过程、问案细节并无提出质疑。

待众位官员议论平息后，赵舒翘换了一种口气，再次盯着王树汶说：我只问你，当初你顶替胡体安的名字入狱，他答应给你什么报酬？

王树汶一听，两眼泪水再次夺眶而出，带着哭腔说道：大人啊，俺在胡体安的饭店里当学徒，他说让俺顶他的名字住几天大牢，给了俺二两碎银子，俺也没花掉，被镇平县捕班的人搜去了。胡体安还承许俺，等俺从大牢里出来后，就给俺娶个媳妇，给俺银两开一个饭店，俺不敢不从啊！俺要不从，他就不让俺在他的饭店里学厨子。

可怜之人自有可憎之处，为了一个空头承诺，就可以罔顾自己的身家性命。

赵舒翘翻开证人供词，在人证对质中，有邓州知州朱光第在王季福家中起获银两的记录。赵主事问道：胡体安为堵你爹的口，给没给他封口银子？

王树汶一脸茫然：那我可不知道……哦，我听胡体安说过，他给了我爹五两银子！

案录记得清清楚楚，王树汶并无虚妄之言。赵舒翘又问：王树汶，我且问你，你顶替了胡体安坐牢，他可答应保你平安？

王树汶膝盖早跪酸了，挪动了一下身子，挺直了，凄凄切切地说：胡体安在镇平县有钱有势，四条街都有他的生意铺面。他哄俺说，俺住几天大牢，他就能把俺救出来。俺等出来了，他就给俺娶媳妇，置办一个饭店做生意……可俺进了大牢，五年了俺还在大牢里关着哩。

赵舒翘逼问一句：你进了镇平县大牢，后来又被解到开封大牢，整天有吃有喝，所以每逢大堂审案，你就一直叫胡体安？

王树汶嗫嚅着，吸了吸鼻子，说道：他交代俺，以后就叫胡体安，鞭子抽、板子打也不能改口，改了口就没命啦！还有捕快班头刘学太为俺打保票，只要俺说是胡体安，大牢里就没人敢打俺。以后，俺就咬死了叫胡体安，一直不敢改口……

赵舒翘看了案卷后，抬起头问道：原审口供中，你招供说自己参与了抢劫，后来又逃走，是怎么回事儿？

王树汶的声音明显地低了下去，说道：都是胡体安、刘学太事先交代我的。还有县衙的毛师爷，他嘱咐我怎么说，我就怎么说，照他说的不挨打。每次大人问案，俺都一字不改照他交待的去说，俺就没挨过一板子。俺要是挨了板子，立马就照实说！

赵舒翘点点头，不再追问，停了一会儿，又问：你若不依从胡体安，不替他去坐牢，他会怎么样你？

王树汶微微抬起头，说道：那可不中！俺在他家当学徒，是亲戚托亲戚他才肯答应收下俺，俺要不答应他，他就把俺开销走！

赵舒翘皱起眉头，厉声说道：你离开了他家就不能活了？难道非要赖在他家不成？

王树汶犹豫了一下，低声说道：大人你是不知道，那胡体安在镇平县是一霸，又在县衙里当差，家里的生意多得很，强买强卖，生意做得霸道。他在县衙里是捕快，人熟得很，黑白两道通吃，是镇平县谁也不敢惹的主儿，哪个不顺他的心意，他就整治谁，俺一个小毛孩子家，咋敢得罪他哩！

赵舒翘不想在大堂之上扯闲篇，打断了王树汶的话：镇平县审案时，打你了没有？

　　王树汶答道：俺照胡体安交代俺的话一字不差地说，县太爷一下也没打俺。俺不敢改口，要是改口就必定挨打！有一回俺说漏了嘴，就挨了两棍子！以后俺再也不敢说真话，说真话就挨打！

　　说真话挨打，看来确实镇住了王树汶这个孩子。刚入狱时，他年纪不足十五岁，还是一个稚气未退的孩子。县衙内又有人帮凶，难怪他不敢说实话。停了停，赵舒翘又问：在以后的复审中，你都是这样说的？难道就没想到要说实话？说你叫王树汶，不叫胡体安！

　　王树汶垂下眼皮，低声说道：县里、府里过堂审俺，俺可都不敢改口！每审俺一次，大老爷都是问的一样的话，审俺的大老爷的官越审越大，俺再也不敢改口了；改了口，俺怕挨打！

　　审案不去对案情寻根究底，就是昏官庸官。作为审案官员，只会循例在公文案卷上断案，怎会探究出案子的曲折回环之处！难怪历经多位官员的复审，终究审不出此案的端底。赵舒翘心中有所怨愤，但此刻他正在大堂审案，万不可溢于言表，更不能如在自家的书房之内可以心驰神往。眼下是秋审大典，他只能心无旁骛，一心审理案子，方能理出一个清晰的路子，从而得出自己正确的判断。顺着王树汶的话意，赵舒翘又问道：既然你怕挨打，那你为何敢在行刑的那天，却又拼命喊冤！

　　王树汶的泪水奔涌而出，说道：大人啊，俺是怕死啊！死到临头了，俺再不说实话，俺再不喊，俺的人头就落地了！

　　你当初顶替胡体安坐大牢，就没有想到会被砍头？

　　王树汶抬起头，环视一下端坐的众多官员，带着哭腔说：当初胡体安答应俺没有死罪，俺就糊里糊涂才照着他交代的话去说。那天在开封眼要砍俺的头了，俺再不喊就没命了。俺就是死了，也是替体胡体安去死的，没有人知道俺是谁！俺一死，胡体安才不会管俺老爹老娘的死活哩！俺那时候才知道，原来他是哄俺哩，哄着俺让俺替他去死！俺的头被砍掉了，他才高兴哩！

　　赵舒翘问道：你从刑场逃了一命，除了在巡抚衙门审过一堂，可曾有官员审问过堂？

王树汶想了想，摇摇头说道：那次审过堂后，还有一些大人审过俺，都是问俺咋去邓州抢劫，说俺是胡体安，还说俺是从犯。

你怎么回答？

俺说俺叫王树汶，俺跟着胡体安去了邓州，可俺没掂刀入户去抢劫！

赵舒翘看看王树汶，用手指点点公案桌面，说道：你可知道，这里是什么地方？

王树汶巡视一下大堂，又用眼看看四周肃立的皂隶，低声说了一句：这里是京城，是刑部大堂！

赵舒翘突然站起身，厉声喝问一声：小子，今天你说的又有几句是假话？几句是真话！

王树汶本来是跪着的，一听此言，立刻吓得瘫软在地，有气无力地说：大人，小的不想死，小的还想活命！自打从开封刑场上俺逃脱了性命，俺说的句句可都是实话，再也不敢有半句假话哄骗大人，若有半句假话，您把我千刀万剐，俺都不叫屈！

赵舒翘微微冷笑一声，紧紧追问一句：你既然不想死，那你为何还要投黄河寻死？把你押解到京城，你就不想进京后在刑部大堂洗清自己的冤屈？

王树汶听了，半晌无语，渐渐地，他就抽抽搭搭地哭出了声响，哽咽着说道：大人啊，俺就是一个草民百姓，也没见过大世面，从县里审到府里，又从府里审到臬司，一级比一级衙门大，越审俺的案子越糊涂。俺想啊，到了京城，说不定俺挨了打，还要被砍头。俺生在河南，死在开封离家近；俺要是死在了北京，暴尸街头，无人收尸，狼拉狗啃无人过问，俺还不如一头栽在黄河里死了，死了总算离家近一些，俺还落一个囫囵尸首！总比死在京城里强一百倍！

这番话说得很凄凉，让人唏嘘不已，又让人发笑，惹得在座的诸多官员们议论纷纷。大厅内，众位参审官员交头接耳，述说着自己的见解。赵舒翘待大堂内静了下来，用低沉但很威严的声调说道：王树汶，我问你，你现在还想死吗？

王树汶愣了一愣，沉默无语了片刻，一脸的苦相，低着头，涕泪交流地说：大人若能洗清俺的冤屈，俺死了也是个清白鬼！如不能洗清俺的冤屈，俺活着还不如死了的好！

这话听了让人凄然。赵舒翘冷笑一声，揶揄道：这会儿，你怎么又不怕死了？

王树汶听了，抽抽搭搭说道：自古以来，衙门门前，屈死鬼多了去了，数都数不过来。世上多俺一个人，俺也翻不了天，成不了啥大气候！阴间里少俺一个，阎王爷还会有别人去侍候！俺现在身在京城，离皇上最近，俺要死在京城，就是皇城根下的冤死鬼啊……说罢，王树汶一边大哭，一边不住地磕头，脑袋捣在地板上咚咚作响。

这一番话说得入情入理，让在座的人听了既感慨，又让人心生怜悯。而身为刑部主事的赵舒翘却气不得，也恼不得，他知道这小子也是一个脑子活络的人，经见的场面多了，也就练就了伶牙俐齿。限于场合和身份，赵舒翘不便纠缠一些细微末节，大堂之上更无法与他计较。案子审到此处，已无玄虚之处，真相已经昭然于世。但是，主犯不能到案，从犯并无罪过，结案就需时日。翻阅卷宗，河南呈送的案犯名字，已由原案案犯胡体安悄然改为王树汶，主犯在逃，协从犯却拟定"斩立决"，这岂不是天大的玩笑！身为秋审处主官，此刻决不能流露出丝毫的行色，更不能意气用事，他要抽丝剥茧，一层一层地揭开隐藏在案子背后的玄机。

待众人静了下来，赵舒翘又问：王树汶，我且问你，你以前可曾与胡体安认识？

王树汶答道：不认识！我在他家客栈里当学徒时才认识他，总共与他见了三四次面。那天，他说要到镇平县做生意，让我给他到邓州带路。当时，俺还觉得是他看起俺，俺既能回老家一趟，又能为东家帮忙，是很有面子的事情。后来，他让我顶他的罪，我不得不顶……现在，就是扒了他的皮，我也认识他！

赵舒翘心里想，你这小子，认得胡体安本人的相貌，却认识不得他的狼子心。他用手指敲击着桌面，说道：你说说他长得什么样？是个什么样的人？都做什么营生！

王树汶想也不想，立即回答道：胡体安是个大胖子，圆脸，络腮胡子大嘴巴，长牙厚嘴唇，辫子喜欢缠在头顶上。他是镇平县一霸，镇平县城里没人敢惹他！他家里开有油坊、棉布行、客栈饭店，镇平县城的人都知道他胡体安！

赵舒翘示意一旁录案的书吏，让他记下这些细节，以备日后派用。录案的书吏领会他的意思，详细地记下了王树汶说过的每一句话。

此刻，参与审案的官员们开始交头接耳，议论纷纷，许多人对河南三任封疆大吏及按察司审案结果颇多微词。

案子审到此处，已是十分明了，但有三法司、九卿、詹事、科道等官员在场，赵舒翘知道，有些话必须让大家心中明了，形成定论，才便于刑部复审裁决。

这一次审案，王树汶仍旧没有挨板子，这让他心里颇犯疑惑，仿佛做着一个天大的梦。

赵舒翘见时辰已近正午，不宜再耽搁时间，他觉得案犯在场，不宜过多品评，就挥挥手：把顶凶人带下去！王树汶听到了议论，心有不甘，挣扎着喊道：大人啊，俺可是冤枉啊！

皂隶们不容他多喊，架起王树汶就往外走，其他值守的皂隶们也纷纷撤场。

赵舒翘待案犯押下后，站起身，抱拳环揖，朗声说道：诸位大人，此案本无曲折，最初由镇平县错抓，拿一个豆蔻少年顶凶，居然蒙骗了县、府、省三级官府，实在是荒唐至极！如今主犯在逃，顶凶犯在押。此案先后承审的诸位大人顾及诸多关节，错上加错，草草结案，以维持原谳为宗旨，纯系弄权蔑法，草菅人命！

赵舒翘的话语有些激愤，众位参与审案官员的情绪也被调动起来，众位官员纷纷交头接耳，义愤难平。一时间，大堂之上谴责、讽刺之声不绝于耳。

赵舒翘颔首环视一周，抱拳环揖，厉声说道：诸位大人，你们都已经看到今天审案的始末，由此可以得出三个结论：此人非盗抢犯胡体安，而是其客栈厨子学徒王树汶，经与在押案犯的父亲王季福的证词比对，确凿无疑，此其一；王树汶虽参与盗抢一事，系被人愚弄，糊里糊涂跟随其中，属年幼被骗，实属胁从，并非从犯一说，此其二；此案发生于光绪五年十月二十，而王树汶生于同治三年，当时尚不满十五岁，按大清律典，十五岁尚属未成年，不应施以刑典，此其三。由此三项，诸位大人还有何异议，请当堂咨问！

公堂各部院官员议论纷纷，不断品评案情，一时间偌大的公堂内热闹非凡。待逐渐静了下来，赵舒翘再次提高声调，说道：诸位大人有目共睹，此案主从颠倒，移花接木，实乃我大清朝的又一奇案、冤案！待秋审处派员查证其他事实，细细推研之后，先行部议，然后不日将此案呈送军机处议处！

众位官员颔首称赞，就此纷纷离席。许多人起身离座时，犹自为在押案犯王树汶鸣冤叫屈。

散堂后，赵舒翘对整理供录书吏吩咐道：先将人犯羁押在死囚大牢，且将脚镣、木枷卸去！

"秋谳大典"后，赵舒翘又分别对来京候审的其他人证分别进行查证落实，并向张大人禀报案子审理过程，经张大人允准，决定由刑部委派得力干员，赴河南查取四证：一是王树汶年齿生辰；二是盗抢案中王树汶所得赃物——棉袄系何人所有；三是暗访镇平县胡体安之行迹；四再次查实印证王季福对儿子身体斑痕的供录。

一个月后，刑部委派干员回京复命，一切均与大典之日的供录吻合，并无出入。并已查实，镇平县捕头刘学太业已在狱中死亡，胡体安尚在追捕之中。

嗣后，赵舒翘又分别质对了被盗事主张肯堂，对其被盗财物一一核对，发现与镇平县的供录多有出入。而后，他又讯鞫了王季福，就其指证分别对王树汶身上的疤痕进行再次勘验，均准确无误。在已决死囚程鼓堆的供录中，发现有篡改的痕迹，经与王树汶核准，多为捏造之词。王树汶的那件棉袄，系其在开封被关押期间由狱卒递送的御寒物品，张肯堂所报失物中并无此物，显系栽赃诬陷。

刑部的取证勘验有序进行，笼罩在案子上的重重迷雾渐次散去，渐渐显露出案件的本色。

有了确切的证据，刑部与三司衙门参与审理的官员多次会商，大家对审案结果并无异议，便一起在审理具状上签署名讳，研鞫定谳，详文结案。

四十五、官员的顶戴跌落尘埃

　　赵舒翘认真梳理此次审案情况，关起门来静静地思索一番。渐渐地，他对潘祖荫大人有了更深的理解和感触，虽然潘大人最初对此案百般阻挠，多方掣肘，完全是出于官场人的无奈。潘大人身为刑部尚书，新近晋身军机，身居要津，自然顾忌多多。刑部首官有生杀予夺的至高无上权柄，一招不慎，便可铸成大错，他虽不想为此案捞取个人的名声，但他更不想开罪几位河南的督抚大员，何况还有恭亲王奕䜣的说项。案子初发时，涂宗瀛身为巡抚，不便过多染指刑幕，且后来又调任湖南，与此案便少了干系；刑场止刑后，言官弹劾声鹊起，李鹤年奉委署理此案，可他身兼巡抚及河道总督，无暇对案子深究穷追，又顾及参与审案的下属，蒙混搪塞，捏词强辩，回护属员；而梅启照作为河道总督，不愿插手地方刑名事务，更不愿悖逆李鹤年的意愿，一意敷衍朝廷，草率结案，实属昏聩惰政。

　　赵舒翘作为本案的刑部主审官员，那就是大清刑典的最后一道屏障，他必须慎之又慎。他认真对照原案供录，比照新近口供及查实的人证物证，镇平县盗抢案基本明了：案犯胡体安名为在籍捕快，实为盗抢大盗。胡体安诱逼他人一起到邓州实施盗抢，案发后，又哄骗厨子学徒王树汶顶凶坐牢，再买通县衙胥吏，蒙骗县台。知县马翥在未曾详加研鞫的情势下，草草结案，呈文上报；府衙、河南臬司亦未详查深究，即向刑部呈文拟定"斩监候"，刑部依例判"斩立决"。幸亏顶凶案犯王树汶临刑觉悟，拼命呼冤，大难不死，才有涂宗瀛督责臬司麟椿复审之举；朝廷先后委任河南巡抚李鹤年、梅启照两任封疆大吏受理此案，出于官场陋习，接案官员执意对前任多加回护，基于对承办官员的遮拦庇护，二人均消极审案，罔顾事实，草率结案，比葫芦画瓢依照原案审理结果结案。更为恶劣的是，主审官员捏造主从关系，致使一件并不复杂的盗抢案多次反复，导致该案久拖不决！

　　有了这样一个完整的审案结论，赵舒翘长长地舒了一口气，他终于为一件惊天冤案拨开了云雾，使之昭然于天下。

　　这是一个奇巧的机缘，万幸的是，接篆刑部尚书一职的是名满朝野的东阁大学士、兵部尚书张之万大人，他是道光状元，名声之大，足以镇服百官。同治十年，张之万曾因年逾六十，奏请回河北原籍养亲，在家乡休养了整整十年。去年，他刚刚奉诏进京，授兵部尚书之职，今岁又改授刑部尚书。官职对于一位年逾古稀、尚在官场奔走的老人来说，已经没有太多的挂碍和忌惮。同时，张之万家世显赫，其弟张之洞乃同治二年探花，正值盛年，现任两江总督，亦是封疆大吏，系朝廷的肱股之臣。有了这些官场的人脉，张之万大人才没有那么多的顾忌，他才敢于让自己的部属放手一搏！也是天假其时，命运和机缘，也给了赵舒翘一个放开手脚复审案子的良机，给了他排除干扰、秉公断案的豪迈和胆略！

赵舒翘心里清楚，此案结案后，朝廷必将严厉惩处失职官员，国家的法典重于泰山，维护大清的律典是刑部的职责，他一个小小的刑部提审厅主事，无论如何也无法主宰朝廷的决断！

刑部的职责是惩恶扬善，匡扶正义，一旦为镇平县盗抢顶凶案翻案，一座坚不可摧的城堡必将呼喇喇坍塌，朝廷追责，势必要关碍到河南的诸位官员大吏。但身为刑部秋审处官员，守护社稷法典应高于守护自己的生命，遑论个人得失！

诸事完毕后，赵舒翘先行向张之万大人呈秉案由，在得到张大人的首肯后，他立即呈请部议，并拟写了对相关涉案人员的处置详文：

在押案犯王树汶，系受蒙骗盲从参与盗抢大案，后被诱顶凶，故有临刑呼冤，陷狱五载之灾。案发时，该人尚属豆蔻少年，按大清律典，不足以刑罚。此人罪罚相抵，杖责三十，免罪释放，由刑部发放川资自行返籍。

着镇平县速速缉拿胡体安到案，克日审结。

原镇平县缉捕、审案之一体人等，捏词弄法，蒙混奏结，罪不容赦，均发配新疆伊犁州边远之地效力赎罪。

部议迅即审议，而后公文送达河南臬司及镇平县。

公文到了镇平县衙，因马翥已先行革职，新任知县鲁从文依例照行。毛一统、张绍祖二人慌作一团，全然没了主意，后悔当初不该放纵胡体安远遁他乡。

此时，新任镇平县知县鲁从文，得到刑部缉拿盗抢犯胡体安的公文，即刻撒开缉捕大网，三班捕快立即追捕胡体安。可胡体安兔子一般狡猾，他早已改姓更名，易姓古名本宁，窜到湖北襄阳境内，乔扮成一个农夫，隐居在乡间耕作稻田。镇平县的捕快们打探出胡体安人在襄阳，派人越境缉拿时，这个镇平县城里的混混却手眼通天，早有人为之通风报信，他便连夜逃到四川绵阳。半年后，镇平县捕快到绵阳逮人，早成惊弓之鸟的胡体安因不堪颠沛流离的生活，大病缠身，卧倒在床。这个肥胖臃肿、凶悍阴险的汉子，一下子瘦成皮包骨头没了人形。职责在身的镇平县捕快们，见了胡体安如获珍宝，当即把一息尚存的胡体安捆巴捆巴拉回了镇平县，像拖一只死狗一般把他扔进了大牢里。

革职后的马翥自认系受奸人挑唆，无意间却造成冤狱，枉读了十数年的圣贤书，心中充满懊悔。他听说胡体安被缉捕归案，便执意到狱中一探究竟，见到了重病在身的胡体安，觉得十分面熟，便恶狠狠地走上前去，一拳打在胡体安的脸颊上：原来你小子就是胡体安！可把我害苦了！

胡体安咧咧嘴，翻翻眼皮，好似一条濒死的狗。

不上半月，胡体安便在镇平县的牢狱中伸腿归西了。

刑部赵舒翘心里十分清楚，作为资望尚浅的秋审处官员，自己的仕途也必将充满凶险和波折，诡谲多变的仕途或许会因此而潮起潮落！想到此处，赵舒翘不寒而栗！

可事到如今，开弓没有回头箭，把别人的性命当作儿戏者，必将付出血的代价，也必将受到律典和道义的惩罚！三日后，赵舒翘将结案文书呈送张大人审阅。张大人细细看过，抬起头，问道：赵主事啊，去年，我刚从老家回京，就听到了朝野之间对此案颇多议论。涉案人犯到京不过三个月，便得以审清，实属当今奇闻！

赵舒翘长长地舒了口气，平静地说道：大人，此案并不复杂，全然是官场习弊所致，为官之人视百姓性命如草芥，置国家律典为儿戏，岂不是大清朝的悲哀所在？

张之万慢慢地颔首，幽幽地说道：大清立国二百余载，治民易，治吏难，官场积弊不除，终将误国！我将据实呈报军机处，涉案官员的处分，将面呈太后，以圣裁为准！

赵舒翘在张子万大人面前不便更多插言，顿一顿，意味深长地说道：大人哪，刑部救下了王树汶这个乡下小百姓的一颗人头，河南一省不知会有多少个官员头上的顶子将要落地了！

张之万点点头，捻着银白的胡须，缓缓地说道：人头总比顶子贵重！

三日后，军机处拟写了结案公文，呈报廷议。这几日，太后老佛爷心里正不爽：北边老毛子在折腾，又是割地，又是订条约，把大清国当作一块肥肉；南边的法兰西也蹬鼻子上脸，朝廷派军队与这些黄毛大鼻子刀兵相见，却是胜负参半，徒然耗费了不少军饷。更可气的是，地方官尸位素餐，枉法弄权，着实让老佛爷心里憋气。

老佛爷听了案情，皱着眉头，半晌无语，末了，冷冷地说了一句话：南边有事儿，北边儿也有事儿，中间的河南也有事儿！河南的官儿，个个都想保自己的顶子，那就先摘了他的顶戴吧！

有了太后的饬令，由吏部呈文，军机处会商议处，发文河南，并详文昭告天下：

河南巡抚李鹤年、河道总督梅启照、原按察使麟椿辜恩负职，捏饰各节，虚妄擅权，着即革职，各降三级候用；梅启照追索诰封，褫职归乡；涂宗瀛督抚不力，潘祖荫身为刑部堂官，均难辞其咎，各罚薪六个月，以示惩戒；陈汝许道道员任恺捏词具禀，遮拦回护，一味弥缝，实属可憎，即行革职处分；参与复审之知府王兆兰、候补知府马永修、河南按察司发审局苏正通，希图懵昏，不识妄谬，昏聩至极，着即革职查办，永不叙用；按察司刑幕张和哲通同捏词，枉法使奸，发配云贵充军；原镇平县知县马翥，昏庸断狱，率行定案，革职查办，着即发配伊犁效力。

邓州知州朱光第勤勉职守，厘错纠偏，拟升任开封府同知；祥符县知县陆惺独具胆识，不敷谬误，刑场救命，堪任大任，即刻补授实缺，任通州州判一职。

河南按察使司、府、县之涉案官员属吏，不分品秩，一体革职，皆予以惩处。

河南通省上下，有数十名大小官员受到惩处，一时间，中原大地蓝袍、紫袍及顶戴花翎跌落一地。朝廷借镇平县盗抢顶凶一案惩戒官吏怠政弄法，敷衍塞责，故有此严厉惩处。由此，民间流传一句俗语：河南的官员——没顶戴！

自此，河南镇平县盗抢顶凶案得以彻底大白于天下，豫籍在京官员无不额手称庆。更有言官上书朝廷，一致向吏部举荐经办此案的官员理应加职进衔，刑部主事赵舒翘首当其功。

不久，提审厅主事赵舒翘升任员外郎。

河南按察司接到公文后，当即将首席师爷张和哲发配至云贵烟瘴之地充作苦役。

四十六、囚笼里放飞的小鸟

被监押五年之久的王树汶，脱下了穿了五年之久的囚服，终于走出了阴森可怖的刑部监牢。

此刻，他仿佛一只刚刚钻出笼子的小鸟，正惊怵地打量着周围的大千世界，打量着京城大街上车来车往的皇亲贵胄，打量着京城住着皇帝佬儿的红色高墙和琉璃黄瓦，打量着人流如织、摩肩接踵衣着光鲜的男男女女。五年的牢狱之灾，使他对周围的人流有一种陌生感，他的心里久久萦绕着一种莫名的恐惧，时时有一种被人追杀的急迫和焦虑。五年的光阴，恍如隔世。刚入镇平县大牢时，他不满十五岁，如今，他已是二十岁的汉子。走出了高墙耸立、戒备森严的刑部大牢，他抬起头，看看天，天空灰蒙蒙地，老日头被云彩遮住了；低头看看地面，地上黄腾腾的，车碾人踩的街道上，尽是不规则的车辙印痕，车马碾压过处，腾起的灰尘久久地弥散着，尘埃弥漫的天空，灰蒙蒙地看不到一丝儿的清亮。

走在京城的繁华大街上，可以看到这些皇城根儿下的老百姓一个个悠闲自得，男人的后脑勺都甩着一根大辫子，为数不多的女人都裹缠着三寸金莲，扭扭捏捏走着细碎的步子，倒也点缀了天子脚下的一道风景。

在一条小巷尽头，有几个脑后留辫子的男童在耍"老鹰叼小鸡"游戏。

十几个孩子排成长龙，依次扯着前边孩子的后衣襟，一个顽童伺机抓捕队伍里的孩子。顽童们机警地躲避着，嘴里却齐声吟唱着小曲儿，侧耳细听，便听清楚了稚嫩的童音：

人间事，真荒唐，偷油的耗子爬上梁。昨日正慷慨，今日成囚盲。有钱娶小妾，忘却亲爹娘；为儿女，枷锁扛，夫妻异梦眠同床。孔方兄，塞满箱，出门布衣穿街巷。人前装模样，人后数钱忙；到头来，原是南柯梦一场……

王树汶听了，童年的记忆宛然再现，惨然一笑，不觉心生无限感慨，鼻子一酸，留下两行热泪。

此刻，他有一种小鸟被放飞的感觉，他手里有了刑部发放的川资，也就顾不上观赏京城的风景，便不舍昼夜急急忙忙地往老家河南赶路。近两千里的路程，王树汶走了将近一个月。那天，他赶到了邓州境内，可他没有回邓州老家，而是调转方向，直奔镇平县去找胡体安。他不知道胡体安是死是活，他要找他讨个说法，无论是在胡家大院，还是在镇平县的大牢里，他要向胡体安索讨几年来自己在大牢里所受苦难的补偿！他要生扯死拽下胡体安身上的一块肉，方才解自己的心头之恨！

可是，王树汶却永远见不到胡体安了！胡体安已在一个多月前就得了急症，病死在镇平县的大牢里。胡体安死后，肚子胀得像一头牛，五脏六腑都坏了，嘴角处往外流血水，绿头苍蝇趴满一身，臭气熏天。具结了牢房的公文后，胡体安的两个儿子捂住鼻子把他拖回了家，草草地掩埋了……

王树汶四处打听，他终于得到了胡体安死亡的准确讯息，为此他很懊恼。没见到胡体安的面，这让王树汶很失落。胡体安是一个恶魔，阎王爷该让他再多活几天，一定要他偿还欠下的血债！此刻，王树汶希望胡体安晚一些时日再死，晚死几天王树汶就能够见到他，他就会扑上去，撕他，咬他，把他的祖宗八代骂个狗血淋头！

可胡体安死了，王树汶的一切憎恨、一切愤懑，都将付诸东流，成为无法化解的心结。王树汶自己默默地承受着心中的愤懑、憎恨和委屈，蕴藏在心中的那些冤屈和仇恨，只有他自己一个人无声地承受，默默地化解。

站在镇平县的县衙前，王树汶看着这个既熟悉又陌生的衙门，心中充满了怨恨和恐惧。衙门前依然人来人往，依然有行色匆匆的人走进走出，依然有人为各类官司而奔走。王树汶不知道，如今的镇平县县衙主官已经易人，原知县马翥业已打点行李赴了苦役，毛一统、张绍祖等人皆已治罪服刑，发配边远地服苦役去了。

后来，王树汶打听了半天，经人指点，终于在镇平县西关找到了胡姓坟茔，又确认了胡体安的坟丘。这个坟墓是新坟，堆起的坟堆是新土，坟堆里掩埋着胡体安的那具腐朽发臭的尸骨！

这是一个月光暗淡的晚上，无风，无雨，也无声响。王树汶一个人来到胡体安的坟前。

胡体安的坟头上长满了青草，坟前零星散落着糊了纸的哀杖棍儿。那个满脸横肉、一身霸道，曾经在镇平县城呼风唤雨的胡体安，终于被黄土掩埋在这荒郊野外，成为一具朽骨。这个害人的恶魔，没有在刑场被砍头，没有被凌迟处死，没有被抽筋扒皮点天灯，却安然地死在了大牢里！上天不惩恶人，可上天却亏待了善良之人！

王树汶用双脚猛踹胡体安的坟堆，仿佛是用脚狠踹一条死狗。坟堆上腾起的黄土灌满了他的鞋子，断了茎干的青草垂了下来，仿佛向他谢罪。王树汶一边猛踢坟头，一边咒骂着，但他觉得仍不解恨，不足以发泄自己心中的委屈和愤恨。

小时候，王树汶爱听大人讲古。古时候，伍子胥曾挖出楚王的尸体，用鞭子抽打，以解心头的杀父之恨。可王树汶没有工具，无法挖出胡体安腐烂的尸体。逡巡四周，周围连一个铁叉也没有，王树汶找不到一件可用的物件儿。此刻，王树汶的心里充满无限的怨愤，他恨不得将胡体安的尸体从坟墓里扒出来，掘坟鞭尸，方解心头之恨！愤恨至极的王树汶用手扒拉胡体安坟头的土，他要把胡体安的尸体扒出来，狠狠地踢他几脚，发泄一下心头之恨！扒拉了一阵，王树汶没了力气，便慢慢地停了下来。

啊！……王树汶大声地喊叫，好似一匹饥饿的狼，愤怒的狼！空旷的坟地里，回荡着他的吼声，同时也惊起了周围树林里的小鸟。小鸟们啾啾地鸣叫着，扑棱着翅膀飞走了……

2012年6月2日至2012年8月20日一稿毕

2013年5月二稿改毕

2014年5月至2015年8月三稿改毕